CW00485535

La France et les Juifs

Michel Winock

La France et les Juifs

De 1789 à nos jours

Éditions du Seuil

COLLECTION « POINTS HISTOIRE »
FONDÉE PAR MICHEL WINOCK

ISBN 2-02-083787-0
(ISBN 2-02-060954-1, 1re publication)

www.seuil.com

Avant-propos

Ce livre n'est pas un ouvrage de plus sur les juifs de France, non plus qu'une énième histoire de l'antisémitisme dans ce pays. Mon but a été de décrire, sur la longue durée, depuis la Révolution française, ce que furent les relations entre l'État, la société globale et les juifs vivant en France.

L'idée de l'écrire m'est venue en 2002, lorsque l'actualité d'un nouvel antisémitisme fit la « une » des quotidiens. Je me suis souvenu à ce moment-là d'Étiemble, qui était professeur de littérature comparée dans la Sorbonne des années cinquante. En pleine guerre d'Algérie, il fustigeait, dans *Le Péché vraiment capital*, le racisme anti-arabe et, de la même plume, la haine antijuive : « Comment se fait-il que, dès qu'on touche à l'honneur ou au cheveu du Juif, je sois du coup menacé dans ma vie, dans ma liberté de *goy* et que toutes les tyrannies estiment solidaires le Juif et l'homme libre ? »

À vrai dire, je m'étais intéressé à cette histoire une trentaine d'années plus tôt, un peu par hasard. Rédigeant des comptes rendus de lecture pour la revue *Esprit*, je fus attiré par l'ouvrage de Pierre Pierrard, *Juifs et Catholiques français*, paru chez Fayard en 1970. Ce fut une révélation. Jamais je n'avais eu l'occasion d'étudier l'histoire des juifs de France et de leurs relations avec les catholiques. Élevé dans une famille chrétienne, je n'y avais jamais entendu un mot hostile aux juifs. Jeune historien, je n'avais jamais eu l'occasion de rencontrer la passion antijuive, si ce n'est dans les livres consacrés à l'Allemagne hitlérienne. Je fus vraiment surpris en lisant Pierrard. Depuis le lycée, je savais comme tout le monde qu'à l'époque de l'affaire Dreyfus il y avait eu en France des antidreyfusards furibonds, mais cela faisait partie à mes yeux des fanatismes clos. Quant à Vichy, je ne l'avais étudié ni au lycée ni à la Sorbonne : toutes les calamités de la déportation et de l'extermination étaient à mettre au compte des seuls nazis, selon la vulgate de l'époque. Pour faire mon compte rendu, je voulus en savoir plus, si bien qu'à la fin de mes lectures, au lieu d'une simple recension, c'est une chronique que je publiai dans le numéro de mai 1971 d'*Esprit*, sous le titre : « Édouard Drumont et l'antisémitisme en France avant l'affaire Dreyfus ». Colloques internationaux, séminaires à Sciences po, articles divers : depuis ce premier travail, je n'ai cessé de m'intéresser à la « question juive ».

J'ai écrit ce livre sans esprit de parti. Mais, s'il en faut un, je serai du parti qui place la paix entre Israéliens et Palestiniens, entre juifs et musulmans, au-dessus de tout.

Longtemps, je me suis interrogé sur le titre de cet ouvrage. « La France et les juifs » risquait de signifier une séparation entre deux entités étrangères l'une à l'autre – soit tout le contraire de la réalité historique que je décris dans les pages qui suivent. Je m'y suis tenu cependant, écartant les mots « judaïcité », trop savant, et « judaïsme », trop religieux. La conjonction *et* doit être prise comme je l'ai employée : comme une coordination entre une partie (la minorité juive) et le tout (la nation française à laquelle elle était vouée à appartenir et à laquelle elle appartient) ; le mot « France » se réfère à la fois à l'État, à la société civile, aux institutions, aux partis et mouvements politiques, aux membres des autres religions, aux associations, aux intellectuels, qui ont produit un discours ou engagé une politique visant les juifs. Quant aux « juifs », ce sont les Français (ou les étrangers, à une certaine époque, vivant en France) qui se désignent eux-mêmes comme juifs (par la religion, ou la culture, ou l'ascendance) ou que les autres ont définis comme juifs quand ils se sont mêlés de les identifier (Vichy, 1940, 1941).

Un petit problème technique s'est posé à moi : fallait-il orthographier le mot *juif* avec ou sans majuscule ? J'ai choisi la minuscule, à l'instar des sociologues Émile Durkheim et

Dominique Schnapper (*Juifs et Israélites*, Gallimard, 1980), comme on écrit « catholique », « chrétien » ou « musulman ». Évidemment, j'ai respecté la majuscule dans les citations où elle était employée.

Enfin, je dois remercier celles et ceux qui m'ont encouragé à retracer cette histoire, qui ont lu mon manuscrit, parfois en partie, parfois dans son intégralité, et qui m'ont fait bénéficier de leurs remarques pertinentes : Esther Benbassa, Valérie Hannin, Annette Wieviorka, Alex Derczansky, Michel Drouin. Il va de soi, mais autant le préciser, que j'assume seul les chapitres qui suivent.

1

1791 : l'émancipation

À la veille de la Révolution, la présence des juifs est interdite dans le royaume de France. En théorie, le décret d'expulsion de 1394 n'a pas été annulé. En fait, leur présence est tolérée. On estime leur nombre à 40 000 environ, sur un total de 28 millions d'habitants, soit environ un millième et demi de la population [1]. 20 000 à 25 000 juifs dits « allemands » – de langue yiddish – habitent en Alsace (à l'exclusion de Strasbourg qui leur est interdite) et en Lorraine : l'Alsace était passée définitivement sous souveraineté française depuis le traité de Westphalie en 1648 et la Lorraine rattachée à la France en 1766. Un deuxième groupe important est celui des juifs du Sud-Ouest. Ceux-ci, estimés à 5 000 environ, sont pour la plupart des « nouveaux chrétiens » (des *conversos*, c'est-à-dire des juifs convertis au christianisme), issus au XVIe siècle de la péninsule Ibérique. Ils vivent alors principalement à Bordeaux et à Saint-Esprit-lès-Bayonne, où on les désigne comme « marchands portugais ». La dernière des trois principales localisations se situe dans les États du pape (Avignon et le comtat Venaissin), où, déjà présents dans la région, ils se sont renforcés depuis l'expulsion décrétée par Philippe le Bel en 1306 ; là, ils sont environ 2 500. Le reste de la population juive est disséminé, à Paris, dans le Languedoc, en Provence…

1. L'abbé Grégoire (*Essai sur la régénération physique, morale et politique des Juifs*, Stock, 1988) donne le chiffre de 50 000, repris par S. Doubnov, *Histoire moderne du peuple juif*, Cerf, 1994. E. Benbassa, dans son *Histoire des Juifs de France*, Seuil, « Points Histoire », 1998, ramène ce chiffre à 40 000.

Au total, des groupes très contrastés, sans unité, sans organisation commune : tandis que les juifs de Bordeaux et de Bayonne, largement intégrés, parlant parfaitement le français, exerçant diverses activités professionnelles, parfois riches (les familles d'armateurs Gradis, Raba), et jouissant de droits reconnus par des lettres patentes, sont admis dans le monde chrétien, sans avoir à cacher désormais leur appartenance religieuse, les « nations de l'Est », les juifs des villages d'Alsace et des villes lorraines, au premier rang desquelles Metz, vivent à l'écart, méprisés par les autres habitants qui leur font grief particulièrement du commerce de l'argent qu'ils pratiquent. Créanciers de nombreux paysans et petits bourgeois, ils sont voués à l'hostilité d'une population qui répugne, par ailleurs, à leurs coutumes religieuses (ils sont de stricte pratique), à leur façon distincte de s'habiller, bref à leur étrangeté. La ségrégation est un fait, à la fois en raison de l'attachement des populations juives à leurs rites et coutumes, à leurs structures communautaires, et compte tenu des lois et règlements qui les consignent en certaines activités professionnelles dont le colportage, et en font des individus seulement tolérés, à la merci du bon plaisir royal.

Cet état de fait devient inadmissible dans la seconde partie du XVIIIe siècle aux yeux des esprits éclairés. La Hollande avait été un premier refuge pour les persécutés de la péninsule Ibérique dès le XVIe siècle. Plus largement, l'idéologie humanitaire des philosophes encourage le principe d'égalité entre toutes les religions monothéistes. Berlin, dans le Brandebourg, était devenue à son tour terre d'accueil pour les familles juives expulsées d'Autriche. Dans ce contexte de l'*Aufklärung*, une pensée juive s'affirme en allemand avec le philosophe Moses Mendelssohn (1729-1786), qui se fait l'avocat de ses coreligionnaires persécutés. Sans rompre avec sa religion ni sa communauté, il professe la sortie de l'isolement, le rapprochement avec les chrétiens. L'Autriche de Joseph II, notamment, décrète des règlements en vue de l'amélioration de la condition juive. L'esprit des Lumières revendique le droit naturel qui fait de tous les hommes des êtres égaux, « une fraternelle alliance » ; l'idée d'une société humaine universelle implique l'égalité des droits ; les mesures de discriminations choquent. Ce qui ne dérangeait pas Montaigne heurte Mirabeau. Des réformateurs, parfois sans la moindre sympathie pour le judaïsme, prônent la « régénération » des juifs. En France, en 1787, Mirabeau publie un ouvrage *Sur Moses Mendelssohn, sur la réforme politique des Juifs...* [2]. La même année, Malesherbes, chargé par Louis XVI de s'occuper des juifs, après avoir fait promulguer l'édit de tolérance pour les protestants, entreprend une vaste enquête à base de questionnaire envoyé dans les Généralités. Toujours en 1787, la Société royale des sciences de Metz examine les mémoires traitant le sujet donné à son concours deux ans plus tôt : « Est-il des moyens de rendre les Juifs plus utiles et plus heureux en France ? » Metz regroupe la communauté la plus nombreuse du pays. Confinés dans le ghetto – le quartier Saint-Ferroy – où ils vivent misérablement, les juifs exercent leur culte sans contrainte, disposent même d'un tribunal particulier, mais, interdits d'exercer la plupart des métiers, écrasés d'impôts, vivent chichement du commerce et de l'usure – petites sommes prêtées sur gages à de petites gens qui les détestent.

L'un des trois lauréats du concours, resté le plus célèbre, est l'abbé Grégoire, curé d'Emberménil, paroisse située près de Lunéville. La version définitive du mémoire de Grégoire, publié en janvier 1789, a pour titre : *Essai sur la régénération physique, morale et politique des Juifs*. Le tableau est poussé au noir : déchéance physique (faiblesse de constitution, corruption du sang, fréquence des maladies), pratique de l'usure, aversion pour les autres peuples... Mais Grégoire met tous les « vices » et toutes les faiblesses des juifs au compte du mépris qu'ils n'ont cessé d'endurer depuis ce que nous appelons la Diaspora :

« Au lieu de combler l'intervalle qui sépare les Juifs de nous, on s'est plu à l'agrandir ; loin de leur fournir des motifs

---

2. Mirabeau reprend dans ce livre publié à Londres un certain nombre d'idées contenues dans l'ouvrage écrit, à la demande de Moses Mendelssohn, par l'historien protestant C.W. Dohm, et traduit en français en 1782, sous le titre : *De la réforme politique des Juifs.*

pour s'éclairer, s'améliorer, on leur a fermé toutes les avenues du temple de la vertu et de l'honneur. Que pouvait devenir le Juif accablé par le despotisme, proscrit par les lois, abreuvé d'ignominie, tourmenté par la haine ? Il ne pouvait sortir de sa chaumière sans rencontrer des ennemis, sans essuyer des insultes. Le soleil n'éclairait que ses douleurs ; martyr de l'opinion, il n'avait rien à perdre ni à gagner pour l'estime publique, même lorsqu'il se convertissait, parce qu'on ne voulait croire ni à sa sincérité ni à sa vertu. Il était méprisé ; il est devenu méprisable ; à sa place, peut-être eussions-nous été pires. »

La responsabilité des chrétiens une fois établie, Grégoire en appelle à une « révolution » : faire rentrer les juifs dans « cette famille universelle qui doit établir la fraternité entre tous les peuples ». L'esprit de conversion n'est peut-être pas absent de cette plaidoirie. La Révolution en décide autrement. Élu aux États généraux, devenus en juillet 1789 Assemblée nationale constituante, où les juifs ne comptent aucun représentant, l'abbé Grégoire va se faire le champion de la cause émancipatrice.

Fils d'un tailleur d'habits, Henri-Baptiste Grégoire, né à Vého, en Lorraine, avait été confié au curé d'Emberménil, un village voisin. Après des études au collège des jésuites de Nancy, à l'université de la même ville, puis au séminaire, il est ordonné prêtre en 1774. C'est en 1782 qu'il devient curé d'Emberménil, lorsque son ancien maître, l'abbé Cherrier, lui laisse sa cure. Esprit ouvert, disposant de larges loisirs, il participe à la vie intellectuelle de son temps, notamment grâce à la Société philanthropique et charitable de Nancy, où il présente en 1779 un premier exposé sur le thème de la « tolérance politique des Juifs », premier état, disparu, de son mémoire de 1788. Son texte était inspiré, de son propre aveu, par les entretiens qu'il avait eus avec plusieurs érudits juifs de Metz – notamment Isaïe Berr Bing, traducteur de l'allemand en français du *Phédon* de Mendelssohn –, et grâce auxquels il avait pu avoir connaissance de la presse juive éclairée de Berlin [3].

---

3. Voir R. Hermon-Belot, *L'Abbé Grégoire. La politique et la vérité*, Seuil, 2000.

Grégoire est un des plus beaux représentants de ces curés éclairés, à l'instar du lazariste Adrien Lamourette, son maître à penser, futur évêque constitutionnel et député à la Législative, catholiques authentiques mais épris d'égalité et d'universalité, dressés contre le haut clergé, et bientôt prêtres patriotes, désireux de concilier la Révolution et la religion chrétienne [4]. Très vite, à Versailles, Henri Grégoire devient un des orateurs en vue de l'Assemblée nationale. Adversaire du veto absolu du roi et du droit d'aînesse, défenseur de la liberté de la presse, il donne toute sa mesure dans la défense des minorités. Membre de la Société des amis des Noirs, il se bat en faveur des « citoyens de couleur », ces « sang-mêlé nés de père et mère libres », que les planteurs prétendaient représenter, et qui obtiennent effectivement la reconnaissance (théorique) de leurs droits politiques en mai 1791. C'est lui qui introduit la question du sort des juifs, sur laquelle la majorité des députés était ignorante. L'actualité se charge de la mettre en lumière.

Les événements tumultueux de l'été 1789 n'épargnent pas l'Alsace. Lors de la Grande Peur, le soulèvement des paysans contre les châteaux atteint aussi les maisons juives : la volonté de détruire leurs livres de commerce et de crédit donne lieu à des violences, qui obligent nombre de leurs familles à chercher refuge en Suisse. Des plaintes parviennent à l'Assemblée nationale. C'est donc dans l'urgence que Grégoire, député de Nancy, intervient pour la première fois en faveur des juifs, le 3 août, pour appeler la protection de l'Assemblée.

La question de fond arrive à la discussion le 22 août, à propos de l'article de la Déclaration des droits relatif à la tolérance religieuse. Mirabeau réfute avec fougue la notion de « religion dominante » voulue par les conservateurs. À son tour, le député protestant Rabaut Saint-Étienne proclame, le 23 août : « Je demande, Messieurs, pour les protestants français, pour tous les non-catholiques du royaume, ce que vous demandez pour vous : la liberté, l'égalité des droits. Je le demande pour ce peuple, arraché de l'Asie, toujours errant, toujours proscrit

---

4. Lamourette est l'auteur des *Prônes civiques*, dont le premier s'intitule : « La révolution envisagée dans la lumière de la religion ».

depuis près de dix-huit siècles, qui prendrait nos mœurs et nos usages, si, par nos lois, il était incorporé avec nous, et auquel nous ne devons point reprocher sa morale, parce qu'elle est le fruit de notre barbarie et de l'humiliation à laquelle nous l'avons injustement condamné[5]. » En août 1789, dans une France largement indifférente à l'existence de quelques milliers d'individus qui composent les communautés d'Alsace ou de Bordeaux, la question des droits des juifs est devenue une question politique. Porté par des esprits éclairés, qui en avaient mûri le projet depuis quelques années déjà, leurs adversaires n'ayant à lui opposer que la force de la tradition, c'est alors le principe d'indifférenciation et d'égalité absolue entre les religions qui l'emporte. L'article 10 de la Déclaration des droits de l'homme et du citoyen, adopté le lendemain, dit clairement : « Nul ne doit être inquiété pour ses opinions, même religieuses, pourvu que leur manifestation ne trouble pas l'ordre public établi par la loi. »

Encore faut-il passer à l'application pratique du principe proclamé : en Alsace et Lorraine, les troubles continuent ; l'Assemblée reçoit maintes pétitions de la part de juifs menacés. Le 28 septembre, le comte Stanislas de Clermont-Tonnerre, membre de la noblesse libérale, appuyé par Grégoire, demande solennellement que tout soit mis en œuvre pour la protection des juifs : « Déjà leurs maisons ont été pillées, leurs personnes exposées aux outrages et aux violences. La fête des expiations [Yom Kippour] qui s'approche, en les réunissant dans leurs synagogues, les offre sans défense à la haine populaire, et le lieu de leurs prières peut devenir celui de leur mort. » Grégoire et Clermont-Tonnerre obtiennent pour tous les juifs de France la protection de l'Assemblée et du roi.

Stimulés par l'événement, les juifs eux-mêmes ne restent pas inactifs. À Paris et à Bordeaux, certains s'engagent dans la garde nationale. On en rencontre dans les sections de la Commune de Paris. Ceux des provinces de l'Est envoient des délé-

5. Toutes les citations des débats de l'Assemblée nationale sont tirées des *Archives parlementaires*, Première Série (1789-1800), Paul Dupont édit., 1880.

gations à l'Assemblée. Le 14 octobre 1789, plusieurs délégués juifs d'Alsace et de Lorraine sont introduits par l'abbé Grégoire à la barre. Berr Isaac Berr, leur porte-parole, écrivain érudit, demande, « au nom de l'Éternel », « au nom de l'humanité outragée depuis tant de siècles », que s'accomplisse l'œuvre de la fraternité, qu'« une réforme absolue s'opère dans les institutions ignominieuses » auxquelles les juifs sont asservis. Un « Mémoire pour la communauté des Juifs établis à Metz », déposé sur le bureau de l'Assemblée, reprend l'argumentaire de l'abbé Grégoire :

« Ces traitements atroces trop souvent renouvelés, ces persécutions habituelles pendant les siècles de barbarie, plièrent tellement le caractère de la nation, que ses membres rendus inquiets et tremblants par l'impression profonde d'une longue suite d'indignités, devinrent insensibles à tout ; ils oublièrent dans un long avilissement ce que les peuples florissants nomment *point d'honneur*.

« Environnés d'ennemis et de délateurs, ils se méfièrent de tout ; ne comptant d'amis que parmi eux, les liens de famille et de nation leur devinrent plus chers, et la société, qui leur refusait tous ses avantages, perdit enfin ses attraits à leurs yeux. Le commerce fut le seul objet qui fixa leur attention, parce qu'il leur ménageait des ressources contre les injustices du gouvernement ; et, comme la théocratie est la seule consolation des malheureux sur terre, leur attachement aux usages les moins essentiels de la religion s'accrut dans la même proportion que leurs malheurs. »

On promet de prendre en considération la pétition, mais la discussion est ajournée. La question revient à l'ordre du jour, le 23 décembre 1789, dans la discussion sur la citoyenneté : quels seront les citoyens actifs, quels seront les citoyens passifs ? Malgré la résistance d'une partie de l'Assemblée, le comte de Clermont-Tonnerre propose de donner aux juifs les mêmes droits qu'aux autres, réfute les préjugés à leur endroit et réaffirme la liberté religieuse. La nuit du 4 août avait vu la fin des privilèges, c'est-à-dire des lois concernant des particuliers, individuels ou collectifs, comme c'était le cas dans l'Ancien Régime. Il n'y avait plus de Français assujettis à telle ou telle loi particulière, à tel ou tel régime fiscal, à telle ou telle interdiction ou obligation tenant à sa naissance ou à son lieu d'habitation ou à sa religion : il n'y avait plus que la loi commune. L'orateur énonce un principe appelé à la postérité : « Il faut tout refuser aux juifs comme *nation*, et accorder tout aux juifs comme *individus*. »

L'abbé Maury, à droite de l'Assemblée, s'empare alors de la formule de Clermont-Tonnerre, pour affirmer qu'on ne peut rien accorder aux juifs puisque chez eux l'humain est inséparable du national. « Les Juifs, s'exclame-t-il, ont traversé dix-sept siècles sans se mêler aux autres nations. Ils n'ont jamais fait que le commerce de l'argent. [...] Nul ne peut être inquiété pour ses opinions religieuses, vous l'avez reconnu, et, dès lors, vous avez assuré aux Juifs la protection la plus étendue. Qu'ils soient donc protégés comme individus, et non comme Français, puisqu'ils ne peuvent être citoyens. »

À ce discours, un député encore obscur, Robespierre, entend répondre. Même argumentaire que chez Grégoire et les délégués juifs : si les juifs ont des défauts, ils les doivent à l'état d'humiliation dans lequel on les a plongés. Les « droits sacrés » sont dus aux juifs comme à tous les autres hommes. L'évêque de Nancy, La Fare, dit son désaccord : liberté du culte, oui ; sécurité des personnes, oui ! « Mais doit-on admettre dans la famille une tribu qui lui est étrangère, qui tourne sans cesse les yeux vers une patrie commune, qui aspire à abandonner la terre qui la porte ? » De plus, accorder la citoyenneté aux juifs provoquerait en Alsace et en Lorraine un « grand incendie ». Le débat se poursuit. Le libéral Duport réaffirme le principe d'égalité. Mais la majorité de l'Assemblée (par 408 voix contre 403) ajourne encore la décision de traiter au fond la question juive – « pas suffisamment à point ».

L'abbé Grégoire, qui n'a pu la lire à la tribune, dépose alors sa *Motion en faveur des juifs*. Il s'agit d'un résumé de son *Mémoire sur la Régénération*, actualisé par la prise en compte des événements survenus depuis le début de la Révolution, et qui s'achève par un appel : « Cinquante mille Français se sont levés aujourd'hui esclaves : il dépend de vous qu'ils se couchent libres. »

Le nouvel ajournement du débat sur la question provoque l'inquiétude des juifs de Bordeaux. Distincts des juifs « allemands », ils vivent depuis longtemps à peu près sur un pied d'égalité avec les autres Français. Aussi adressent-ils, le 31 décembre 1789, une protestation auprès des membres de l'Assemblée. Talleyrand, l'évêque d'Autun, membre du comité de Constitution, fait un rapport chaleureux sur cette pétition devant l'Assemblée, le 28 janvier suivant. Le député évoque la situation particulière de ces juifs du Sud-Ouest, qui disposent déjà de droits reconnus. Le comité propose, sans préjuger de la question de l'état des juifs en général, une motion selon laquelle « les juifs à qui les lois anciennes ont accordé la qualité de citoyens, ainsi que ceux qui sont dans une possession immémoriale d'en jouir, la conservent, et, en conséquence, sont citoyens actifs, s'ils réunissent les autres qualités exigées par les décrets de l'assemblée ».

La proposition de Talleyrand soulève de multiples protestations. Outre celles de l'extrême droite, exprimées par l'abbé Maury, c'est un homme de gauche, futur Montagnard, Rewbell (ou Reubell), député d'Alsace, qui, porté par l'opinion antijuive de sa province, s'élève contre « une exception très dangereuse ». Les Cahiers de doléances d'Alsace et de Lorraine, souvent hostiles aux juifs, « dont l'engeance est la ruine de la nation chrétienne », contenaient des propositions allant jusqu'à imposer, à des fins malthusiennes, une limite au mariage juif, qui ne serait autorisé que pour le seul fils aîné. Strasbourg, de son côté, veut garder son ancien privilège d'interdire aux juifs son enceinte. On a vu que des émeutes antijuives ont marqué l'été 1789 en Alsace. Reubell évoque le danger de contagion à partir de l'exception bordelaise : « Les Juifs, s'écrie-t-il, se sont réunis pour exister en corps de nation séparé des Français ; ils ont un rôle distinct, ils n'ont jamais joui de la possession d'état de citoyen actif ; d'ailleurs l'exception pour les Juifs de Bordeaux entraînerait bientôt la même exception pour les autres Juifs du royaume. »

Cependant, la proposition de Talleyrand est appuyée par Sèze, un des représentants de la Guyenne, et par Grégoire, qui demande en même temps que pour les juifs allemands on prenne date. On passe au vote, par assis debout. Résultat incertain. Il faut procéder à l'appel nominal. Celui-ci va durer plusieurs heures, troublé par un certain nombre de députés hostiles, le parti des « noirs » (la droite extrême), dominé par l'abbé Maury, redoutable orateur. Finalement 374 voix contre 224 se prononcent pour l'amendement : « L'Assemblée nationale décrète que tous les Juifs connus sous le nom de Juifs portugais, espagnols et avignonnais [les juifs avignonnais installés à Bordeaux], continueront de jouir des droits dont ils ont joui jusqu'à présent, et qui leur avaient été accordés par des lettres patentes. En conséquence, ils jouiront des droits des citoyens actifs, lorsqu'ils réuniront, d'ailleurs, les conditions requises par les décrets de l'Assemblée. » Ainsi, appuyés sur des lettres patentes datant de l'Ancien Régime, les juifs de Bordeaux sont devenus des citoyens comme les autres.

Sitôt connu à Bordeaux, le décret est utilisé par le parti réactionnaire pour soulever les petites gens contre les juifs. Une formule se répand : « Le roi des Français – le roi très chrétien – ne saurait être le roi des Juifs. » Mais Bordeaux reste calme, troublé seulement par une courte manifestation aux cris de « À bas les Juifs ! » poussés par quelques furieux, dont l'initiative est rapidement condamnée par le public.

En janvier 1790, il y a donc en France juifs et juifs. Ceux de Paris, les juifs « allemands », les comtadins, éprouvent quelque amertume en se voyant oubliés. Pourtant la logique de l'émancipation est en marche, comme l'a pressenti – pour s'en plaindre – le député Reubell. Entre-temps les juifs de Paris s'emploient à faire avancer la cause de l'égalité et de l'émancipation par l'intermédiaire de la Commune, des députations à l'Assemblée, par la propagande faite dans les soixante sections de la capitale. À l'opposé, le « lobby antijuif » réussit par ses obstructions à faire ajourner régulièrement la question à l'Assemblée. Reubell, particulièrement actif, met en garde ses collègues contre la probabilité de pogroms dans sa région, au cas où l'on voterait l'émancipation des juifs. À Paris, en Alsace, des brochures, des libelles, des journaux cléricaux nourrissent la campagne antijuive. Mirabeau, Talleyrand, Grégoire, Bailly sont les noms jetés en pâture : des vendus aux juifs ! Le parti « noir » tient une réunion à Strasbourg contre les émancipateurs et adresse, le 8 avril, une pétition à l'Assemblée nationale. Celle-ci réagit en réaffirmant, le 16 avril, que les juifs d'Alsace « et d'ailleurs » sont « sous la sauvegarde de la loi ». Mais si elle dissuade les agitateurs et les casseurs, elle ajourne toujours la discussion sur la question juive, de crainte d'exaspérer les passions.

Il faut attendre septembre 1791 pour y arriver. Le paysage politique a changé. La fuite du roi, arrêté à Varennes, au mois de juin précédent, a provoqué une grave crise politique. Celle-ci a entraîné pour un temps la mise à l'écart de la question juive. En même temps, la Révolution s'est radicalisée. La fonction royale et la personne du roi sont atteintes. Des placards anonymes, des journaux enflammés, de violents pamphlets se répandent contre le couple royal. La rue gronde, les clubs s'agitent, la république gagne des partisans. On exige surtout la déchéance de Louis XVI, ce à quoi l'Assemblée nationale se refuse. Il en résulte la pétition lancée par le club des Cordeliers et la manifestation du 17 juillet au Champ-de-Mars, qui se termine par une fusillade sanglante. Tous ces événements ont affaibli le parti « noir », quelques semaines avant le vote final de la Constitution. En septembre, l'heure de l'émancipation des juifs est enfin arrivée.

Le 14 septembre, le roi a prêté serment à la Constitution. Le même jour, la réunion officielle des anciens États pontificaux à la France règle le cas des juifs avignonnais qui deviennent des citoyens français. Tout n'est pas clair cependant pour les juifs, puisque des « réserves », des « exceptions » ont été insérées dans les décrets qui les concernent. Le 27 septembre, Duport engage alors ses collègues à révoquer tous les textes qui maintiennent les juifs hors de la citoyenneté : « Je crois que la liberté des cultes ne permet plus qu'aucune distinction soit mise entre les droits politiques des citoyens à raison de leurs croyances et je crois également que les juifs ne peuvent pas seuls être exceptés de la jouissance de ces droits, alors que les païens, les Turcs, les musulmans, les Chinois même, les hommes de toutes les sectes [*sic*] en un mot, y sont admis. »

Reubell n'a pas désarmé, il veut prendre la parole pour combattre la proposition de Duport. Refus du président : l'Assemblée ferme la discussion et adopte la proposition Duport sous les applaudissements. Le lendemain, 28 septembre, Victor de Broglie revient sur le texte voté, insuffisamment clair à ses yeux, susceptible d'une mauvaise interprétation. Il faut qu'il soit dit que le serment civique [6] prêté par les juifs, « sera regardé comme une renonciation formelle aux lois civiles et politiques auxquelles les individus juifs se croient particulièrement soumis ». Cette intervention vise à rendre incompatible l'émancipation avec le maintien d'une autonomie juridique des communautés juives. Le député Prugnon propose une autre formulation sur le serment, qui « sera regardé comme une renonciation à leurs privilèges », car les lois civiles des juifs sont identifiées à leurs lois religieuses, et « il n'est pas dans notre intention d'exiger qu'ils abjurent leur religion ». Proposition adoptée. La séance permet à Reubell un baroud d'honneur. Il rappelle l'« oppression usurière » exercée par les juifs dans sa région. Il réclame donc qu'on examine les créances des débiteurs, qu'on prévoie un moratoire partiel : « Ce sera, dit-il, le seul moyen de calmer cette classe nombreuse et malheureuse qui vit sous l'oppression usuraire des juifs. » Proposition adoptée.

Le décret d'émancipation amendé et voté est ainsi rédigé :

« L'Assemblée nationale, considérant que les conditions nécessaires pour être citoyen français et pour devenir citoyen actif sont fixées par la Constitution, et que tout homme qui, réunissant lesdites conditions, prête le serment civique, et s'engage à remplir tous les devoirs que la Constitution impose, a droit à tous les avantages qu'elle assure ;

« Révoque tous ajournements, réserves et exceptions insérées dans les précédents décrets relativement aux individus juifs qui prêteront le serment civique, qui sera regardé comme

---

6. Art. 5. de la Constitution de 1791. Le serment civique est : *Je jure d'être fidèle à la Nation, à la loi et au roi et de maintenir de tout mon pouvoir la Constitution du Royaume, décrétée par l'Assemblée nationale constituante aux années 1789, 1790 et 1791.*

une renonciation à tous privilèges et exceptions introduits précédemment en leur faveur. »

Le 27 septembre 1791, tous les juifs de France sont émancipés. « Dieu a choisi la noble nation française, écrit Berr Isaac Berr, aux communautés d'Alsace et de Lorraine, pour nous restituer nos droits et contribuer à notre régénération, comme il avait jadis choisi Antioche et Pompée pour nous humilier et opprimer. » Louis XVI ratifie le décret le 13 novembre, alors que l'Assemblée législative a succédé à la Constituante.

L'émancipation des juifs avait été décrétée sans éclat, comme à la sauvette, dans les derniers jours de la Constituante. L'acte émancipateur a plus de grandeur que la manière ; il résulte d'un long processus intellectuel et politique entamé dans les décennies qui ont précédé la Révolution. En soi, il marque une des grandes dates de l'histoire universelle, qui a probablement échappé à la conscience des contemporains.

Quand les juifs eurent à prêter le serment civique dans les mois qui suivirent le décret, on nota quelques oppositions dans certaines municipalités, mais les prévisions de Reubell, selon lequel l'émancipation devait nécessairement être cause de troubles et d'émeutes, se révélèrent fausses. De leur côté, les juifs furent encouragés par leurs élites à prêter le serment. Berr Isaac Berr s'illustra une fois encore, par une *Lettre d'un citoyen de la ci-devant communauté des Juifs de Lorraine à ses confrères* : « Le décret intervenu, y lisait-on, ne fait que lever et révoquer tous les ajournements, réserves, toutes exceptions insérées dans les précédents décrets, et toujours provoquées par les ennemis implacables des Juifs d'Alsace, pour nous faire jouir du décret constitutionnel du Droit de l'Homme. Au moyen de la prestation du serment civique, qui sera regardée comme une renonciation à tous privilèges et exemptions précédemment introduites en notre faveur, nous jouirons du droit et de la qualité de Citoyens Actifs, en réunissant toutefois les autres conditions requises. Vous voyez donc, mes chers frères, qu'il n'y a pas l'ombre de difficultés ou de scrupule à prêter ce serment, au moyen duquel nous serons constitutionnellement reconnus Juifs Français. »

La suite des événements révolutionnaires ne fut pas toujours favorable aux juifs. Le mouvement antireligieux qui se développa au moment de la Terreur ne les épargna pas, mais, outre qu'un certain nombre de juifs y participèrent, le culte judaïque ne fut pas l'objet d'une vindicte spécifique. Les juifs furent plus particulièrement touchés par les mesures prises contre les banquiers et les agioteurs. À Nancy, Saint-Just imposa aux juifs de la ville une contribution exorbitante. En raison de ses protestations, Berr Isaac Berr fut incarcéré. À Metz, la municipalité fit de même ; des juifs ayant de la fortune comme Cerf Berr furent arrêtés, mis en prison pendant plusieurs mois. La Société des Jacobins de Nancy alla jusqu'à réclamer l'expulsion des juifs de France. Elle ne fut pas suivie. Le Directoire rétablit la liberté religieuse, mais les préventions contre les juifs demeuraient, qui encouragèrent Napoléon Bonaparte à prendre de nouvelles mesures discriminatoires.

Une fois l'Empire instauré, Napoléon a d'abord à cœur, aux fins de rétablir la paix civile après les secousses révolutionnaires, de définir les rapports entre l'État et les différents cultes, dont le culte juif. L'Empereur manifeste à l'égard des juifs un mélange de suspicion et de générosité. Son attitude est aussi influencée par les plaintes réitérées des judéophobes d'Alsace. Désireux d'y mettre bon ordre et de placer les juifs de France et des territoires conquis sous sa gouverne, il décrète le 30 mai 1806 la convocation d'un « Parlement juif », une assemblée de notables, une centaine de délégués, non pas élus mais recrutés par les préfets. Réunie à Paris le 26 juillet 1806, cette Assemblée doit faire preuve d'allégeance en répondant à un questionnaire relatif aux comportements des juifs, à leur adhésion patriotique à la France, à l'autorité des rabbins, etc.

Les réponses des délégués ayant satisfait l'empereur, celui-ci, afin de les entériner, décide un acte grandiose : convoquer un grand concile juif, le « Grand Sanhédrin », réuni effectivement à Paris en février 1807. Composé de 71 membres, dont les rabbins forment les deux tiers, venus de France, d'Allemagne et d'Italie, le Sanhédrin ratifie solennellement tous les desiderata de Napoléon visant à soumettre les devoirs religieux des juifs aux lois politiques de l'Empire. L'année suivante, Napoléon publie, le 17 mars 1808, trois décrets lourds de conséquence. Les deux premiers ont trait au règlement consistorial des communautés : chaque département ou groupe de départements habité par 2 000 juifs disposera d'un consistoire local, tandis qu'à Paris siégera le Consistoire central. Les rabbins, élus par un petit groupe de notables pour composer ces consistoires, sont tenus de faire appliquer les lois du judaïsme dans l'esprit du Sanhédrin de Paris. Les « israélites » – ainsi que commencent à s'appeler les juifs – se trouvent désormais encadrés.

Le troisième décret, ayant trait à la vie économique des juifs – le « décret infâme », comme on l'appellera –, énonce une série de restrictions visant les juifs, leurs créances, leurs activités commerciales, autant de décisions discrétionnaires, réfutant l'égalité acquise par la Révolution, et visant à satisfaire les populations judéophobes [7]. Le décret, qui épargne les juifs de Bordeaux et des départements de la Gironde et des Landes, aura une validité de dix ans. Par la suite, on fit des exceptions pour Paris, pour une vingtaine de départements du Midi, pour l'Italie... Finalement, le « décret infâme », qui restera en vigueur jusqu'à la Restauration, ne touchera que les juifs d'Alsace et de Lorraine.

L'émancipation de 1791 est néanmoins le signal de l'émancipation générale des juifs en Europe, du moins là où les armées révolutionnaires puis les armées napoléoniennes établissent la loi française ou l'influence française : en Hollande, en Suisse, en Rhénanie, en Prusse, en Westphalie, dans le reste des États germaniques – au moins de façon passagère.

7. Ce décret, valable pour dix ans, ne sera pas renouvelé par Louis XVIII et sera donc aboli de fait en 1818. Il comporte quatre points principaux : 1. Les Juifs sont dépouillés d'une partie de leurs créances (près de 50 %). 2. Le commerce des Juifs n'est autorisé que par l'obtention de patentes spéciales attribuées par le conseil municipal. 3. Les Juifs des autres départements n'ont pas le droit de libre établissement dans les départements alsaciens. 4. Les Juifs sont astreints comme citoyens au service militaire sans droit de remplacement, sauf si le remplaçant est juif.

Heinrich Heine, poète juif (converti) de Düsseldorf, restera sa vie durant reconnaissant à Napoléon d'avoir détruit les structures féodales en créant le duché de Berg et établi l'égalité entre tous les citoyens par le Code civil. Ces émancipations connaîtront des suites diverses après la chute de Napoléon, mais l'élan est donné.

Au demeurant, l'émancipation des juifs dans le cadre de la Révolution française n'a pas été du goût de tous ses bénéficiaires. Un débat s'instaura au sein des communautés, sur le gain et la perte que représentait pour les juifs l'accès à une citoyenneté remettant en cause leur particularisme. Ce qui se passe en Hollande (que Napoléon a confiée à son frère Louis) est significatif à cet égard. Les juifs, avant l'arrivée des lois françaises, jouissaient d'une réelle autonomie. Ils avaient acquis des garanties qui leur permettaient de rester unis, soumis aux mêmes disciplines et aux mêmes lois religieuses, disposant de tribunaux et d'écoles, vivant la même vie sociale sous l'autorité de leurs rabbins et de leurs chefs de communauté. Tout cela est remis en cause par l'émancipation qui aligne les juifs sur le reste des habitants. La dislocation des communautés était une menace, sans compter que l'influence des Français impies n'avait rien de bon pour la religion en général. La communauté juive de Hollande fut ainsi partagée entre les enthousiastes et les conservateurs. Une scission s'ensuivit. En France, outre les juifs méridionaux, acquis depuis longtemps à l'émancipation, les juifs « allemands » ont été entraînés par des porte-parole éclairés, liés au mouvement juif des Lumières (*Haskalah*), et ont accepté pleinement l'émancipation, sauf les plus attachés à une religion orthodoxe qu'ils ont pu sentir menacée.

L'émancipation fut ainsi décrétée contre la volonté des juifs traditionnels, qui en dénoncèrent les effets pervers. On assista, de fait, à une vague de déjudaïsation, qui n'empêcha nullement, du reste, la naissance de l'antisémitisme moderne. Une historiographie contemporaine, américaine notamment, a voulu intenter à l'abbé Grégoire un procès d'intention, selon lequel ce défenseur des juifs n'était qu'un entrepreneur de déjudaïsation, un assimilateur, voire un convertisseur hypocrite[8]. Une « découverte » en désaccord total avec l'opinion de son temps. Dès le 11 novembre 1789, on pouvait lire dans les colonnes de la *Gazette de Paris* une charge contre « un prêtre de l'Évangile, un curé de l'Église romaine, devenir le défenseur des Juifs, et porter leur cause au tribunal de l'Assemblée nationale[9] ». Certes, les juifs pratiquants avaient à relever un défi : maintenir leur religion une fois les murs (symboliques ou réels) des ghettos abattus. L'émancipation pouvait avoir pour conséquence une sortie de la religion. Mais ce n'était pas le cas des seuls juifs : la sécularisation de la société fera reculer toutes les religions.

Membres à part entière de la société civile, après l'émancipation, les juifs, pourtant, restèrent juifs, c'est-à-dire des étrangers aux yeux d'une partie de leurs compatriotes. Les discriminations disparurent de la loi, mais non des mentalités. Une autre forme d'émancipation restait à atteindre : celle de la pleine acceptation de l'égalité par les non-juifs. L'intégration devait compléter l'émancipation, qui l'avait précédée.

---

8. Voir, surtout aux États-Unis, A. Herztberg, *The French Enlightenment and the Jews*, Columbia University Press, 1968, et, en France, P. Birnbaum, « Sur l'étatisation révolutionnaire : l'abbé Grégoire et le destin de l'identité juive », *Le Débat*, n° 53, janv.-fév. 1989.

9. Cité par D. Feuerwerker, *L'Émancipation des Juifs en France*, Albin Michel, 1976, p. 315.

2

Le temps de l'intégration

L'émancipation des juifs a été achevée sous la monarchie censitaire en deux étapes. En 1818, Louis XVIII, malgré les réclamations des conseils généraux d'Alsace, ne renouvelle pas le décret napoléonien de 1808 : plus aucune contrainte ne pèse sur les activités des juifs en France. Des rabbins célèbrent le roi comme le nouvel Henri IV. En 1831, sous Louis-Philippe, la religion juive est considérée comme les autres religions, le catholicisme n'étant plus religion d'État : les rabbins sont désormais rémunérés par la puissance publique au même titre que les prêtres et les pasteurs. Ajoutons qu'en 1846 Adolphe Crémieux, avocat, obtient la suppression du serment judiciaire *more judaico*. Jusque-là, les juifs étaient tenus de prêter un serment sur la Bible, la tête recouverte du châle rituel, dans la synagogue la plus proche du tribunal. La Cour de cassation, saisie par Crémieux, prend un arrêt qui aligne définitivement les israélites sur les autres citoyens français : la dernière discrimination, symbolique, disparaît.

La France et la Hollande sont alors les seuls États du continent européen à conserver à l'égard des juifs une législation égalitaire après la grande réaction de 1815. En Angleterre, nul décret, mais une émancipation de fait lorsque Lionel Rothschild devient, en 1858, le premier juif membre du Parlement, après son élection aux Communes. L'émancipation sera prononcée en Autriche et en Hongrie en 1848, pour l'Italie en 1861 et, outre-Rhin, elle se fera par étapes suivant les régions à partir de 1870. Aux États-Unis, la déclaration d'indépendance de 1776 avait proclamé l'égalité en droits et en dignité de tous les hommes, ce qui fut confirmé par la Grande Charte de 1787. Cependant, l'application de ces droits fut retardée selon les États : le dernier à abolir les ultimes inégalités fut le New Hampshire en 1876.

En France, à l'émancipation par la loi s'est ajoutée une promotion notable des juifs dans la société. Ils n'avaient pas attendu la Révolution pour se faire une place, mais une place à part. Interdits de propriété foncière, ils étaient par excellence des artisans et des commerçants. Leur énergie de groupe minoritaire, la prise de risque qui accompagnait leur situation précaire avaient abouti quelquefois à une prospérité fortement jalousée. Surtout, on les détestait comme usuriers.

La pratique de l'usure juive s'était généralisée au Moyen Âge : les juifs étaient prêteurs sur gages au moment où l'Église interdisait le prêt à intérêt à ses fidèles. Le métier n'était pas sans risques, mais certains y accumulèrent de solides fortunes. Par la suite, les juifs de cour surent se rendre utiles aux princes, tandis que les modestes usuriers de village servirent de banquiers aux paysans. Ils s'étaient rendus aussi indispensables, à une époque où le système bancaire n'existait pas, qu'odieux aux yeux de leurs débiteurs. Le ton est donné par le jugement rendu, en 1768, par un haut magistrat d'Alsace, province où la communauté juive, on le sait, était nombreuse :

« Il est certain que les Juifs peuvent être de quelque utilité en Alsace. Dans les temps difficiles, et lorsque la guerre est sur la frontière, les paysans trouvent chez eux des ressources pour soutenir les charges dont ils sont tenus. S'ils ont été fourragés, s'ils ont perdu leurs bestiaux dans les corvées, les juifs leur font des avances, qui les mettent en état d'acheter des grains et des bestiaux ; ces prêts ne se font pas à bon marché : mais, dans l'extrême nécessité, il vaut encore mieux passer par la main de l'usurier que de périr tout à fait [1]. »

Malesherbes, ministre de Louis XVI, pouvait conclure à « une haine très forte contre la nation juive », avant tout en raison du fait que les juifs se livrent « à des commerces que les

1. L. Poliakov, *Histoire de l'antisémitisme de Voltaire à Wagner*, Calmann-Lévy, 1968, p. 40.

chrétiens regardent comme leur ruine». Le mot «juif» est alors devenu synonyme d'usurier. Leur émancipation politique à la fin du XVIIIe siècle coïncidant – sur fond de décollage industriel et capitaliste – à l'essor de la haute banque allait favoriser la naissance de banques juives. C'en était fait : le nom de Rothschild devait définitivement associer dans l'imaginaire collectif les juifs au commerce de l'argent.

La haute banque parisienne, de structure familiale, était pourtant à la fois cosmopolite et pluriconfessionnelle. Il ne manque pas, au début du XIXe siècle, de noms de banquiers catholiques : les Laffitte, originaires de Bayonne, les Perier, venant de Grenoble, les Seillière, issus de Lorraine. À ceux-ci étaient venus s'adjoindre des étrangers, souvent protestants, principalement allemands ou suisses, parmi lesquels Mallet, Hottinguer ou Thuret. Les juifs avaient pris part à cette installation de la haute banque dans la capitale. Certains étaient français, les Fould et les Worms. Les autres venaient surtout d'Allemagne : Oppenheim, Haber, d'Eichtal, Léo, plus tardivement Stern, Kann, Ellissen. Aucun d'entre eux, cependant, n'atteint au renom et au mythe comme les Rothschild.

Ce milieu de la haute banque parisienne, malgré ses origines géographiques et confessionnelles variées (il est notable, cependant, qu'en 1865, sur 300 manieurs d'argent, 45 à 50 sont juifs [2]), forme un milieu extrêmement homogène : mêmes intérêts, même genre de vie, mêmes stratégies matrimoniales. Des juifs épousent des catholiques ou des protestantes : l'impératif social domine généralement l'impératif religieux. Ce n'est pas le cas des Rothschild, chez lesquels une « rigoureuse endogamie » prévaut [3].

Le fondateur de la banque Rothschild, Meyer Amschel Rothschild, enrichi par le commerce, les fournitures aux armées, les services multiples rendus aux souverains, a créé en 1810 une société avec ses quatre fils, au cœur même de la haute banque protestante, à Francfort. Le premier fils, Nathan, s'installe à

2. J.-Y. Mollier, « La vérité sur les Juifs de France au XIXe siècle », *L'Histoire*, n° 148, octobre 1991.

3. L. Bergeron, *Les Rothschild et les Autres*, Perrin, 1991, p. 45.

Londres, le deuxième, Salomon, à Vienne, le troisième, Charles, à Naples et enfin le quatrième, Jacob, à Paris. Celui-ci, devenu bientôt James, fonde une maison juridiquement indépendante en 1817. En peu d'années, la banque Rothschild devient la plus importante des banques privées parisiennes. Elle rend de si grands services au roi que James est fait chevalier de la Légion d'honneur en 1823, officier en 1832. Entre-temps, la dynastie a changé aux Tuileries, mais les Rothschild, qui ne se mêlent pas de politique, continuent à apporter leur aide aux têtes couronnées.

La révolution de 1848 cause pourtant aux Rothschild quelques désagréments. Leur villa de Suresnes est dévastée, pillée, incendiée. Qu'à cela ne tienne, la famille fera des séjours plus prolongés dans son château de Ferrières, dans la Brie.

Sous le Second Empire, les Rothschild doivent compter avec la concurrence des frères Pereire, Émile et Isaac, qui, soutenus par Achille Fould, fondent le Crédit mobilier. Mais, à partir de 1862, un rapprochement avec Napoléon III redonne tout son élan à la banque Rothschild, à l'origine de la création de la Société générale. La haute banque parisienne, plus complexe, plus anonyme, mais toujours dominée par quelques dizaines de grands manieurs d'argent, est alors en pleine ascension : elle finance les chemins de fer, l'industrialisation, les grands travaux urbains, en drainant l'épargne à travers le pays. Les banquiers juifs ont su aussi se montrer des mécènes, à l'exemple des Camondo, donateurs au musée du Louvre et au musée des Arts décoratifs.

Plus qu'aucun autre, le nom des Rothschild (James et ses fils, Alphonse, Gustave, puis Edmond) est associé au triomphe de la bourgeoisie financière au XIXe siècle. Plus que jamais, parce qu'on y mêle les noms des Fould, des Worms, des Pereire, le mot « juif » est associé à l'argent. N'importe si protestants et catholiques participent du même milieu, et si les juifs ne disposent d'aucun monopole en la matière : ce sont eux qu'on voit, qu'on désigne, qu'on accuse, comme potentats de la finance.

Plus rare sans doute, la carrière des juifs dans le monde politique est aussi mieux tolérée. Les Rothschild sont restés éloignés d'un engagement direct, tout en restant proches du pouvoir – et même de tous les pouvoirs, monarchique et impérial, successifs –, mais un certain nombre de juifs, appartenant à des camps différents, ont participé à la vie politique française, brigué des mandats parlementaires. Ainsi des Fould. Le fils aîné de Berr-Léon, Benedict, commence une carrière au tribunal de commerce, avant d'être élu député à Saint-Quentin en 1834 – un siège qu'il garde jusqu'en 1842. Le relais est pris par son frère Achille, élu à Tarbes en 1842 et réélu en 1846. Les deux frères se mêlent de toutes les questions financières débattues à la Chambre, mais aussi des chemins de fer, du sucre indigène, des caisses d'épargne. L'un comme l'autre font partie de la majorité, et Achille soutient le gouvernement conservateur de Guizot jusqu'à la révolution de 1848. Il entre néanmoins à l'Assemblée constituante à l'occasion d'une élection complémentaire, en septembre 1848, puis à l'Assemblée législative, en juillet 1849. En plein accord avec la majorité conservatrice, il est appelé en octobre 1849 par le prince-président Louis Napoléon Bonaparte à prendre le portefeuille des Finances. Il sera encore ministre d'État sous le Second Empire, tandis que ses fils Adolphe et Édouard seront élus au Corps législatif en 1863, et leur frère Gustave en 1869. Une véritable dynastie de banquiers parlementaires.

Achille Fould n'était pas le premier juif à devenir ministre d'un gouvernement français. Adolphe Crémieux et Michel Goudchaux l'avaient devancé en 1848, respectivement ministre de la Justice et ministre des Finances du gouvernement provisoire. Crémieux aura la plus longue carrière. Né à Nîmes en 1796, devenu un brillant avocat, bonapartiste rallié à la monarchie de Juillet, il était entré dans l'opposition à Louis-Philippe après la retraite des libéraux Laffitte et Dupont de l'Eure. Élu député en 1842, réélu en 1846, siégeant à gauche, devenu républicain, il fait donc partie du gouvernement provisoire issu de la révolution de Février. Adversaire du coup d'État du 2 décembre 1851, il est un moment incarcéré à la prison de Mazas. Il lui faut attendre les élections de 1869 pour faire sa rentrée parlementaire. Il fait partie du gouvernement de la Défense nationale, après la proclamation de la IIIe République, en septembre 1870. Membre de la délégation de Tours, alors que les Prussiens assiègent Paris, il prend le décret portant son nom donnant la citoyenneté française aux juifs d'Algérie – sur lequel nous reviendrons. Il terminera sa carrière politique comme sénateur.

Élu aussi en 1842, Max-Théodore Cerfberr est, lui, député de Wissembourg, où il sera réélu en 1846. Cet officier de Napoléon a fait toute sa carrière dans l'armée avant d'entrer en politique : capitaine d'état-major en 1827, chef d'escadron en 1834, il devient chef de cabinet du ministre de la Guerre Schneider en 1839. Il en sortira lieutenant-colonel. À la Chambre des députés, il s'occupe des affaires militaires, comme il se doit, appartenant à la majorité conservatrice favorable à Guizot. La révolution de 1848 le renvoie à la vie privée à 56 ans.

Citons encore Alfred Naquet, né à Carpentras en 1834, agrégé de la faculté de médecine où il enseigne la chimie organique, tout en s'engageant dans le mouvement républicain. Il organise en 1867 le congrès de la Paix de Genève. Ses agissements politiques lui valent une condamnation à quinze mois de prison, que ne peut lui éviter Crémieux, son avocat. Élu le 8 février 1871 à l'Assemblée nationale, il siège dans le petit groupe de l'extrême gauche, adversaire des « opportunistes ». On lui doit surtout le rétablissement du divorce, grâce à une loi qu'il fait voter en 1882 par la Chambre des députés, puis, devenu sénateur, qu'il fait ratifier par le Sénat de 1884. Il sera un des tout premiers partisans du général Boulanger, issus des rangs radicaux, dans la perspective d'une révision constitutionnelle.

La banque et la politique ne mobilisent qu'une poignée de juifs, mais ceux-ci témoignent de l'intégration des juifs en général. Sans doute, la majorité d'entre eux, les juifs d'Alsace et de Lorraine jusqu'à la défaite de 1871 et l'annexion des trois départements de l'Est au Reich allemand, ne voient qu'une très lente évolution dans leur changement d'existence. Encore nombreux, souvent pauvres, voire indigents, ils continuent à vivre dans les villages, et à se livrer au petit commerce, à l'artisanat, au colportage, au prêt sur gages. Bien différent est le sort de ceux qui, des débuts de la Restauration aux débuts de la IIIe République, sont entraînés dans le mouvement d'urbanisation. Outre les grandes villes alsaciennes, Colmar et Strasbourg, sans omettre Metz en Lorraine, c'est Paris qui largement accueille une population juive soit émigrée de l'intérieur, soit venue de l'Europe centrale. Moins de 3 000 au début du siècle, environ 25 000 en 1861, les juifs seront environ 40 000 à habiter Paris au moment de l'affaire Dreyfus. Après la défaite de 1871, de nombreux juifs des « provinces perdues » quittent l'« Alsace-Lorraine » devenue allemande pour rester français ; nombre d'entre eux s'installent à Paris, mais aussi à Lyon et à Marseille.

Entre les deux extrêmes de la société juive, entre les banquiers et les pauvres hères, s'est ainsi formée progressivement une classe moyenne, favorisée par l'accès aux études et aux concours des grandes écoles. Le premier bachelier juif de la région lyonnaise est fêté en 1843 ; dans les décennies suivantes, il sera suivi par nombre de ses coreligionnaires, qui deviendront médecins, avocats (Édouard-Achille Halphen), magistrats (Gustave Bédarride, Philippe Anspech), professeurs (Adolphe Franck, professeur de philosophie au Collège de France), fonctionnaires. Contrairement à ce qui se passe dans la plupart des autres pays d'Europe, les juifs entrent aussi dans l'armée, encore largement encadrée par les nobles et les catholiques, pour devenir officiers, *via* souvent l'École polytechnique. Léopold Sée devient le premier général juif en novembre 1870. Une ascension sociale qui est encore accélérée sous la IIIe République, notamment dans les hauts postes de l'administration désertés par les anciens personnels de l'Empire.

Le milieu artistique et intellectuel est l'un des plus perméables. Que l'on songe à la belle carrière de Rachel au théâtre (ses obsèques en 1858 sont suivis par 100 000 Parisiens), aux succès de Meyerbeer à l'Opéra et d'Offenbach sur les planches de ses Bouffes-Parisiens. Arrêtons-nous à l'exemple de la famille Halévy, qui n'est pas étrangère, du reste, à la gloire d'Offenbach. Élie Halfon Lévy, originaire de la région de Nuremberg, est venu s'installer en France, d'abord en Lorraine puis à Paris, vers 1789, où il prend le nom d'Halévy en 1807. Hébraïsant notoire, c'est à Paris qu'il épouse Julie Meyer, originaire de Lorraine. De leur union naissent trois filles et deux garçons. Traducteur officiel du Consistoire de Paris, Élie Halévy fonde en 1817 un journal, *L'Israélite français*. Il rédige en 1820 une sorte de catéchisme, une *Instruction morale et religieuse à l'usage de la jeunesse israélite*. Son fils aîné Fromental (prénom inspiré du calendrier révolutionnaire) suit les cours du Conservatoire de musique et, parallèlement, ceux du lycée Charlemagne. Léon le suit, qui devient professeur de littérature française à l'École polytechnique en 1831, avant d'épouser une catholique, Alexandrine Le Bas. Fromental, lui, grand prix de Rome en 1819, devenu professeur au Conservatoire, s'impose comme compositeur, remportant un grand succès avec son chef-d'œuvre *La Juive* en 1835, ce qui lui vaut d'être le premier juif élu à l'Académie des beaux-arts. Sa fille, Geneviève Halévy, épousera Georges Bizet. Le fils de Léon, Ludovic Halévy, contribue, sous le Second Empire, au triomphe d'Offenbach, autre juif d'origine allemande, naturalisé français en 1860, en écrivant une partie de ses livrets d'opéras et d'opérettes (*La Belle Hélène*, *La Vie parisienne*). Il épouse une protestante, Louise Bréguet, en 1868, qui lui donnera un fils, Daniel Halévy, grand médiateur des lettres françaises au XXe siècle, éditeur et écrivain lui-même[4]. Ludovic avait un demi-frère, appelé lui aussi à devenir quelque peu célèbre, Anatole Prévost-Paradol. Léon l'avait eu, avant son mariage, d'une actrice du Théâtre-Français, Lucinde Paradol ; reconnu par le commandant François Prévost, Anatole devint l'un des plus brillants journalistes politiques (au *Journal des débats*) et un essayiste de talent, auquel on doit notamment *La France nouvelle*, essai pénétrant et assez pessimiste sur la France à la fin du Second Empire.

À partir surtout du Second Empire, le monde de la presse et de l'édition à son tour s'ouvre aux juifs. On note d'abord la part prise par la banque juive dans le capital de certains jour-

4. S. Laurent, *Daniel Halévy*, Grasset, 2001.

naux, notamment le soutien des Rothschild au *Journal des débats*, d'esprit orléaniste. *Le Temps*, relancé en 1861 et appelé à détrôner le *Journal des débats* sous la IIIe République, fut d'abord le journal d'Auguste Nefftzer, un protestant alsacien ; les d'Eichtal participèrent à son capital. Des juifs sont aussi directeurs de journaux, comme Polydore Millaud, Jules Mirès, Jules Solar, Arthur Meyer, juif converti, qui dirige à partir de 1882 *Le Gaulois*, véritable moniteur de la noblesse française. Michel Lévy installe une grande maison d'édition qui deviendra la maison Calmann-Lévy.

Un bon indicateur de l'intégration des juifs dans la société française du XIXe siècle est sans doute la facilité avec laquelle, au moins dans la bourgeoisie, se nouent des mariages mixtes. Pour épouser une catholique ou une protestante [5], bien des juifs sont prêts à renoncer à leurs derniers liens avec la Synagogue. L'opinion juive telle qu'elle s'exprimait pouvait se montrer satisfaite d'une nation émancipatrice où les enfants d'Israël faisaient peu à peu leur place au soleil. Lors de la triple élection de 1842 de Fould, Crémieux et Cerfberr, les *Archives israélites* en témoignent : « Qui parle de dissensions ? Il n'y en a plus de possibles en France, après un tel résultat, il n'y a plus chez nous de différences religieuses, plus de haines héréditaires, plus de croyances qui tuent ! Le fanatisme est en ruines, la persécution des Juifs est morte, la superstition est évanouie [6]. »

Les témoignages favorables aux juifs sont alors légion dans la presse, la littérature et le théâtre de l'époque. De Benjamin Constant à Victor Hugo [7], en passant par le *Voyage d'Orient* de Lamartine, l'*Ahasvérus* d'Edgar Quinet et *Le Juif errant* d'Eugène Sue, les portraits de juifs ne manquent pas. Caricaturaux, ladres, odieux, vieillards lubriques, beaucoup sont

5. Les alliances judéo-protestantes sont particulièrement nombreuses : voir P. Cabanel, *Juifs et protestants en France, les affinités électives*, Fayard, 2004.

6. « Les députés israélites, MM. Cerfberr, Crémieux et Fould », *Archives israélites*, III/1842, p. 362.

7. V. Hugo, dans le temps de son adhésion monarchiste et catholique, présente des personnages de juifs fort peu sympathiques, avant de prendre la défense des persécutés de Russie en 1882.

aussi généreux ou grandioses. Balzac lui-même, dont l'œuvre est habitée par de nombreuses figures de juifs, à commencer par le fameux Nucingen, fera dire à Rabi, dans son *Anatomie du judaïsme français* : « L'œuvre de Balzac en est la preuve, l'antisémitisme en France, durant les cinquante premières années du siècle, fut tout au plus souterrain. » François Delpech allonge la séquence chronologique d'heureuse intégration jusqu'à quatre-vingts années : « De la non-reconduction du décret napoléonien contre les Juifs à la parution de *La France juive* de Drumont et au réveil de l'antisémitisme, les communautés juives de France connurent une période de tranquillité tout à fait exceptionnelle dans leur histoire [8]. »

L'antisémitisme a-t-il été pour autant absent de cette longue période ? Loin s'en faut. Fer de lance de la modernisation, les juifs seront aussi les premières victimes de ceux qui la refusent. Dans ce siècle en apparence si favorable à leur destinée, se forgent en silence les armes de l'antisémitisme moderne.

L'émancipation des juifs a été, en France, contemporaine ou a précédé de quelques décennies le double phénomène historique que fut la démocratisation progressive de la société et la révolution industrielle. La fin de l'Ancien Régime a été vécue douloureusement par les anciens privilégiés, attachés à la société d'ordres ; par de larges couches de catholiques, acceptant mal la sécularisation de l'État et de la société, surtout quand le catholicisme a cessé d'être religion d'État, sous la monarchie de Juillet. Un courant de pensée, contre-révolutionnaire ou traditionaliste, en est résulté, nostalgique et combatif, désireux à la fois de rétablir une monarchie catholique, définitivement renversée par la révolution de 1830, et de maintenir autant que possible les hiérarchies anciennes. Celles-ci s'étaient formées au long des siècles au sein d'une société rurale, que la révolution industrielle commence à lézarder au profit des villes, et particulièrement au profit de Paris qui double le nombre de ses habitants entre 1800 et 1850, et continue de grossir, en devenant le centre de tous les pouvoirs, politiques, sociaux, écono-

8. B. Blumenkranz (dir.), *Histoire des Juifs en France*, Privat, 1972.

miques, culturels. Une nouvelle classe s'impose, à travers la banque, l'industrie, le Parlement, la presse ; une classe bourgeoise, censitaire, qui connaît son triomphe sous la monarchie de Juillet et sous le Second Empire.

Cette nouvelle société, nous l'appellerons à la suite de Karl Popper la « société ouverte ». Le passage de la *société close* à la *société ouverte*, c'est-à-dire d'une société où la vie de chacun est déterminée par sa naissance à une société où l'initiative et la responsabilité individuelles sont le gouvernail de l'existence, est, nous dit Popper, « une des plus grandes révolutions que l'humanité ait connues [9] ». L'individualisme, promulgué par la Révolution, accéléré par l'économie de marché et le déclin de la foi religieuse, est à la base de cette société moderne, rejetée soit par les partisans du passé, soit par les prophètes de l'avenir. Or les juifs vont apparaître souvent, aux yeux des uns et des autres, comme les complices, les profiteurs, voire les organisateurs, de cette société ouverte, individualiste et capitaliste.

La nouvelle société, effaçant l'ordre ancien respecté par tous, produit l'indifférenciation, c'est-à-dire la perte des « différences » admises, instituées, acceptées. Le ressentiment social est en premier lieu celui des membres de la noblesse, dépossédée, et rejetée dans l'indifférence par la révolution de Juillet. Alfred de Vigny, comme bien d'autres, en arrive à considérer le monde dans lequel il vit sa déchéance comme un monde « juif » : « Le Juif, écrit-il, a payé la révolution de Juillet parce qu'il manie plus aisément les bourgeois que les nobles [10]. » Le mépris de la bourgeoisie qui anime le poète l'amène à la dénonciation du juif, banquier de cette même bourgeoisie, qui a tué la noblesse : « Dans mille occasions de ma vie, écrit-il, je vis que les nobles sont en France comme les hommes de couleur en Amérique, poursuivis jusqu'à la vingtième génération [11]. »

9. K. Popper, *La Société ouverte et ses ennemis*, Seuil, 1979, t. 1, p. 143.
10. A. de Vigny, *Journal d'un poète*, Gallimard, « La Pléiade », t. 2, p. 1061.
11. *Ibid.*, p. 1298.

Plus tard, les frères Goncourt, dans la même veine que Vigny, opposeront l'artiste désintéressé, adepte de l'Art pour l'art, aux spéculateurs et aux marchands. Dans leur roman *Manette Salomon*, en 1867, ils décrivent la déchéance progressive d'un peintre, Coriolis, peu soucieux de réussite financière, entraîné par un ancien modèle devenu sa compagne, une juive, dont la vénalité, l'avidité, l'impérieux désir de réussite sociale lui seront fatals. Ami d'Édouard Drumont, Edmond de Goncourt, survivant à son frère Jules mort en 1870, professera dans son *Journal* la haine du juif comme incarnation d'une modernité issue de la Révolution, de la démocratie et de la bourgeoisie capitaliste [12].

Le ressentiment social inspire mieux que des émotions : une doctrine. Joseph de Maistre et Louis de Bonald en ont été les auteurs les plus remarquables ; tous les deux ont dénoncé la main du juif dans la construction de la société moderne qu'ils refusent. Dans un article du *Mercure de France*, en 1806, Bonald dénonce l'œuvre de l'Assemblée constituante qui a forcé « toutes les barrières que la religion et la politique avaient élevées » entre les chrétiens et les juifs : « Je pense qu'un gouvernement qui a l'honneur de commander à des Chrétiens, et le bonheur de l'être lui-même, ne doit pas livrer ses sujets à la domination de sectateurs d'une religion ennemie et sujette du christianisme : les Chrétiens peuvent être trompés par les Juifs, mais ils ne doivent pas être gouvernés par eux, et, cette dépendance offense leur dignité, plus encore que la cupidité des Juifs ne lèse leurs intérêts [13]. » Hostile à la société industrielle et aux droits de l'homme, il refuse l'évolution économique et sociale, la circulation monétaire, l'industrialisation, l'urbanisation, l'individualisme, autant de calamités que les juifs ont contribué à apporter au nouveau siècle [14]. Après lui, Antoine Blanc de Saint-Bonnet. Celui-ci, après une

12. M. Winock, « L'antisémitisme des Goncourt », Colloque sur les Frères Goncourt et leur temps, Bibliothèque nationale, décembre 2003.

13. L. de Bonald, « Sur les Juifs », *Mercure de France*, 8 février 1806.

14. Id., *Réflexions sur la révolution de Juillet 1830*, Presses de l'Institut d'études politiques de Toulouse, 1983.

courte saison républicaine au cours de la révolution de 1848, devient un nouvel auteur de la cause contre-révolutionnaire, en publiant en 1851 sa *Restauration française*. Défenseur de la société aristocratique, catholique et chrétienne, cet idéologue fustige l'économie et la société modernes. Adepte du retour à la terre (« Les peuples s'écrouleront par le gouffre des villes »), il flétrit la bourgeoisie voltairienne qui tient désormais le haut du pavé et fait de la richesse le seul but. Tout s'est délité depuis 1789 : « La liberté donnée à tous les cultes et à l'accroissement de la mauvaise presse, l'enseignement continu de l'Université, le scepticisme avoué chez les autorités administratives et gouvernantes, l'art d'engouer pour les entreprises d'industrie ou du sol, la dispersion de la famille, la mobilisation du capital, les encouragements donnés à la marche du luxe, à l'érection des théâtres et des palais de l'agiotage, la persistance à placer l'honneur dans l'argent, et à ramasser peu à peu tout le pouvoir dans l'État, pour faire mourir à petit feu le pouvoir de l'Église, ont opéré au sein des esprits et des faits, un bien autre désastre que toutes les furies de la Terreur. »

Dans ce discours réactionnaire, rien encore sur les juifs, mais on observe l'association faite par l'auteur entre « la liberté donnée à tous les cultes » et « l'art d'engouer pour les entreprises d'industrie » ou d'agiotage. Dans l'avènement de cette société, la main du juif ne saurait, en effet, être oubliée. À l'équilibre ancien entre le travail agricole et l'industrie manufacturière, a succédé une économie de consommation : « Tout le mal vient de l'abus du commerce. [...] Entre les deux industries, agricole et manufacturière, les Juifs vinrent établir l'industrie intermédiaire du commerce, pour transporter les produits de l'une à l'autre. Dès ce moment, la production entra dans une autre voie. » Les gens de commerce n'ont qu'un but : « la consommation la plus grande possible des produits de toutes sortes », et oublient les besoins véritables des gens. « Quand l'Église nous mit en garde contre les Juifs, contre l'usure, contre les banques, enfin contre l'abus du commerce, nous n'avons pas voulu écouter » [15].

15. A. Blanc de Saint-Bonnet, *Restauration française*, nouv. édition, Tournai, Casterman, 1872.

En lisant ces auteurs, le lecteur peut s'étonner à bon droit que si peu d'hommes – 40 000 juifs en France à la veille de la Révolution – aient pu avoir raison de l'ancienne monarchie de droit divin, de l'ancienne société d'ordres, des corporations, de l'industrie agricole. Le discours sur la responsabilité des juifs dans les malheurs de la société ouverte n'en est pourtant qu'à son prologue. Nous assistons à l'engrenage d'un processus connu des ethnologues, celui de la « sélection victimaire » pour reprendre l'expression de René Girard [16]. Accusés d'empoisonner les puits au Moyen Âge, ce qui justifiait les pogroms, les juifs, peuple déicide et maléfique, selon une tradition chrétienne qui remonte aux Pères de l'Église, vont servir de boucs émissaires à tous les groupes sociaux en déclin ou en difficulté. Pour l'heure, on les accuse d'avoir créé l'économie de marché, la banque, le capitalisme. Que certains d'entre eux aient effectivement concouru à la nouvelle économie et à la nouvelle société, nul doute ! Qu'ils en aient été les seuls acteurs n'a guère de sens. Ils font les frais en l'occurrence d'une synecdoque facile : la (petite) partie prise pour le tout. Ils offrent un nom aux rhéteurs plaintifs, une explication aux foules et une méthode aux prédicateurs sociaux : dans tout malheur, cherchez le juif !

Le rejet de la société industrielle, citadine et marchande n'est pas l'exclusivité des traditionalistes politiques et des barons aveyronnais. Un fils de la Révolution comme Jules Michelet le partage. Certes, il est du côté des paysans petits propriétaires et non des hobereaux, mais il exprime la même phobie du machinisme, de l'industrie, des enrichis. Dans sa défense des paysans, il attaque l'usurier : « Que serait-ce d'une race élevée ainsi, sous la terreur des Juifs, et dont les émotions seraient celles de la contrainte, de la saisie, de l'expropriation [17] ? » Parlant de la servitude du fabricant, il met en cause le commerçant juif : « Il crie, et l'on s'étonne ; on ne sait pas que le Juif vient de lui enlever sur le corps une

---

16. R. Girard, *Le Bouc émissaire*, Grasset/Le Livre de Poche, 1982, p. 29.
17. J. Michelet, *Le Peuple*, Hachette et Paulin, 1846, p. 19.

livre de chair. » Certes, « l'anti-France » (expression de Michelet) est l'Angleterre, non le juif, et Michelet ne manquera pas d'exprimer aussi sa sympathie pour les fils d'Israël. Mais ce détour par l'œuvre du grand historien national qui inspirera la culture républicaine a l'intérêt, me semble-t-il, de montrer la corrélation établie par bien des observateurs de la société entre la naissance du monde moderne et l'activité des juifs. Paradoxalement, cette communauté religieuse qui a traversé les siècles en s'attachant à la tradition devient, en raison de la visibilité de quelques-unes de ses élites, la raison même de l'antitradition, l'instrument privilégié et coupable de la modernité.

Michelet nous offre une transition entre la judéophobie de droite et la judéophobie de gauche. L'individualisme et le capitalisme n'ont pas pour seuls ennemis les militants de l'Ancien Régime. La ville et l'atelier, les débuts de la concentration industrielle et la prolétarisation de nombreuses couches paysannes, ont fait naître la critique socialiste. La France a été particulièrement féconde en écrits socialistes dans la première moitié du XIXe siècle. Plusieurs écoles et de nombreux auteurs se sont fait concurrence. Leur anticapitalisme n'a pas épargné les juifs.

Faisons un cas particulier de l'école saint-simonienne. Soucieuse de la « classe la plus nombreuse et la plus pauvre », favorable à l'organisation du travail, elle passe pour socialiste. Mais Saint-Simon et les saint-simoniens ont surtout été les prophètes de la croissance et d'une certaine technocratie, où la banque devait jouer son rôle. La destinée des saint-simoniens, celles des Michel Chevalier ou des frères Pereire, entrepreneurs de grands travaux ou fondateurs d'une nouvelle banque, conseillers de Napoléon III, les éloigne assez nettement des autres socialistes. Bien des jeunes gens d'origine juive (Léon Halévy en était) ont participé au mouvement vers 1830. L'un d'eux, Olinde Rodriguès, a été l'un des derniers soutiens de Saint-Simon, mort en 1825. M. Capefigue fera, dans son *Histoire des grandes opérations financières*, en 1858, un amalgame entre saint-simoniens et juifs : « Nous sommes, écrit-il, en pleine société saint-simonienne et juive. […] La famille s'en va ; la propriété s'émiette ; la campagne se dépeuple pour les cités, les petites villes pour les grandes ; les machines créent un sombre esclavage ; les chemins de fer un engourdissement monotone, une existence babylonienne, qui n'a plus pour distraction que la fumée narcotique d'un nouvel opium [18]. »

Charles Fourier, inventeur du phalanstère, donne le signal de départ, au contraire, de l'anticapitalisme antijuif. Doué d'une extraordinaire imagination, qui saura émerveiller les surréalistes [19], champion de la libération de la femme et de l'amour, Fourier, dans son hostilité radicale à l'économie « mercantile », a dénoncé « l'admission des Juifs au droit de cité », ces hommes qu'il appelle des « patriarcaux improductifs » : « La nation juive n'est pas civilisée, elle est patriarcale, n'ayant point de souverain, n'en reconnaissant aucun en secret, et croyant toute fourberie louable, quand il s'agit de tromper ceux qui ne pratiquent pas sa religion. Elle n'affiche pas ses principes, mais on les connaît assez. Un tort plus grave, chez cette nation, est de s'adonner exclusivement au trafic, à l'usure, et aux dépravations mercantiles […]. Lorsqu'on aura reconnu (et cela ne tarderait guère) que la saine politique doit s'attacher à réduire le nombre des marchands, pour les amener à la concurrence véridique et salutaire, on aura peine à concevoir la philosophie qui appelle à son secours une race toute improductive, mercantile et patriarcale, pour raffiner les fraudes commerciales déjà intolérables [20]. »

Il appartenait à un disciple de Fourier de systématiser l'idée ; ce fut Alphonse Toussenel qui s'en chargea, dans

---

18. M. Capefigue, *Histoire des grandes opérations financières*, 1858, t. III. Sur les juifs saint-simoniens, M. Graetz, *Les Juifs en France au XIXe siècle*, Seuil, 1989.

19. A. Breton, dans sa célébration de Fourier, demandera qu'on fasse subir à son « ordonnance » quelques corrections, « à commencer par la réparation d'honneur due au peuple juif », *Ode à Charles Fourier*, *in* A. Breton, *Œuvres complètes*, t. 3, Gallimard, « Bibliothèque de la Pléiade », 1999, p. 355.

20. Ch. Fourier, *Le Nouveau Monde industriel et sociétaire*, rééd. Anthropos, 1966, p. 421.

ses *Juifs rois de l'époque*, parus en 1844[21]. D'emblée, son ouvrage laisse entrevoir l'ambiguïté sémantique : « J'appelle, écrit Toussenel, comme le peuple, de ce nom méprisé de juif, tout trafiquant d'espèces, tout parasite improductif, vivant de la substance et du travail d'autrui. Juif, usurier, trafiquant, sont pour moi synonymes. » De fait, le vocabulaire de l'époque fera du mot « juif » un terme qui restera longtemps infamant, synonyme d'homme de finances sans scrupules, affameur des pauvres hères[22]. « Expression consacrée par l'usage », comme nous en avertit l'auteur. Ce qui l'amène à appeler « juifs » les protestants : « L'Anglais, le Hollandais, le Genevois, qui apprennent à lire la volonté de Dieu dans le même livre que le Juif, professent pour les lois de l'équité et les droits des travailleurs le même mépris que le Juif. » Celui-ci pourrait donc n'être qu'un prête-nom, n'était la mise en accusation récurrente d'Israël par Toussenel, à commencer par la dénonciation de la Bible, livre « souillé d'infamie » : « Je ne décerne pas le titre de grand peuple à une horde d'usuriers et de lépreux, à charge à toute l'humanité depuis le commencement des siècles, et qui traîne par tout le globe sa haine des autres peuples et son incorrigible orgueil. »

C'est bien aux juifs que Toussenel s'en prend en priorité, non sans considération religieuse. Il reprend contre eux l'accusation de déicide, car « le Dieu du peuple juif n'est autre, en effet, que Satan » ; les juifs ont « mis à mort le Fils de Dieu ». Autre grief : les juifs n'exercent jamais une fonction « utile ou productive », ils ne songent, féodalité mercantile, « qu'à gruger et dépouiller la nation » qui les a reçus, au détriment des travailleurs qu'ils affament. Reproche leur est fait de refuser le travail des champs, sans la moindre allusion à l'interdiction qui leur était imposée depuis des siècles d'acquérir une terre. « Vils croupiers d'agiotage », « fainéants repus »,

21. A. Toussenel, *Les Juifs rois de l'époque*, 2 vol., rééd. Marpon et Flammarion, 1886.

22. Littré donne pour « juif », au figuré et familièrement, la définition suivante : « Celui qui prête à usure ou qui vend exorbitamment cher, et, en général, quiconque cherche à gagner de l'argent avec âpreté. »

« hauts et puissants seigneurs du capital », les insultes précèdent la démonstration. Celle-ci porte sur le déclin de la France, complètement soumise à l'extérieur à l'Angleterre et à la haute finance à l'intérieur : « Le Juif règne et gouverne en France », telle est l'explication. Car la banque juive a besoin de la paix pour ses profits, quitte à humilier le pays : « Ne remercions pas le Juif de la paix qu'il nous donne ; s'il avait intérêt à ce que la guerre se fît, la guerre se ferait. » À l'intérieur, Toussenel voit le juif tout dominer, la banque, les transports, les mines, les sels et les tabacs : « Le gouvernement n'est déjà plus que l'humble vassal de la féodalité financière et le servile exécuteur de ses hautes volontés. »

Tout l'ouvrage de Toussenel brode sur la double synecdoque accusatrice : tous les juifs sont assimilés à la haute banque juive et toute la haute banque aux Rothschild et aux Fould. Sans grand écho en son temps, « l'admirable livre de Toussenel » servira, de son propre aveu, de modèle à *La France juive* de Drumont, une quarantaine d'années plus tard. Il aura été, chez les socialistes français de la première moitié du siècle, l'ouvrage le plus systématique sur la réduction des juifs à une « féodalité financière », au prix d'une certaine confusion sémantique. Il aura introduit, mieux que nul autre, ce que Léon Poliakov a appelé la « causalité diabolique », cette interprétation des faits politiques, économiques et sociaux par un agent unique, puissant, généralement occulte. Qu'un accident de chemin de fer se produise sur la ligne Paris-Amiens, en 1846, à Fampoux, c'est la Compagnie des chemins de fer du Nord qui est en cause, donc les Rothschild, concessionnaires, *ergo* les juifs. En quelque affaire qu'un patronyme juif apparaisse, *les* juifs sont responsables.

Dans la famille des socialistes français, Pierre-Joseph Proudhon, sans consacrer d'ouvrage à la question, fut sans doute l'un des judéophobes les plus virulents. On rencontre dans ses essais, surtout dans les livres posthumes comme ses *Carnets*, les imprécations les plus variées et bientôt les plus classiques, dans lesquelles le racisme côtoie l'anticapitalisme et la xénophobie :

« Le Juif est par tempérament antiproducteur, ni agriculteur, ni industriel, pas même vraiment commerçant. C'est un entremetteur, toujours frauduleux et parasite, qui opère, en affaires comme en philosophie, par la fabrication, la contrefaçon, le maquignonnage. Il ne sait que la hausse et la baisse, les risques de transport, les incertitudes de la récolte, les hasards de l'offre et la demande. Sa politique en économie est toute négative ; c'est le mauvais principe, Satan, Ahriman, incarné dans la race de Sem [23]. »

Dans l'un de ses *Carnets*, il formule un programme riche d'avenir : « *Juifs*. Faire un article contre cette race, qui envenime tout, en se fourrant partout, sans jamais se fondre avec aucun peuple. – Demander son expulsion de France, à l'exception des individus mariés avec des Françaises. – Abolir les synagogues, ne les admettre à aucun emploi, poursuivre enfin l'abolition de ce culte. Ce n'est [pas] pour rien que les chrétiens les ont appelés déicides. Le Juif est l'ennemi du genre humain. Il faut renvoyer cette race en Asie ou l'exterminer [24]. »

Que de semblables anathèmes soient proférés par des penseurs comme Proudhon ou Fourier, aux œuvres si fécondes, en dit long sur la puissance du préjugé en train de s'élaborer en cette première moitié du XIXe siècle. Bergson, entre autres, nous a prévenus : « Ne parlons pas d'une ère de la magie à laquelle aurait succédé celle de la science. Disons que science et magie sont également naturelles, qu'elles ont toujours coexisté. [...] Que l'attention à la science se laisse un moment distraire, aussitôt la magie fait irruption dans notre société civilisée, comme profite du plus léger sommeil, pour se satisfaire dans un rêve, le désir réprimé pendant la veille [25]. » L'antisémitisme, tel qu'il se construit au XIXe siècle, ressortit bien à la pensée magique : incantations

23. P.-J. Proudhon, *Césarisme et Christianisme*, Marpon et Flammarion, 1883, t.1, p. 139.

24. *Carnets de P.-J. Proudhon*, édit. P. Haubtmann, Rivière, 1961, t. 2, p. 23, 52, 151, 337.

25. H. Bergson, *Les Deux Sources de la morale et de la religion*, PUF, 1959, p. 183.

en place de raisonnements, croyances au lieu de démonstrations, dénonciations sans preuves, amalgames péremptoires. Marx lui-même, socialiste soi-disant « scientifique », n'y coupe pas, comme l'atteste sa *Question juive*. Assimilant le juif à l'argent, la religion juive au trafic (« L'argent est le dieu jaloux d'Israël, devant qui nul autre Dieu ne doit subsister »), il fait du juif, dans un registre dogmatique, une *essence*, au mépris de toutes les *existences* juives particulières. Pourquoi ? Laissons les causes psychologiques particulières qui peuvent conditionner la pensée de Marx, issu d'une famille juive convertie au luthéranisme, afin de chercher le commun dénominateur de tous ces discours de droite comme de gauche, et que Marx affirme encore plus nettement que les autres : « Le judaïsme atteint son apogée avec la perfection de la société bourgeoise. » Socialistes et contre-révolutionnaires, même combat : société industrielle, capitalisme, avènement de la bourgeoisie, voilà l'ennemi ! Incarner cet ennemi dans un groupe, auquel est imputée déjà de longue date « la mise à mort du Rédempteur », parce que ce groupe, archi-minoritaire dans la société, mais politiquement émancipé, prend place peu à peu sur tout l'éventail des fonctions et des postes, et qu'il reste *autre* par sa religion pratiquée ou d'origine ; en faire le bouc émissaire d'une évolution jugée détestable vers la société de classes : telle est bien la pensée magique.

La magie, cependant, n'est pas innocente ; supprimer le judaïsme ou exterminer les juifs n'appartient encore qu'au langage incantatoire et symbolique, mais le délire d'interprétation qui est au cœur de la pensée magique marque au fer rouge la victime désignée. Pendant cette période de « tranquillité » qu'ont connue les juifs de France, le corpus de haine à leur endroit s'est étoffé et renouvelé. Bien des ouvrages cidessus évoqués sont restés confidentiels : jusqu'aux années 1880, *grosso modo*, l'intégration des juifs à la société française est allée bon train ; la coexistence pacifique entre juifs et non-juifs est avérée. Mais la promotion des juifs sur tout l'éventail de la vie économique et sociale, dans l'administration et dans la politique, leur réussite et leur bonheur éventuel inspirent des doctrines de rejet qui, pour n'avoir pas d'effets immédiats ni de nombreux adeptes, n'en constituent pas moins les sources d'une idéologie et d'un mouvement d'opinion qui prendront leur nom définitif dans les années 1880 : l'antisémitisme.

3

L'affaire Mortara

C'est sous le Second Empire, épargné dans l'ensemble par l'antisémitisme, que se produit un épisode international relatif aux juifs qui passionna les Français : l'affaire Mortara.

Au mois de septembre 1858, l'opinion internationale prend connaissance d'un événement survenu dans les États du pape. Une affaire de rapt officiel qui s'est déroulée au mois de juin précédent, à Bologne. Sur les faits eux-mêmes, tous les récits finissent par s'accorder. Celui qui vient de Rome, paru à la fin d'octobre dans la *Civiltà cattolica*, sous le titre « Il piccolo neofito Edgardo Mortara », paraît dans une version française sous forme de brochure, peu de temps après, à Bruxelles, sous le titre : *La Vérité sur l'affaire Mortara* [1]. Résumons :

Une jeune servante chrétienne, Anna Morisi, au service d'une famille juive de Bologne, confie à une vieille dame de ses connaissances qu'elle a baptisé un petit enfant de son maître, Edgardo Mortara. Cet enfant ayant recouvré la santé, elle est « dans un grand embarras » en voyant élever « comme un juif » ce chrétien, baptisé à l'insu de tout le monde. La vieille dame colportant le récit de la jeune fille autour d'elle, l'information parvient jusqu'à la Sacrée Congrégation du Saint-Office, chargée à Rome de la défense de la doctrine catholique. Celle-ci décide une enquête pour s'assurer que le baptême a été réellement administré, et qu'il l'a été dans les conditions que l'Église exige comme indispensables pour la validité du sacrement. L'enquête prouve que la servante, voyant

1. *La Vérité sur l'affaire Mortara*, traduit de l'italien, Bruxelles, H. Groemaere, 1858.

en danger la vie de l'enfant âgé alors d'un an, a été encouragée par un pharmacien qu'elle a consulté, et qui l'a instruite en même temps de la matière et de la forme du sacrement. Elle jure sur les Évangiles qu'elle a suivi ses conseils de point en point. La Congrégation, parfaitement rassurée, juge alors que le baptême a été réellement et validement administré au jeune Edgardo Mortara et ordonne, en conséquence, conformément aux dispositions canoniques (les lois de l'Église), qu'il soit élevé au sein du christianisme, dont il porte déjà dans l'âme « l'ineffaçable et sacré caractère ».

Quasi officiel, ce récit ne dissimule pas pour autant que la force a été employée pour arracher l'enfant à ses parents : « Il est certain qu'on dut agir avec une certaine rigueur, et recourir, quoique avec beaucoup de réserve, à l'intervention du bras séculier, parce que les parents n'auraient jamais consenti de leur plein gré à voir partir leur enfant. Il fallut donc procéder avec une certaine énergie. »

Le jeune Edgardo Mortara, âgé de 7 ans, est alors placé à l'hospice des catéchumènes, à Rome, près de l'église de la Madone-des-Monts. Selon le même récit, aux plaintes de ses parents, Edgardo répond : « Je suis baptisé, et mon père, c'est le pape. » Cependant, les Mortara protestent, alertent la Synagogue d'Alexandrie, en Piémont, écrivent à divers rabbins de France et d'Allemagne. Une belle occasion, insinue la brochure, pour combattre le souverain pontife et son pouvoir temporel. Les principaux titres de presse visés sont, en Angleterre le *Times* et le *Morning Post*, en Allemagne l'*Algemeine Zeitung* et le *Volksfreund*, en Italie, l'ensemble des journaux piémontais. En France, les journaux les plus importants, *Le Siècle* et le *Journal des débats*, auxquels il faut ajouter *Le Constitutionnel*, proche du gouvernement impérial [mais « fidèle au judaïsme connu de ses patrons »]. « Quoi ! écrit Louis Alloury dans son éditorial du *Journal des débats* du 12 octobre 1858, parce qu'un enfant né dans la religion juive aurait été baptisé clandestinement à l'âge de six ans par une servante catholique, cet enfant n'appartiendrait plus à sa famille ! Il appartiendrait corps et âme à l'Église catholique, et les autorités de cette Église auraient eu le droit de l'enlever à son père pour le faire élever dans une religion qui n'est pas celle de sa famille ! Quoi ! Les lois canoniques autoriseraient une pareille violation, un pareil renversement de la justice et de la morale universelle ! »

À cette « poignée d'écrivailleurs », comme dit la brochure romaine, le Saint-Siège réplique par une série d'arguments qui seront inlassablement rappelés par les défenseurs du pape : 1. Le sacrement du baptême a fait entrer le jeune Edgardo dans l'Église. 2. Au nom du Christ, l'Église a acquis sur lui « un droit supérieur à tout droit humain ». 3. Les Mortara sont les hôtes d'un État chrétien aux lois duquel ils doivent se conformer. 4. Les Mortara, du reste, s'étaient placés en position d'illégalité en employant une servante chrétienne, ce qui est formellement interdit aux juifs dans les États du pape.

Des démarches diplomatiques sont par ailleurs discrètement entreprises, notamment par Napoléon III, pour rappeler à Pie IX les droits paternels : « Le gouvernement français n'aura, du moins, écrit *Le Constitutionnel*, négligé aucun effort pour déterminer le Saint-Siège à donner à l'opinion publique la satisfaction que, de toutes parts, elle réclame. Mais il paraîtrait que l'autorité du pape se trouve impuissante pour invalider un fait religieux que l'Église a, de tout temps, considéré comme appartenant exclusivement au domaine spirituel, et qui ne saurait dès lors relever de la volonté personnelle du chef de l'Église[2]. »

Du côté catholique, tout juste si l'on note une Lettre pastorale de l'archevêque de Tours, Hippolyte Guibert, au clergé de son diocèse, prenant la défense du pape contre « les mille voix de la presse ». On trouve même au sein de l'Église des voix – et non des moindres – pour s'élever contre la décision de Rome : l'abbé Delacouture, ancien membre de la Compagnie de Saint-Sulpice, chanoine honoraire de Notre-Dame depuis 1840 et examinateur des livres soumis à l'approbation de l'archevêque, publie, chez Dentu lui aussi, *Le Droit canon*

2. Cité par L. Veuillot, *Œuvres complètes*, P. Lethielleux, t. XXXIV, 1936, p. 5.

et le Droit naturel dans l'affaire Mortara, où il expose savamment qu'« il est permis à un catholique, en s'appuyant non seulement sur la raison, mais sur les principes de la religion, de ne pas approuver ce qui s'est fait à Bologne [3] ».

La presse catholique, dans l'ensemble, est prudente, défendant plus ou moins le pape, mais en sourdine, à l'instar de *L'Ami de la religion*. *Le Correspondant*, revue des catholiques libéraux – Montalembert, Lacordaire, Albert de Broglie, Augustin Cochin –, ne consacre pas la moindre note à l'affaire Mortara au cours du dernier trimestre de 1858 qui a vu naître et s'étendre la polémique. Il revient à *L'Univers*, et notamment à son éditorialiste tonitruant, Louis Veuillot, le soin de prendre la défense inconditionnelle du Saint-Office et de Pie IX [4], et de revivifier la méfiance ou l'hostilité de bien des catholiques à l'endroit des juifs.

Veuillot occupe une position particulière dans l'Église. Reconverti au catholicisme de son enfance au milieu des années 1840, il est devenu, par son talent, sa fougue, ses vitupérations, une sentinelle éloquente du pape, à travers ses articles de *L'Univers*. À Rome, il a rencontré le souverain pontife, qui lui accorde sa totale confiance. En France, au contraire, il a maille à partir avec une partie de l'épiscopat et les catholiques de la tendance libérale, aux yeux desquels il fait, par ses excès, plus de mal que de bien à la cause de l'Église. Le grand journaliste s'engage à fond dans l'affaire Mortara, par une série d'articles, à partir du 17 octobre 1858, ferraillant jusqu'à la fin de novembre contre ce qu'il appelle « la presse juive ». En décembre, il complète son apologie par une nouvelle série d'articles, qui ne concernent plus directement l'affaire Mortara, mais le judaïsme en général.

L'Univers compte environ 12 000 à 13 000 abonnés avant 1860, ce qui est déjà beaucoup plus que les autres journaux

3. Plusieurs lettres de l'abbé Delacouture avaient été publiées par le *Journal des débats*, en octobre 1858, qui avaient valu à leur auteur les foudres de *L'Univers*.

4. Notons aussi les interventions de Mgr Pelletier, chanoine d'Orléans, et de dom Guéranger, allant dans le même sens.

catholiques. Son public est assez homogène, des prêtres en majorité, qui ne manquent pas de faire circuler le journal. En 1856, l'évêque de Perpignan, Mgr Gerbet, estime entre 60 000 et 80 000 « l'immense auditoire de Veuillot[5] ».

Les articles et les idées de l'éditorialiste de *L'Univers* ne sont pas d'un marginal exalté ; c'est la voix de Rome elle-même, moins l'apprêt diplomatique. Avec une rare hardiesse, Veuillot, s'emparant d'une affaire dans laquelle les juifs sont des victimes, va retourner la protestation contre ceux-ci, en nourrissant l'argumentaire de l'antisémitisme moderne : ce n'est pas simplement le peuple « déicide » qui est visé, mais une minorité active, une puissance occulte, un complot permanent contre la civilisation chrétienne.

D'emblée, Veuillot juge que l'affaire Mortara a été lancée par les « journaux juifs », parmi lesquels le *Journal des débats*, *Le Siècle*, *Le Constitutionnel*, « les Juifs en général et la presse juive en particulier » jouant « le principal rôle ». L'argumentation de Veuillot n'est pas très originale. Il s'applique à démontrer le sens du baptême : le souverain pontife lui-même « ne peut faire qu'un Juif baptisé ne soit chrétien ; qu'il ne peut pas davantage livrer ses enfants chrétiens à ses sujets juifs, et que sa paternité dans cette rencontre est supérieure à toute autre ». Il insiste sur le fait que les juifs, « hôtes de l'Église romaine », protégés par elle, doivent se soumettre à ses lois.

Toutefois, Veuillot ne s'en tient pas à des considérations religieuses ; il ébauche une véritable théorie du complot : « La Synagogue est forte, écrit-il. Elle enseigne dans les universités, elle a les journaux, elle a la banque, elle est incrédule, elle hait l'Église ; ses adeptes et ses agents sont nombreux. Elle les a mis en mouvement partout, et son succès dépasse les espérances qu'elle pouvait concevoir, puisque, si nous en croyons *Le Constitutionnel*, les gouvernements eux-mêmes, cédant à la fausse opinion qu'elle a su créer, lui viennent en aide. Rarement les Juifs ont mieux montré ce qu'ils sont en état de faire en Europe : toutefois ils prennent l'habitude

5. P. Pierrard, *Louis Veuillot*, Beauchesne, 1998, p. 48.

d'employer des comparses qui pourront se faire payer cher. » Il écrira encore, le 20 novembre : « Chaque journal est un relais de Juifs. Il y en a trois au *Charivari*, davantage au *Journal des débats*, et nous ne savons combien au *Siècle*, sans compter les réserves de la province. »

Plus largement, Veuillot remet en cause la place des juifs dans la société, déplorant « l'effet odieux des libertés » qu'on leur a données. Sans doute ne faut-il pas les haïr, car ils doivent « s'asseoir un jour au banquet de la réconciliation ». « Les derniers de la race déicide seront pardonnés, les rejetons de ces bandes misérables mourront dans la lumière et dans l'amour de la croix. S'ils blasphèment le Christ sur les berceaux de leurs enfants ; si, dans de lointains pays où ils sont tombés au-dessous des derniers barbares, il faut à leur Pâque, devenue sacrilège, le sang d'un enfant chrétien, d'un prêtre, afin qu'après avoir crucifié l'Agneau ils le dévorent dans ceux qui sont devenus sa chair, qu'avons-nous à faire, sinon de suivre l'exemple de la grande Victime, et leur rendre le bien pour le mal? »

Jusqu'à un certain point ! Car, écrit Veuillot, « je ne crois pas qu'on fasse aucun bien à ce peuple, d'une part, en multipliant les privilèges de sa détestable industrie, de l'autre en lui prodiguant des faveurs politiques qui encouragent son insolence naturelle. Il y a dans le sang chrétien contre le Juif une inimitié qui n'est pas injustifiable et que ces moyens n'éteindront pas. La charité chrétienne seule peut la combattre; mais les Juifs excellent à décourager la charité ».

Le débat s'organise. Les articles de Veuillot, puis le mémorandum de la *Civiltà cattolica*, provoquent répliques et polémiques dans le reste de la presse. La Bédollière, dans *Le Siècle*, résume bien les positions largement répandues contre l'apologie de Veuillot : « Le gouvernement qui a inscrit en tête de sa constitution les principes de 1789 permettra que ceux qui défendent la révolution française, le Code civil, la liberté de conscience, les libertés de l'Église gallicane, ne s'inclinent pas devant les inquisiteurs et les insulteurs de tout ce que la France a produit de grand et d'honorable depuis un siècle. » De son côté, Prévost-Paradol, répliquant au mémorandum de la *Civiltà cattolica*, rappelle le contexte international : « Ce sont force injures contre les libéraux, force louanges de la sagesse et de la douceur de l'Église, force anathèmes contre ces préjugés naturalistes qui nous ravalent au niveau des bêtes en nous inspirant un amour déréglé pour nos enfants. [...] L'auteur du Mémoire insiste avec le plus singulier à propos sur ce texte, que Jésus Christ n'est pas venu apporter la paix dans le monde, mais la guerre, *non pacem, sed gladium*. Il faut voir le Saint-Siège brandir héroïquement ce glaive contre la famille Mortara. Il oublie trop facilement peut-être qu'il n'a pas entre les mains d'autre épée que celle de la France, et que sans cette épée, loin de pouvoir dérober un enfant à ses sujets israélites, il ne pourrait même pas défendre son autorité contre ses sujets chrétiens [6]. »

Cependant, la polémique sur l'affaire Mortara cesse assez brusquement, à la fin de novembre, à la suite d'une intervention du ministre de l'Intérieur, le gouvernement s'inquiétant du tour qu'elle prenait. Dans les *Mélanges* publiés par Veuillot de son vivant, on peut lire : « La polémique sur le fait particulier de l'enfant Mortara fut interrompue… par un avertissement officieux du ministre de l'Intérieur qui prévint tous les journaux de ne plus agiter cette question. »

Veuillot ne parle donc plus de l'affaire de Bologne, mais, n'en ayant pas fini avec les juifs, il entame alors un feuilleton, qui va durer jusqu'au 10 janvier 1859, sur la nature malfaisante du judaïsme, qu'il oppose catégoriquement au mosaïsme. Il reprend dans son argumentation les démonstrations de l'abbé Chiarini, dont la *Théorie du judaïsme* parue en 1830 lui offre tous les éléments savants de sa thèse. À savoir que le judaïsme, fondé sur le Talmud, a pour principe la haine des peuples non juifs, et spécialement des peuples chrétiens ; et que les juifs doivent en revenir à l'enseignement de la Bible seule, fondement du mosaïsme.

L'antijudaïsme de Veuillot a donc pour cible principale le Talmud, qu'il condamne d'un mot : « Là où le Thalmud s'efface, l'humanité reparaît. » C'est l'obstacle « qui empêche

6. A. Prévost-Paradol, *Journal des débats*, 17 novembre 1858.

les Juifs d'entrer dans la famille des peuples. Il les voue à l'isolement, aux soupçons, à la haine ; il les cloue à leurs superstitions, à leurs misères, à leurs trafics souvent odieux. C'est le Thalmud qui les empêche d'avoir une patrie sur la terre où ils séjournent. »

Le Talmud, selon lui, code religieux et civil, fait des juifs dans leur terre d'exil un État dans l'État, par cet « esprit insociable » qui les sépare « invinciblement » du reste des hommes. L'erreur des catholiques et des protestants libéraux, c'est d'insister sur le côté biblique du judaïsme, alors que celui-ci s'est constitué sur ces recueils de commentaires, devenus des prescriptions ségrégatives. Certes, et Veuillot ici accepte d'ajouter foi aux « savants les plus experts », le Talmud « abonde en choses ingénieuses, brillantes, savantes, sages même et utiles », mais son esprit général, c'est ce code d'insociabilité et de haine contre tous les peuples non juifs.

Le Talmud, enseigné par les rabbins, a formé la masse juive en peuple à part, distinct, hostile, ingrat envers ses protecteurs. Certes, cette haine est le plus souvent cachée, car le Talmud enseigne aussi la ruse. N'hésitant pas à se contredire, Veuillot, en abordant la grande question de l'usure, après avoir écrit qu'elle est « un dogme thalmudique », déclare tranquillement que les juifs « ont fait l'usure, quelle que fût la loi qui la défendit, quelque péril qu'il y eût à la faire ». L'usure, explique Veuillot, est pour « cette race d'oiseaux de proie » une arme dirigée contre leurs oppresseurs, une compensation des impôts dont on les accable : « l'usure est une sorte de guerre sainte ». Nous retrouvons dans l'usure la guerre séculaire du juif contre le chrétien : « La haine du chrétien, le mépris du chrétien, l'art de tromper le chrétien, l'espoir de dominer, d'écraser, d'anéantir le chrétien, c'est là l'esprit du Thalmud, qui est beaucoup trop devenu l'esprit du judaïsme. »

Veuillot rappelle la recommandation, en 1244, du pape Innocent IV au roi de France, de livrer aux flammes « ces livres d'erreurs ». Tel est bien le but auquel les juifs eux-mêmes doivent tendre pour se régénérer : « Nous sommes ennemis du judaïsme et de la juiverie, écrit Veuillot, sans l'être des Juifs. À supposer que notre vieux sang chrétien et populaire conserve malgré tout quelque ferment d'antipathie, l'antipathie d'un chrétien est encore chrétienne. Nous n'en voulons pas à la liberté des enfants d'Abraham ; puisque nous souhaitons qu'ils deviennent nos frères, nous ne pouvons trouver mauvais qu'ils soient nos égaux et nos concitoyens. Mais, suivant nous, ils ne seront partout véritablement affranchis qu'autant qu'ils s'affranchiront eux-mêmes en abandonnant le judaïsme pour le mosaïsme, et le Thalmud, qui est le livre des rabbins, pour la Bible, qui est le livre de Dieu. Voilà où il faut les amener. »

À vrai dire, Veuillot reprend la démonstration de l'abbé Chiarini, dans sa *Théorie du judaïsme*. Ce philologue italien, né en 1789, titulaire d'une chaire de langues et d'antiquités orientales à l'université de Varsovie, avait entrepris de traduire le Talmud en français. Il dut y renoncer, mais il donna une introduction à la traduction du Talmud de Babylone – introduction substantielle de deux volumes, dans laquelle il s'attachait à démontrer le caractère pernicieux du Talmud. Pour faire des juifs des citoyens comme les autres, il faut de toute nécessité « dévoiler le judaïsme », livrer ce qui est dans le Talmud, écrit dans une langue orientale que personne ne lit, que quelques rares savants. Pour ce philologue, la langue est restée l'obstacle majeur à la compréhension du judaïsme ; il va donc s'employer, lui, à cet exercice de dévoilement.

De proche en proche, Chiarini explique par le Talmud ce qu'il appelle les « reproches fondés » faits aux juifs par les non-juifs : de former un État dans l'État ; de refuser de s'adonner à l'agriculture, aux arts et métiers et à l'art militaire ; de considérer les peuples qui les accueillent comme autant d'ennemis ; de corrompre leurs enfants par une éducation antisociale ; de se conduire de manière amorale avec les non-juifs, dont ils veulent se venger ; d'exploiter les paysans et les bourgeois par l'usure ; de paralyser le commerce par leur mauvaise foi ; de répandre des maladies contagieuses.

La solution qu'il préconise est claire : « Du côté des Juifs, un retour spontané du Judaïsme au Mosaïsme ; et du côté des non-Juifs, une résolution aussi juste que généreuse d'alléger les malheurs des Juifs. » Cela veut dire qu'il faut non pas octroyer aux juifs les droits civils qu'ils demandent – « aussi longtemps que leur attachement aux maximes antisociales du Judaïsme ne sera pas amorti, rien ne serait plus nuisible à leurs propres intérêts et aux intérêts de l'État, que cette faveur intempestive » –, mais les aider à revenir à la Torah. À cet effet, Chiarini expose un plan d'éducation, pour retirer la jeunesse israélite d'entre les mains des juifs, la placer sous la surveillance et la direction de l'État, dans des écoles à part, où elle apprendra à revenir à la Bible.

Louis Veuillot, donc, n'innove en rien, mais il offre aux arguments de l'abbé Chiarini, qu'il reprend, une bien plus grande audience. Réputé ami de Pie IX, le rédacteur de *L'Univers* se fait le porte-parole du magistère romain, à une époque où celui-ci est sérieusement menacé dans son pouvoir temporel. De plus, l'accès d'un certain nombre de juifs à des postes en vue de la banque, de l'édition, du théâtre, de la presse, comme nous l'avons vu, donne aux propos de Veuillot une certaine force, en complétant les attaques nouvelles, extra religieuses, auxquelles les juifs sont en butte – et dont *Les Juifs rois de l'époque* de Toussenel sont un résumé. Veuillot ne pousse pas très loin l'argumentaire proprement antisémite, s'en tenant à l'antijudaïsme. Mais il ne craint pas d'esquisser une théorie du complot, qu'on peut ainsi résumer : convaincus par la tradition talmudique que le chrétien est l'ennemi, les juifs organisent une guerre occulte contre lui, grâce au levier de leur puissance financière et à la conquête de l'opinion publique par les journaux qu'ils contrôlent, poussant leur avantage jusqu'à exercer une influence sur les gouvernements en place, ce qu'a prouvé l'affaire Mortara.

À l'exercice de dévoilement du Talmud entrepris par Veuillot, les juifs répliquent à leur tour, dans les *Archives israélites*, dans *L'Univers israélite*. Le rabbin Élie-Aristide Astruc publie, en 1859, une brochure, *Les Juifs et Louis Veuillot*, chez Dentu, où il s'attaque aux commentaires du rédacteur de *L'Univers* sur le Talmud, pour démontrer qu'il en ignore la nature et le contenu ; rappelle que si le Talmud renferme aussi des passages remplis d'intolérance, ce ne sont pas là des articles de foi, mais des plaintes juives contre leurs persécuteurs, qui se sont succédé depuis la Rome païenne jusqu'aux États chrétiens ; expose que si les juifs ne pratiquent pas certaines professions, c'est en raison de la législation des pays d'accueil, et non à cause du Talmud ; que les chrétiens n'ont pas cessé eux-mêmes d'anathématiser les juifs, donnant entre autres exemples celui de Lamennais qui, dans son *Essai sur l'indifférence en matière de religion*, s'adresse ainsi aux juifs : « Peuple autrefois le peuple de Dieu, devenu non pas le tributaire, le serviteur d'un autre peuple, mais l'esclave du genre humain, qui, malgré son horreur pour toi, te méprise jusqu'à te laisser vivre. »

À ces contre-attaques, Louis Rupert, autre rédacteur à *L'Univers*, répond par un ouvrage, en 1859 toujours, *L'Église et la Synagogue*, publié chez Casterman à Paris et à Tournai, où il reprend la dénonciation du Talmud, et refait l'histoire des perfidies juives à travers les siècles, qui n'excusent certes pas « les violences et les excès de tout genre » auxquels les juifs ont été en butte, mais qui expliquent la colère d'une « multitude exaspérée ».

Au moment où la guerre commence en Italie, dont les États pontificaux et le pouvoir temporel du pape feront finalement les frais, l'Église assiégée se crispe sur la défensive. Dans l'impossibilité d'une défense militaire, Pie IX réplique sur le plan spirituel. Quelques années plus tard, *Quanta Cura* et le *Syllabus*[7] réaffirmeront la tradition romaine contre le libéralisme et le monde moderne. Reconsidérée dans cette perspective, l'affaire Mortara apparaît aux défenseurs de la papauté comme une des machines de guerre montées contre la Rome chrétienne. Bien des catholiques l'analyseront comme une arme à déstabiliser la papauté.

La nouveauté, cependant, est que Rome, ainsi que le catho-

---

7. Le *Syllabus* est une annexe à l'encyclique *Quanta Cura*, un catalogue de 80 propositions jugées inacceptables par l'Église, au premier chef le libéralisme. La dernière erreur à condamner est ainsi rédigée : « Le pontife romain peut et doit se réconcilier et transiger avec le progrès, avec le libéralisme et la civilisation moderne. » Ce texte est resté une référence du catholicisme intransigeant, jusqu'au catholicisme intégriste d'aujourd'hui.

licisme intransigeant ont tendance à voir dans leurs malheurs la main des juifs. L'émancipation des juifs depuis la Révolution, la place nouvelle que certains d'entre eux prennent dans la société, leur visibilité à la tête d'un certain nombre de journaux, modifient le regard catholique. En 1858, Pie IX et le Saint-Office ont appliqué au petit Mortara la règle, la loi à la fois civile et religieuse de toujours : l'orthodoxie veut que le baptême soit « un sacrement indélébile » ; le pape lui-même ne peut pas faire qu'un baptisé ne soit pas chrétien ; sa paternité spirituelle est supérieure à la paternité naturelle. C'est précisément cette tradition qui est désormais contestée par les principes libéraux et l'héritage des droits de l'homme.

Louis Veuillot et ses collaborateurs de *L'Univers* préparent ainsi une partie de l'argumentaire qu'utilisera le journal *La Croix* dans les années 1880. L'éditorialiste de *L'Univers* publiera encore, le 4 juin 1875, un article intitulé « Les Juifs », qu'il traite de « parasites légaux », dont « l'antichristianisme [...] a fait naître la race qui peut sans eux suffire à consommer la perte du monde »[8]. Plus tard, pour les collaborateurs du journal des Assomptionnistes, le judaïsme apparaît aussi comme « une sorte d'antichristianisme », pour avoir méconnu la Bible et s'inspirer de la Kabbale et du Talmud, dont ils font la source de l'immoralisme juif, inspirant le vol, le meurtre, le crime rituel[9].

De même, une filiation est notable entre Louis Veuillot et Édouard Drumont, grand lecteur de Veuillot, auprès duquel il a travaillé un moment en 1867 à *L'Univers*. Si l'antisémitisme moderne que diffuse Drumont se nourrit des thèses racistes, étrangères à l'antijudaïsme de Veuillot, il se fonde cependant en premier lieu sur cet antijudaïsme catholique – une des sources non exclusives mais indiscutables de son inspiration. « Le droit du Juif à opprimer les autres, écrit-il dans *La France juive*, fait partie de sa religion, il est pour lui un article de foi, il est annoncé à chaque ligne dans la Bible et dans le Talmud. » Pendant toute la genèse de son livre, Drumont est en relation

8. Cité par P. Pierrard, *Louis Veuillot*, *op. cit.*, p. 69-70.
9. P. Sorlin, *« La Croix » et les Juifs*, Grasset, 1967, p. 137-143.

étroite avec le RP Du Lac, son directeur de conscience, qui le conseille, corrige ses outrances, discute ses thèses, mais qui n'en fournit pas moins à Drumont une partie de sa documentation, en particulier des articles antijuifs de la *Civiltà cattolica*, et qui participe au financement de la publication de *La France juive*, éditée à compte d'auteur chez Marpon et Flammarion [10].

L'affaire Mortara constitue donc bien une des étapes dans la genèse de l'antisémitisme moderne. À travers les articles que Louis Veuillot consacre aux « Juifs » dans *L'Univers*, on observe à la fois la reviviscence de l'antijudaïsme médiéval, à fondement religieux, et quelques-uns des ingrédients de l'antisémitisme moderne. Non pas le racisme à proprement parler : rien sous la plume de Veuillot ne se réfère à une identité ethnique des juifs. Mais l'accusation d'un complot de vaste ampleur, ourdi par les adeptes du Talmud, aux fins de saper l'audience de l'Église, voire de déboulonner le pape, oui. L'idée que la presse européenne est déjà largement acquise à la finance juive est un thème complémentaire dont les antisémites à la Drumont feront leur miel.

Un certain nombre de prêtres, de théologiens, de catholiques libéraux ont pris des positions nettement divergentes du magistère romain dans l'affaire Mortara (encore que la plupart n'aient pas osé s'opposer de front à la décision de la Sacrée Congrégation). Mais, dans le contexte obsidional des États pontificaux, menacés dans leur existence même par les nationaux italiens, la tentation est grande de dénoncer le gouvernement de l'opinion internationale par la puissance occulte des juifs.

Ceux-ci, à travers cette affaire, ont pris plus nettement conscience de leur identité, en butte aux attaques catholiques. Aristide Astruc, qui avait polémiqué avec Veuillot, fut de ces juifs libéraux, souvent en marge de la communauté, à l'origine, en 1860, d'une fondation, l'Alliance israélite universelle, à voca-

10. G. Kauffmann, *Édouard Drumont, des années de jeunesse à la publication de* La France juive *(1844-1886)*, mémoire de DEA, IEP de Paris, 1999.

tion internationale comme son nom l'indique. Sans aucun lien avec le Consistoire, trop prudent et méfiant, les fondateurs de l'Alliance entendaient faire naître la solidarité entre les juifs menacés où qu'ils se trouvent. L'avocat républicain Adolphe Crémieux devait en être un des présidents les plus connus, de 1863 à 1866, puis de 1868 à 1880. Pur produit de la culture laïque, fidèle à la conception française du judaïsme, l'Alliance mit en place un réseau d'écoles (on en comptera des centaines à travers le monde au début du XXe siècle), en Afrique du Nord, dans les Balkans, au Proche-Orient, ayant pour mission de diffuser, en même temps que la langue française, la conception des libertés issue de la Révolution, et de lutter contre l'antisémitisme. En 1862, le Consistoire comprit la nécessité de coopérer avec l'Alliance : une nouvelle conscience juive était en train de naître.

En 1870, le Concile du Vatican, qui a adopté le nouveau dogme de l'Infaillibilité pontificale, est interrompu par la guerre franco-prussienne. Rome est prise par les patriotes ; le pape s'y considère prisonnier. Du moins l'affaire Mortara connaît-elle pour Pie IX un heureux épilogue : tandis qu'Anna Morisi, l'ancienne servante des Mortara, a pris le voile, le jeune Edgardo, arraché à sa famille, instruit dans la religion chrétienne, est ordonné prêtre en 1875 – et le restera jusqu'à sa mort, en 1940, dans une abbaye de Liège. Ce n'était pas la seule conséquence de l'affaire : elle avait avivé l'anticléricalisme des uns, l'antisémitisme des autres, et provoqué en France l'ébauche d'une conscience juive sans frontières, dont la première réalisation concrète fut l'Alliance israélite universelle, promise à un grand avenir.

L'affaire Mortara, en définitive, a mis en lumière les responsabilités catholiques dans la formation de l'antisémitisme. Dans les années qui suivent, une grande amie de Veuillot, la comtesse de Ségur, publie sa *Bible d'une grand-mère*. L'auteur apprend à ses petits-enfants que le peuple juif, « assassin de son Dieu, fut puni comme Caïn ». La comtesse reprenait à sa façon une leçon apprise de la bouche des prêtres et des bonnes sœurs. L'instruction religieuse a préparé le terrain, comme l'atteste la lecture des manuels diocésains du XIXe siècle.

Dans le résumé de l'histoire sainte du catéchisme modèle du diocèse de Paris, on peut lire : « Jérusalem périt sans ressource, le temple fut consumé par le feu, les Juifs périrent par le glaive. Alors ils ressentirent les effets du cri qu'ils avaient fait contre le Sauveur : *Son sang soit sur nous et sur nos enfants*. La vengeance de Dieu les poursuit, et partout ils sont captifs et vagabonds [11]. » En contradiction avec le catéchisme du Concile de Trente (1556), pour lequel ce n'était pas les juifs qui étaient coupables de la mort du Christ, mais les hommes « depuis le commencement du monde jusqu'à ce jour », nombre de catéchismes et d'ouvrages paracatéchitiques colporteront la fable du « peuple déicide » jusqu'au cœur du XXe siècle.

« L'enseignement du mépris », qui remontait aux Pères de l'Église, selon Jules Isaac, était donné aux enfants du pays par le catéchisme.

---

11. Cité par I. Saint-Martin, « La représentation des juifs dans la première éducation religieuse (XIXe-XXe siècle) », Colloque « Images et représentations des Juifs entre culture et politique 1848-1939 », organisé par le Centre d'histoire culturelle des sociétés contemporaines de l'Université de Versailles-Saint-Quentin-en-Yvelines, novembre 2002.

4
Le décret Crémieux
(24 octobre 1870)

Les régimes politiques successifs, de 1830 à 1870, monarchie de Juillet, Seconde République, Second Empire, république du 4 Septembre, ont eu à s'occuper d'une autre minorité juive, celle de l'Algérie conquise. Sur cette terre, musulmane depuis le VIIIe siècle, diverses communautés juives se trouvaient installées : une première strate était celle des juifs de la diaspora antique, précédant la conquête arabe ; une deuxième, réduite, était formée des juifs séfarades d'Espagne, surtout après le décret d'expulsion de 1492. D'autres, en provenance d'Italie, étaient venues les rejoindre, s'installant de préférence dans les ports et dans les villes.

À la veille de l'expédition d'Alger de 1830, on estime à 15 000 le nombre des juifs de la régence d'Alger, qui fait partie de l'Empire ottoman. Celui-ci leur permet de pratiquer leur religion dans le système de la dhimma, pacte fondé à la fois sur la tolérance des minorités et leur subordination. La plupart de ces juifs mènent une vie pauvre, voire misérable. Méprisés, contraints à de multiples vexations, lourdement imposés par les Turcs et les seigneurs locaux, ils sont obligés de vivre entre eux, disposant de leurs tribunaux rabbiniques, avec leur propre langue (un langage arabe mêlé d'hébreu), resserrés dans l'observance de leurs rites et l'union des familles. Certains, pourtant, ont acquis fortune et influence, grands commerçants, courtiers, banquiers, sachant se rendre utiles, voire indispensables, à leurs maîtres musulmans.

La conquête de l'Algérie a été pour la plupart des juifs du pays une libération, puisque les Français faisaient de tous les indigènes, musulmans et juifs, des égaux. Commence alors une progression de leur niveau de vie et de leur statut, devenus peu à peu comparables à ceux de leurs coreligionnaires métropolitains. Ainsi, une ordonnance du 10 août 1834 établit que les juifs, au même titre que les Français et les étrangers, sont justiciables des tribunaux français ; en 1842, les tribunaux israélites, restés en vigueur pour certaines infractions mineures, sont tous supprimés. La Seconde République défère, en 1851, les contrats des juifs entre eux au Code civil, tandis que ceux des musulmans restent régis par leur loi propre. « À cette date, écrit Jacques Cohen, les Israélites algériens n'avaient conservé de leur législation nationale que les dispositions relatives au statut personnel. Sur toutes les autres matières, ils avaient été, au contraire des Musulmans, entièrement assimilés aux Français d'origine [1]. » Une série de décrets et d'ordonnances organisent, d'autre part, le culte judaïque sur le modèle de la métropole, après la création par ordonnance, le 9 novembre 1845, d'un Consistoire algérien siégeant à Alger et des consistoires régionaux d'Oran et de Constantine. Comme en France depuis 1831, les rabbins reçoivent désormais un traitement de l'État au même titre que les prêtres et les pasteurs.

En 1848, un projet de naturalisation des juifs d'Algérie est avancé par l'avocat Urtis, consultant du ministre de la Guerre, et probablement inspiré par l'ancien président du Consistoire central, Adolphe Crémieux, devenu membre du gouvernement provisoire de la République. Mais le projet reste sans suite. C'est sous le Second Empire que l'alignement progressif sur la communauté de la métropole est repris. En 1867, trois consistoires algériens sont ainsi placés sous la surveillance du Consistoire central à Paris, chacun d'eux y comptant un représentant.

Bruyants, querelleurs, jugés à demi civilisés par les voyageurs métropolitains, les juifs d'Algérie n'en poursuivent pas moins leur marche vers l'assimilation. Des progrès notables dans leurs conditions de vie ont permis leur essor démographique. Renforcés par les émigrants de la Tunisie et du Maroc, ils sont 28 000 en 1861, presque 34 000 au recensement de

1. J. Cohen, *Les Israélites de l'Algérie et le Décret Crémieux*, Paris, 1900.

1866, sur une population totale de 2 900 000 habitants (dont 2 650 000 musulmans et 226 000 Européens).

L'instruction donnée en français par les écoles israélites, sous la surveillance du Consistoire, ne cesse de moderniser les nouvelles générations, au dépit parfois de leurs parents et des vieux rabbins inquiets. Les notables n'hésitent pas, eux, à envoyer leurs enfants poursuivre leurs études en Europe. Une élite juive émerge, proclame son adhésion à la civilisation française, noue des liens avec la métropole. À la fin du Second Empire, la situation est mûre pour envisager la naturalisation des juifs d'Algérie.

Après son voyage à Alger en 1865, Napoléon III fait voter le senatus-consulte qui accorde le titre et les droits civils des Français aux indigènes qui se sont battus en Crimée, en Italie et au Mexique, ainsi qu'aux israélites, à ceux du moins qui, chez les uns et les autres, en feraient la demande personnelle. Dans un rapport présenté au Sénat le 30 juin 1865, on peut lire à propos des juifs :

« Avant la conquête d'Alger par l'armée française, la situation des Juifs dans la régence était une situation précaire, humiliée, misérable, et, comme il n'arrive que trop aux nations longtemps opprimées, la trace de cet abaissement n'est peut-être pas encore complètement effacée. C'est le plus funeste effet de la servitude de dégrader l'esprit et de l'accoutumer à l'abjection. Les israélites ont trouvé dans l'administration et dans l'armée des protecteurs énergiques. La liberté de leurs mouvements et la sécurité leur ont été rendues. Ils s'en sont montrés reconnaissants, et parmi les illustres capitaines qui ont commandé les armées d'Afrique et que le Sénat compte aujourd'hui dans son sein, il n'en est aucun qui ne témoigne que dans l'occasion les israélites ont rendu d'utiles services. – Or comment douter qu'avec l'intelligence qui leur est propre, l'esprit ouvert au progrès, ils ne se hâtent de se confondre avec la nation qui tient le flambeau de la civilisation et dont le premier soin a été de les affranchir du joug sous lequel ils gémissaient ? »

La procédure de naturalisation individuelle, trop compliquée, n'entraîne finalement que deux cents juifs, entre 1865 et

1870, à solliciter la citoyenneté française. À vrai dire, comme les musulmans eux-mêmes, les juifs ne désiraient pas exécuter une démarche personnelle qui eût passé à leurs yeux, et plus encore à ceux de leurs coreligionnaires, comme une forme d'apostasie, une renonciation à la loi mosaïque. En revanche, les consistoires algériens revendiquent l'émancipation générale et adressent des pétitions à l'empereur. « La population israélite de l'Algérie, lit-on dans une requête du Consistoire central, traverse une véritable crise résultant de l'incertitude et de l'incohérence de la législation qui la régit… Il faut faire française par la loi cette population qui l'est déjà par tous ses sentiments et par tous ses intérêts et en qui la France trouvera des citoyens intelligents, actifs, utiles autant que fidèles et dévoués. »

Grand républicain de gauche, Adolphe Crémieux est lui-même militant de la naturalisation collective. Élu au Corps législatif en 1869, il entreprend de faire avancer sa cause sans attendre : « Mon premier devoir me parut d'obtenir ce qu'on sollicitait depuis si longtemps : la naturalisation de mes chers Israélites de l'Algérie. Je les connaissais tant, je les avais tant vus. Songez que j'ai fait dix-sept fois le voyage de l'Algérie pour aller plaider de grandes causes, et que là j'étais entouré de cette population juive, toute animée de cette pensée, toute exprimant ce vœu : la naturalisation collective. Oui, pendant que je plaidais contre Jules Favre [le futur ministre du gouvernement de la Défense nationale était lui aussi avocat], dans les derniers temps de l'Empire, une immense soirée nous avait été donnée pour qu'il fût solennellement établi que les juifs réclamaient et voulaient la naturalisation collective, qu'elle était l'objet de leur grande sollicitude. Messieurs, en ce moment, le gouvernement était admirablement disposé ; j'avais eu avec le ministre de la Justice, qui était alors M. Ollivier, plus d'une conférence qui m'avait pleinement satisfait. Mais la mesure ne s'accomplissait pas [2]. » C'est la remise en cause du régime militaire de l'Algérie qui relance, en 1870, la question.

2. S. Posener, *Adolphe Crémieux (1796-1880)*, Félix Alcan, 1932, t. 2, p. 232.

Le comte Léopold Le Hon, député de la majorité bonapartiste, après un voyage d'études en Algérie s'est en effet mis en tête la nécessité de réformer, ce qu'il exprime au Corps législatif le 7 mars 1870. Sans craindre l'appui de la gauche, il dénonce les faiblesses du régime militaire en Algérie, réclame son remplacement par l'établissement d'un régime civil. Dans sa lancée, il n'hésite pas à préconiser la naturalisation des israélites, après en avoir été convaincu par le président du Consistoire d'Alger, lors de son voyage.

Le lendemain, 8 mars, le Conseil d'État est saisi d'un projet de loi d'Émile Ollivier, chef du gouvernement, admettant « à jouir des droits de citoyens français » tous les israélites indigènes du territoire algérien. Ceux qui n'accepteraient pas le bénéfice de la naturalisation pourraient y renoncer dans un délai d'un an. Le Conseil d'État, cependant, est embarrassé par deux aspects du projet : que les musulmans ne bénéficient pas de la même mesure ; que les droits politiques accordés à 34 000 juifs donnent à ceux-ci, en raison de leur concentration, un poids électoral démesuré au détriment des colons. Crémieux, lui, ainsi que les consistoires algériens, souhaitent la disparition de la clause permettant le rejet individuel de naturalisation, que pourraient utiliser des juifs orthodoxes. Il veut une naturalisation par ordre. Le 19 juillet, Crémieux interpelle sur ce point le garde des Sceaux au Corps législatif, lequel lui répond simplement que « le gouvernement désire naturaliser les israélites. Seule une question de droit demeure : cette naturalisation doit-elle se faire par décret ou par une loi ? ». C'est alors que la guerre franco-prussienne reporte à plus tard le règlement de la question.

Quand, le 3 septembre 1870, la nouvelle de la défaite de Sedan arrive à Paris, les républicains saisissent l'occasion pour en finir avec le régime impérial. Le matin du 4, le Corps législatif est envahi par la foule. On assiste alors à une répétition du 24 février 1848 : la rue impose la république, on se transporte à l'Hôtel de Ville, où déjà les révolutionnaires ont fait la liste du gouvernement provisoire. Les modérés doivent négocier. Finalement, on fait des députés de Paris – républicains – les membres du gouvernement provisoire. Adolphe

Crémieux, vieux républicain de 74 ans, élu de la 3e circonscription de la capitale (rue du Sentier et boulevard Sébastopol), aux côtés de Gambetta, Glais-Bizoin et Rochefort – l'aile gauche du gouvernement –, devient ministre de la Justice d'une équipe dirigée par Jules Favre.

Cependant, la guerre continue ; les troupes allemandes progressent vers Paris. Le gouvernement provisoire, qui prendra le nom de gouvernement de la Défense nationale, décide de mettre sur pied une délégation pour le représenter en province dans la perspective d'un blocus de la capitale. Tours est choisie comme siège de la délégation. Crémieux, offrant ses services, est décrété « délégué pour représenter le gouvernement et en exercer les pouvoirs ». Il gagne Tours le 13 septembre, six jours avant le début du siège de Paris. Glais-Bizoin et l'amiral Fourichon sont les autres délégués, avant l'arrivée plus tardive, le 10 octobre, de Gambetta, qui a pu quitter Paris en ballon et qui va se consacrer à mettre sur pied une armée. Crémieux propose d'appeler le peuple souverain aux urnes pour consolider le régime républicain et affronter l'envahisseur avec l'appui de toute la nation. La guerre, justement, décide le gouvernement à Paris à ajourner *sine die* la convocation des électeurs. C'est dans ces circonstances exceptionnelles que Crémieux reprend le dossier de la réforme algérienne.

Il y a quelque urgence, car la situation se dégrade de l'autre côté de la Méditerranée. Depuis longtemps, on l'a vu, le régime militaire qui administrait l'Algérie était en cause. Dès avant la chute de l'Empire, une opposition bruyante s'était manifestée, à travers les clubs républicains. Ceux-ci prennent une subite importance à la nouvelle de Sedan, alors que les colons, dont beaucoup sont des anciens bannis de juin 1848 et surtout de décembre 1851, s'enthousiasment pour la république. L'agitation redouble, les orateurs s'enflamment, les journaux réclament : une constitution civile s'impose en Algérie ! À Alger, la municipalité se déclare « seule autorité réelle dans la province ».

Adolphe Crémieux est averti de la situation par les lettres et les télégrammes qui lui parviennent à Tours, celles du préfet d'Alger et des républicains. Ceux-ci accusent les « bureaux arabes » (l'administration militaire), issus du régime impérial, de fomenter des révoltes chez les indigènes pour justifier leur existence ; ils exigent la démission des principaux chefs militaires. Des délégations des comités de défense, constitués à la chute de l'Empire, arrivent à Tours entre le 8 et le 12 octobre, et sont reçues par Crémieux. Ces délégués lui décrivent une situation périlleuse et lui font valoir l'urgence d'une réforme, dont il est déjà un chaud partisan. C'est dans ces conditions que le ministre de la Justice élabore une Constitution pour l'Algérie, qu'il soumet au Conseil du gouvernement. Six décrets la composent, dont l'un concerne la naturalisation collective des israélites indigènes :

« Les Israélites indigènes des départements de l'Algérie [3] sont déclarés citoyens français ; en conséquence, leur statut réel et leur statut personnel seront à compter de la promulgation du présent décret réglés par la loi française ; tous droits acquis jusqu'à ce jour restent inviolables.

« Toute disposition législative, décret, règlement ou ordonnances contraires sont abolis.

« Fait à Tours, le 24 octobre 1870.

« Ad. Crémieux – L. Gambetta – A. Glais-Bizoin – L. Fourichon. »

À Paris, Jules Favre juge la réforme algérienne prématurée, mais Gambetta lui écrit qu'elle est nécessaire « pour amener le maintien de l'ordre dans la colonie », au moment où l'on fait appel à ses ressources militaires et que des milliers de Français d'Algérie viennent renforcer l'armée que l'on constitue sur les bords de la Loire. Convaincu, Jules Favre écrit à Crémieux le 8 décembre 1870 : « Je me réjouis de votre bonne œuvre en Algérie et ne vous en veux nullement de me faire l'honneur de m'y associer. Je n'avais de doute que sur l'opportunité, vous en étiez meilleur juge, et d'ailleurs vous avez réussi. »

3. « Algérie » se réfère aux trois départements d'Alger, de Constantine et d'Oran en 1870. Les territoires sahariens, qui n'étaient pas encore pacifiés, n'y sont pas inclus : les juifs de Ghardaïa et du M'Zab devront attendre la loi du 29 avril 1961 pour accéder au statut civil de droit commun.

La mission d'appliquer les décrets, promulgués le 27 octobre, est confiée au préfet d'Oran, Du Bouzet, nommé commissaire civil extraordinaire avec les pouvoirs intérimaires de gouverneur général civil. Les Français d'Algérie d'opinion modérée sont satisfaits de voir la fin du régime militaire, sans prendre garde au décret de naturalisation des juifs, que les consistoires algériens et l'ensemble de la population juive applaudissent. En revanche, l'opinion la plus radicale, notamment à Oran, s'émeut du décret Crémieux qui risque de faire basculer les résultats électoraux à leur détriment (la population israélite représente plus de 20 % de la population française en Algérie). Les militants de l'extrême gauche de l'époque en Algérie étaient aussi antisémites qu'arabophobes, mais redoutaient surtout le poids électoral des juifs devenus citoyens français, en raison de leur concentration urbaine et de leur discipline de vote supposée derrière leurs consistoires. De nombreux incidents se produisent, notamment dans les milices et les corps de volontaires où les juifs subissent des vexations. Des rixes éclatent aussi entre musulmans et juifs.

Le 1er mars 1871, à Alger, à la suite d'un jugement opposant musulmans et israélites, des bagarres provoquent l'intervention de la milice et des troupes, qui font usage de leurs armes ; plusieurs personnes sont tuées ou blessées. Le commissaire civil Lambert, nommé par Thiers à la place de Du Bouzet, télégraphie le jour même au ministre de l'Intérieur : « Mes rapports ont indiqué comme causes graves de trouble en Algérie, le décret du 24 octobre du Gouvernement de Tours accordant naturalisation collective des Israélites. Dans le conflit entre Israélites et Musulmans survenu aujourd'hui à Alger, le sang a coulé ; partout en Algérie les juifs sont attaqués et dépouillés sur les marchés, notamment depuis qu'ils ont exercé leurs droits d'électeurs. La France a voulu les élever au rang de citoyens français en bloc sans se rendre compte qu'elle nous enlevait l'affection et l'estime des Musulmans qui seuls, entre les indigènes, ont versé pour nous leur sang. Le décret du 24 octobre est inconstitutionnel ; il confère à des populations entières la qualité de citoyens français qui n'a pas été donnée aux Arabes. » La presse d'Alger, *La Voix du peuple*,

La Vérité algérienne, prétend établir un rapport de causalité entre le décret du 24 octobre et les échauffourées sanglantes du 1er mars [4]. Le même rapprochement se fera entre la naturalisation des juifs et le soulèvement kabyle, de mars à mai 1871.

Le 10 novembre précédent, Crémieux avait reproché à Gambetta de vider l'Algérie de ses forces militaires : « Mais, mon cher Gambetta, lui écrit-il, nous jetons l'Algérie aux Arabes et aux Prussiens. Comment ! Dans l'état de feu où se trouve ce pays, vous laissez ordonner le départ du 92e. C'est la seule force sérieuse qui reste dans le pays que l'on a dépouillé de tous ses soldats... Il n'est pas possible que vous lui laissiez enlever les seuls bons soldats qui lui restent [5]. »

La crainte d'un soulèvement n'était pas imaginaire. Les antisémites, mais aussi des gens de bonne foi en métropole attribueront au décret Crémieux la cause de cette révolte contre le colonisateur. En fait, celle-ci couvait dès la chute de l'Empire. Les grands chefs des tribus avaient été ménagés, voire honorés, par Napoléon III, qui en avait reçu quelques-uns au château de Compiègne. La fin du régime militaire en Algérie, la proclamation du régime civil, la défaite militaire de la France, telle est la cause profonde d'une émotion qui est à l'origine de la révolte conduite en Kabylie par le bachagha Mokrani. La nouvelle de Sedan, l'emprisonnement de l'empereur, la blessure du gouverneur général Mac-Mahon, les revers militaires et les changements politiques en France, l'agitation dans les villes, encouragent les chefs indigènes à reprendre les armes. Dès le 15 septembre, le général Durrieu alerte Paris : « Un mouvement insurrectionnel, impossible à prévenir et susceptible de devenir rapidement général me paraît imminent et avec le peu de troupes dont je puis disposer pour le combattre, je ne saurais prévoir la gravité des conséquences qu'il pourra produire [6]. »

---

4. *Enquête parlementaire sur les actes du Gouvernement de la Défense nationale. Rapport de M. de La Sicotière*, Assemblée nationale, 1876.

5. Cité par S. Posener, *Adolphe Crémieux*, *op. cit.*, t. 2, p. 237.

6. C. Martin, *Les Israélites algériens de 1830 à 1902*, Éditions Hérakles, 1936, p. 149.

De fait, en mars 1871, après une longue période de latence, Mokrani déclare la guerre à la France. Dans sa déclaration adressée au capitaine Ollivier et au général Augeraud, il se plaint des administrateurs civils, mais n'évoque nulle part le décret Crémieux. Sans doute, le fait que la délégation de Tours soit menée par un juif humilie les chefs musulmans. Lorsque Crémieux, en janvier 1871, avait appelé à la paix en Algérie, Mokrani lui avait répondu : « Je n'obéirai jamais à un Juif. Si une partie de votre territoire est entre les mains d'un Juif, c'est fini ! Je veux bien me mettre au-dessous d'un sabre, dût-il me trancher la tête, mais au-dessous d'un Juif ! Jamais ! Jamais ! » Cependant, les musulmans ne réclament nullement de bénéficier d'un décret comme celui du 24 octobre, trop dangereux à leurs yeux pour leur religion. Dans l'enquête parlementaire qui suivra, le capitaine Villet expliquera, au cours de sa déposition, que les marabouts utilisèrent le décret Crémieux d'une autre manière : en faisant craindre qu'un décret analogue concernant les musulmans leur ferait abandonner le Coran. Loin de jalouser le sort des israélites, les musulmans ont eu la crainte de le partager [7]. L'instauration du régime civil même menaçait les musulmans d'une assimilation au détriment de leurs lois religieuses et civiles.

Ce qui déclenche l'insurrection est une initiative du général Haca qui décide, en janvier 1871, d'envoyer en France des régiments de spahis, sans que Gambetta ni Crémieux soient prévenus. Des mutineries éclatent en plusieurs endroits, les unes rapidement matées, les autres se développant sur le thème de l'indépendance : « La France est vaincue, épuisée, n'a plus d'argent, plus de gouvernement, plus de territoire [...]. L'occasion est unique pour se débarrasser des Français. Il n'y a que des chiens, fils de chiens, qui puissent hésiter [8]. » Fermes incendiées, colons assassinés, la révolte se répand, amplifiée par l'annonce de la capitulation de Paris face aux Prussiens. Les rebelles sont repoussés, arrêtés, la plupart gagnent la

---

7. *Ibid.*, p. 151.
8. Ch.-A. Julien, *Histoire de l'Algérie contemporaine*, PUF, 1964, t. 1, p. 476.

Tunisie avec leurs familles et leurs troupeaux. Ce n'était qu'un signe avant-coureur. La grande révolte, c'est en Kabylie qu'elle va se produire, sous la direction du grand seigneur féodal Mokrani.

L'histoire de Mokrani est celle d'une frustration progressive de ses pouvoirs et d'une crainte ultime que le changement de régime en Algérie ne ruine ses dernières prérogatives sous l'administration directe des fonctionnaires civils et ne le soumette à l'arbitraire des colons. Il ne s'illusionne pas sur la possibilité de chasser les Français, mais, par la révolte armée, il espère reprendre une grande partie de ses privilèges. Cependant, en faisant intervenir le Cheikh El-Haddad, il fait prendre à la guerre un autre sens : d'aristocratique, elle devient religieuse et populaire. 150 000 Kabyles se soulèvent en une semaine. Une guerre farouche s'ensuit, au moment même où le gouvernement de Versailles, présidé par M. Thiers, fait la guerre à la Commune de Paris. « Agir comme à Paris, écrit l'amiral Gueydon, chargé de la répression ; on juge et on désarme ; les Kabyles ne sauraient prétendre à plus de ménagements que les Français. » 200 000 musulmans et 86 000 soldats français sont aux prises. Mokrani trouve la mort, tué d'une balle le 5 mai 1871. Les tribus se rendent les unes après les autres. La résistance kabyle s'achève avec la reddition de Zouara, le 13 septembre. La répression suit, impitoyable. 574 000 hectares de terres sont confisqués aux Kabyles.

Ce sont les colons qui, les premiers, imputent au décret Crémieux la cause de la révolte [9]. Ils trouvent des oreilles complaisantes dans la majorité de l'Assemblée de Bordeaux puis de Versailles, élue le 8 février 1871, hostile au gouvernement de la Défense nationale. Du Bouzet, ancien commissaire extraordinaire à Alger, avait pris publiquement position, dans *Le Temps*, contre le décret. L'amiral Gueydon, nommé gou-

9. Voir la réfutation de L. Forest, *La Naturalisation des Juifs algériens et l'Insurrection de 1871*, Soc. française d'imprimerie et de librairie, 1897, qui conclut : « Si les Juifs algériens n'avaient pas été naturalisés le 24 octobre 1870, l'insurrection ne s'en serait pas moins produite dans le même temps, dans les mêmes lieux, avec la même force et la même intensité. »

verneur par Thiers, se rallie à la même position, après avoir constaté l'opposition générale de l'opinion européenne. Du coup, le gouvernement Thiers dépose, le 21 juillet 1871, un projet d'abrogation du décret Crémieux. L'ancien ministre du gouvernement de la Défense nationale publie alors une *Réfutation de l'exposé des motifs alinéa par alinéa*, où il entreprend de confondre l'ignorance des partisans de l'abrogation, de montrer à quel point son décret est l'aboutissement d'un projet impérial, interrompu par la guerre :

« Insensés qui dans ce temps désastreux, où notre gloire militaire qui nous faisait la première nation du monde, vient de subir de si cruels revers, voulez-vous ravir encore à notre France la gloire qui lui appartient, la gloire élevée d'avoir *la première* proclamé la tolérance qui éteint les flambeaux et les bûchers des persécutions religieuses, d'avoir *la première* levé le merveilleux drapeau de la philosophie, qui, en proclamant l'égalité des cultes, a établi entre tous les hommes la véritable fraternité? »

Néanmoins, le projet gouvernemental, après un examen en commission, est finalement adopté pour être présenté à l'Assemblée nationale. Crémieux reprend le combat contre l'abrogation du décret du 24 octobre. Soutenu par les juifs d'Algérie, il alerte l'opinion juive de la métropole. Il amène à Versailles une députation des grands rabbins d'Alger, de Constantine et d'Oran. Le Consistoire central se manifeste auprès de Thiers. Plus efficace, sans doute, est l'intervention du baron de Rothschild auprès du chef de l'exécutif. Le traité de Francfort avait imposé un tribut à la France de 5 milliards de francs-or. Thiers devait procéder à des emprunts, la banque Rothschild était une pièce capitale dans cette affaire. De son côté, Crémieux fait tout son possible pour sauver son œuvre, en proposant de définir les caractères de l'indigénat, ce qui, en écartant les israélites tunisiens et marocains, permettrait de sauver le principal. C'est ainsi que le décret du 7 octobre 1871 précise que, pour être inscrits sur les listes électorales, les israélites doivent établir leur naissance en Algérie avant la conquête ou prouver que leurs parents y étaient déjà établis à l'arrivée des Français ; ils doivent prouver également qu'ils sont monogames ou célibataires. Le projet ministériel est finalement repoussé.

Les partisans de l'abrogation ne se tiennent pas battus pour autant. La commission d'enquête sur le gouvernement de la Défense nationale voit défiler les adversaires de Crémieux. Par la suite, l'hostilité au fameux décret devient permanente chez les antisémites de la métropole. La légende selon laquelle il aurait été à l'origine de la révolte de la Kabylie en 1871 se répète de commentateur en commentateur. En 1887, un an après la publication de *La France juive*, et dans la même veine que le *best-seller* de Drumont, Georges Meynié publie *L'Algérie juive*, concentration de toutes les idées antijuives reçues [10].

« Comme Juif, écrit Meynié, Crémieux ne songe qu'aux bénéfices que ses coreligionnaires peuvent retirer de notre défaite ou de notre victoire. Il comprend en outre qu'il ne leur suffit pas d'être à la tête des destinées de la France, et qu'il faut aussi compter avec l'Algérie ; ce fut dans de telles conditions qu'il obtint ce fameux décret de naturalisation, alors que des ministres français et patriotes devaient avoir de bien plus grandes préoccupations. »

Pour Meynié, ce sont les juifs qui ont œuvré à éliminer les musulmans de la naturalisation : « Les Juifs devaient mettre leur ancien maître dans l'impossibilité de nuire. » On comprend donc, explique en substance l'auteur, la révolte des Arabes : « La nouvelle de la naturalisation des Juifs indigènes de l'Algérie ne fut pas plus tôt répandue parmi les Arabes, que ceux-ci se levèrent en masse sur toute l'étendue du territoire, avec l'intention de reconquérir leur indépendance, de chasser le Français qui n'avait pas tenu ses engagements et enfin d'exterminer jusqu'au dernier Juif. »

La fable a déjà fait florès, elle deviendra vérité historique pour beaucoup. Dans la construction de cette légende, il faut noter l'utilisation de l'Arabe par les antisémites, qui en opposent la figure noble, guerrière et courageuse, à la lâcheté et à la fourberie du juif. Colonisé, spolié, méprisé par les colons français, l'Arabe est soudainement réhabilité, du moins sym-

10. G. Meynié, *L'Algérie juive*, Albert Savine éditeur, 1887.

boliquement, par l'ennemi du juif, quand cela lui est utile. Au moment du décret Crémieux, nombre de textes magnifient le valeureux cavalier arabe pour mieux flétrir le sordide marchand juif. Édouard Drumont écrira en 1886 : « En face du Juif oblique comme Crémieux, qui trahit le pays qui s'est confié à lui, il faut placer la noble et loyale figure de notre ennemi Sidi-Mohammed-Ben-Ahmed-el-Mokrani [11]. » La tradition se poursuivra jusqu'à nos jours, malgré les impératifs de la guerre d'Algérie qui, de 1954 à 1962, a uni, dans un front « pied-noir », juifs et non-juifs face au nationalisme arabo-musulman. Un Saddam Hussein, dictateur de l'Irak, est sympathique à bien des ennemis d'Israël. L'arabophilie des antisémites est fragile et intermittente ; elle est de bonne guerre toutes les fois qu'elle peut nourrir sans risque la passion antijuive.

L'antisémitisme des Français d'Algérie a été largement d'origine populaire, plus fréquent chez les radicaux et dans l'extrême gauche que chez les modérés. On le rencontre non seulement dans *L'Antijuif*, journal de Redon, mais encore dans *Le Radical* de Fernand Grégoire. Cet ouvrier typographe, devenu journaliste, de conviction socialiste et révolutionnaire, fondera en 1892 la Ligue radicale socialiste antijuive. Deux ans plus tard, paraît l'ouvrage de F. Gourgeot, *La Domination juive en Algérie*, l'année même de l'arrestation et de la condamnation d'Alfred Dreyfus. L'Algérie était prête pour accueillir Drumont en prophète.

De manière plus positive, le décret Crémieux a pleinement émancipé les juifs d'Algérie et leur a permis de devenir, à la longue, des Français à part entière qui joueront leur partition, en particulier après le retour de 1962. Après avoir été pendant des siècles dominés par les Arabes, ils se trouvaient désormais dans une communauté de destin avec les « pieds-noirs », malgré l'hostilité que ceux-ci leur prodiguaient. Plus nombreux, au moment du décret Crémieux, que les Maltais (10 600) et les Italiens (16 600), moins nombreux que les Espagnols (58 500),

11. É. Drumont, *La France juive*, Édition populaire, Victor Palmé, 1890, p. 243.

ils formaient un groupe à part, à base ethnique et religieuse, socialement hétérogène, et décidément convaincu que son avenir était lié à celui de la patrie française. Les juifs étaient en butte à l'hostilité des divers groupes de l'Algérie coloniale aussi bien que de la communauté musulmane colonisée : le décret Crémieux ne cessera de leur être contesté par les antisémites. Mais, jusqu'au régime de Vichy, l'antisémitisme ordinaire ne pourra faire obstacle à leur développement économique, social et politique, permis par la France d'abord par la colonisation qui les avait émancipés des Arabes, ensuite par l'acquisition de la citoyenneté française qui les élevait au même rang que les juifs de la métropole.

5
Le moment Drumont

Dans les années 1880, la France subit une poussée antisémite, une douzaine d'années avant l'affaire Dreyfus. Une figure l'incarne : Édouard Drumont. Quelques dates ponctuent l'extension du phénomène : 1883, fondation du quotidien *La Croix* des pères assomptionnistes qui se prévaudra d'être le journal « le plus antijuif de France » ; 1886, publication et immense succès de *La France juive* d'Édouard Drumont ; la même année, sortie de nombreux ouvrages commentant, discutant, amplifiant la résonance du livre de Drumont ; publication de trois romans de la même veine : *La Comtesse Schylock* de G. d'Orget, le *Baron Vampire* de Guy de Charnacé et *Les Monach* de Robert de Bonnières ; 1889, naissance de la Ligue nationale antisémitique de France ; 1892, lancement par Drumont de *La Libre Parole*, quotidien antisémite.

Pour rendre raison de cette déflagration, situons-la d'abord dans son contexte international. La France n'invente pas l'antisémitisme. Le mot lui-même, d'origine allemande, est diffusé à partir de 1879, après la création du Parti social chrétien par le pasteur Adolf Stöker. L'Allemagne bismarckienne précède la France : en 1880, paraissent les ouvrages des universitaires Heinrich Treitschke, *À propos du judaïsme*, et Eugen Dühring, *La Question juive considérée comme une question de race, de morale et de culture*. Toujours en 1880, circule une pétition antisémite réclamant un statut restrictif pour les juifs. En 1881, les premiers pogroms éclatent en Poméranie. La même année, l'assassinat du tsar Alexandre II déchaîne la violence populaire contre les juifs en Russie, tandis que des lois restrictives les frappent, entraînant une forte émigration. En Autriche-Hongrie, August Rohling, professeur à l'université de Prague, publie un pamphlet virulent, *Les Sacrifices humains dans la tradition rabbinique* ; en 1879, Georg von Schönerer publie la plate-forme électorale du parti national-social, dont l'antisémitisme est un des aspects centraux, en attendant que Karl Lueger, leader du parti chrétien-social, porte, lui, les idées antisémites au pouvoir, en devenant maire de Vienne. En Hongrie, Gyözö Istotchi fonde en 1883 un parti antisémite auquel il donne un journal officiel, *Tizenket Röpirat*... À la même époque, outre-Atlantique, l'antisémitisme fait partie des arguments du mouvement populiste qui regroupe les *farmers* du Middle West et de l'Ouest contre les compagnies de chemins de fer et contre les banquiers.

Victor Hugo, qui n'a pas toujours présenté les juifs sous leur meilleur jour dans ses ouvrages de fiction, s'estime tenu de lancer un cri d'alarme, dans *Le Rappel* du 18 juin 1882 : « L'heure est décisive. Les religions qui se meurent ont recours aux derniers moyens. Ce qui se dresse, en ce moment, ce n'est plus du crime, c'est de la monstruosité. Un peuple devient monstre. Phénomène horrible. [...] Trente villes (vingt-sept selon d'autres) sont en ce moment en proie au pillage et à l'extermination ; ce qui se passe en Russie fait horreur ; là un crime immense se commet, ou pour mieux dire une action se fait, car ces populations exterminantes n'ont même plus la conscience du crime ; elles ne sont plus à cette hauteur ; leurs cultes les ont abaissées dans la bestialité. »

L'antisémitisme gagne la France au début des années 1880 peu après l'Europe centrale et orientale. La coïncidence chronologique n'est pas fortuite : c'est le temps des exaspérations nationalistes, le moment de l'affirmation des identités collectives, où, pour mieux se définir, le *national* exorcise *l'autre*, *le nonpareil*, *l'étranger*. Le juif est un merveilleux antipode du *Nous* essentiel : par sa religion, sa culture, son histoire, mais aussi sa présence au sein de la société, il apparaît comme celui contre qui l'identité nationale peut se démarquer, se constituer, s'intérioriser. L'émancipation des juifs dans une grande partie de l'Europe, leur liberté d'agir comme les autres citoyens – droit de vote, droit d'entreprendre, liberté de circulation, accès aux fonctions publiques – aiguisent contre eux l'hostilité des défenseurs de la tradition, de la religion et de l'identité nationale.

La dénonciation de la nature *étrangère* du juif a été facilitée au début des années 1880 en France par l'immigration de ceux qui fuyaient vexations et pogroms de Russie et d'Europe centrale : entre 1880 et 1914, 35 000 juifs s'installent à Paris. Ces nouveaux arrivants, très différents des juifs français largement intégrés, se concentrent dans certains quartiers spécifiques (le IVe arrondissement en particulier), et donnent à leur présence une visibilité nouvelle, qui a largement nourri le discours antisémite.

Plus profondément, les changements politiques que connaît la France, la consolidation des idées et des institutions républicaines après 1879 (date de la conquête définitive de la république par les républicains) ravivent le discours d'une droite attachée à la tradition monarchiste et catholique. La législation des années 1880 : les libertés de presse, de réunion, de pensée ; l'école gratuite, obligatoire et laïque ; le rétablissement du divorce (de surcroît par la loi dite « loi Naquet », un juif !), autant de faits qui bouleversent et mobilisent un courant réactionnaire, qui, faute de pouvoir espérer une revanche électorale, va, pour expliquer les malheurs français, chercher des boucs émissaires, les juifs et les francs-maçons, les uns et les autres confondus dans la dénonciation du « judéo-maçonnisme ». Pour élargir son audience, ce mouvement réactionnaire n'hésite pas à reformuler un anticapitalisme visant les banques juives, les grandes compagnies et les grands magasins, censés être aux mains de propriétaires « circoncis ».

Les progrès et le triomphe du libéralisme – liberté politique et libre concurrence, parlementarisme et capitalisme – avaient été accompagnés partout en Europe de l'émancipation progressive des juifs. Or les vaincus du mouvement de l'histoire étaient foison : l'aristocratie d'Ancien Régime, les catholiques traditionnels, les artisans, les petits commerçants. Ils pouvaient être renforcés par la main-d'œuvre de l'économie industrielle, dont les partis socialistes voulaient être les guides, mais ceux-ci étaient encore dans l'enfance. Surtout en

France où, au cours des années 1880, ils ne sont que des groupuscules peu à même de dissuader les prolétaires de la tentation populiste. L'Europe du dernier quart du XIXe siècle est traversée par une vague réactionnaire – non plus la réaction des seuls partisans de l'Ancien Régime, mais celle, autrement explosive, des masses menées par des démagogues.

Le coup d'envoi de cet antisémitisme est donné en France en 1882 après le krach de l'Union générale, banque catholique dont la faillite est imputée aux malversations des Rothschild. En février 1882, dans *La Croix* qui n'est encore qu'une revue, le RP Bailly écrit : « Les désastres financiers qui viennent de ravager tant de familles nous montrent le Juif tout-puissant du haut de son trône et les sociétés modernes asservies au joug de ce roi sans entrailles. Les Juifs sont les rois de la finance [1]. » Devenu quotidien en 1883, le journal des assomptionnistes associe dans sa réprobation la Synagogue et le Grand-Orient, dont le but commun est de « décatholiciser la France ». Ses attaques contre les juifs subissent des variations, s'enflent à partir de 1889, pour aboutir en septembre 1890 à son autoproclamation comme « journal le plus antijuif de France, celui qui porte le Christ, signe d'horreur aux Juifs ». *La Croix* n'est certes pas le seul organe catholique antisémite, mais le journal du RP Bailly tranche par la violence de ses factums contre le « peuple déicide », la « race ennemie du Christ ». Pour lui, les juifs deviennent une nation qui parasite la nation : « Le peuple juif [...] se groupe et s'unit étroitement contre la nation qui lui ouvre son sein, il la ronge, il la mine, paraissant français et restant juif. »

Entre-temps, en 1886, un journaliste, Édouard Drumont, publie *La France juive*. Deux volumes imposants, d'abord édités à compte d'auteur par un gros imprimeur de province, Darantière, et distribués, grâce à l'entremise d'Alphonse Daudet, ami de Drumont, par Marpon et Flammarion. Le livre passe inaperçu jusqu'au moment où l'ami Daudet engage Magnard, directeur du *Figaro*, à en rendre compte. Un article suit, le 19 avril, « bref et cinglant » selon Daudet, mais décisif, car les autres journaux emboîtent le pas, parfois plus flatteurs

1. Cité par P. Sorlin, *« La Croix » et les Juifs*, *op. cit.*, p. 78.

comme *La Croix* : *La France juive* est lancée, d'autant qu'un duel, le 27 avril, entre Drumont et Arthur Meyer, le directeur du *Gaulois*, défraye la chronique [2]. Tous les libraires en veulent, on se l'arrache, le premier tirage de 2 000 exemplaires est épuisé, les commandes affluent. Marpon et Flammarion prennent en main eux-mêmes la réédition. 65 000 exemplaires seront vendus la première année ; plus de 80 000 seront écoulés à la veille de 1914. Seuls, jusque-là, des romans populaires pouvaient atteindre de pareilles ventes [3].

La France juive, qui éclate comme une véritable déclaration de guerre, bientôt *best-seller*, est suivie par une série d'ouvrages où l'auteur ne cesse d'enrichir ses attendus contre une prétendue « invasion » et de construire un mythe physique, social, moral du juif [4].

Petit-fils d'un artisan peintre porcelainier, fils d'un modeste sous-chef de bureau à l'Hôtel de Ville de Paris, Édouard Drumont, faute de pouvoir terminer ses études secondaires en raison de la maladie de son père, interné à l'asile psychiatrique de Charenton (il y mourra en 1870), aura été avant tout un autodidacte. Fouineur d'archives, collecteur de ragots, collectionneur de citations, rat de bibliothèque pendant des années, il composera le pamphlet d'un phobique sans rigueur, sans vérification des sources, sans mesure, mais non sans art de la formule qui fait mouche. Quand les deux volumes de *La France juive* paraissent, il accède enfin à la notoriété, après des années de vaches maigres qui ont forgé son ressentiment à l'endroit d'une société moderne impitoyable. Journaliste besogneux depuis les années 1860, il a fini par se faire introduire dans la presse catholique, *Le Contemporain* d'Henri Lasserre, *L'Univers* de Louis Veuillot, *La Revue du monde catholique*, où il exprime déjà (sous le Second Empire) un antijudaïsme

2. Drumont accusa Meyer d'avoir repoussé un de ses assauts en saisissant son épée de la main gauche avant de lui enfoncer la sienne dans la cuisse.

3. E. Parinet, *La Librairie Flammarion 1875-1914*, IMEC, 1992, p. 252-256.

4. M. Winock, « Édouard Drumont et *La France juive* », *Nationalisme, Antisémitisme et Fascisme en France*, Seuil, « Points Histoire », 1990, p. 117-144.

bien trempé, mais sans trouver de statut véritable. Il collabore à une feuille à scandales et chantages, *L'Inflexible*, avant d'emmener la femme de son fondateur, avec qui il vivra en concubinage jusqu'en 1882, date à laquelle, faisant retour au catholicisme pratiquant, il décide de l'épouser à l'église. Drumont, au cours des années qui suivent la guerre de 1870-1871, ne se mêle pas de politique. Ses chroniques sont des causeries sans portée. Il obtient cependant un prix Jouy de l'Académie française en 1878 pour *Mon vieux Paris*, une évocation historique débordant de nostalgie. Il écrit alors dans divers journaux, notamment à *La Liberté*, dont le principal actionnaire est Isaac Pereire. Employé d'un juif, l'antisémite se fait prudent. Il quittera ce journal peu de temps avant la publication de *La France juive*, pour reprendre place dans les journaux catholiques.

Ami d'Alphonse Daudet qui l'épaulera pour faire éditer *La France juive*, il fréquente aussi la rue de Clichy, où Victor Hugo, qu'il admire, donne des soirées au cours desquelles Drumont, les cheveux longs retroussés sur le col, la barbe en broussaille et le regard myope, n'hésite pas à proclamer son catholicisme. Un catholicisme « historique », comme il dit ; un catholicisme politique, si l'on préfère. Mais la rencontre qu'il fait du RP Du Lac, directeur du collège des jésuites de la rue des Postes, ramène Drumont au pied des autels.

Antilibéral, catholique du *Syllabus*, le RP Du Lac, devenu directeur de conscience de Drumont, est un de ces prêtres de combat qui rompent des lances contre les projets de laïcisation des républicains, fraîchement maîtres du pouvoir. Drumont se fait l'allié de son confesseur dans ses campagnes contre les projets de loi Jules Ferry. Cependant, un décret du 28 mars 1880 assigne les congrégations non autorisées à demander leur autorisation et, plus radicalement, impose la fermeture des établissements d'enseignement des jésuites. Du Lac s'exile en Angleterre, d'où il entretiendra avec Drumont une correspondance assidue, grâce à laquelle (les lettres de Drumont ont été conservées) on peut suivre la genèse de *La France juive* [5].

5. G. Kauffmann, *Édouard Drumont...*, *op. cit.*

C'est en effet dans ce contexte de contre-offensive catholique que Drumont conçoit l'idée d'un ouvrage systématique sur les juifs, dans lesquels il désigne la main diabolique de la République antichrétienne. Parti de l'antijudaïsme religieux traditionnel, l'autodidacte entasse et brasse toutes les formes de la critique antijuive, sociale, politique, et finalement raciste. Hanté par la décadence dont témoignent, à ses yeux, la fin de l'aristocratie, les malfaisances de la République parlementaire, l'acharnement des anticléricaux contre l'héritage sacré de l'Église, Drumont croit pouvoir dévoiler l'agent de tous les malheurs et de toutes les corruptions dans l'« invasion juive ».

En fait d'invasion, on peut estimer le nombre de juifs en France aux environs de 75 000, après que l'Alsace et la Moselle sont devenues allemandes (on évaluait à 12 000 le nombre de ceux passés en France entre 1871 et 1914), alors que Drumont parle de 550 000 juifs en France, dont 150 000 résideraient à Paris. Plus que la quantité fantasmée des juifs, Drumont dénonce leur omniprésence à tous les postes névralgiques des affaires économiques, financières, à tous les leviers de l'opinion : presse, théâtre, édition… « Tout aboutit au Juif. » Sombre perspective dévoilée par Drumont de cette mainmise universelle des juifs sur tout ce qui est français, jusqu'aux lettres : « Petit à petit, le Juif éliminera tous les ouvrages qui ont un accent chrétien et français ; et, sans bruit, sans qu'on s'en aperçoive, insensiblement, la Juiverie sera la maîtresse à l'Académie comme partout. »

Les juifs, selon Drumont, ont préparé la Révolution, en ont bénéficié, et, avec l'avènement de la IIIe République, poursuivent inlassablement leur œuvre antichrétienne : « Ils haïssent le Christ en 1886 comme ils le haïssaient du temps de Tibère Auguste, ils le couvrent des mêmes outrages. Fouetter le Crucifix le Vendredi saint, profaner les hosties, souiller les saintes images : telle est la grande joie du Juif au Moyen Âge, telle est sa grande joie aujourd'hui. Jadis il s'attaquait au corps des enfants ; aujourd'hui c'est à leur âme qu'il en veut avec l'enseignement athée ; il saignait jadis, maintenant il empoisonne : lequel vaut mieux ? »

L'œuvre de Drumont, complétée par les articles du quotidien *La Libre Parole*, à partir de 1892, fait feu de tous les griefs antijuifs. Catholique, l'auteur reprend à son compte le vieil antijudaïsme médiéval contre le peuple déicide, l'anticapitalisme des socialistes et des légitimistes, y ajoutant les stéréotypes d'un racisme nouvellement encouragé par les sciences biologiques et l'eugénisme. Le juif est ainsi repérable à un type physique (« nez recourbé, yeux clignotants, oreilles saillantes », etc.), à sa bassesse morale, à sa rapacité et à sa haine congénitale du chrétien, qui se manifeste, notamment, par les prétendus meurtres rituels.

Autant que l'antichristianisme, le juif incarne le capitalisme. Et Drumont de tenter un rapprochement avec les socialistes en plein essor, faisant l'éloge de Benoît Malon, « homme du peuple tel qu'il est sorti de la vieille terre française », de Jules Guesde, « homme d'exceptionnel mérite », et l'apologie de la majorité des communards, braves types trompés par la bourgeoisie bohème et par les juifs. Drumont inaugure, et ce sera encore plus net dans *La Fin d'un monde*, en 1889, une tradition qu'entretiendra jusqu'à nos jours une tendance de l'extrême droite : la défense de la Commune de 1871, c'est-à-dire la défense du peuple face à la bourgeoisie libérale. Dans ce drame, les juifs ont joué un double jeu sinistre : « À Versailles, ils affichaient des sentiments d'indignation ; à Paris, ils subventionnaient l'insurrection afin de satisfaire leur haine contre les prêtres et, en même temps, de compliquer la situation politique pour se faire payer plus cher leur concours financier. »

Dans *La France juive* et *La Fin d'un monde*, Drumont fait l'éloge notamment du communard blanquiste Gustave Tridon, auteur du *Molochisme juif* (1884), quoique celui-ci reproche surtout au judaïsme d'être à la source du christianisme abhorré. L'antisémitisme d'origine socialiste n'avait pas désarmé depuis Fourier, Toussenel et Proudhon. Albert Regnard, collaborateur de la *Revue socialiste*, rend ainsi hommage à Drumont dans son ouvrage *Aryens et Sémites*, en 1890 : « Le livre de M. Drumont [...] a eu l'immense mérite de ramener l'attention d'une génération trop indifférente sur un de ces problèmes d'intérêt primordial dont la solution importe le plus au bonheur du genre humain. En tapant comme un sourd, en faisant jouer la mine dans tous les coins, contre le Judaïsme, ce démolisseur forcené ne s'est pas aperçu qu'il ruinait du même coup l'édifice catholique […]. C'est par là que ce livre nous plaît […] C'est aussi par ses violentes attaques contre cet autre produit immédiat du Sémitisme : le Capitalisme […], d'autant plus que les coups de fouet ne vont pas cingler le visage des seuls fils d'Israël, mais encore d'un tas d'agioteurs incirconcis, judaïsés par le christianisme ! Ce qui nous réjouit encore, c'est de voir proclamer et répandre par les milliers d'exemplaires de *La France juive* cette éclatante vérité, contestée seulement par l'ignorance des naïfs ou la mauvaise foi des intéressés : – la réalité et l'excellence de la race Aryenne, de cette famille unique à laquelle l'humanité doit les merveilles du siècle de Périclès, la Renaissance et la Révolution – les trois grandes époques de l'histoire du monde – et qui seule est en mesure de préparer et d'accomplir l'achèvement suprême de la rénovation sociale. » Sacrifiant au « mythe aryen » à la mode, Regnard combinait allégrement le socialisme et l'anticléricalisme au racisme.

Un tel ouvrage suscite-t-il l'indignation dans les rangs socialistes ? Non. L'antisémitisme est affaire d'opinion, d'interprétation. Jean Jaurès, lui-même, de retour d'un voyage en Algérie, écrit dans *La Dépêche*, grand quotidien de gauche de Toulouse : « Dans les villes, ce qui exaspère le gros de la population française contre les juifs, c'est que, par l'usure, par l'infatigable activité commerciale et par l'abus des influences politiques, ils accaparent peu à peu la fortune, le commerce, les emplois lucratifs, les fonctions administratives, la puissance publique. […] En France, l'influence politique des juifs est énorme, mais elle est, si je puis dire, indirecte. Elle ne s'exerce pas par la puissance du nombre, mais par la puissance de l'argent. Ils tiennent une grande partie de la presse, les grandes institutions financières, et, quand ils n'ont pu agir sur les électeurs, ils agissent sur les élus. Ici, ils ont, en plus d'un point, la double force de l'argent et du nombre [6]. »

---

6. J. Jaurès, « La question juive en Algérie », *La Dépêche*, 1er mai 1895.

Certes, il n'y a pas de doctrine officielle antisémite dans le mouvement socialiste. Lorsqu'un lecteur du *Socialiste* – l'organe des guesdistes – se plaint de ce que Paul Lafargue use un peu trop du mot « juifs » quand il parle des financiers, le gendre de Marx s'en explique : « Personnellement, écrit-il, j'ai la plus profonde admiration pour ce peuple juif insulté, foulé aux pieds pendant des siècles [...]. Les socialistes attaquent Rothschild parce qu'il personnifie la finance moderne [...]. Le parti socialiste ne distingue les hommes qu'entre capitalistes et socialistes[7]. » S'il arrive à Jaurès, depuis 1892, de déceler « un véritable esprit révolutionnaire » au fond de l'antisémitisme populaire, Gustave Rouanet, quelques semaines après l'article cité de Jaurès, proteste, dans la même *Dépêche*, contre la « fausse théorie » qui se répand et selon laquelle les juifs seraient coupables de toutes les malversations, comme dans le récent scandale de Panama : « Les gros, les principaux bénéficiaires de cette escroquerie colossale étaient des financiers qui n'étaient pas des juifs, au moins pour la plupart, car il y en avait tout de même... Ce ne sont pas les juifs qui ont créé la société individualiste et capitaliste d'aujourd'hui » (26 mai 1895). Au demeurant, si ses idées paraissent un peu courtes, Drumont n'est pas un ennemi, aux yeux des socialistes, parce qu'il professe lui aussi des idées anticapitalistes et que, en certains cas, on peut se retrouver dans le même camp face aux mêmes adversaires. Pour certains donc, l'idéologie antisémite pourrait servir de propédeutique révolutionnaire. Fondée sur une idée fausse (ou insuffisante), elle n'en serait pas moins porteuse d'une dynamique propre à ébranler les murs du Capital.

Applaudie par la presse catholique (*Le Monde*, *L'Univers* et *La Croix*), considérée avec sympathie par une partie des socialistes, *La France juive* soulève l'enthousiasme des radicaux d'Algérie, où la Ligue des Français d'Algérie, créée en 1883, ferraille pour l'abolition du décret Crémieux. *Le Radical algé-*

7. P. Lafargue, « Juifs et socialistes », *Le Socialiste*, 11 septembre 1892. Voir J.-Y. Mollier, « Financiers juifs dans la tourmente des scandales fin de siècle à Paris (1880-1900) », *Archives juives*, n° 29/1, 2e sem. 1996.

rien encense l'ouvrage, en particulier le livre quatrième (« Crémieux et l'Alliance israélite universelle »), dont il publie un extrait en première page.

L'accueil favorable fait aux deux volumes de Drumont dessine donc deux camps qui ne recoupent pas ceux de la droite et de la gauche. Les adversaires du régime parlementaire et de la démocratie libérale s'y retrouvent, aussi bien la grande presse catholique que maintes publications socialistes, voire radicales. Les pourfendeurs de Drumont se recrutent, eux, aussi bien chez les républicains de gouvernement, modérés et conservateurs, que chez les catholiques libéraux. Comme l'écrit Anatole France dans *Le Temps* du 2 mai 1886 : « Nous détestons, nous répudions ces paroles sauvages. Elles ne sont point de notre temps [8]. »

Pour donner un prolongement politique et militant à ses idées, Drumont lance en septembre 1889 un mouvement qui prend bientôt le nom de Ligue antisémitique de France, et qu'il engage aussitôt dans la campagne électorale. Drumont est assisté de Jacques de Biez, journaliste (on lui prêtera la formule : « La France aux Français ! »), ancien bijoutier et futur gérant de *La Libre Parole*, et d'un personnage qui a fasciné ses contemporains : le marquis de Morès. Ancien saint-cyrien, gendre d'un banquier américain, ex-propriétaire de ranch dans le Dakota, le marquis devient vite le bailleur de fonds de la ligue. Son manifeste proclame : « L'heure est venue de faire appel à tous les Français qui portent en eux l'âme de la vraie France, de les grouper au nom de l'esprit de corps et des traditions nationales, autour de l'Idée Française en vue de protéger les intérêts moraux et matériels de la France contre les insolents triomphes du Parasitisme judaïque international. »

Née au moment du boulangisme déclinant, qui visait le régime de la République parlementaire, la ligue de Drumont fait un moment cause commune avec certains partis pris du général. Certes, on ne note jamais de propos antijuifs chez Boulanger. Un de ses principaux soutiens, Paul Déroulède et

8. Sur la réception de *La France juive*, voir G. Kauffmann, *Édouard Drumont...*, *op. cit.*, p. 128-140.

sa Ligue des patriotes, ne verse pas – du moins pas encore – dans le discours antisémite. Reste qu'une partie des porte-parole du boulangisme, à commencer par Maurice Barrès et Francis Laur, professent leur hostilité aux juifs. Laur avait été élu député en 1885 et siégeait à gauche lorsqu'il adhéra au boulangisme ; pour les élections législatives de 1889, il se présente à Neuilly, où, soutenu par la Ligue antisémitique, il est élu au second tour, avant d'être invalidé. C'est dans le cadre de la nouvelle campagne électorale, en vue de cette élection partielle, que la propagande antisémite se déchaîne. Drumont appuie aussi de ses subsides le candidat qui, à Neuilly, Clichy, Levallois, Boulogne, s'insurge dans les réunions publiques contre « la juiverie – non pas religieuse, mais tripoteuse – qui nous gouverne ». Sa réélection le 16 février 1890 atteste la popularité de la cause antisémite dans la région parisienne. Cela lui vaut les remontrances de Boulanger, exilé à Jersey, toujours soutenu par le radical Naquet. L'explication est orageuse, Laur fait mine d'accepter les injonctions de l'état-major boulangiste, mais, de retour à Paris, il se fait le champion de l'antisémitisme à la Chambre, faiblement applaudi dans une partie droite et à l'extrême gauche – une conjonction qui suggère la bonne alliance, rêvée par Drumont, contre la majorité des républicains modérés.

La fin de l'épisode boulangiste, qui avait vu la convergence des extrêmes politiques et avait connu une fièvre populaire, est bientôt suivie par une de ces crises financières favorables à tous les excès antisémites. En 1892, le scandale de Panama, où certains noms juifs sont mêlés, est l'occasion pour Drumont et les siens d'enfoncer le clou de la culpabilité juive.

Après le percement du canal de Suez, livré à la navigation en 1869, Ferdinand de Lesseps avait décidé dix ans plus tard, à 75 ans, de récidiver l'exploit par le percement d'un canal transocéanique : « J'ai fait Suez ! Pourquoi pas Panama ? » Le projet était ambitieux : creuser un canal de 75 kilomètres de long entre l'Atlantique et le Pacifique, malgré des difficultés géologiques, climatiques, topographiques, considérables. Il fallait acheter la concession du canal à la Colombie, procéder à des études, engager des ingénieurs, recruter une main-d'œuvre nombreuse, rassembler un énorme matériel… Pour assurer le financement de l'entreprise, la Compagnie universelle du canal transocéanique pour le percement de l'isthme américain s'était donc lancée dans l'émission d'actions par l'entremise d'un certain nombre de banques, Comptoir d'escompte de Paris, Société générale, Crédit lyonnais, Banque de Paris et des Pays-Bas, etc. Or, malgré les mirobolantes perspectives de profit agitées aux yeux des épargnants, la souscription ne fut pas couverte. Lesseps n'avait eu l'appui ni de la presse ni des banques, lesquelles n'avaient prêté que leurs guichets. Le « grand Français », comme on l'appelle, s'emploie alors à intéresser les banques à son projet et, prodigue, arrose les directeurs de journaux. Définitivement lancée en 1881, la Compagnie de Panama réussissait cette fois son émission au prix de « faux frais » dont le montant représentait près des deux tiers de la souscription.

C'était un mauvais départ, la suite fut au diapason. Réclame, bluff, poudre aux yeux, minoration des coûts devant les assemblées générales des actionnaires, fuite en avant, jusqu'au moment, où, en 1885, Lesseps, acculé, demande au ministre de l'Intérieur, Maurice Rouvier, l'autorisation de se procurer 600 millions au moyen de l'émission d'obligations à lots (le remboursement s'accompagne de lots attribués par tirage au sort), pour laquelle l'accord du Parlement est nécessaire. Les travaux sont en effet beaucoup plus coûteux que prévus ; au lieu d'un creusement à niveau, il faudra construire neuf écluses ! En 1888, Lesseps obtient gain de cause : une loi autorise l'émission d'obligations à lots. Or le vote de cette loi a été acquis, on le saura bientôt, par la corruption d'un grand nombre de députés, 104 ou 117, autant de « chéquards ».

Dans l'incapacité de mener ses travaux à terme, la Compagnie universelle est dissoute le 4 février 1889 par le tribunal civil de la Seine ; sa liquidation, ordonnée. Deux rapports d'experts sur la gestion financière de Panama deviennent publics en 1892, révélant les rémunérations singulières à des journaux et de larges commissions à des maisons de banque et à des particuliers, parmi lesquels Marc Lévy-Crémieu et Jacques de Reinach. Près du dixième du total des commissions pour toutes les émissions obligataires profitait au baron de Reinach[9]. Parmi les corrupteurs apparaît bientôt un autre nom juif, celui d'un médecin passé aux affaires, né à Besançon et naturalisé américain, aventurier de haute volée, le docteur Cornélius Herz. Décoré de la Légion d'honneur, ancien familier du président de la République Jules Grévy, commanditaire du journal de Georges Clemenceau, *La Justice*, Herz, à lui seul, incarne l'interpénétration de la presse, de la politique et des affaires, dans ce temps de capitalisme en plein développement et d'affairisme à tous crins. C'était lui qui avait notamment servi d'intermédiaire entre la Compagnie de Panama et le gouvernement pour obtenir le vote de la loi autorisant l'emprunt obligataire à lots.

Le scandale éclate sur le terrain politique. La faillite de la Compagnie de Panama et l'âcre odeur de corruption qu'elle laisse derrière elle incitent les boulangistes (une cinquantaine à la Chambre élue en 1889) et, plus généralement, les antiparlementaires et les antisémites de tout poil, à rendre publique une affaire où la collusion de l'argent, de la presse et de la politique est aussi évidente, cela en vue des élections de 1893. Drumont n'avait jamais tenu si belle preuve de ses allégations. Ayant eu connaissance du dossier de l'instruction, ouverte contre les administrateurs de Panama par le procureur général Quesnay, en accord avec le ministre de la Justice Armand Fallières, il révèle le scandale par une série d'articles signés « Micros », du 6 au 18 septembre 1892, dans *La Libre Parole*. L'affaire de Panama devient, sous sa plume venimeuse, une affaire juive. Quelle que soit la diversité des acteurs, corrupteurs et corrompus, l'éventail des banques, l'auteur de *La France juive* ne verra dans le scandale que la main des juifs. Dans *La Libre Parole*, puis dans son livre *De l'or, de la boue et du sang* (1896), il raffine dans l'attaque et dans l'injure.

La mort du baron de Reinach, probablement un suicide, dans la nuit du 19 au 20 novembre 1892, inspirera le roman-

9. J. Bouvier, *Les Deux Scandales de Panama*, Julliard, « Archives », 1964.

cier Maurice Barrès, pour l'heure député boulangiste. Dans *Leurs figures*, en 1900, il écrira : « Nul doute qu'à cette extrémité et quand il fit sa suprême méditation : "La vie vaut-elle la peine d'être vécue ?" le baron de Reinach ne se comprît comme une victime expiatoire. Les administrateurs qui voulaient rejeter sur les parlementaires la vindicte publique ; les parlementaires enragés d'être trahis ; Cornélius décidé à tout briser ou à faire de l'or ; le gouvernement qui ne pouvait pourtant pas poursuivre cent cinquante députés, sénateurs et grands fonctionnaires ; la Justice qui ne voyait plus que la mort pour arrêter un procès scandaleux ; sa famille enfin, tout chassait ce malheureux dans les résolutions extrêmes. Ainsi Israël poussait au désert le bouc chargé des malédictions qu'il fallait détourner de dessus le peuple. »

Le mécanisme de l'antisémitisme est au point : « Le financier indélicat, écrit Jean Bouvier, l'entrepreneur en corruption, est finalement expliqué *en tant que juif*, cette explication se présentant comme dernière, c'est-à-dire définitive. Le baron n'est plus ce qu'il est réellement, un simple modèle interchangeable et interconfessionnel d'"homme d'affaires" de seconde zone : le voilà descendu en droite ligne de l'Ancien Testament et par les seules vertus affectives du mot "Israël", la seule référence à l'antique légende, il devient non plus le symbole de la corruption politico-parlementaire contemporaine, mais le représentant d'une "race"[10]. »

La double synecdoque infernale continue à se révéler merveilleusement efficace : 1. Dans tout scandale, prendre les juifs impliqués pour *toute* la bande, les autres n'étant que des comparses. 2. Prendre ces juifs-là comme représentants de *tous* les juifs. De Cornélius Herz et du baron de Reinach au dernier marchand d'habits du Marais, la « France juive » est révélée par Panama dans toute sa malhonnêteté. L'antisémitisme joue à la fois comme mode d'explication et comme instrument de mobilisation. Il désigne, en toute occasion (aussi bien la fusillade de Fourmies, en 1891, que les inondations de

10. *Ibid.*, p. 152.

Paris en 1910[11]), le nom des coupables, ceux par qui le malheur arrive ; il appelle contre le malfaiteur juif l'union de tous les braves Français victimes de ses larcins et de sa volonté de domination (depuis l'ouvrier exploité jusqu'au catholique insulté par les lois laïques, en passant par le petit commerçant en proie à la concurrence impitoyable des grands magasins). L'antisémitisme devient ainsi l'éperon d'une nouvelle droite. L'ancienne, nostalgique, conservatrice, appuyée sur les partisans d'un ordre perdu, est devenue impuissante, lorsque, avec la défaite du boulangisme, elle a vu sombrer ses derniers espoirs de restauration. La droite nouvelle, la droite antisémite, ce sera l'alliance des ouvriers, des catholiques et des classes moyennes, unies contre l'exploiteur capitaliste, incarné par le juif antichrétien. Jusqu'à l'affaire Dreyfus incluse, l'antisémitisme parvient ainsi à polariser des sympathies issues de l'extrême gauche, anciens communards compris. En désignant le juif comme l'ennemi universel, Drumont avait trouvé le moyen de fédérer les adversaires d'hier, le peuple des barricades et les familles antirépublicaines.

L'affaire de Panama est aussi le moment de gloire d'un autre antisémite prolixe, Henri Rochefort, ancien communard, ami des blanquistes, directeur de *L'Intransigeant*, boulangiste, démagogue, qui entame sa carrière d'antisémite public par haine de la République bourgeoise, de la République des opportunistes, confondue avec la « République juive ». Dans *Le Courrier de l'Est*, de Barrès, il avait déjà écrit, le 20 octobre 1889, un article intitulé « Le triomphe de la juiverie », où il expliquait l'échec du boulangisme aux élections récentes par l'action des Rothschild organisant une immigration massive de juifs, vite naturalisés français, pour sauver les gouvernementaux à Paris. Menacé d'arrestation et de jugement en Haute Cour, tout comme Boulanger il s'était exilé. De Londres, il continuait à lancer ses flèches contre les opportunistes. Le scandale de Panama lui est pain bénit. Son antisémitisme s'exprime alors avec plus de netteté, alors qu'il affiche une fidélité invariable au souvenir de la Commune.

Rochefort représente une autre variante de l'antisémite de

11. Cf. M. Winock, *Nationalisme, Antisémitisme...*, *op. cit.*, p. 133.

gauche, venu de l'extrême gauche, resté anticlérical, et cultivant ses amitiés socialistes, du moins jusqu'à l'affaire Dreyfus. Ses origines ne lui rendent pas Drumont, trop clérical, bien sympathique. Au demeurant, les deux hommes se ménagent. Ils se retrouveront côte à côte dans l'antidreyfusisme. Ancien vaudevilliste, histrion, cabotin, toujours en quête d'argent, Rochefort n'est pas un antisémite « sérieux », mais sa popularité parisienne, le succès de ses calembours, ses professions de foi populistes, font de lui et de son quotidien *L'Intransigeant* un écho sonore de toutes les passions antijuives.

En ces années 1890, une tout autre mouvance est pénétrée par les idées de Drumont, celle de la démocratie chrétienne, alors en plein essor. Un ensemble de cercles, de syndicats, organisant des congrès, soutenus par des abbés démocrates, publiant une presse abondante, a pris corps après la publication, en 1891, de l'encyclique *Rerum novarum* sur la doctrine sociale de l'Église, au moment où, en France, le mouvement socialiste lui-même monte en puissance. Organisée sur le terrain social plus que dans l'arène politique (il n'y eut qu'un éphémère Parti démocrate chrétien), la démocratie chrétienne s'affirme anticapitaliste plus encore qu'antisocialiste. Tout naturellement, oserait-on dire, cet anticapitalisme se teinte d'antisémitisme, tant la propagande antijuive a fini par assimiler la haute banque à la « juiverie ». Les préjugés chrétiens prédisposaient sans doute ces militants à l'encontre des juifs, mais c'est sur le terrain social et économique que leur antisémitisme s'exprime avant tout. On rencontre dans les rapports des congrès, régionaux ou nationaux, dans les journaux et dans les discours de fréquentes attaques contre la « République juive et franc-maçonnique » et contre le parasitisme juif, auxquelles *La Croix* avait habitué ses lecteurs. Pierre Lermite, un éditorialiste du journal, en arrivera à écrire le 22 novembre 1897 : « Ah ! où est-il le temps où ces Francs orgueilleux clouaient cette inscription à la porte de leurs jardins publics : interdit aux cochons et aux juifs [12] ? » Des pério-

12. Cité par M. Montuclard, *Conscience religieuse et Démocratie*, Seuil, 1965, p. 137.

diques de la mouvance, comme *Le Peuple français*, *L'Observateur français*, *La Terre de France*, *Le Peuple ardennais*, *La Voix de la France*, multiplient leurs attaques. La sortie de l'hebdomadaire *La Voix de la France* a été encouragée aussi bien par *L'Univers* que par Drumont. Il se donne pour objectif de lutter contre les juifs, les francs-maçons et les « Panamistes ». Sans réduire la question sociale à « la question juive », comme le suggérait *La Croix* en 1894, les démocrates chrétiens de la première génération, y compris les abbés démocrates (l'abbé Naudet notamment) entretiennent néanmoins, dans leur combat anticapitaliste, la confusion entre juifs et capitalisme. Leur idéologie, quoique rénovée par rapport aux positions traditionnelles des milieux catholiques, reste profondément hostile à la Révolution de 1789, qui a porté la bourgeoisie au pouvoir, favorisé l'individualisme et libéré les forces de l'argent. Il est plaisant de noter qu'ils partagent avec les radicaux socialistes le même idéal social de la propriété individuelle – émancipée par la Révolution et la fin des privilèges. Mais, contrairement aux radicaux, ces démocrates chrétiens sont des adversaires résolus du parlementarisme, où s'exerce l'influence dominante de la franc-maçonnerie, « qui est entre les mains des Juifs » [13].

Parmi les prêtres ralliés à la république, « socialiste chrétien » mais doublement antisémite, par antijudaïsme traditionnel et par judéophobie « sociale », l'abbé Théodore Garnier est particulièrement en vue. Colosse vulgaire, prédicateur simpliste et par là efficace, il sait entraîner les foules crédules. Rédacteur à *La Croix* depuis 1888, il fonde *Le Peuple français*, en 1893, et associe son journal à une ligue nationaliste, l'Union nationale, bientôt proche de la Ligue antisémitique de Guérin, qu'il aide à fonder. En mars 1896, au congrès annuel de son Union, on l'entendra vociférer : « À bas les tyrans ! À bas les juifs ! À bas les francs-maçons [14] ! »

Cette montée de l'antisémitisme à partir des années 1880 ne

13. *Ibid.*, p. 109.
14. P. Pierrard, *Les Chrétiens et l'Affaire Dreyfus*, Éditions de l'Atelier, 1998, p. 39-41.

laisse pas la France indifférente. Si pénétrante qu'ait été la campagne contre les juifs, l'ensemble de l'opinion n'est guère touchée, comme le montre l'échec d'un antisémitisme électoral. *A fortiori*, le Parlement n'est pas affecté ; aucune loi discriminatrice n'est votée. Un épisode, survenu en juin 1892, a particulièrement ému l'opinion : la mort en duel du capitaine Mayer, tué par Morès. Depuis plusieurs semaines, *La Libre Parole*, vigile incorruptible de « l'invasion », a pris en ligne de mire l'armée, où les noms juifs sont de plus en plus en plus nombreux parmi les officiers. Drumont est alors provoqué en duel par le capitaine André Crémieu-Foa : « En insultant les trois cents officiers français de l'armée active qui appartiennent au culte israélite, vous m'insultez personnellement. » C'est finalement Morès qui défendra le journal de Drumont, tandis que Crémieu-Foa, interdit de se battre par les autorités militaires, cède la place au capitaine Mayer. La rencontre a lieu le 23 juin, sur l'île de la Grande Jatte ; l'officier juif y trouve la mort. C'est un choc dans l'opinion. Les obsèques de Mayer sont suivies par une foule immense, comme on n'en avait pas vue depuis les funérailles de Gambetta. Un deuil de huit jours est décidé à l'École polytechnique, d'où Mayer était issu. La cérémonie funèbre réunit de nombreux membres de l'armée et du Parlement. À la Chambre, interpellé par le député Camille Dreyfus, Freycinet, ministre de la Guerre, fait l'apologie de l'union patriotique au-delà de toutes les divergences religieuses : « Nous ne connaissons que des officiers français. »

L'année suivante, en plein tapage des retombées du scandale de Panama, un catholique libéral, professeur à l'École libre des sciences politiques, Anatole Leroy-Beaulieu, indigné par les campagnes antisémites, décide de publier un ouvrage, *Israël chez les nations*, qui entend dénoncer, par l'érudition et l'enquête méthodique, l'œuvre de haine des antisémites. Spécialiste de la Russie et grand voyageur, il a visité maintes communautés juives d'Europe, apprécié les différences entre l'Est et l'Ouest, et rédigé finalement un ouvrage qui n'est pas de simple protestation mais qui prétend à la recherche objective. Le lecteur d'aujourd'hui ne manquera pas de noter que l'auteur d'hier n'était pas complètement indemne de préjugés, mais là n'est pas l'important. Au moment où l'Europe est submergée par une vague antisémite sans précédent, le plus remarquable est sans doute la démarche du savant : les concessions faites aux idées reçues et les erreurs factuelles comptent peu au regard de l'inspiration philosémite et libérale de l'ouvrage [15].

D'emblée, Leroy-Beaulieu tire son drapeau de la poche : « Ce livre a été écrit par un chrétien et un Français. Comme chrétien, l'auteur est de ceux qui croient que l'esprit d'intolérance répugne au christianisme ; et rien ne lui paraît moins conforme à l'Évangile que la haine de races. [...] Comme Français, l'auteur est de ceux qui se persuadent que la France doit demeurer fidèle à sa tradition de Justice et de Liberté. » À la suite de quoi, l'auteur s'emploie à réfuter les attaques antisémites sur les plans religieux, politique, économique, social, racial. Le 27 février 1897, Anatole Leroy-Beaulieu donne une conférence à l'Institut catholique de Paris sur le thème de l'antisémitisme. Il dénonce la « philosophie de l'histoire de fantaisie » des racistes, l'ignorance de la religion judaïque par les antisémites catholiques et autres, et les généralisations stupides dans l'affaire de Panama. Sa conférence est interrompue par les lazzis, les protestations, les cris incessants, que les activistes de la Ligue antisémitique, désormais dirigée par Jules Guérin, multiplient, sans pouvoir empêcher l'orateur impassible d'aller jusqu'au bout de son exposé, applaudi par le plus grand nombre. Au lendemain de cette conférence houleuse, Guérin a l'effronterie de provoquer Leroy-Beaulieu à une réunion contradictoire – invitation traquenard, déclinée comme il se doit.

À la même époque, en 1896, Émile Zola, qui ne se doute pas du rôle qu'il va jouer dans ce qui sera l'affaire Dreyfus, écrit dans un article du *Figaro*, « Pour les Juifs », sa stupéfaction, son dégoût croissant, devant la campagne menée contre les

15. A. Leroy-Beaulieu, *Israël chez les nations*, rééd. Calmann-Lévy, 1983.

juifs de France : « J'y vois quelque chose de monstrueux, qui dépasse les bornes du bon sens, de la vérité et de la justice, quelque chose qui peut nous faire reculer de plusieurs siècles ou bien nous conduire à la pire des horreurs : aux persécutions religieuses. »

L'antijudaïsme d'origine catholique, l'anticapitalisme antijuif des petits producteurs et, dans une certaine mesure, de certains socialistes prêtant l'oreille à Drumont ou à Rochefort, l'antimaçonnisme, les nouvelles obsessions racialistes ou carrément racistes, ces thèmes ont connu un réel succès depuis le début des années 1880. Tous les adversaires de la République modérée, soit de droite, soit de gauche, ont cru trouver alors, dans la minorité juive de France (à peine 100 000 âmes), d'abord une explication historique aux malheurs du pays, ensuite un slogan de mobilisation, aux fins d'abattre pour les uns la République bourgeoise (l'antisémitisme pouvant faire la « trouée », la brèche par où passerait la révolution), pour les autres la République tout court. Il est notable, cependant, que les provocations de la presse antisémite ou de la Ligue antisémitique n'aboutissent à rien : plusieurs propositions de lois visant le décret Crémieux ou l'expulsion des juifs (1891) ne récoltent qu'un infime soutien parlementaire. Néanmoins, les antisémites ont réussi à créer, malgré la diversité professionnelle, géographique et philosophique des juifs de France, le mythe d'une entité juive acharnée à préparer sa domination finale.

6

L'affaire Dreyfus
(1894-1906)

L'affaire Dreyfus, au tournant du XIXe siècle, polarise l'attention internationale : la France ne serait-elle pas devenue le pays le plus antisémite d'Europe ? Les choses sont un peu plus compliquées.

Cette affaire militaro-judiciaire commence par l'arrestation d'un officier stagiaire à l'état-major, le capitaine Alfred Dreyfus, le 15 octobre 1894. Il est accusé d'espionnage en faveur de l'Allemagne. Le document à charge, un « bordereau » consignant un certain nombre de renseignements, d'intérêt médiocre au demeurant, a été récupéré par un agent français, une femme de ménage, travaillant à l'ambassade d'Allemagne à Paris. Une expertise d'écriture (trois experts contre deux) paraît avoir fait la preuve de la culpabilité de Dreyfus, que sa qualité d'artilleur (le bordereau promettait des renseignements sur le canon de 120) et ses passages successifs dans les différents bureaux de l'état-major rendaient, par ailleurs, suspect.

Cadeau tombé du ciel pour la presse antisémite qui, dès le lendemain de l'arrestation de Dreyfus, révélée le 31 octobre, se lance dans une violente campagne contre le « traître ». Des journaux spécialisés comme *La Libre Parole* et *L'Intransigeant*, mais aussi *Le Petit Journal*, *L'Éclair* et autres quotidiens contaminés par les préjugés antijuifs. Alors que certains proposent des mesures prophylactiques, comme d'interdire aux juifs la carrière militaire (Joseph Mollet, dans *La Vérité*), il revient à Drumont d'élargir la question et de rappeler le *complot* : « Les Juifs comme Dreyfus ne sont probablement que des espions en sous-ordre, qui travaillent pour les financiers israélites ; ils sont les rouages du grand complot juif qui nous livrerait pieds et poings liés à l'ennemi, si on ne se décidait, au moment où la guerre deviendra imminente, à prendre des mesures de salut public » (3 décembre).

Le 22 décembre, les sept juges du conseil de guerre déclarent Dreyfus coupable à l'unanimité et condamnent l'officier à la dégradation militaire et à la déportation à vie dans une enceinte fortifiée. Un témoin, le commandant Henry, désigné pour déposer au nom du service des renseignements, avait montré du doigt Dreyfus et, solennel, s'était écrié : « J'affirme, moi, que le traître le voilà ! » À part les proches du condamné, personne ne proteste. La justice militaire a confondu un coupable et l'a puni. Que celui-ci soit juif ou non n'importe qu'à la presse antisémite faisant feu de tout bois. Pour l'opinion et pour la classe politique, une affaire d'espionnage a eu lieu, a été jugée, et si certains discutent le verdict ce serait en raison de sa relative clémence. C'est le cas des deux hommes politiques qui seront les plus célèbres des dreyfusards, Georges Clemenceau et Jean Jaurès. Le premier, qui se consacre au journalisme depuis son échec électoral de 1893, déplore, dans *La Justice* du 25 décembre 1894, le sort inégal qu'on réserve au simple soldat qui injurie un de ses supérieurs – la mort –, et celui qu'on a fixé au « traître » : le « jardin de Candide » dans une île tropicale.

« Je souhaite assurément, écrit-il, que la peine de mort disparaisse de nos codes. Mais qui ne comprend que le Code militaire en sera de toute nécessité le dernier asile ? De fait, aussi longtemps qu'il subsistera des armées, il sera probablement difficile de les régir autrement que par une loi de violence. Mais si, dans l'échelle des châtiments, la peine de mort est l'ultime degré, il me semble qu'elle doit être réservée pour le plus grand crime, qui est, à n'en pas douter, la trahison. Tuer un malheureux affolé qui insulte ses juges, c'est démence, quand on fait une vie tranquille au traître. »

La veille, à la Chambre des députés, Jaurès, au nom du groupe socialiste, avait émis le même avis : « D'un côté, tous ceux qui, depuis vingt ans, ont été convaincus de trahison envers la patrie ont échappé à la peine de mort pour des raisons diverses. Le maréchal Bazaine, convaincu de trahison, a été condamné à mort, mais n'a pas été fusillé. Le capitaine Dreyfus, convaincu de trahison par un jugement unanime, n'a pas été condamné à mort. Et en face de ces jugements le pays voit qu'on fusille, sans grâce et sans pitié, de simples soldats coupables d'une minute d'égarement et de violence. » Jaurès réclamait l'égalité des peines, et déposait une proposition de loi tendant à réviser certains articles du code de justice militaire, en faveur des simples soldats coupables d'une minute d'égarement. Il est hué par les députés de la droite et du centre.

Le 24 janvier 1898, Jaurès évoquera à la Chambre la « question juive ». Pour l'instant, Jaurès est vilipendé pour avoir mis en cause, voire « insulter » le conseil de guerre, la justice militaire. On l'accuse de vouloir supprimer la discipline dans l'armée. La question militaire est ainsi au cœur de l'affaire Dreyfus, avant même que celle-ci ne soit une « affaire ». Le président du Conseil, Charles Dupuy, reproche à son tour à Jaurès de « discuter d'une manière inconstitutionnelle et illégale l'arrêt du conseil de guerre » et explique son attitude par l'adhésion de Jaurès à un parti d'internationalistes hostiles à l'armée. Jaurès, lui, laissait entendre que les juges militaires avaient épargné l'un des leurs, un officier. Le charivari qui suit cet échange aboutit finalement à la censure prononcée par le président de la Chambre, Henri Brisson, et à l'exclusion temporaire de Jaurès. La violence de cette séance eut sa conclusion sous forme de duel, entre le ministre Barthou (qui avait traité Jaurès de menteur) et le député socialiste, le jour de Noël 1894. Deux coups de feu furent échangés, sans dommage. C'est alors que Jaurès, désireux d'expliquer à l'opinion l'attitude, selon lui indulgente, du conseil de guerre, fait allusion, dans *La Dépêche* de Toulouse, à « l'énorme pression juive qui a été loin d'être inefficace ».

L'Affaire proprement dite n'éclate qu'à l'automne 1897, lorsque la conclusion du conseil de guerre de 1894 est remise en cause publiquement par une poignée d'hommes politiques et d'écrivains. Deux personnes avaient joué un rôle décisif dans le dévoilement de la vérité : Bernard Lazare, écrivain employé par la famille Dreyfus pour enquêter sur l'erreur judiciaire dont le capitaine avait été victime [1] et, de son côté, le colonel Picquart, nouveau venu à la tête du Bureau de la section de statistique (alias service des renseignements et du contre-espionnage), qui a été frappé par la similitude d'écriture entre celle du bordereau accusateur et celle d'un officier du nom d'Esterhazy.

Le 15 novembre 1897, Mathieu Dreyfus, frère du capitaine, dénonce publiquement Esterhazy comme le véritable auteur du bordereau. Dix jours plus tard, Émile Zola, convaincu de l'innocence du condamné par le vice-président du Sénat Scheurer-Kestner, entame une campagne favorable à Dreyfus dans *Le Figaro*, concluant ce premier article par une formule programme : « La vérité est en marche, et rien ne l'arrêtera. » Il s'arrêtera, lui, d'écrire au *Figaro*, au troisième article, le 5 décembre, à la suite des désabonnements qui menacent le journal. Zola n'a pas rendu les armes pour autant ; il publie le 14 décembre une *Lettre à la jeunesse* sous forme de brochure : « Des jeunes gens antisémites, ça existe donc, cela ? Il existe donc des cerveaux neufs, des âmes neuves, que cet imbécile poison a déséquilibrés ? » Derechef, le 6 janvier 1898, *Lettre à la France* : « France, réveille-toi, songe à ta gloire. Comment est-il possible que ta bourgeoisie libérale, que ton peuple émancipé ne voient pas, dans cette crise, à quelle aberration on les jette ? »

Cependant, Esterhazy, après enquête, a été envoyé devant le premier conseil de guerre de Paris. Son procès a lieu les 10 et 11 janvier 1898. Esterhazy est acquitté, sous les acclamations des nationalistes. Picquart, lui, est accusé de faux et puni de soixante jours de forteresse. Le petit clan « révisionniste » – ceux qui, avec Scheurer-Kestner [2], Clemenceau, Zola, Joseph

1. Il est l'auteur d'une brochure, *Une erreur judiciaire. La vérité sur l'affaire Dreyfus*, Bruxelles, Imprimerie veuve Monnom, 1896, et, en 1897, à Paris, chez Stock, d'un deuxième mémoire : *Une erreur judiciaire. L'affaire Dreyfus*, mis en vente à la mi-novembre.

2. Il avait été convaincu en juillet 1897 de l'innocence de Dreyfus et de la culpabilité d'Esterhazy par Me Leblois, auquel Picquart avait confié ses révélations. Ainsi la découverte de Picquart avait confirmé la brochure de Bernard Lazare et décidé Scheurer-Kestner à entamer une campagne de révision.

Reinach et quelques autres, veulent la révision du procès de 1894 – retombe à pied d'œuvre. C'est alors que l'auteur des *Rougon-Macquart* se décide à écrire une lettre ouverte au président de la République Félix Faure. Clemenceau, rédacteur en chef de *L'Aurore*, récemment créé, lui donne l'hospitalité le 13 janvier et lui trouve un titre : « J'accuse...! » Le jour même, la Chambre vote les poursuites judiciaires contre Zola et contre *L'Aurore*.

Le 18 janvier 1898, le général Billot, ministre de la Guerre, dépose une plainte contre Zola auprès du ministère de la Justice. Tandis que la presse fait écho à une pétition qui circule en faveur de la révision du procès Dreyfus et qui sera signée par des centaines d'« intellectuels » (parmi lesquels Anatole France, Robert de Flers, Claude Monet, Jules Renard, Émile Durkheim, Octave Mirbeau, Lucien Herr, Charles Andler, Élie et Daniel Halévy, Marcel Proust), de nombreuses manifestations antisémites se déroulent dans diverses villes françaises, à Nantes, Rennes, Bordeaux, Marseille, Nancy... À Paris, plusieurs jours de suite, les étudiants nationalistes défilent aux cris de : À bas Zola ! À bas les juifs ! Vive l'armée ! À Alger, on assiste à des débuts de pogroms. Les antisémites ne tiennent pas toujours le haut du pavé : à Paris, le 17 janvier, une de leurs réunions au Tivoli-Vauxhall est prise d'assaut par les militants anarchistes qui restent les maîtres du terrain. Reste qu'on n'avait jamais vu un tel flot de haine se répandre dans les rues : cris de vengeance, chansons infâmes, devantures brisées, menaces d'émeutes provoquées par des bandes organisées, brochures anti-Zola, ovations pour l'armée [3]...

Un manifeste des députés socialistes explique leur refus de se mêler d'une querelle interne à la bourgeoisie et refuse de prendre parti pour ou contre Dreyfus qui « appartient à la classe capitaliste, à la classe ennemie ». Cela n'empêche pas Jaurès, convaincu à son tour des irrégularités du procès de 1894, d'intervenir le 22 janvier à la Chambre contre le gouvernement Méline, et de dénoncer les « généraux de jésui-

3. P. Birnbaum, *Le Moment antisémite. Un tour de France en 1898*, Fayard, 1998.

tières protégés par la République ». La séance tourne à la foire d'empoigne. Ce qui est en jeu, c'est la clarté à apporter sur le dossier qui a produit la condamnation de Dreyfus et qui reste secret. Jaurès y revient, le surlendemain, mais le président du Conseil s'abrite derrière le respect de la justice.

Le 7 février 1898 s'ouvre le procès Zola. Au cours de la dixième audience, le général de Pellieux évoque une pièce secrète, et qui doit le rester, accablante pour Dreyfus, reçue au ministère de la Guerre en 1896. L'opinion est ainsi alertée que le capitaine a été condamné sur des documents inconnus du public. On saura plus tard qu'il s'agit d'un faux, forgé par le colonel Henry, attaché au bureau des renseignements. Les dreyfusards, comme on appelle désormais les révisionnistes, marquent un point. Le 21, Zola fait sa déclaration au jury qui sera imprimée le lendemain dans *L'Aurore*. Texte frémissant d'un écrivain résolument engagé au nom de la vérité et de la justice, sans vouloir outrager l'armée : « Si quelques individualités des bureaux de la guerre ont compromis l'armée elle-même par leurs agissements, est-ce donc insulter l'armée tout entière que de le dire ? N'est-ce pas plutôt faire œuvre de bon citoyen que de la dégager de toute compromission. [...] J'affirme que cette vaillante armée est insultée chaque jour par les bandits qui, sous prétexte de la défendre, la salissent de leur basse complicité, en traînant dans la boue tout ce que la France compte encore de bon et de grand. J'affirme que ce sont eux qui la déshonorent, cette grande armée nationale, lorsqu'ils mêlent les cris de : Vive l'armée ! à ceux de : Mort aux juifs ! » Zola dénonce la presse à grand tirage qui colporte la légende de la trahison de Dreyfus. Il ne s'agit pas seulement de la cause d'un innocent condamné, « il s'agit du salut de la nation ».

Dans sa conclusion, Zola hausse le ton : « Dreyfus est innocent, je le jure. J'y engage ma vie, j'y engage mon honneur. À cette heure solennelle, devant ce tribunal qui représente la justice humaine, devant vous, messieurs les jurés, qui êtes l'émanation même de la nation, devant toute la France, devant le monde entier, je jure que Dreyfus est innocent. Et, par mes quarante années de travail, par l'autorité que ce labeur a pu me donner, je jure que Dreyfus est innocent. Et, par tout ce que j'ai conquis, par le nom que je me suis fait, par mes œuvres qui ont aidé à l'expansion des lettres françaises, je jure que Dreyfus est innocent, que tout cela croule, que mes œuvres périssent, si Dreyfus n'est pas innocent. Il est innocent. »

Zola est condamné, le 23 février, au maximum : un an de prison et 3 000 francs d'amende. La défense n'avait pourtant pas manqué de témoins à décharge. L'un des plus écoutés avait été Paul Meyer, directeur de l'École des Chartes. Mettant en cause les experts qui avaient reconnu l'écriture de Dreyfus dans celle du bordereau, Meyer, à propos duquel l'avocat de Dreyfus, Me Labori, avait tenu à préciser qu'il était catholique, que son nom était alsacien, réfuta la similitude d'écriture, et déclara nettement que l'écriture du bordereau était celle d'Esterhazy. Pareil témoignage donnait de l'espoir pour la suite. Dans *Jean Santeuil*, Marcel Proust, un des signataires de la pétition des intellectuels, réserve un passage au savant : « C'est toujours avec une émotion joyeuse et virile qu'on entend sortir des paroles singulières et audacieuses de la bouche d'hommes de science qui par une pure question d'honneur professionnel viennent dire la vérité, une vérité dont ils se soucient seulement parce qu'elle est la vérité qu'ils ont appris à chérir dans leur art… » Et Proust d'ajouter que « la vérité est quelque chose qui existe réellement en soi ». Un autre savant, Émile Duclaux, directeur de l'Institut Pasteur, signataire de la pétition révisionniste, sollicité quelques jours auparavant par *Le Temps*, affirmait : « Dès le premier abord, le procès [de Dreyfus] qui se jugea dans des circonstances aussi peu favorables à l'œuvre de justice m'est suspect. Mais je m'aperçois encore que, depuis lors, on ne nous a donné aucune preuve de la culpabilité, aucun argument certain, et je me dis, sans même savoir si M. Scheurer-Kestner a des dossiers ou n'en a pas, sans vouloir examiner aucune des pièces que M. Zola peut avoir, je me dis qu'en principe un jugement rendu dans une période si peu calme, après une telle campagne de presse, sans que rien soit venu le corroborer depuis, un tel jugement est peut-être irrégulier, ou faux, ou coupable. Il ne satisfait pas mon désir de justice et de vérité. »

Le verdict du procès Zola sera cassé pour vice de forme par la Cour de cassation. Un nouveau procès, en juillet de la même année 1898, aboutira à la même peine, et Zola devra se réfugier en Angleterre pour éviter la prison ; il restera en exil onze mois.

Le déchaînement antisémite qui a accompagné le procès Zola, quotidiennement troublé par des manifestants, souvent appointés, ne laisse pas d'inquiéter certains hommes politiques. Le 24 février 1898, le député radical Gustave-Adolphe Hubbard interpelle le gouvernement sur les incidents qui ont émaillé le procès, sur l'attitude des témoins militaires et sur les manifestations antisémites qui n'ont cessé autour et dans les couloirs du Palais de justice, où les bandes de Jules Guérin ont prodigué leurs menaces de mort : « Je demande à M. le président du Conseil ce qu'il peut penser des événements qui se sont déroulés dans le Palais de justice, des discussions judiciaires de ce genre, alors que les couloirs du Palais, la salle d'attente des témoins étaient revêtus de cette inscription qui malheureusement s'est répandue, ces derniers temps, dans trop de villes de France, qui est une inscription de meurtre, de massacre, qui vise une catégorie spéciale de citoyens, ce qui est également contraire aux doctrines républicaines et aux doctrines de la liberté ; je lui demande ce qu'il peut penser de ce cri inscrit sur les murs mêmes du Palais de justice, sous les yeux des témoins prêts à déposer, de ce cri qu'ont poussé dans le Palais de justice des citoyens portant la robe et même l'uniforme, hélas ! cri de haine : "Mort aux juifs !" »

Hubbard est suivi par le socialiste René Viviani, qui rappelle ce principe d'airain de la République : « la suprématie du pouvoir civil sur le pouvoir militaire ». En réponse, Méline affirme : « Il n'y a plus, à l'heure actuelle, ni procès Zola, ni procès Esterhazy, ni procès Dreyfus ; il n'y a plus de procès du tout. » Méline déclare vouloir l'apaisement, renvoie dos à dos les dreyfusards et les antisémites, et réserve sa dernière flèche à « l'élite intellectuelle » qui, dans la quiétude de ses bibliothèques, « ne paraît pas se douter » des passions qu'elle déclenche.

Ce même jour, à l'initiative de l'ancien garde des Sceaux,

Ludovic Trarieux, sénateur de la Gironde, témoin au procès Zola, est fondée la Ligue pour la défense des droits de l'homme et du citoyen. Un juriste catholique, Paul Viollet, assiste Trarieux pour rédiger les statuts, qui seront approuvés le 6 juin par une assemblée générale fondatrice. Des sections sont mises en place en province, des centaines d'adhérents affluent, recrutés principalement dans le corps enseignant, mais aussi dans les professions libérales, chez les fonctionnaires, les journalistes, dans le monde industriel également. Au comité central, aux côtés de Trarieux, siègent Émile Duclaux et Louis Havet, tous deux membres de l'Institut. Le dreyfusisme prenait forme à l'enseigne du texte le plus célèbre de la Révolution.

Le parti dreyfusard n'eut rien à attendre des élections législatives. L'Affaire ne fut pas au cœur de la campagne, sauf à Paris et surtout à Alger où l'antisémite en chef, Édouard Drumont, fut élu. Dans le Tarn, toutefois, où Jaurès se présentait, son adversaire Solages utilisa l'affaire Dreyfus contre lui, mais on ne peut dire qu'elle fut la cause principale de son échec. La Chambre restait *grosso modo* ce qu'elle était avant les élections, dominée par les républicains modérés. À leur gauche, les socialistes et surtout les radicaux progressaient. Quant à la droite, composée de monarchistes en sensible déclin, de catholiques « ralliés » et de nationalistes, elle obtenait à peine 90 sièges sur un total de 575. Nationalistes et antisémites faisaient plus impression dans les rues et dans les journaux que par leurs bulletins de vote. Cependant, la majorité des parlementaires républicains s'en tenaient aux positions de Méline, au respect de la « chose jugée », au refus de mettre en cause, à travers le jugement d'un conseil de guerre, l'armée elle-même. Marcel Proust, déjà cité, décrit dans son récit l'« émotion irrésistible » qui s'empare de ceux qui, au Palais de justice, voient passer le chef de l'état-major, le général de Boisdeffre, et l'« immense acclamation » qui accompagne sa sortie. Depuis la défaite de 1871, l'armée est devenue « l'arche sainte » de la patrie. Vaincus, les monarchistes la vénèrent comme l'institution qui assure la continuité avec la royauté ou l'empire ; vainqueurs, les républicains la protègent comme l'instrument national de la revanche. Seuls les socialistes et les anarchistes refusent le culte militaire, ce qui les disqualifie dans la bataille dreyfusienne aux yeux des nationalistes.

Ferdinand Brunetière, critique littéraire en vue, directeur de la *Revue des Deux Mondes*, a choisi le camp antidreyfusard sur cette question de l'armée. Il juge l'antisémitisme comme « une sorte de danger public », tout en l'expliquant par le fait que protestants, juifs et francs-maçons ont été les bénéficiaires de la victoire républicaine sur les monarchistes : « Ils se sont précipités en foule par la porte qui leur était ouverte ; ils se sont emparés de la politique, de l'administration, de l'école ; ils y règnent ; et, si nous voulons être sincères, il en faut convenir, l'antisémitisme n'est qu'un nom pour dissimuler le vif désir de les déposséder. » Mais, si les juifs ne sont pas « tout à fait innocents », Brunetière pourfend la « pseudo-science » de l'inégalité des races, source des « haines véritablement animales, des haines physiologiques, des haines de sang ». Pour Brunetière, l'important est ailleurs : c'est, au moment où l'Allemagne est en passe de dominer l'Europe et le monde, de garantir l'outil de la défense nationale. « C'est ce que l'instinct de la foule a bien senti, dans ce procès tristement fameux, et qu'en dépit de tous les sophismes l'armée de la France, aujourd'hui comme jadis, c'était la France elle-même. » Et Brunetière d'en venir au procès des intellectuels, éloignés de l'instinct populaire, incapables de penser « comme tout le monde ».

Dans sa réponse à Brunetière, Alphonse Darlu, l'ancien professeur de philosophie de Marcel Proust, directeur de la *Revue de métaphysique et de morale*, concède à son adversaire le chauvinisme populaire : « Notre peuple [...] reste chauvin, quoi qu'il en semble. Et, dès qu'il s'agit de l'armée, il est avec elle. Et cela est juste et naturel. C'est précisément ce qui a fait la gravité et la tristesse si lourde de l'affaire Dreyfus, c'est qu'elle a mis aux prises dans le cœur de beaucoup de bons citoyens des sentiments également forts, le sentiment inquiet de la justice et le souci de l'ordre public, des sentiments d'humanité et le sentiment national [4]. » On ne sau-

4. F. Brunetière, *Après le Procès. Réponse à quelques « intellectuels »*, Perrin, 1898. A. Darlu, *M. Brunetière et l'Individualisme*, A. Colin, 1898.

rait négliger la motivation « militariste » dans l'antidreyfusisme, d'autant que les militants socialistes, et surtout les anarchistes, manifestaient, eux, leur antimilitarisme, parfois catégorique : « Si nous refusons de reconnaître et de respecter l'Armée, lit-on dans *Les Temps nouveaux*, c'est qu'en face du travail, de l'intelligence et de l'énergie paisible qui peinent à édifier le monde nouveau, elle représente parmi nous la paresse, la bêtise et la violence des âges lointains. » Pour la défense du capitaine d'artillerie Alfred Dreyfus, il y avait sans doute mieux à dire.

Protectrice de l'armée, qui doit rester au-dessus de tout soupçon, la composition de la nouvelle Chambre (c'était le cas aussi du Sénat) n'était pas de bon augure pour la révision du procès de 1894. C'est pourtant en son sein que se produit l'événement qui devait relancer la campagne révisionniste. Le nouveau ministre de la Guerre du gouvernement Brisson, Godefroy Cavaignac, radical et nationaliste, décide d'en finir une fois pour toutes avec l'agitation dreyfusarde. Il en a les moyens, croit-il. C'est de divulguer les pièces restées secrètes du dossier qui a condamné Dreyfus – ce qu'il fait le 7 juillet devant les députés. Deux de ces pièces font allusion à « D… » ; la troisième, postérieure au procès, datant de 1896, et à laquelle le général de Pellieux avait fait allusion lors du procès Zola, mentionne en toutes lettres le nom de Dreyfus. La démonstration accomplie, la Chambre applaudit, l'honneur de l'armée est définitivement sauvé.

Dès le lendemain 8 juillet, Clemenceau réfute l'argumentation de Cavaignac dans *L'Aurore*, et, surtout, démontre que la loi a été formellement violée dans le procès Dreyfus, puisque ni l'accusé ni son défenseur n'ont eu connaissance des pièces accusatrices : « La révision est désormais inévitable. Cela était fatal du jour où, le gouvernement, au lieu d'affirmer seulement, entreprenait de prouver. » La question devenait simple : Dreyfus a-t-il été jugé légalement ? Et comme la réponse était négative de l'aveu même d'un ministre de la Guerre trop zélé, il fallait refaire le procès. De son côté, Jaurès, le 10 août, entame une série d'articles dans *La Petite République*, « Les preuves », pour répliquer à Cavaignac et démontrer que les pièces secrètes sont des faux. Jaurès reprend dans son premier article le thème de l'illégalité du procès, le fait d'avoir dissimulé les pièces accusatrices aux yeux de l'accusé et de son défenseur : « cette monstrueuse violation du droit » devait être réparée par un nouveau procès.

Jaurès, délesté de toute responsabilité parlementaire, s'est engagé à fond dans la bataille. Comme on l'a vu, les socialistes n'y étaient pas décidés d'emblée. Affaire Dreyfus, affaire bourgeoise : la lutte des classes n'avait rien à y gagner. C'était notamment l'avis de Jules Guesde et des guesdistes. Pour le rival de Jaurès, il n'y avait pas lieu de défendre un membre de la caste militaire : « Cette victime-là, c'est un des membres de la classe dirigeante, c'est un capitaine d'état-major ; c'est l'homme qui, en pleine jeunesse, fort d'une richesse produit du vol opéré sur les ouvriers exploités par sa famille [...] a choisi ce qu'il appelle la carrière militaire [5]. » Cependant, d'autres courants socialistes sont entrés tout de suite dans la campagne révisionniste. C'est le cas notamment de la tendance « allemaniste » (Jean Allemane, Lucien Herr et le Parti ouvrier socialiste révolutionnaire) et de son journal *Le Parti ouvrier*. L'antimilitarisme était de ses motivations : « Le peuple aime la main qui le frappe ; il lécherait, s'il pouvait, les bottes des officiers qui représentent, dans l'état capitaliste, toute la force de la réaction, la dernière résistance aux réformes devenues nécessaires, celle qui s'exercera par le sabre, les coups de fusil et la déportation sans jugement » (12 février 1898). Les allemanistes soutiennent Jaurès qui témoigne au procès Zola. Jules Guesde, cependant, à la tête de son Parti ouvrier français, continue à défendre une position de neutralité, voire d'hostilité. Le 24 juillet 1898, en compagnie de Paul Lafargue, il publie un manifeste : « Libre à la bourgeoisie politicienne et littéraire de se diviser sur la culpabilité ou l'innocence d'un capitaine d'état-major, ou d'un commandant d'infanterie, ou de s'entre-déchirer au nom de la patrie, du droit, de la justice et autres mots vides de sens tant que

5. Confrontation avec Jaurès à l'hippodrome de Lille, 28 novembre 1900. Les deux discours ont été repris en brochure : *Les Deux Méthodes*.

durera la société capitaliste. Les prolétaires, eux, n'ont rien à faire dans cette bataille qui n'est pas la leur... » Jaurès avait répondu par avance à l'orthodoxie marxiste, écrivant que Dreyfus, une fois illégalement condamné, « n'est plus de cette armée qui, par une erreur criminelle, l'a dégradé. Il n'est plus de ces classes dirigeantes qui par poltronnerie d'ambition hésitent à rétablir pour lui la légalité et la vérité. Il est seulement un exemplaire de l'humaine souffrance en ce qu'elle a de plus poignant. Il est le témoin vivant du mensonge militaire, de la lâcheté politique, des crimes de l'autorité. » Jusqu'au 20 septembre 1899, Jaurès, parallèlement à Clemenceau, écrira sans relâche en faveur de Dreyfus. Les allusions antisémites, qu'on avait pu noter sous sa plume – et qui étaient largement dues à son ignorance du prolétariat juif, le plus misérable de tous –, ont disparu ; il sonne l'alarme contre ceux « qui essaient d'enfermer le mouvement anticapitaliste dans la forme antijuive ».

Cavaignac a-t-il été troublé par les articles de Clemenceau et de Jaurès ? Toujours est-il qu'il donne l'ordre de procéder à un examen minutieux des pièces du dossier Dreyfus, ce dont est chargé le capitaine Cuignet. Celui-ci découvre que la pièce, la seule pièce portant le nom de Dreyfus, a été fabriquée avec deux papiers différents. Le 30 août 1898, le lieutenant-colonel Henry passe aux aveux : c'est lui qui a fabriqué le faux, « pour le bien de la patrie ». Alors que le général de Boisdeffre démissionne, Henry est mis aux arrêts de forteresse, au mont Valérien. Il se suicide le lendemain avec son rasoir. Le 4 septembre, Esterhazy fuit en Belgique, avant de s'installer en Angleterre. L'émotion est immense, Cavaignac démissionne. Lucie Dreyfus, épouse du capitaine, présente une requête formelle en révision, qui est déclarée recevable, le 29 octobre, par la Cour de cassation, saisie par le gouvernement Brisson, au grand dam des nationalistes et des antisémites. Le capitaine Dreyfus sera jugé de nouveau. Les dreyfusards triomphent.

Le camp nationaliste et antisémite ne se tient pas pour battu. Le 25 octobre, Paul Déroulède, député nationaliste, chef de la Ligue des patriotes, interpelle le gouvernement Brisson, qu'il appelle à renverser, pour avoir fait la demande de révision du procès Dreyfus à la chambre criminelle de la Cour de cassation. Il remporte un premier succès en obtenant la démission du ministre de la Guerre, le général Chanoine, en pleine séance. Le débat est conclu par un vote à l'issue duquel Brisson est mis en minorité : la fièvre nationaliste déborde largement la minorité de droite.

Dans la presse, la contre-offensive est lancée depuis le suicide d'Henry. Charles Maurras, dans *La Gazette de France*, monarchiste, du 7 septembre, fait l'éloge du lieutenant-colonel qui s'est donné la mort : « Sachez que de ce sang précieux, le premier sang français versé dans l'affaire Dreyfus, il n'est pas une seule goutte qui ne fume encore, partout où palpite le cœur de la nation. Ce sang fume et criera jusqu'à ce que l'effusion en soit expiée, non par vous qui avez cédé à de beaux désespoirs, non pas même par la fâcheuse coterie ministérielle de Cavaignac, mais bien par vos premiers bourreaux, par les membres du Syndicat de la trahison. » Maurras, très machiavélien, va jusqu'à expliquer qu'Henry n'a commis qu'une faute, en forgeant son faux, c'est de s'être laissé prendre, car il existe des « lois inécrites » inspirées par une moralité plus haute que la morale ordinaire. En décembre, *La Libre Parole* lance une souscription pour permettre à la veuve d'Henry de poursuivre Reinach en justice pour diffamation. Dix-huit listes de souscripteurs se succèdent dans le journal à partir du 14 décembre ; les noms des donateurs sont généralement suivis de petites phrases où l'ignominie antisémite se donne libre cours[6] :

« Pour une descente de lit de peau de youpins afin de la piétiner matin et soir (abbé Cros), 5 F.

« Un capitaine de l'Est qui fait des théories morales sur le youpin à ses hommes et engage ses camarades à en faire autant, 5 F.

« Un petit curé poitevin qui chanterait avec plaisir le Requiem du dernier des youpins, 1 F.

6. Le dreyfusard Pierre Quillard en fera une publication de plus de 700 pages, chez Stock, en 1899 : *Le Monument Henry*.

« À l'Anglais Clement-Sot, protecteur des traîtres, 0,50 F.

« Trois curés de Maurienne, Français de France, qui voudraient appliquer leurs trente doigts sur la figure immonde du juif Reinach, 3 F.

« Un curé de campagne qui fait les vœux les plus ardents pour l'extermination des deux ennemis de la France : le juif et le franc-maçon, 5 F. » Etc.

Face à ce débord de haine, des esprits rassis s'inquiètent. Le 28 novembre 1898, Raymond Poincaré, une des étoiles montantes des républicains modérés, ministre sous le gouvernement Dupuy au moment de la condamnation de Dreyfus, décide, selon sa propre expression, de « libérer sa conscience ». Il s'étonne d'abord du harcèlement de la justice militaire dont le lieutenant-colonel Picquart est l'objet. Il rappelle que le gouvernement d'alors (à l'exception du général Mercier, ministre de la Guerre) n'avait jamais « entendu parler d'aucune charge précise contre le capitaine Dreyfus que le bordereau qui lui était attribué », que jamais, en 1894, les ministres n'avaient eu connaissance « d'aucun dossier diplomatique ou secret ». Et Poincaré d'indiquer la formation d'un nouvel état d'esprit sur l'Affaire : « Nous avons attendu la décision judiciaire, nous l'avons attendue quelques-uns avec anxiété ; une fois rendue, nous l'avons tenue pour bonne. Mais aujourd'hui, des faits nouveaux se sont produits ; la Cour de cassation les examine ; nous demandons qu'elle les examine en pleine indépendance, en pleine souveraineté, et qu'il soit sursis à des procédures annexes qui ont le grave inconvénient d'avoir été engagées ou deux ans trop tard ou quelques semaines trop tôt. » À la fin de son intervention, Poincaré, appuyé par Louis Barthou, recevait, selon le *Journal officiel*, les « vifs applaudissements sur un grand nombre de bancs à gauche et au centre ». Une nouvelle majorité se profilait, une nouvelle phase de l'affaire Dreyfus était entamée, celle de l'engagement, tardif mais décisif, des parlementaires.

Cependant, en décembre 1898, un certain nombre de notables, écrivains, académiciens, publicistes, médecins, artistes, décidés à contrecarrer l'action des intellectuels, fondent la Ligue de la Patrie française. Le président d'honneur est le poète François Coppée, et le président, le grand critique littéraire Jules Lemaître. Parmi les membres de son Comité, figurent Maurice Barrès, Ferdinand Brunetière, Godefroy Cavaignac, Vincent d'Indy, Mistral. Parmi les premiers membres, Paul Bourget, Mme Adam, Jules Verne, Gyp, Léon Daudet, Pierre Louÿs, Charles Maurras... En tout 22 académiciens. C'est l'*establishment* des lettres françaises qui s'y retrouvait. La défense de l'armée était le centre de son programme : « Notre âme, écrit Jules Lemaître, n'est pas distincte de celle de l'Armée. L'Armée, c'est la nation ramassée et debout pour assurer sa propre durée. C'est peut-être, par la très grande majorité de ses chefs, le meilleur de la nation et c'est tour à tour, par ses soldats, la nation entière. » Lemaître se gardait de tout antisémitisme : « Les israélites sont des citoyens français. Comment, de quel front proscririons-nous 70 000 de nos concitoyens à cause de leur sang, d'ailleurs presque aussi mêlé que le nôtre, et à cause de leur religion [7] ? » Déclaration qui n'empêchait nullement les professions de foi antisémites de nombreux adhérents, à commencer par Maurice Barrès.

Le 4 octobre 1898, Barrès écrivait dans *Le Journal* : « Il ne faut point se plaindre du mouvement antisémite dans l'instant où l'on constate la puissance énorme de la nationalité juive qui menace de "chambardement" l'État français. » Après la fondation de la Ligue de la Patrie française, il tient à faire cette mise au point : « *Le Temps* attribue à M. Brunetière le propos suivant : "Nous repoussons avec énergie la doctrine antisémite et la doctrine nationaliste. Nous ne sommes pas la Ligue des patriotes ; nous formons une Ligue de patriotes. Ce qui n'empêche pas que les antisémites et les partisans de M. Déroulède seront reçus parmi nous." Je m'inscris contre la première phrase de cette citation. Très probablement elle défigure les paroles de Brunetière et certainement elle déforme l'attitude que l'ensemble des initiateurs proposent à cette Ligue. Pour ma part, une seule chose m'intéresse, c'est la doctrine natio-

7. La Patrie française, *Première Conférence*, par Jules Lemaître, 19 janvier 1899.

naliste, et j'appartiendrai à la "Patrie française" dans la mesure où elle se pénétrera de ce nationalisme [8]. »

Un des problèmes du nationalisme français, bien exprimé par Barrès en ce début d'année 1899, c'est qu'il n'existe pas positivement de race française : « Hélas ! écrit-il, il n'y a point de race française, mais un peuple français, une nation française, c'est-à-dire une collectivité de formation politique. » La quête d'une unité française aboutit à la définition d'une fidélité : à la terre et aux morts. Les étrangers sont trop nombreux, les naturalisations trop aisées : « Parmi nous, se sont glissés un grand nombre de nouveaux colons (de formations variées), que nous n'avons pas la force de nous assimiler, qui ne sont peut-être pas assimilables… » Ils travaillent à discréditer le sentiment national, la passion patriotique, et lient partie contre la France au-delà des frontières. La xénophobie barrésienne insatisfaite, l'auteur des *Déracinés* en viendra à faire la théorie d'une quasi-race française :

« Quels que soient les éléments primitifs du sang français, à cette heure même, la formule moyenne de ce sang existe, différente de la formule moyenne du sang germain, du sang espagnol, du sang italien ou du sang saxon, et elle se manifeste par des ressemblances de structure extérieure. Il y a donc dans une nation, par la communauté de race et de sang, une communauté de structure nerveuse ; par suite, une similitude de réactions devant les excitations ; par suite encore, une âme commune. Nous sentons de même, parce que nous sommes faits de même façon. – En outre, habitant sur le même sol, soumis au même climat, entendant les mêmes voix, ayant sous les yeux les mêmes exemples, recevant, et des choses et des gens, une éducation commune, acceptant d'un langage commun un même ordre de pensée mêlé aux vicissitudes de la fortune nationale, nous nous formons peu à peu une commune manière de sentir et de réagir.

« C'est par cette double raison que tant de naturalisés, quels qu'ils soient et quels que soient leur mérite personnel et leur bonne intention, qui n'ont pas avec nous cette communauté de

8. M. Barrès, *Scènes et Doctrines du nationalisme*, Plon, 1925, t. 1, p. 71.

race, de sang et d'histoire, ne sauraient sentir comme nous sentons, et surtout dans les questions nationales[9]. »

Le nationalisme républicain intégrait ; le nationalisme des nationalistes rejette, exclut, sépare. La question juive s'inscrivait dans le courant xénophobe, malgré l'origine médiévale des communautés juives en France. La récente immigration, depuis le début des années 1880, permettait l'amalgame. Les juifs n'étaient pas des Français.

Le nationalisme n'était pas seulement une doctrine en voie de formation ; il voulait être aussi une action. En ce début d'année 1899, c'est Paul Déroulède qui prend les choses en main. Sa Ligue des patriotes, dissoute en 1889 au moment du boulangisme, reconstituée en 1894 sous le nom de « Ligue patriotique des intérêts français », redevenait Ligue des patriotes à la fin de 1896. Forte de ses sections dans les arrondissements de la capitale, en banlieue, dans les départements, elle aurait compté, selon un rapport de police, 60 000 membres en février 1899[10] ; elle avait aussi un programme : le coup de force. Ancien combattant de la guerre de 1870, Déroulède avait d'abord organisé la Ligue des patriotes dans l'esprit de la Revanche : il fallait former moralement, physiquement, militairement, les jeunes Français dont la mission serait de reprendre aux Allemands les « provinces perdues » d'Alsace et de Lorraine. Mais Déroulède s'était convaincu au cours des années 1880 de l'impuissance du régime parlementaire à mener une politique étrangère digne de ce nom. Il s'était donc fixé un préalable à la Revanche : la substitution d'une République « nationale », qu'il appellera ensuite « plébiscitaire », à la République des bavards, des incapables et des corrompus. Il avait espéré du boulangisme l'accouchement de ce régime populaire. L'affaire Dreyfus relance l'idée d'une alliance entre le peuple et l'armée, dans l'intention de fonder un nouveau régime : il n'y avait nul espoir de révision constitutionnelle à attendre des parlementaires. Fort d'une authentique popularité chez les Parisiens, il décide de passer à l'action à

9. M. Barrès, « L'Éducation nationale », *Le Journal*, 30 septembre 1899.
10. Chiffre sans doute exagéré mais invérifiable, Arch. nat., F^7 12451.

l'occasion des obsèques du président de la République, Félix Faure, le 23 février 1899. La tentative de putsch eut bien lieu ce jour-là. Mais Déroulède avait présumé de son ascendant sur les chefs militaires, et l'affaire tourna au fiasco. Quand les ligueurs voulurent entraîner le général Roget et ses troupes en direction de l'Élysée, l'armée resta « muette », et Déroulède fut arrêté.

Les républicains se croient débarrassés des factieux, après la tentative de Déroulède jugée ridicule ; ils applaudissent l'armée restée loyale ; une partie de la presse nationaliste, *L'Écho de Paris*, *La Patrie*, *L'Éclair*, *Le Gaulois*, se désolidarise de la Ligue des patriotes et de son chef. Toutefois, l'agitation nationaliste, ainsi que les faits nouveaux dans l'affaire Dreyfus, le suicide du colonel Henry et la révélation de sa « forgerie », ont semé le doute dans les rangs des républicains modérés, au Parlement comme dans l'opinion. C'est ainsi qu'au Sénat, René Waldeck-Rousseau prend à partie le gouvernement Dupuy, le 28 février 1899, qui, face à l'agitation nationaliste, n'a pas su faire preuve de fermeté. Les deux hommes appartiennent pourtant à la même mouvance, celle des Progressistes ou républicains modérés, qui s'étaient rapprochés de la droite face aux attentats anarchistes des années 1892-1894 et lors de la première percée électorale d'envergure des socialistes aux élections de 1893. Mais le danger qui pèse sur la République accroît l'inquiétude des républicains.

Le 31 mai, Déroulède est jugé en cour d'assises. Pour toute défense, il déclare au jury : « Citoyens jurés, si vous voulez que je recommence, acquittez-moi. » C'est à l'unanimité que les jurés l'acquittent. Le chef de la Ligue des patriotes est porté en triomphe. L'agitation est relancée le lendemain par le retour de Fachoda du commandant Marchand[11], reçu avec honneur par les nationalistes, devant lesquels il se croit autorisé à critiquer le gouvernement. Trois jours plus tard, aux courses d'Auteuil, le président de la République, Émile Loubet,

---

11. La mission Marchand au Soudan avait dû, sur l'ordre du gouvernement, désireux d'éviter un conflit avec l'Angleterre, quitter Fachoda, qu'elle occupait depuis le 10 juillet.

successeur de Félix Faure, réputé favorable à la révision du procès Dreyfus, est agressé ; un nationaliste, le baron de Christiani, le frappe d'un coup de canne, n'atteignant que son chapeau ; une bagarre s'ensuit entre les bandes d'extrême droite et les forces de l'ordre. Le surlendemain, à la Chambre, le président du Conseil Charles Dupuy déclare avec fermeté sa « volonté de défendre contre tous ceux qui pourraient chercher à atteindre les institutions démocratiques et républicaines », mais il est mis en minorité, le 12 juin. La veille, le dimanche 11 juin, à l'hippodrome de Longchamp, une manifestation populaire, des socialistes aux modérés, acclamait le président de la République contre les factieux. Dupuy, en déployant une énorme force de répression – gardiens de la paix, soldats et gendarmes –, provoque à la Chambre la protestation des socialistes (Édouard Vaillant et Louis Renou) contre les violences policières ; lâché par les radicaux, Dupuy est renversé sur un ordre du jour affirmant que la Chambre est « résolue à ne soutenir qu'un Gouvernement décidé à défendre avec énergie les institutions républicaines et à assurer l'ordre public ».

Émile Loubet se tourne vers Poincaré, qui se récuse, puis vers Waldeck-Rousseau qui accepte de former un nouveau gouvernement. La difficulté est d'asseoir cette nouvelle équipe sur une majorité, et les Progressistes sont divisés. Le pari de Waldeck est de s'attacher la participation du général Galliffet à la Guerre en même temps que Millerand au ministère du Commerce. C'est la première fois qu'un socialiste est sollicité, et, de surcroît, sollicité pour participer aux côtés d'un général qui exerça la répression de la Commune en 1871. Millerand, appuyé par Jaurès, acceptera. Waldeck-Rousseau se présente devant les Chambres le 26 juin. Il est assuré du soutien des radicaux et de la plupart des socialistes ; ce sont les voix de ses propres amis progressistes qu'il lui faut arracher. Un long travail de couloir parvient à lui assurer les concours nécessaires pour obtenir finalement une courte majorité de 25 voix. 77 députés progressistes le soutiennent le 26 juin, mais dès le 30 ils sont plus de 120 à voter pour lui. Pour les nationalistes, le « ministère Dreyfus » est mis en place, « le Tout-Dreyfus » selon la formule de *La Croix*.

À 52 ans, le sénateur René Waldeck-Rousseau, avocat d'affaires, ancien ministre, est un libéral et, selon sa propre expression, « républicain modéré mais non modérément républicain ». Les désordres de l'affaire Dreyfus l'ont exaspéré, il entend rétablir la paix civile, il y mettra les moyens. Ayant les mains libres grâce aux vacances parlementaires, il entame sans tarder sa politique de « défense républicaine ». Pour commencer, la mise au pas de l'armée, à laquelle Galliffet procède par une série de mesures (déplacements, mises en disponibilité, mises à la retraite). Du même élan, répression contre les nationalistes. Il demande au préfet de police Lépine un rapport sur l'agitation qui a abouti aux incidents d'Auteuil. Le 12 août, 37 personnalités nationalistes ou/et antisémites sont arrêtées, parmi lesquelles Déroulède, qui, redevenu libre, avait repris sa campagne en faveur de l'alliance du Peuple et de l'Armée, contre la République parlementaire. À l'issue de l'instruction, 17 hommes sont inculpés devant la Haute Cour. Waldeck-Rousseau n'a pas pris de gants avec l'État de droit, n'hésitant pas à faire faire un rapport de police rétrospectif pour justifier les poursuites.

Le nouveau président du Conseil est prêt à toute la fermeté nécessaire pour permettre au second procès Dreyfus de se dérouler – à Rennes – dans la sécurité. Avant même l'ouverture du procès, cependant, les antisémites reprennent l'offensive. À leur tête, cette fois, un personnage louche, Jules Guérin, qui a repris en main la Ligue antisémitique, rebaptisée Grand Occident de France. Menacé d'arrestation, il se retranche avec ses gardes du corps dans les bâtiments de son organisation, rue de Chabrol, à Paris, non loin de la gare du Nord. La Ligue de Guérin ne rassemble que quelques centaines d'individus, un service d'ordre recruté parmi les bouchers de la Villette, mais elle dispose de moyens, un local, une imprimerie, un journal, *L'Antijuif*, grâce aux subventions royalistes du duc Philippe d'Orléans. Au bout de quelques semaines, le « Fort Chabrol » se rend, sans que le gouvernement, se contentant d'un blocus, ait eu à lancer l'assaut. La manifestation, organisée par les ligueurs antisémites pour délivrer Guérin, le 20 août, avait fait long feu (Déroulède avait interdit à ses troupes d'y participer). Théâtral, l'épisode n'en tend donc pas moins à montrer la faiblesse de l'activisme antisémite [12]. Guérin et trois comparses figureront parmi les 17 accusés passibles de la Haute Cour, dont le procès commencera le 9 novembre, et s'achèvera le 4 janvier 1900. Cette fois, Déroulède est condamné à dix ans de bannissement et Guérin à dix ans de détention.

Entre-temps a eu lieu à Rennes le procès de révision d'Alfred Dreyfus. Un nouveau conseil de guerre juge le capitaine revenu de l'île du Diable le 1er juillet 1899. Ouvert le 8 août, ce second procès s'achève le 9 septembre. Les nationalistes et antisémites restent sur la brèche. Le 4 août, *La Croix* formulait la question simpliste de leur camp : « On ne se demande plus : Dreyfus est-il coupable ou innocent ? On se demande : qui l'emportera des ennemis de l'armée ou de ses amis ? » Au cours de l'été, la paisible capitale de la Bretagne est perturbée par des affiches agressives, des bagarres de rue, avant que n'arrivent pour assister au procès témoins, curieux, journalistes du monde entier, le Tout-Paris, qu'attendent les badauds à la gare. Le président du tribunal est le colonel Jouaust, directeur du génie ; les autres juges sont des artilleurs. Rentrée en scène pathétique de Dreyfus, répondant au président : « J'affirme encore que je suis innocent, comme je l'ai déjà affirmé, comme je l'ai crié en 1894. Je supporte tout depuis cinq ans, mon colonel, mais encore une fois, pour l'honneur de mon nom et celui de mes enfants, je suis innocent, mon colonel. – Alors, vous niez ! – Oui, mon colonel. » La déposition du général Mercier, ministre de la Guerre lors de l'arrestation de Dreyfus, est très attendue, mais n'apporte rien de neuf et déçoit tout le monde. Il réaffirme sa conviction sur la culpabilité de Dreyfus malgré « l'immensité des efforts accumulés,

12. B. Joly, dans son *Dictionnaire biographique et géographique du nationalisme français (1880-1900)*, H. Champion, 1998, écrit : « Être amoral et taré, faux antisémite et vrai escroc, probablement lié à la police (ses acquittements à répétition étonnent), Guérin a dupé tout le monde, ses (rares) ligueurs, ses alliés, ses ennemis, ses mécènes royalistes et même bon nombre d'historiens qui accordent au personnage un rôle absolument démesuré et à sa ligue des effectifs et une importance imaginaires. »

malgré l'énormité des millions follement dépensés». Mercier, au demeurant, reste tout au long du procès l'organisateur de l'accusation, l'entraîneur des témoins à charge. Le 9 septembre, malgré l'incohérence de l'accusation, la révision établie par la Cour de cassation, l'absence de preuves nouvelles, la fabrication avérée de faux destinés à perdre l'accusé, Dreyfus est, pour la seconde fois, déclaré coupable, à la majorité de 5 voix contre 2. Le président Jouaust, persuadé de l'innocence de l'accusé, a fait voter les « circonstances atténuantes ». Le verdict tombe : dix ans de détention. Jugement inepte : quelles pouvaient être les circonstances atténuantes si Dreyfus était coupable ? Servant à l'atténuation de la peine, elles ne prouvaient qu'une chose : que le doute s'était immiscé chez les représentants de l'armée. Mais les nationalistes peuvent se réjouir : Dreyfus est de nouveau déclaré coupable. Waldeck-Rousseau n'est pas disposé à en rester là.

Le président du Conseil n'a pas été un dreyfusard de la première heure. C'est une fois arrivé au pouvoir qu'il entendit se faire une idée sur le dossier Dreyfus, se documenta, et fut convaincu de l'innocence du condamné. Sans illusion sur le nouveau conseil de guerre, il n'est pas surpris par le verdict. Déférer le nouveau jugement à la Cour de cassation, repartir de zéro, est son premier mouvement. C'est sans doute par désir d'apaisement, avant l'Exposition universelle prévue à Paris en avril 1900, qu'il fait machine arrière, et conçoit une autre solution pour enterrer l'affaire, et couper l'herbe sous le pied des nationalistes : accorder la grâce à Dreyfus. Quelques journaux l'avaient suggéré, un article de Joseph Reinach dans *Le Siècle*, tandis que l'idée pointait dans *Le Petit Parisien* et dans *Le Temps*. Clemenceau, de son côté, s'insurge : « Après avoir soulevé tout un peuple pour la Justice, on va l'inviter à se contenter de la grâce d'un individu ! Dreyfus rentre bourgeoisement chez lui, les troupes dreyfusistes se dispersent : c'est la fin de l'Affaire et quelle fin ! » Un troisième conseil de guerre, pour autant, prononcerait-il à coup sûr l'innocence du capitaine ? Jaurès, d'abord hostile à la grâce, se laisse convaincre par son camarade Gérault-Richard : « Le peuple verra seulement que Loubet n'a pas voulu garder un innocent en prison. » Clemenceau, après un silence douloureux, se résigne à son tour et donne son conseil à Mathieu Dreyfus : « Eh bien, si j'étais le frère, j'accepterais. » Jaurès et Reinach mettent au point la déclaration qu'ils demanderont d'écrire à Alfred Dreyfus en même temps qu'il acceptera la grâce : « Le gouvernement de la République me rend la liberté. Elle n'est rien pour moi sans l'honneur. Dès aujourd'hui, je vais continuer à poursuivre la réparation de l'erreur judiciaire dont je suis encore victime. Je veux que la France entière sache, par un jugement définitif, que je suis innocent ; mon cœur ne sera apaisé que lorsqu'il n'y aura plus un Français qui m'impute le crime qu'un autre a commis. »

Le 19 septembre 1899, le président Loubet signait la grâce de Dreyfus. Victoire morale pour les dreyfusards, mais certes pas victoire définitive. De son côté, Waldeck-Rousseau, poursuivant le rétablissement de l'ordre, le raffermissement de l'autorité républicaine au sommet de l'État, décide de mettre au pas, à leur tour, les congrégations religieuses qui avaient, d'une manière ou d'une autre – en particulier par le truchement de leur presse – contribué à l'agitation nationaliste. Le 11 novembre, il demande des poursuites contre les assomptionnistes, propriétaires de *La Croix* et du *Pèlerin*. Le 14, il dépose un projet sur le contrat d'association – qui aboutira à la grande loi sur les associations de 1901 – dont le but, laïque, est d'assurer le contrôle des congrégations religieuses.

La « défense républicaine » avait le dernier mot. Et pas seulement au Parlement ; elle l'eut aussi dans la rue, le dimanche 19 novembre, lors d'une manifestation populaire destinée à inaugurer, place de la Nation, l'œuvre du sculpteur Dalou, *Le Triomphe de la République*. Charles Péguy a décrit la fête républicaine dans le premier numéro de ses *Cahiers de la quinzaine*, dont le passage suivant est resté mémorable :

« À mesure que la fête se développait, énorme, la pensée du robuste Jaurès revenait parmi nous. Quand nous chantions : *Vive Jaurès !* la foule et le peuple des spectateurs nous accompagnaient d'une immédiate et chaude sympathie. Jaurès a une loyale, naturelle et respectueuse popularité d'admiration, d'estime, de solidarité. Les ouvriers l'aiment comme un simple et grand ouvrier d'éloquence, de pensée, d'action. L'acclamation au nom de Jaurès était pour ainsi dire de plain-pied avec les dispositions des assistants. Continuant dans le même sens, plusieurs commencèrent à chanter : *Vive Zola !* Ce cri eut un écho immédiat et puissant dans le cortège, composé de professionnels habitués dès longtemps à se rallier autour du nom protagoniste. Mais la foule eut une légère hésitation. C'est pour cela que nous devons garder à Zola une considération, une amitié propre. Il faut que cet homme ait labouré bien profondément pour que la presse immonde ait porté contre lui un tel effort de calomnie que même en un jour de gloire la foule, cependant bienveillante, eût comme une hésitation à saluer le nom qu'elle avait maudit pendant de longs mois. C'est une marque infaillible. Voulant sans doute pousser l'expérience au plus profond, quelques-uns commencèrent à chanter : *Vive Dreyfus !* un cri qui n'a pas retenti souvent même dans les manifestations purement dreyfusardes. Ce fut extraordinaire. Vraiment la foule reçut un coup, eut un sursaut. Elle ne broncha pas, ayant raisonné que nous avions raison, que c'était bien cela. Même elle acquiesça, mais il avait fallu un raisonnement intermédiaire, une ratification raisonnée. Dans le cortège même, il y eut une légère hésitation. Ceux-là même qui avaient lancé ce cri sentirent obscurément qu'ils avaient lancé comme un défi, comme une provocation. Puis nous continuâmes avec acharnement, voulant réagir, manifester, sentant brusquement comme l'acclamation au nom de Dreyfus, acclamation publique, violente, provocante était la plus grande nouveauté de la journée, la plus grande révolution de cette crise, peut-être la plus grande rupture, la plus grande effraction de sceaux de ce siècle. Aucun cri, aucun chant, aucune musique n'était chargée de révolte enfin libre comme ce *Vive Dreyfus !*[13]. »

---

13. Ch. Péguy, *Œuvres en prose complètes*, Gallimard, « Bibliothèque de la Pléiade », 1987, t. I, p. 309.

Le 17 novembre, enfin, dans une volonté politique d'apaisement, le président du Conseil présente au Sénat son projet d'amnistie générale, furieusement combattu par Clemenceau. Le 2 juin 1900, le Sénat en débat. Trarieux, fondateur et président de la Ligue pour la défense des droits de l'homme et du citoyen, se déclare opposé à l'amnistie. Il rappelle de quelle façon son collègue, Scheurer-Kestner, mort le 19 septembre précédent, le jour même où Loubet signait la grâce de Dreyfus, avait été accueilli lorsqu'il s'était déclaré convaincu de l'innocence de Dreyfus. « Il n'était pas encore monté à cette tribune qu'une campagne d'antisémitisme féroce se dessinait ; il était dénoncé comme l'ami des juifs, le complice du traître, et ni sa grande situation dans cette assemblée dont il était le vice-président, ni son haut caractère, ni la noblesse de toute sa carrière publique ne suffisaient à le défendre de pareilles attaques. [...] Il n'est donc pas surprenant, messieurs, qu'au milieu d'une lutte aussi ardente certains hommes du parti républicain se soient émus et indignés à la pensée qu'on pût faire grief à un accusé, ou même à un condamné, de sa qualité de juif, qu'on pût lui rappeler son origine, la secte à laquelle il appartient ou sa religion, et qu'on voulût le placer, en quelque sorte, en dehors de la protection de la loi. C'était l'œuvre de la Révolution française qui était en cause, c'était l'égalité des citoyens devant la loi... »

Waldeck-Rousseau explique alors le sens de son projet : l'amnistie n'est pas une mesure de justice, c'est un acte politique : « Elle s'inspire non pas de la clémence ni même du sentiment de la justice positive, elle s'inspire de l'intérêt politique ; et, quand on veut savoir si une loi d'amnistie doit être votée ou si elle doit être repoussée, il ne faut point s'attacher à l'intérêt que méritent les personnes, il faut se demander ce qu'exige l'intérêt général. » Jaurès se rallie à l'amnistie. Le Sénat vote le projet par 231 voix contre 32 ; la Chambre des députés, après plusieurs navettes entre les deux assemblées, la votera le 19 décembre 1900, avant une dernière navette au Sénat qui vote la loi le 24 décembre ; elle sera promulguée le 27 décembre 1900.

La paix civile, cependant, n'avait-elle pas été signée au prix d'une moindre mesure, la grâce présidentielle ? Dreyfus n'avait pas été innocenté. Ce compromis était-il définitif ? La réparation n'aurait-elle pas lieu ? Il y allait de l'honneur d'un homme, d'une famille ; il y allait aussi de la dignité de la République.

7
Le triomphe de la République

Aujourd'hui élucidée quant à l'innocence de Dreyfus, l'Affaire garde une part d'ombre. L'inculpation puis la condamnation du capitaine ne s'appuyaient que sur des faux et une expertise d'écriture désolante. Dès lors, quand le vrai scripteur du bordereau, Esterhazy, est démasqué, pourquoi les militaires, le général Mercier en tête, restent-ils si sûrs de la culpabilité de Dreyfus, et n'en démordent-ils pas ? Et pourquoi ledit Esterhazy bénéficie-t-il, tout au long de l'Affaire, d'une incroyable complaisance de l'appareil militaire ? S'il a été coupable d'espionnage, pourquoi tant d'officiers de l'armée se seraient entêtés à le présenter comme innocent ? Marcel Thomas, spécialiste de l'affaire Dreyfus, écrit, dans son ouvrage consacré à *Esterhazy* : « Ce qui est dans son cas le plus incompréhensible, c'est qu'il soit si longtemps parvenu à donner le change et à s'attirer des amitiés et des sympathies venues des horizons les plus divers. Comment aussi ne pas s'étonner de voir tant d'officiers supérieurs ou généraux lui prodiguer vingt années durant les éloges les plus flatteurs, lui reconnaître des qualités militaires hors ligne, célébrer la rectitude de son jugement, l'élévation de ses sentiments et la dignité de sa vie privée ? On ne peut croire qu'ils aient tous été ou aveugles, ou stupides [1]. » Faut-il admettre que, selon une expression d'Henri Guillemin, une « énigme Esterhazy » demeure ?

1. M. Thomas, *Esterhazy ou l'Envers de l'affaire Dreyfus*, Vernal/Philippe Lebaud, 1989, p. 167.

En excellent connaisseur de l'Affaire, Marcel Thomas, a réfuté cette affirmation. Il est notable qu'un des supérieurs d'Esterhazy, le général Jean Guerrier, avait jugé celui-ci sévèrement après avoir découvert dans son dossier une fausse citation à l'ordre du jour de l'armée. Mais il fut le seul, comme le note Clemenceau [2].

Les préjugés antijuifs ont pu jouer au sein de l'état-major pour accuser et condamner Dreyfus. L'homme était d'un autre milieu que la plupart de ses collègues. D'une famille d'industriels aisés, il n'avait pas de difficulté d'argent, et cette aisance pouvait lui valoir le ressentiment de ceux qui devaient se contenter d'une modeste solde et le jugeaient arrogant et peu sympathique. Et puis, il était le premier juif admis à travailler – comme stagiaire – à l'état-major. Ces traits de caractère et de comportement, son identité juive, ont pu disposer ses camarades et ses supérieurs contre lui. Il reste que la culpabilité de Dreyfus est des moins plausibles *a priori*. Un juif alsacien, dont la famille a choisi la France après l'annexion de l'Alsace au Reich allemand, officier de surcroît, sans souci d'argent, n'offre certainement pas le profil de l'espion ordinaire.

On s'est demandé si l'état-major était à ce point antisémite qu'il ait fait de Dreyfus son bouc émissaire [3] ? L'armée de la IIIe République s'est ouverte aux juifs, contrairement à la plupart des autres pays d'Europe. « Ils sont, écrit Jérôme Hélie, représentatifs des bourgeoisies urbaines, et accèdent à l'armée parce qu'elle constitue l'excellence scolaire et sociale et non par choix de tradition [4]. » D'où peut résulter un certain senti-

2. G. Clemenceau, *Vers la réparation*, Mémoire du Livre, rééd. 2003, p. 442.

3. On a compté 28 généraux à la retraite parmi les souscripteurs du « monument Henry ». Cependant, avant d'être accusé, le capitaine Dreyfus, lors de l'inspection générale de 1893, la première année de son stage, était jugé par le général Gonse comme un « officier d'avenir », par le général de Boisdeffre comme « favorablement apprécié partout où il a passé. Fera un bon officier d'état-major ». Le général André Bach note, dans son ouvrage *L'Armée de Dreyfus* (Tallandier, 2004, p. 536-538) : « Dans trois bureaux sur quatre, Dreyfus était sorti avec des notes élogieuses. »

4. J. Hélie, « L'arche sainte fracturée », *in* P. Birnbaum (dir.), *La France de l'affaire Dreyfus*, Gallimard, 1994, p. 232.

ment de déclassement de la part des officiers traditionnels, sortis parfois du rang comme le colonel Henry, face à ces juifs passés souvent par l'École polytechnique. Le journal de Drumont avait mené une campagne violente contre les officiers juifs en 1892. Une série de duels avait suivi entre Drumont, ses amis, et des officiers juifs. Le plus fameux et le plus dramatique avait opposé, on l'a vu, le marquis de Morès au capitaine Armand Mayer, qui avait été tué. Après que la grande presse parisienne eut exprimé son indignation, l'émotion avait jeté des dizaines de milliers de Parisiens dans la rue pour honorer, lors de ses obsèques, le capitaine juif tombé sous les coups du spadassin. Honneurs militaires, détachement d'élèves de l'École polytechnique : une véritable cérémonie de l'intégration juive dans la société française. Quels que soient les préjugés partagés par le corps d'officiers traditionnels, d'origine catholique pour la plupart, il est difficile d'admettre que la seule qualité de juif ait pu susciter un complot militaire contre Dreyfus. L'hypothèse néanmoins reste forte que cette identité juive a emporté des convictions.

Faut-il admettre la simple (si l'on peut dire) erreur judiciaire ? Et, celle-ci accomplie, devenant « chose jugée », l'impossibilité pour la hiérarchie militaire de se rétracter, au motif que c'eût été aux dépens du prestige de l'armée, « arche sainte » de la nation ? Si « sainte » qu'un conseil de guerre ne pouvait être qu'infaillible ? Il faut avouer qu'il est difficile de le concevoir quand on n'est pas du sérail. Dès lors, diverses hypothèses, plus ou moins fantaisistes, ont tenté de résoudre l'énigme – si c'en est une – de l'acharnement contre Dreyfus.

La dernière en date, celle de Jean Doise, entend réfuter à la fois la culpabilité de Dreyfus et celle d'Esterhazy [5]. Son point de départ ? Une question : pourquoi un espion avait-il livré aux Allemands des informations insignifiantes sur le canon de 120 alors que le vrai enjeu de la prochaine guerre était la préparation du redoutable canon de 75, que les militaires voulaient cacher aux Allemands. Toute l'affaire serait née d'une gigantesque « intox » (le détournement des regards de l'ennemi),

---

5. J. Doise, *Un secret bien gardé*, Seuil, 1994.

dont Esterhazy aurait été l'un des instruments. Hypothèse séduisante, mais qui ne s'appuie sur aucune preuve vérifiable, et néglige le fait que Picquart, devenu responsable des renseignements, n'aurait pu ignorer la mission d'« agent pénétrant » qu'avait Esterhazy, dont il est l'accusateur.

On peut donc simplement affirmer que Dreyfus a été déclaré coupable à la suite d'une suspicion que les experts en écriture auraient confirmée, et que l'antisémitisme ambiant à l'état-major aurait fait le reste ; Esterhazy était bien le traître, même si, par ailleurs, les opérations d'intoxication du contre-espionnage français sont probables. Soit les militaires, le général Mercier en tête, sont restés convaincus jusqu'au bout de la culpabilité de Dreyfus, soit ils n'ont pas voulu revenir sur l'hypothèse de l'erreur, ce qui eût entraîné une enquête sur des méthodes et des pratiques du contre-espionnage (la fabrication des faux qui était monnaie courante, notamment), provoqué des révélations dont le caractère machiavélien eût rejailli sur toute l'armée. Dans cette perspective, Esterhazy devait rester au-dessus de tout soupçon.

Si l'affaire proprement militaire garde quelque mystère, l'affaire judiciaire ne laisse plus de doute (le Mémoire d'Henry Mornard, avocat à la Cour de cassation, beaucoup trop méconnu, est exemplaire de clarté), non plus que l'affaire politique. Jusqu'au suicide d'Henry, nous avons vu un personnel politique unanime, à de rares exceptions près. L'armée est alors tabou, et nul ne songe à remettre en cause la « chose jugée ». C'est avec un immense soulagement que les députés entendent le ministre Cavaignac leur affirmer sa conviction « absolue » et « démontrer » la culpabilité de Dreyfus, tout de même qu'ils avaient applaudi à l'affirmation antérieure de Méline, le 4 décembre 1897 : « Il n'y a pas d'affaire Dreyfus ! » Ce n'est évidemment pas par antisémitisme que la majorité des parlementaires se montraient les adversaires de la révision : la solidarité avec l'armée, qu'on ne devait pas remettre en question à travers l'un de ses conseils de guerre, était leur motivation. Ces élus partagent alors un sentiment général de l'opinion : le « Vive l'armée ! » n'a pas nécessairement pour corollaire : « À bas les juifs ! » Il importe donc de prendre la mesure des différentes formes de l'antidreyfusisme, qui n'est pas d'un bloc.

Typologie de l'antidreyfusisme

La première forme de l'antidreyfusisme, majoritaire dans les couches dirigeantes et dans l'opinion, a été, selon la formule d'Éric Cahm, l'*antidreyfusisme modéré*[6]. L'ont exprimé la majorité des parlementaires et le personnel de l'État: les présidents de la République Casimir-Perier et Félix Faure, le président du Conseil Jules Méline, le ministre de la Guerre le général Billot, le ministre des Affaires étrangères Gabriel Hanotaux. Des personnalités du monde universitaire et littéraire, à commencer par Ferdinand Brunetière et Jules Lemaître. Janine Ponty, dans son étude, résume leur attitude: « Volonté d'en parler le moins possible, goût de l'ordre, autorité de la chose jugée, sentiment national et amour de l'armée. » Jusqu'au suicide d'Henry, les dreyfusards n'ont été qu'une poignée. À l'exception du *Siècle*, dreyfusard, la grande presse républicaine a suivi la majorité parlementaire et gouvernementale: *Le Temps*, *La République française*, le *Journal des débats*, *Le Figaro*, *Le Progrès de Lyon*, *La France* (Bordeaux), *La Dépêche* (Toulouse); la grande presse d'information: *Le Journal*, *Le Petit Parisien*, *Le Matin*; un journal monarchiste: *Le Gaulois*; et, bien sûr, la *Revue des Deux Mondes*, de Brunetière. Se retrouvent encore dans la même catégorie l'administration, la majorité des officiers (Éric Cahm note qu'une petite minorité d'entre eux seulement signe en faveur d'Henry), la hiérarchie catholique, quelques porte-parole des églises protestantes[7], et aussi les consistoires israélites.

---

6. É. Cahm, « Un courant d'idées méconnu : l'antidreyfusisme modéré de l'élite dirigeante en France (1894-1898) », *Bulletin de la Société internationale d'histoire de l'affaire Dreyfus*, n° 6, hiver 1998-1999. L'auteur s'appuie notamment sur le travail de J. Ponty, « La presse quotidienne et l'affaire Dreyfus en 1898-1899. Essai de typologie », *Revue d'histoire moderne et contemporaine*, t. XXI, avril-juin 1974. J'ai moi-même abordé le sujet dans « Une question de principe », *in* P. Birnbaum, *La France de l'affaire Dreyfus*, *op. cit.*

7. Sur l'attitude des protestants, dont beaucoup furent dreyfusards à l'instar de Scheurer-Kestner, voir André Encrevé, « La petite musique huguenote », *in* P. Birnbaum, *ibid.*

Les élections législatives de 1898 montrent, *a contrario*, l'audience assez faible de l'antidreyfusisme extrémiste, violemment antisémite : alors que celui-ci est surtout installé à Paris et dans le département de la Seine, il n'y obtient que 12,9 % des suffrages, selon la *Revue politique et parlementaire* de juin 1898. Les journaux qui expriment l'antidreyfusisme modéré mettent en garde contre l'antisémitisme, réaffirment les valeurs libérales de la République, les principes de liberté et d'égalité de la Révolution. Le fond de leurs convictions est l'amour de la patrie, la défense de l'armée qui l'incarne, le respect de la chose jugée (« Sept officiers français ne sauraient se tromper, surtout s'ils sont unanimes »).

Cet antidreyfusisme modéré se dégonfle après la révélation du faux Henry, l'agitation des nationalistes, la tentative de coup de force de Déroulède, enfin la constitution du gouvernement Waldeck-Rousseau. Au demeurant, le procès de Rennes, concluant de nouveau à la culpabilité de Dreyfus, le relance. Les procédés arbitraires au moyen desquels Waldeck-Rousseau fait arrêter les meneurs nationalistes, promis à la Haute Cour, le fait même que le nouveau ministère n'est plus un gouvernement modéré à la Méline mais un gouvernement de gauche, comprenant même un « collectiviste », qu'il s'en prend aux congrégations religieuses, la suite de ces événements entraîne une partie de l'antidreyfusisme modéré dans la résistance à la gauche, dans la formation d'un nouveau conservatisme, républicain et libéral à ses propres yeux. Une conférence du président de la Ligue de la Patrie française, Jules Lemaître, prononcée le 13 novembre 1899 à la salle des Agriculteurs de France, à Paris, exprime très clairement la continuité de l'antidreyfusisme modéré.

Aux yeux de Lemaître, le ministère Waldeck-Rousseau ne représente qu'une minorité qui gouverne contre l'immense majorité des Français. La franc-maçonnerie antireligieuse alliée au socialisme en est l'inspiratrice. Dans cet état de choses, l'Église, explique-t-il, a une grande responsabilité, avoir confondu sa cause avec celle de la monarchie : « Sans doute le clergé devait déplorer l'impiété de quelques-uns des fondateurs du régime républicain : mais il n'a pas vu qu'en se retirant de la République et en paraissant la menacer, il la faisait plus impie et plus aisément persécutrice. » Cette alliance du clergé avec les tenants des régimes monarchistes a permis la politique anticléricale, et finalement les turpitudes d'aujourd'hui. Lemaître propose donc un programme : « Nous n'appelons pas un coup d'État, militaire ou autre, pas même une révolution pacifique qui s'accomplirait par l'accord spontané et soudain du peuple et de l'armée et qui ne serait, nous dit-on, qu'une manifestation un peu irrégulière de la volonté nationale et, au bout du compte, du suffrage universel. Nous écartons cette chimère hasardeuse. Nous ne sommes pas royalistes ; nous ne sommes pas bonapartistes ; nous ne sommes même pas césariens. Nous voulons nous délivrer de nos tyrans par des moyens légaux. Nous voulons triompher par une opposition strictement constitutionnelle. Nous avons trois ans devant nous [d'ici les prochaines élections]. »

Lemaître parle-t-il des juifs ? Une seule allusion : « La minorité politique qui nous gouverne est puissante parce qu'elle est elle-même composée, du moins dans son état-major, de trois minorités très unies : juifs, protestants, – et francs-maçons, chez qui protestants et juifs se rencontrent et se fondent. » Cependant, loin de fulminer contre ces trois groupes prétendument tout-puissants, il faut comprendre, dit-il à son auditoire. « Je ne pense pas que deux des minorités que je viens de nommer aient, jadis, mieux connu la tolérance et la charité intellectuelle que la majorité catholique. Mais il est certain qu'elles ont eu à se plaindre de celle-ci, et qu'à ces deux minorités la malveillance de nos aïeux a imposé la nécessité et donné l'habitude du resserrement, de l'entente, de la résistance et de l'action en commun. Et c'est pourquoi, du jour où elles ont cessé d'être persécutées, elles ont envahi l'État, en vertu de cette énergie patiente, de cet esprit de solidarité et de discipline qu'elles devaient à la persécution elle-même. On peut dire que, avec plus ou moins de préméditation, peut-être même à leur insu, elles se vengent, aujourd'hui encore, de la rouelle jaune et de la révocation de l'Édit de Nantes. La proscription les avait ramassées sur elles-mêmes ; l'involontaire souvenir de la proscription les maintient et les arme contre nous. Ainsi, la France est déchirée, dans son présent, par son passé ; et nous expions les fautes de nos pères. » Et Jules Lemaître de repousser la haine des personnes : il faut se tenir « tout près de les aimer » quand on n'aura plus à pâtir de leur tyrannie [8]. Ce n'était pas le langage d'un nationaliste extrémiste ni exactement d'un antisémite.

L'*antidreyfusisme nationaliste et antisémite* a été le plus voyant, celui que les historiens ont retenu le plus volontiers, en raison de ses fureurs et de ses violences, quand bien même il fut minoritaire comparé à l'antidreyfusisme modéré. Parler de « marée antisémite », comme on le fait parfois, c'est faire la part belle aux minorités agissantes et tonitruantes [9]. Il faudrait, du reste, distinguer l'antidreyfusisme proprement nationaliste de l'antidreyfusisme avant tout antisémite. Le premier a été incarné par Paul Déroulède. Ses références historiques sont celles de la Révolution française ; ses idées sont celles d'un populisme (le peuple contre les bavards du Parlement) militariste (la sacralisation de l'armée). L'antisémitisme n'y a pris qu'une part occasionnelle. Lorsque Drumont publie sa *France juive* en 1886, Déroulède condamne publiquement le livre. Cependant, au cours de l'Affaire, il n'a pas toujours repoussé les alliances avec les antisémites, auxquels il fait des concessions. Encore en 1901, il écrit, de son exil de Saint-Sébastien : « À côté [des collectivistes], au-dessus et au-dessous – au-dessus par l'intelligence, au-dessous par la valeur morale –, ont également travaillé à ruiner l'idée de Patrie tous ces cosmopolites de naissance, pour qui la terre entière est la terre promise, qui, eux, ont réellement des frères à Vienne et à Berlin, à Londres et à Saint-Pétersbourg, et qui, avant d'être allemands ou anglais, français ou russes, sont avant tout et partout des Juifs [10]. » Surtout, son entourage, ses militants, ne sont certes pas exempts d'antisémitisme. Ainsi son fidèle Marcel Habert s'insurge-t-il contre l'expulsion de Dru-

8. La Patrie française, *Discours-programme prononcé à la salle des Agriculteurs de France par Jules Lemaître*, Bureaux de la « Patrie française », 1899.

9. Voir le compte rendu de l'ouvrage de P. Birnbaum, *Le Moment antisémite*, *op. cit.*, par Éric Cahm, dans le bulletin n° 6 déjà cité de la Société internationale d'histoire de l'affaire Dreyfus.

10. P. Déroulède, « Internationalisme », *Le Drapeau*, 29 août 1901.

mont pour injures de la Chambre des députés : « Son évidente maîtrise de penseur et de philosophe, ce remueur d'idées menace les gens du Parlement dans leur existence même en attaquant le juif dont ils ne sont que les humbles serviteurs. C'est en effet à l'aide du parlementarisme que les financiers, et surtout les financiers juifs, ont mis la main sur le pouvoir politique. C'est pourquoi, sous des noms et des drapeaux différents, les antisémites et les antiparlementaires visent le même but et livrent la même bataille. Les antisémites combattent dans les juifs les maîtres et les tyrans de la France, les antiparlementaires veulent briser, dans les mains des dominateurs du jour, l'instrument même de leur domination, qui peut servir à d'autres qu'à eux pour la même besogne [11]. » Il y a eu, pour le moins, pour des raisons opportunistes, une contamination de la Ligue des patriotes par l'antisémitisme.

Celui qui nous intéresse est l'antidreyfusisme proprement antisémite, porté par la presse et les mouvements antijuifs antérieurs à l'affaire Dreyfus, et qui ont trouvé dans l'Affaire une merveilleuse occasion de développer et de propager leur passion. Drumont a continué sa carrière, moins à la Chambre des députés où il ne disposait guère des dons d'orateur nécessaires pour se faire entendre, que dans sa *Libre Parole*, aux côtés de son homme de confiance, Gaston Méry, prodigue en calomnies, d'un ancien militaire, Octave Biot, adepte de la fable du meurtre rituel, qui signe du pseudonyme « Commandant Z », d'Albert Monniot (malgré son amitié avec Jules Guérin avec lequel Drumont a rompu), de Raphaël Viau, auteur de plusieurs ouvrages antisémites (*Ces bons juifs*, 1898, *Le Manuscrit de Moïse-Isidore-Abraham Lévy*, 1900, etc.)... Le journal et les œuvres de Drumont nourrissent en slogans les divers comités antisémites de Paris et de la province, d'effectifs assez faibles, plus ou moins dépendants de la Ligue antisémitique de Guérin ou de la Jeunesse antisémitique d'Édouard Dubuc, conseiller municipal de Paris de 1900 à 1904 [12]. Ces

11. M. Habert, « Édouard Drumont », *Le Drapeau*, 24 juin 1901.
12. Voir le détail de ces organisations dans B. Joly, *Dictionnaire biographique et géographique du nationalisme français*, *op. cit.*

élections municipales de 1900, favorables à la gauche dans le pays, ont donné l'occasion aux nationalistes de devenir majoritaires à l'Hôtel de Ville. Parmi eux, quelques antisémites notoires comme Dubuc et Méry, ce qui atteste l'audience de Drumont et de ses amis à Paris comme à Alger.

Une autre personnalité influente y a contribué, Henri Rochefort et son journal *L'Intransigeant*. Il incarne sans doute le mieux l'antidreyfusisme antisémite issu de la gauche ou de l'extrême gauche. Léon Daudet disait de Rochefort, qu'il aimait bien, qu'il ne s'embarrassait « d'aucune thèse ni doctrine philosophique ». Néanmoins, il resta fidèle à ses positions antireligieuses et anticléricales, et, malgré son ralliement au nationalisme, s'évertua à entretenir ses relations avec les militants socialistes, notamment blanquistes ou ex-blanquistes. Toujours prêt à célébrer les anniversaires de la Commune, à soutenir une grève des terrassiers, à définir son programme par le « Ni Dieu ni maître » de Blanqui, depuis son retour en France, en 1880, il n'a cessé d'attaquer les fondateurs de la IIIe République, ces opportunistes, ces modérés, qu'il exècre. Il adhère à l'antisémitisme lors de l'affaire de Panama, en désignant les juifs comme les principaux alliés de la République parlementaire corrompue. Roi du calembour, ancien auteur de vaudevilles, opposant systématique, il garde une réelle popularité dans le petit peuple de Paris grâce à ses talents de polémiste et en jouant sur la corde démagogique de l'antiparlementarisme. Adulé par les uns, il est l'objet de toutes les injures de la part de ses adversaires. On le traite de « vieux clown », de « pétomane », de « bouffon populacier », d'« amuseur de la racaille », de « gugusse faubourien », de « vieux pitre », de « vieux paillasse »[13]. Même Jules Lemaître, en principe dans le même camp antidreyfusard, exprime un avis semblable, quoique avec un autre langage, dans ses *Contemporains* (3e série, p. 296-315) : « Peut-être, écrit le président de la Ligue de la Patrie française, a-t-il des moments où il est las de ce rôle d'insulteur et d'énergumène, où il voudrait bien

13. Voir ainsi Le Pic, « Boubourochefort », *Pour la République. Revue politique mensuelle*, fév.-mars 1900.

se reposer, où lui-même ne croit plus guère à ses haines, où l'envie le prend d'être équitable ou simplement indifférent, comme tout le monde, d'être tout bonnement de l'opinion des honnêtes gens et des femmes aimables chez qui il fréquente. Mais l'indifférence ou l'équité c'est le tirage de son journal qui baisse, c'est sa popularité qui décroît, c'est sa signature qui se déprécie. Or, il a besoin d'argent, de beaucoup d'argent, et non pas seulement pour lui. Il a des devoirs onéreux à remplir. Donc, à la tâche ! La démagogie est une galère dont il est le forçat. Il reprend la plume, il insulte par habitude, il calomnie sans y trouver le moindre plaisir, parce qu'il faut vivre. Horrible métier, bien digne de compassion. »

L'antisémitisme est aussi un commerce.

On ne voit jamais Rochefort sur les estrades ou dans la rue, mais son engagement dans l'antidreyfusisme le rapproche des nationalistes. Le bonapartiste Paul de Cassagnac écrit ainsi dans *L'Autorité* que « depuis longtemps, une trêve tacite existe entre nous. Elle provient de ce que, sans avoir les mêmes opinions, nous partageons les mêmes haines, et de ce que, simultanément, sans pourtant nous être mis d'accord, nous tombons à bras raccourcis sur les juifs, sur les faux républicains, sur les voleurs… » (5 février 1899). Comme Drumont, et soutenu par Drumont qui, pourtant, ne l'aimait pas, Rochefort tente d'aller à la conquête d'une nouvelle gloire à Alger, où il est accompagné par Max Régis, en février 1899. Il ne manque pas de demander l'abolition du décret Crémieux, de vitupérer les « synagoguards » qui pratiquent « le vol et l'usure », de s'écrier : « Vive l'Algérie ! À bas les Juifs ! » *La Libre Parole* du 6 février 1899 rend compte du déplacement de Rochefort comme d'un voyage triomphal, alors que, suspecté pour sa réputation d'ancien communard, de socialiste, de révolutionnaire, il n'a su déplacer que quelques rares manifestants. Son retour à Marseille est amplement sifflé.

Il n'empêche, Rochefort est représentatif d'une certaine tradition nationaliste, voire militariste, de la gauche française. L'ancien blanquiste Ernest Roche, rallié au boulangisme, député depuis 1889, fait sa campagne électorale de 1898 contre « l'abominable conspiration dreyfusarde » et est réélu.

Un autre exemple, Paul Martine, ancien élève de l'École normale supérieure, agrégé d'histoire, ancien combattant de la Commune. Lui aussi avait adhéré au boulangisme ; lui aussi fut antidreyfusard et antisémite. Dans le manuscrit de ses Mémoires restés inédits jusqu'en 1971, il n'hésite pas à écrire : « Je suis intimement persuadé, quant à moi, que ce misérable Dreyfus était le dernier des traîtres. Mais eût-il été cent fois innocent, son exécution s'imposait. Car il fallait choisir entre ce Juif allemand, mal naturalisé, et l'avenir de la France ! On l'a sauvé, hélas ! (Dieu sait par quels moyens), mais on a perdu, du même coup, 39 millions de Français [14] ! » Que représentaient les juifs pour ces antidreyfusards issus de l'extrême gauche ? Tout à la fois les agents de l'Allemagne ennemie et du Capital exploiteur et corrupteur.

En phase avec cet antidreyfusisme nationaliste et antisémite, l'*antidreyfusisme intellectuel* est aussi plus élaboré. Maurice Barrès en a été le chantre le plus éloquent, après une période de sa vie (1893-1897) où il subit l'influence d'un des plus virulents théoriciens du racisme, Jules Soury, dont il suit les cours de psychologie physiologique à l'École des hautes études. Obsédé par la décadence, enseignant les lois du déterminisme, ennemi des juifs et des protestants, Soury adhère à la Ligue de la Patrie française, et publie en 1902, sa *Campagne nationaliste 1899-1901*, qui révèle chez ce savant, auteur du *Système nerveux central*, une obsession raciste : pour lui, « la considération des races ou des espèces humaines demeure la grande explication de l'histoire de la civilisation ». Il pense avoir décelé chez les juifs une pathologie spécifique : la démence précoce, les psychoses aiguës conduisant à la paralysie générale, la neurasthénie, le délire chronique à évolution systématisée, les arrêts de développement de l'encéphale (idiotie, imbécillité), les psychoses périodiques ou circulaires, les perversions sexuelles, l'absence d'idéalisme. En revanche, il croit pouvoir noter chez eux l'absence d'alcooliques. Mais, de cette qualité, ils font une arme stratégique : « Les Juifs [ont trouvé],

14. P. Martine, *Souvenirs d'un insurgé*, Librairie académique Perrin, 1971, p. 207.

dans l'alcoolisme des Européens, et des Français en particulier, un instrument de destruction et de plus peut être plus redoutable que toutes les psychoses et toutes les névroses réunies. La détaxe des droits d'octroi des boissons fermentées doit être un stratagème juif. »

Sous cette influence, dont il fait l'aveu dans ses *Cahiers*, Barrès se livre, lui aussi, à une théorie raciste, distinguant la « race indo-européenne » de la « race sémitique ». Celle-ci est une race incomplète : « Elle est, si j'ose le dire, à la famille indo-européenne ce que la grisaille est à la peinture, ce que le plain-chant est à la musique moderne. » Pis : « La race sémitique se reconnaît presque uniquement à des caractères négatifs. Elle n'a ni mythologie, ni épopée, ni science, ni philosophie, ni fiction, ni arts plastiques, ni vie civile. » Or le sémitisme menace la race aryenne, comme un dangereux parasite.

L'antisémitisme de Barrès avait trouvé ses arguments ; il nourrira son nationalisme antidreyfusard. Comme chez tant d'autres, cette obsession du juif va s'alimenter du constat de la décadence. Un mot qui traduit la nostalgie d'une autre époque, mais aussi la peur du changement, le regret d'une stabilité supposée dans les temps passés. « Qu'est-ce que j'aime dans le passé ? Sa tristesse, son silence et surtout sa fixité. Ce qui bouge me gêne. » On comprend dès lors la fortune de la métaphore sylvestre dans la littérature décadentielle : l'*arbre* (cher à Taine) comme figure de la durée sur place, de l'authenticité sédentaire, opposé aux maléfices du nomadisme *à la juive*. L'affaire Dreyfus met aux prises les *enracinés* (les Français authentiques) aux *déracinés* (les errants, les cosmopolites, les sans-patrie). « Les juifs, écrit Barrès, sont de la patrie où ils trouvent leur plus grand intérêt. »

Les causes de la décadence? Toujours les mêmes : la démocratie parlementaire, l'industrie et la lutte des classes qu'elle entraîne, la ville et la mort de la famille patriarcale, la perte de la religion, l'individualisme, le travail néfaste des intellectuels… Pour lier en gerbe tous ces facteurs, on ne peut rien inventer de mieux (comme dira Charles Maurras) que l'antisémitisme, et relever partout la main du juif : le juif qui inspire la République judéo-maçonnique, le juif qui inspire les lois anticléricales, le juif qui ruine les épargnants. Le juif qui, pour les nationalistes antisémites, est un résumé du monde moderne. Et par conséquent l'explication du malheur : c'est parce que les juifs ont entrepris la conquête du pays par tous les moyens que la France est entrée en décadence ; il fournit le but du combat : c'est en se protégeant des juifs, en les mettant au pas, que la France entrera dans une nouvelle Renaissance.

L'antijudaïsme séculaire à base religieuse a laissé place chez certains, comme Barrès, à un antisémitisme pseudo-scientifique à base psycho-biologique. « Je n'ai pas besoin, écrit Barrès au moment du procès de Rennes, qu'on me dise pourquoi Dreyfus a trahi. En psychologie, il me suffit de savoir qu'il est capable de trahir et il me suffit de savoir qu'il a trahi. L'intervalle est rempli. Que Dreyfus est capable de trahir, je le conclus de sa race. Qu'il a trahi, je le sais parce que j'ai lu les pages de Mercier et de Roget qui sont de magnifiques travaux. » Peu importe si les juifs ne suivent plus les rites de leur religion (ce qui est vrai pour beaucoup) : ils restent juifs par la race. L'antisémitisme rend ainsi un double service. D'abord, il permet d'identifier, sinon la race, tout au moins la nation française : est français l'enraciné qui n'est pas juif. Ensuite, il permet de rassembler, d'unifier contre un ennemi commun : le prolétaire ou le boutiquier maudira dans le juif le capitaliste ; le catholique se vengera contre lui des lois républicaines ; les concurrents économiques des juifs se débarrasseront de rivaux entreprenants ; le patriote flétrira en lui l'étranger…

Barrès avait nourri le nationalisme d'images fortes, de formules vives, de la poésie de la Terre et des Morts. Il lui avait aussi désigné ses ennemis : le protestant, le juif, l'intellectuel, l'étranger immigré, mais il n'avait pas su le doter de véritable programme politique. Charles Maurras, de six ans plus jeune que Barrès, admirateur de Barrès (il entretient une correspondance avec lui depuis 1888, il a collaboré à *La Cocarde* que dirigeait l'ancien député boulangiste), eut l'ambition de le concevoir. Rallié à l'idée monarchiste depuis 1896, il offrira un débouché intellectuel à l'antidreyfusisme : le *nationalisme intégral*. Cette doctrine, qui sera celle de l'Action française, entend réaliser l'hybridation du nationalisme et du royalisme. Elle va occuper une place importante dans le paysage idéologique français jusqu'à la Seconde Guerre mondiale. Les juifs en feront les frais. La construction de cette doctrine s'est faite dans *La Gazette de France*, où Maurras publie les résultats de ce qui devient en 1900 la première édition de son *Enquête sur la monarchie*, puis dans la revue de l'Action française – la « revue grise » qui précéda le quotidien *L'Action française*. Le néoroyalisme qu'il propose est exempt de toute sentimentalité, cherchant son inspiration non pas dans la religion ni dans l'attachement à une dynastie, mais dans la philosophie positiviste d'Auguste Comte : l'impératif de la monarchie devait se déduire logiquement. Pour Maurras, la France, déjà meurtrie par la Réforme, avait été désintégrée par la Révolution. Dans ces œuvres destructrices, des groupes minoritaires avaient œuvré qui continuaient leur action malfaisante : les protestants, les francs-maçons, les juifs, les étrangers (les « métèques »). C'était contre ces « Quatre États confédérés », comme il les appellera, que Maurras combat pour la restauration monarchique. Un roi seul pouvait sauver la France, et la « France seule » devait être l'objet de tous les soins des antidreyfusards. Contre les ennemis représentés par Genève (le protestantisme) et par Jérusalem (les juifs), il fallait « traiter Rome (le catholicisme) avec gratitude et vénération ». Aux yeux de Maurras, le Consistoire et la Synagogue représentaient tout ce dont la France souffrait : les conceptions libérales, démocratiques, révolutionnaires, de la politique.

« Immense leçon de choses », l'affaire Dreyfus a inspiré le néoroyalisme de l'Action française, et l'a enraciné dans un nationalisme exclusif, dont les juifs ont figuré l'antipode catégorique. Sur les ruines des autres ligues, la Ligue d'Action française, créée en 1905, et son quotidien *L'Action française*, lancé trois ans plus tard, ont transmis à plusieurs générations successives les « leçons » de l'affaire Dreyfus, considérée comme une entreprise de démantèlement de la nation avec les complicités multiples d'une République parlementaire corrompue.

Maurras ne proférait pas un racisme *stricto sensu*. Mais, pour lui, les juifs sont un des éléments de l'« anarchie révolutionnaire», au même titre que les protestants qui ont introduit le libre examen et l'individualisme mortifères [15]. La France pour persévérer dans son être doit tenir en respect les juifs et les protestants, qui, étrangers de l'intérieur, font subir à la nation une perte de substance : « La France perd sa nationalité. Juifs, Américains, Autrichiens, Allemands, Suisses et Belges la gouvernent. Elle est la proie de la finance cosmopolite, de la littérature cosmopolite, de la pensée cosmopolite. » L'antisémitisme est pour Maurras l'un des combats à mener en vue de la reconquête de la France par elle-même ; jusqu'à sa mort, en 1952, le chef de l'école de l'Action française en fera l'un de ses leitmotivs. Non sans effet : on le verra sous Vichy.

Tout autre est le cas de l'*antidreyfusisme catholique*. Nombre de catholiques pratiquants ne se distinguent pas de l'antidreyfusisme modéré. Ce fut l'attitude de la hiérarchie ecclésiastique, qui suivit largement le mouvement de la majorité parlementaire. Quand ils rompent le silence, les cardinaux et archevêques, tel le cardinal Lecot, archevêque de Bordeaux, ou le cardinal Richard, archevêque de Paris, disent s'en remettre aux tribunaux. Le clergé dans son ensemble adopte une même attitude de prudence. L'exemple de l'abbé Lemire, démocrate et député, est significatif. Favorable à Charles Dupuy, il s'en remet, après le suicide d'Henry, à l'autorité judiciaire, mais émet un jugement sévère à l'endroit de Waldeck-Rousseau, « ministère de procéduriers et d'aventuriers, de panamistes et de dreyfusards » et sympathise avec la Ligue de la Patrie française [16].

---

15. Si Maurras ne construit pas son antisémitisme sur le racisme proprement dit (certains de ses propos laissent planer le doute au demeurant), il est notable que l'Action française n'y échappe pas complètement. Voir ainsi dans sa revue du 1er juin 1900 l'éloge de l'ouvrage *L'Aryen, son rôle social* de G. Vacher de Lapouge, où l'on peut lire : « L'idée de patrie ne se justifie pas à l'aide de subterfuges métaphysiques et moins encore par des intérêts économiques, comme l'avancent tous les apôtres sournois : mais elle montre au contraire que la nation est une *réalité biologique*. On ne fabrique pas des Français par décret : la fiction de la naturalisation ne pouvait être prise au sérieux qu'au temps jadis. »

16. J.-M. Mayeur, *Un prêtre démocrate, l'abbé Lemire (1853-1928)*, Casterman, 1969, p. 249-250.

Le pape Léon XIII, au cours d'une audience du RP Bailly de *La Croix*, le 24 mars 1897, fit une remontrance aux assomptionnistes de la Bonne Presse. Le 15 septembre 1899, *L'Osservatore romano* rappelle que « Rome n'a jamais approuvé l'antisémitisme de Drumont » et que « l'action de la papauté face au judaïsme est toujours une action de charité éclairée, de tolérance et d'amour ». Plus tard, en 1906, le journal du Saint-Siège se réjouit de la réhabilitation de Dreyfus et du « triomphe final de la justice ». Malgré cela, comme le note Pierre Pierrard, il y eut un « silence de Léon XIII » qui, au cœur de l'Affaire, ne perçut pas quelle action prophétique il pouvait assumer [17].

Une petite minorité de catholiques prend parti cependant pour le camp dreyfusard. Le plus illustre des exemples est celui du juriste Paul Viollet, professeur à l'École des Chartes et membre de l'Institut, qui prend part au groupe fondateur de la Ligue des droits de l'homme. Mais, déçu par l'anticléricalisme de celle-ci, il fonde le Comité catholique pour la défense du droit [18]. « Le Comité catholique pour la défense du droit, disait son manifeste, se compose exclusivement de catholiques. Il s'appuie sur les principes de 1789, dont l'application loyale pourra seule, après le triomphe définitif de la Justice et de la Vérité dans la crise actuelle, assurer en France la paix intérieure avec la pleine liberté religieuse. Réprouvant énergiquement l'esprit d'intolérance, il dénonce le mal profond causé au pays par ces deux fléaux : l'antichristianisme et l'antisémitisme. N'ayant qu'un but : la défense du droit et des libertés publiques pour la recherche de la vérité, il recommande à ses amis l'effort personnel qui conduit au développement de l'esprit critique, la lutte contre l'équivoque et le mensonge, de quelque nom qu'ils se parent, le respect des personnes et la sincérité dans la discussion. » Outre les membres du Comité, qui comprenait

17. P. Pierrard, *Les Chrétiens et l'Affaire Dreyfus*, *op. cit.*, p. 126 et p. 171-172.

18. J.-M. Mayeur, « Les catholiques dreyfusards », *La Revue historique*, n° 538, avril-juin 1978.

trois prêtres, de nombreux amis et correspondants apportaient leur collaboration, parmi lesquels Anatole Leroy-Beaulieu, le commandant de Bréon qui vota l'acquittement de Dreyfus au sein du conseil de guerre de Rennes. Ce n'était là qu'une minorité de catholiques libéraux, dont l'activité et le courage ne peuvent dissimuler l'importance prise par l'antisémitisme violent de la grande presse catholique, à une époque où la *Civiltà cattolica* des jésuites romains continuait à diffuser son antijudaïsme.

En 1897, paraît en France l'ouvrage d'un dominicain, le Père Constant, *Les Juifs devant l'Église et devant l'histoire*, qui continue de colporter la légende du meurtre rituel pratiqué par les juifs : « La race déicide perpétue, autant qu'il est en elle, l'horrible attentat de ses ancêtres, et réédite sur des chrétiens, presque toujours des enfants, le Crucifiement du Calvaire. » L'année suivante, le Père Didon, prieur du collège Albert-le-Grand d'Arcueil, se fait applaudir lors de la distribution des prix pour ses paroles agressives : « Quand la persuasion a échoué, que l'amour est impuissant, il faut brandir le glaive, terroriser, couper les têtes, sévir, frapper… Malheur aux gouvernements qui masquent leur faiblesse criminelle derrière une insuffisante légalité, à ceux qui laissent le glaive s'émousser ! Le pays, livré à toutes les angoisses, les rejettera flétris, pour n'avoir pas su vouloir, même au prix du sang, le défendre et sauver […] [19]. »

Le pire vient encore de la Bonne Presse des pères assomptionnistes, *La Croix* et les *Croix* de province, ainsi que *Le Pèlerin*, dont l'influence est considérable sur les membres du clergé et les paroissiens. Non seulement les insultes se multiplient contre « Israël », mais aussi les caricatures figurant les juifs avec un nez crochu, doté d'un gros accent germanique : « chancre affreux », « abjects et obséquieux », « parasites », « ces affreux Juifs, vomis en France par les ghettos allemands baragouinent à peine notre langue » [20]. *La Croix* juge de son devoir évangélique de dresser des listes d'officiers israélites,

19. Cité par P. Pierrard, *Les Chrétiens et l'Affaire Dreyfus*, *op. cit.*, p. 129.
20. P. Sorlin, *« La Croix » et les Juifs*, *op. cit.*, p. 112 *sq.*

de journalistes juifs, tous censés conspirer contre la France et contre le Christ.

En lisant cette presse, on comprend mieux la contre-offensive anticléricale menée par les gouvernements Waldeck-Rousseau et Émile Combes, quels que soient les excès de celui-ci. Waldeck, esprit pourtant modéré, inquiété par la virulence de cette presse catholique, a pris une mesure d'importance : la loi sur les associations du 1er juillet 1901. Texte d'intérêt général, la loi reconnaissait le droit d'association et fut à l'origine de leur essor, à commencer par la création des partis politiques ; mais aussi texte de combat particulier, qui visait les congrégations religieuses, dont il n'était pas question dans le Concordat de 1801, réservé au clergé séculier. Les ordres monastiques, les congrégations ne peuvent se former sans une autorisation, qui ne sera accordée que par une loi [21]. Cela signifiait que les religieux n'avaient pas le droit d'enseigner sans autorisation. Waldeck avait préparé un projet moins offensif ; ce sont les députés, en guerre contre les « jésuitières » et contre les excès des journaux congréganistes, qui le durcissent. De la simple « défense républicaine » selon le président du Conseil, on passait à la contre-offensive anticléricale. Ce n'était qu'un début. La victoire électorale du Bloc des gauches en 1902 et le ministère Combes qui en résultait devaient la poursuivre par une application rigoureuse de la loi de 1901, au grand dam de Waldeck, la loi d'interdiction d'enseignement frappant tous les congréganistes en 1904, et aboutir à la loi de Séparation des Églises et de l'État de 1905. Malgré le caractère d'apaisement voulu de cette loi, le pape et la grande majorité du clergé la rejetèrent. Elle achevait, en effet, le processus de laïcisation de l'État, elle réaffirmait le caractère laïque de la République, respectueuse de la liberté de religion mais refusant de salarier et de subventionner aucun culte. Les catholiques, majoritaires dans le pays, y virent un nouveau coup porté à l'influence de l'Église, dont les religieux avaient

21. Certaines congrégations avaient été, après leur interdiction sous la Révolution, autorisées soit par l'Empire, soit par la Restauration (les Frères des écoles chrétiennes, notamment).

été exclus de l'enseignement. De leur point de vue, les catholiques étaient les principales victimes du dreyfusisme triomphant.

La victoire républicaine

Émile Zola est mort brusquement, le 29 septembre 1902, à la suite d'une intoxication due à des émanations de fumée dans la chambre où il dormait. Mort peut-être infligée par une main criminelle, comme tendent à le penser ses biographes. Il avait été un des héros majeurs du dreyfusisme. Réfugié en Angleterre après son second procès, il était rentré en France en juin 1899, s'était indigné du verdict du procès de Rennes… « Quant à moi, écrivait-il à Lucie Dreyfus, je le confesse, mon œuvre n'a été d'abord qu'une œuvre de solidarité humaine, de pitié et d'amour. Un innocent souffrait le plus effroyable des supplices, je n'ai vu que cela, je ne me suis mis en campagne que pour le délivrer de ses maux. » Zola n'était d'aucun parti, d'aucune confession religieuse, il n'était inspiré que par une conscience laïque de la justice – conscience insatisfaite par la mesure de grâce dont avait bénéficié Dreyfus. Une grâce amère : « Est-il possible qu'une telle torture morale soit imposée après tant de tortures physiques ? » Mais Zola concluait sa lettre à Mme Dreyfus par une promesse : nous allons continuer à nous battre. « Il nous faut la réhabilitation de l'innocent, moins pour le réhabiliter, lui qui a tant de gloire, que pour réhabiliter la France, qui mourrait sûrement de cet excès d'iniquité. »

Zola attendait son propre procès, toujours remis de session en session, jusqu'au moment où il apprend l'amnistie votée par le Parlement. Il écrit alors une lettre de protestation au président de la République, publiée par *L'Aurore*, le 22 décembre 1900, dans le journal même où il avait lancé son « J'accuse… ». Il parle alors d'« amnistie scélérate » : « Selon moi, je ne cesse de le répéter, l'Affaire ne peut pas finir, tant que la France ne saura pas et ne réparera pas l'injustice. » En février 1901, il avait réuni ses articles de combat sous le titre *La Vérité en marche*. Une marche qui allait bientôt s'achever, mais dont il ne vit pas la fin.

Zola eut les obsèques d'un héros du genre humain. Des gerbes et des couronnes avaient été déposées près de la chapelle mortuaire au nom de personnalités et de groupes du monde entier. Alfred Dreyfus, très pâle, était là avec les siens. Tous les ministres, Émile Combes en tête ; une foule d'écrivains, de journalistes, de simples citoyens. Zola est enterré au cimetière Montmartre. Le discours d'Anatole France, compagnon de lutte, clôturait la cérémonie, frémissant :

« En ces jours scélérats, plus d'un bon citoyen désespéra du salut de la patrie et de la fortune morale de la France. Les républicains défenseurs du régime actuel n'étaient pas seuls atterrés. On entendit un des ennemis les plus résolus de ce régime, un socialiste irréconciliable, s'écrier amèrement : "Si cette société est à ce point corrompue, ses débris immondes ne pourront même pas servir de fondement à une société nouvelle." Justice, honneur, pensée, tout semblait perdu.

« Tout était sauvé. Zola n'avait pas seulement révélé une erreur judiciaire, il avait dénoncé la conjuration de toutes les forces de violence et d'oppression unies pour tuer en France la justice sociale, l'idée républicaine et la pensée libre. Sa parole courageuse avait réveillé la France. Les conséquences de son acte sont incalculables.

« Elles se déroulent aujourd'hui avec une force et une majesté puissantes ; elles s'étendent indéfiniment : elles ont déterminé un mouvement d'équité sociale qui ne s'arrêtera pas. Il en sort un nouvel ordre de choses fondé sur une justice meilleure et sur une connaissance plus profonde des droits de tous.

« Messieurs,

« Il n'y a qu'un pays au monde dans lequel ces grandes choses pouvaient s'accomplir. Qu'il est admirable le génie de notre patrie ! Qu'elle est belle cette âme de la France qui, dans les siècles passés, enseigna le droit à l'Europe et au monde. La France est le pays de la raison ornée et des pensées bienveillantes, la terre des magistrats équitables et des philosophes humains, la patrie de Turgot, de Montesquieu, de Voltaire et de Malesherbes. Zola a bien mérité de la patrie en ne désespérant pas de la justice en France… »

La justice aura son heure, en effet. Une intervention de Jaurès à la Chambre, au début d'avril 1903, amenait Alfred Dreyfus à adresser, le 21 avril, au ministre de la Guerre, le général André, une demande d'enquête « sur les fautes graves qui auraient été commises à [son] préjudice dans votre ministère ». André fait procéder à cette enquête et en transmet les résultats au ministre de la Justice, le 21 novembre. Cinq jours plus tard, Dreyfus adresse une requête en révision au ministre de la Justice. Jugée recevable, la requête s'appuie sur deux ordres de faits différents : faux témoignages et faux papiers ; faits nouveaux. Le procureur général Baudouin résume ainsi sa requête de 97 pages, le 17 janvier 1904 : « Alfred Dreyfus a été condamné le 9 septembre 1899, par le conseil de guerre de Rennes, à raison d'un ensemble de charges dont aucune ne semble résister à l'examen (ce qui ne serait pas suffisant pour autoriser la révision), mais aussi sur la production de pièces qui, postérieurement à la condamnation, ont été reconnues fausses et dont la falsification a eu pour but tant de créer contre l'accusé des charges directes qui ont été invoquées contre lui que d'infirmer l'autorité des témoins à décharge dont il pouvait invoquer les dépositions. Nous estimons que la découverte de ces faux constitue un fait nouveau de nature à établir l'innocence d'Alfred Dreyfus, qui a été condamné par suite de ces manœuvres ignorées du conseil de guerre. Et nous sommes convaincus que la Cour de cassation fera droit à nos réquisitions, tendant, sur l'ordre de M. le Garde des Sceaux, à la révision du jugement et que son arrêt saura préparer le triomphe définitif de la vérité et de la justice, qui, pour être parfois voilées ou méconnues par suite de l'infirmité de l'esprit humain, ne meurent du moins jamais. »

Le 3 mars suivant, la Cour de cassation déclarait recevable la demande en révision et ordonnait une enquête complémentaire. À l'issue de celle-ci, et après avoir entendu pendant huit audiences Manuel Baudouin, les chambres réunies de la Cour de cassation annulaient, le 12 juillet 1906, le jugement de Rennes sans renvoi, en raison de l'article 445 du Code d'instruction criminelle. Rien de l'accusation portée contre Dreyfus n'était resté debout ; il n'y avait donc pas matière à nouveau procès. Le 13 juillet, Dreyfus et Picquart étaient réintégrés dans l'armée, le premier comme chef d'escadron, le second comme général de brigade. « JUSTICE », proclamait *L'Aurore*, sur six colonnes à la une. Le 21 juillet, Alfred Dreyfus était fait chevalier de la Légion d'honneur, en présence du général Picquart, dans une des cours de cette même École militaire, où il avait été dégradé le 5 janvier 1895. La foule criait cette fois : « Vive la justice ! » et aussi : « Vive l'armée républicaine ! » Quelques semaines plus tard, le 25 octobre, Clemenceau, devenu président du Conseil, prenait le général Picquart comme ministre de la Guerre. Le dreyfusisme triomphait sur toute la ligne.

Les antidreyfusards ne désarmèrent pas pour autant. Leur presse contesta la Cour de cassation qui avait cassé le jugement de Rennes *sans renvoi*, sans ordonner un autre procès, ce qu'ils estimaient illégal. « Le triomphe des Juifs », titrait *La Libre Parole* du 13 juillet. Lors du transfert des cendres d'Émile Zola au Panthéon, le 4 juin 1908, un ancien normalien, journaliste de province du nom de Grégori, tira au revolver sur Alfred Dreyfus, qui ne fut que légèrement blessé. L'acquittement fut prononcé par le jury populaire, ce qui laissait entendre que l'affaire Dreyfus n'était pas finie pour tout le monde. Sur fond d'antisémitisme, l'antidreyfusisme continua sa carrière, grâce aux soins notamment de l'Action française qui en fit une référence clé de sa doctrine et de son action. Charles Maurras, son chef, arrêté et condamné à la détention à vie au lendemain de la Libération, pour avoir été jusqu'au bout le soutien du maréchal Pétain et l'ennemi de la Résistance, eut, à la lecture du verdict, ce mot qui en dit long sur l'imprégnation des mémoires par l'Affaire : « C'est la revanche de Dreyfus ! »

Dans l'histoire des relations entre la France et les juifs, entre les citoyens non juifs et les citoyens juifs en France, l'affaire Dreyfus a donné lieu à deux interprétations contradictoires, l'une pessimiste, l'autre optimiste. À Paris depuis 1891 comme correspondant de la *Neue Freie Presse*, Theodor Herzl, qui avait assisté à la montée en puissance de l'antisémitisme à Vienne, s'était réjoui d'abord de résider dans la capitale des Lumières. L'affaire Dreyfus devait le persuader que même « dans la France républicaine, moderne, civilisée, un siècle après la déclaration des droits de l'homme », les juifs n'étaient pas à l'abri des persécutions. Les articles de presse antisémites le convainquent que l'assimilation a échoué, qu'un nouvel Exode s'impose : ce sera le sionisme. Il faut que les juifs aient un État, leur État – ce qu'il expose dans *Der Judenstaat* (L'État juif, 1896). Le premier congrès sioniste se réunissait à Bâle, en août 1897. À ce moment-là, l'affaire Dreyfus n'avait pas encore éclaté. La suite et la fin de l'Affaire ont eu une autre portée.

D'un autre côté, la victoire du dreyfusisme a donné à la République ses lettres de noblesse morale : l'Affaire fut son eau lustrale. Des personnalités éminentes ont travaillé sans relâche à défendre la justice et la vérité contre les mensonges de la raison d'État. Depuis Émile Zola, écrivain universellement connu, jetant sa célébrité dans une bataille où il risque non seulement la prison mais la mort, jusqu'à ces professeurs de l'École des Chartes qui, derrière leur directeur Meyer, ont défendu le vrai avec les armes de la science. Scheurer-Kestner, Clemenceau, Jaurès, chez les politiques ; Picquart, chez les militaires ; le procureur Baudouin, chez les juges ; Viollet, chez les catholiques ; Joseph Reinach, chez les juifs… Tous ces noms illustres de l'élite républicaine ont considéré que l'erreur judiciaire et le déchaînement antisémite mettaient en péril les fondements mêmes du régime. Que c'était là une question de principe. Et qu'on ne pouvait pas transiger. De plus humbles ont travaillé à la cause du capitaine, et d'abord Bernard Lazare, auteur d'*Une erreur judiciaire*, dès 1896. Sur lui, Charles Péguy a laissé des pages inoubliables dans *Notre jeunesse*, où l'écrivain disait sa fidélité à la mystique dreyfusienne : « Le prophète, en cette grande crise d'Israël et du monde, fut Bernard Lazare. Saluons ici l'un des plus grands noms des temps modernes, et après Darmesteter l'un des plus grands parmi les prophètes d'Israël. » Dans le même ouvrage, Péguy donnait son témoignage sur les « juifs pauvres » : « Pauvre, je porterai témoignage pour les Juifs pauvres. Dans la commune pauvreté, dans la misère commune pendant vingt ans, je les ai trouvés d'une sûreté, d'une fidélité, d'un dévouement, d'une solidité, d'un attachement, d'une mystique, d'une piété dans l'amitié inébranlables. Ils y ont d'autant de mérite, ils y ont d'autant de vertu qu'en même temps, en plus de nous, ils ont sans cesse à lutter contre les accusations, contre les inculpations, contre les calomnies de l'antisémitisme, qui sont précisément toutes les accusations du contraire [22]. »

C'est la contestation d'un conseil de guerre, d'un double conseil de guerre condamnant un capitaine juif qui a créé la grande légende républicaine à l'orée du XXe siècle : le *J'accuse...* de Zola, les articles quotidiens de Clemenceau, *Les Preuves* de Jaurès, *Le Triomphe de la République* de Péguy, le discours d'Anatole France sur la tombe de Zola, mille récits, une littérature, des films même... L'affaire Dreyfus a laissé aux Français le legs d'un mythe force, la référence des grandes journées, une fierté républicaine. Une conviction aussi : que la lutte pour le droit n'est jamais vaine. « Cette affaire, écrira Péguy, fera l'éternel honneur de la France. »

Dans tous les pays européens, démocrates et libéraux, après avoir été épouvantés par l'antisémitisme et le nationalisme français, exprimaient leur admiration. L'un d'eux, l'Allemand Theodor Barth, écrivait : « La France doit servir d'exemple à nous autres Allemands. La situation de nos libertés publiques se trouverait bientôt améliorée de beaucoup s'il y avait chez nous des hommes prêts à rallier ceux qui luttent pour le droit [23]. »

Le 14 juillet 1935, la première grande manifestation du Rassemblement populaire se déroule au stade Buffalo, près de Paris. Alfred Dreyfus venait de mourir. L'écrivain Jean Guéhenno raconte : « C'était le matin du 14, à ces Assises pour la paix et la liberté qui se tinrent à Buffalo. Le président de la Ligue des Droits de l'Homme, Victor Basch, parlait. Il disait

---

22. Ch. Péguy, *Œuvres en prose complètes*, *op. cit.*, t. III, p. 135.
23. Cité par Gerd Krumeich, *in* M. Drouin (dir.), *L'Affaire Dreyfus de A à Z*, Flammarion, 1994, p. 534.

les raisons qu'avait eues la Ligue qu'il présidait de prendre part à ces Assises, à cette fête. Il rappelait les combats livrés par la Ligue des Droits de l'Homme, pour la justice, l'affaire Dreyfus. Dans l'instant même, on enterrait (et cela ferait croire que certains hommes ont vraiment leur destin qui règle comme il faut les péripéties de leur vie et jusqu'à la minute de leur mort pour que leur existence ait toute sa valeur) au cimetière Montmartre le colonel, le "capitaine" Dreyfus. Alors, soudain, d'elle-même et d'un seul mouvement, toute la foule qui peuplait l'immense amphithéâtre se leva, et, dans un silence qui saisissait le cœur, chacun pensa à ce mort. Voilà ce que de lui-même peut le peuple, la cohue. Il n'est pas un de nous qui, à la limite des larmes, n'ait senti qu'il se faisait dans ce moment, d'une génération à l'autre, comme une transmission, une tradition de la justice [24]. »

Alors que l'antisémitisme était passé dans la loi en Russie, que l'antisémite Lueger était devenu maire de Vienne, que les juifs munis de diplômes n'avaient pratiquement pas accès aux fonctions publiques en Allemagne, qu'en Roumanie l'antisémitisme était « devenu une des composantes de la vie politique » (G. Castellan), la France de l'affaire Dreyfus avait infligé une sévère défaite aux antisémites et affirmait, selon les mots de Péguy, qu'« une seule injustice, un seul crime, une seule illégalité, surtout si elle est officiellement enregistrée, confirmée, une seule injure à l'humanité, une seule injure à la justice et au droit, surtout si elle est universellement, légalement, nationalement, commodément acceptée, un seul crime rompt et suffit à rompre le pacte social, tout le contrat social, une seule forfaiture, un seul déshonneur suffit à perdre, d'honneur, à déshonorer tout un peuple. » Une vue idéaliste sans doute, mais une référence : la République – « juive » aux yeux des antisémites – était le régime de la justice. Des milliers et des milliers de citoyens s'étaient mobilisés pour la défense d'un individu ; des milliers et des milliers de pages de procédure avaient été accumulées, illustrant la maxime de Condorcet : « L'intérêt de

---

24. J. Guéhenno, *Entre le passé et l'avenir*, Grasset, 1979, p. 275.

puissance et de richesse d'une nation doit disparaître devant le droit d'un seul homme. »

L'antisémitisme n'en fut pas éradiqué pour autant, on le sait. Du moins cessa-t-il d'avoir droit de cité dans les publications des forces sociales et politiques qui se réclamaient de l'esprit républicain.

8
La seconde intégration
(1906-1930)

Quand bien même les principes de la République et la justice des hommes avaient imposé leur conclusion, l'affaire Dreyfus n'en avait pas moins bouleversé la conscience juive. La vague d'antisémitisme qui avait déferlé sur le pays avait remis en cause les espoirs fondés sur l'assimilation. Depuis plus de cent ans, les juifs français, émancipés, avaient vu s'ouvrir devant eux toutes les portes (ou autant vaut) de la promotion sociale et de la carrière des honneurs. Si ce n'est la diplomatie et certains grands corps de l'État, où des relations familiales et des dynasties de serviteurs de l'État veillaient jalousement (l'École nationale d'administration n'existait pas à l'époque), rien ne leur était interdit d'accès, pas même l'armée, on l'a vu, où de nombreux officiers juifs avaient su conquérir leur rang, souvent en passant par l'École polytechnique. Dans ces conditions, les juifs de France adhéraient pleinement à la République laïque et leur élite tendait à s'éloigner des pratiques religieuses, tandis que le système consistorial quadrillait la religion des Français israélites. L'antidreyfusisme antisémite défiait dangereusement cette évolution en contestant aux juifs français les plus anciennement installés leur qualité de citoyens, voire leur nationalité. *A fortiori*, l'inquiétude habitait les communautés juives de la nouvelle immigration [1].

Un certain nombre d'observateurs ont noté la prudence, la timidité, la passivité des juifs au cours du drame, fort peu

1. La France accueille 30 000 juifs de l'Europe de l'Est entre 1871 et 1914.

d'entre eux s'engageant résolument dans la cause révisionniste. Ainsi, Léon Blum, dans ses *Souvenirs de l'Affaire*, note-t-il : « Ils ne parlaient pas de l'affaire entre eux ; ils fuyaient le sujet, bien loin de le soulever. Un grand malheur était tombé sur Israël. On le subissait sans mot dire, en attendant que le temps et le silence en effacent les effets. » Certains historiens ont discuté cette affirmation, en faisant valoir qu'au rang des dreyfusards les plus actifs, il y avait eu, outre Mathieu et Lucie Dreyfus, Bernard Lazare, Joseph Reinach, ou le grand rabbin Zadoc Kahn[2], et aussi Victor Basch, universitaire membre de la Ligue des droits de l'homme, le linguiste Michel Bréal, le sociologue Émile Durkheim, le banquier Albert Kahn ou le poète symboliste Gustave Kahn. Cependant, quelques indices, à défaut de statistiques impossibles ou de sondages inexistants, paraissent confirmer l'observation de Léon Blum.

Pour en juger, Michael Marrus a suivi les travaux du Consistoire central et dépouillé les deux périodiques de la communauté juive, *Les Archives israélites* et *L'Univers israélite*[3]. Il note qu'au début de l'Affaire les juifs ne se distinguent pas des autres Français, et considèrent comme coupable le capitaine Dreyfus qui a été jugé par un tribunal militaire. Même lorsque le pays connaît, en janvier 1898, la pire des poussées de fièvre antisémite, le Consistoire n'émet qu'une discrète protestation auprès du gouvernement. De son côté, le *Bulletin* de l'Alliance israélite universelle, qui, dans ses bilans annuels, faisait la liste des « fausses accusations » portées contre les juifs dans les divers pays d'Europe, est étrangement discret, voire silencieux, sur l'antisémitisme français pendant l'Affaire.

Dans une démocratie comme la République française, où la liberté d'expression est reconnue à tous et, depuis la loi de 1901, où la liberté d'association le permet, on pouvait

---

2. P. Birnbaum, « Les Juifs et l'Affaire », *in* J.-J. Becker et A. Wieviorka, *Les Juifs de France*, Liana Lévy, 1998, p. 75-101.

3. M. R. Marrus, *Les Juifs de France à l'époque de l'affaire Dreyfus*, Calmann-Lévy, 1972.

s'attendre que les juifs aient à cœur d'organiser leur propre défense face aux antisémites. De fait, sans doute à l'initiative du grand rabbin Zadoc Kahn, un Comité contre l'antisémitisme a vu le jour en 1902. Mais seuls un petit nombre de juifs, triés sur le volet, y trouvèrent leur place. La tendance générale était de ne pas se distinguer des autres Français, de faire confiance aux institutions républicaines, montrer qu'on était aussi patriote que n'importe quel autre citoyen de la République.

M. Marrus considère que la stratégie de défense de Mathieu et de Lucie Dreyfus fut empreinte, elle-même, de toutes les prudences, au grand dam de Bernard Lazare peu disposé à accepter leur réserve, à rester dans le cadre des institutions de l'État. La passion antisémite imposait en général aux juifs le silence plus que la révolte. Daniel Halévy décrira plus tard cette gêne : « On ignorait, et un prudent instinct conseillait de toujours ignorer. La sentence était rendue, on la tenait pour bonne. On croyait, mais faiblement, étant mal exercé à croire. Il est probable que nombre de juifs, mieux exercés à connaître les coups de l'antisémitisme, pensaient différemment. Ils n'en disaient rien, épargnant à des amis, même intimes, l'expression d'un avis qui eût ennuyé, déplu. Le procès Dreyfus était exclu, par un très curieux, tout silencieux accord, de ces conversations parisiennes qui n'excluent rien [4]. »

Les juifs dreyfusards prenaient soin de faire la part entre les antisémites et le pays de l'émancipation : « Ne confondez jamais, proclamait Théodore Reinach lors de la distribution des prix des écoles consistoriales israélites de Paris, en juillet 1898, ne confondez jamais la France avec l'écume qui s'agite impunément, mais passagèrement à sa surface. Continuez à l'aimer, cette France, de toutes vos forces, de toute votre âme, comme on aime une mère, même injuste, même égarée, parce qu'elle est votre mère et parce que vous êtes ses enfants. »

Extrêmes dans leur attitude, un certain nombre de juifs furent

4. D. Halévy, « Apologie pour notre passé », *Les Cahiers de la quinzaine*, 1910, p. 23.

et restèrent aussi des antidreyfusards convaincus. Un officier juif en retraite, Fernand Ratisbonne, n'hésitait pas à écrire au *Gaulois* au début de 1898 pour protester face à la campagne que menaient les révisionnistes contre l'armée. Ce *Gaulois*, dirigé par Arthur Meyer, resta tout au long de l'Affaire dans le camp de l'antidreyfusisme. Un autre directeur juif de journal, Gaston Pollonais, à la tête du quotidien *Le Soir*, suivait la même ligne, s'en prenant particulièrement à Joseph Reinach, qu'il accusait de compromettre par son activisme l'ensemble de la communauté juive : « Que les Juifs y songent bien ! écrivait-il le 12 septembre 1899. Sans Reinach, ils peuvent reprendre leur place au foyer de la Patrie ; si, au contraire, ils s'obstinaient à suivre leur mauvais génie, le Dieu qui protège la France les abandonnerait pour toujours aux griffes de Belzébuth. » Les juifs devaient choisir, disait-il encore, entre la France et « je ne sais quelle abominable solidarité confessionnelle ». Ce sont des cas limites sans doute et, en bonne logique, Meyer et Pollonais en viendront à se convertir au catholicisme. Mais l'attitude de ces deux personnalités, pour caricaturale qu'elle fût, traduisait la volonté de tant de juifs français, avant tout désireux que le drame dreyfusien ne fît pas obstruction à l'assimilation.

La solution sioniste, l'affirmation d'une nation juive qui se présentait comme la réplique identitaire à opposer à l'antisémitisme et à la politique d'assimilation, séduisit très peu de juifs français. Certains écrivains, à la suite de Bernard Lazare, Edmond Fleg et André Spire, défendirent le nationalisme juif. Edmond Fleg écrivait à son ami Lucien Moreau : « Je commence à comprendre un peu mieux ton nationalisme [français], car je deviendrai peut-être nationaliste juif. J'ai lu en partie le compte rendu *in extenso* du 1er Congrès sioniste de Bâle et cette lecture m'a beaucoup ému. » Edmond Fleg, par la suite, se fait l'avocat d'un sionisme diasporique, au service des juifs persécutés des autres pays : « En quoi la Diaspora cesserait-elle d'exister ? demande-t-il dans une lettre à Sylvain Lévi. Il me semble qu'au contraire de ce que vous disiez [le danger de « double allégeance »], la constitution d'un État juif mettrait fin à l'équivoque qui fait du judaïsme simultanément une religion et une nation. Les Juifs palestiniens constitueraient la nation juive à eux seuls [5]. »

Cependant, en 1899, *Le Flambeau*, organe sioniste, fustigeait l'attitude des juifs français, incapables de comprendre le caractère intolérable de leur situation. Ceux-ci se défiaient d'autant plus du sionisme qu'il était porté par les juifs étrangers, originaires de l'Europe orientale, surtout roumains et russes. Pour les juifs français ou francisés, et notamment pour l'Alliance israélite universelle, le sionisme était un mouvement de marginaux. Eux avaient trouvé leur place dans la société française ; ils affichaient très haut leur patriotisme et n'entendaient nullement adhérer à un nationalisme juif qui ouvrait la voie à l'aventure. La décision de la Cour de cassation et la réhabilitation du capitaine Dreyfus en 1906 les confirmèrent dans leur option, d'autant que, dans les années suivantes, le mouvement antisémite, pour n'être pas enterré, connaissait un déclin patent.

Édouard Drumont, qui avait eu son heure de gloire en 1898, n'est pas réélu aux élections de 1902, remportées par le Bloc des gauches. Peu à peu marginalisé, y compris dans son propre journal, *La Libre Parole*, il devient aveugle et s'efface de la scène publique. La ligue de Jules Guérin, le Grand Occident de France, s'est effondrée après l'épisode tragi-comique du Fort Chabrol ; Guérin lui-même, renié par Drumont et ses amis, condamné par la Haute Cour à dix ans de détention, est emprisonné à Clairvaux avant de voir sa peine commuée en bannissement, en juillet 1901. Amnistié en 1905, il déclare en avoir fini avec l'antisémitisme au moment où il tente sa chance, en vain, aux élections municipales de 1908 ; il meurt deux ans plus tard. Gaston Méry, bras droit de Drumont à *La Libre Parole*, avait été élu, lui, au Conseil municipal de Paris en 1900 et réélu en 1904, mais au prix d'un rapprochement avec les catholiques et l'Action libérale de Jacques Piou, avant de mourir subitement en 1909.

Ce qui reste des activistes de l'antisémitisme ne connaît pas

5. C. Fhima, « Les écrivains juifs français et le sionisme (1897-1930) », *Archives juives*, n° 30/2, 2e sem. 1997.

un sort plus brillant. Henri Rochefort se retire de la politique, après avoir quitté son *Intransigeant* en 1907, continue à écrire sur n'importe quel sujet pour assurer ses fins de mois, et meurt en 1913 dans une indifférence à peu près générale, malgré la présence de Barrès à ses obsèques et une couronne rouge apportée par la Jeunesse blanquiste. Rochefort avait soutenu le trublion et maire d'Alger, Max Régis, lors d'une élection partielle à Paris en 1901. Ce fut un échec. Régis était rentré à Alger où il s'était fait arrêter pour dettes en janvier 1902. Aux élections législatives de la même année, les quatre députés antisémites sortants qu'avait soutenus Max Régis sont battus. L'ancien maire d'Alger, toujours débauché, vit alors d'expédients, de vols et de rapines, laissant derrière lui la plus sinistre des réputations.

L'évolution de Maurice Barrès, elle, est significative d'un nouveau climat. Au lendemain de la décision de la Cour de cassation, en 1906, il avait dit à la Chambre : « Dreyfus a été le traître pendant douze ans par une vérité judiciaire. Depuis vingt-quatre heures, par une nouvelle vérité judiciaire, il est innocent. C'est une grande leçon je ne dis pas de scepticisme mais de relativisme qui nous invite à modérer nos passions. » De fait, Barrès s'attacha par la suite à cette modération. Ses nouveaux livres, notamment sa trilogie des *Bastions de l'Est*, ne laissent plus aucune place à l'antisémitisme. Le danger allemand le détermine à célébrer une unité de la France qui transcende les divisions des Français.

Restait l'Action française. La ligue dont Maurras est devenu le doctrinaire n'est pas spécifiquement antisémite, mais fait de l'antisémitisme un des éléments constitutifs de sa doctrine, le nationalisme intégral, comme on l'a vu. Or le mouvement, doté d'un journal quotidien à partir de 1908, connaît à la Belle Époque une influence croissante. Dans la seconde édition de son *Enquête sur la Monarchie*, en 1909, Maurras pouvait se vanter d'avoir converti à ses idées Jules Lemaître, l'ancien président de la Ligue de la Patrie française. En même temps, la ligue et ses Camelots du roi ne dédaignaient pas quelques actions musclées. C'est ainsi que, le 21 février 1911, les militants de l'AF prennent d'assaut la Comédie-Française pour faire interrompre la représentation de la pièce du « juif déserteur », Henry Bernstein, *Après moi*. Dans sa jeunesse antimilitariste, Bernstein avait en effet refusé d'achever son service militaire et s'était réfugié en Belgique tout en expliquant son geste dans une lettre de défi adressée à un journal parisien. Amnistié, revenu en France, Bernstein avait entamé sa carrière sans être inquiété, jusqu'au jour où l'Action française découvrit cet épisode passé. Bernstein dut retirer sa pièce après quelques soirées de chahut intense.

Plus sérieusement, Maurras fut convaincu par son collaborateur Georges Valois de la nécessité de s'allier le monde ouvrier. L'idée de Valois était de rapprocher l'Action française du syndicalisme révolutionnaire, dont l'écrivain Georges Sorel avait fait l'apologie dans ses *Réflexions sur la violence*. Les deux mouvements, le nationaliste et le syndicaliste, n'avaient-ils pas le même ennemi, la démocratie parlementaire ? Sorel, ancien dreyfusard, déçu par la suite politique et parlementaire du dreyfusisme, s'était rapproché du nationalisme. Entre lui et Valois, un projet de revue naquit, la « Cité française », dont parut une déclaration d'intention posant la nécessité de « détruire les institutions démocratiques ». Nulle mention d'antisémitisme, mais celui-ci pouvait bien être le ciment de la convergence. Sorel, du reste, manifesta alors des idées antijuives. Le projet fut abandonné, mais repris il donna naissance finalement à la revue *L'Indépendance*. Au même moment, se constituait au sein de l'Action française un Cercle Proudhon, qui eut bientôt son *Cahier du cercle Proudhon*, où collaboraient notamment Georges Valois et un compagnon de Sorel, Édouard Berth. Cette tentative fit long feu. L'alliance avec des syndicalistes et des révolutionnaires sentait le soufre pour bien des militants de l'Action française, et Maurras ne s'y attarda pas. Mais l'idée pouvait faire son chemin, et l'antisémitisme, comme l'avait imaginé Drumont, servir de drapeau de rassemblement pour les nationalistes, les anticapitalistes, les antiparlementaires.

Cela ne se passa pas. Si l'on assiste bien à un renouveau du nationalisme en France à partir de 1905, l'antisémitisme en est désormais absent.

Le discours prononcé par le Kaiser, le 31 mars 1905, à Tanger, a éclaté comme une menace : « En l'espace d'un matin, écrit Charles Péguy, tout le monde [...] sut que la France était sous le coup d'une invasion allemande imminente... Tout le monde, en même temps, connut que la menace d'une invasion allemande est présente, qu'elle était là, que l'imminence était réelle. » C'est un autre dreyfusard, et non des moindres, qui pousse un cri d'alarme : Georges Clemenceau. Il écrit, dans *L'Aurore* du 19 juin 1905 : « Être ou ne pas être, voilà le problème qui nous est posé pour la première fois depuis la guerre de Cent Ans par une implacable volonté de suprématie. Nous devons à nos mères, à nos pères et à nos enfants de tout épuiser pour sauver le trésor de vie française que nous avons reçu de ceux qui nous précédèrent et dont nous devrons rendre compte à ceux qui suivront. »

Ce nationalisme républicain, non plus tourné vers les prétendus ennemis intérieurs, mais tendu sous la menace des frontières, ce nationalisme, relancé par la nouvelle crise « marocaine » d'Agadir, en 1911, a créé un nouvel état d'esprit, en particulier dans la nouvelle génération d'étudiants. Nous avons là-dessus plusieurs enquêtes, publiées dans la presse de l'époque, dont la plus célèbre s'intitule *Les Jeunes Gens d'aujourd'hui* et est signée du pseudonyme d'Agathon. Sur les limites du document, nous sommes avertis, et il serait erroné d'en faire la radiographie de la jeunesse française deux ans avant la Grande Guerre[6]. Mais, hors de toute donnée quantitative, les auteurs de l'enquête, Tarde et Massis (Agathon), témoignent de l'émergence depuis l'affaire Dreyfus d'un nationalisme de droite exempt d'antisémitisme.

Que disent ces jeunes gens, de 18 à 25 ans, élèves des grandes écoles ou des classes préparatoires ? Selon nos deux auteurs, ils forment une nouvelle génération radicalement différente de celle de leurs aînés, ceux qui étaient arrivés à l'âge d'homme vers 1885. Ils ont le goût de l'action et de la vie et non l'orgueil de la pensée pure ; ils sont animés par la

---

6. Voir la préface de J.-J. Becker à la réédition des *Jeunes Gens d'aujourd'hui*, Imprimerie nationale, 1995.

foi patriotique et rejettent les « sophismes d'intellectuels pacifistes » ; ils frémissent aux mots d'« Alsace-Lorraine » ; ils prennent la guerre comme un « idéal d'énergie et de force » ; ils aiment le sport et les voyages qui font d'autant plus aimer leur pays ; ils refusent le dilettantisme, le scepticisme, l'ironie ; beaucoup vantent la pureté des mœurs, se marient tôt ; beaucoup se sont ralliés à la foi catholique ; en politique, ils n'apprécient guère le régime parlementaire qui a permis l'humiliation de la France : « Le débarquement de l'empereur Guillaume à Tanger est un fait d'une importance capitale dans l'histoire de nos mœurs. La blessure de l'orgueil national, intime, cachée, mit dans notre sang un ferment secret, dont les effets éclatèrent tout à coup lors des incidents d'Agadir. »

Ces jeunes gens ne sont pas pour autant adhérents de l'Action française. Sans méconnaître l'influence de celle-ci, les auteurs précisent qu'à l'École normale supérieure on ne compte que deux tenants du « nationalisme intégral ». Non, cette jeunesse est en majorité démocrate, républicaine, mais elle souhaite une adaptation du régime à l'objectif qui prime tout : le redressement national.

Tout au long de ce texte, on ne trouve pas une seule fois le mot « juif » ou « antisémitisme ». Sans doute les étudiants de philosophie se détournent-ils des méthodes sociologiques d'un Durkheim ou d'un Lévy-Bruhl, mais le nom du maître à penser qui revient à plusieurs reprises est un patronyme juif, celui d'Henri Bergson, l'auteur de *L'Évolution créatrice*, référence clé de la nouvelle génération intellectuelle. L'anti-intellectualisme de la philosophie bergsonienne, sa réhabilitation de l'intuition, de la métaphysique, sont une invite au retour à Dieu. On le cite : « Oui, vraiment, disait M. Bergson à un rédacteur du *Gaulois*, je crois à une sorte de renaissance morale française, et ce qui me frappe le plus, ce qui me fait bien augurer de cette renaissance, c'est qu'elle n'est pas seulement une transformation des idées… mais une transformation, ou plutôt une création de la volonté. Or la volonté, c'est l'expression même du tempérament, c'est-à-dire de ce qu'il est le plus difficile de modifier. De ce point de vue, l'évolution de la jeunesse actuelle m'apparaît comme une sorte de miracle. »

Cette harmonie sentie entre la nouvelle génération intellectuelle et le grand philosophe juif donne assez bien la mesure de l'antisémitisme dans la jeune élite française à la veille de la Grande Guerre. Élu au Collège de France à 41 ans, en 1900, Henri Bergson attire de plus en plus de monde à ses cours, professant le rejet du kantisme et du scientisme enseignés à la Sorbonne et un nouveau spiritualisme. En 1914, année de son élection à l'Académie française, *L'Excelsior* publie une photo des Parisiens désireux d'entendre son cours et qui doivent se résigner à rester dans la cour, près des fenêtres de l'amphithéâtre. Péguy a parlé d'une « révolution bergsonienne » dans l'histoire de la philosophie. Rien de moins.

C'est Charles Péguy, entouré d'amis juifs [7], auquel on doit le grand portrait de Bernard Lazare, qui incarne le nationalisme français de 1914 ; c'est Henri Bergson, issu de la famille d'un pauvre pianiste juif polonais, qui, à la même époque, est devenu le philosophe français vivant le plus célèbre, le plus universellement connu. La page de l'affaire Dreyfus a été tournée.

L'intégration par le sang versé

La Première Guerre mondiale, qui éclate au début d'août 1914, confirme à quel point l'intégration des juifs de France à la patrie française est tangible. La minorité juive atteint alors 180 000 personnes, y compris 30 000 immigrés de l'Europe de l'Est et de l'Empire ottoman. 16 000, de métropole et d'Algérie, sont mobilisés, auxquels s'ajoutent 8 500 engagés volontaires, d'origine étrangère – lesquels bénéficieront de la naturalisation au même titre que les autres étrangers. L'armée française compte un certain nombre de généraux juifs : Heyman, Valabrègue, Alexandre, Brisac, Dennery, Grumbach, et de nombreux officiers, beaucoup originaires d'Alsace, comme le commandant Alfred Dreyfus. D'Allemagne, les désertions

7. Voir le témoignage de J. Isaac, *Expériences de ma vie. Péguy*, Calmann-Lévy, 1959, p. 304 *sq*.

d'Alsaciens vers les armées de la République de 1914 à 1916 s'élèvent à 17 000 hommes, dont 600 juifs, soit 4 % des déserteurs alors qu'ils ne sont que 1,6 % des mobilisés [8].

De leur côté, les volontaires juifs étrangers sont animés d'une même ferveur à l'égard de la France émancipatrice. Dans les premiers jours de la guerre, une affiche rédigée en yiddish a été placardée sur les murs de Paris : « La France, pays de la Liberté, de l'Égalité et de la Fraternité, la France qui, la première de toutes les nations, nous a reconnu à nous, Juifs, les droits d'homme et de citoyen, la France où nous trouvons, nous et nos familles, depuis de longues années, un refuge et un abri, la France est en danger ! [...] Frères ! c'est le moment de payer notre tribut de reconnaissance au pays où nous avons trouvé l'affranchissement moral et le bien-être matériel. »

Certains ont poussé plus loin le sacrifice, en voulant éteindre en eux les dernières traces d'une judéité dont ils ont honte. Ainsi Marc Boasson, tué en 1918, auteur d'un ouvrage, *Au soir d'un monde*, qui paraîtra en 1926, qui écrit : « C'est pourquoi j'estime que même après la guerre, même après avoir payé l'impôt du sang, il reste au Juif français un grand devoir à remplir : il faut qu'il rompe délibérément avec son passé juif qui le rend solidaire de toutes sortes de judaïsmes étrangers et le distrait de sa patrie... » Ainsi Pierre David, ancien disciple de Lucien Lévy-Bruhl et d'Émile Durkheim, qui, avant de mourir, écrira à Maurras : « Merci, cher maître, du fond du cœur, pour la force morale que votre enseignement m'aura donnée pour affronter la glorieuse épreuve. Je suis un inconnu pour vous et je suis venu à vous de bien loin. Né d'une famille juive, je me suis senti complètement français. Il m'a suffi d'être un bon Français et d'être logique pour adopter les doctrines de l'Action française dans toutes leurs conséquences. À l'heure où vous lirez ces lignes, qui ne doivent vous parvenir que si je meurs, j'aurai définitivement acquis, en mêlant mon sang à celui des plus vieilles familles de

8. P.-E. Landau, *Les Juifs de France et la Grande Guerre*, CNRS Éditions, 1999, p. 31.

France, la nationalité que je revendique. Grâce à vous, j'aurai compris la beauté et la nécessité de ce baptême. »

Ces cas extrêmes, mais qui ne se limitent pas à ces deux exemples, expriment sans doute une haine de soi, un masochisme troublant, mais aussi, de manière paroxystique, l'immense désir de *francité* partagé par les combattants juifs qui, sans tomber dans le piège de leurs ennemis, ont voulu être à part entière des Français, des « Français de confession israélite ». L'ethnologue Robert Hertz, né en France de père allemand, l'affirme dans ses lettres : « Il n'y aura jamais assez de dévouement juif dans cette guerre, jamais trop de sang juif versé sur la terre de France. Si je puis procurer à mon fils de bonnes et vraies lettres de grande naturalisation, il me semble que c'est le plus beau cadeau que je puisse lui faire [9]. »

Le rabbinat, l'aumônerie israélite des armées, les consistoires, furent à l'unisson. Les sermons en faveur de la France de 1789 et de la République se sont multipliés au long de la guerre : « Oui, mes frères, clame le rabbin Samuel Korb, à la synagogue de Nantes, le 20 septembre 1914, depuis plus d'un siècle, la noble France s'est donné la glorieuse mission de protéger les opprimés, de briser le joug de toutes les tyrannies, elle s'est établie le champion de toutes les causes généreuses, elle a pris la défense du droit contre l'arbitraire, de la justice contre toutes les violences. Sa devise, la plus belle qu'un peuple ait jamais choisie, vous la connaissez tous : Liberté, Égalité, Fraternité [10]. » On pourrait multiplier ces appels à l'amour de la patrie [11].

Un patriotisme qui n'allait pas, de la part des juifs français, sans polémique avec les juifs allemands, mobilisés avec leur assentiment sous les drapeaux du Reich. Tandis que ceux-ci dénoncent « le pays de l'affaire Dreyfus » qui a suscité l'indi-

9. Cité par A. Becker, « Du philosémitisme d'Union sacrée à l'antisémitisme ordinaire : l'effet de la Grande Guerre », Colloque « Images et représentations des Juifs… », déjà cité.

10. Cité par P.-E. Landau, *op. cit.*, p. 88.

11. Voir le catalogue de l'exposition *Les Juifs dans la Grande Guerre*, Historial de la Grande Guerre, Péronne, 2002.

gnation du monde civilisé, ceux-là ripostent en fustigeant l'Allemagne antisémite et nient que le judaïsme soit une nation. En réalité, les juifs allemands, en butte aux attaques antisémites, voulaient, tout comme les juifs français, démontrer leur patriotisme pour être mieux admis par l'Allemagne. Mais les juifs français pouvaient se réclamer d'un universalisme républicain étranger au pangermanisme.

Les antisémites les plus endurcis en France n'avaient certes pas éteint d'un coup leurs préjugés. *L'Action française* ne ménage ni les juifs allemands ni les juifs étrangers en France toujours suspects. Elle s'en prend un moment à Émile Durkheim qui, président d'une commission chargée d'examiner la situation militaire des étrangers, est accusé de favoriser les juifs originaires de Russie [12]. Elle doit cependant rendre hommage à ceux qui meurent au combat. C'est le cas du grand rabbin de Lyon, Abraham Bloch, mort sur la crête des Vosges [13], dont le journal de Maurras fait l'éloge. Lequel Maurras accepte d'être membre du comité de secours national aux côtés de Barrès, de l'archevêque de Paris, du pasteur Wagner et du juif Albert Kahn.

Le gouvernement de la République confie à un certain nombre de personnalités juives des missions de confiance, au premier rang desquelles Henri Bergson. Celui-ci, dès le 8 août 1914, avait défendu le droit de la France lors d'une séance à l'Académie des sciences morales et politiques : « La lutte engagée contre l'Allemagne est la lutte même de la civilisation contre la barbarie. Tout le monde le sent, mais notre Académie a peut-être une autorité particulière pour le dire. Vouée, en grande partie, à l'étude des questions psychologiques, morales et sociales, elle accomplit un simple devoir scientifique en signalant dans la brutalité et le cynisme de l'Allemagne, dans son mépris de toute justice et de toute vérité, une

12. P. Birnbaum, *Destins juifs, de la Révolution française à Carpentras*, Calmann-Lévy, 1995.

13. La photo de couverture de l'édition grand format de l'ouvrage a été prise lors de l'inauguration au col d'Anozel (Vosges) de la stèle élevée à la mémoire d'Abraham Bloch.

régression à l'état sauvage. » Sur ce thème, Émile Durkheim, Henri Berr, Joseph Reinach ne sont pas en reste. Bergson et Durkheim se retrouvent dans la Commission d'études et de documents sur la guerre, qui édite des brochures à fort tirage, dont un quart en langue anglaise à destination des États-Unis. Dans ce travail de propagande, Henri Bergson est envoyé aux États-Unis par Aristide Briand, au début de l'année 1917, pour contribuer à l'entrée en guerre des Américains aux côtés des pays de l'Entente.

La participation des juifs à l'effort de guerre n'échappe pas à Maurice Barrès qui publie, en cette même année 1917, un ouvrage en forme d'hymne à l'Union sacrée, *Les Diverses Familles spirituelles de la France*. Le chapitre 5 est consacré aux « Israélites ». Certes, Barrès parle encore d'un « Israël errant », pour parler des juifs étrangers qui se sont engagés dans l'armée française ; ceux-là ne se battent pas pour une terre natale, mais pour la défense d'une patrie choisie – ce qui rend peut-être un peu perplexe le doctrinaire de la Terre et des Morts. Mais, à l'aide de lettres qu'on lui a communiquées, qui sont souvent les dernières que des soldats ont écrites avant de mourir, Barrès trace un vibrant éloge de ces israélites, « fixés parmi nous depuis des générations et des siècles », de même que ceux, d'origine allemande, qui ont choisi la France : « le désir passionné d'Israël de se confondre dans l'âme française ».

Le bilan des pertes humaines – 7 500 juifs morts pour la patrie, soit un peu plus que la moyenne nationale [14] – est éloquent. Les juifs de France avaient démontré leur patriotisme, en payant un peu plus que la moyenne des Français ; ils pouvaient espérer être définitivement « intégrés » à la nation pour laquelle tant d'entre eux, aux côtés des autres, au même titre que les autres, avaient donné leur vie. Dans cet état d'esprit, les anciens combattants juifs refusèrent après la guerre d'avoir une association particulière. La patrie et la religion n'étaient plus ennemies, comme certains croyants avaient pu le craindre lors de l'affaire Dreyfus.

14. En 1938, diverses publications antisémites mettront en question les chiffres de cette participation juive au combat.

De fait, au long des années 1920, l'antisémitisme a paru, sinon disparaître, à tout le moins se localiser dans certains cercles, se réduire à des formes feutrées (un « antisémitisme de bonne compagnie », selon l'expression de W. Rabi). La Ligue des patriotes, que préside Barrès jusqu'à sa mort en 1923, accueille des Français de religion israélite. La Fédération nationale catholique, créée par le général de Castelnau, en 1924, en réponse aux menaces antireligieuses représentées par la victoire du Cartel des gauches, écarte l'antisémitisme de ses discours. La condamnation pontificale des œuvres de Maurras et de l'Action française en 1926 éloigne nombre de catholiques du mouvement maurrassien et porte un coup à son antisémitisme. *La Libre Parole* a cessé de paraître en 1924, après une longue agonie. *La Croix*, qui accompagne le « second Ralliement » (des catholiques à la République), tout en restant très hostile aux lois laïques, perd de sa virulence antijuive ancienne, jusqu'à la perdre tout à fait à partir de 1927, sous la direction du Père Merklen ; elle se montre surtout antisioniste, au nom de la défense de la Terre sainte [15]. Un apaisement certain. Toutefois, pour réduit qu'il fût, l'antisémitisme, toujours renaissant comme le chiendent, ne manqua pas d'utiliser une nouvelle source, la révolution bolchevique.

Du judéo-maçonnisme au judéo-bolchevisme

Au-delà des simples préjugés antijuifs, au-delà même de l'hostilité chrétienne au peuple « déicide », l'antisémitisme a alimenté avant la Grande Guerre un inépuisable mythe politique : le complot judéo-maçonnique. L'idée du « complot » élucidait les raisons des malheurs et du déclin de la nation française. Le plus clair de la conjuration, aux yeux des antisémites, était la collusion entre les juifs et les francs-maçons, au point que pour beaucoup la maçonnerie était une invention

15. P. Pierrard, « *La Croix* et les juifs de 1920 à 1940 », *in* R. Rémond et É. Poulat (dir.), *Cent Ans d'histoire de « La Croix » 1883-1983*, Le Centurion, 1988.

juive. Ce qu'avaient réussi juifs et francs-maçons, aidés par les protestants, c'était la mise en place d'un régime honni, la République parlementaire, dont la faiblesse insigne annonçait la décadence fatale du pays, à moins d'un sursaut régénérateur. Les catholiques, qui se jugeaient victimes de la républicanisation de la société et de l'État, étaient portés à entendre cette explication conspiratrice : la judéo-maçonnerie n'avait pas seulement abattu la monarchie par la Révolution, elle avait entrepris aussi de déchristianiser la France.

L'équation entre franc-maçonnerie et Révolution s'appuie sur quelques travaux imaginatifs et quelques études moins sommaires, parmi lesquelles celles d'Augustin Cochin. Une vulgate s'est peu à peu imposée à l'esprit des catholiques contre-révolutionnaires : celle d'une puissance occulte, celle des juifs décidés à dominer le monde, à combattre le catholicisme, au moyen d'une société secrète, la franc-maçonnerie, dont la première victoire éclatante fut la Révolution française, et ce qui en résulta, l'émancipation des juifs en 1791. L'antimaçonnisme et l'antisémitisme vont de pair ; l'ennemi à double face prend le nom de judéo-maçonnisme.

L'affaire Dreyfus et ses suites politiques sont autant d'épisodes qui amènent conservateurs et traditionalistes à redoubler d'invectives contre l'ennemi souterrain au double visage, juif et maçon. Ce ne sont plus seulement des catholiques qui mènent la bataille sur le terrain religieux ; ce sont désormais des ligueurs, certes favorables à l'Église catholique, mais engagés avant tout sur le terrain politique. *Les Annales de la Patrie française*, revue bimensuelle de la Ligue du même nom, lancées le 1er mai 1900, sous le patronage de François Coppée, Jules Lemaître, Maurice Barrès, et quelques autres moins fameux, ne manquent pas de dénoncer, à leur tour, l'œuvre « malsaine » des juifs et des maçons – une dénonciation que Maurras placera au centre de sa doctrine. En 1910 encore se crée une Ligue française antimaçonnique, dont l'organe, *La Revue antimaçonnique*, aborde dès son premier numéro l'osmose judéo-maçonnique dans un article, « L'antisémitisme et les Juifs ». Le signataire appelle la mesure urgente qui s'impose : les juifs doivent être « dépouillés de la qualité de citoyens qui ne leur appartient à aucun titre ».

La victoire du Cartel des gauches en 1924 réveille le vieux fantasme, dont Mgr Jouin va reprendre la diffusion. Ce curé de l'église Saint-Augustin, à Paris, s'était fait connaître dès 1912, en fondant une *Revue internationale des sociétés secrètes* et une Ligue franc-catholique. Son but était de dévoiler « la collusion des juifs et des maçons qui composent la plus formidable armée lancée jusqu'ici contre le christianisme et les siens », mais son œuvre avait été interrompue par la guerre mondiale et l'Union sacrée. En 1928, le même prélat relance sa ligue : « Le Juif est partout, déclare-t-il, dans toutes les classes et dans toutes les situations sociales ; à ce point que, sans recourir à l'influence prépondérante des loges de B'nai B'rith, spécifiquement juives, il y a une telle connexité entre juifs et maçons, qu'il suffit d'un signe de l'Alliance israélite universelle pour soulever l'univers[16]. »

Instrument du complot juif international, œuvre satanique antichrétienne, la franc-maçonnerie reste donc le point de mire des catholiques traditionalistes, mais elle est relayée dans l'imaginaire antisémite par une menace encore plus évidente depuis la révolution d'Octobre en Russie : le bolchevisme. Paradoxalement, c'est un juif socialiste, Léon Blum, qui a perçu et dénoncé le vrai danger du bolchevisme. C'est au Congrès de Tours, en décembre 1920, qu'il explique vainement à ses camarades du Parti socialiste pourquoi il faut rejeter l'adhésion à l'Internationale communiste. Les 21 conditions de l'adhésion exigées par Lénine inspirent à Blum une intervention prémonitoire sur ce que deviendra le prochain Parti communiste. Largement minoritaire, Léon Blum se fera le gardien de la « Vieille Maison » et deviendra le chef moral d'un socialisme résolument démocratique, opposé à la voie centraliste et autoritaire de Lénine.

Malgré cet épisode, la révolution léniniste et la mise en place de la Troisième Internationale furent dénoncées par les antisémites comme une nouvelle étape de la conquête du monde par les juifs. Un faux retentissant, publié en France en

16. *Revue internationale des sociétés secrètes*, 6 janvier 1929.

1920, leur paraît comme une preuve définitive du complot : *Les Protocoles des Sages de Sion*[17].

Le 8 mai 1920, le *Times* de Londres lance une révélation sensationnelle, à laquelle la respectabilité du quotidien confère *ipso facto* une authenticité, provisoire sans doute, mais définitivement arborée par les antisémites de tous les pays. Il s'agit d'un texte secret, les « Protocoles des Sages de Sion », mais paru au début de l'année sous le titre *Le Péril juif*, par lesquels les chefs occultes de la diaspora expliquent le plan visant à leur domination du monde. Le résumé du document publié par le *Times* est presque aussitôt traduit en français et publié, le 20 mai 1920, dans *La Vieille France*, journal de l'antisémite Urbain Gohier. Léon Daudet reprend à son compte ce résumé dans *L'Action française* du 28 janvier 1921 : « Lisez ce livre, vous qui cherchez à comprendre les événements contemporains autrement que comme une suite d'accidents. »

Le *Times*, qui avait révélé l'existence de ce document incroyable, s'avise qu'il a été abusé, qu'il s'agit d'un faux, ce que, dans une série d'articles des 16, 17 et 18 août 1921, s'emploie à démontrer Philip Graves : les *Protocoles* sont un grossier plagiat d'un pamphlet publié à Londres en 1864 par un adversaire de Napoléon III, Maurice Joly, et intitulé *Dialogue aux enfers entre Machiavel et Montesquieu.* Ce texte avait été détourné, recomposé, adapté par l'Ohkrana, la police politique du tsar Nicolas II, à des fins antilibérales et antimodernistes. Les juifs y étaient dénoncés comme les fourriers du monde industriel et libéral ayant pour vocation de tuer le vieux monde chrétien orthodoxe. Le faux était destiné à faire pression sur le tsar tenté par la politique de modernisation et de libéralisation du pays.

Les dénégations du *Times* n'empêchent nullement la traduction et la diffusion du livre dans de nombreux pays, en Angleterre, aux États-Unis, en Allemagne, en France… Là, après la publication du texte intégral par *La Vieille France*,

17. N. Cohn, *Histoire d'un mythe. La « Conspiration juive » et les Protocoles des Sages de Sion*, Gallimard, 1967. P.-A. Taguieff, *Les Protocoles des Sages de Sion*, Berg International Éditeurs, 1992, 2 vol.

d'autres éditions suivent, notamment la traduction de Mgr Jouin, déjà rencontré, et la version tirée de l'original russe de Roger Lambelin, militant de l'Action française, qui sera la plus répandue. Lambelin, dans *Le Règne d'Israël chez les Anglo-Saxons*, prenait à tâche de démontrer l'authenticité des *Protocoles*, que confirmèrent les écrits d'un certain nombre d'émigrés russes.

Le faux, qui servira à tous les usages contre les juifs jusqu'à nos jours, renforça les antisémites dans leur désir de présenter la révolution bolchevique comme l'œuvre des juifs. Il suffisait de voir les noms des conspirateurs qui entouraient Lénine, de Radek à Bronstein, dit Trotski. Faisant feu de tout bois, les juifs, dans leur conquête du monde, utilisaient aussi bien le capitalisme que son double, le communisme, comme ils avaient investi, voire créé, la franc-maçonnerie. Une conjuration universelle, dont quelques chefs sataniques tiraient les ficelles, était ainsi dévoilée. Il existait donc un gouvernement secret juif mondial qui visait rien de moins, et par tous les moyens, que la domination universelle.

Les antisémites, cependant, eurent à s'émouvoir, au cours de ces années 1920, de nouvelles tendances qui s'affirmaient au sein de l'Église catholique, avant même la condamnation de l'Action française par Pie XI. Refusant la diabolisation des juifs, à laquelle *Les Protocoles des Sages de Sion* avaient fourni une ultime raison, un certain nombre de prêtres, de religieux et d'intellectuels catholiques avaient résolu de tendre la main aux israélites. Certes, il y avait encore dans leur comportement une ambiguïté indéniable puisque la plupart d'entre eux entendaient entraîner la réconciliation avec les juifs par les voies de la conversion et du baptême chrétien ; ainsi les Pères et Sœurs de Notre-Dame-de-Sion, à Paris, qui œuvrent pour la conversion d'Israël. Une revue, le *Retour d'Israël*, devenue, en 1928, le *Bulletin catholique de la question d'Israël*, témoigne que le prosélytisme déployé par l'œuvre de Sion présente au moins un avantage, celui de parler des juifs avec respect. C'est aussi le cas d'un certain nombre de publications comme la *Revue bénédictine* et même les *Études* des jésuites, qui sont prises à partie par la *Revue internationale des sociétés secrètes*[18]. Celle-ci fustige particulièrement « les Amis d'Israël », association fondée à Rome en février 1926 par un religieux hollandais, le P. Anton Van Asseldonck. Son supérieur, le cardinal Willem Van Rossum, déclare au *Jewish World* (29 juillet 1926) : « L'Église condamne l'antisémitisme très sévèrement et avec toute la force de son autorité. La religion catholique a trois grands privilèges communs avec la religion juive : la croyance en un seul Dieu, en l'immortalité de l'âme et en la purification par le châtiment des péchés. » Dans le bulletin des Amis d'Israël, *Pax super Israel*, un certain nombre de recommandations étaient répétées, comme d'éviter l'horrible formule de « peuple déicide ». Le Saint-Office mit fin en 1927 à cette association, mais sa fondation même, l'adhésion qu'y firent un certain nombre de prêtres et de prélats français, laissaient entrevoir de nouvelles attitudes catholiques à l'égard des juifs.

La tendance était vérifiée dans les milieux intellectuels. Les années 1920, les « années folles », sont celles de l'ouverture cosmopolite, le triomphe de l'École de Paris qui attire des artistes, y compris juifs, du monde entier (Soutine, Marcoussis, Modigliani, Chagall, Zadkine) ; ces années où le ton est donné par le roman de Victor Margueritte, *La Garçonne* (1922), où l'œuvre d'un écrivain, juif par sa mère, Marcel Proust, s'impose au sommet de la littérature française, ces années-là ne sont guère propices au retour en force de l'antisémitisme.

Un procès retentissant attire, en 1927, l'attention de l'opinion sur l'horreur des pogroms en Ukraine. L'accusé était un horloger, ancien combattant, Samuel Schwarzbard. Il avait tué, au Quartier latin, d'un coup de revolver, un ancien membre du gouvernement provisoire d'Ukraine, Simon Petloura, réfugié à Paris après avoir été chassé par les Soviétiques. En mission militaire comme interprète à Odessa pendant la guerre, Schwarzbard avait été témoin des pogroms qui

18. Voir P. Pierrard, « L'entre-deux-guerres : les *Protocoles des Sages de Sion* et la dénonciation du "péril judéo-maçonnique" », *in* P.-A. Taguieff, *op. cit.*, p. 217-257.

avaient causé la mort de dizaines de milliers de juifs. Apprenant la présence à Paris de Petloura, l'un des principaux instigateurs de ces pogroms, il avait décidé de le tuer. Le procès, qui se tient en octobre 1927, est l'occasion d'une intense mobilisation. Un journaliste de 32 ans, Bernard Lecache, fonde la Ligue internationale contre les pogroms, à laquelle adhèrent Albert Einstein, Maxime Gorki, Paul Langevin, Henry Torrès, l'avocat de Schwarzbard. Parmi les témoins du procès, Joseph Kessel déclare à la barre : « L'acte de Schwarzbard, je ne l'aurais sans doute pas commis, mais simplement parce que je suis moins courageux. Quand ce ne serait que pour avoir attiré l'attention du monde civilisé sur l'atrocité des pogroms, Schwarzbard devait faire ce qu'il a fait. » Finalement, le 26 octobre 1927, Samuel Schwarzbard est acquitté. Peu après, en 1928, Lecache transforme sa Ligue contre les pogroms en Ligue internationale contre l'antisémitisme (LICA).

La Semaine des écrivains catholiques, tenue à Paris en décembre 1927, avait abordé la « question juive » avec sympathie et évoqué la possibilité d'un rapprochement entre écrivains catholiques et écrivains juifs par une recherche commune sur les textes sacrés. *La Croix*, sous la direction du nouveau rédacteur en chef, le P. Merklen, prenait acte de la condamnation récente de l'Action française et affirmait que « la contre-révolution intégrale et l'anti-judéo-maçonnisme catholique étaient morts ». C'est devant cette poussée de « philosémitisme catholique » que la *Revue internationale des sociétés secrètes* et la Ligue franc-catholique prirent l'initiative d'une contre-offensive, concrétisée par le Congrès de Saint-Augustin de novembre 1928.

Dans la France des années 1920, les « fascistes » eux-mêmes ne sont pas antisémites, ainsi que l'atteste l'exemple du Faisceau, que Georges Valois, son fondateur, présente comme un fascisme français. Le mouvement dure peu, de 1925 à 1928. Barrésien, hostile à la République parlementaire mais se réclamant de 1789, ennemi du bolchevisme mais, contrairement au fascisme italien, favorable à l'action libre du syndicalisme, le Faisceau est en quête d'une formule et d'un pouvoir qui concilient l'Union sacrée et l'autorité de l'État contre les féodalités financières. Or ce fascisme, loin de s'inscrire dans la lignée du nationalisme antidreyfusard, repousse explicitement l'antisémitisme [19]. Faisant des anciens combattants les artisans d'une France nouvelle, Valois s'adresse aux Français de toutes confessions et de toutes appartenances : « Chrétiens et juifs ayant le sens profond de leur religion devraient travailler avec nous à la révolution économique. » Dans son livre-programme, *Le Fascisme*, en 1927, il écrit : « Nous proposons une politique religieuse qui, s'inspirant d'une des plus belles et des plus fécondes conceptions de Maurice Barrès, reconnaisse les différentes familles spirituelles de la France et demande à chacune de verser, au trésor spirituel de la nation, le bénéfice de sa foi, de sa pensée, de son action. » Nous sommes loin de l'Action française, où Georges Valois a fait ses classes.

La guerre et la fraternité des tranchées ont sensiblement modifié l'attitude des Français en général à l'endroit de leurs compatriotes juifs en particulier. L'antisémitisme n'est pas mort pour autant, des officines et des revues spécialisées continuent leur œuvre ; des exaltés, leurs discours judéophobes ; et l'Action française n'a certes pas renoncé à faire des « Quatre États confédérés » une des composantes majeures de sa doctrine. Cependant, la vie relationnelle entre juifs et non-juifs a tendance à se normaliser, à se banaliser. Des juifs français connaissent leur heure de gloire, tel Henri Bergson, prix Nobel en 1927. Dans la vie politique, on a vu un Georges Mandel et un Georges Wormser aux côtés du « Père la Victoire », Georges Clemenceau ; Léon Blum est devenu la personnalité la plus en vue du Parti socialiste ; en 1925, le ministre de l'Intérieur s'appelle Abraham Schrameck. Une nouvelle tonalité est perceptible dans le discours des catholiques, notamment après la condamnation de l'Action française par le pape. Et surtout, peut-être, de nouvelles organisations qualifiées d'extrême droite, à commencer par le Faisceau

---

19. Voir R. Millman, *La Question juive entre les deux guerres. Ligues de droite et antisémitisme en France*, A. Colin, 1992.

(mais c'est aussi le cas des Croix-de-Feu créées en 1927 sur lesquelles nous reviendrons), excluent de leurs analyses et de leurs slogans l'antisémitisme traditionnel des nationalistes. Une nouvelle intégration des juifs à la communauté historique française est en marche.

9

Le ciel obscurci des années trente

Les années trente contrastent fortement avec la décennie précédente par le réveil d'un antisémitisme tiré de son demi-sommeil sous les coups de la crise économique internationale. On peut attribuer cinq causes à ce retour de fièvre : la crise elle-même et son explication par la finance juive ; l'affectation du marché du travail qui incite à la xénophobie ; la prise du pouvoir par Hitler qui fait de l'antisémitisme un programme politique et entraîne l'immigration des réfugiés politiques et « raciaux » ; la victoire du Front populaire et l'arrivée au pouvoir de Léon Blum ; enfin les menaces d'une guerre censée être voulue par les juifs.

La résurgence

La crise économique, dont les signes avant-coureurs n'ont pas été perçus, frappe la France surtout à partir de 1931, lorsque le gouvernement britannique décide la dévaluation de la livre sterling. Le nombre des chômeurs secourus n'est en France que de 50 000 lors du recensement de 1931. Un chiffre qui ne prend pas en compte le chômage réel, mais la croissance de celui-ci est observable dans les années qui suivent, atteignant, selon les estimations, entre 800 000 et 1 million. L'habituelle causalité diabolique fait sa réapparition, que résumera le chef du Front Franc Jean Boissel, en 1938, dans *La Crise œuvre juive*. Le but de l'entreprise juive, explique-t-il, reste la domination du monde ; le moyen est de ruiner les non-juifs en parasitant les circuits commerciaux, en faussant les prix entre producteurs et consommateurs, en volant les emplois, en méprisant les règles de la concurrence, etc. Si cet ouvrage présente les éléments les plus délirants de la tradition antijuive, il touche cependant une plaie sensible, celle de la concurrence étrangère, et particulièrement de la concurrence des juifs immigrés dans le secteur artisanal et commercial. L'antisémitisme se nourrit alors d'une xénophobie à caractère économique, qui se répand dans les classes moyennes, artisans, commerçants et professions libérales.

Dès le début des années trente, les travailleurs étrangers sont condamnés à faire les frais de la crise. Entre les recensements de 1931 et 1936, la population active étrangère diminue de 12,3 % ; au total, cette population étrangère tombe à 2,2 millions, soit 515 000 étrangers de moins entre les deux recensements. En mars 1932, Maurice Thorez et d'autres dirigeants communistes s'estiment tenus de flétrir « le courant xénophobe qui existe dans nos rangs » (*L'Humanité*, 13, 26 et 27 mars). L'extrême gauche était elle-même contaminée, en effet, par les mots d'ordre nationalistes. Le PCF résiste à la xénophobie ambiante et défend la liberté d'immigrer sans limitation, avant de se rallier, en mars 1936, aux principes du contrôle administratif et à la création d'un organisme centralisé chargé de régler les problèmes migratoires [1].

L'État avait répondu à une demande nationale et, par la loi du 10 août 1932, limité l'emploi salarié des étrangers dont la main-d'œuvre est désormais contingentée. À titre d'indication, les effectifs étrangers des Houillères du Nord-Pas de Calais, près de 60 000 en 1933, passent ainsi à moins de 45 000 en 1936. Les décrets d'application de la loi se multiplient en 1935, sous le gouvernement Flandin. L'un des effets de cette loi, outre le départ de nombreux étrangers, fut le transfert d'une partie de cette main-d'œuvre vers le travail indépendant. Cette nouvelle concurrence stimule les antisémites professionnels : pour *La Libre Parole*, les difficultés des

1. R. Schor, *L'Opinion française et les Étrangers en France 1919-1939*, Publications de la Sorbonne, 1985.

artisans français sont dues aux « youpins [qui] ont installé des ateliers où ils embauchent les leurs à des salaires misérables et dans des conditions d'hygiène épouvantables ».

Cependant, la dénonciation des juifs étrangers est aussi le fait de certaines organisations professionnelles, même si elle est exprimée en termes feutrés. À la Chambre de commerce de Paris, un rapport sur « la situation des étrangers en France » est lu par un patron coiffeur, Marcel Bagnaud, qui provoque un débat assez vif. Le rapporteur n'hésite pas à évoquer, à côté des étrangers désirables qui « nous apportent leur argent », les autres, issus du « ghetto », « ceux qui se montrent indignes de vivre sous le ciel français ». Pour ceux-là, une solution claire : « À la porte, par le premier train, et sans billet de retour ! » Il provoque des protestations (« xénophobie excessive, agressive »), mais, finalement, le rapport Bagnaud est adopté par la Chambre de commerce [2].

L'affaire Stavisky (escroc juif d'origine russe), qui éclate au début de 1934 et sert de détonateur à la journée du 6 février, déclenche une poussée d'antisémitisme : tous les hommes d'affaires, commerçants et artisans étrangers, et juifs au premier rang, deviennent des Stavisky en puissance. Claire Zalc, dans sa thèse, relève les nombreux rapports qui se multiplient en 1934 et 1935, dans les Chambres de commerce et Chambres des métiers, sur la menace étrangère, implicitement juive. Une fois encore, le gouvernement français répond à ces sollicitations : le décret-loi du 8 août 1935 institue une carte d'artisan étranger, et le décret-loi du 30 septembre 1935 impose à tout étranger commerçant ambulant l'obligation d'une résidence préalable de cinq ans sur le territoire français pour obtenir le droit d'exercer une profession industrielle, artisanale ou commerciale. Ces mesures restrictives seront complétées en 1938 par les décrets-lois des 17 juin et 12 novembre, visant à « assurer la protection du commerce français », en imposant notamment une carte d'identité de commerçant pour les étrangers.

2. C. Zalc, *Immigrants et Indépendants. Parcours et contraintes. Les petits entrepreneurs étrangers dans le département de la Seine (1919-1939)*, thèse de doctorat d'histoire, Paris X-Nanterre, 2002, t. 2, p. 579.

Entre-temps, l'arrivée au pouvoir de Hitler accentue encore la crispation xénophobe à l'endroit des nouveaux immigrés, les réfugiés fuyant le régime nazi, tout en stimulant l'ardeur des antisémites. Que la majorité des exilés fussent juifs n'avait pas échappé évidemment à *L'Action française* et autres feuilles d'extrême droite. Entre 1930 et 1939, la population juive en France passe d'environ 200 000 à 300 000. Une corporation se sent particulièrement visée, celle des médecins. Son organe, *Le Médecin de France*, dénonce « le scandale des naturalisations excessives » (6 mai 1938). Entre-temps, une loi de 1935 avait fait obligation à ces réfugiés d'être naturalisés et d'avoir accompli leur service militaire pour avoir le droit d'exercer comme médecins ou chirurgiens-dentistes.

Le Droit de vivre, organe de la Ligue contre l'antisémitisme fondée par Bernard Lecache, fait cette amère constatation, en date du 24 mars 1934 : « L'antisémitisme n'est plus seulement allemand, roumain, européen. Il est français. Il circule dans les veines du pays. Il empoisonne déjà les villes. Il ne se discute plus dans les clubs, mais dans la rue. » À l'extrême droite, qui a le vent en poupe, les organisations, plus ou moins groupusculaires, se multiplient, lancent leurs mots d'ordre, mènent campagne : le Parti unitaire français d'action socialiste et nationale, le Rassemblement antijuif de France, le Front de la Jeunesse, le Parti français national-communiste, le Grand Occident, le Front Franc, l'Union antimaçonnique de France, le Combat français, le Parti national prolétarien, l'Ordre national, le Parti socialiste national de France [3].

La victoire du national-socialisme en Allemagne en 1933 stimule. De nouveaux prophètes de l'antisémitisme ont repris en main le fouet de Drumont. Ainsi Urbain Gohier, ancien antimilitariste et ancien dreyfusard, puis passé par *La Libre Parole*, avait fondé en 1917 avec Jean Drault *La Vieille France*, qui fut, on l'a vu, parmi les journaux à diffuser les *Protocoles des Sages de Sion*. Il professe désormais son antisémitisme dans *La Nouvelle Aurore*. Le relais est pris, après

3. R. Schor, *op. cit.*, et Archives de la préfecture de police 442/37 022 B.

l'effacement de Gohier en 1934, par Louis Darquier de Pellepoix, d'abord dans la mouvance de l'Action française, élu conseiller municipal de Paris en 1935 (quartier des Ternes), et qui se fait connaître à l'Hôtel de Ville par ses provocations antisémites. Le 4 juin 1936, à l'ouverture de la première session du Conseil général de la Seine (dont font partie les conseillers parisiens), inspiré par la législation hitlérienne, il propose d'annuler les naturalisations effectuées depuis le 11 novembre 1918 et de promulguer un statut particulier réglementant pour les juifs le droit de vote, l'éligibilité et l'accession aux fonctions publiques. Fondateur du Club national, il se dote en juin 1937 d'un journal dont le titre, sans ambiguïté, est repris du journal de Guérin, *L'Antijuif*, devenu l'année suivante *La France enchaînée*. Toujours en 1937, il met en place un Rassemblement antijuif de France, qu'il présente dans le numéro 1 de *L'Antijuif* : « L'élément de désintégration, l'élément de division, le microbe, c'est le JUIF. Le RASSEMBLEMENT ANTIJUIF pose devant tous les Français de race, sans distinction de rang, de fortune ou d'opinions politiques, la question juive. Il affirme que la solution du problème juif est la condition préalable de toute rénovation française [4]. » L'inspirateur de Darquier était un autre obsessionnel de l'antisémitisme, Henry Coston, fondateur d'un Office de propagande national aux activités antisémites, et qui avait repris en 1930 *La Libre Parole* de Drumont qu'il dirigera jusqu'en 1939, avec notamment la collaboration de Jean Drault, ancien activiste de l'antidreyfusisme. Titre fameux, mais périodicité irrégulière, mensuelle puis hebdomadaire. Franchement favorable à Hitler, *La Libre Parole* peut déclarer en février 1934 que le nazisme « est l'une des idées les plus florissantes qui soient de nos jours ». Drault, collaborateur aussi du *Grand Occident* de Lucien Pemjean, se fend en juin 1935 d'un « Plaidoyer pour Hitler ». Ce qui est bien dans les idées de Jean Boissel et de son *Réveil du peuple*, créé en 1936, auquel Drault collabore également.

4. Cité par L. Joly, *Darquier de Pellepoix et l'Antisémitisme français*, Berg International Éditeurs, 2002, p. 109.

Les liens entre ces antisémites et l'Allemagne hitlérienne sont notables. Ainsi Drault correspond avec le Service mondial (*Welt-Dienst*) d'Erfurt, agence de presse antisémite subventionnée par les nazis, organisatrice de rencontres internationales. En France même, la *Welt-Dienst* dispose d'un bulletin, *Service mondial*, depuis 1933, et soutient financièrement les organisations et les publications françaises citées plus haut. L'ultra-antisémitisme français se confond avec la propagande nazie, dans laquelle l'Allemand Otto Abetz, marié à une Française, joue le rôle du charmeur, auquel journalistes et écrivains sont sensibles [5].

Car des écrivains n'ont pas craint de faire chorus. Alphonse de Châteaubriant, prix Goncourt, étale dans sa *Gerbe des forces*, en 1937, son admiration quasi mystique pour Hitler. Le plus tonitruant est évidemment Céline, de son vrai nom Louis-Ferdinand Destouches, médecin de son état. Ses *Bagatelles pour un massacre*, parues en 1937, s'imposent comme le symbole de l'antisémitisme littéraire des années trente. Une publication d'autant plus inattendue que Céline avait été loué par la critique de gauche lors de la sortie, en 1932, de son *Voyage au bout de la nuit*, à la fois antimilitariste, anticapitaliste, anticolonialiste... Un grand écrivain était né, un créateur de langage, un romancier d'une puissance qui tranchait avec les petites sonates des auteurs bourgeois. On ne savait pas que l'auteur avait écrit en 1926 une pièce de théâtre (elle ne sera publiée qu'en 1933), *L'Église*, dont un des actes était une charge contre la SDN, dépeinte comme une association juive à prétention universelle.

Bagatelles ne compte pas par la nouveauté. Céline lui-même écrira, dans *L'École des cadavres*, en 1938 : « Je n'ai rien découvert. Aucune prétention. Simple vulgarisation, virulente, stylisée. » De fait, une universitaire américaine, Alice Yaeger Kaplan a su décrypter les sources de Céline et montrer à quel point celui-ci ne faisait que traduire, sur le mode hyperbolique, aussi bien la tradition de l'antijudaïsme français et les feuilles antisémites de Coston, Darquier et

5. Voir P. Ory, *Les Collaborateurs (1940-1945)*, Seuil, 1976.

autres, que la propagande nazie[6] – celle du *Service mondial/Welt-Dienst*.

Un ingrédient majeur entrait dans l'antisémitisme célinien : la défense de la race. Le médecin Louis-Ferdinand Destouches est un hygiéniste. Il ne fume pas, il ne boit pas. Exerçant en banlieue, il a tout loisir d'observer la misère ouvrière, en particulier les ravages de l'alcoolisme. Dans l'interprétation délirante de l'antisémitisme, le raisonnement par analogie fait du juif le microbe qui s'est attaqué au corps sain et qui le mine peu à peu. Le « Roi Bistrot » n'est qu'un vassal de la puissance juive. Des preuves ? C'est le gouvernement Blum qui a fait voter la semaine des 40 heures. Et que fait l'ouvrier de ses nouveaux loisirs ? Il s'alcoolise un peu plus dans l'un des 350 000 débits « qui livrent le peuple aux juifs »[7].

Parmi ceux qui avaient accueilli *Bagatelles pour un massacre* avec enthousiasme, la petite équipe de l'hebdomadaire *Je suis partout* n'était pas la dernière. Cet hebdomadaire avait pris un tournant résolument fasciste en 1936. Son directeur en était Pierre Gaxotte, mais il était modéré comparé à ses cadets Robert Brasillach, Lucien Rebatet ou Pierre-Antoine Cousteau. « J'aime autant vous le dire, écrit Rebatet, sans autre préambule, nous sommes un certain nombre dans ce journal qui, depuis une quinzaine de jours, avons fait notre Baruch du nouveau Céline, *Bagatelles pour un massacre*. Dire que nous l'avons lu ne signifie rien. Nous le récitons, nous le clamons. Si nous n'en avons pas fait vendre cinq cents exemplaires déjà, c'est que nous n'existons pas, que personne ne nous écoute, que nos meilleurs amis se fichent de nous, et que, de qui que ce soit, il n'y a plus rien à attendre[8]. »

Le chef de file de *Je suis partout*, Robert Brasillach, ancien élève de l'École normale supérieure, avait fait ses classes de

---

6. A. Y. Kaplan, *Relevé des sources et citations dans « Bagatelles pour un massacre »*, Tusson (Charente), Du Lérot éd., 1987.

7. Pour plus de détails, M. Winock, « Le scandale Céline », dans *Nationalisme, Antisémitisme…*, *op. cit.*

8. Cité par P.-M. Dioudonnat, *Je suis partout 1930-1944*, La Table ronde, 1973, p. 224-225.

journaliste à *L'Action française*, où Maurras lui avait confié le feuilleton littéraire en 1932. Il s'était lancé dans le roman : *L'Enfant de la nuit*, *Le Marchand d'oiseaux*, *Comme le temps passe*, ouvrages sans véritable force, mais pénétrés de poésie. La journée du 6 février l'avait jeté dans la politique. Jugeant Maurras trop prudent, trop germanophobe, il défendait désormais dans l'hebdomadaire *Je suis partout* des idées nettement fascistes, non sans admiration pour Hitler et son œuvre. Dans *Les Sept Couleurs*, parues en 1937, il opposait à son pays – où « les socialistes étaient maîtres de la nation » et « les Juifs partout » – l'Italie de Mussolini et les grandes parades de Nuremberg : « Le culte de la patrie se traduisait en cérémonies d'une beauté souveraine, en offices diurnes et nocturnes, en nuits de Walpurgis éclairées par les projecteurs et par les torches, en musiques énormes, en chansons de guerre et de paix chantées par des millions d'hommes. »

Rêvant de « nation pure », de « race pure », Brasillach et ses amis consacrent un numéro spécial de *Je suis partout* aux juifs, le 15 avril 1938, sous la direction de Lucien Rebatet. Brasillach en assure l'éditorial : « Le meilleur moyen d'empêcher les réactions toujours imprévisibles de l'antisémitisme d'instinct est d'organiser un antisémitisme de raison. [...] Les Juifs ne sont pas les adeptes d'une religion mais d'un peuple. [...] Il est certain, en tout cas, qu'il est impossible, comme le croient trop de libéraux, d'être à la fois ressortissant de deux nations, la juive et la française. [...] Il faut choisir. [...] Un grand pas aura été franchi dans la voie de la justice et du salut national quand on aura considéré le peuple juif comme une minorité ethnique, quand il sera considéré comme un peuple ÉTRANGER. [...] Dans une société bien faite, il ne devrait pas être plus fâcheux d'être un Juif à statut en France que d'y être un Polonais, un Turc, un Anglais, un Allemand ou un Brésilien. C'est l'assimilation inconsidérée qui fait l'antisémitisme. »

Cependant, un antisémitisme à la fois plus large et plus traditionnel est stimulé à partir de 1934-1935 par la formation du Rassemblement populaire, et par la victoire de la gauche unie au printemps 1936, d'autant que le président du Conseil désigné se trouve être un juif, Léon Blum, chef du groupe parlementaire socialiste et chef moral du Parti socialiste SFIO. Au cours de la formation du Front populaire, celui-ci reçoit de nombreuses lettres, souvent anonymes, où les antisémites se déchaînent contre le « sale juif » ; il est l'objet de caricatures infamantes : chameau, belette, jument, chien, serpent, rat… Blum n'est pas un être humain, seulement, comme l'écrit Maurras, « un détritus humain, à traiter comme tel… ». Des mots, on passe aux actes, le 13 février 1936, lorsque Blum, rentrant de la Chambre dans la voiture de Georges Monnet, rencontre le cortège funéraire de l'historien d'Action française, Jacques Bainville. Reconnu, Léon Blum doit subir les cris de mort ; battu, il est blessé d'un coup de barre de fer. Ses amis, aidés par des ouvriers du bâtiment travaillant dans un immeuble voisin, l'arrachent des mains de ses agresseurs. La réplique ne tarde pas : la Ligue d'Action française est dissoute sur décret d'Albert Sarraut et, le 16 février, une immense manifestation se déroule du Panthéon à la Bastille. Blum, à l'hôpital, ne pourra pas participer à la campagne électorale, mais la gauche unie l'emporte.

Plusieurs éléments dans cette victoire étaient insoutenables aux yeux des gens de droite, et pas seulement d'extrême droite. C'était d'abord la participation, pour la première fois, des communistes à un programme d'union et à une majorité gouvernementale, au sein de laquelle les députés communistes faisaient une percée inquiétante, soixante-dix membres, alors que l'ensemble des candidats du PCF avaient obtenu plus de 15 % des suffrages. Le spectre de la révolution agitait de nouveau ses chaînes. Là-dessus, à peine la victoire électorale de la gauche consommée, le pays était en proie au plus formidable mouvement de grèves jamais vu, sans mot d'ordre syndical, largement spontané, contagieux, avec – autre nouveauté effrayante – occupation d'usines, de magasins, d'ateliers. Entre-temps, Léon Blum avait été désigné comme président du Conseil. Une fois investi par la Chambre, il se résolut à négocier avec les représentants des syndicats et du patronat. Le 7 juin 1936, les trois parties signaient l'Accord Matignon qui précédait de peu les grandes lois sociales de juin-juillet.

Ces événements n'inquiétèrent pas seulement les possédants ; leurs conséquences furent aussi redoutées par les membres des classes moyennes, dont beaucoup avaient donné leurs voix, selon leur habitude, au Parti radical, membre à part entière du Front populaire. Les augmentations de salaires, sensibles, furent largement compensées par l'inflation ; le plus dur pour les petits patrons, les petits commerçants, ceux qui avaient quelques salariés, fut la loi des quarante heures, dont les décrets d'application, rigides, entraînèrent la révolte des petits entrepreneurs, avant de causer la chute du gouvernement Blum en 1937. Dans une société encore largement composée de propriétaires, paysans, artisans, commerçants, indépendants de diverses sortes, la législation sociale de 1936 parut trop avantageuse aux ouvriers, au détriment des entreprises, et surtout des plus petites. De nouveau, ces couches sociales, déjà inquiétées, à tort ou à raison, par la concurrence des étrangers, devenaient la base sociale de la contestation, et les plus simplistes de leurs membres devenaient perméables aux discours antisémites des feuilles d'extrême droite. Léon Blum était devenu pour celle-ci l'incarnation de la malfaisance juive, tantôt capitaliste, cette fois révolutionnaire.

Le vieil antisémitisme eut son porte-parole, le 6 juin 1936, à la Chambre des députés, lors de l'investiture de Léon Blum. La voix du député de droite Xavier Vallat s'élève : « Pour la première fois, ce vieux pays gallo-romain sera gouverné… » Le président de la Chambre, Édouard Herriot, interrompt l'orateur : « Prenez garde, monsieur Vallat… » Mais Vallat finit sa phrase : « … par un juif. » La gauche s'indigne. Herriot le tance : « Monsieur Vallat, je suis convaincu que, peut-être même chez vos amis, vous ne trouveriez pas une approbation complète de vos paroles qui, permettez-moi de vous le dire, contrastent un peu étrangement avec les déclarations d'un ton si élevé et si noble que nous avons entendues tout à l'heure tomber de la bouche de M. Le Cour Grandmaison. » Mais ce député de droite proteste : « Je n'accepte pas cette opposition, Monsieur le Président. » Et ses amis de droite applaudissent. La suite des échanges est entachée d'incidents et d'exclamations diverses qui montrent qu'une grande partie de la droite, nullement indignée par les propos antisémites de Vallat, manifeste sa solidarité avec lui. Il explique qu'il dit tout haut ce que tout le monde pense tout bas, avant de poursuivre par cette affirmation que « pour gouverner cette nation paysanne qu'est la France, il vaut mieux quelqu'un dont les origines, si modestes soient-elles, se perdent dans les entrailles de notre sol, qu'un talmudiste subtil ». *L'Action française*, enthousiaste, titrera le lendemain : « La question juive à la Chambre. » Plus modérée dans l'expression que les articles des journaux antisémites, jouant sur l'effet de quelques formules bien trempées, l'interpellation de Xavier Vallat produit un effet considérable dans l'opinion de droite. Le député recevra 236 lettres et messages d'approbation, dont l'origine dessine assez bien la carte de l'antisémitisme français : 70 environ de Paris et de sa banlieue, à peu près le même nombre d'Algérie, une quinzaine d'Alsace. La solennité du lieu – la Chambre des députés – et du moment – l'investiture du nouveau président du Conseil – explique l'émotion de ceux qui réprouvent et la joie de ceux qui acquiescent[9]. Peu de temps après son éclat à la Chambre, Xavier Vallat est élu au Conseil de l'ordre des avocats – preuve d'une sensibilité antisémite assez répandue dans cette corporation comme dans le corps médical.

Le déchaînement contre le chef socialiste déborde désormais les maigres officines d'extrême droite, les groupuscules fanatiques, les vibrions des mouvements fascistes ou fascisants ; c'est dans la grande presse de droite qu'on l'observe, dans *Gringoire* et dans *Candide*, et, bien sûr, dans *L'Action française*. Dans un ouvrage de Maurice Bedel, *Bengali*, publié en 1937, on peut lire un concentré de la haine anti-Blum : « Arrivé au pouvoir du gentil pays de France par les ruelles de Jérusalem, les traverses de Bulgarie, l'étape d'Alsace et le détour de Narbonne [...] M. le Président du Conseil, venu d'une race errante, campé en Île-de-France par un hasard qui l'eût bien mené à New York, au Caire ou à Vilna, installé dans le provisoire d'une étape au pays d'Occident, M. le Président

9. L. Joly, *Xavier Vallat. Du nationalisme chrétien à l'antisémitisme d'État 1891-1972*, Grasset, 2001, p. 168 *sq.*

du Conseil se sentait incommodé d'être le chef d'un peuple étranger à sa chair. » Pierre Gaxotte, dans *Candide*, parlera de « l'homme maudit » : « D'abord, il est laid : la tête triste d'une jument palestinienne… Et puis il geint […]. Partout où il passe, il sème la haine et le malheur. […] Lui, il incarne tout ce qui révolte notre sang et notre chair. Il est le mal, il est la mort !… » Le florilège pourrait s'étoffer à volonté : peu d'hommes politiques en France ont eu à subir autant d'injures, à souffrir autant de haine.

L'antisémitisme gagne alors des écrivains fort peu politisés, brusquement décidés à exprimer leurs sentiments antijuifs. Ainsi Marcel Jouhandeau. Écrivain subtil et précieux, connu surtout pour ses *Chroniques maritales*, où il narre ses relations conflictuelles avec son épouse, catholique et homosexuel, démesurément narcissique, apparemment étranger à toute question politique, il n'en publie pas moins en 1936 et 1937 trois articles dans *L'Action française*, bientôt réunis sous le titre *Le Péril juif*. Quelques aversions personnelles paraissent le motiver : Maurice Sachs, Julien Benda. Mais la victoire du Front populaire semble avoir été le déclic : « Pour ma part, je me suis toujours senti instinctivement plus près par exemple de nos ex-ennemis allemands que de toute cette racaille juive prétendue française et bien que je n'éprouve aucune sympathie personnelle pour M. Hitler, M. Blum m'inspire une bien autrement profonde répugnance. »

Dans son article paru en février 1937, intitulé « Le péril juif », il s'en prend au ministre de l'Instruction publique Jean Zay, à la Sorbonne et à l'Éducation nationale : « Qui n'admettra encore avec moi tout l'odieux pour des élèves français de se voir enseigner le français ou l'histoire de leur pays par des métèques ? » Pour lui, les ligues antifascistes et les partis de gauche ont été soudoyés et organisés « par des financiers et des leaders israélites ». Enfin, dans son troisième article, « Procédé juif », dans lequel il s'en prend encore à Jean Zay (lequel, soit dit en passant, est de famille protestante), il rend les juifs responsables du déclin et de la perte des valeurs françaises traditionnelles, jusques et y compris la politesse.

D'où est venue à Jouhandeau cette fureur ? Son catholicisme ? Ses origines sociales (petite bourgeoisie de Guéret) ? Sa situation matrimoniale (il dira plus tard qu'Élise était « foncièrement antisémite ») ? La séduction de l'Allemagne ? Retenons en tout cas l'effet de contamination : l'antisémitisme n'épargne aucune catégorie d'individus.

Le rejet du Front populaire, la peur sociale, l'anticommunisme, ne furent pas seuls en action dans cette détestation. En tant que juif, Léon Blum fut accusé comme les autres juifs de vouloir la guerre contre Hitler. Le nationalisme français est, en effet, devenu étrangement pacifiste vers 1935, quand Hitler, au mépris des traités, réarmait l'Allemagne, avant de se lancer dans une série de provocations et de conquêtes, face auxquelles, pendant plusieurs années, la Grande-Bretagne et la France, censées être les gardiennes de la paix internationale depuis leur victoire de 1918, restèrent passives. L'opinion des deux pays, encore meurtrie par les horreurs de la Grande Guerre, était devenue profondément pacifiste. En France, les socialistes l'étaient plus que d'autres à gauche, et Léon Blum lui-même. Mais ils étaient renforcés par les néo-pacifistes de droite, soucieux de paix pour d'autres raisons. Quand Hitler décida la remilitarisation de la Rhénanie en mars 1936, nombre de journalistes et de publicistes de droite et d'extrême droite refusèrent toute politique de fermeté. La raison principale en était qu'une alliance franco-soviétique face à l'Allemagne favoriserait à coup sûr la révolution communiste en France. Mais si les communistes, dans cette perspective, voulaient la guerre, ils n'étaient pas les seuls. C'est ce qu'explique, par exemple, un jeune écrivain, Maurice Blanchot, dans la revue *Combat*, dirigée par Jean de Fabrègues et Thierry Maulnier, d'avril 1936 :

« Il y a dans le monde, en dehors de l'Allemagne, un clan qui veut la guerre et qui propage insidieusement, sous couleurs de prestige et de morale internationale, les cas de guerre. C'est le clan des anciens pacifistes, des révolutionnaires et des émigrés qui sont prêts à tout pour abattre Hitler et pour mettre fin aux dictatures.

« [...] Il [le président du Conseil Sarraut] a commencé par entendre l'appel des révolutionnaires et des juifs déchaînés dont la fureur théologique exigeait contre Hitler toutes les sanctions tout de suite. On n'a rien vu d'aussi redoutable et d'aussi insensé que ce délire d'énergie verbale. On n'a rien vu d'aussi perfide que cette propagande d'honneur national faite par des étrangers suspects dans les bureaux du Quai d'Orsay pour précipiter les jeunes Français, au nom de Moscou ou au nom d'Israël, dans un conflit immédiat. »

Après la conférence de Munich de 1938, au cours de laquelle les représentants de la France et de la Grande-Bretagne cèdent une nouvelle fois – cette fois au sujet des Sudètes de Tchécoslovaquie – à Hitler, Thierry Maulnier explicite sans détour les motivations des conservateurs français : « Une défaite de l'Allemagne signifierait l'écroulement des systèmes autoritaires qui constituent le principal rempart à la révolution communiste ; et peut-être à la bolchevisation immédiate de l'Europe » (*Combat*, novembre 1938). L'explication n'était pas nouvelle. Déjà en 1936, Taittinger pouvait écrire : « L'Allemagne vaincue, c'est notre pays gangrené à bref délai par le bolchevisme. L'Allemagne victorieuse, c'est notre pays rayé définitivement de la carte du monde. » Conclusion : la guerre à aucun prix, *ergo* refus de toute politique de fermeté face à l'Allemagne. À la même époque, Maurras : « Il n'y a qu'un conseil à donner au gouvernement de la République. D'abord pas de guerre ! » Quand, au moment de l'Anschluss, en mars 1938, Léon Blum, pressenti pour former un nouveau cabinet, propose aux députés un gouvernement d'union nationale, la majorité des députés de droite refusent – malgré un nationaliste comme Henri de Kérillis qui lui serre la main en disant : « Monsieur Blum, vous êtes un grand Français. » Léon Daudet, lui, fait ce commentaire dans *L'Action française* : « Il faut un homme, pas un Juif. » Blum n'était plus le pacifiste du début des années 1930, il avait pris conscience du danger hitlérien, et, malgré la tendance pacifiste de son parti, représentée par Paul Faure, il avait engagé son gouvernement à l'automne 1936 dans une politique de réarmement. Pour les « nationaux », le chef socialiste était devenu « Léon Blum-la-guerre ». En effet, après les accords de Munich, qu'il avait acceptés par une sorte de soulagement momentané, il se démarque du très fort courant entraîné par Paul Faure, et, alors que celui-ci prêche le désarmement, il préconise, lui, « un effort de surarmement plus intense et plus hâtif[10] ». Cette politique de fermeté qu'il appelle de ses vœux lui vaudra même quelques remarques de nature antisémite lors du Congrès de son parti à Nantes en mai 1939. Selon *La Lumière*, un dirigeant du parti, Théo Bretin, se serait laissé aller à dire : « Autour de Blum, il n'y a plus que des Juifs, les Blumel, les Grumbach, les Bloch, les Moch… » Que cela puisse s'entendre au sein du Parti socialiste en dit long sur les liens qui se sont tissés entre le pacifisme et l'antisémitisme : contre la « guerre juive ».

Le « massacre » auquel le titre de Céline, *Bagatelles pour un massacre*, faisait allusion était celui des Français livrés par les juifs aux horreurs d'un nouveau 14-18. Les liens du pacifisme et de l'antisémitisme ne cessèrent d'être évidents dans les écrits non romanesques de Céline. Ses *Bagatelles*, dira-t-il, étaient un « acte de paix », un barrage au nouveau carnage, et, en ce sens, il restait fidèle à son héros du *Voyage*, Bardamu. Seuls les juifs, persécutés par Hitler, pouvaient vouloir la guerre : « Une guerre pour la joie des juifs ! »

Ces écrivains n'avaient pas, ou assez peu, fait entrer l'antisémitisme dans leurs œuvres de fiction. Il appartint à Pierre Drieu La Rochelle d'écrire un vrai roman antisémite, apprécié par les critiques comme une œuvre d'art. Ce fut *Gilles*, paru en 1939. Ancien combattant, ami d'Aragon et de Malraux, Drieu n'était pas issu de la maternité maurrassienne. Vaguement de gauche, il avait fréquenté les surréalistes, cru un moment dans la Société des Nations, s'était mêlé aux Jeunes Turcs du Parti radical, aux côtés de Jouvenel, sans véritablement se fixer. La journée du 6 février fut son chemin de Damas. La manifestation du 6, mais aussi sa réplique, la manifestation communiste du 9 février, lui ouvrirent les yeux sur la nécessité d'un fascisme français, qui unirait le meilleur des forces d'extrême droite et le meilleur des forces d'extrême gauche sous l'autorité d'un chef commun. Il crut trouver ce chef espéré en Jacques Doriot, maire de la ville ouvrière de

10. *Le Populaire* du 5 octobre 1938, cité par I. Greilsammer, *Blum*, Flammarion, 1996, p. 412.

Saint-Denis, en rupture de ban avec le Parti communiste dont il avait été un des dirigeants, avant de créer en 1936 le Parti populaire français, appelé à devenir le seul parti fasciste de quelque importance en France. Drieu se rallie à Doriot, ainsi qu'un certain nombre d'intellectuels, Bertrand de Jouvenel, Alfred Fabre-Luce, Ramon Fernandez. Rompant avec Doriot à la fin de l'année 1938, il n'en continue pas moins sur sa lancée, continuant de se dire « fasciste » et manifestant un antisémitisme, dont *Gilles* est bientôt pétri. Plus ou moins autobiographique, ce roman de la décadence narre les tribulations d'un ancien combattant qui, tout comme l'auteur, se découvre fasciste au lendemain du 6 février. Le héros se met alors à détester les juifs, à voir en eux les causes de la déchéance de son pays, tout aux intrigues, incapables de force physique, tout aux affaires, incapables d'honneur : « Les Juifs s'avancent, mêlés aux rangs de la démocratie. » Dans le juif, Drieu vise l'instrument du monde moderne, la négation de la tradition, la victoire des déracinés [11].

Jouhandeau, Céline, Brasillach, Drieu, ou le talent au service de l'abjection. L'antisémitisme, pour être moins prégnant, n'affectait pas moins la prose de certains auteurs peu suspects de fascisme. Jean Giraudoux, républicain proche du Parti radical-socialiste, ne s'est-il pas laissé aller, lui aussi, au fantasme de « l'invasion » dans son essai *Pleins Pouvoirs*, recueil d'articles datant de 1939 ? Sans doute Giraudoux n'a rien de comparable avec l'antisémitisme furieux, obscène, délirant des auteurs cités plus haut, mais que l'on trouve sous sa plume la même crainte à l'endroit des juifs réfugiés traduit une certaine banalisation de l'antisémitisme chez les meilleurs esprits [12]. Les écrivains sont rarement des prophètes ; ils vul-

11. Voir M. Winock, « Une parabole fasciste : *Gilles* de Drieu La Rochelle », dans *Nationalisme, Antisémitisme…*, *op. cit.*

12. « En 1939, écrit P. Vidal-Naquet, le racisme de Giraudoux est prodigieusement banal. S'il avait choqué, serait-il devenu Commissaire général à l'information dans le gouvernement d'Édouard Daladier ? », « Sur *Pleins pouvoirs* », *Figures juives chez Jean Giraudoux*, Cahiers Jean-Giraudoux, t. 21, Grasset, 1992. On lira cependant la défense argumentée de l'écrivain dans Jacques Body, *Jean Giraudoux*, Gallimard, 2004, p. 679.

garisent plutôt, avec leurs qualités personnelles d'expression, l'air du temps, les idées ambiantes, les partis pris environnants. Même si leur public n'est pas immense (mais ce n'est pas toujours le cas !), ils reflètent une réalité : jamais, depuis la fin du XIXe siècle, la France n'avait connu pareil déferlement antijuif.

Résistance à l'antisémitisme, solidarité avec les juifs

L'inquiétante progression de l'antisémitisme au cours des années trente ne laisse pas tous les Français indifférents. L'avènement du national-socialisme en Allemagne, les lois de Nuremberg de 1935, la Nuit de cristal en 1938, le flux des juifs réfugiés, nourrissent aussi les doutes, la compassion, l'indignation.

Pour en rester un moment avec les écrivains, prenons le cas de Georges Bernanos. Encore en 1931, le romancier catholique, devenu célèbre par son roman *Sous le soleil de Satan*, publie un essai qui se donne pour une biographie de Drumont, *La Grande Peur des bien-pensants*. Il y expose ce que représente l'antisémitisme aux yeux d'un partisan d'une monarchie populaire : la défense des pauvres, des ouvriers, des humbles, en face de la grande finance, du capitalisme, de la bourgeoisie, bref une manière de socialisme chrétien que le roi restauré est appelé à établir. On connaît le mot de Bebel, selon lequel l'antisémitisme était le « socialisme des imbéciles » ; c'était aussi le socialisme d'un certain nombre de catholiques, sincèrement anticapitalistes, mais franchement hostiles au socialisme athée, au marxisme, et résolument réactionnaires, nostalgiques d'un monde ancien rêvé, où l'exploitation de l'homme par l'homme n'existait pas grâce à la foi chrétienne partagée par le pauvre et le riche.

Bernanos s'affichait comme contre-révolutionnaire. Tout naturellement, il avait adhéré à l'Action française, au temps où l'Église était persécutée par la République radicale et anticléricale. Plus profondément, Bernanos exécrait la « société moderne », déboussolée, déchristianisée, transitoire, sans but ni passé : « Si le monde que nous voyons naître a quelque chance de durer, ce ne peut être que par l'accord chaque jour plus intime du Capital et de la Science, du Ploutocrate et de l'Ingénieur, d'où va sortir une sorte de déterminisme économique, une Loi d'airain seule capable de remettre la multitude à genoux. » L'envie avait remplacé la charité, l'argent avait connu un avènement triomphal, au détriment de la civilisation chrétienne. Drumont avait eu le mérite de le dire. Que faisait l'antisémitisme dans cette description crépusculaire ? « Avant tout, écrivait Bernanos, il est une critique terriblement lucide d'un système social qui ne peut aboutir qu'à la Dictature de l'Argent, et il pèse de tout son poids sur la charnière. » La conclusion était que « la pensée de Drumont mène au roi » et, en 1931, malgré la condamnation de l'Action française par le pape, le catholique Bernanos demeurait fidèle à Maurras.

Cela ne dura pas, même si jusqu'à la fin l'écrivain catholique voulut rester attaché à un « antisémitisme » dont la vérité avait été trahie, à commencer par Maurras et les siens, desquels Bernanos se séparait en 1932, avant de faire du maître de l'Action française le pire de ses ennemis. L'arrivée de Hitler au pouvoir et les persécutions qui suivent le dressent contre ses anciens amis et il dénonce alors, comme il dénoncera durant la Seconde Guerre mondiale, « la hideuse terreur antisémite ». Adversaire du fascisme italien pendant l'invasion de l'Éthiopie, adversaire de la croisade franquiste en Espagne, résolument anti-munichois, Bernanos, de son exil brésilien, ne cessera de combattre Hitler et le régime de Vichy. Un cas à part, décidément [13].

Le mouvement de résistance à l'antisémitisme n'a pas été le souci premier des organisations et des partis politiques. Ceux-ci s'occupent des problèmes de la société globale, sont attentifs au sort des masses ou des couches sociales qui les soutiennent, et le sort de la petite minorité des 300 000 juifs au maximum vivant en France ne requiert pas de leur part une attention soutenue. En revanche, les plaintes de leur clientèle

13. Pour plus de détails, voir M. Winock, « Le cas Bernanos », dans *Nationalisme, Antisémitisme..., op. cit.*

électorale au sujet de l'immigration et de la concurrence des étrangers sont entendues par les états-majors et les cadres des partis. Les radicaux, dont l'électorat est majoritairement composé des membres des classes moyennes, de la petite bourgeoisie urbaine et rurale, sont, tout comme les partis de droite, attentifs à ces revendications teintées de xénophobie.

Cependant, l'avènement de Hitler en janvier 1933 et le premier flux des réfugiés politiques n'ont pas laissé les parlementaires insensibles. Un Comité d'accueil et d'aide aux victimes de l'antisémitisme allemand se met en place, présidé par l'ancien président du Conseil Paul Painlevé, avec le concours du sénateur radical Justin Godart, du sénateur centre droit André Honnorat, d'Edmond de Rothschild et du grand rabbin de France Israël Lévi. Une commission est nommée, d'autre part, par le Parti socialiste aux fins de procurer une aide aux réfugiés. Lors d'une séance à la Chambre, Camille Chautemps, ministre de l'Intérieur, déclare sous les applaudissements : « Ce sera, une fois de plus, un honneur pour notre nation que de demeurer fidèle à des traditions généreuses d'hospitalité dont elle s'est toujours flattée. » À de nombreuses reprises, le cacique du Parti radical, Édouard Herriot, manifeste sa solidarité avec les juifs persécutés et rappelle à Xavier Vallat, lors de sa fameuse apostrophe sur le « vieux pays gallo-romain » : « Monsieur Vallat, président de cette Assemblée, je ne connais, quant à moi, dans ce pays, ni juifs, comme vous dites, ni protestants, ni catholiques. Je ne connais que des Français. » Des hommes de droite comme Paul Reynaud, François Piétri, ancien ministre et député de Corse, Louis Rollin, député de la Seine, Louis Bérard, plusieurs fois ministre de la Justice, Jacques Bardoux, sénateur du Puy-de-Dôme, Henri de Kérillis, député nationaliste, sont parmi ceux qui ne manquent pas d'intervenir par leurs écrits et leurs discours en faveur des juifs et contre l'antisémitisme.

Ces initiatives n'empêchèrent pas l'instauration d'une législation restrictive (le visa obligatoire, la carte d'identité sous condition, les diverses circulaires limitatives), tant la pression d'une partie de l'électorat sur les élus était forte. Il ne s'agissait pas d'antisémitisme à proprement parler, mais les juifs exilés se trouvaient les premiers visés par la xénophobie ambiante, d'autant que les nouveaux venus ne passaient pas inaperçus, ne fût-ce qu'en raison de leur équipage et de leur yiddish. Le Front populaire ne changea rien aux dispositions prises par les gouvernements précédents depuis 1932. Des communistes crurent habile de reprendre la vieille formule de Drumont, remise au goût du jour par *L'Action française* : « La France aux Français ! » Sous ce titre, avec guillemets, Paul-Vaillant Couturier écrivait : « La grande vertu de cette réconciliation française contre les 200 familles [14], à laquelle nous travaillons ici de toutes nos forces – c'est justement qu'elle est en train de rendre *la France aux Français* [souligné dans le texte], c'est-à-dire à ces masses laborieuses, classe ouvrière, paysans, classes moyennes, que rien ne doit plus diviser [15]. » Mais communistes et socialistes réagissent aux décrets-lois Daladier de 1938 visant la concurrence commerciale des étrangers : « Si notre démocratie, écrit Marcel Cachin, méconnaissait les devoirs élémentaires et sacrés qu'impose le droit d'asile, elle abdiquerait, elle serait prête à subir elle-même la violence et la tyrannie. Le peuple de ce pays n'est pas disposé à cette abdication devant la sauvagerie du fascisme [16]. »

Au total, les grands principes de générosité et d'hospitalité sont réaffirmés à maintes reprises, mais les groupes de pression (qu'on songe aux associations et syndicats des commerçants, artisans, avocats, médecins...) ont su limiter leur application. La France était devenue une terre d'asile étriquée, bien loin de l'idéal de la Grande Nation. Il est juste, pour l'expliquer, d'invoquer la crise économique, les faillites et le chômage ; juste aussi de rappeler que la France a accueilli sur son territoire un nombre considérable de juifs, environ 70 000 à Paris,

14. Il s'agit des familles des deux cents principaux actionnaires de la Banque de France. La formule était d'origine radicale. Les communistes la reprennent à leur compte dans une volonté d'union : tous contre une poignée de richards.

15. *L'Humanité*, 19 juillet 1936.

16. *Ibid.*, 25 juin 1938.

entre 1919 et 1939[17]. Mais, face à la barbarie hitlérienne, la France, qui célébrait en 1939 le cent cinquantième anniversaire de sa Révolution, avait l'allure d'une vieille dame craintive, ne faisant qu'entrouvrir sa porte aux malheureux qui y frappaient. Au fond, cette politique d'accueil embarrassée reflétait bien la diplomatie franco-britannique de l'« apaisement » face à Hitler. Les actes n'étaient pas à la hauteur des paroles et des principes – même quand la gauche du Front populaire fut aux commandes.

Pour en rester au chapitre des politiques, il faut cependant relever un fait, trop souvent tu, ignoré ou sous-estimé, comme s'il ne comptait pour rien : le rejet du racisme et de l'antisémitisme par ce qui devient au cours des années trente la plus puissante formation de droite, les Croix-de-Feu, métamorphosées en Parti social français en 1936. Le président de cette association d'anciens combattants devenue parti politique, le lieutenant-colonel François de La Rocque, a explicité à plusieurs reprises son refus de l'antisémitisme. Sans doute est-il sensible au problème des réfugiés, parmi lesquels circule, écrit-il, « une foule grouillante, virulente d'*outlaws* que rien ne garantit » ; sans doute, écrit-il encore : « je sais de nombreux Israélites aux yeux de qui cette ruée de Juifs allemands représente le double péril d'une réaction et d'une provocation antisémites ». Mais, outre que cette dernière affirmation est vérifiée[18], que la prévention des Français israélites à l'endroit des nouveaux venus est une réalité, retenons que ce chef de parti qualifié d'« extrême droite », considéré par la gauche comme un « fasciste », écrit tout aussi nettement : « Le problème ethnique ne se pose pas [...]. Le "racisme" n'appartient qu'aux nations restées primitives[19] », et déclare encore que si une vague d'antisé-

17. Voir D. H. Weinberg, *Les Juifs à Paris de 1933 à 1939*, Calmann-Lévy, 1974, p. 20.

18. Voir le chapitre « Unité et divisions du front philosémite » de R. Schor, *L'Antisémitisme en France pendant les années trente*, Bruxelles, Complexe, 1992.

19. F. de La Rocque, *Service public*, Grasset, 1934, p. 159-160.

mitisme déferlait sur le pays, « on [le] trouverait pour lui barrer le chemin[20] ».

On ne saurait en déduire que tous les militants Croix-de-Feu et PSF sont immunisés contre le racisme et l'antisémitisme[21], mais, de même, on ne saurait négliger la position de leur chef. Celui-ci, ancien officier formé chez Lyautey, de culture « catholique social », a toujours refusé les alliances avec les ligues d'extrême droite – déclinant notamment l'invitation lancée par Jacques Doriot d'adhérer à un front commun, le « Front de la liberté ». On peut imaginer le mal que La Rocque, sans génie intellectuel, mais fort de sa popularité, de ses dons d'organisateur, disposant de nombreuses troupes, eût pu faire s'il avait été l'ennemi des juifs ou si, par opportunisme, il avait jugé efficace d'enfourcher le cheval antisémite. Ce qui explique en partie la haine tenace que Maurras et *L'Action française* ont vouée à La Rocque « le vendu ».

C'est de la société civile que sont venues les principales formes de solidarité avec les juifs français et les juifs étrangers. Ainsi, en 1933, un Comité français pour les intellectuels juifs persécutés regroupe des hommes de lettres et des scientifiques tels que François Mauriac, le physicien proche des communistes Paul Langevin, le chanoine Desgranges, le pasteur Monod. L'association la plus durable fut la Ligue internationale contre l'antisémitisme, dont le secrétaire était Bernard

20. « Les Croix-de-Feu et l'antisémitisme », *L'Univers israélite*, 17 avril 1936.

21. En février 1931, lors d'une manifestation lancée par l'Action française contre le théâtre de l'Ambigu, qui donnait une pièce de deux auteurs allemands, Hary J. Rehfisch et Wilhelm Herzog, *L'Affaire Dreyfus*, un certain nombre de Croix-de-Feu participent hors de toute consigne. Ils sont immédiatement désavoués par La Rocque. L'un de ses collaborateurs, Genay, écrit clairement : « Aux Croix-de-Feu et Briscards, catholiques, protestants, israélites, libres penseurs, ne sont que des prénoms ; Français est notre nom. » L'esprit Ancien Combattant et Union sacrée restera celui de La Rocque : « Nous ne devons jamais exclure *a priori* de la communauté nationale quelque catégorie que ce soit de Français. Quand nous étions au feu, nous avons vu nos camarades de toute confession et de toutes origines se conduire vis-à-vis des autres comme des frères. » Voir J. Nobécourt, *Le Colonel de La Rocque 1885-1946*, Fayard, 1996, p. 199.

Lecache et le président Henry Torrès. Au départ, on l'a vu, il s'agissait d'une Ligue contre les pogromes, mobilisée par la situation des juifs en Roumanie et en Bessarabie. Son but était « de lutter contre les pogromes, de défendre par une action à la fois préventive et positive les droits à l'existence et à la paix des israélites dans le monde entier ; réaliser, par les hommes et les femmes de toutes les opinions, le rapprochement des peuples, la paix entre les races et l'égalité parmi les hommes ». Peu active, cette ligue fut transformée en février 1929 et devint la LICA, sous la présidence de Bernard Lecache. Ouverte aux militants, organisée dans un réseau de sections, réunie en Congrès, dotée bientôt d'un organe de presse, *Le Droit de vivre*, la LICA étendit son influence sur la plus grande partie du territoire métropolitain et en Algérie, et intégra des sections à l'étranger. En 1938, la ligue comptera en France environ 50 000 adhérents[22]. Juifs et non-juifs s'y côtoient, en proportion variable selon les sections : 11 non-juifs sur 20 présidents de sections dans la Fédération de la Seine, mais une majorité de juifs au Comité central. Les dirigeants de la LICA ont le souci de cette mixité juifs/non-juifs, mais sans convaincre les antisémites qu'elle est autre chose qu'une « ligue juive ».

Républicaine, insensible au sionisme, plutôt proche des socialistes, mais faisant de l'URSS un rempart contre le fascisme et le nazisme, la LICA mena la lutte contre l'antisémitisme sur des positions de gauche, avec les moyens, somme toute modestes, dont elle disposait : vente militante du *Droit de vivre*, réunions publiques, interventions en faveur du droit d'asile, campagne de boycottage des produits et des films allemands… Parmi d'autres, un industriel s'est impliqué à fond dans ce militantisme : Georges Zérapha. Juif, fabricant de papiers peints, bienfaiteur de la revue *Esprit*, il avait mis gratuitement à la disposition d'Emmanuel Mounier, son directeur, un local et une secrétaire. C'était en 1933. La même

22. E. Debono, *Militer contre l'antisémitisme en France dans les années 1930 : l'exemple de la Ligue internationale contre l'antisémitisme 1927-1940*, mémoire de DEA, IEP de Paris, 2000.

année, il crée son propre journal mensuel, *La Conscience des Juifs*, où il mène campagne en faveur du boycottage de Hitler sous toutes ses formes. Dans l'ensemble, la LICA exerça une influence sur les esprits. Elle témoignait – ce qu'un certain nombre de juifs lui reprochaient explicitement – que les juifs de France ne courbaient pas la tête sous le fouet des oppresseurs, qu'ils savaient se battre, alliés aux non-juifs indignés par l'antisémitisme. La ligue sut intervenir avec succès en faveur de nombreuses demandes d'asile politique. Enfin, elle inspira le décret Marchandeau condamnant l'expression publique du racisme et de l'antisémitisme, dont nous parlerons plus loin.

Le plus grand changement vint probablement des milieux catholiques. La condamnation pontificale de l'Action française en 1926 a été, de ce point de vue, décisive. Nous avons déjà signalé les transformations en 1927 des publications de la Bonne Presse, *La Croix* et *Le Pèlerin* . C'est, par ailleurs, un RP dominicain, Marie-Vincent Bernadot, qui, découvrant ce qu'il y avait d'antichrétien dans la doctrine de Maurras à laquelle il avait souscrit, se met au service de Pie XI pour expliquer à nombre de catholiques en plein désarroi les raisons religieuses du magistère romain [23]. Encouragé par Rome, il se lance dans une activité de presse et d'édition qui se fixera finalement rue de Latour-Maubourg, à Paris. À *La Vie spirituelle* que Bernadot avait fondée en 1919, il ajoute *La Vie intellectuelle* en 1928 (flanquée bientôt des éditions du Cerf), et surtout, en mars 1934, un hebdomadaire, *Sept*, dirigé par les dominicains, les RRPP Bernadot et Boisselot. *Sept* va commenter l'actualité d'un point de vue catholique pendant trois ans, démontrant l'évolution : ce que d'aucuns appellent un « catholicisme de gauche » était en train de prendre forme au sein même d'une publication religieuse. Sa condamnation de la guerre d'Éthiopie, son refus d'applaudir à la croisade franquiste en Espagne, une certaine sympathie pour le Front populaire et, enfin, une interview de Léon Blum, toutes ces atti-

23. A. Laudouze, *Dominicains français et Action française*, Les Éditions ouvrières, 1989.

tudes si peu conformes avec la tradition politique des catholiques entraînent finalement sa disparition, à la suite de dénonciations au Saint-Siège, en 1937. Mais *Sept* a une suite, l'hebdomadaire *Temps présent*, entièrement dirigé, lui, par des laïcs.

Les « rouges-chrétiens », comme leurs adversaires les désignent, ont d'autres ressources. Ainsi, *La Jeune République*, organe du parti portant le même nom. Les éditions Bloud et Gay publient un hebdomadaire, *La Vie catholique*, et, à partir de 1932, *L'Aube*, le quotidien des démocrates chrétiens, influent dans les nouvelles générations du clergé et dans le corps enseignant[24]. Plus discrète, de moindre tirage, mais d'une influence intellectuelle grandissante, la revue *Esprit* peut être ranger aussi dans la mouvance « catholique de gauche », quoique, dès ses débuts en 1932, elle se présentât comme une publication et un mouvement ouverts à tous, croyants et incroyants, catholiques, protestants ou juifs. *Esprit* refusait le projet démocrate chrétien, trop timide à ses yeux, et en appelait à une révolution. En fait, la circulation des écrivains, des journalistes et des universitaires était notable entre ces diverses publications, et les mêmes noms se retrouvaient souvent en bas des mêmes pétitions.

Le milieu catholique restait massivement conservateur, mais l'avant-garde démocrate, antifasciste, antinazie, a progressé tout au long des années trente. La poignée de catholiques dreyfusards des années de l'Affaire était devenue un contingent d'abonnés à des journaux et revues qui condamnaient sans détour l'antisémitisme. L'action militante d'Oscar de Férenzy est, à cet égard, particulièrement remarquable. D'origine hongroise, il était arrivé en France à l'âge de 8 ans, avait écrit plusieurs romans et un essai sur les *Mouvements catholiques*. Citoyen du IVe arrondissement de Paris entre les deux guerres, il est témoin de la misère des juifs réfugiés de l'Est et révulsé par l'antisémitisme. Il publie en 1935 un ouvrage remarqué, *Les Juifs, et nous chrétiens*, où, après avoir repris et réfuté toutes les accusations portées contre les juifs, il

---

24. F. Mayeur, *L'Aube, étude d'un journal*, Cahiers de la Fondation nationale de sciences politiques, A. Colin, 1966.

conclut par un vibrant appel à la fraternité. Ne s'arrêtant pas en chemin, il lance en 1936 une revue, *La Juste Parole*, titre prenant le contre-pied de *La Libre Parole* de Drumont-Coston, qui paraîtra jusqu'au 20 mai 1940, et qui publiera des articles de Mauriac, Maritain et tant d'autres[25].

Quelques écrivains de haute volée expriment en effet leur solidarité avec les juifs. Notamment Jacques Maritain, Paul Claudel et François Mauriac.

Maritain avait été, lui aussi, un fidèle de Maurras, jusqu'à la condamnation de 1926. Comme le RP Bernadot, il s'emploie alors à défendre les positions de Rome contre ses anciens amis. Au « Politique d'abord ! » de Maurras, il oppose une *Primauté du spirituel* (1927) ; au « nationalisme intégral », il répond par son *Humanisme intégral* (1936).

En février 1938, il est invité à prononcer une conférence sous les auspices des Groupes Chrétienté au théâtre des Ambassadeurs à Paris, sur le thème « Les Juifs parmi les nations » : « Pour attiser le feu mauvais qui consume les peuples, il y a, dans l'Europe d'aujourd'hui, ceux qui veulent l'extermination et la mort, et d'abord l'extermination des Juifs – car c'est bien de cela qu'il s'agit, n'est-ce pas, en définitive ? –, et qui, sous l'appareil stupide du scientisme raciste ou des documents forgés, dissimulent aux autres hommes, et parfois à eux-mêmes, l'espoir fou d'un massacre général de la race de Moïse et de Jésus. Ce massacre reste un songe ; les germes de haine dont s'emplit l'atmosphère sont une réalité. Il faudrait beaucoup d'amour, d'esprit de justice et de charité pour assainir cette atmosphère. »

La teneur de cette conférence déplaît évidemment aux militants de l'Action française, qui feront en sorte qu'une seconde conférence de Maritain soit empêchée sur l'ordre du Conseil municipal de Paris. Mauriac défend ouvertement Maritain, manifeste sa sympathie au judaïsme, participe aux comités d'aide aux réfugiés, aux côtés de Jacques et Raïssa Maritain.

---

25. O. de Férenzy, *Les Juifs, et nous chrétiens*, préfacé par le RP Devaux, Flammarion, 1935. Voir P. Pierrard, *Juifs et Catholiques français*, Fayard, 1970, p. 282-285.

En 1937, les éditions Plon publient un ouvrage collectif, *Les Juifs*, où Paul Claudel donne une lettre qu'il a envoyée « à l'organisateur du Congrès juif mondial », en mai 1936. On peut y lire : « La législation abominable et stupide dirigée contre vos coreligionnaires en Allemagne me remplit d'indignation et d'horreur. Personnellement, j'ai toujours compté les Juifs parmi mes meilleurs amis et je n'ai jamais éprouvé de leur part que les procédés les plus délicats. D'autre part, l'étude continuelle que je fais de la Bible m'a pénétré de l'importance prédominante d'Israël au point de vue de Dieu et de l'humanité. C'est Israël, avec un courage héroïque et une audace intellectuelle qui serait inexplicable sans une vocation d'en haut, qui a toujours maintenu, contre les séductions de la Grèce, l'idée d'un Dieu personnel et transcendant, supérieur à toutes les superstitions du paganisme. Et c'est précisément le paganisme renaissant sous la forme la plus basse et la plus hideuse qui vient, une fois de plus, se heurter à cette pierre inébranlable [26]. »

Après la déconfiture de Munich, *Esprit*, pour répondre plus vite aux événements qui s'enchaînent, lance, en novembre 1938, un journal bimensuel, *Le Voltigeur*. Engagé contre le fascisme et le nazisme, celui-ci réplique au numéro spécial de *Je suis partout* sur « Les juifs et la France » par un numéro spécial sur les antisémites : « L'antisémitisme contre la France » (1er mars 1939). En première page, une caricature représentait une tête de mort coiffée du casque allemand, ornée de cette légende : « Je suis partout ». Le numéro rassemblait des articles de Mounier, Pierre-Henri Simon, Jacques Madaule, Georges Cattaui, René Leibowitz, etc., sans compter les textes empruntés à *Notre jeunesse* de Péguy, que le journal publiait sous le titre : « Lettre ouverte de Charles Péguy à M. Robert Brasillach, et autres petits rebatets ». Au mois de juin suivant, *Esprit* traitait des « réprouvés », parmi lesquels les juifs occupaient une place de choix. Wladimir Rabinovitch, un des col-

---

26. *Les Juifs*, par Paul Claudel, RP Bonsirven, André Spire, R. Montagne, René Schwob, G. Cattaui, Lt-Cl E. Mayer, D. de Rougemont, R. Dupuis, R. Postal, Simon Lando, Jacques Maritain, Plon, 1937.

laborateurs juifs de la revue, après avoir salué la mémoire de Péguy, écrivait : « Aujourd'hui, ce n'est pas un homme qu'il s'agit de sauver, un homme éloigné à l'île du Diable. C'est sept millions d'hommes [27]. »

Le mois suivant, la revue de Mounier s'attaque au grand problème de l'immigration, et notamment à celui des juifs réfugiés. « Hitler, génie démagogique, écrit Zérapha, ne s'est pas contenté de persécuter physiquement certaines catégories d'hommes, de femmes et d'enfants. Il les a désignés à la haine du monde par une propagande de calomnie qui a produit ses effets. » Loin de s'en tenir à des généralités moralisantes, ce numéro multiplie les petits faits vrais, suivant des dizaines d'émigrés dans leur itinéraire personnel, souvent en butte à la xénophobie des services administratifs français, à la brutalité des petits chefs, à la piraterie des agences de voyage et des trafiquants de visas. S'élevant au-dessus de la description, *Esprit* met en accusation le ministre des Affaires étrangères, Georges Bonnet, condamne les décrets-lois de 1938, et réclame un statut légal des étrangers en France.

Maritain, à côté d'autres catholiques, rappelait l'une des raisons de « l'impossible antisémitisme » pour les chrétiens [28] : ils ne pouvaient ignorer que Jésus était juif. Il citait son parrain Léon Bloy, catholique intransigeant s'il en fut, auteur du *Salut par les Juifs*, écrivant en janvier 1910 à l'une de ses correspondantes : « L'antisémitisme, chose toute moderne, est le soufflet le plus horrible que Notre Seigneur ait reçu dans sa Passion qui dure toujours, c'est le plus sanglant et le plus impardonnable parce qu'il le reçoit *sur la Face de sa Mère* et de la main des chrétiens [29]. »

Face aux débordements de la presse antisémite, le gouvernement Daladier se décida à agir, en s'attaquant à une sacro-

27. W. Rabinovitch, « Charles Péguy : témoignage d'un juif », *Esprit*, juin 1939.

28. J. Maritain, *L'Impossible Antisémitisme*, précédé de *Jacques Maritain et les Juifs* par P. Vidal-Naquet, Desclée de Brouwer, 2003.

29. L. Bloy, *Le Vieux de la Montagne 1907-1910*, Mercure de France, 1963, p. 129.

sainte liberté de la presse dont on avait tant abusé. Le décret Paul Marchandeau (du nom du garde des Sceaux), pris le 21 avril 1939, publié le 25 avril par le *Journal officiel*, punit les journaux se livrant à une attaque contre « un groupe de personnes qui appartiennent par leur origine à une race ou à une religion déterminée, lorsque cette attaque aura pour but d'exciter la haine entre citoyens ou habitants ». C'était mettre à mort les feuilles spécialisées dans l'antisémitisme comme *La Libre Parole* qui disparaît, et tenir en respect les autres.

Le bilan de cette décennie du point de vue qui nous occupe ici est contrasté. La République a ouvert ses portes aux réfugiés juifs d'Europe centrale et d'Europe de l'Est, mais de manière limitée et tracassière. Des corporations organisées – commerçants, artisans, avocats, médecins – se sont défendues bec et ongles contre cette nouvelle concurrence. Les progrès de l'antisémitisme en France au cours des années trente ont eu pour cause première une xénophobie de nature d'abord économique. C'est dans ce terrain fertile que les antisémites ont replanté leur drapeau, recueillant l'approbation d'une partie de l'opinion intéressée. Ils ont, par la suite, au fur et à mesure que Hitler étendait ses conquêtes, tenté de faire prospérer leur commerce en accusant les juifs de vouloir la guerre contre l'Allemagne nazie. Sur ce terrain, ils ont gagné l'oreille d'un certain nombre de pacifistes, dans un pays mutilé par la Grande Guerre, et rejetant l'idée de tout nouveau conflit armé.

Quelle était exactement l'audience de cet antisémitisme dans les années qui précèdent la guerre ? Aucune enquête, aucunes statistiques, aucuns sondages ne peuvent nous renseigner. Comme toujours, l'attention, y compris celle de l'historien, se porte vers ce qui est le plus visible, le plus bruyant, le plus scandaleux. Mais c'est au risque d'un mécompte. En termes statistiques, le nombre de publications faisant preuve d'antisémitisme est sans doute considérable. La passion antijuive est d'autant plus redoutable qu'elle s'infiltre dans des milieux et des journaux « respectables », par des allusions, des phrases assassines, des anecdotes meurtrières. Le bilan chiffré du répertoire nous fait défaut. Notre appréciation est d'abord qualitative : nous avons vu crépiter, à partir du début de la crise économique jusqu'à la déclaration de la Seconde Guerre mondiale, la passion des antisémites. Des écrivains, et non des moindres, l'ont nourrie de leur prose.

Au demeurant, nous aurions tort de penser que la « question juive » se posait à tous les Français. Les juifs n'étaient qu'une petite minorité – au maximum 0,7 % de la population. C'est leur concentration en certains lieux du territoire – principalement Paris, les départements de l'Est, quelques régions, l'Algérie – qui les rend visibles, mais pas à tout le monde. L'indifférence n'est pas une vertu, mais l'observateur doit en tenir compte pour relativiser la puissance de l'antisémitisme. Surtout, et cette fois nous avons des chiffres, la « question juive » n'a jamais été au centre des enjeux électoraux. Les fanatiques antijuifs n'ont guère eu accès aux instances élues. On a entendu un Xavier Vallat à la Chambre des députés, un Darquier de Pellepoix au Conseil municipal de Paris, ils ne représentaient pas des partis de masse. Le seul parti de masse de la droite extrême, les Croix-de-Feu devenues Parti social français, avait pour chef un ancien officier, La Rocque, qui condamna à plusieurs reprises l'antisémitisme, exclu de son programme.

Il nous faut donc nous méfier des miroirs déformants. L'antisémitisme a tenu une place dans les années trente qui fut longtemps négligée ou sous-estimée dans les manuels d'histoire. Il ne faudrait pas tomber dans l'excès inverse, et s'imaginer, au bruit des minorités convulsives, une nation obsédée par les juifs et ravagée par l'antisémitisme. D'autant que, nous y avons insisté, les milieux les plus traditionnellement enclins au rejet du judaïsme – les catholiques – connaissent au long des années trente une évolution dans le sens de l'esprit démocratique et de la tolérance. S'il ne fallait retenir qu'un nom, celui de Jacques Maritain est exemplaire, puisque ce philosophe est passé de l'Action française à un humanisme militant qui exclut toutes les formes du totalitarisme et réfute toutes les justifications de l'antisémitisme. Un arbre, certes, ne saurait cacher la forêt ; les préjugés sont de mauvaises herbes qu'on n'arrache pas d'un coup : il y a bien une persistance d'antijudaïsme et d'antisémitisme dans la mouvance chrétienne, et principalement catholique – l'antimaçonnisme et l'anticommunisme la nourrissaient. Mais les progrès du philosémitisme n'ont jamais été aussi nets, tandis que les journaux antisémites comme *La Croix* abandonnaient leur polémique, modéraient leurs jugements, cessaient d'être à la remorque d'une Action française condamnée. L'appui que leur donne le magistère romain est encore fragile, cependant, en 1939, Pie XII levait l'interdit sur Maurras, ce qui était une défaite pour les démocrates chrétiens. Il n'empêche : un vent nouveau soufflait dans les organisations de jeunesse, les groupes intellectuels et les journaux. Un pluralisme catholique s'affirmait, et, avec lui, l'esprit démocratique.

La déception vient surtout des hommes et des partis politiques. Certes, quelques mesures furent prises, et la proclamation des grands principes ornait les discours. Mais, au contraire des lois et décrets de protectionnisme, les grandes initiatives firent défaut. Tout se passe comme si, dans cette France apparemment exténuée par la Grande Guerre, le reflux démographique, le vieillissement de la population, la crise économique, les préoccupations immédiates aveuglaient les mandataires de la nation. La politique vis-à-vis de l'immigration et du droit d'asile porte la marque d'une timidité, d'une peur, d'un racornissement, qui sont au diapason de la politique extérieure de la République, désarmée moralement face à Hitler, avant d'être désarmée physiquement. La France avait cessé d'être la jeune femme de Delacroix, la Liberté au sein nu ; elle tremblait sur ses jambes et sentait l'hospice.

10

Vichy et l'Occupation

La défaite aussi rapide qu'imprévisible des armées françaises en juin 1940, le chaos provoqué par l'exode qui durant une quinzaine de jours jette des millions de Français sur les routes, l'armistice voulu et conclu par le chef du gouvernement, le maréchal Pétain, amènent les parlementaires français à voter les pleins pouvoirs à celui-ci, le 10 juillet 1940. Ce faisant, la plupart sans le vouloir, sans le savoir, les députés et sénateurs ouvrent la voie au régime le plus réactionnaire que le pays ait connu depuis Charles X. Encore ce régime de la Restauration acceptait-il l'existence d'une opposition à la Chambre des députés et à la Chambre des Pairs. Le régime de la Révolution nationale, dont la capitale est la ville thermale de Vichy, sera celui d'un Guide suprême sans contre-pouvoir, si ce n'est celui du vainqueur, de l'occupant allemand, de Hitler lui-même.

La France est divisée en deux zones principales jusqu'en novembre 1942, au moment où, à la suite du débarquement des Alliés en Afrique du Nord, elle sera complètement occupée. L'« Alsace-Lorraine » (les deux départements alsaciens et la Moselle), perdue par l'Allemagne en 1918, est de nouveau annexée par elle, tandis que le Nord et le Pas-de-Calais sont rattachés au commandement allemand de Bruxelles. Cependant, les autorités de Vichy disposent encore d'une certaine liberté législative et d'action sur l'ensemble du territoire, moyennant, il va sans dire, l'accord des forces d'occupation. C'est ainsi que la législation antisémite, rapidement décidée par le nouveau régime, s'appliquera aux deux zones, occupée et non occupée.

La législation antisémite du régime pétainiste

Cette législation est tributaire d'un contexte : partout où les Allemands ont pris pied, les juifs ont été soumis à des mesures contraignantes et à des persécutions. Mais cette législation a aussi une inspiration autonome : les antisémites français qui entourent Pétain éprouvent l'immense satisfaction de mettre enfin en application leurs idées. La combinaison du racisme allemand et de l'antisémitisme français ne se fera pas sans heurts ni malentendus, mais tournera finalement à l'avantage du nazisme, dont l'administration de Vichy se fera l'auxiliaire.

Les premières mesures visant les juifs sont prises par la France, indépendamment de la politique allemande. Le régime de Pétain, à peine instauré, décide, le 22 juillet 1940, la révision des naturalisations postérieures à la loi très libérale de 1927 (900 000 francisations avaient eu lieu entre 1927 et 1940) [1]. Visant indistinctement les étrangers, elle s'appliquait notamment aux juifs qui avaient fui l'Allemagne et les autres dictatures au cours des années 1930, quand bien même on n'était pas en mesure d'en fixer le nombre. Au total, cette loi provoquera la dénaturalisation de plus de 15 000 personnes, devenues de ce fait apatrides. Un mois plus tard, le 27 août, Vichy abroge le décret Marchandeau de 1939 qui avait interdit le racisme et l'antisémitisme dans la presse. Les feuilles et les écrivains antisémites pouvaient reprendre leurs sinistres campagnes de haine.

Les Allemands ne sont pas en reste. Une ordonnance des autorités d'occupation du 27 septembre 1940 interdit aux juifs passés en zone non occupée lors de l'exode de revenir

1. B. Laguerre, « Les dénaturalisés de Vichy, 1940-1944 », *Vingtième Siècle, revue d'histoire*, n° 20, oct.-déc. 1988. Cet auteur estime que les juifs comptent pour 39,6 % des dénaturalisés ; que plus du quart des juifs ayant acquis la nationalité française entre 1927 et 1940 la perdent pendant la guerre.

en zone occupée ; elle impose, contre toutes les traditions françaises, le recensement des juifs en zone occupée et l'obligation de déclarer les « entreprises juives ». Quelques jours plus tard, le 3 octobre, Vichy publie la « loi portant statut des juifs ».

Sous l'entière responsabilité du maréchal Pétain, toujours discret en public sur la « question juive », ce statut est en premier lieu l'œuvre du garde des Sceaux, Raphaël Alibert. Ancien membre du Conseil d'État, proche de l'industriel Ernest Mercier avec lequel il s'est brouillé, inspiré par les idées de Maurras, Alibert est un conseiller du Maréchal depuis 1936. C'est à lui et à Laval que l'on doit la loi des pleins pouvoirs du 10 juillet 1940. Antisémite d'extrême droite, recalé du suffrage universel, il est enfin en mesure d'agir. Autre artisan du statut, Marcel Peyrouton, haut fonctionnaire, ancien ambassadeur en Argentine et résident en Tunisie, ministre de l'Intérieur depuis le début de septembre, est d'un autre bord. Républicain, franc-maçon, sans préjugés antisémites connus, il fait partie, lui, de ce haut personnel républicain qui, par ambition, opportunisme, obéissance aveugle au pouvoir, se compromettra dans les tâches les plus viles de la répression antijuive. Si Alibert fut l'instigateur de la loi et Peyrouton son exécutant, il ne faut pas pour autant amoindrir la responsabilité du maréchal Pétain, à la fois chef d'État et chef de gouvernement. C'est bien lui le principal responsable du statut, son signataire (« Nous, Maréchal de France, chef de l'État français, Le Conseil des ministres entendu, Décrétons… »). Il n'y a plus de Parlement, il n'y a plus qu'un Conseil des ministres que dirige Pétain. Paul Baudoin, ministre des Affaires étrangères, relate dans ses mémoires le Conseil des ministres du 1er octobre au cours duquel sont discutés les termes du projet de loi : « C'est le Maréchal, écrit-il, qui se montre le plus sévère. Il insiste en particulier pour que la Justice et l'Enseignement ne contiennent aucun juif[2]. »

---

2. P. Baudoin, *Neuf Mois au gouvernement*, La Table ronde, 1948, p. 366. Voir M. Marrus et R. Paxton, *Vichy et les Juifs*, Calmann-Lévy, 1981, p. 30.

La loi, publiée après accord de l'Allemagne par le *Journal officiel* le 18 octobre, définit le juif selon un critère racial : doit être regardée comme juive toute personne « issue de trois grands-parents de race juive » ou simplement de deux grands-parents dans le cas où elle a un juif pour conjoint (article premier). Ainsi définis, les juifs se voient interdire l'accès aux fonctions publiques, notamment à l'enseignement ; l'accès aux professions du journalisme, du cinéma, du théâtre, de la radio. Les fonctionnaires juifs visés doivent cesser d'exercer leurs fonctions dans les deux mois ; ils seront autorisés à faire valoir leur droit à la retraite. L'article 8 fait mention que, par décret individuel, « les juifs qui, dans les domaines littéraire, scientifique, artistique, ont rendu des services exceptionnels à l'État français, pourront être relevés des interdictions prévues par la présente loi ».

Le statut du 3 octobre frappait les juifs français (notamment ceux qui étaient admis aux fonctions publiques), aussi bien que les juifs étrangers (notamment journalistes, artistes, cinéastes, etc.). Rappelons que la majorité des juifs résidant alors en France étaient étrangers (200 000 environ), soit en raison de leur immigration récente, soit par l'effet des dénaturalisations. Le 4 octobre, une loi « sur les ressortissants étrangers de race juive » vient aggraver pour eux le statut de la veille. Elle énonce que les juifs étrangers « pourront […] être internés dans des camps spéciaux par décision du préfet du département de leur résidence ».

Ces deux lois, établies à vingt-quatre heures d'intervalle, engagent une politique de discrimination sans précédent depuis Napoléon Ier, on peut même dire depuis l'Ancien Régime. Un des effets les plus immédiatement visibles du statut est la perte de leurs postes et de leurs chaires par les instituteurs et professeurs juifs. En zone occupée, 408 sont frappés d'exclusion, et en zone non occupée, où les juifs sont désormais les plus nombreux, 656 : soit, en tout, 1 064 exclus, dont 119 membres de l'enseignement supérieur (les universités de Paris, Strasbourg et Nancy sont particulièrement touchées). Le plus grand nombre (67 %) relèvent de l'enseignement primaire[3]. Pétain, on l'a dit, était, selon Baudoin, très soucieux de débarrasser des juifs l'instruction publique, où ils étaient soupçonnés d'endoctriner la jeunesse contre les traditions nationales. « Il n'était pas admissible, déclarera l'académicien Abel Bonnard à *Gringoire* le 13 novembre 1942, que l'histoire de France soit enseignée aux jeunes Français par un Isaac. » Jules Isaac, agrégé d'histoire, ancien ami de Charles Péguy, ancien combattant blessé à Verdun, avait rédigé, après la mort de son collègue Malet, des manuels d'histoire largement diffusés dans les lycées de la République. Inspecteur général de l'Instruction publique, il avait le tort, en plus d'être juif, d'avoir été dreyfusard. Destitué par Vichy, retiré dans un village de l'Ardèche, il échappera de peu à la déportation, tandis que sa femme, sa fille et son gendre seront victimes de l'extermination[4].

La loi du 4 octobre, plus odieuse encore, menaçait les juifs étrangers d'internement en camps spéciaux. Ces camps existaient sur le territoire français dès avant la guerre, destinés à « accueillir » les réfugiés espagnols, après la victoire de Franco sur les républicains. Ceux-ci n'étaient plus que 6 000 à vivre dans ces camps, pour la plupart en zone sud. Au début de la guerre, en septembre 1939, la République transforma ces camps en « centres de rassemblement » destinés aux ressortissants des pays ennemis présents en France. C'est ainsi que les autorités républicaines, de manière inconsidérée, avaient interné, surtout dans le camp de Gurs, dans les Basses-Pyrénées, plusieurs milliers de juifs venus d'Allemagne, et devenus apatrides[5]. En octobre 1940, la France compte 26 camps dans la zone nord et 15 dans la zone sud. Malgré les incertitudes de la statistique, on peut estimer à 50 000 environ le nombre des juifs internés à la fin de 1940 dans ce qu'on commence à appeler des camps de concentration, dont ils constituent 70 % de la population.

Quant à l'Algérie, Vichy, par la loi du 7 octobre 1940, annule

---

3. C. Singer, *Vichy, l'Université et les Juifs*, Les Belles Lettres, 1992.
4. A. Kaspi, *Jules Isaac ou la Passion de la vérité*, Plon, 2002.
5. D. Peschanski, *La France des camps : l'internement 1938-1946*, Gallimard, 2002.

purement et simplement le décret Crémieux : la nationalité française est retirée aux « juifs indigènes » d'Algérie. Une coïncidence fera qu'après le débarquement de novembre 1942, et alors que le général Giraud sera provisoirement l'homme fort à Alger, Peyrouton, l'un des inspirateurs du statut, sera nommé par celui-ci gouverneur général d'Algérie. Selon les instructions du « commandant en chef » (Giraud), Peyrouton explique aux représentants de la communauté juive que l'abrogation du décret Crémieux « ne peut pas pour le moment être remise en cause » ! Après la victoire des gaullistes, Peyrouton devra démissionner, le 4 juin 1943. Le 21 octobre suivant, le décret Crémieux sera rétabli.

Revenons à Vichy. En juin 1941, un second statut des juifs aggrave le premier. Entre-temps, Pierre Laval avait été, malgré la protection dont il bénéficiait de la part des Allemands, remplacé par l'amiral Darlan. Alibert et Peyrouton l'avaient suivi dans sa disgrâce. Cependant, la politique antisémite n'était pas remise en cause pour autant. Une loi du 29 mars 1941 avait instauré un Commissariat général aux questions juives (CGQJ), confié à Xavier Vallat. Il avait pour fonction de proposer de nouvelles dispositions législatives ; de pourvoir à la gestion et à la liquidation des biens juifs (l'« aryanisation ») ; et d'une manière générale de contrôler les différentes opérations afférentes à la question juive.

En matière législative, Vallat est à l'origine du second statut des juifs du 2 juin 1941 remplaçant la loi du 3 octobre 1940. Catholique, favorable à un antisémitisme d'État, l'ancien pourfendeur de Léon Blum entend considérer le problème juif « du point de vue religieux et non pas du point de vue racial ». L'article 1er du nouveau statut modifie en conséquence la définition d'octobre 1940 (est regardé comme juif celui ou celle « qui est issu d'au moins trois grands-parents de race juive, ou de deux seulement si son conjoint est issu lui-même de deux grands-parents de race juive), en précisant qu'est « regardé comme étant de race juive le grand-parent ayant appartenu à la religion juive ». De même, le statut précise qu'on regarde maintenant comme juif tout individu qui appartient à la religion juive, ou y appartenait le 25 juin 1940, et qui est « issu de deux grands-parents de race juive ». Seul le certificat de baptême apportait la preuve qu'on avait renoncé à la religion juive. Tant pis pour les incroyants !

Le nouveau statut, qui préconisait le recensement des juifs dans toute la France, aggravait aussi les interdits professionnels, les élargissant notamment aux professions libérales, aux professions de la banque et de la Bourse, ou à l'édition de journaux et de livres. Un seuil de 3 % était imposé aux étudiants pour chaque année d'études. Une série de décrets pris dans les semaines suivantes fixaient les limites et les conditions d'accès à ces activités. On sait assez bien aujourd'hui comment les choses se sont passées dans deux professions où les juifs étaient nombreux avant la guerre, les avocats et les médecins.

Selon Robert Badinter, le nombre des avocats juifs inscrits au barreau de Paris en 1939 se situait entre 300 et 400 sur un total de 2 025. Au dire du bâtonnier Jacques Charpentier, il y avait toujours eu une question juive au barreau de Paris : « Elle s'était aggravée depuis quelques années, avec l'arrivée de réfugiés politiques qui, à la faveur des facilités apportées à la naturalisation, avaient gagné le barreau. Ils avaient une conception de la justice très différente de la nôtre [6]... » Une première mesure limitative, datant du 18 septembre 1940, avait été prise : « Nul ne peut être ou demeurer inscrit à l'ordre des avocats, ou sur les listes de stage, s'il ne possède la nationalité française acquise, à titre originaire, comme étant né de père français. » La mesure visait tous les étrangers, mais ce sont les juifs qui en large majorité en faisaient les frais.

Le second statut est complété par un décret du 16 juillet 1941 qui, signé par Pétain, le garde des Sceaux Joseph Barthélemy et Darlan, réglemente l'exercice de la profession d'avocat et instaure un *numerus clausus* : il fixait un quota de 2 % d'avocats juifs, ce qui n'autorisait qu'une cinquantaine d'entre eux au

6. J. Charpentier, *Au service de la liberté*, Fayard, 1949, cité par R. Badinter, « Peut-on être avocat lorsqu'on est juif en 1940-1944 ? », *in* Le Genre humain, *Le Droit antisémite de Vichy*, Seuil, 1996, p. 144.

barreau de Paris. On avait prévu une exception pour ceux qui avaient rendu des services exceptionnels à la France, mais le CGQJ n'en trouva aucun digne de cette faveur[7]. À la suite de la délibération de la cour d'appel de Paris, 203 avocats juifs durent cesser d'exercer. Finalement, 92 seront maintenus au tableau – ce qui dépassait le *numerus clausus* –, au titre d'anciens combattants, femmes de prisonniers, veuves de guerre, etc. Cela n'empêchera pas nombre d'entre eux d'être, plus tard, arrêtés et déportés.

D'autres décrets appliquaient la règle des quotas aux médecins juifs (11 août 1941) ; aux sages-femmes et aux pharmaciens juifs (26 décembre 1941) ; aux professions dentaires (5 juin 1942).

Au total, on estime que les interdictions de 1940-1941 ont privé de tout moyen d'existence la moitié de la population juive en France. La ségrégation sociale avait été réalisée par les autorités françaises *motu proprio*. Écartés de l'administration, de l'enseignement, de la presse et de l'édition, du cinéma et du théâtre, des professions libérales, du monde de la banque et de la Bourse, les juifs français étaient devenus des parias ; les juifs étrangers ou dénaturalisés, quant à eux, étaient voués aux camps spéciaux. La passion antisémite avait été pendant longtemps un délire sans effet réel ; elle était désormais passée dans la loi.

Une autre fonction dévolue au CGQJ fut la confiscation des biens juifs sous le label d'« aryanisation ». La loi du 22 juillet (*JO* du 26 août 1941) relative aux entreprises, biens et valeurs appartenant aux juifs est toujours signée Ph. Pétain, Maréchal de France, chef de l'État français. L'article premier décrit bien l'intention qui est « d'éliminer toute influence juive dans l'économie nationale ». Cette loi donne pouvoir au commissaire général aux questions juives de nommer un administrateur provisoire aux entreprises industrielles, commerciales, immobilières ou artisanales, ainsi qu'aux valeurs mobilières, quand ceux à qui elles appartiennent ou qui les dirigent sont

7. R. Badinter, *Un antisémitisme ordinaire. Vichy et les avocats juifs (1940-1944)*, Fayard, 1997.

juifs. La liquidation des entreprises est prévue ; son produit sera versé sur un compte, au nom du propriétaire, à la Caisse des dépôts et consignations, après un prélèvement de 10 % destiné au Fonds national de solidarité juive, lui-même géré par la Caisse des dépôts.

Cette loi du 22 juillet ne faisait que justifier et entériner une série de mesures qui, sous forme d'ordonnances de l'occupant ou de lois françaises, avaient engagé la politique d'aryanisation, dont le but était double : l'exclusion des juifs des entreprises économiques, fussent-elles les plus modestes, et la spoliation de leurs biens [8]. Certains juristes n'hésitent pas alors à justifier cette loi. Ainsi, E.-H. Perreau, professeur à la faculté de droit de Toulouse :

« Il est naturel qu'en temps de crise profonde comme notre crise actuelle, l'autorité publique écarte les personnes dont elle redoute l'influence, tels les juifs à l'heure présente. [...] Leur génie commercial est légendaire depuis des siècles ; avec le temps leurs placements en biens fonds étaient devenus très importants. Une série de lois récentes se propose d'enrayer ce mouvement. [...] Tout en diminuant l'activité commerciale et foncière des juifs, elles tendent à détourner leurs fonds des trésoreries et des entreprises étrangères pour les faire refluer vers le Trésor français et nos propres entreprises. »

De leur côté, les Allemands avaient commencé leurs pillages dans la zone nord. Le Reich hitlérien avait déjà entrepris en 1938 la spoliation des biens juifs en Allemagne par ce qu'on a appelé les « lois de Nuremberg économiques ». Le même processus est imposé en France, dont les premières victimes sont les juifs qui avaient gagné le sud de la France comme des millions de Fran-

---

8. Pour le détail législatif voir notamment M. Bloucaille-Boutelet, « L'"aryanisation" des biens », in *Le Droit antisémite de Vichy*, *op. cit.*, p. 243-265. Les Allemands et le régime de Vichy se sont livré une « âpre lutte » pour garder le contrôle des biens accaparés, à travers des mécanismes de spoliation multiples et complexes. Voir le rapport de la *Mission d'étude sur la spoliation des Juifs de France de 1940 à 1944*, mission présidée par Jean Mattéoli, diligentée par le Premier ministre Alain Juppé en 1997, et dont le rapport est présenté à Lionel Jospin, son successeur, le 17 avril 2000, La Documentation française, 2000.

çais et auxquels l'ordonnance allemande du 27 septembre 1940 avait interdit le retour chez eux. Le 28 mai 1941, une nouvelle ordonnance allemande bloquait les comptes bancaires des juifs, à concurrence de 15 000 francs par mois. En novembre de la même année est créée d'autorité une Union générale des Israélites de France (UGIF) qui devait assurer la représentation des juifs auprès des pouvoirs publics. C'est elle qui est chargée par une ordonnance allemande du 17 décembre de recouvrer le montant d'une amende de 1 milliard de francs, véritable tribut à payer à l'autorité militaire occupante. Cette somme sera prélevée sur le produit des liquidations des biens juifs opérées par les administrateurs provisoires, soit 855 996 432,70 francs.

La mesure frappait d'exclusion à leur tour les commerçants et artisans juifs, même les plus modestes, dont les boutiques et échoppes se trouvaient « aryanisées ». On estime que, dès la première année d'occupation, 15 000 familles, soit un minimum de 60 000 personnes, perdirent, dans la zone occupée, leur moyen d'existence[9].

L'aryanisation des biens juifs n'alla pas aussi vite que souhaité par l'occupant. Le CGQJ, qui en était chargé, se heurta à des résistances imprévues. En avril 1944, moins du quart des entreprises et immeubles pourvus d'un administrateur provisoire étaient aryanisés (9 680 sur 42 227). Dès le 14 avril 1941, la France libre avait fait savoir de Londres que ces ventes seraient annulées. La menace ne suffisait certes pas à freiner l'avidité des candidats, mais d'autres entraves vinrent des avocats, des tribunaux et des notaires, qui firent souvent une obstruction efficace. Le CGQJ s'en plaint auprès du garde des Sceaux qui n'y peut mais[10]. Au demeurant, les juifs étaient bel et bien écartés de la vie économique en France. Identifiés, recensés, expropriés, spoliés, exclus, paupérisés, ruinés, ils n'avaient pourtant pas encore connu le pire.

---

9. A. Cohen, *Persécutions et Sauvetages. Juifs et Français sous l'Occupation et sous Vichy*, Cerf, 1993, p. 121.

10. J. Billig, *Le Commissariat général aux questions juives (1941-1944)*, Éditions du Centre, 1960.

Dans l'entreprise de l'aryanisation, on voit clairement à l'œuvre, par le truchement du Commissariat général aux questions juives, la « collaboration » que Pétain avait appelée de ses vœux lors de sa rencontre avec Hitler à Montoire, en octobre 1940, et qui s'étendit peu à peu au pire de la politique hitlérienne. La création de l'Institut d'étude des questions juives est, elle, d'origine allemande ; elle est le fait du SS-Obersturmführer Dannecker, le représentant d'Eichmann à Paris, et de la *Propagandastaffel.* Cet Institut, animé par un Français, le capitaine Sézille, exerça un rôle de police, en dressant des listes pour la Gestapo. Sa fonction principale était cependant la propagande. C'est cette officine qui organise notamment, de septembre 1941 à janvier 1942, avec l'aide de « L'Institut juif » de Francfort, l'exposition « Le Juif et la France » au palais Berlitz, laquelle reçoit au total 383 000 visiteurs. Conférences, films, un journal sans succès – le *Cahier jaune* –, brochures diverses sont les autres moyens employés. En mars 1942, une nouvelle revue est lancée, *La Question juive en France et dans le monde*. Parallèlement, un Français, Georges Montandon, professeur à l'École d'anthropologie de Paris, avait fondé sa revue, *L'Ethnie française*, de parution irrégulière, mais entièrement financée par l'Institut allemand. L'ensemble de ces publications ravitaillait abondamment la grande presse sur tous les aspects de la question juive. Une certaine incohérence régnait encore d'une zone à l'autre, et Vallat ne s'entendait guère avec Sézille. Mais, à partir de novembre 1942, les Allemands occupant tout le territoire français, la propagande antijuive la plus raciste se généralisa.

À la demande des Allemands, Vallat a été remplacé à la direction du CGQJ par Louis Darquier de Pellepoix, le 6 mai 1942. Changement de style. Vallat était un national-catholique ; Darquier, un raciste confirmé. Néanmoins, dans un premier temps, Vichy, où Laval était revenu aux affaires en avril 1942, opposa une résistance aux injonctions de l'occupant quant à l'obligation faite aux juifs de porter l'étoile jaune. Les Allemands, désireux d'imposer l'étoile dans les deux zones, négocièrent avec Darlan, qui la refusa pour la zone non occupée, en invoquant l'opinion qui pouvait considérer les juifs comme des martyrs. Les autorités d'occupation imposèrent le port de l'étoile jaune aux juifs de la seule zone occupée, par une ordonnance du 29 mai, entrée en application le 7 juin 1942. En juillet, dans la zone occupée, l'accès aux lieux publics fut interdit ou sévèrement réglementé : les juifs ne devaient monter que dans le dernier wagon des rames de métro, ne pouvaient faire leurs achats dans les magasins que de 15 à 16 heures ; ils ne pouvaient plus entrer dans les cinémas ni dans les théâtres, etc. Toutes ces mesures suivaient la décision prise par les responsables nazis de la déportation des Juifs de l'Ouest occupé. Le premier convoi de déportation était parti le 27 mars 1942.

Cependant, l'obligation de l'étoile jaune, à partir de 6 ans d'âge, suscite la première réaction visible favorable aux juifs en zone occupée, surtout à Paris. De nombreux témoignages de sympathie sont repérés dans les transports publics, à l'Université. De jeunes Français non juifs décident de porter l'étoile, parfois avec dérision, en inscrivant dessus : « Papou », « Auvergnat », « Swing ». Helmut Knochen, chef de la police allemande à Paris, s'en inquiète : « De larges milieux de la population ont fait preuve de peu ou d'aucune compréhension du tout pour ce signe distinctif. Les "pauvres Juifs", en particulier les enfants, ne cessent d'être plaints. […] Dans environ 40 cas jusqu'ici, des non-Juifs, pour la plupart des mineurs, ont porté, par sympathie pour les Juifs, l'étoile juive[11]. » Le pays était pourtant en proie à la plus intense propagande antisémite qu'il ait jamais connue.

L'antisémitisme français d'occupation allemande

La défaite de 1940 et l'Occupation auraient pu atténuer les vociférations antisémites des nationalistes français. Mais le primat de l'antisémitisme sur le nationalisme est chez eux

---

11. Cité par S. Klarsfeld, *Vichy-Auschwitz*, t.1, *1942*, Fayard, 1983, p. 206.

avéré ; on le savait depuis la crise des années trente et les années munichoises. La victoire des nazis ratifiait en somme le bien-fondé de leurs préjugés. Les antisémites aux idées maurrassiennes comme Xavier Vallat profitaient de l'événement pour mettre en chantier leur programme d'« antisémitisme d'État ». Ses législateurs se font fort de rappeler que les deux statuts décrétés par Vichy ne doivent rien au nazisme. Partisan d'un « antisémitisme français », qu'il oppose à l'« antisémitisme boche », Maurras commente ainsi le statut du 3 octobre 1940, auquel il donne sa pleine adhésion :

« Ce dont il est surtout question, c'est d'interdire aux Juifs les postes d'administration, de direction, de formation des intelligences. Rien n'est plus sage, il faut bien espérer que l'on épargnera récriminations et gémissements sur aucune lésion aux droits sacrés de la personne humaine. Il n'est écrit, nulle part, sur les étoiles du ciel ni dans les profondeurs de la conscience, qu'il soit offensant pour une personne humaine de ne pouvoir accéder à la direction ou à la gérance d'un théâtre ou d'un cinéma, d'une publication ou d'une université. Ce qui adhère aux droits de la personne humaine, c'est la moralité, la religion, la raison. Le statut des Juifs ne leur demandera pas de dire que 2 et 2 font 5, ni d'abjurer la foi hébraïque, ni de parler ou d'écrire contre la vérité et contre l'honneur. Ces points sont sauvegardés. Mais nous sommes les maîtres de la maison que nos pères ont construite et pour laquelle ils ont donné leurs sueurs et leur sang. Nous avons le droit absolu de faire nos conditions aux nomades que nous recevons sous nos toits. Et nous avons aussi le droit de fixer la mesure dans laquelle se donne une hospitalité que nous pourrions ne pas donner [12]. »

La nouveauté est le renforcement, sous l'autorité de l'occupant, de l'antisémitisme de race et de peau, qui n'avait jamais dominé dans les doctrines antijuives françaises. Les tenants de ce racisme, plus souvent présents à Paris qu'à Vichy,

12. Cité par P.-A. Taguieff, « L'antisémitisme à l'époque de Vichy : la haine, la lettre et la loi », *in* P.-A. Taguieff (dir.), *L'Antisémitisme de plume 1940-1944*, Berg International Éditeurs, 1999, p. 98.

jugent de haut les statuts maréchalistes. Georges Montandon, fondateur de *L'Ethnie française*, parle de l'« entourage maurrassien et enjuivé » de Pétain, et méprise Xavier Vallat. À ses yeux, la « grande ethnie aryenne » est menacée par les infiltrations sémites, et Maurras lui-même est suspect. Montandon et les collaborateurs de sa revue partagent pleinement les théories racistes des nazis : « Nous soupirons après le jour où les Autorités allemandes, usant de leur *droit* de vainqueurs, imposeront, à nos concitoyens à l'âme métisse, la ségrégation radicale du corps allogène judaïque, en attendant la déportation [13]. »

Fouetté par les théories venues d'Allemagne, ce racisme, qui prête aux juifs des dispositions héréditaires, une pathologie particulière, un cerveau différent, a été vulgarisé par de nombreux publicistes, au rang desquels s'est distingué par ses obsessions Henry Coston, un émancipé de l'Action française devenu un admirateur forcené de l'Allemagne hitlérienne. Membre du PPF de Jacques Doriot entre 1940 et 1943, Coston multiplie les articles contre les francs-maçons et les juifs dans *Au Pilori*, *Le Cri du peuple*, *La France au travail*. En 1941, il fonde un Centre d'action et de documentation, financé par l'occupant, organe de diffusion de documents antimaçonniques et antisémites, et bientôt centre de renseignements sur les ennemis de la Collaboration. Vice-président de l'Association des journalistes antijuifs, il participe aussi aux activités du Cercle aryen, et publie brochure sur brochure, ouvrage sur ouvrage, pour démasquer la « mainmise judéo-maçonnique » sur le Parlement, la presse, le barreau, etc. Une de ses publications, en avril 1944, sous la forme d'un magazine illustré, s'intitule *Je vous hais !*, sous une couverture en couleurs représentant Léon Blum en gros plan et la Chambre des députés sous son coude. Il s'agit d'un véritable catéchisme du racisme antijuif, où l'on peut lire notamment :

« Dans le domaine *biologique*, c'est sous le rapport *morphologique* (somatique) que la distinction saute naturellement aux yeux ; elle se manifeste si fréquemment de façon spéciale

13. *Ibid.*, p. 108.

(même si cette manifestation ne se réalise pleinement que chez une minorité des membres de la communauté) que chacun connaît les traits de ce qu'on peut appeler le *type juifu* [*sic*] : protusion [*sic*] des globes oculaires, de l'appendice nasal et des lèvres, de l'inférieure en particulier, mollesse des tissus, geste griffu, allure louche, démarche en battoirs. Mais cette morphologie s'accompagne de caractères souvent taxés de sociaux, et qui, en effet, se concrétisent socialement [...] mais qui n'en ont pas moins une racine biologique. Ces caractères sont de deux ordres, physiologiquement, l'anatomie juifue s'accompagne du phénomène connu sous le terme de *parasitisme* – parasitisme de l'ensemble de la communauté considérée globalement, et de la très grande majorité de ses membres pris individuellement. Psychiquement, la morphologie juifue est flanquée d'*absence de sensibilité morale*, comme l'a fait remarquer le Professeur Maignon, de l'École d'Alfort. » Le reste du magazine n'est qu'un tissu d'insanités, de caricatures, de grossièretés, mêlant un antisémitisme qu'on pourrait appeler « de boulevard » à un racisme tout droit venu du national-socialisme.

Un des participants au *Je vous hais !* est un ancien collaborateur de Drumont, Jean Drault, qui a accueilli la Collaboration comme une eau de jouvence. Le voilà reparti, l'ancien journaliste de *La Libre Parole*, prêchant le rapprochement avec l'Allemagne, offrant sa plume à *Paris-Soir*, à *La France au travail*, à *L'Appel*, au *Réveil du peuple*, et aux publications de l'Institut d'étude des questions juives comme le *Cahier jaune*, ou *La Question juive en France et dans le monde*. Il publie, en 1942, Aux Armes de la France – nouveau nom des éditions Calmann-Lévy aryanisées –, son *Histoire de l'antisémitisme*, que Céline, enthousiaste, voudrait voir mettre au programme des écoles. En 1943, les Allemands lui confient la direction du *Pilori*, dont le tirage est alors de 80 000. Lui aussi fustige Vichy et s'élève contre « l'indulgente loi française qui régit les Juifs », réclame le port de l'étoile jaune en zone sud et l'interdiction des mariages mixtes entre Juifs et Aryens.

L'antisémitisme journalistique ne connaît plus de bornes. Fleuve bouillonnant où les journaux respectables comme

Le Matin (troisième tirage des quotidiens parisiens, avec 263 000 exemplaires en 1943) rivalisent de fureur avec les spécialistes de longue date comme *Je suis partout*. La radio (il y a plus de 5 millions de postes de TSF alors en France, c'est dire que la majorité des familles en sont pourvues) joue sa partition dans la propagande de haine. Surtout Radio-Paris, contrôlée par les Allemands, où se distingue par ses diatribes, sa gouaille et ses vociférations Jean Hérold-Paquis, ancien soldat de Franco et speaker à Radio-Saragosse. La Radio nationale, à Vichy, se fait un temps plus discrète. Mais Philippe Henriot, antisémite virulent, donne ses causeries régulières à Radio-Vichy à partir de février 1942 et, devenu ministre, poursuit ses commentaires radiophoniques en janvier 1944, avant de tomber sous les balles de la Résistance au mois de juin.

L'antigaullisme, que partagent pétainistes et collaborationnistes, est une autre occasion d'entretenir la haine antisémite. Le général de Gaulle est dépeint comme l'homme des juifs, qui ont voulu la guerre et défendent leurs intérêts face à Hitler. L'une des affiches de l'Institut d'études des questions juives de l'automne 1941 représente un képi sans visage devant un micro entouré de juifs en haut-de-forme, selon les caricatures traditionnelles. Deux slogans : « Le vrai visage de la "France libre" ! » et « Le général Micro, fourrier des juifs ! ». Brasillach dénonce « les hurlements des Juifs de la radio de Londres » et ne craint pas le ridicule en évoquant Gambetta, « un juif gaulliste avant l'heure ». La cohorte des antisémites de Vichy et de Paris déclinent le thème à foison. Le 12 janvier 1944, Drieu La Rochelle note dans son Journal : « De Gaulle est un maître de cérémonies embauché par les Juifs pour agrémenter leur rentrée en France. » Georges Suarez, lui, dans son éditorial du 8 janvier 1943 : « Il est logique que M. de Gaulle se proclame l'ennemi de l'Axe et le partisan de la République, l'un n'allant pas sans l'autre, quand on sait que sa maigre troupe n'est guère plus qu'un ramassis de Juifs, de francs-maçons et de parlementaires déchus [14]. »

---

14. Citations dans Ph. Foro, *L'Antigaullisme. Réalités et représentations (1940-1953)*, H. Champion, 2003, p. 115-125.

Dans ce concours de haine, les écrivains n'ont donc pas fait défaut. Georges Bernanos est le seul auteur se réclamant de Drumont qui se soit résolument engagé dans le combat anti-hitlérien, mais le tournant avait été pris, on l'a vu, dès le début des années trente. Brasillach, Rebatet, Céline, Drieu, Châteaubriant, eux, donnent libre cours à leurs éructations sous haute protection nazie. Les deux premiers continuent *Je suis partout* dans l'esprit fasciste et antisémite que l'hebdomadaire a pris depuis 1936. Céline réédite son *École des cadavres* en 1942, munie d'une préface où la gloriole le dispute à l'odieux : « *L'École* était le seul texte à l'époque (journal ou livre) *à la fois et en même temps* : antisémite, *raciste*, collaborateur (avant le mot) jusqu'à l'alliance militaire immédiate, antianglais, antimaçon et présageant la catastrophe absolue en cas de conflit. » Il collabore aux journaux fascistes et antisémites, se proclame « national-socialiste », prend la parole en diverses réunions franco-allemandes ou collaborationnistes, non sans provocations. On ne le prend pas toujours au sérieux, malgré la ferveur de ses admirateurs au *Pilori* ou à *Je suis partout*. Maint biographe de Céline, ne pouvant admettre qu'un tel talent littéraire se soit ainsi fourvoyé, donnera des explications sans convaincre, tandis que d'autres, légitimement horrifiés par la démesure raciste de Céline, ne pourront se résoudre à classer celui-ci parmi les tout premiers écrivains français du siècle. Le génie de la langue n'a rien à voir avec la vertu civique ou l'humanitarisme [15].

Alphonse de Châteaubriant, ancien prix Goncourt, avait été séduit dès les années trente par le national-socialisme. De son livre paru en 1937, *La Gerbe des forces*, il garde le premier mot pour en faire le titre d'un hebdomadaire créé à Paris, en 1940, *La Gerbe*. Châteaubriant, président par ailleurs du groupe Collaboration, propage dans son journal un antisémitisme virulent, en même temps qu'il prône en style apocalyptique l'entente franco-allemande. *La Gerbe* accueille, entre autres, dans ses colonnes Abel Bonnard, Robert Brasillach,

---

15. M. Winock, « Le scandale Céline », *Nationalisme, Antisémitisme…*, *op. cit.*

Camille Mauclair, Paul Morand, Ramon Fernandez, Jean Giono, Céline, Drieu La Rochelle…

Pierre Drieu La Rochelle, devenu directeur de la *NRF* sur la pression des Allemands, n'a pas réussi longtemps à maintenir l'éclectisme de la célèbre revue Gallimard. De nouveau membre du PPF en 1942, il reste, toujours hanté par la décadence, résolument fasciste et antisémite. C'est surtout dans son *Journal* posthume qu'il se livre à ses démons. « Je hais les Juifs », écrit-il le 8 novembre 1942, alors que les Anglo-Américains viennent de débarquer en Afrique du Nord. Il ajoute : « Les Allemands sont des cons, moi aussi. Des cons délirants, hautains, maladroits et dévoués comme moi. Ils représentent admirablement tout ce que j'ai voulu être. Je ne veux que mourir avec eux. Je suis d'une race et non d'une nation. » Il y revient, par exemple en juin 1943 : « Raciste plus que nationaliste (sauf par à-coups), j'ai toujours préféré les Anglais, Américains ou Allemands aux Français. Horreur du Français moyen, homme brun, petit, du Centre et du Sud. Horreur du Marseillais. » Désespéré par les défaites allemandes, Drieu en viendra à souhaiter l'avènement d'une Europe communiste. Tout plutôt que la démocratie libérale !

Robert Brasillach s'est montré par ses articles le complice actif de la persécution antijuive. Ainsi, l'article ignoble du 25 septembre 1942, « Les sept internationales contre la patrie », dans lequel il fustigeait l'archevêque de Toulouse trop enclin à la compassion : « L'archevêque de Toulouse proteste contre les mesures prises envers les Juifs apatrides en zone non occupée et accuse le gouvernement du Maréchal de suivre des inspirations étrangères. Il parle de brutalités et de séparations que nous sommes tous prêts à ne pas approuver car il faut se séparer des Juifs en bloc et ne pas garder les petits. L'humanité commande ici la sagesse. »

Son camarade de *Je suis partout*, Lucien Rebatet, mérite une mention spéciale. Journaliste autoproclamé fasciste, encore assez peu connu en 1942, il devient au mois d'octobre de cette année-là l'écrivain français le plus vendu de l'Occupation. Le tirage de son livre, *Les Décombres*, édité par Denoël après avoir été refusé par Gallimard, n'est pourtant que de 65 000 exemplaires, mais c'est en raison de la pénurie de papier. La demande est très supérieure à l'offre, le livre circule de main en main, se vend à prix fort sous le manteau, et Brasillach télégraphie à Rebatet qu'il a créé « l'événement du siècle [16] ». Dans ce pamphlet, l'auteur dresse le tableau de la chute, celle d'une France contaminée, amollie, dévirilisée, anéantie, par le poison juif. Conséquent, il explique le « puissant attrait que l'hitlérisme exerce sur [lui] » et les étapes de son ralliement :

• « En 1933, je commençais à embrasser suffisamment le champ des déprédations judaïques pour apprendre avec une certaine allégresse les bâtonnades des sections d'assaut » (p. 25).

• « Un Aryen d'Occident, conscient des périls de sa race, n'en ressentait pas moins dès les premiers jours de septembre 1939 une insurmontable répugnance à préméditer l'écrasement du seul véritable Anti-juif, Hitler » (p. 550).

• « La juiverie offre l'exemple unique, dans l'histoire de l'humanité, d'une race pour laquelle le châtiment collectif soit le seul juste » (p. 566).

• « L'esprit juif est dans la vie intellectuelle de la France un chiendent vénéneux, qui doit être extirpé jusqu'aux plus infimes radicelles, sur lequel on ne passera jamais assez profondément la charrue. [...] Des autodafés seront ordonnés du maximum d'exemplaires des littératures, peintures, partitions juives et judaïques ayant le plus travaillé à la décadence de notre peuple, sociologie, religion, critique, politique, Lévy-Bruhl, Durkheim, Maritain, Benda, Bernstein, Soutine, Darius Milhaud » (p. 568).

Vomissant la droite française encore plus, s'il est possible, que la gauche, Rebatet s'acharne sur l'Action française, sa famille d'origine, et le régime de Vichy, facteur de « sénilisation » de la France. Il n'est plus de salut à espérer que d'une Europe hitlérienne, enfin débarrassée des juifs.

Pétain fulmine. Maurras réagit par la plume, parle de « volumineuse saleté », écrite par « un nabot impulsif et

16. R. Belot, *Lucien Rebatet. Un itinéraire fasciste*, Seuil, 1994, p. 284.

malsain ». *Les Décombres* et les réactions que le livre provoque tracent encore une ligne de démarcation entre les prohitlériens et l'extrême droite nationaliste. Une partie de l'intelligentsia française, dont l'équipe de *Je suis partout* est la plus talentueuse, a opté résolument pour le vainqueur national-socialiste, tandis qu'à Vichy on rêve encore en cet automne 1942 de la « France seule ». La nature de l'antisémitisme n'est pas la même dans les deux camps, même si, à un moment donné, tout ce qui revendique l'exclusion des juifs finit par converger. Chez les fascistes parisiens, libérés de toute autocensure par l'Occupation, un racisme à tous crins, délirant ; chez les pétainistes de Vichy, un « antisémitisme d'État », aveugle sur ses implications diplomatiques, mais qui entend pour l'heure rester dans la « tradition ».

Cette distinction s'efface bientôt, en octobre 1942, quand paraît le pamphlet de Rebatet : la mise en œuvre de la Solution finale par Hitler et les complicités qu'elle obtient de l'État français confondent toutes les expressions de l'antisémitisme, devenues un même « bréviaire de la haine [17] ».

Les déportations

L'histoire de la déportation des juifs vers les camps de la mort est désormais bien connue, grâce à une très ample bibliographie [18]. Il ne s'agit pas ici de la retracer une fois encore, mais de pointer ce que furent les responsabilités proprement françaises dans la Shoah.

C'est le 20 janvier 1942 que se tient la conférence de Wannsee (un faubourg de Berlin) qui décide la mise en pratique de l'extermination des juifs d'Europe (la Solution finale) et déclenche les déportations massives vers les camps de la mort. Les rafles avaient commencé l'année précédente. Dès le printemps 1941, les Allemands procèdent à des arresta-

---

17. C'est le titre du livre de L. Poliakov, *Bréviaire de la haine. Le IIIe Reich et les Juifs*, préface de François Mauriac, Calmann-Lévy, 1951.
18. Voir notamment S. Klarsfeld, *Vichy-Auschwitz*, 2 vol., *op. cit.*

tions de juifs étrangers, avec l'aide de la police française. La première opération d'envergure date du 14 mai 1941 : 6 494 juifs, en nette majorité polonais, de 18 à 40 ans et de sexe masculin sont convoqués ; 3 747 sont effectivement arrêtés et dirigés vers les camps de Pithiviers et de Beaune-la-Rolande, dans le Loiret. La seconde opération a lieu le 20 août 1941, en représailles contre les attentats perpétrés par les communistes après les débuts de la guerre germano-soviétique. Cette fois, 4 230 juifs, dont 1 602 français, sont arrêtés et internés au camp de Drancy, administré par les autorités françaises. Enfin, le 12 décembre 1941, une action de représailles contre des attentats anti-allemands, que les exécutions des otages de Châteaubriant et de Nantes n'ont pas interrompus, est l'occasion pour les autorités allemandes de décider l'arrestation de 1 000 juifs, des « notables » presque tous français. 743 sont effectivement faits prisonniers, auxquels on ajoute 300 juifs de Drancy, transférés à Compiègne, pour faire bonne mesure. Le 15 décembre, 53 font partie des otages fusillés au Mont-Valérien. Les autres attendront au camp de Compiègne que des moyens de transport suffisants permettent leur déportation.

De façon massive, cependant, les premiers déportés furent les juifs étrangers internés en zone nord. Le 27 mars 1942, un peu plus de 1 100 hommes sont transportés du camp de Drancy à la gare du Bourget et en gare de Compiègne dans des autobus mis par la préfecture de police à la disposition du SS-Obersturmführer Dannecker, chef des Affaires juives en France.

Au printemps de 1942, la police allemande en France est réorganisée sous la responsabilité de Karl Oberg, secondé par Helmut Knochen et Herbert Hagen. Ce trio, qui a pour tâche de mettre en route la Solution finale en France, ne dispose pas de force policière suffisante et décide de s'appuyer sur la police française pour mener à bien sa mission. La police, depuis le retour de Laval au pouvoir, le 16 avril, est supervisée par un secrétaire général, René Bousquet, haut fonctionnaire, ancien préfet, d'affinités radicales-socialistes, dont le souci est de défendre l'autonomie de Vichy et l'autorité de sa police sur tout le territoire français. Son délégué en zone occupée est

Jean Leguay, intermédiaire direct entre Dannecker et Bousquet. Il est vrai qu'une autre police française existe, la Police aux questions juives (PQJ), dépendant du CGQJ, dont le nouveau responsable, Darquier de Pellepoix, entend jouer sa partition. Entre Bousquet et Darquier, entre la police régulière et la police latérale, les Allemands ont vite choisi. Ils ont rencontré les deux personnages, jugé Darquier à son niveau, et lui ont préféré Bousquet. Des négociations entre le trio responsable allemand et le secrétaire général de la police française sont entamées, qui aboutiront à la fin de juillet 1942. Le cadre dans lequel vont s'effectuer pendant deux ans et demi les déportations des juifs de France est fixé.

Vichy met la police française de zone nord au service de la police allemande insuffisante en nombre, dans le cadre de la collaboration d'État. La France disposait en effet d'une police nombreuse, gendarmerie, police municipale, gardes mobiles et 30 000 policiers pour la seule ville de Paris : ce puissant outil de répression était indispensable à l'occupant pour mener à bien la déportation programmée. D'autre part, la section juive de la préfecture de police pouvait s'appuyer sur un fichier, administré par André Tulard, répertoriant près de 150 000 juifs du département de la Seine, par ordre alphabétique, par nationalité, domicile et profession. Ce fichier avait déjà servi aux autorités allemandes lors de l'arrestation de 1 000 notables juifs le 12 décembre 1941 ; il devenait un instrument indispensable pour la suite des arrestations et de la déportation [19].

Selon l'accord Oberg-Bousquet, conclu par un échange de correspondance en juillet 1942, Vichy affirmait et gardait l'autonomie de sa police, et le droit de s'occuper de ses propres ressortissants, sauf s'ils avaient été arrêtés pour des faits visant l'armée d'occupation, auquel cas ils devaient être livrés à la police alle-

19. Trois recensements des juifs de France avaient eu lieu : le recensement en zone occupée décidé par les Allemands en octobre 1940 ; le recensement décidé par Vichy le 2 juin 1941, pour la France entière ; et celui du 2 janvier 1942, intéressant, pour la seule zone non occupée, les juifs entrés en France depuis le 1er janvier 1936. Voir les entretiens avec J.-P. Azéma dans les numéros 163 et 200 de *L'Histoire*.

mande. En échange, la collaboration de la police française est assurée en zone occupée. Bousquet, allant à la rencontre des vœux allemands, avait proposé la déportation des juifs « apatrides » internés en zone non occupée. L'offre restait suspendue à la question des transports, les Allemands n'ayant pas les trains suffisants depuis leur entrée en guerre avec l'URSS.

Entre-temps Bousquet et les responsables de la police allemande s'étaient mis d'accord, le 2 juillet, pour opérer la grande rafle, décidée par les nazis, par les policiers et les gendarmes français. Le secrétaire général à la police avait fait part d'un double souhait de la part de Laval : que ce soit les forces d'occupation qui procèdent aux arrestations en zone occupée ; qu'en zone « libre », seuls les juifs de nationalité étrangère soient arrêtés et transférés par la police française. Les Allemands font une concession : seuls les juifs étrangers seraient arrêtés lors de cette opération, mais, en échange, c'est la police française qui s'en chargerait. Le 3 juillet, Vichy donne son accord à « la déportation, pour commencer, de tous les juifs apatrides des zones occupée et non occupée ». Laval, le 4 juillet, à Paris, confirme l'acceptation par Vichy de l'accord Bousquet. Le même jour, ont lieu des entretiens entre Knochen, Dannecker, Bousquet et Darquier, qui décident l'organisation de la rafle. Une commission technique franco-allemande est mise en place par Dannecker, comprenant, outre les Allemands, des représentants du CGQJ et de la police française. Les projets d'arrestation sont fixés, pour les départements de la Seine, de la Seine-et-Oise et de la Seine-et-Marne, à un total de 28 000 juifs, dont 22 000 doivent être déportés. Le « fichier Tulard » permet d'arrêter les personnes des deux sexes âgées de 16 à 50 ans, de nationalité allemande, autrichienne, polonaise, tchécoslovaque, soviétique ou apatrides. Les enfants seraient confiés à l'UGIF qui les placerait dans des foyers.

En fait, les enfants furent, eux aussi, arrêtés et déportés. Les Allemands n'avaient pas conçu leur arrestation et leur déportation dans l'immédiat. C'est Pierre Laval qui en a l'initiative, comme le révèle une note de Dannecker à Berlin, du 6 juillet 1942 : « Le président Laval a proposé, lors de la déportation des familles juives de la zone non occupée, d'y comprendre également les enfants âgés de moins de seize ans. La question des enfants juifs restant en zone occupée ne l'intéresse pas. » Et Dannecker de demander s'il doit lancer la déportation des enfants. La réponse de Berlin se fait attendre. C'est le successeur de Dannecker, Heinz Röthke, qui recevra l'avis d'Eichmann par téléphone : oui, les enfants peuvent être déportés, de même que les personnes âgées. Comment expliquer l'attitude de Laval ? Il invoquera lui-même des raisons humanitaires. En fait, sa motivation principale semble avoir été de camoufler la complicité criminelle de Vichy en préservant l'unité des familles. Les enfants privés de leurs parents auraient non seulement posé de grands problèmes pratiques, ils risquaient de créer un problème politique, en soulevant de multiples protestations à l'intérieur et à l'extérieur de la France [20].

À Paris, la police municipale est chargée des arrestations ; elle doit rassembler ses prises au Vélodrome d'Hiver, dans le XVe arrondissement ; et, de là, les interner dans les camps de Drancy, de Compiègne, de Pithiviers et de Beaune-la-Rolande, d'où ils seront convoyés par la gendarmerie vers les camps de l'Est. L'opération, baptisée « Rafle du Vel'd'Hiv' », est prévue pour les 16 et 17 juillet. Quelques semaines plus tard, dans la province de la zone occupée, six convois sont prévus : deux de Bordeaux, un d'Angers, de Rouen, de Châlons-sur-Marne/Nancy, et d'Orléans.

Le 16, au petit matin, une armée de 9 000 policiers français, aidés par quelques centaines de jeunes doriotistes, se mettent en chasse. Au 20 juillet, 13 152 personnes ont été arrêtées, dont 3 118 hommes, 5 919 femmes et 4 115 enfants de moins de 16 ans. Simultanément, la rafle de Bordeaux, sous la direction du nouveau secrétaire général de la préfecture, Maurice Papon, aboutit à l'arrestation de 120 juifs, rassemblés au camp de Mérignac. Ici et là, le résultat était très inférieur aux prévisions. Des fuites avaient eu lieu de la part de policiers de la préfecture de police, propagées par l'UGIF et les militants

---

20. Voir S. Klarsfeld, *Vichy-Auschwitz*, *op. cit.*, t. 1, p. 109-110 et M. R. Marrus, « Vichy et les enfants juifs », *L'Histoire*, n° 22, avril 1980.

de Solidarité. La proportion de femmes et d'enfants face au nombre d'hommes arrêtés laisse comprendre que beaucoup avaient été avertis et que nul ne pensait qu'on s'en prendrait aux femmes et aux enfants.

Dans cette ténébreuse rafle du Vel'd'Hiv', la police française présenta deux visages, celui de l'obéissance aveugle et celui de la compassion active. Le zèle des uns n'empêcha pas la résistance des autres, qui explique le relatif échec de l'opération par rapport au nombre des arrestations programmées.

Au demeurant, plus de 13 000 juifs sont arrêtés dans cette rafle monstrueuse. Ceux qui ont des enfants sont entassés au Vélodrome d'Hiver, dans des conditions inhumaines, rien n'ayant été prévu pour les recevoir, jusqu'au moment, entre le 19 et le 22 juillet, où ils sont transférés dans les camps de Beaune-la-Rolande et de Pithiviers, tandis que les juifs célibataires et mariés sans enfant avaient été envoyés directement à Drancy. Le 19 juillet, la déportation vers Auschwitz commence. Des Français, en provenance de Bordeaux, en font partie. Le 20, pour la première fois, des enfants... Le 30, un treizième convoi, en partance de Pithiviers, comprend des mères de famille, 147 femmes de 38 à 48 ans, arrachées à leurs enfants de moins de 15 ans, et accompagnées de leurs enfants de 15 à 20 ans au nombre de 139.

Cette fois, l'opinion ne reste pas indifférente, comme nous le verrons au chapitre suivant.

La deuxième étape, après les rafles en zone occupée, est le transfert des juifs internés de la zone non occupée, dans les camps des Milles (entre Marseille et Aix-en-Provence), Rivesaltes, Gurs, Fort-Bareaux (près de Grenoble)... Mais comme leur total n'atteint pas les 10 000 exigés par les autorités allemandes, Dannecker pousse à de nouvelles rafles, cette fois en zone « libre ». Laval et Bousquet donnent leur accord.

La grande rafle de zone « libre » est prévue pour le mercredi 26 août. Seuls en seront exemptés les personnes âgées de plus de 60 ans, les intransportables, les femmes enceintes, les parents d'enfants de moins de 2 ans, ceux enfin qui ont un conjoint ou un enfant français. Le 26 août, et pendant deux jours, la police française procède à un total de 6 584 arrestations. On est loin du compte prévu, il faut poursuivre la traque. Au total, ce seront 10 000 juifs de la zone « libre » qui seront livrés à la Gestapo, au cours de l'année 1942. Le bilan total, pour cette « année terrible », du 5 juin au 11 novembre, atteint le chiffre de 40 839 juifs déportés, dont les plus nombreux, soit 33 000, entre le 17 juillet et le 30 septembre. Il faudra dix-neuf mois des deux années suivantes pour ajouter 34 000 déportés. Si l'on estime à 80 000 environ le nombre des victimes de la Solution finale en France (aux déportés s'ajoutent les morts dans les camps français et les juifs exécutés ou tués sommairement), précisons que 24 500 sont des Français, répartis en trois groupes à peu près égaux, des enfants de parents étrangers nés en France, des juifs naturalisés français, enfin des juifs français de longue date.

Le ralentissement, qui correspond aussi au sauvetage de nombreux juifs, est à mettre d'abord au compte des réactions de l'opinion publique, des organisations religieuses et laïques, et des personnalités qui ont osé élever la voix de la protestation. Mais l'accablant est la responsabilité écrasante de Vichy, au premier chef Pétain, Laval et leur secrétaire général à la police Bousquet. Le régime de la Révolution nationale, sans aucune demande allemande, a promulgué deux statuts successifs qui ont créé la ségrégation, privé les juifs de leurs moyens d'existence, convaincu les Allemands d'une possible complicité avec Vichy sur la « question juive ». Sans doute, l'antisémitisme de Vichy n'était pas l'antisémitisme des nazis, mais, pour des considérations politiques, la Collaboration d'État inaugurée officiellement à Montoire par Pétain a offert à l'occupant l'outil faute duquel il n'aurait pu assurer les grandes rafles de 1942 et celles qui ont suivi en 1943 et 1944. Le tournant fatal des 2 et 4 juillet 1942, d'abord l'initiative de Bousquet, renonçant à la décision du gouvernement français, selon laquelle les arrestations seraient faites par la puissance occupante et mettant à la disposition des Allemands la police française ; ensuite la ratification par Laval de cet accord, aggravé par la proposition faite aux SS de livrer les juifs apatrides de zone « libre » avec leurs enfants (pour la plupart français, au demeurant) : ce sont là les décisions les plus néfastes et les plus indignes prises par Vichy, devenu complice à part entière de la Solution finale. L'insuffisance numérique des forces policières de l'occupant a été comblée par cette collaboration zélée, où Bousquet d'abord et Laval ensuite ont cru voir une occasion d'affirmer la souveraineté de l'État français sur tout le territoire national. C'est dans cette même perspective illusoire autant que criminelle que Vichy, quand le Sud-Est de la France fut occupé par les Italiens, dans les jours qui suivirent le débarquement allié en Afrique du Nord, crut bon de protester contre les autorités italiennes, décidées à protéger les juifs réfugiés en nombre dans le département des Alpes-Maritimes. Jamais gouvernement français ne s'était montré coupable d'une telle infamie.

11

La part des Justes

Entre le quart et le tiers des juifs de France ont été exterminés par les nazis ; plus des deux tiers ont donc été sauvés. Malgré la lourdeur de cette funèbre statistique, la France a été moins touchée que d'autres pays européens : 50 % en Allemagne, 83 % en Autriche, 44 % en Estonie, 81 % en Grèce, 45 % en Hongrie, 74 % en Lettonie, 90 % en Lituanie, 50 % en Norvège, 71 % aux Pays-Bas, 89,5 % en Pologne, 36 % en Roumanie, 82,5 % en Tchécoslovaquie, 80 % en Yougoslavie [1]. Après coup, certains nostalgiques de Vichy ont cru pouvoir mettre le chiffre français relativement favorable (28 %) – le Danemark, lui, avait sauvé 93 % des juifs y habitant, et la Finlande tous ses nationaux juifs – au compte du régime pétainiste [2]. Nous avons vu plus haut ce qu'il faut penser de cette assertion. D'autres ont insisté sur les événements – la victoire soviétique de Stalingrad notamment – pour expliquer le ralentissement des déportations en 1943 et 1944. C'était faire bon marché, dans l'un et l'autre cas, d'une authentique résistance de la population française et d'une solidarité active dont elle a su faire preuve face au monstre, dont ses dirigeants officiels se sont montrés complices. Des attitudes et des comportements philosémites qui contrastent fortement avec la passivité, pour ne pas dire l'indifférence, de l'opinion lors de la promulgation des deux statuts des juifs d'octobre 1940 et de juin 1941.

---

1. R. Hilberg, *La Destruction des Juifs d'Europe*, Fayard, 1988, rééd. « Folio-Histoire », 2 vol., 1992. A. Wieviorka *et al.*, *Auschwitz. La Solution finale*, Les Collections de *L'Histoire*, n° 3, octobre 1998.
2. A. Kaspi, « Vichy a-t-il sauvé les juifs ? », *ibid.*, p. 56-59.

Une opinion longtemps passive

Le statut des juifs du 3 octobre 1940, l'arrestation et l'internement de milliers de juifs étrangers en zone « libre », le statut renforcé de juin 1941, ne donnent lieu qu'à des protestations sporadiques. Comme si la question n'existait pas, comme si personne ou presque n'était au courant [3]. La Révolution nationale – une antiphrase pour désigner une œuvre de réaction en pleine occupation étrangère – battait son plein. Les remises en question des acquis républicains pleuvaient sur les syndicalistes, les francs-maçons, les écoles normales d'instituteurs, les partis politiques : les juifs faisaient partie des victimes au même titre que d'autres. Le trauma de juin 1940, la confiance acquise par le maréchal Pétain, mais aussi la xénophobie, tantôt bruyante, tantôt larvée, qui continuait d'alimenter le discours de la défaite, le repliement de chacun sur ses propres difficultés de survie, autant de causes d'une cécité généralisée. Plus que toute autre, sans doute, la conviction pour la plupart des Français que les mesures antijuives avaient été imposées par l'Allemagne hitlérienne. Bien des juifs eux-mêmes en ont été persuadés, comme l'atteste la protestation du Consistoire central, de mai 1941, où on lit : « Les Français israélites veulent encore croire que les persécutions dont ils sont l'objet sont entièrement imposées à l'État français par les autorités occupantes, et que les représentants de la France s'efforcent d'en atténuer au maximum les rigueurs... » Le maréchal Pétain, pour la plupart des Français, y compris les juifs, reste encore au-dessus de tout soupçon.

Lire le journal que tiennent quelques écrivains, plutôt attentifs à la chose publique, est révélateur. Celui d'André Gide, entre autres : on a beau tourner les pages de ses réflexions quotidiennes, on ne rencontre pas le moindre souffle d'indignation, ni en octobre 1940 ni en juin 1941. Auteur maudit par

3. P. Laborie, « Le statut des Juifs de Vichy et l'opinion », in *Les Français des années troubles*, Desclée de Brouwer/Seuil-« Points Histoire », 2003.

le nouveau régime, interdit de conférence par la Légion des combattants, il n'est pourtant pas capable de *voir* les décrets de la ségrégation. Le journal posthume de Roger Martin du Gard, prix Nobel de littérature, nous révèle la même absence de réaction. Il faut aller chercher dans le journal de Paul Claudel, auteur d'une *Ode au maréchal Pétain* datant de décembre 1940, un premier frémissement au début de mai 1941 : « C'est, écrit-il du statut des juifs, le travail d'un fou, Alibert, et d'une sombre canaille, Peyrouton. »

Dans l'enseignement, à l'Université, la révocation des maîtres et le *numerus clausus* imposé aux étudiants juifs ne soulèvent guère de mouvement de protestation. Bien des professeurs sont nommés à des postes libérés par des collègues juifs et acceptent sans état d'âme [4]. On éprouve de la gêne, on se fait discret, on se tait. « En 1940, écrit André Neher, professeur dans un collège de Brive-la-Gaillarde, la colère aurait dû venir des adultes, de mes collègues non juifs, épargnés par le statut. Un raz de marée d'immédiate résistance, un unanime cri de protestation, une démission collective de tous les enseignants, de tous les magistrats, aurait pu, à ce moment, faire basculer la politique de Vichy… »

Dans la décomposition morale d'une nation, ou simplement d'une corporation, il y a toujours, cependant, le jaillissement de l'exception, le refus de perdre son honneur. Combien précieux sont alors les cris des quelques rares protestataires dans le désert de la soumission. On les entendit au lycée Henri-IV, à Paris. Le 6 novembre, une pétition de 67 professeurs réclame au ministre d'épargner leurs trois collègues juifs, en raison de leurs « services exceptionnels ». Moins de deux semaines plus tard, les élèves de khâgne du même lycée se mobilisent en faveur de leur professeur de philosophie, Michel Alexandre ; leur pétition, adressée au recteur Carcopino, est accompagnée d'une lettre de soutien du proviseur. À l'Université, quelques gestes de sympathie sont notables, à la faculté des sciences de Paris, à la faculté de droit. À la faculté des lettres de la Sorbonne, le doyen Joseph Vendryès informe ses collègues qu'il

4. C. Singer, *Vichy, l'Université et les Juifs*, *op. cit.*, p. 139-206.

a demandé une dérogation au statut en faveur de ses collègues juifs. Le professeur d'italien Henri Bédarida, universitaire non juif, lui écrit, le 6 novembre :

« Monsieur le Doyen,

« J'ai répondu, pour ce qui me concerne, à la demande contenue dans votre lettre du 5 novembre. Cette demande, provoquée par l'application d'une loi parue au *Journal officiel* du 18 octobre, me suggère des réflexions que je crois devoir vous soumettre, comme à mon chef.

« Cette loi vient tout à coup interdire aux Juifs, sans discrimination aucune, l'accès et l'exercice des fonctions d'enseignement. Elle écarte de l'Université de France, et particulièrement de notre Faculté, des hommes parfois éminents, qui servaient et honoraient la science française et dont certains avaient servi par les armes notre commune patrie. C'est un premier motif de regretter une mesure aussi brutale.

« Un second motif tient aux origines manifestes et aux raisons inavouées d'un ostracisme soudain. S'il était des maîtres indignes parmi les membres du corps enseignant, appartenant à ce que de douteuses notions ethnographiques font appeler la "race juive", il appartenait à une autorité équitable de les frapper individuellement et pour des faits précis. Les considérations présentes dans l'exposé des motifs de la loi promulguée peuvent s'appliquer à d'autres qu'aux Juifs ; elles ne parviennent pas à justifier, à elles seules, des prescriptions qui s'appliquent à tous les Juifs et aux Juifs seuls. Ces prescriptions ne s'expliquent que dans la mesure où elles supposent un parti pris "racial" que les rédacteurs de la loi se sont gardés de formuler. Aveu tacite. Hommage implicitement rendu aux conceptions plus scientifiques peut-être, plus humaines à coup sûr, qui depuis un siècle et demi avaient réglé la situation des Juifs dans la communauté française, et ensuite dans les autres communautés nationales.

« En sorte que l'ostracisme prononcé aujourd'hui par la loi française me semble appeler les mêmes doutes, les mêmes réserves d'ordre intellectuel et même religieux que les "lois raciales", appliquées successivement en Allemagne et dans les pays qui sont devenus les satellites de l'Allemagne. On peut donc regretter que la charité chrétienne, ou simplement la justice humaine sur laquelle devrait se fonder un nouvel ordre français, et strictement français, aient été oubliées par le pouvoir exécutif, au bénéfice d'un esprit d'imitation, dont l'utilité reste à démontrer et qui s'accorde mal avec l'honneur de la France

« Veuillez agréer... »

Gustave Monod, inspecteur général de philosophie, écrit au recteur Carcopino que, désapprouvant les lois d'exclusion, il quitte son poste de haut fonctionnaire pour reprendre celui de simple professeur de philosophie, à Versailles. Dans son lycée de Bourg-en-Bresse, André Mandouze, dit à voix haute son indignation contre les lois antijuives. Henri Marrou, professeur d'histoire ancienne récemment nommé à Lyon, collaborateur d'*Esprit*, ne craint pas d'utiliser ses cours pour flétrir la politique de Vichy ; il sera un recours pour les intellectuels juifs traqués, qu'il cachera ou fera passer en Suisse.

Il n'empêche : ces actions, ces réactions, ces protestations, restent le plus souvent des initiatives individuelles. Le contenu de la presse clandestine, diffusée dès l'automne 1940, montre clairement que la « question juive » est loin d'être au centre des préoccupations, même de celles des Résistants. Certains de ceux-ci, du reste, ne sont pas épargnés par les préjugés antisémites (entre autres, l'amiral Muselier, les juristes Jean Escarra et Pierre Tissier). Certes, *Défense de la France*, *L'Université libre*, les *Cahiers* de l'OCM, pourfendent les lois de Vichy, mais il est notable que le général de Gaulle, peu suspect d'antisémitisme, ne parle jamais des juifs sur les ondes de la BBC. Jean Moulin ne mentionne pas le sort réservé aux juifs dans son rapport au général de Gaulle et aux Britanniques d'octobre 1941. Le problème de la ségrégation n'est pas central dans les préoccupations des Résistants [5]. « Cette question était dans un tout, dira plus tard Léo Hamon, et ce tout, nous le combattions. »

Une mention à part doit être faite pour les *Cahiers du*

5. P. Laborie, « La Résistance et le sort des Juifs 1940-1942 », in *Les Français des années troubles*, *op. cit.*

Témoignage chrétien, qui publient, en avril 1942, une brochure de 32 pages, tirée à 20 000 exemplaires, sous le titre « Antisémites »[6]. Ces *Cahiers* clandestins avaient été lancés à Lyon par un jésuite, le RP Chaillet, en novembre 1941. La rédaction du premier de ces cahiers était due à un autre jésuite, le RP Fessard ; son titre devait rester célèbre : « France, prends garde de perdre ton âme ». Cet appel à la Résistance dénonçait le scandale des persécutions nazies contre les juifs. Dans le cinquième *Cahier*, paru en février 1942, consacré au racisme, le RP Chaillet et ses amis (parmi lesquels Joseph Hours, professeur d'histoire au lycée du Parc de Lyon), protestent contre le silence de l'Église officielle : « FRANÇAIS ET CHRÉTIENS, NOUS VENONS ROMPRE SOLENNELLEMENT CE SILENCE. »

Fait nouveau, les auteurs ne s'en prennent pas seulement à l'antisémitisme hitlérien, mais aussi à la politique de Vichy : « Toute la propagande antijuive reste misérablement impuissante à justifier une législation qui prive les Français israélites de leurs moyens d'existence, les dépouille de leurs biens et, les enfermant progressivement dans une sorte de ghetto moral et matériel, tend à les exclure de la société française. » Après avoir passé au crible la législation antisémite de Vichy, ils appellent au sursaut : « Momentanément réduite au silence, humiliée de son impuissance mais non consentante, la conscience française rendue à l'honneur de la liberté retrouvera spontanément le sens profond de la tradition nationale, en réparant les injustices de l'égarement antisémite et en s'ouvrant généreusement à l'appel de la Raison et de l'Amour, dans la fidélité aux exigences spirituelles de la vocation de la France. »

La conclusion de ce *Cahier*, « L'antisémitisme et la conscience chrétienne », est due au RP Henri de Lubac. Ce théologien jésuite enjoignait ses supérieurs de rompre enfin le silence : « Il n'est pas nécessaire d'être grand clerc en théologie et en morale ni en droit civil ou canonique pour com-

---

6. *La Résistance spirituelle 1941-1944. Les Cahiers clandestins du Témoignage chrétien*, textes présentés par François et Renée Bédarida, Albin Michel, 2001, p. 115-157. Autres exceptions à signaler : les émissions de la France libre et *Franc-Tireur*.

prendre que l'attitude d'âme que suppose l'antisémitisme et ses applications juridiques et sociales qu'il entraîne sont diamétralement opposés à l'esprit chrétien, autant qu'à la conscience humaine. »

Tout naturellement, l'équipe du *Témoignage chrétien* faisait référence à Charles Péguy : « La voix de Péguy fait défaut à la France. » Socialiste et dreyfusard revenu au catholicisme, Péguy était fort prisé par l'aile catholique des idéologues vichystes. Enfant prodigue rentré à la maison paternelle, avant de mourir en héros au champ d'honneur, l'écrivain était devenu une référence clé. « Pauvre cher Péguy ! écrit Jean Cocteau dans son Journal en mars 1942. C'est le Péguy de l'affaire Dreyfus qui importe. On fait de son œuvre une image pieuse de Saint-Sulpice. » Or Péguy est, probablement, l'un des écrivains français les plus philosémites ; il sut le montrer jusques et y compris dans les temps où il est devenu ce nationaliste républicain et catholique qui plaisait à tant de pétainistes. Cela donna une idée à Emmanuel Mounier, directeur de la revue *Esprit*, qu'il avait fait reparaître à Lyon, sous le régime de la censure, avant qu'elle ne soit définitivement interdite au cours de l'été 1941. En choisissant de republier au plein jour *Esprit*, Mounier prenait le risque de la confusion, et il ne manqua pas d'être attaqué pour cela [7]. Des amis l'engagent à la prudence : « M. me conseille vivement de ne pas donner suite à mon projet de publier quelque chose sur les Juifs, même avec un détour. Les Allemands nous feront supprimer, comme *Marianne*. La question est de savoir s'il faut se faire tuer tout de suite » (17 novembre 1940). Grâce à Péguy, Mounier réussit à tourner la censure, pour dénoncer « le honteux statut des Juifs [8] ». En février 1941, la revue publie un article signé de lui, « Péguy et les Juifs », qui, grâce à de nombreuses citations, met en cause la loi antisémite et ceux qui sont tentés

7. M. Winock, *« Esprit ». Des intellectuels dans la cité (1930-1950)*, Seuil, « Points Histoire », 1996.

8. E. Mounier, *Œuvres. Recueils posthumes, Correspondances*, t. 4, Seuil, 1963, p. 675.

« d'imaginer le monde moderne comme une machinerie montée par les juifs » : « Pauvre, je porterai témoignage pour les Juifs pauvres…[9]. »

Cet épisode de résistance à ciel ouvert, si modeste soit-il, témoigne d'une solidarité de non-juifs avec les juifs. On le constate encore par l'accueil réservé au film nazi de Veit Harlan, *Le Juif Süss*, dans quelques publications aux lendemains compromis (*Temps nouveau*, *Esprit*) et dans les salles de projection où les chahuts font intervenir la police[10].

Seule exception notable à l'apathie des organisations officielles : à la demande et au nom du Conseil national de l'Église réformée, le pasteur Boegner adresse, le 26 mars 1941, un message de solidarité au grand rabbin Isaïe Schwartz, en même temps qu'une protestation à l'amiral Darlan. La lettre au grand rabbin, destinée à être confidentielle, est révélée par le journal antisémite *Au Pilori*, avant d'être reproduite par la presse protestante clandestine.

Au total, peu de réactions. La solidarité est appelée à devenir plus évidente lorsque, en zone occupée, le port de l'étoile jaune devient obligatoire, et que commencent, dans les deux zones, les grandes rafles.

Le réveil

L'étoile jaune marquée du mot « Juif » imposé sur la poitrine des juifs dans la zone occupée a eu l'effet pour bien des Français d'une révélation : ces hommes, ces femmes, ces enfants, qu'ils ne voyaient pas la veille, dont ils n'avaient pas perçu la souffrance, devenaient d'un seul coup aux yeux de

---

9. Voir plus haut, p. 156-157.
10. C. Singer, *Le Juif Süss et la Propagande nazie*, Les Belles Lettres, 2003, p. 218-231.

tous à la fois des gens ordinaires et des victimes [11]. Les arrestations, les grandes rafles qui suivent de peu le *diktat* allemand, et qui sont exécutées par des fonctionnaires français, provoquent la première indignation massive de l'opinion.

Dès le 17 juillet 1942, une note de la préfecture de police l'atteste :

« Les mesures prises à l'encontre des Israélites ont assez profondément troublé l'opinion publique.

« Bien que la population française soit dans son ensemble et d'une manière générale assez antisémite, elle ne juge pas moins sévèrement ces mesures qu'elle qualifie d'inhumaines.

« Les raisons de cette désapprobation reposent en grande partie sur les bruits qui circulent actuellement d'après lesquels les familles seraient disloquées et les enfants âgés de moins de 10 ans confiés à l'assistance publique.

« C'est cette séparation des enfants de leurs parents qui touche le plus les masses françaises et provoque des réactions qui se traduisent par des critiques sévères à l'égard du gouvernement et des autorités occupantes. »

Dans les jours qui suivent, les protestations se succèdent, et d'abord celles des autorités religieuses. Le 22 juillet, les cardinaux et archevêques de la zone occupée s'adressent à Pétain :

« Monsieur le Maréchal,

« Profondément émus par ce qu'on nous rapporte des arrestations massives d'Israélites opérées la semaine dernière et des durs traitements qui leur sont infligés, notamment au Vélodrome d'Hiver, nous ne pouvons étouffer le cri de notre conscience.

« C'est au nom de l'humanité et des principes chrétiens que notre voix s'élève pour une protestation en faveur des droits imprescriptibles de la personne humaine.

« C'est ainsi un appel angoissé à la pitié pour ces immenses

11. P. Laborie montre comment l'image du juif a alors changé pour beaucoup : « Il passe du statut mental du Juif-fantasme, du Juif-problème, du Juif coupable, au statut du Juif réel, du Juif persécuté, du Juif-victime », in *Les Français des années troubles*, *op. cit.*, p. 179.

souffrances, pour celles surtout qui atteignent tant de mères et d'enfants.

« Nous vous demandons, Monsieur le Maréchal, qu'il vous plaise d'en tenir compte, afin que soient respectés les exigences de la justice et les droits de la charité. »

L'appel est signé de l'archevêque de Paris, le cardinal Suhard.

Le ton est modéré, la revendication finale presque timide, mais c'est un événement. La hiérarchie catholique avait partie liée avec le régime de Vichy. Entre les deux, un système d'échanges s'était établi dès le début. Le nouveau régime, qui n'est pas exactement fasciste, se réclame des valeurs chrétiennes et, surtout, accorde à l'Église des avantages notoires, les uns spirituels – contre la maçonnerie, les écoles normales d'instituteurs, les laïques –, les autres matériels – l'aide surtout aux écoles catholiques. L'œuvre de la IIIe République a été démolie, l'« école sans Dieu » dénoncée, à la satisfaction du clergé. En échange, l'Église officielle ne cesse de faire l'éloge du Maréchal ; elle s'est tue lors de la promulgation des lois antisémites. La protestation du cardinal Suhard, au nom des cardinaux et archevêques, est un événement qui prend l'allure d'une première fronde.

Le Consistoire central, qui proteste lui aussi, a des mots plus durs :

« Le 16 juillet, les arrestations massives portant sur des milliers de foyers, comprenant hommes, femmes, et jeunes gens et jeunes filles, ont été opérées avec une brutalité dépassant tout ce qui avait eu lieu. Pendant plusieurs jours de nombreux enfants en bas âge ont été séparés de leurs mères avec la dernière violence ; [...] En conséquence le Consistoire : considérant que la gravité des faits exige une action urgente [...] adresse une nouvelle et plus solennelle protestation au Gouvernement français contre des persécutions dont l'étendue et la cruauté atteignent un degré de barbarie que l'histoire a rarement égalé ; l'adjure de tenter encore par tous les moyens dont il dispose de sauver des milliers de victimes innocentes auxquelles aucun reproche ne peut être adressé que celui d'appartenir à la religion israélite. »

Ces protestations n'ont pas été rendues publiques, mais les rafles qui suivent en zone non occupée déclenchent des appels et des condamnations qui, cette fois, sortent de la communication secrète. À la suite d'une démarche du grand rabbin Jacob Kaplan auprès du cardinal Gerlier, celui-ci écrit au Maréchal, en s'associant à l'appel du cardinal Suhard, au nom des archevêques de la zone « libre ». L'événement est de taille, quand on sait l'admiration de Gerlier pour Pétain, son soutien constant au régime de Vichy.

À son tour, le 20 août, le pasteur Boegner, porte-parole des réformés français, proteste auprès de Pétain : « Je vous supplie, monsieur le Maréchal, d'imposer les mesures indispensables pour que la France ne s'inflige pas à elle-même une défaite morale dont le poids serait incalculable. » Boegner obtient une entrevue avec Laval, le 9 septembre ; lui demande de faire en sorte qu'au moins les enfants restent en France. Refus de Laval, qui juge la séparation des mères et des enfants plus dommageable pour la réputation du gouvernement que leur union dans la déportation. « Que pouvais-je obtenir d'un homme, écrira Boegner, à qui les Allemands avaient fait croire – ou qui faisait semblant de croire – que les Juifs emmenés de France allaient en Pologne du Sud pour cultiver les terres de l'État juif que l'Allemagne affirmait vouloir constituer. Je lui parlais de massacre, il me répondait jardinage [12]. »

Quatre prélats de la zone non occupée décident de sortir de la confidentialité. Le premier est Mgr Saliège, archevêque de Toulouse, qui fait lire dans les églises une lettre pastorale le 23 août 1942 : « Il y a une morale chrétienne, il y a une morale humaine, qui impose des devoirs et reconnaît des droits. » Le 30 août, Mgr Théas de Montauban faire lire à son tour une lettre dans toutes les églises et chapelles de son diocèse : « Je fais entendre la protestation indignée de la conscience chrétienne et je proclame que tous les hommes, aryens ou non aryens, sont frères, parce que créés par Dieu ; que tous les

12. Cité par A. Cohen, *Persécutions et Sauvetages. Juifs sous l'Occupation et sous Vichy*, Cerf, 1993, p. 293.

hommes, quelles que soient leur race et leur religion, ont droit au respect des individus et des États. Or les mesures antisémites actuelles sont un mépris de la dignité humaine, une violation des droits les plus sacrés de la personne et de la famille. » Le cardinal Gerlier, le même jour, donne un « communiqué » à lire dans les paroisses du diocèse de Lyon : « L'exécution des mesures de déportation qui se poursuivent actuellement contre les Juifs donne lieu sur tout le territoire à des scènes si douloureuses que nous avons l'impérieux et pénible devoir d'élever la protestation de notre conscience. » Claudel, qui l'avait sollicité jusque-là en vain d'intervenir salue l'initiative dans son journal : « Enfin ! » Le 6 septembre, c'est au tour de Mgr Délay, évêque de Marseille, qui fait lire à la messe du dimanche sa protestation : « Arrêter en masse, uniquement parce qu'ils sont Juifs ou étrangers, des hommes, des femmes, des enfants, qui n'ont commis aucune faute personnelle, dissocier les membres d'une même famille et les envoyer peut-être à la mort, n'est-ce pas violer les lois sacrées de la morale et les droits essentiels de la personne humaine et de la famille, droits qui viennent de Dieu ? »

La lettre du pasteur Boegner et les lettres pastorales des quatre prélats sont largement diffusées. Vichy esquisse une contre-attaque et demande aux journaux de publier un texte du service de presse du ministère de l'Information qui, au nom de la doctrine de saint Thomas et des papes, entend justifier sa politique antisémite. *La Croix* refuse de le publier.

De leur côté, l'ex-président du Sénat Jules Jeanneney et l'ex-président de la Chambre des députés Édouard Herriot adressent conjointement, de Châtelguyon, une lettre au grand rabbin de France, qui sera, elle aussi, largement diffusée : « Devant les mesures qui viennent d'être infligées, en zone libre comme en zone occupée, aux israélites proscrits de leur pays, qui avaient trouvé asile dans le nôtre, devant la barbarie du traitement que subissent les enfants, c'est de l'horreur qu'on éprouve. »

Ces protestations circulent, malgré le gouvernement de Vichy qui interdit à la presse toute information concernant les arrestations des juifs. La presse clandestine de la Résistance les fait connaître, le bouche à oreille les commente. Dans l'émission « Les Français parlent aux Français » à la radio de Londres, André Labarthe, journaliste qui a rejoint de Gaulle dès juin 1940, flétrit Laval pourvoyeur des nazis : « Les Juifs de France sont placés sous la sauvegarde des Français » (18 août). Les préfets s'alarment des réactions de l'opinion. Ils analysent dans leurs rapports l'« irritation », l'« apitoiement », la « sympathie humanitaire », la « réprobation », la « désapprobation quasi unanime », les « commentaires hostiles »… Jamais encore Vichy n'avait été contesté de manière aussi ample dans ses actes [13].

À Lyon, le préfet régional Angeli a rassemblé environ 550 juifs au camp de Vénissieux. Le 29 août, 544 sont emmenés à Drancy, tandis que 84 enfants, un moment retenus par le Service social des étrangers, doivent à leur tour prendre le train pour Drancy, le 31 août. L'apprenant, le cardinal Gerlier proteste auprès de la préfecture : la garde de ces enfants a été confiée par leurs parents à l'« Amitié chrétienne », organisation catholique et protestante créée au début de 1942 et animée par le RP Chaillet. Avant toute décision officielle, le jésuite a fait enlever les enfants et refuse de répondre aux sommations d'Angeli. Chaillet est convoqué par le préfet, mais refuse d'obtempérer. Angeli vient protester auprès de Gerlier, qui lui fait part de « l'obligation morale impérieuse » pour l'Église de protéger ces enfants. Le préfet assigne à résidence le RP Chaillet, puis procède à son arrestation. Le 2 septembre, le cardinal Gerlier décide de faire lire un communiqué en chaire dans toutes les églises de son archidiocèse le dimanche 6 septembre : « Le cœur se serre à la pensée des traitements subis par des milliers d'êtres humains et plus encore en songeant à ce que l'on peut prévoir… »

Outre le sauvetage des enfants, l'Amitié chrétienne, où à côté du RP Chaillet militaient l'abbé Glasberg et Jean-Marie Soutou, la CIMADE protestante et nombre de militants ont sauvé près de 3 000 personnes vivant à Lyon de l'arrestation, soit en prévenant les uns, soit en faisant délivrer les autres.

---

13. S. Klarsfeld, *Vichy-Auschwitz*, t. 1, *op. cit.*, chap. VI.

René Nodot, vice-président de la LICRA et de l'Union des passeurs bénévoles de la Résistance, témoigne : « Dans notre ville, quelques dizaines de Français ont sauvé les trois quarts des juifs qui s'y étaient réfugiés. Cela en prenant des risques et en s'opposant avec énergie à un préfet, à des fonctionnaires de police… français. »

Lorsque Laval rencontre Oberg à Paris, le 2 septembre, il lui affirme se heurter « à une résistance sans pareille de la part de l'Église ». Il réclame au chef de la police allemande de rabaisser ses exigences. Il se méfie de l'opinion, à l'intérieur et à l'extérieur du pays. En Angleterre, le *Manchester Guardian*, notamment, évoque, le 31 août, la « violente indignation » provoquée en France par les déportations. La résistance à cette persécution raciale, ajoute le quotidien britannique, sera « un nouveau lien entre un grand nombre de catholiques qui sont représentés par Maritain et les socialistes et les syndicats opposés à la politique de Vichy ».

Les Justes

Si près des trois quarts des juifs de France ont été sauvés de la déportation, ce n'est pas grâce à Vichy, mais malgré Vichy. Rappelons ainsi la plainte que le régime pétainiste adressa à l'Italie fasciste, pour avoir refusé, du 10 novembre 1942 au 9 septembre 1943, dans la zone d'occupation italienne, de laisser la police française continuer ses arrestations. Bien des juifs ont été ainsi sauvés, avant l'arrivée des Allemands, par les autorités italiennes, qui, tout en organisant les rafles dans leur pays, restent soucieuses de ne pas laisser l'Allemagne hitlérienne leur imposer sa volonté. Ces dix mois de sursis ont permis à beaucoup d'échapper aux rafles ultimes de la Gestapo. Le grand sauvetage des juifs est dû, cependant, au courage, à la volonté, à l'humanité, de bon nombre de Français – ceux que l'État d'Israël a reconnu pour « Justes », dans les différents pays d'Europe où les non-juifs ont sauvé des juifs.

Ces Justes des Nations ont été et continuent d'être répertoriés par le Yad Vashem de Jérusalem. Le titre est attribué, après enquête, et grâce aux témoignages, à des personnes qui ont sauvé des juifs, soit en empêchant leur arrestation, soit en les cachant, soit en leur faisant passer la frontière suisse, soit en protestant publiquement contre la collaboration du régime vichyste à la Solution finale. Ces individus appartiennent à toutes les catégories professionnelles, sociales ou autres ; ils n'ont en commun que de n'être pas juifs eux-mêmes et d'avoir risqué leur propre vie pour sauver celle des persécutés. On peut supposer, comme nous le suggère le beau film de Claude Berri, *Le Vieil Homme et l'Enfant*, qu'il y avait aussi parmi ces braves quelques antisémites de vieille souche comme celui qu'incarne Michel Simon. Cette supposition nous est suggérée par l'attitude d'un Georges Bernanos. L'auteur de *La Grande Peur des bien-pensants* se disait et continuera de se dire le disciple de Drumont. Pourtant, l'antisémitisme de Vichy et les complicités pétainistes avec l'Allemagne nazie lui arrachent des cris d'indignation. Le journal clandestin *Libération* du 1er juin 1943 en fait état, au moment de la déportation de Paul Reynaud, Édouard Daladier et Georges Mandel :

« J'ai toujours tenu Reynaud ou Daladier pour deux pauvres types, mais vous les avez sacrifiés à l'ennemi, cela suffit, la France les couvre maintenant de son manteau. Vous êtes tellement bêtes, que vous avez rendu ces politiciens sacrés à tout homme de cœur, oui, la majesté de la France les couvre, vous paierez cher le mal que vous leur avez fait. Quant à Mandel [14], vous vous dites peut-être que, n'ayant jamais montré beaucoup de goût pour les Juifs, je ne parlerai pas de celui-là ? Détrompez-vous. C'est lui que vous haïssez le plus, vous et vos maîtres. À ce titre, il m'est mille fois plus sacré que les autres. Si vos maîtres ne nous rendent pas Mandel vivant, vous aurez à payer ce sang juif d'une manière qui étonnera l'histoire – entendez-vous, chiens que vous êtes –,

14. Georges Mandel, ancien collaborateur de Clemenceau en 1917-1918, député de la droite modérée, adversaire de l'armistice de 1940, avait été interné par Vichy, qui le livra aux Allemands. Il est mort sous les balles de la Milice en forêt de Fontainebleau, en 1944.

chaque goutte de ce sang juif versé en haine de notre ancienne victoire nous est plus précieuse que la pourpre d'un manteau de cardinal fasciste – est-ce que vous comprenez bien ce que je veux dire ? Après avoir mis vos prestiges et vos agents sous la protection d'Hitler, est-ce que vous croyez encore les sauver grâce à la vertu de certains principes que vous vous vantez de défendre. Oh, votre cause est désormais trop désespérée pour que nous soyons tentés de vous haïr, nous aurions plutôt envie de vous plaindre. »

Dans la liste des quelque 2 000 Justes français répertoriés, deux catégories dominent : les membres du clergé (catholique et protestant) et les fonctionnaires des collectivités locales ainsi que ceux de la police [15], c'est-à-dire les membres des professions les plus directement en contact avec les personnes et les familles traquées.

Nous avons vu le rôle des prélats catholiques et du président de la Fédération protestante dans le tournant de l'opinion publique de 1942. Outre Mgr Saliège, premier membre du haut clergé français à s'élever contre les complicités de Vichy, Mgr Théas, Mgr Gerlier, Yad Vashem a également honoré Mgr Rémond, évêque de Nice, admirateur comme Gerlier du maréchal Pétain, ce qui ne l'empêcha pas de protéger un réseau de secours aux enfants juifs – le « réseau Marcel » – en 1943, dont 527, admis pour certains comme pensionnaires dans les écoles catholiques, échappèrent aux griffes des nazis. De nombreux prêtres catholiques figurent dans la liste de Yad Vashem, notamment le RP Chaillet, qui fut aux avant-postes de la prédication et de l'action. Parmi les militants catholiques laïcs, citons deux noms éminemment connus, Edmond Michelet, résistant de la première heure, futur ministre du général de Gaulle, qui se consacra dans sa ville de Brive au sauvetage des juifs, en particulier au moyen de fausses cartes d'identité et fausses cartes d'alimentation, ce qui lui valut d'être déporté à Dachau en 1943.

---

15. L. Lazare, *Le Livre des Justes*, J.-C. Lattès, 1993, réédit. par Hachette, « Pluriel », 1996. L. Lazare (dir.), *Dictionnaire des Justes de France*, Fayard, 2003.

Et aussi Jean-Marie Soutou, fondateur avec le RP Chaillet de l'Amitié chrétienne, occupée à protéger les victimes désignées du régime de Vichy, à commencer par les juifs. Chez les protestants, outre Marc Boegner, l'exemple le plus remarquable d'aide aux juifs a été donné par la population en majorité protestante de la commune du Chambon-sur-Lignon, en Haute-Loire, dont le maire, le pasteur Charles Guillon, et son successeur, le pasteur André Trocmé, aidés par leurs concitoyens, firent de leur commune et du plateau Vivarais-Lignon une vraie terre de refuge. Les menaces et les commandos de gendarmerie se heurtèrent à une résistance farouche de la communauté protestante. Un détachement allemand, survenu brusquement le 29 juin 1943, procéda à l'arrestation de Daniel Trocmé, neveu du pasteur et directeur du foyer universitaire des Roches, et de 18 jeunes juifs, destinés à une déportation d'où aucun d'eux ne revint. À titre exceptionnel, Yad Vashem porta au nombre des Justes une collectivité entière.

Les policiers occupent, eux aussi, une place de choix dans la liste des Justes. Ils avaient reçu l'indigne mission de Vichy d'arrêter et de transférer les juifs dans les camps français, d'où ils partaient pour les camps d'extermination de l'Est. Bien placés donc pour faire du zèle ou simplement obéir sans examen de conscience à leurs supérieurs, mais bien placés aussi pour éviter des arrestations, en prévenant les personnes recherchées ou en dédaignant, lors de telle ou telle perquisition, de reconnaître l'identité juive des individus interpellés. Une anecdote rapportée dans son journal par Jean Galtier-Boissière, directeur du *Crapouillot*, donne l'idée de certains comportements qui honorent la corporation. *Le Crapouillot* avait été l'objet d'une perquisition à la suite d'une dénonciation concernant un ouvrage d'avant-guerre de son catalogue, *Le Dictionnaire des girouettes*, où l'on pouvait lire une notice peu flatteuse sur Pierre Laval. À la suite de quoi deux inspecteurs font une descente dans les bureaux du journal :

« Lucienne, ma secrétaire, leur affirme que la livraison délictueuse est depuis longtemps épuisée.

« Ils n'insistent pas et s'installent à mon bureau pour rédiger leur rapport.

« – Votre nom ? demandent-ils à ma secrétaire.

« Elle est juive, vit sous un faux nom et les lois raciales lui interdisent à la fois d'être "en contact" avec le public et d'appartenir à la corporation de l'édition. Elle a l'idée de donner le nom de la comptable, Mme Vacher.

« – Madame Vacher, bien… et votre nom de jeune fille ?

« Ici, Lucienne se trouble et, pressée de questions, avoue :

« – Je vous ai trompés ! Je m'appelle Lucienne Bloch ! Je suis juive !

« Là-dessus les deux inspecteurs se mettent à rigoler et lui disent :

« – Ne vous en faites donc pas, ma petite ; quand vous aurez trouvé un nom de jeune fille un peu plus catholique, vous nous téléphonerez à la préfecture, bureau numéro… »

« Dieu merci, elle était tombée sur deux gaullistes [16] ! »

Ces deux bons Samaritains ne figurent pas dans la liste du Yad Vashem. Avec combien d'autres [17] ! Gens obscurs, Français modestes, qui ont caché des enfants, fait passer la frontière à des hommes et à des femmes traqués, obtenu pour eux des faux papiers, en résistant à la peur des délateurs, des corbeaux de ville et de village, des descentes de police, des perquisitions de la Gestapo, et dont on n'a jamais retrouvé les traces. Ils n'ont demandé ni honneur, ni récompense, ni médaille, agissant selon leur conscience sans souci du risque encouru. La liste du Yad Vashem n'est qu'indicative ; elle place cependant la France au troisième rang des pays qui ont fourni le plus grand nombre de Justes des Nations, après la Pologne et les Pays-Bas. Il n'y eut pas, en France, d'action collective spectaculaire, comme au Danemark en 1943, pour sauver les juifs ; ni sabotages, ni grèves, ni manifestations. En revanche, une multitude d'actes individuels et nombre de protestations.

Au terme de son étude fouillée sur les responsabilités de Vichy dans la déportation des juifs de France, Serge Klarsfeld

---

16. J. Galtier-Boissière, *Journal 1940-1950*, Edima Quai Voltaire, 1992, p. 151.

17. Le Comité français pour Yad Vashem continue d'instruire les dossiers. Plus de cent médailles sont attribuées par an.

conclut : « Les Juifs de France garderont toujours en mémoire que, si le régime de Vichy a abouti à une faillite morale et s'est déshonoré en contribuant efficacement à la perte d'un quart de la population juive de ce pays, les trois quarts restants doivent essentiellement leur survie à la sympathie sincère de l'ensemble des Français, ainsi qu'à leur solidarité agissante à partir du moment où ils comprirent que les familles juives tombées entre les mains des Allemands étaient vouées à la mort [18]. »

Pour clore ce chapitre de l'honneur sauvé, citons un nom qui ne figure pas dans le *Dictionnaire des Justes* : le général de Saint-Vincent. Un nom prédestiné : s'appeler « Saint-Vincent » oblige. Vincent de Paul, frère de tous les humiliés, était allé jusqu'à partager volontairement le sort des galériens. Le général n'a pas poussé la sainte folie jusqu'à se déclarer juif parmi les persécutés. Il s'est contenté d'obéir à son instinct et de rester fidèle, on le suppose, à son éducation. Le 29 août 1942, alors qu'il commandait la 14e région du gouvernement militaire de Lyon, le général avait reçu de l'intendant de police Marchais la requête suivante : « Prêtez-nous quelques escadrons de la garnison pour maintenir l'ordre pendant l'embarquement de six cent cinquante juifs que nous envoyons en zone occupée. »

Loin de claquer des talons et de mettre ses petits doigts sur les coutures symétriques de son pantalon, comme tant d'autres, le général de Saint-Vincent répondit sans hésitation et sans ambages : « Jamais je ne prêterai ma troupe pour une opération semblable. » Il arriva ce qui devait arriver : quarante-huit heures après son refus d'obtempérer, il a été « admis à faire valoir ses droits à la retraite ».

Ce soldat a été de ces Français qui, sans être pour autant des héros immortels, ont été des grains de sable qui ont pu enrayer ou ralentir à un moment donné la machine de mort hitlérienne. Si René Bousquet, secrétaire général de la police française ; si Jean Leguay, son représentant en zone occupée ; si Jean François, directeur de la police générale ; si André Tulard, sous-directeur aux Étrangers et aux Affaires juives ; bref, si ces

---

18. S. Klarsfeld, *Vichy-Auschwitz*, t. 2, *op. cit.*, p. 191.

hauts fonctionnaires et quelques autres (et sans parler des professionnels de l'antisémitisme comme Darquier de Pellepoix, ou des coupables suprêmes, Pierre Laval et Philippe Pétain), soumis à l'obligation de réserve, serviteurs obéissants et zélés de l'État français, s'ils avaient donc eu ce minimum de dignité patriotique et d'humanité qu'on apprenait jadis aussi bien à l'école laïque qu'à l'école chrétienne ; et si, sur l'exemple du refus de ces hauts fonctionnaires de prêter la main aux crimes de l'occupant, les fonctionnaires de rang plus modeste (ceux qu'on désigna sous le nom gracieux d'« agents capteurs » et qui remplirent les autobus réquisitionnés de gens dont le seul crime était d'être juifs) eussent à leur tour fait savoir, comme le général, qu'ils ne se prêteraient pas à « une opération semblable », jamais la rafle du Vel'd'Hiv', non plus que les rafles qui suivirent dans les deux zones, et qui aboutirent à l'arrestation et à la déportation de tant d'êtres humains, n'auraient pu avoir lieu : les Allemands, répétons-le, étaient hors d'état de s'acquitter eux-mêmes de cette infâme besogne.

Longtemps, on a laissé entendre que les Français avaient tous été des résistants, sauf quelques brebis galeuses. Aujourd'hui, certains nous invitent à croire le contraire : nos parents et nos grands-parents auraient tous été pétainistes ou collabos. Qu'on se souvienne donc du général de Saint-Vincent, dont le nom est méconnu. En face des Bousquet, des Leguay ou des Papon, il est le symbole d'un honneur français. Sans doute pas celui de la piétaille, car il était tout de même général ! Mais l'honneur des innombrables inconnus qui n'ont pas été dénombrés, qu'on n'a pas décorés, mais grâce auxquels le génocide décidé par les nazis ne fut pas achevé.

Les juifs dans la Résistance

Des organisations juives se sont activées pour le secours et l'entraide, notamment l'Œuvre de secours aux enfants (OSE), qui établit un réseau clandestin, dirigé par Georges Garel, dans la région de Toulouse, parallèlement à l'action de Georges

Loinger [19] qui, à la tête du réseau de Bourgogne, fait passer des enfants en Suisse, et à Élizabeth Hirsch qui prend en charge les passages en Espagne vers le Portugal pour la Palestine [20]. Mais les juifs – français et étrangers – ont été aussi des combattants. Nombre d'entre eux, comme René Cassin, Pierre Mendès France, Raymond Aron ou Romain Gary, sont partis renforcer à Londres la France libre ou sont entrés dans la Résistance. La majorité des leurs se sont mêlés aux autres mouvements, sans distinction : à Libération, à Combat, à Défense de la France. Le mouvement Franc-Tireur a été fondé par Jean-Pierre Lévy et Georges Altman, rejoints par le grand médiéviste Marc Bloch, qui, après avoir été torturé par la Gestapo, sera fusillé le 16 juin 1944. Dans le Tarn, la compagnie Marc Haguenau s'est battue sous les ordres de Dunoyer de Segonzac. Ces résistants juifs se retrouveront pour beaucoup dans la Ire Armée du général de Lattre de Tassigny.

Il y eut cependant une résistance spécifiquement juive. Ce fut le cas, au sein de la MOI (Main-d'œuvre immigrée), à direction communiste, du groupe Stekols. Proche aussi du Parti communiste, l'Union des Juifs pour la résistance et l'entraide (UJRE) fut créée en 1943. Dès 1941, avait été mise en place aussi l'Armée juive dans la région de Toulouse par de jeunes sionistes, dont beaucoup venaient des Éclaireurs israélites de France (EIF). Avec pour devise : « Partout présent, faire face », elle devient en 1944 l'Organisation juive de combat, dont les activités se distribuent entre l'entraide, les sauvetages d'enfants grâce à des passages en Espagne, et les combats du maquis. Ils sont à l'œuvre à Nice, dans la montagne Noire, à Chambon-sur-Lignon dont le maquis juif participe à la libération de Lyon tandis que des groupes francs de l'Armée juive contribuent à la libération de Paris [21].

---

19. G. Loinger a dirigé l'ouvrage *Organisation juive de Combat*, Autrement, 2002.

20. Voir M. Lemalet, « L'OSE : une œuvre dans le siècle », *in* J.-J. Becker et A. Wieviorka (dir), *Les Juifs de France*, *op. cit.*, p. 234-235.

21. Voir A. Kaspi, *Les Juifs pendant l'Occupation*, Seuil, 1991, p. 299-322 et 370-373.

Doit-on appeler ces hommes et ces femmes qui ont porté les armes contre l'occupant, qui sont parfois morts au combat, des « résistants juifs » ? Annette Wieviorka, qui pose cette question, cite le testament de Marc Bloch, très représentatif de l'état d'esprit du plus grand nombre : « Étranger à tout formalisme confessionnel comme à toute solidarité prétendument raciale, je me suis senti, durant ma vie entière, avant tout et très simplement français. Attaché à ma patrie par une tradition familiale déjà longue, nourri de son héritage spirituel et de son histoire, incapable, en vérité, d'en concevoir une autre où je puisse respirer à l'aise, je l'ai beaucoup aimée et servie de toutes mes forces. Je n'ai jamais éprouvé que ma qualité de Juif mît à ces sentiments le moindre obstacle. Au cours des deux dernières guerres, il ne m'a pas été donné de mourir pour la France. Du moins puis-je, en toute sincérité, me rendre ce témoignage : je meurs, comme j'ai vécu, en bon Français. »

12

La nouvelle émancipation

Paris libéré, la France libérée, le gouvernement provisoire du général de Gaulle abolit sans tarder, par une série d'ordonnances, la législation antijuive de Vichy. Les juifs sont de nouveau en France des citoyens, à part entière. La loi édicte la restitution des biens juifs aryanisés ; elle admet comme pupilles de la nation les enfants orphelins de parents juifs déportés d'origine étrangère ; elle réintègre les fonctionnaires révoqués. La France redevient terre d'accueil, d'abord pour les juifs d'Europe centrale et orientale, fuyant les démocraties populaires, Hongrie, Pologne, Bulgarie, Roumanie. Ensuite, en 1956-1957, les juifs chassés d'Égypte par Nasser, dont 7 000 s'installent en France grâce aux services d'entraide juifs et aux pouvoirs publics. Ce sont aussi, à partir de 1952, les vagues successives d'Afrique du Nord, et l'arrivée massive des juifs d'Algérie dix ans plus tard. La localisation des juifs de France se diversifie ; certaines communes de banlieue, telle Sarcelles, font concurrence au quartier parisien du Marais.

Entre avril et juillet 1945, le gros des survivants de la déportation est de retour en France. Les conditions du rapatriement ont varié, parfois sans encombre, le plus souvent dans le chaos des lendemains de victoire. Les victimes du grand retour, en avion, en camion militaire, en train de voyageurs ou de marchandises, en bateau (en provenance d'Odessa notamment), se sont ajoutées aux victimes directes de la déportation et de l'extermination. À Paris, l'hôtel Lutétia a été réquisitionné pour accueillir ces hommes et ces femmes, hâves, malades, souvent squelettiques, dans leurs pyjamas rayés – des images terribles qui révèlent à l'opinion la dimension inconnue des ravages de guerre. On ne sait pas dénombrer avec exactitude le nombre des déportés évacués du complexe d'Auschwitz. Pour l'ensemble des camps, ce sont 40 000 internés qui ont pu être sauvés. On ne connaîtra que plus tard le nombre de juifs qui en font partie (environ 2 500). Du reste, rien, pour l'heure, n'incite les autorités ni les partis de tous bords à distinguer les juifs des autres rescapés.

Le 19 mai 1946, lors de l'assemblée générale de l'Association consistoriale de Paris, Edmond Dreyfuss, rappelant l'Appel du 18 juin, célèbre la Libération comme une nouvelle émancipation :

« C'est donc en premier et dernier lieu à ce peuple de France éperdu de liberté que nous reconnaissons devoir notre survie, ce peuple qui ne voulut jamais céder, et qui à l'heure décisive, unanime dans sa volonté spontanée et indiscutée, effaça d'un trait de plume les lois d'exception imposées par l'ennemi.

« Ainsi la France qui nous libéra en 1789 nous a libérés à nouveau en 1944. La France elle aussi survit. Nous restons ses enfants, natifs ou d'adoption. Nous avons repris, nous devons reprendre, notre place à son foyer avec la discrétion que commandent la souffrance et la dignité, et continuer de servir. »

Cette déclaration solennelle comporte une part de mythe : les lois d'exception, on le sait, n'avaient pas été « imposées par l'ennemi ». Les juifs de France veulent être à l'unisson de la patrie libérée, se considérer comme ses enfants, quitte à faire de la seule Allemagne hitlérienne la responsable de leur martyre. Certes, pour eux, Vichy, les collaborateurs, les alliés du nazisme, ont bien existé, mais, comme le disait en juillet 1945 Gaston Hildenfiger : « Ne confondons jamais les quelques politiciens, traîtres à leur patrie et vendus à l'ennemi, qui se disaient des représentants de la France, ne les confondez pas, eux et toutes les bandes qui furent à leurs gages, valets de bourreaux et bourreaux eux-mêmes, avec la France [1]. »

1. Ces citations sont tirées du livre de A. Wieviorka, *Déportation et Génocide. Entre la mémoire et l'oubli*, Plon, 1992, rééd. Hachette, « Pluriel », 2003. Nous suivons en bonne partie cette étude pour ce chapitre.

On perçoit, dans ces discours officiels des représentants de la communauté juive, la volonté de ne pas séparer de nouveau les juifs de France du reste de la société française. Ils ont, dit Edmond Dreyfuss dans son rapport du 19 mai 1946, « combattu avec les autres », c'est là le « symbole de la continuité de notre foi et de notre incorporation dans la communauté française ». Cette volonté de reprendre place dans la nation française, un chiffre en atteste le désir commun, celui de l'émigration vers Israël, quand l'État hébreu sera créé en 1948 : environ 3 000 demandes seulement, dont plus de 98 % émanent de juifs arrivés en France après 1933. Contrairement aux communautés juives de l'Est – en particulier celles de Pologne –, les juifs de France ne se considèrent pas comme une nation ou une minorité nationale. Toute l'histoire de l'émancipation et de l'assimilation plaide en faveur d'un retour à la norme, Vichy n'ayant été qu'une parenthèse. Cette volonté d'indifférenciation pousse même certains juifs à vouloir franciser leur nom (2 150 d'entre eux changent de patronyme entre 1945 et 1957), et à se faire baptiser, au grand dam du Consistoire.

Ces mots et ces comportements présentaient un danger, le risque de cacher ou d'amenuiser la spécificité de la déportation juive et la réalité de l'extermination. D'autant que, de toutes parts, les non-juifs entendent, de leur côté, fondre la catastrophe du génocide dans la Résistance à la barbarie nazie.

Le génocide occulté

Pendant plusieurs années après la Libération, les témoignages, les partis, la législation, convergent dans la détermination à faire des juifs des martyrs du nazisme *parmi d'autres*. Au retour des camps, les témoignages abondent. Ils proviennent pour la plupart des rescapés de Buchenwald, de Dachau, de Mauthausen, de Dora, et d'autres camps où ne fonctionnèrent pas les chambres à gaz. Des juifs en sont revenus aux côtés des non-juifs, résistants comme eux. Dans leur ouvrage, *Drancy la juive*, Jacques Darville et Simon Wichené narrent la tentative de creusement d'un tunnel, rapidement découverte, et dont les auteurs sont déportés sur-le-champ, ce qui leur fait écrire : « Ainsi, résistants du dehors et résistants de Drancy mènent le même combat, pour le même résultat, contre le même oppresseur. » Certes, les juifs ont payé plus que les autres, mais, écrivent les auteurs, ils ne veulent pas se servir de ce sinistre privilège « pour se couvrir de l'auréole du martyre ». Le refus d'une souffrance spécifique est alors unanime : les juifs ne doivent pas se distinguer de l'immense cohorte des victimes du nazisme, dont la patrie française réintègre les survivants sans hiérarchie. Comme les autres Français, les juifs sont morts « pour la France ».

Dans son livre, *Le Camp de la mort lente. Compiègne 1941-1942*, Jean-Jacques Bernard, juif assimilé, réfractaire à toute appartenance à une « communauté » juive, raconte sa conversation avec un juif de Turquie, à l'infirmerie de Compiègne. Celui-ci parle d'un martyre juif :

« "Ah ! Ne cherchez donc pas, nous sommes tous des Juifs, des Juifs, des Juifs !" Dans le fond de mon lit, j'eus un frémissement. Mon sang bouillait. À la stupeur de mes compagnons qui me croyaient bien endormi, je rejetai violemment mes couvertures et, me dressant sur mon lit, je criai avec force : "C'est faux ! Nous n'acceptons pas cela. Nous sommes ici des Français, et rien d'autre. Nous ne sommes pas des Juifs, mais des Français." Le Turc se tint coi. »

Dans cette volonté juive d'être des Français d'abord, le Parti communiste a exercé une influence notable. Nombre de juifs y avaient adhéré, surtout dans la Résistance. Or le Parti a toujours analysé le nazisme comme une des formes, certes monstrueuse, mais néanmoins une forme du capitalisme, dont les victimes n'appartiennent pas à une catégorie particulière, raciale ou religieuse. Tous les adversaires du nazisme ont été mêlés dans la même infortune. Darville et Wichené vont jusqu'à imaginer une chambre à gaz à Buchenwald, là où les communistes se sont retrouvés en grand nombre, pour démontrer l'indistinction patriotique de la déportation : « Les mêmes chambres à gaz attendent – hélas ! – les "déportés politiques" de Buchenwald et les "déportés raciaux" d'Auschwitz. »

Des ouvrages plus savants, et à bien des égards remarquables, sur les camps, *L'Univers concentrationnaire* de David Rousset, *L'Espèce humaine* de Robert Antelme, ont exercé un certain rôle, involontaire, dans la confusion entretenue entre les déportés politiques et les déportés raciaux. La description qu'ils font de cet univers « concentrationnaire » (c'est Rousset qui invente le mot) n'est pas celle d'Auschwitz-Birkenau, celle des camps de l'extermination. La spécificité du génocide perpétré par les nazis n'en est pas l'objet, mais les mécanismes et le fonctionnement d'une société carcérale d'un type particulier. David Rousset s'engagera, du reste, dans une campagne contre les camps du Goulag soviétique, non sans courage. Mais le génocide n'est pas réductible au camp de concentration.

Dans son étude sur la déportation et le génocide, Annette Wieviorka s'attarde sur un film exemplaire, *La Dernière Étape*, de la réalisatrice polonaise Wanda Jakubowska. Compagne de route du Parti communiste, résistante, celle-ci a été arrêtée par la Gestapo en octobre 1942, puis transférée à Birkenau ; elle sera évacuée en janvier 1945 vers Ravensbrück, d'où elle saura s'évader à l'approche de l'armée soviétique. Dans ce film, la cinéaste mentionne que plus de 4 millions d'hommes, de femmes et d'enfants sont morts à Auschwitz, selon le chiffre donné par les Soviétiques [2]. Mais elle ne mentionne pas que 90 % des victimes du camp sont juives. Le film est présenté en France le 23 septembre 1948 salle Pleyel, sous la présidence d'honneur de Vincent Auriol, président de la République, et de l'ambassadeur de Pologne ; il est introduit par un résistant catholique, le RP Riquet. Admiré pour son authenticité et la force de son émotion, le film connaît par la suite un grand succès dans les salles à travers toute la France. La critique est unanime, et pas seulement la presse communiste. Cependant, en 1950, à la suite d'une lettre hostile d'une ancienne déportée publiée par le journal de l'immigration polonaise *Narodowiec*, un procès est intenté audit

2. Le bilan de l'extermination propre à Auschwitz s'élève en fait à un total d'un peu moins de 1 million de victimes.

journal, qui provoque le débat sur l'héroïne du film, appelée Mala la Belge (elle avait vécu en Belgique), une juive communiste d'un grand rayonnement moral et d'un courage exemplaire. Maître Mirande, ancienne déportée de Ravensbrück, qui défend Wanda Jakubowska, entend, dans sa plaidoirie, démontrer que Mala est une Polonaise, non « une Juive » : « Pour nous, messieurs, là-bas, et c'est une des plus belles leçons que nous aurons tirées de la déportation, nous avons appris qu'il n'y avait de par le monde ni israélites, ni catholiques, ni communistes, ni gens de droite, mais seulement des gens au grand cœur et de bonne volonté, prêts à s'unir pour lutter contre ceux qui jettent à bas la liberté et l'indépendance. » En pleine Guerre froide, le Parti communiste a de nouvelles raisons d'occulter le martyre spécifique des juifs dû à l'antisémitisme nazi ; l'ennemi capitaliste et impérialiste est américain, contre lequel se dressent les défenseurs de la liberté, dont les anciens déportés – tous les déportés, toutes les victimes de la déportation indistinctement – sont le fer de lance. Comme le dit un témoin, l'ancien déporté communiste Pierre Daix, « les camps ne figurent pas un monde à part, mais l'aboutissement logique du monde fasciste ». Il ne fallait pas se tromper d'ennemi. L'Allemagne hitlérienne devait d'abord être définie comme un régime fasciste ; le fascisme n'était que l'aboutissement lui-même d'un capitalisme aux abois. Désormais c'est à Wall Street et à la Maison-Blanche qu'il fallait chercher « l'héritage » de ce fascisme.

Les communistes n'ont pas été les seuls à brouiller les cartes, ni les juifs désireux de réintégrer la communauté historique française. Les gaullistes, Charles de Gaulle lui-même, les résistants non communistes, œuvrant à la réconciliation nationale, sinon à l'unanimité, n'ont pas voulu faire du martyre juif un cas particulier. Le patriotisme du général de Gaulle s'exprime par la notion de « rassemblement » ; dans sa volonté d'unir, les particularismes s'effacent. Les juifs déportés font partie des victimes innombrables de l'Allemagne hitlérienne. Dans les discours du Général, le leitmotiv de l'union est un véritable *Chant du départ*, annonçant la victoire : « Tous, proclame-t-il le 20 octobre 1942, nous marchons au même combat, du même pas, derrière le même drapeau, comme un jour, je vous le promets, nous nous confondrons tous ensemble dans la même foule immense et fraternelle de la Victoire. » Lorsque, le 15 mai 1945, de Gaulle, devant l'Assemblée consultative, tire les leçons de la guerre, rien n'est dit du génocide. Le Général évoque « les monstrueuses conceptions, qui inspiraient le dynamisme, l'organisation, les procédés du national-socialisme », mais sans faire le détail. La France est et reste *indivisible*. Hommage aux soldats ! Hommage aux combattants ! Hommage aux morts ! Hommage à ceux qui ont subi les « tortures des camps de déportation » – mais les déportés sont toujours considérés globalement. La « rénovation nationale » – produire, moderniser, restaurer le pays sur de nouvelles bases institutionnelles – oblige : la distinction entre les catégories de martyrs et de héros est mal venue. Il ne faut pas s'ensevelir dans le passé, mais « regarder hardiment l'avenir ».

L'occultation du génocide est encore repérable sur d'autres registres de la vie nationale. Que l'on songe aux procès d'épuration. Prenons le seul exemple du procès du maréchal Pétain, responsable en chef de la collaboration française aux arrestations et aux déportations des juifs en 1942. L'acte d'accusation, abondant, mentionne allusivement la législation répressive de Vichy, « mettant hors la loi commune des catégories entières de Français et en organisant la persécution contre elles, à l'instar de ce qui se passait sous le régime hitlérien, puis encore en livrant lui-même au bourreau les victimes qu'exigeait de lui le Reich, comme pour mieux marquer son humiliation ». Quelles victimes ? L'accusation n'énumère ni ne distingue, ce sont des « catégories entières de Français »[3]. Dans les attendus de l'arrêt final lu le 14 août 1945, il est fait mention d'« une législation raciale calquée sur celle de l'Allemagne », sans que le mot « juif » ou « israélite » soit prononcé ; et rien n'est retenu des complicités françaises dans les rafles et les déportations des juifs. Il est bien question des

3. *Le Procès du maréchal Pétain, compte rendu sténographique*, Albin Michel, 2 vol., 1945.

« déportations », de leur « caractère monstrueux », mais il s'agit des déportations de « Français », contre lesquelles Pétain aurait dû protester.

Tout se passe comme si personne ne voulait admettre, reconnaître, analyser, la spécificité du génocide. Même dans les commémorations, et dans les commémorations juives elles-mêmes, on met en valeur les héros, les combattants, les patriotes, ceux qui ont participé à l'insurrection du ghetto de Varsovie. Parce que ceux-là ont sauvé « l'honneur juif » – « comme si, écrit Annette Wieviorka, il y avait eu un déshonneur à être victime d'un assassinat de masse ».

L'occultation du génocide est confirmée par la loi. Le 11 mai 1945, une ordonnance est promulguée concernant les déportés survivants qui reviennent en France. Un pécule notamment leur est destiné. L'exposé des motifs ne fait nulle mention des déportés juifs. Le 4 mars 1948, une proposition de loi vise à promulguer un statut des « déportés et internés de la Résistance ». La question est posée d'établir ou non des catégories entre les déportés et les internés. Au cours du débat, le Parti communiste, par la voix de son député Roger Roucaute, met en garde l'Assemblée nationale « contre le danger de créer des distinctions arbitraires entre les déportés et les internés politiques ». Au Conseil de la République (l'ex-Sénat), Mme Claeys reprend l'argumentation : pas de distinction ! Tous les déportés ont été arrêtés pour leur résistance au fascisme. Pour sa collègue, Germaine Pican, qui a fait partie du petit groupe des déportées non juives à Auschwitz (le convoi de 230 femmes de janvier 1943), Auschwitz fait partie d'un système concentrationnaire au même titre que les autres camps, où ont été internés droits communs, politiques, résistants, juifs… confondus : le camp d'extermination n'est pas distingué du camp de concentration.

Finalement, deux lois, celle du 8 août et celle du 9 septembre 1948, définissent réciproquement le statut et les droits des déportés et internés de la Résistance, et ceux des déportés et internés politiques. Les déportés juifs sont compris dans les « déportés politiques », distingués des prisonniers de guerre et des travailleurs contraints au travail, et ainsi définis : « quelle qu'ait été la cause de leur arrestation, les internés politiques ont été des martyrs de la liberté puisque, à l'exclusion seulement des inculpés de droit commun pour marché noir ou collaboration, les traitements qu'ils ont subis avaient pour cause la haine de l'Allemand contre tous ceux qui, pour leur simple refus de collaborer ou de trahir, se faisaient solidaires de la résistance française ». La déportation des juifs est fondue dans une définition « politique », bien incapable de rendre compte de la Solution finale.

Nous sommes pourtant en 1948, l'information sur les camps de la mort existe, mais non la conscience réelle de ce qui s'est passé : la volonté hitlérienne d'exterminer les juifs et les tsiganes. Les organisations juives elles-mêmes, notamment le Consistoire et le CRIF (créé après la Libération pour donner aux juifs une représentation autre que religieuse), ne cherchent pas à imposer une « exception juive ». Les juifs ont trop souffert pendant la guerre, de la guerre, en tant que juifs, pour n'avoir pas à affirmer ostensiblement leur identité. La France officielle, la France politique, a aboli les lois d'exception ; elle ne veut plus considérer que des citoyens égaux, selon la tradition révolutionnaire et républicaine. Et puis, trop de souffrances, trop de blessures sont à soigner, trop de morts à pleurer : c'est aussi par un élan spontané qu'on rassemble, comme dans les discours et comme dans la loi, les victimes de la barbarie nazie, les otages fusillés, les résistants torturés, les habitants massacrés d'Oradour-sur-Glane, les combattants des maquis… Un consensus, étrange à nos yeux, compréhensible si on le resitue dans le contexte des années d'après-guerre, s'est affirmé pour estomper le sort particulier des juifs déportés au seul motif d'être juifs : la patrie, le Parti, l'honneur de la communauté, l'avenir d'une France à reconstruire ou le combat renouvelé de l'antifascisme, tout concourt à l'occultation du génocide.

Du mythe à l'histoire

Du mythe originel – celui d'une déportation juive fondue dans le phénomène global de la déportation –, la vérité historique s'est lentement dégagée. Le philosophe Emmanuel Mounier a été de ceux, dans les lendemains de la guerre, qui ont voulu affirmer « leur solidarité spirituelle et charnelle avec Israël ». Il consacre le numéro de septembre 1945 d'*Esprit* au thème : « Les Juifs parlent aux Nations », en s'étonnant dans son éditorial de l'« étrange silence [qui] se fait depuis la Libération sur le problème qui a été, pendant quatre ans, la pointe offensive du nazisme et la pointe défensive de l'Europe libre. » Le numéro est entièrement composé sous des signatures juives : Albert Cohen, Wladimir Rabinovitch (Rabi, collaborateur ancien de la revue), François Bondy, Jean-Jacques Bernard et Henri Hertz.

« Non, jamais plus nous ne serons comme les autres, écrit Rabinovitch. Nous ne pouvons oublier. Nous n'oublierons jamais. Nous avons été “la balayure du monde”. Contre nous chacun avait licence. Et c'est cela, mes amis, qui nous sépare de vous dans la liberté retrouvée, comme nous avons été séparés de vous sous l'Occupation. Nous sommes, désormais, des SÉPARÉS. Et nous sommes aussi les martyrs, c'est-à-dire les témoins, les témoins de l'abjection humaine. »

Il y a une spécificité identitaire du judaïsme, que l'antisémitisme nazi a définitivement construite. Sinon une identité religieuse, une identité de destin. Mais, après l'anéantissement d'une large partie des juifs d'Europe, que doivent faire les juifs de France ? Le débat divise les partisans de l'assimilation totale à la nation française et ceux qui revendiquent une appartenance particulière, une « communauté temporelle juive », en même temps qu'ils sont d'une communauté politique française. Jean-Jacques Bernard défend la première thèse : « J'ai déjà écrit et je ne puis que répéter aujourd'hui que la conception d'une internationale juive me paraît incompatible aussi bien avec un pur sentiment national qu'avec le véritable esprit international. S'il y a un génie d'Israël, et il serait vain de le contester, ce n'est pas en s'opposant ou en se superposant à la Patrie et à l'humanité qu'il peut jouer son rôle utile, mais en s'intégrant. » Henri Hertz défend la seconde thèse. Il rappelle le traitement particulier infligé aux juifs pendant la guerre : « Plus longtemps, grâce aux Juifs, les Français furent couverts et plus longtemps les Juifs français, grâce aux Juifs étrangers. Et le traitement des Juifs, dont on démembrait les familles, dont on tuait les enfants, que rien ne pouvait innocenter puisque c'était leur innocence même qui les condamnait, dépassa toujours en tortures et en avilissements ce qu'avait à endurer tout le peuple. Est-il liens plus robustes, solidarité plus noble et plus durable ? » Dès lors, les juifs ne doivent plus redouter d'être juifs, de se dire juifs : « Que ceux qui en font profession et en ont mission s'habituent à dire et à faire dire à l'opinion que, quand un grand Français est juif, il est juif, et à ne pas laisser uniquement accoupler le nom de Juif à celui d'usurier, comme on le lit dans les dictionnaires des écoles, et l'on verra si l'opinion s'y habituera à leur suite ! »

Mounier, en présentant les deux points de vue, ne cache pas sa préférence pour la seconde attitude, contre le « nationalisme univoque des jacobins et des maurrassiens ». La double appartenance, le double patriotisme ressortissent à des fidélités enchevêtrées légitimes[4].

Un tel débat ne relève encore que de cercles intellectuels. Son importance n'est pas pour autant négligeable. En septembre 1945, peu de temps avant la naissance des *Temps modernes* de Sartre, la revue de Mounier est la grande revue intellectuelle française. Dirigée par un philosophe catholique,

4. La même revue publie en octobre 1947 un nouveau dossier, « Cette année à Jérusalem », dans lequel Emmanuel Raïs réaffirme cette position, contre l'assimilation « qui cherche à dissoudre le peuple juif dans les nations parmi lesquelles il est exilé ». Dans le même dossier, l'abbé Glasberg, qui s'est illustré dans le sauvetage des juifs pendant la guerre, narre, frémissant de colère, l'épisode tragique de l'*Exodus*, ce bateau transportant 4 500 juifs issus des camps allemands vers la Palestine, interdit de débarquer par les Britanniques qui le contraignent à rebrousser chemin et le dirigent sur Hambourg, d'où ils réintégreront des camps sous les coups des soldats britanniques, et sur l'ordre du gouvernement travailliste d'Attlee.

mais pluraliste, reparaissant depuis décembre 1944, la revue *Esprit* exerce une influence certaine, et son numéro consacré aux juifs est notable, même s'il n'est pas en son pouvoir de renverser la tendance.

Le procès de Nuremberg, événement international de taille, qui se déroule du 18 octobre 1945 au 1er octobre 1946, est une étape importante de la conscience du génocide. Les alliés américains, anglais, soviétiques et français ont décidé de constituer un tribunal militaire international pour juger les crimes de l'Allemagne, crimes contre la paix, crimes de guerres et – c'est la grande innovation – crimes contre l'humanité. « C'est-à-dire, selon l'article 6c des accords de Londres précédant le procès, l'assassinat, l'extermination, la réduction en esclavage, la déportation et tout acte inhumain commis contre les populations civiles, avant ou pendant la guerre, ou bien les persécutions pour des motifs politiques, raciaux ou religieux, lorsque ces actes ou persécutions, qu'ils aient constitué ou non une violation du droit interne du pays où ils ont été perpétrés, ont été commis à la suite de tout crime entrant dans la compétence du tribunal ou en liaison avec ce crime. »

Vingt-quatre accusés comparaissent devant le tribunal international, dont le plus connu est le maréchal du Reich, Hermann Göring, et qui plaident non coupables. L'un des moments les plus dramatiques du procès se produit le 29 novembre 1945 lors de la projection d'un film d'environ une heure tourné à l'ouverture des camps. Certains accusés ne peuvent retenir leur émotion, notamment Fritz Sauckel, grand maître d'œuvre de la déportation du travail (STO) : « C'est une honte ! Une honte pour nous et pour nos enfants ! » Mais, des crimes contre l'humanité – l'extermination des juifs et des tsiganes –, les accusés se défendent d'avoir eu connaissance. Pourtant, le procès met en lumière les mécanismes de la Solution finale, des témoins en font foi, tel le commandant d'Auschwitz, Höss. Le procès se termine par onze condamnations à mort, des peines de détention variables, et trois acquittements : Schacht, von Papen et Fritzsche. Göring réussira à avaler une capsule de cyanure, échappant ainsi à la pendaison.

Le procès de Nuremberg suscite la critique. Un débat s'engage lorsque les Soviétiques ont l'effronterie de tenter de faire passer le massacre de quelque 4 500 officiers polonais à Katyn (1940) pour un crime allemand. Le chef d'accusation ne fut pas retenu, mais ce procès des vainqueurs n'était pas au-dessus de tout soupçon. Néanmoins, Nuremberg affirmait officiellement qu'il existait une nouvelle catégorie criminelle, le crime contre l'humanité, dont étaient passibles les responsables de l'Allemagne nazie, pour avoir voulu et organisé l'anéantissement des juifs et des tsiganes. La distinction n'est pas encore clairement établie entre camps de concentration et camps d'extermination, mais le doute n'est plus possible sur la volonté de Hitler d'anéantir les juifs.

Cependant, le procès de Nuremberg n'eut pas, en France, l'effet immédiat qu'on pouvait en attendre. Ce n'est qu'en 1985 qu'un ouvrage important, celui de Casamayor, *Nuremberg 1945. La guerre en procès*, paraît. L'auteur, de son vrai nom Serge Fuster, magistrat, avait fait partie à Nuremberg du ministère public français. Or il note le peu d'intérêt suscité par le procès dans l'opinion française.

Quoi qu'il en soit, les droits de l'histoire s'affirmaient peu à peu. L'initiative d'une fondation d'archives en devint un instrument capital, le Centre de documentation juif contemporain, dont la création, à Grenoble, sous occupation italienne, remontait au mois d'avril 1943. Il était l'œuvre d'Isaac Schneersohn, qui chargea Léon Poliakov de le constituer. Au procès de Nuremberg, le CDJC eut son représentant, Joseph Billig. Dès 1945, le Centre avait sa revue, consacrée à l'histoire du génocide, *Le Monde juif*. Le CDJC, entre autres, permit à Roger Berg d'écrire la première synthèse sur la déportation, *La Persécution raciale*, en 1947. Ce travail résultait d'une initiative gouvernementale. Déjà, en août 1945, un décret avait chargé Henri Frenay, ministre des Prisonniers, Déportés et Réfugiés, de faire publier l'historique de la captivité et de la déportation. Une commission avait été créée, des publications avaient suivi, sans que la spécificité de la déportation juive apparaisse clairement. Le livre de Roger Berg, publié par le Service d'information des crimes de guerre, analysait bien les réalités de la persécution : législation d'exception, spoliations, profanations, arrestations, déportation, extermination… En attendant (encore longtemps) que l'Université française s'attelle à cette histoire, Léon Poliakov, qui n'est pas un historien professionnel, publie, en 1951, le premier grand livre sur le martyre des juifs organisé par le nazisme, *Bréviaire de la haine*.

François Mauriac, qui donnait une préface au livre, écrivait : « À nous chrétiens héritiers d'une tradition de haine contre la "race déicide" il appartient d'y substituer une tradition nouvelle fondée sur l'Histoire : la première Église, celle de Jérusalem, était Juive, Juifs les premiers martyrs et cet Étienne dont le visage était pareil à celui d'un ange, Juives, la mère du seigneur, et cette Madeleine qui préfigure à jamais toutes les grandes âmes à qui il sera beaucoup pardonné parce qu'elles ont beaucoup aimé, Juifs, les deux disciples au crépuscule sur le chemin d'Emmaüs écoutant cet Inconnu qui leur expliquait les Écritures. […] Mystiquement, chacun de nous a crucifié le Christ et le crucifie encore. Si les Juifs avaient une dette particulière à payer, qui oserait nier qu'ils s'en sont acquittés jusqu'à la dernière obole ? Songez à ces pères qui pressaient leurs petits garçons dans leurs bras avant de passer le seuil des chambres à gaz. Songez à ces enfants que nous avons vus comme des agneaux entassés dans des wagons de marchandises à la gare d'Austerlitz, gardés par des hommes qui portaient un uniforme français. Puisse la lecture de ce bréviaire constituer dans notre vie un événement, puisse-t-elle nous mettre en garde contre les retours en nous de l'antique haine que nous avons trouvée dans notre héritage et que nous avons vue fructifier abominablement aux sombres jours d'Adolf Hitler[5]. »

Plus que les livres d'histoire, ce fut peut-être un roman qui révéla à des centaines de milliers de Français la réalité de ce qu'on appela l'Holocauste : *Le Dernier des Justes* d'André Schwarz-Bart, prix Goncourt 1959. Cette histoire d'une famille juive remontant au XIIe siècle s'achevait par celle d'Ernie qui, engagé dans l'armée française, avait pu échapper aux arrestations, jusqu'à ce que, en 1943, revenu à Paris, il se rende

5. L. Poliakov, *Bréviaire de la haine*, *op. cit.*, p. XI-XII.

volontairement au camp de Drancy. Il mourra avec Golda, celle qu'il aime, et les enfants déportés de Pithiviers qui ont fait le voyage avec lui jusqu'à la chambre à gaz, à Auschwitz. L'auteur, fils de parents polonais victimes de l'extermination, amène son lecteur, progressivement, vers l'horreur finale. Vendu à des centaines de milliers d'exemplaires, le roman de Schwarz-Bart sensibilisait maints Français, qui n'y avaient jamais réfléchi, à la catastrophe juive, qu'on appellera plus tard de son nom hébreu *Shoah*.

Une étape décisive est franchie deux ans plus tard, avec le procès d'Adolf Eichmann, qui s'ouvre à Jérusalem le 11 mai 1961. David Ben Gourion, premier chef de l'État israélien, en 1948, avait décidé de faire le procès public d'un des principaux fonctionnaires de la Solution finale, Adolf Eichmann, enlevé par les services israéliens en Argentine, où il s'était réfugié avec sa famille, après avoir échappé aux Alliés en 1945, et bénéficié d'un réseau de complicités. Pour le Premier ministre israélien, il s'agissait, au-delà d'un procès individuel, de faire le « Nuremberg du peuple juif ». L'accusé paraît médiocre, un ancien représentant de commerce sans envergure, qui avait adhéré au Parti nazi dès 1932, à 26 ans. Monté dans la hiérarchie du parti, il était devenu spécialiste des questions juives, avant d'être promu officier SS en 1937. Ses bons services de fonctionnaire zélé du parti lui valent sa nomination en mars 1941 à la tête du bureau IV B4 du RSHA (Office central de sécurité du Reich), chargé des affaires juives. À travers Eichmann, l'accusation entend faire le bilan de l'extermination. Les témoins se succèdent, les audiences jour après jour sont suivies à la radio par les Israéliens, dans les rues, chez eux, dans les taxis. Le jugement, lu le 11 décembre 1961, est un véritable historique du génocide. Eichmann est condamné à mort.

Son procès, dont les phases successives ont été répercutées dans le monde entier, a eu une portée considérable sur la connaissance, sur la conscience, de l'extermination. La France, qui sera suivie par l'Allemagne, décide en 1964 de faire entrer les crimes contre l'humanité dans son droit et les décrète imprescriptibles : tous ceux qui en seront accusés seront passibles des tribunaux, quelle que soit la date de leur mise en accusation. La personnalité d'Eichmann, terne bureaucrate, entraîné à devenir un des responsables administratifs les plus importants de la machine de mort nazie, prête à la méditation. Hannah Arendt, auteur d'un livre sur le procès, trouve le mot : *Rapport sur la banalité du mal*.

Les Français et les juifs

Où en sont les Français non juifs avec leurs compatriotes juifs et les juifs immigrés pendant cette vingtaine d'années qui suivent la guerre ? La disparition d'un tiers de la population juive européenne a-t-elle permis l'éradication de l'antisémitisme ? La loi républicaine rend l'expression de celui-ci plus difficile, les collaborationnistes sont jugés ou ont fui à l'étranger, tel Darquier de Pellepoix trouvant refuge en Espagne, Maurras et les maurrassiens sont en prison. Mais ces vaincus n'ont de cesse de refaire leurs rangs. Combien d'entre eux, hommes publics, journalistes, écrivains, ont-ils fait leur *mea culpa* ? Entêtés dans leurs convictions, ils inventent de nouveaux mythes pour justifier leur effroyable complicité avec les bourreaux. Une partie d'entre eux se retrouvent dans la fondation de la revue *Les Écrits de Paris* en 1947 et l'hebdomadaire *Rivarol*, en 1951. On y rencontre, entre autres, la signature de Lucien Rebatet, dont le nom, attaché non seulement à la haine raciste mais à la délation, est devenu un symbole de honte[6]. Au cours de son procès, en novembre 1946, effondré, il avait tout de même déclaré à propos des *Décombres* : « Il y a des choses affreuses que je suis désespéré d'avoir écrites. » Jugé pour crime contre la nation, passible de l'article 75 du Code pénal (et non pour crime contre l'humanité qui n'entrera dans le droit positif français, on l'a vu, qu'en 1964), il avait été condamné à mort en même temps que Pierre-Antoine Cousteau. Sa peine avait été commuée en peine de

6. R. Belot, *Lucien Rebatet. Un itinéraire fasciste*, Seuil, 1994.

travaux forcés à perpétuité, puis il avait été libéré en juillet 1952. Dès son premier article dans *Rivarol*, en 1958, il se présentera comme l'auteur des *Décombres*, sans se risquer sur le terrain de l'antisémitisme. Cependant, ce journal au même titre que les autres publications d'extrême droite entretient un esprit de nostalgie du régime vichyste qui n'est guère propice à la contrition.

L'extrême droite vaincue reprendra force avec les guerres de décolonisation d'Indochine et d'Algérie ; l'anticommunisme redorera son blason au cœur de la Guerre froide, permettant à beaucoup des recyclages opportuns. Mais les anciens maurrassiens d'*Aspects de la France* ou de *La Nation française*, de même que les anciens « collabos » de *Rivarol*, ne représentent que de petites chapelles aux maigres effectifs. Il leur faudra attendre les années 1980 et les succès du Front national de Jean-Marie Le Pen pour retrouver une certaine place sur le théâtre politique.

Pour l'heure, c'est l'épisode du poujadisme qui laisse entrevoir au mieux la rémanence du vieil antisémitisme d'avant-guerre. L'UDCA, fondée par Pierre Poujade, en 1951, a pour vocation la défense des commerçants et des artisans menacés par l'urbanisation accélérée de la France, la multiplication des grandes surfaces et l'industrialisation. Dans une France encore largement rurale et villageoise, Poujade, démagogue doté d'un réel talent d'orateur, réussit à mobiliser une grande partie de ces exclus du progrès économique, auxquels s'ajouteront ces autres vaincus de l'histoire : les Français rapatriés des terres coloniales, ou menacés de l'être, comme en Algérie. C'est le petit commerce et l'Union française qu'on doit défendre d'un même élan. S'affirmant jacobin, se référant au bonnet phrygien de la Révolution, Poujade réclame la convocation de nouveaux « états généraux », pour sauver la France traditionnelle. C'est alors, en 1954, qu'arrive à la tête du gouvernement Pierre Mendès France, apôtre de la décolonisation (la paix en Indochine, les négociations en Tunisie), de la modernisation, de la lutte contre l'alcoolisme… Mendès devient alors la tête de Turc de Poujade qui n'hésite pas à utiliser une partie du vieux répertoire antisémite contre lui. « Par qui sommes-nous gouvernés ? demande un article de *Fraternité française*, l'organe du mouvement. Par des gens qui n'osent même pas dire leur nom : Mendès Portugal, d'une famille de Juifs portugais et marié à une Juive égyptienne, Salomon Hirsch Ollendorf dit Grandval, et Soustelle Ben Soussa. Il importe de les démasquer et de leur casser la g.... » Avoir du « sang gaulois », être « fils d'une vieille terre », être l'ennemi des trusts, de la grande industrie, de la haute finance, du grand capitalisme, voilà ce que représentent les commerçants et artisans poujadistes contre le juif qui incarne ce qu'ils exècrent. Grâce au dynamisme de leur chef, les poujadistes réussiront à faire une brillante percée à l'Assemblée nationale, lors des élections du 2 janvier 1956. La crise de 1958 et le retour au pouvoir du général de Gaulle mettront fin à cette histoire. Mais, parmi ces députés, un jeune homme a franchi le pas : Jean-Marie Le Pen, futur refondateur de l'extrême droite française. Pour le moment il se contente de quitter les bancs du Palais-Bourbon, pour s'engager comme parachutiste dans la guerre d'Algérie.

Plus obscur encore, à cette époque, est Paul Rassinier, pionnier du négationnisme. Ancien communiste, socialiste, ancien résistant déporté aux camps de Buchenwald et Dora, il s'est mis en tête, dans les années d'après-guerre, de dénoncer les « mensonges de la littérature concentrationnaire ». Dans plusieurs publications, surtout dans *Le Mensonge d'Ulysse*, en 1950, il s'emploie à réfuter les témoignages et analyses de David Rousset, d'Eugen Kogon, de Louis Martin-Chauffier. Surtout, il met en doute l'existence des chambres à gaz. Il récidive en 1962, en écrivant *Le Véritable Procès Eichmann ou les Vainqueurs incorrigibles*, où il réitère sa dénégation de l'extermination des juifs, « la plus macabre imposture de tous les temps ». Exclu de la SFIO, mort en 1967, Paul Rassinier n'a guère eu de lecteurs ; personne ne parle de ses élucubrations. C'est pourtant lui qui inspirera le mouvement négationniste lancé par Robert Faurisson au début des années 1980, dont nous parlerons plus loin.

En reprenant le titre du joli roman de Robert Bober, nous serions tentés de dire que les juifs de France, dans ces années d'après-guerre, peuvent vivre dans « un monde presque paisible[7] ». Le « presque » se réfère à la mémoire douloureuse de ceux qu'ils ont perdus et, sans doute, à cet antisémitisme qui, pour être interdit, feutré, à mots couverts, n'en reste pas moins le lot d'une minorité de Français. Albert Camus évoquait en 1947 les irréductibles : « On est toujours sûr de tomber, au hasard des journées, sur un Français, souvent intelligent par ailleurs, et qui vous dit que les Juifs exagèrent vraiment. Naturellement, ce Français a un ami juif qui, lui, du moins… Quant aux millions de Juifs qui ont été torturés et brûlés, l'interlocuteur n'approuve pas ces façons, loin de là. Simplement, il trouve que les Juifs exagèrent et qu'ils ont tort de se soutenir les uns les autres, même si cette solidarité leur a été enseignée par le camp de concentration[8]. »

Pour mesurer cet antisémitisme, nous disposons des sondages de l'IFOP. Créé juste avant la guerre de 1939, l'Institut français d'opinion public s'est intéressé à plusieurs reprises à l'image des juifs dans la société française. Ainsi, en 1966, une vaste enquête, la plus complète qu'on ait eue à ce jour sur la question, est lancée sur « Le problème juif »[9]. Titre très approximatif, puisqu'une des conclusions les plus nettes qui se dégagent de ce sondage est que, si problème il y a, peu de Français en ont conscience. Ainsi, la xénophobie, si forte dans les années trente et dans le mouvement Poujade des années cinquante, ne vise plus guère les juifs. À la question « Pour chacune de ces catégories de personnes, dites-moi si vous trouvez qu'elles sont trop nombreuses en France », les Français d'origine juive n'arrivent qu'en quatrième position (13 % des réponses), loin derrière les Nord-Africains (62 %), les Espagnols (27 %), les Noirs d'Afrique (18 %). Nous sommes pourtant à un moment où la minorité juive vient d'être brusquement gonflée, atteignant environ 500 000 personnes, en

7. R. Bober, *Un monde presque paisible*, P.O.L., 1993, rééd. Gallimard, « Folio », 1995.

8. A. Camus, « La Contagion », *Combat*, 10 mai 1947, repris dans A. Camus, *Essais*, Gallimard, « Bibliothèque de la Pléiade », 1965, p. 321-322.

9. *Sondages. Revue française d'opinion publique*, 1967.

raison du rapatriement d'Algérie. Ce chiffre de 13 % qui les vise situe à peu près le pourcentage des antisémites dans la France de l'époque. À une autre question, plus directe, ceux qui se déclarent « plutôt antisémites » représentent 9 % des sondés. Enfin, si on pose la question : les juifs sont-ils des Français comme les autres ? 60 % répondent par l'affirmative. Un chiffre qui laisse sans doute à désirer : 19 % répondent Non, 21 % ne se prononcent pas. Mais, à la même question posée en 1946, 37 % seulement avaient donné une réponse positive contre 43 % une réponse négative. On constate donc qu'une vingtaine d'années après la guerre, les effets psychologiques s'effacent. Les juifs paraissent avoir acquis dans ce laps de temps le « droit à l'indifférence » : pour 82 % des sondés, apprendre qu'une personne qu'ils connaissent est juive ne provoque chez eux « aucun effet particulier » ; seuls 10 % ont une réaction d'hostilité. Le rapporteur du sondage, Roland Sadoun, prend ce dernier chiffre pour mesurer le pourcentage des antisémites déclarés, mais estime qu'on peut considérer qu'il y a environ 20 % de Français présentant des caractéristiques sérieuses d'antisémitisme.

Ce droit à l'indifférence est largement acquis dans les lieux où juifs et non-juifs se retrouvent côte à côte, en particulier dans les établissements scolaires. Nul ne peut affirmer que dans aucune cour de récréation ne sévit encore le préjugé antisémite. Je puis, cependant, témoigner, personnellement, pour avoir été au lycée de 1948 à 1955, que je n'ai jamais rencontré – c'était au lycée Lakanal, à Sceaux, près de Paris – les hostilités et les violences antijuives qui avaient pu se donner libre cours avant et pendant la guerre. En classe terminale – la « philo » –, nous avions pour professeur de philosophie André Jacob. De toute l'année 1954-1955 où il nous prépara au baccalauréat, j'atteste que je n'ai pas entendu, je ne dis pas la moindre injure, mieux que cela : la moindre allusion à la judéité du maître que nous retrouvions neuf heures par semaine. Pas une plaisanterie, pas une de ces bonnes blagues de jadis, pas un de ces quolibets que le poujadisme de l'époque tendait à réactualiser. Entre nous, les élèves, nul ne se souciait des origines ou des appartenances des uns et des autres. Nous avons vécu et étudié dans le respect – ou l'inconscience – de nos différences : juifs et non-juifs n'étaient que des Français semblables les uns aux autres, tout comme nos condisciples antillais. Certes, on ne peut généraliser à partir d'un cas particulier, mais une enquête menée auprès des gens de ma génération ayant fait leurs études en d'autres lycées me confirme dans l'idée que la France, du moins la France scolaire, avait été largement immunisée contre le racisme et l'antisémitisme.

Pour en finir avec ce sondage, notons que deux catégories ont été plus perméables que d'autres à un antisémitisme résiduel. Une catégorie socio-professionnelle : les agriculteurs, qui ne connaissent guère de juifs en général, mais pour qui le juif, aux antipodes du monde de la terre, est le citadin par excellence. Et une catégorie politique : les communistes. Sans doute est-ce dans l'électorat populaire du PCF que l'on trouvait encore des esprits plus réceptifs à l'équation héritée du XIXe siècle : Juifs = Capitalisme.

Dans cette période, qualifiée par nous de « nouvelle émancipation », un fait mérite d'être relevé : l'accélération du lent rapprochement entre chrétiens (catholiques) et juifs, entamé depuis l'entre-deux-guerres. L'affaire Finaly, qui a défrayé la chronique au début des années cinquante, révèle encore les tensions d'origine religieuse entre catholiques et juifs. Antoinette Brun, directrice d'une crèche municipale à Grenoble, avait recueilli les deux fils de juifs autrichiens réfugiés en France, déportés et morts à Auschwitz en 1944. Pour avoir fait baptiser ces deux garçons, celle qui avait réussi à s'en faire nommer la tutrice refuse de répondre aux demandes d'une de leurs tantes en Israël, fait passer les deux enfants en Espagne grâce à des complicités ecclésiastiques... Une nouvelle affaire Mortara. Mais le rapt, cette fois, se heurte à la justice française. Un compromis sera finalement trouvé entre le grand rabbin Jacob Kaplan et la hiérarchie catholique, et les enfants Finaly rejoindront leur famille en Israël.

Le vieil antijudaïsme chrétien n'était pas complètement mort. Dans un ouvrage de grande vente, *Jésus en son temps*, Daniel-Rops peut encore écrire : « Le visage d'Israël persécuté emplit l'histoire, mais il ne peut faire oublier cet autre visage, sali de sang et de crachats, et dont la foule juive, elle, n'a pas eu pitié. » Cet ouvrage provoque la réaction de Jules Isaac, qui publie une réponse sans ménagement dans *Europe*, mais qui, surtout, s'attache à réaliser le rapprochement entre juifs et chrétiens. Parmi ceux-ci, Jacques Maritain, Jacques Madaule, Henri Marrou. Ensemble, intellectuels juifs et chrétiens rédigent un rapport commun, qui introduit la Conférence internationale du Council of Christians and Jews, ouvert le 30 juillet 1947 à Seelisberg, en Suisse. Un code de bonne conduite entre chrétiens et juifs était pour la première fois élaboré. L'année suivante, en 1948, était créée l'Amitié judéo-chrétienne, dont le bureau était notamment composé d'Henri Marrou, Jacques Maritain, Sammy Lattès, Henri Bédarida, Paul Démann, Maurice Vanikoff, Léon Algazi, Jacob Kaplan, Jacques Madaule… Dans sa charte, l'Amitié judéo-chrétienne affirme qu'elle « ne vise aucunement à une fusion des religions et des Églises ; elle ne réclame d'aucune confession aucune abdication, aucun renoncement à ses croyances ; mais elle attend de chacune d'elles – sur le plan de la fraternité où elle se tient – une entière bonne volonté, le plus loyal esprit de conciliation, en même temps qu'un rigoureux effort de purification [10] ».

Ces rapprochements sont d'une grande portée ; ils auront leur consécration dans les textes officiels du concile Vatican II, clos en 1965, et dont la déclaration sur les juifs mettait fin à un enseignement séculaire du « mépris » – selon l'expression de Jules Isaac. Le texte du Concile, *Nostra Aetate*, dont l'initiative revient à Jean XXIII, promulgué par son successeur Paul VI, le 28 octobre 1965, reste prudent, modeste ; il avait pourtant rencontré de fortes résistances de la part des intégristes et fait l'objet d'une violente campagne de presse dans les pays arabes. Il marque pourtant un tournant dans l'histoire de l'Église [11]. Pour la première fois, l'Église

10. P. Pierrard, *Juifs et Catholiques français, d'Édouard Drumont à Jacob Kaplan 1886-1994*, Cerf, 1997, p. 352.

11. R. Laurentin, *L'Église et les Juifs à Vatican II*, Casterman, 1967.

officielle recommandait connaissance et estime mutuelles. L'accusation de déicide était bannie :

« Du fait d'un si grand patrimoine spirituel, commun aux Chrétiens et aux Juifs, le Concile veut encourager et recommander entre eux la connaissance et l'estime mutuelles, qui naîtront surtout d'études bibliques et théologiques, ainsi que d'un dialogue fraternel.

« Encore que des autorités juives, avec leurs partisans, aient poussé à la mort du Christ, ce qui a été commis durant sa passion ne peut être imputé ni indistinctement à tous les Juifs vivant alors, ni aux Juifs de notre temps. S'il est vrai que l'Église est le nouveau peuple de Dieu, les Juifs ne doivent pas, pour autant, être présentés comme réprouvés par Dieu ni maudits, comme si cela découlait de la Sainte Écriture. Que tous donc aient soin, dans la catéchèse et la prédication de la parole de Dieu, de n'enseigner quoi que ce soit qui ne soit conforme à la vérité de l'Évangile et à l'esprit du Christ.

« En outre, l'Église qui réprouve toutes les persécutions contre tous les hommes, quels qu'ils soient, ne pouvant oublier le patrimoine qu'elle a en commun avec les Juifs, et poussée, non pas par des motifs politiques, mais par la charité religieuse de l'Évangile, déplore les haines, les persécutions et toutes les manifestations d'antisémitisme, qui, quels que soient leur époque et leurs auteurs, ont été dirigées contre les Juifs. »

La suite du texte professait en substance « la fraternité universelle » excluant toute discrimination.

Les évêques français iront plus loin, dans une Déclaration du Comité épiscopal français pour les relations avec le judaïsme de Pâques 1973. Le judaïsme était pleinement reconsidéré, réintégré dans la vision chrétienne :

« Même si, pour le christianisme, l'Alliance est renouvelée en Jésus-Christ, le judaïsme doit être regardé par les chrétiens comme une réalité non seulement sociale et historique, mais surtout religieuse ; non pas comme la relique d'un passé vénérable et révolu mais comme une réalité vivante à travers le temps. Les signes principaux de cette vitalité sont : le témoignage de sa fidélité collective au Dieu unique, sa ferveur à scruter les Écritures pour découvrir, à la lumière de la révélation, le sens de la vie humaine, sa recherche d'identité au milieu des autres hommes, son effort constant de rassemblement en une communauté réunifiée. Ces signes nous posent, à nous chrétiens, une question qui touche le cœur de notre foi : quelle est la mission propre du peuple juif dans le plan de Dieu ? Quelle attente l'anime, et en quoi cette attente diffère-t-elle ou se rapproche-t-elle de la nôtre ? »

Jamais une déclaration du catholicisme officiel n'avait été aussi loin dans l'effort de compréhension du judaïsme et dans la volonté d'affirmer son « lien » avec celui-ci. C'était donc une ère nouvelle qui avait commencé avec le Concile. Mais celui-ci s'achevait deux ans avant l'événement qui devait tendre de nouveau, en France comme ailleurs, les relations entre juifs et non-juifs : la guerre des Six Jours.

13

Le cas Jean-Paul Sartre

Dans les lendemains de la Libération, un seul auteur, en France, publie un essai de quelque importance sur l'antisémitisme : Jean-Paul Sartre, dont les *Réflexions sur la question juive*, élaborées à l'automne 1944, paraissent en 1946 chez un petit éditeur, Paul Morihien, avant d'être reprises chez Gallimard en 1954. Ladite question n'était pas nouvelle pour lui. Il en avait déjà traité, dans le registre de la fiction, à travers la nouvelle la plus longue du *Mur*, en 1939, « L'enfance d'un chef ». Sartre y décrivait la métamorphose d'un jeune homme, Lucien Fleurier, menant une « petite existence triste et vague », et qui trouve finalement la voie du salut – devenir un « chef », être le digne successeur de son père, directeur d'usine – par son adhésion progressive à l'antisémitisme et, accessoirement, aux Camelots du roi. La haine du juif lui donne une consistance, une position sociale (aux yeux de ses amis), et finalement cette identité après laquelle il courait désespérément ; elle comblait son vide, lui ouvrait les voies du commandement.

Le récit est brillant, mais le personnage caricatural. Un trop beau « salaud » pour être vraisemblable, complètement déterminé par son milieu familial et social. Réduit à l'état d'un falot fils de famille, l'antisémite de « L'enfance d'un chef » relève plus de l'exécution que de l'analyse. La nouvelle de Sartre avait néanmoins le mérite de montrer l'une des fonctions psychologiques de l'antisémitisme pour l'antisémite : échapper à sa propre médiocrité par la détestation d'un *autre* exécrable, par la construction d'une espèce vile et inférieure, au regard de laquelle on s'imagine accéder à l'être.

Dans son essai philosophique, *L'Être et le Néant*, qu'il écrit pendant la guerre, Sartre fait plusieurs allusions à la condition juive, à titre d'exemple, pour illustrer sa théorie de la liberté. Si, selon lui, l'antisémite peut « conférer des limites » à la situation du juif, il reste à celui-ci d'échapper à ces limites en donnant à son « être-juif » un sens « à la lumière des fins qu'[il a] choisies ». Cette « assomption élective », par laquelle le juif déjoue le regard de l'antisémite, Sartre la résume ainsi : « Un Juif n'est pas *Juif* d'abord, pour être *ensuite* honteux ou fier ; mais, c'est son orgueil d'être Juif, sa honte ou son indifférence qui lui révélera son être-juif ; et cet être-juif n'est rien en dehors de la libre manière de le prendre. » C'était là, pour le moins, faire preuve d'anticonformisme dans l'environnement de l'époque, mais d'un pouvoir de consolation limité par temps de rafle [1].

À part ces allusions, qu'avait fait Sartre sous l'Occupation quant à cette « question juive » ?

On a beaucoup glosé sur la résistance ou la prétendue résistance de Sartre pendant la guerre. Il est certain que ses antécédents politiques ne le prédisposaient pas à cet impératif de l'« engagement » dont il se fera le théoricien après la guerre. De son propre aveu, il n'avait été avant 1940 qu'un individualiste sans lien avec la société dans laquelle il vivait : « Je considérais que ce que j'avais à faire c'était écrire et je ne voyais absolument pas l'écriture comme une activité sociale. [...] Et puis le reste, c'est-à-dire ma vie privée, je considérais qu'elle devait plutôt être faite d'agréments – j'aurais des ennuis aussi, comme tout le monde, qui me tomberaient dessus sans que je puisse les éviter, mais dans l'ensemble ce serait une vie d'agréments : femmes, bons repas, voyages, amitiés [2]. » Animé seulement de la haine antibourgeoise, sans convictions politiques précises, s'exonérant du devoir de voter, sympathisant

1. Voir F. Kaplan, « Un philosophe dans le siècle », *in* I. Galster (dir.), *La Naissance du « phénomène Sartre ». Raisons d'un succès (1938-1945)*, Seuil, 2001.

2. J.-P. Sartre, « Entretiens sur moi-même », *Situations X*, Gallimard, 1976, p. 177.

vaguement avec le Front populaire, mais « de loin », il se tenait à distance aussi de ses « petits camarades », de Paul Nizan (au Parti communiste), comme de Raymond Aron (socialiste à l'époque). La mue s'est produite, toujours selon Sartre, après la mobilisation de 1939 et son séjour en Stalag en 1940-1941 ; il prend alors conscience « du poids du monde » et de ses liens avec les autres : « Je suis passé de l'individualisme et de l'individu pur d'avant la guerre au social, au socialisme. » Telle est la vulgate de sa métamorphose, aboutissant à la figure de l'intellectuel résistant, de l'écrivain engagé, qu'il aura après la Libération.

Pour beaucoup, cependant, la résistance de Sartre ne fut qu'une fiction. À quoi les sartriens répliquent par un certain nombre de faits qui, c'est incontestable, range l'auteur de *L'Être et le Néant* du « bon côté » : sa tentative de monter un groupe résistant « Socialisme et Liberté », même si ce ne fut qu'un feu de paille, les articles (non signés) qu'il a donnés à la presse clandestine (*Les Lettres françaises*), et, surtout peut-être, les deux pièces qu'il a fait jouer, sous la censure allemande, mais avec l'accord du CNE (Comité national des écrivains, clandestin, auquel Sartre adhérait depuis janvier 1943), *Les Mouches* et *Huis clos*, qui paraîtront après la guerre comme son véritable brevet de résistance, même si les spectateurs de ces pièces à l'époque n'ont pas toujours décrypté leur message. Il s'en est expliqué en 1959 à Claudine Chanez : « Si la pièce a été présentée à la censure allemande, c'est après un débat au Comité national des écrivains où il avait été décidé qu'il fallait la faire jouer, parce que de telles pièces aidaient à démystifier le public, même si elles ne pouvaient montrer la vérité que sous le voile [3]. » Dans *Les Lettres françaises* clandestines, Michel Leiris rendit compte de la pièce de manière « éloquente et compromettante », écrit Sartre, « puisqu'on y disait en clair ce que j'avais voulu dire ».

Vladimir Jankélévitch, jugeant plutôt modeste la participa-

3. Cité par I. Galster, *Le Théâtre de Sartre devant ses premiers critiques*, p. XX, L'Harmattan, 2001. Du même auteur, *Sartre, Vichy et les Intellectuels*, L'Harmattan, 2001.

tion de Sartre à la Résistance, pensait que celui-ci s'était fait, à la Libération, le théoricien radical de l'engagement par un effet de compensation. Nous n'entrerons pas ici dans ce débat, nous arrêtant seulement à son attitude face à la persécution juive, et avant même celle des Allemands, celle de Vichy. Dans les *Réflexions*, Sartre laisse deviner par son lecteur une sorte de remords : « Si nous avons vécu dans la honte notre complicité involontaire avec les antisémites, qui a fait de nous des bourreaux, peut-être commencerons-nous à comprendre qu'il faut lutter pour le Juif, ni plus ni moins que pour nous-mêmes. » N'était-ce pas là un programme rétrospectif ?

Après son retour de Stalag, au printemps 1941, Sartre se voit offrir une jolie promotion pour la rentrée d'octobre : la chaire de philosophie dans la khâgne du lycée Condorcet, ce qu'il accepte sans hésiter. Là-dessus une controverse s'est engagée : Sartre n'avait-il pas accepté de remplacer un collègue juif, Henri Dreyfus-Le Foyer, révoqué par le statut de Vichy sur les juifs[4] ? En fait, il avait succédé à Ferdinand Alquié[5], mais la dispute s'est ouverte sur ce point qu'Alquié n'était pas titulaire de cette chaire. Professeur au lycée Rollin (futur lycée Jacques-Decour), il n'était à Condorcet qu'en *exeat*, ainsi qu'en fait foi l'arrêté ministériel du 15 octobre 1940 (Archives nationales, F17/14 019) : « M. Alquié, professeur titulaire agrégé de philosophie au lycée Rollin, est mis à la disposition de M. le Recteur de l'Académie de Paris pour occuper *à titre provisoire* [c'est nous qui soulignons] la chaire de philosophie (1re supérieure) au Lycée Condorcet, *en suppléance* de M. Dreyfus-Le Foyer. »

On trouve encore dans *L'Information universitaire*, datée du 3 mars 1941, une liste des enseignants des lycées de gar-

4. Voir I. Galster, « Sartre et la “question juive” », *Commentaire*, n° 89, printemps 2000 ; la réponse de J. Lecarme, « Sartre et la question antisémite », *Les Temps modernes*, n° 609, juin-juil.-août 2000 ; I. Galster, *Commentaire*, n° 91, hiver 2000-2001.

5. « M. Sartre, professeur agrégé de philosophie au lycée Pasteur, est nommé professeur de philosophie au lycée Condorcet (1re supérieure) en remplacement de M. Alquié, appelé à un autre emploi », Vichy, 2 septembre 1941 (Archives nationales, F17 14 020, pièce 190).

çons mis à la retraite à la date rétroactive du 20 décembre 1940, au rang desquels se trouve Dreyfus-Le Foyer, dont le poste est localisé exclusivement au lycée Condorcet. Les autres s'appellent : Abensour, Abraham, Abramovitsch, Adad, etc., les derniers ayant pour patronymes Weill et Weill-Raynal. Ces professeurs sont remplacés, quel que soit leur âge. C'est sous cette forme de mise à la retraite forcée qu'est appliqué le statut des juifs [6].

Sartre a donc remplacé, non pas directement, mais indirectement, dans la chaire de philosophie de la 1re supérieure du lycée Condorcet, à la rentrée de 1941, un professeur juif révoqué nommé Henri Dreyfus-Le Foyer. À supposer que Sartre ignore ce qui est arrivé au titulaire de la chaire auquel il succède, il connaît le double statut des juifs d'octobre 1940 et de juin 1941. Ne s'est-il pas ému des révocations ? Et lui, obtenant un poste de promotion, en passant du lycée Pasteur de Neuilly au lycée Condorcet à Paris, a-t-il fait preuve d'incuriosité, d'indifférence, à propos de ces promotions, de ces mutations, dont il bénéficiait ? Un désintérêt qui étonne de la part de ce philosophe de la liberté et de la responsabilité. Un certain nombre de membres du corps enseignant ont su, du reste, élever leur protestation. Ainsi, à la Sorbonne, Henri Bédarida, comme on l'a vu plus haut.

Sartre en l'espèce est assez représentatif, non seulement du corps enseignant dans son ensemble, mais de la société globale : il ne *voit pas* la question. C'est aussi le cas de Ferdinand Alquié qui remplace, lui, Michel Alexandre, pour lequel, on le sait, ses élèves du lycée Henri-IV ont signé une pétition. La nomination de Sartre se trouvait inscrite ainsi dans une chaîne de révocations, sans qu'il en manifestât le moindre scrupule.

Évidemment, ce qui étonne, en l'occurrence, c'est qu'il s'agit de Sartre, celui qui écrira dans la présentation des *Temps modernes* : « Qu'il écrive ou travaille à la chaîne, qu'il choi-

---

6. Au total, on compte 1 064 membres de l'Éducation nationale exclus, dont 266 pour l'enseignement secondaire (204 hommes et 64 femmes). C. Singer, *Vichy, l'Université et les Juifs*, *op. cit.*, p. 144.

sisse une femme ou une cravate, l'homme manifeste toujours : il manifeste son milieu professionnel, sa famille, sa classe, et finalement, comme il est situé par rapport au monde entier, c'est le monde qu'il manifeste. Un homme, c'est toute la terre. Il est présent partout, il est responsable de tout… » Simone de Beauvoir, évoquant la métamorphose de Sartre, de l'individualisme au socialisme, écrira, elle, dans ses mémoires : « Le vrai point de vue sur les choses est celui du plus déshérité [7]. » Qui était plus déhérité, pendant les années noires, que les juifs, révoqués, spoliés, traqués, raflés, déportés ?

Certes, on pourra penser qu'il n'est pas licite d'imputer à Sartre des manquements en 1941 en puisant dans sa philosophie de 1945 : tout comme la loi, la théorie sartrienne ne saurait être rétroactive. À ce sujet, on peut penser comme Vladimir Jankélévitch que la radicalisation de Sartre après la guerre est un effet de compensation, Sartre éprouvant un « complexe d'infériorité » par rapport aux intellectuels, aux philosophes comme Jean Cavaillès, qui ont pris de vrais risques dans la Résistance, et qui parfois y ont perdu la vie.

Il faut admettre l'existence d'un angle mort : Sartre, à l'instar de la majorité des Français, n'a pas eu conscience – au moins en 1941-1942 – de la « question juive » (que d'aucuns préféreraient appeler la « question antisémite ») [8]. Il faut en convenir : le sort des juifs a été largement occulté dans la conscience française pendant les deux premières années de la guerre, comme nous l'avons montré plus haut. Sans doute, un tournant est repérable en 1942, l'année des rafles, l'année où l'occupant contraint les juifs à porter l'étoile jaune.

Malgré cela, on s'aveugle assez largement. La presse clandestine parle rarement des juifs – et Sartre ne fait pas exception à la règle. Du reste, un passage de ses *Réflexions* paraît significatif du refus de savoir ou de voir – lorsque, évoquant les gens qui saluent les passants inconnus porteurs de l'étoile jaune, obligeant ainsi les juifs, selon lui, à se sentir perpétuel-

7. S. de Beauvoir, *La Force des choses*, Gallimard, 1963, p. 17.
8. Voir C. Singer, chap. III : « Les silences de l'opinion publique », *Vichy, l'Université et les Juifs*, *op. cit.*, p. 139-206.

lement juifs, il écrit : « Tout cela nous l'avons si bien compris que, pour finir, nous détournions les yeux lorsque nous rencontrions un Juif porteur d'étoile. Nous étions mal à l'aise, gênés par notre propre regard qui, s'il se posait sur lui, le constituait comme juif, en dépit de lui, en dépit de nous ; la ressource suprême de la sympathie, de l'amitié, c'était ici de paraître ignorer : car, quelque effort que nous tentions pour atteindre *la personne*, c'était *le Juif* que nous devions rencontrer nécessairement. »

Cette explication laisse perplexe. Signalons simplement, au regard de ce que l'on peut considérer comme une justification philosophique de l'indifférence, un passage du *Journal des années noires* de Jean Guéhenno, en date du 16 juin 1942 : « Depuis huit jours, les Juifs doivent porter l'étoile jaune et appeler sur eux le mépris public. Jamais les gens n'ont été avec eux si aimables. C'est qu'il n'est sans doute rien de plus ignoble que de contraindre un homme à avoir à tous les instants honte de lui-même et le gentil peuple de Paris le sait. » Les manifestations de sympathie à l'égard des porteurs de l'étoile jaune ont été, maint témoignage en fait foi, un réconfort. Prenons l'attitude de Sartre à titre de métaphore : il me paraît que, tout comme la plupart des autres Français pendant la guerre, il a *détourné les yeux*.

Son cas intéresse l'historien, non pas par sa *singularité*, mais par sa *représentativité*. Il faut constater cette espèce de trou noir dans la nébuleuse de la Seconde Guerre mondiale. Ce n'est pas seulement Sartre, ce ne sont pas seulement les Français – c'est aussi Roosevelt et les Américains, ce sont aussi Churchill et les Anglais, et ne parlons pas de Staline.

Voilà pourquoi il ne saurait être question, à mon sens, de jouer les procureurs, d'intenter un quelconque procès à Sartre. Il s'agit seulement de s'étonner, et, à partir de cet étonnement, de tenter de comprendre. Méfions-nous des anachronismes. Informés que nous sommes aujourd'hui par l'horreur de la Shoah, on ne saurait transposer nos sentiments à une époque où les camps d'extermination sont ignorés des Français. Les juifs, comme nous le disions dans un autre chapitre, paraissaient des victimes *au même titre* que les autres : communistes, francs-maçons, syndicalistes, anciens ministres du Front populaire, résistants... L'oppression nazie et les complicités vichystes forment un bloc contre lequel on doit lutter. Et Sartre, indiscutablement, a perçu ce bloc comme l'ennemi à abattre. Nous pouvons regretter qu'il n'en ait pas tiré des conclusions héroïques, qu'il n'ait pas mis toutes ses ressources au service de ce combat. Mais son cas nous intéresse surtout par sa banalité, non par son exceptionnalité[9].

En est-il conscient lorsqu'il se met à rédiger ses *Réflexions sur la question juive*, en octobre 1944 ? En tout cas, son grand mérite, à ce moment-là, est de crever une espèce de tabou. Ouvrage de circonstance, son livre n'est pas une étude érudite, mais un essai, une protestation argumentée contre l'antisémitisme ; la dernière phrase résonne comme un serment : « Pas un Français ne sera en sécurité tant qu'un Juif, en France et *dans le monde entier*, pourra craindre pour sa vie. » L'ouvrage est d'autant plus important qu'il émane d'un homme qui, en 1946, est devenu un maître à penser, le grand maître à penser de l'après-guerre. Romancier, philosophe, applaudi au théâtre, fondateur et directeur des *Temps modernes* lancés en octobre 1945, Sartre est devenu, en peu de temps, l'équivalent – c'est F. Kaplan qui fait cette comparaison – d'un Voltaire ou d'un Victor Hugo : « Il ne trouvait en face de lui que de petits maîtres à audience limitée – si respectables fussent-ils personnellement – ou des institutions – en l'espèce, pratiquement, l'Église catholique et le Parti communiste. »

Les *Réflexions* sont d'abord un portrait de l'antisémite. « Jamais, écrit Rabi, la question n'avait été abordée avec une telle perspective et une telle hauteur de vue[10]. » Les lecteurs d'un Drieu pouvaient vérifier le portrait-robot : « Ainsi l'anti-

9. On ne peut pas ne pas mentionner le témoignage sévère de Bianca Lamblin, *Mémoires d'une jeune fille dérangée*, Balland, 1993, et l'ouvrage implacable, mais de méthode discutable, de Gilbert Joseph, *Une si douce Occupation*, Albin Michel, 1991. De manière plus succincte, voir B. Lamblin, « Sartre avant, pendant et après la guerre », *in* I. Galster (dir.), *La Naissance du « phénomène Sartre »*, *op. cit.*, 2001.

10. Rabi, « Sartre, portrait d'un philosémite », *Esprit*, octobre 1947.

sémite adhère, au départ, à un irrationalisme de fait. Il s'oppose au Juif comme le sentiment à l'intelligence, comme le particulier à l'universel, comme le passé au présent, comme le concret à l'abstrait, comme le possesseur de biens fonciers au propriétaire de valeurs mobilières. » Depuis Drumont jusqu'à Céline, Sartre démontait de façon magistrale les préjugés, les stéréotypes et les fonctions de l'antisémitisme. Tout y était dit avec une pénétration remarquable et dans un style d'une rare efficacité.

Symétriquement, le portrait du juif était plus discutable, et l'on reprochera à Sartre la phrase fameuse : « Le Juif est un homme que les autres hommes tiennent pour Juif. » Comme dit Rabi, admirateur de Sartre pourtant, le juif refuse d'être un objet, une création de l'antisémite, il s'affirme comme sujet. Pour Sartre, le seul lien qui unisse les juifs, ce n'est ni l'histoire ni la religion, mais leur *situation* (concept inventé dans *L'Être et le Néant*), c'est-à-dire le mépris commun où ils sont tenus. « Tout se passe comme si jamais, à aucun moment, écrit Rabi, le Juif ne cessait d'être objet et comme s'il ne pouvait prendre lui-même la charge de son destin. »

Ce fut la plus grande objection qu'on fit, et qu'on fait encore, aux *Réflexions* : Sartre n'avait pour modèle de juif que le juif assimilé, pleinement français, universitaire en général, républicain, éloigné des pratiques religieuses. Juif malgré lui, en quelque sorte ; juif construit par l'antisémite. Si ce modèle correspondait, il est vrai, à une grande partie des israélites français, il n'était pas acceptable pour les autres juifs, religieux ou non, fiers de leur identité ou de leur double appartenance. Le lecteur de Sartre subodore du reste une contradiction, puisque l'auteur, après avoir fait du juif la création de l'antisémite, en vient à valoriser le juif *authentique* : « L'authenticité juive consiste à se choisir *comme juif*, c'est-à-dire à réaliser sa condition juive. » De deux façons : « Le Juif peut se choisir authentique en revendiquant sa place de juif, avec ses droits et son martyre dans la communauté française ; il peut avoir avant tout le souci de prouver que la meilleure façon pour lui d'être Français, c'est de s'affirmer *Juif français*. Mais il peut aussi être amené par son choix à revendiquer une nation juive possédant un sol et une autonomie, il peut se persuader que l'authenticité juive exige que le Juif soit soutenu par une communauté israélite. »

Sur le coup, le public juif fut avant tout reconnaissant, voire enthousiaste. Celui qui était en passe d'être le grand écrivain, le grand philosophe français du siècle, venait d'écrire le traité le plus marquant qu'on ait lu sur l'antisémitisme, et qui s'achevait par un appel à la conscience morale. « Le problème juif est né de l'antisémitisme ; donc c'est l'antisémitisme qu'il faut supprimer pour le résoudre. » Telle est la tâche des non-juifs, qui doivent mettre, pour défendre les juifs, « un peu de la passion et de la persévérance que leurs ennemis mettent à les perdre ».

Plus tard, on s'étonna que Sartre n'eût pas pris en compte la réalité de l'extermination, la monstrueuse entreprise des nazis. À ce sujet, il convient de rappeler que l'ouvrage avait été écrit en octobre 1944, soit à un moment où l'ampleur de la catastrophe n'était pas connue. Mais, a-t-on pu objecter, Sartre aurait pu compléter son ouvrage, puisqu'il ne fut publié qu'en 1946, avant d'être repris par Gallimard en 1954. Ce faisant, n'eût-il pas eu à modifier en profondeur son livre ? Dans le colloque tenu à la New York University, en 1998, Enzo Traverso faisait remarquer que l'antisémitisme visé par Sartre dans ses *Réflexions* n'était pas celui du nazisme, mais l'antisémitisme de l'extrême droite française, dont Charles Maurras était le chef de file [11]. L'objection est fondée, mais, écrivant pour les Français, voulant impliquer ses compatriotes, Sartre parlait des antisémites et des juifs français, ceux que sa propre expérience avait placés sur son chemin. D'autre part, bien des antisémites « à la française » étaient devenus pro-nazis ou auxiliaires des nazis ; on ne saurait surestimer les solutions de continuité, on l'a vu dans les chapitres précédents, entre l'antisémitisme de Drumont et celui de Rosenberg. Il reste qu'après coup le livre paraît décalé par rapport à l'événement : on n'y rencontre pas la mesure de la tragédie. Non

11. D. Hollier (dir.), « Jean-Paul Sartre's Anti-Semite and Jew. A special issue », *October*, n° 87, hiver 1999.

plus qu'on y sent – l'observation est de Rabi – cette « chaleur humaine » qui marque de manière impérissable l'œuvre de cet autre philosémite, Charles Péguy.

Faut-il pour autant intenter un procès à Sartre, à propos de cet ouvrage, que maints lecteurs juifs ont pu estimer comme un acte libérateur [12] ? En 1995, Susan Suleiman, professeur à Harvard, tout en reconnaissant les nobles intentions de Sartre, n'en accuse pas moins celui-ci d'avoir, dans son portrait du juif, aligné un certain nombre de clichés propres à produire un « effet antisémite ». Pierre Birnbaum, de son côté, dresse, à propos d'une conférence prononcée par Sartre le 3 juin 1947, pour présenter son livre à la demande de l'Alliance israélite universelle, un réquisitoire implacable. Il dénonce chez Sartre une « ignorance des réalités juives », d'où « ce regard très distant, comme seul peut le poser le touriste de passage dans un lieu où tout lui est étranger ». Mais Pierre Birnbaum a beau vouloir *imaginer* les réactions négatives des élèves de l'Alliance à la lecture des *Réflexions*, il doit aussi convenir de l'accueil chaleureux que lui font René Cassin, président de l'Alliance, et le philosophe Emmanuel Levinas [13].

Sans doute, certains lecteurs de Sartre, à l'instar d'un Rabi, pouvaient juger la vision de Sartre sur les juifs incertaine, mais tous lui savaient gré d'avoir engagé sa jeune et immense réputation dans le combat contre l'antisémitisme. « Et voici, écrivait Rabi, que Sartre nous apparaît tel que nous l'attendions enfin, tel que nous l'espérions. Dans ses dernières pages, où il se dégage de toute vue théorique, retentit comme l'écho de la voix des grands rationalistes français, avec leur humanisme généreux et leur rêve de fraternité universelle. »

12. *Ibid.* Cf. les témoignages de P. Vidal-Naquet et R. Misrahi, ainsi que la contribution de M. Rybalka sur la genèse et la réception du livre. Jean Daniel, pour sa part, écrit : « Les thèses de ce livre sont aujourd'hui considérées comme une simplification indigne et parfois suspecte. Or, s'il se peut qu'elles n'épuisent pas ce qui définit la judéité dans ses origines et ses horizons, c'est un fait que les thèses défendues dans cet essai auront délivré toute une génération de Juifs », *La Prison juive*, Odile Jacob, 2003, p. 77.

13. P. Birnbaum, « Réflexions peinées sur les *Réflexions sur la question juive* », *Les Cahiers du judaïsme*, n° 3, automne 1998, p. 93-106.

Paroles d'un écrivain juif, extrêmement sensibilisé à la « question juive », excellent connaisseur de la réalité juive en France, mais contemporain de Sartre : lui, ne faisait pas d'anachronisme.

Ces diverses charges contre l'ouvrage de Sartre ont valu la réplique de Francis Kaplan, dans une étude serrée publiée par *Commentaire* sous le titre : « Sartre antisémite[14] ? ». C'est une défense en bonne règle des *Réflexions* et de leur auteur dans un texte précis, argumenté, détaillé. N'entrons pas ici dans le menu de ces disputes entre érudits, quel que soit leur intérêt. Aux yeux de l'historien, le paradoxe serait d'accabler l'attitude de Sartre en le traînant au tribunal d'une mémoire juive ultra soupçonneuse ; d'en faire le plus inattendu des boucs émissaires. L'essai de Sartre montre des faiblesses que son auteur a reconnues lui-même ; il n'en reste pas moins un grand texte de référence – et surtout une parole engagée. Dans cette France de l'après-guerre, nous avons vu à quel point la « question juive » était devenue tabou : les *Réflexions* de Sartre sont un des jalons les plus importants de l'acquisition par les non-juifs d'une conscience de responsabilité face à l'antisémitisme. Jusque-là, c'étaient, depuis les années trente, surtout des intellectuels chrétiens qui avaient manifesté leur refus d'entériner « l'enseignement du mépris » (Jules Isaac) : Maritain, Mauriac, Mounier... Cette fois, un philosophe, dégagé de tout lien religieux, devenu depuis peu chef d'école, avait fait entendre la voix de la raison et de la solidarité. En lisant son livre, les juifs français eurent le sentiment de ne plus être tout à fait seuls.

Ce n'est pas un hasard si l'Université hébraïque de Jérusalem a fait de Sartre, en 1976, un de ses docteurs *honoris causa*. Depuis la naissance de l'État d'Israël, qu'il a applaudie en 1948, qu'il n'a jamais récusée, il s'est fait le défenseur de son droit à l'existence. Non sans contradiction, car, du même mouvement de sympathie, Sartre faisait l'apologie du terrorisme, seule arme dont disposaient les peuples pauvres et

14. F. Kaplan, « Sartre antisémite ? », *Commentaire*, n° 95, automne 2001, et n° 96, hiver 2001-2002.

opprimés, comme il l'exprime, à sa manière radicale, dans la préface des *Damnés de la terre* de Franz Fanon. Il veut être simultanément l'ami des Israéliens et des Palestiniens ; il n'aura de cesse de présenter la négociation entre les uns et les autres comme la seule solution.

En février 1967, Sartre se rend en compagnie de Simone de Beauvoir successivement en Égypte, où il a des entretiens avec Nasser, et en Israël. Il affirme alors sa neutralité : ce n'est pas à lui, dit-il, de donner des leçons. *Les Temps modernes* étaient en train de préparer un grand numéro spécial sur la question… Lors de la guerre des Six Jours, qui éclate peu après, il entend se maintenir sur l'arête de cette position difficile : préserver son amitié avec les Arabes et avec les Israéliens, au risque d'être incompris des uns et des autres. Il rejette le slogan qui assimile Israël à l'« impérialisme américain », tout en demandant la cession des territoires occupés. « Dans le conflit israélo-arabe […], il n'y a de vérité ni d'un côté ni de l'autre. »

Position difficile à tenir, cependant, car si, pour Sartre, l'existence de l'État d'Israël ne peut pas faire l'objet d'une remise en cause, il n'en reste pas moins fidèle à l'idée que le terrorisme est légitime. Il l'a affirmé pour le FLN, lors de la guerre d'Algérie ; il le dit toujours pour les Palestiniens. « Je ne reproche pas aux Palestiniens de faire ce que j'ai approuvé quand c'était le FLN algérien qui le faisait, ni de se battre selon leurs moyens. » Mais, pour ajouter : « Je ne reproche pas non plus aux Israéliens de riposter, parce que l'on ne peut pas leur demander de se laisser systématiquement tuer sans répondre [15]. »

Après 1968, Sartre fait pendant un temps route commune avec les maoïstes français de la Gauche prolétarienne ; il les aide à diffuser leur journal *La Cause du peuple*. Il n'est pas en accord avec eux sur le conflit de Palestine, car ses jeunes alliés sont nettement « antisionistes » et pro-palestiniens. Mais, comme eux, Sartre est fasciné par la violence révolutionnaire.

---

15. Interview de C. Chonez, février 1969, *in* J.-P. Sartre, *Situations VIII*, Gallimard, 1972, p. 343-344.

En septembre 1972, l'attentat perpétré par le commando « Septembre noir », contre des athlètes israéliens, aux Jeux olympiques de Munich, qui indigne l'opinion internationale, suscite la compréhension de Sartre, dans une interview donnée à l'organe des maos, *La Cause du peuple*. « Ce peuple abandonné [les Palestiniens], trahi, exilé, ne peut montrer son courage et la force de sa haine qu'en organisant des attentats mortels [16]. » Il va plus loin, n'hésitant pas à reconnaître « que l'attentat de Munich a été parfaitement réussi », puisque le problème des Palestiniens avait été ainsi posé sous les yeux de plusieurs millions de téléspectateurs [17].

Acceptant la guerre rendue inévitable, le terrorisme le plus terrible, en même temps que la riposte légitime au terrorisme, Sartre se trouvait enfermé dans l'étau de ses convictions contradictoires. Il s'en échappait en continuant à prôner la négociation entre Israéliens et Palestiniens, seule solution possible. Il se rend encore en Israël en 1978, et organise, l'année suivante, quelques mois avant sa mort, avec Benny Lévy et Michel Foucault, un colloque d'intellectuels palestiniens et israéliens [18].

Mort en 1980, des années avant les premières négociations entre Israël et l'OLP en Norvège, suivies par la poignée de main « historique » entre Yitzhak Rabin et Yasser Arafat à Washington (1993), Sartre n'a eu de cesse d'espérer, de vouloir, de recommander, cette négociation entre les parties en guerre, sans jamais abandonner ses trois convictions : Israël a le droit de vivre ; les Palestiniens ont le droit de se battre, avec leurs moyens ; seul un compromis entre les représentants des deux peuples pourra mettre fin au drame.

De son vivant, en raison de son influence, Sartre avait été un frein à la dérive d'une ultra gauche, dont l'antisionisme farouche allié au tiers-mondisme risquait de cautionner l'antisémitisme. Le refus du manichéisme, réitéré par Sartre, si

---

16. *La Cause du peuple - J'accuse*, 30 septembre 1972. Cité par D. Drake, Colloque « Sartre et les Juifs », Paris, 19-20 juin 2003.

17. *Ibid.*

18. *Les Temps modernes*, octobre 1979.

volontiers manichéen en politique, lui valut les attaques des deux bords, mais il contribua à une pédagogie du tragique : les deux camps avaient raison ; il leur fallait choisir : la guerre permanente, interminable, et son cortège de souffrances et d'horreurs, ou bien la reconnaissance de l'autre et de sa propre raison.

Jusqu'au bout, Sartre a refusé que son adhésion à la cause des Palestiniens l'empêche de rester l'ami des Israéliens. « Alors ça fait une drôle de position [19]. »

19. P. Gavi *et al.*, *On a raison de se révolter*, Gallimard, 1974, p. 298.

14
Le tournant de la guerre des Six Jours

La guerre des Six Jours, remportée en 1967 par Israël sur les États arabes, a changé en profondeur la relation entre la France et les juifs, en modifiant sensiblement, du reste, la condition juive en France. La politique du général de Gaulle à l'endroit de l'État hébreu est le premier fait à prendre en considération.

Depuis sa naissance en 1948, l'État d'Israël a été soutenu par la France. L'expédition franco-britannique de 1956 en Égypte s'était doublée d'une alliance avec Israël, dont les armées avaient atteint le canal de Suez. La Ve République s'est montrée une alliée aussi indéfectible que la IVe. Les liens privilégiés entre les deux pays s'étaient concrétisés par des fournitures d'armes françaises et une collaboration militaire à différents échelons. En juin 1964, lors de la visite de Levi Eshkol, Premier ministre israélien, à Paris, le général de Gaulle réitère la formule qu'il avait utilisée quatre ans plus tôt devant David Ben Gourion : « Israël, notre ami, notre allié. » Le point culminant des fournitures militaires à Israël de la part de la France se situe même en mai 1967, peu de temps avant la guerre qui allait éclater. C'est au moyen des *Mirage* français que les Israéliens ont vaincu la coalition arabe, équipée de *Mig* soviétiques. Or cette victoire israélienne provoque un retournement de la politique gaullienne. Comment l'expliquer ?

Rappelons les faits. Après une série d'incidents de frontière entre la Syrie et Israël, les armées syriennes et égyptiennes sont mises, à la mi-mai, en état d'alerte. Le 19, l'Égypte (RAU), par son représentant à l'ONU, réclame et obtient le retrait des casques bleus, stationnés en Égypte et à Gaza, depuis 1956. Au Caire, Nasser, appuyé par une presse violemment anti-israélienne, lance son défi : « Le drapeau israélien ne passera pas devant nos forces installées désormais à Charm el-Cheik. » Cela voulait dire en clair que les Égyptiens décrétaient le blocus du golfe d'Akaba, par lequel arrivait de la mer Rouge une grande partie des approvisionnements – en pétrole notamment – d'Israël, *via* le port d'Eilat. La situation est explosive, non seulement pour Israël, mais pour la paix internationale. Les Soviétiques ont pris le parti des Arabes ; les Américains assurent l'État juif de leur soutien. La flotte des premiers s'apprête à franchir le Bosphore, tandis que la VIe flotte américaine fait mouvement en Méditerranée. L'ONU, dont le Secrétaire général U Thant a pris la malheureuse décision de retirer sans attendre les casques bleus, est hors du jeu.

La France suggère alors la réunion des quatre Grands (les deux « super-Grands », le Royaume-Uni et la France), pour arbitrer le conflit, mais en vain : l'Union soviétique refuse. La détermination de Nasser se précise le 26 mai par une déclaration tonitruante : « Notre objectif essentiel sera la destruction d'Israël. » Le 30, le roi Hussein de Jordanie, pourtant modéré d'habitude, se rend au Caire et signe avec le Raïs un pacte d'assistance mutuelle, tandis que les autres États arabes proclament leur soutien à Nasser. Israël se voit complètement encerclé. Un cabinet de guerre est constitué avec la présence de Moshe Dayan et de Menahem Begin.

De Gaulle a fait connaître sa position : il considérera comme agresseur celui des deux camps qui tirera le premier. L'agression n'avait-elle pas déjà eu lieu, de la part de Nasser lorsqu'il avait décrété le blocus ? Le petit État hébreu, ne dépassant pas 22 000 km^2, encerclé de toutes parts, subissant le blocus d'Eilat, pouvait-il accepter le diktat de l'Égypte sans coup férir ? Selon Mohammed Hassanein, rédacteur en chef d'*Al-Ahram* et confident de Nasser, l'Égypte attendait qu'Israël relève le défi : « L'Égypte a exercé sa puissance et atteint ses objectifs sans recourir aux armes. Mais Israël n'a d'autre choix que de combattre s'il veut exercer sa puissance. [...]

Qu'Israël commence. Que nous soyons prêts à riposter. Et que notre riposte soit un knock-out [1]. » Sans doute Nasser avait-il été amené sur cette position par ses alliés syriens et par les Palestiniens conduits par l'aventureux Ahmed Choukeiri, mais, fort du soutien soviétique, il bénéficiait du manque de réaction américaine, et se paya de mots comme si souvent.

Pourtant, le général de Gaulle s'en tient à ses positions. Le 31 mai, il décrète l'embargo sur les fournitures militaires pour le Proche-Orient. Décision apparemment équitable, mais c'est Israël qui en pâtit, puisque c'est le seul pays dont les armes sont en majeure partie d'origine française. N'importe ! La France, le 2 juin, en appelle encore à une réunion des Quatre et répète que « le pays qui, le premier, utiliserait les armes, n'aurait ni [son] soutien ni [son] aide ». Position toute théorique. Les Américains auraient pu, avec leur flotte, forcer le blocus, mais ils sont, pour l'heure, enlisés dans la guerre au Vietnam. Quant aux Soviétiques, qui ne marchandent pas leur soutien en matériel aux pays arabes, ils n'entendent nullement accepter l'invite de la France. Les Israéliens crient à la trahison. En affaiblissant la position militaire d'Israël par l'embargo, de Gaulle favorisait du même coup la volonté des Israéliens de prendre les devants avant que le rapport de forces ne bascule en faveur des Arabes. La tension s'exaspère. Des manifestations ont lieu dans les capitales occidentales, y compris à Paris, pour soutenir Israël, tandis que d'immenses rassemblements anti-israéliens se succèdent au Caire et dans les villes arabes. Le sort de l'État juif paraît plus que jamais suspendu au-dessus d'un volcan. À Tel-Aviv, l'offensive est décidée pour le 5 juin à l'aube.

À la date prévue, en quelques heures, l'aviation israélienne, qui décolle simultanément en direction de l'Égypte, de la Syrie, de la Jordanie et de l'Irak, détruit 410 appareils ennemis, la plupart au sol, n'en perd que 19, et s'assure d'emblée la maîtrise du ciel. Les blindés complètent l'attaque, s'emparent du Sinaï, de la bande de Gaza, pénètrent en Syrie et contrôlent

1. Cité notamment par Abba Eban, *Autobiographie*, Buchet-Chastel, 1979, p. 277.

la Cisjordanie. Nasser tente d'entraîner l'intervention soviétique, en dénonçant la participation des Anglais et des Américains à l'offensive israélienne. Moscou ne bouge pas. Nasser ferme alors le canal de Suez et lance un appel aux producteurs de pétrole pour qu'ils cessent leur vente aux Occidentaux. L'ONU lance l'ordre d'un cessez-le-feu. Le 8 juin, leurs armées vaincues, la RAU et la Syrie acceptent, après la Jordanie qui l'a fait la veille, le cessez-le-feu, qui sera effectif sur tous les fronts trois jours plus tard.

Un communiqué donné à l'issue du Conseil des ministres à Paris, le 21 juin 1967, résume la position du général de Gaulle et de la France officielle : « La France a pris position contre la guerre en Orient. Certes, elle tient pour juste que chaque État en cause – notamment celui d'Israël – puisse vivre. Elle blâmait donc la menace de le détruire qu'avaient agitée ses voisins et elle réservait sa position quant à l'hypothèque établie à l'encontre de cet État au sujet de la navigation dans le golfe d'Akaba. Mais elle condamne l'ouverture des hostilités par Israël. »

Bien des Israéliens se sont étonnés de la « volte-face » du général de Gaulle, là où d'autres commentateurs, en France et dans les pays arabes, voyaient plutôt une continuité de sa politique extérieure. Quelles ont été les motivations du chef de l'État français ? La crise du Proche-Orient au mois de mai 1967 lui fait craindre une guerre qui, de régionale, risque de devenir générale, en provoquant l'affrontement Est-Ouest comme au Vietnam. Il en fait part à Harold Wilson, le Premier britannique, le 27 mai : « Nos préoccupations rejoignent les vôtres, d'autant plus que les incidents violents qui menacent de se produire à propos du golfe d'Akaba peuvent, à tout moment, entraîner des conséquences évidemment très graves. Le premier problème qui se pose à nous est donc de maintenir la paix dans la région, et je pense que nous sommes tous d'accord à ce sujet. » Le premier souci de De Gaulle est donc de préserver la paix internationale, en substituant au duo américano-soviétique une plus large concertation, à laquelle doivent prendre part les quatre principales puissances du Conseil de sécurité, ce qui donnerait à la France un poids digne de son rang.

Sa deuxième motivation est, sans nul doute, le souci de rééquilibrer la politique française au Proche et au Moyen-Orient – ce qu'on appelle souvent la « politique arabe » de De Gaulle. De fait, depuis l'indépendance de l'Algérie, en 1962, de Gaulle s'est engagé dans une politique de relations privilégiées avec les États arabes. C'était une autre façon de briser le duo des deux super-puissances ; c'était aussi renouer avec une politique française traditionnelle, que les importations de pétrole du Moyen-Orient ne pouvaient que consolider. En 1966, la France fournissait des armes au Liban, à la Jordanie et à la Syrie. Si donc, aux yeux du Général, la légitimité de l'existence de l'État d'Israël ne faisait aucun doute, si elle n'était pas un objet de discussion, il avait à cœur de ne pas donner un avantage trop lourd aux Israéliens. « De Gaulle, écrit Samy Cohen, n'a jamais eu une politique arabe, grande ou petite, mais un attachement à un équilibre international que l'attaque d'Israël remettait en cause, renforçant le rôle des deux Grands au détriment de la France [2]. »

Soit ! De Gaulle veut la paix, mais n'a-t-il pas accéléré le déclenchement de la guerre en décrétant que le premier qui tirerait serait l'agresseur, puis en décidant l'embargo dont Israël faisait seul vraiment les frais ? Le blocus d'Akaba était bien un acte de guerre ; y répliquer militairement n'était donc pas « tirer le premier ». De nombreux observateurs israéliens ou français ont dénoncé sur ce point la « mauvaise foi » du Général, refusant de faire de ce blocus un *casus belli*. C'est que, bien des témoins l'ont rapporté, de Gaulle raisonne autrement. Contrairement à l'opinion en général, il juge qu'Israël sera le vainqueur d'une guerre éventuelle. Là où les défenseurs de la politique israélienne voient la survie de l'État hébreu mise en question et justifient ainsi l'offensive armée, de Gaulle, sur le postulat de la victoire israélienne, qui ne fait pas de doute à ses yeux, estime qu'une telle victoire posera plus de problèmes qu'elle n'en résoudra. Pour lui, l'existence d'Israël n'était pas menacée ; la France, du reste, s'était engagée à ne pas le laisser détruire.

2. S. Cohen, « De Gaulle et Israël », *Archives juives*, n° 30/2, *op. cit.*

Mais alors pourquoi n'a-t-il pas fait pression sur Nasser ?

Quoi qu'il en soit, l'expression « volte-face » se réfère moins à une réalité – un changement de politique – qu'à son apparence. Ce qui change, en revanche, avec la guerre israélienne et l'embargo français, ce sont les relations entre les deux États. D'abord dans les relations diplomatiques, les États-Unis étant appelés à prendre la place de la France comme fournisseur d'armes et comme alliés officieux d'Israël. Ensuite dans les relations humaines entre les deux peuples. Et enfin, à terme, dans les relations entre juifs et non-juifs en France.

Au lendemain de la guerre des Six Jours, la position de la France est restée intangible. À l'ONU, son représentant soutient un projet de résolution yougoslave, défendu aussi par l'URSS, qui enjoint à Israël de retirer ses troupes du Sinaï, de la bande de Gaza et du Golan, sans le condamner pour agression. Projet qui échoue, faute de recueillir une majorité des deux tiers. Le 4 juillet, la France vote en faveur d'un projet du Pakistan qui demande à Israël de renoncer à l'unification administrative de Jérusalem. Le 5 juillet, le ministre de l'Information déclare, à l'issue du Conseil des ministres : « L'implantation dans les zones occupées d'un commencement d'administration israélienne crée une situation particulièrement grave. » La France refusait de reconnaître les conquêtes d'Israël. Le 23 juillet, Nasser remerciait la France dans un discours prononcé à l'occasion du quinzième anniversaire de la révolution égyptienne : « La France a adopté une attitude d'une haute moralité. Les États-Unis, la Grande-Bretagne et l'Allemagne occidentale ont appuyé les agresseurs. Quant à l'Union soviétique, elle nous a appuyés politiquement, nous a aidés économiquement et elle a renforcé notre potentiel militaire. »

Le général de Gaulle eut à cœur de préciser la position de la France, ce qu'il fit, avec quelque solennité, lors d'une conférence de presse, qui devait rester célèbre, le 27 novembre 1967. Les mots du Général ont choqué, voire indigné ; ils ont été parfois caricaturés ou mal compris. Le moindre mot a été pesé.

De Gaulle explique les craintes qu'il a eues, depuis 1956, de voir l'État d'Israël, toujours grossi par les vagues d'immigration, juger que « le territoire qu'il avait acquis ne lui suffirait pas longtemps ».

« C'est pourquoi, d'ailleurs, disait-il, la Vᵉ République s'était dégagée vis-à-vis d'Israël des liens spéciaux et très étroits que le régime précédent avait noués avec cet État et s'était appliquée, au contraire, à favoriser la détente dans le Moyen-Orient.

« Bien sûr, nous conservions avec le gouvernement israélien des rapports cordiaux et, même, nous lui fournissions pour sa défense éventuelle les armements qu'il demandait d'acheter, mais, en même temps, nous lui prodiguions des avis de modération, notamment à propos des litiges qui concernaient les eaux du Jourdain ou bien des escarmouches qui opposaient périodiquement les forces des deux camps. Enfin, nous nous refusions à donner officiellement notre aval à son installation dans un quartier de Jérusalem dont il s'était emparé, et nous maintenions notre ambassade à Tel-Aviv.

« D'autre part, une fois mis un terme à l'affaire algérienne, nous avions repris avec les peuples arabes d'Orient la même politique d'amitié, de coopération, qui avait été pendant des siècles celle de la France dans cette partie du monde et dont la raison et le sentiment font qu'elle doit être, aujourd'hui, une des bases fondamentales de notre action extérieure.

« Bien entendu, nous ne laissions pas ignorer aux Arabes que, pour nous, l'État d'Israël était un fait accompli et que nous n'admettrions pas qu'il fût détruit. De sorte que, on pouvait imaginer qu'un jour viendrait où notre pays pourrait aider directement à ce qu'une paix réelle fût conclue et garantie en Orient, pourvu qu'aucun drame nouveau ne vînt le déchirer. »

Cette politique étant rappelée, de Gaulle en arrivait à la guerre des Six Jours. Il avait réaffirmé à Eban, ministre des Affaires étrangères d'Israël, en voyage à Paris, que la France ne laisserait jamais détruire l'État d'Israël, mais qu'une guerre, forcément remportée par celui-ci vu l'inégalité de l'« organisation » et de l'« armement » entre Israéliens et Arabes, ne manquerait pas d'engager l'État juif « dans des difficultés grandissantes ».

« On sait que la voix de la France n'a pas été entendue.

Israël, ayant attaqué, s'est emparé, en six jours de combat, des objectifs qu'il voulait atteindre. Maintenant, il organise, sur les territoires qu'il a pris, l'occupation qui ne peut aller sans oppression, répressions, expulsions, et il s'y manifeste contre lui une résistance, qu'à son tour, il qualifie de terrorisme. Il est vrai que les deux belligérants observent, pour le moment, d'une manière plus ou moins précaire et irrégulière, le cessez-le-feu prescrit par les Nations unies, mais il est bien évident que le conflit n'est que suspendu et qu'il ne peut pas avoir de solution, sauf par la voie internationale. Mais un règlement dans cette voie, à moins que les Nations unies ne déchirent elles-mêmes leur propre Charte, un règlement doit avoir pour base l'évacuation des territoires qui ont été pris par la force, la fin de toute belligérance et la reconnaissance réciproque de chacun des États en cause par tous les autres. Après quoi, par des décisions des Nations unies, en présence et sous la garantie de leurs forces, il serait probablement possible d'arrêter le tracé précis des frontières, les conditions de la vie et de la sécurité des deux côtés, le sort des réfugiés et des minorités et les modalités de la libre circulation pour tous, notamment dans le golfe d'Akaba et dans le canal de Suez.

« Suivant la France, dans cette hypothèse, Jérusalem devrait recevoir un statut international.

« Pour qu'un règlement puisse être mis en œuvre, il faudrait qu'il y eût l'accord des grandes puissances qui entraînerait *ipso facto* celui des Nations unies et, si un tel accord voyait le jour, la France est d'avance disposée à prêter sur place son concours politique, économique et militaire, pour que cet accord soit effectivement appliqué. Mais on ne voit pas comment un accord quelconque pourrait naître, non point fictivement sur quelque formule creuse, mais effectivement pour une action commune tant que l'un des plus grands des Quatre ne se sera pas dégagé de la guerre odieuse qu'il mène ailleurs. Car tout se tient dans le monde d'aujourd'hui. Sans le drame du Vietnam, le conflit entre Israël et les Arabes ne serait pas devenu ce qu'il est et, si demain, l'Asie du Sud-Est voyait renaître la paix, le Moyen-Orient l'aurait bientôt recouvrée, à la faveur de la détente générale qui suivrait un pareil événement. »

Cette dernière affirmation, quand nous savons la suite, limite le champ de vision du général de Gaulle. À vouloir inscrire systématiquement le conflit du Proche-Orient dans les logiques de la Guerre froide, il se refusait à en voir le caractère spécifique. Cela dit, ce n'est pas sur ce point que de Gaulle fut attaqué au lendemain de sa conférence de presse, mais sur le ton qu'il avait pris pour parler d'Israël et des juifs. Bien des commentateurs, passant sur les éloges adressés aux juifs, sans s'arrêter sur l'affirmation réitérée du Général quant au droit à l'existence de l'État d'Israël et quant à l'intervention éventuelle de la France si celui-ci venait à être menacé de destruction, furent scandalisés par la formule qui faisait des juifs « un peuple d'élite, sûr de lui-même et dominateur ». Le commentaire le plus féroce de cette phrase fut le dessin du caricaturiste Tim, qui plaça les mots du général de Gaulle en légende d'un juif portant l'habit rayé des déportés, bombant le torse et posant un pied sur un fil de fer barbelé. Son hebdomadaire, *L'Express*, n'avait pas osé le publier ; ce fut *Le Monde* qui le fit paraître dans une rubrique : « Tribune libre ». On en vint à penser que de Gaulle, issu d'une famille catholique, n'avait pu s'empêcher d'exprimer un sentiment d'antisémitisme jusque-là refoulé. De Gaulle antisémite ? Le procès était mauvais. Reste que la formule épinglée avec un talent ravageur par Tim était pour le moins maladroite et que, surtout, de Gaulle avait cassé un tabou : aucun chef d'État français, depuis 1945, ne s'était avancé à porter un jugement global sur « les juifs ». Parler du « peuple juif » dans un pays où, depuis longtemps, on ne parlait que des « Français de confession israélite » provoquait une gêne chez beaucoup. Faisant écho au mythe tenace de la conspiration juive, le qualificatif de « dominateur » était particulièrement mal venu. La généralisation faite par le Général n'était-elle propre à encourager d'autres généralisations, moins flatteuses que la sienne ? Quelle que fût la part de justesse de l'analyse quant à la géopolitique du Proche-Orient – une justesse que la suite des événements vint en partie confirmer –, les paroles du chef de l'État français provoquèrent un malaise.

De fait, les relations diplomatiques franco-israéliennes ne

firent qu'empirer. En décembre 1968, de Gaulle, déjà dépité par la « désobéissance » de son protégé israélien, entra en colère en apprenant qu'un commando avait lancé une action de représailles, à la suite d'un attentat palestinien à Athènes, contre l'aéroport de Beyrouth avec des hélicoptères d'origine française. Le 25 décembre 1969, un autre commando israélien, bénéficiant de complicités françaises, se saisit à Cherbourg de cinq vedettes qu'Israël avait payées mais qui étaient l'objet de l'embargo français. De Gaulle s'était retiré du pouvoir, mais son successeur Georges Pompidou exprima la colère de la France. Il n'hésita pas ensuite à vendre des *Mirage* à la Libye, ce qui n'était certes pas un geste de conciliation. Valéry Giscard d'Estaing, élu président de la République en 1974, aussi bien que son successeur, François Mitterrand, élu en 1981 et réélu en 1988, ne modifièrent pas fondamentalement la diplomatie française à l'égard d'Israël. Même si la politique du général de Gaulle venait de loin, la guerre des Six Jours fut bien un tournant dans les relations entre les deux pays. La lune de miel franco-israélienne était finie. Il n'y aura plus de soutien indéfectible à Israël. Un coup dur pour les juifs de France, d'autant que, par ailleurs, la victoire israélienne foudroyante de juin 1967 avait bouleversé l'image d'Israël chez bien des Français.

Les réactions de l'opinion française

En juin 1967, l'attitude du général de Gaulle, malgré sa popularité, n'est pas approuvée en France. Les socialistes et la Fédération de la gauche démocratique et socialiste (FGDS) disent clairement leur solidarité avec Israël : « Nos amis de la Fédération et moi, déclare Gaston Defferre, avons choisi notre camp : nous sommes pour Israël. » Guy Mollet, secrétaire général de la SFIO, exprime sa surprise et sa tristesse : « La déclaration du général de Gaulle est grave. Israël se trouve dans la situation de la Tchécoslovaquie en 1938. C'est préparer la guerre que tenir le langage de la France. Je ne veux pas qu'on dise que j'ai eu raison en 1956. J'aurais voulu avoir tort. L'important est, maintenant, que les adversaires de l'opération de Suez comprennent qu'il faut sauver Israël, ce pays de pionniers fait avec des rescapés des camps de la mort et qui a forgé sa prospérité dans un désert et forcé l'admiration du monde. » Jean Lecanuet, président du Centre démocrate, qui était arrivé en troisième position lors de l'élection présidentielle de 1965 derrière de Gaulle et Mitterrand, réagit de manière analogue : « L'évolution de la situation au Moyen-Orient vers un conflit ouvert a pour cause initiale la décision égyptienne de bloquer le golfe d'Akaba et l'escalade des provocations du colonel Nasser, qui appelle au génocide en face du peuple israélien qui entend légitimement faire respecter son droit de vivre. » Un ancien député du parti gaulliste UNR, Jean-Claude Servan-Schreiber, président du Rassemblement français pour Israël, accompagne le premier contingent de volontaires français. Pendant la nuit du lundi 5 au mardi 6 juin, des centaines d'automobilistes parcourent les rues de Paris en donnant un concert d'avertisseurs et en scandant : « Israël vivra ! Israël vaincra ! » Des cortèges se forment dans les rues ; on observe de semblables réactions en province. Un Comité de solidarité française avec Israël lance un appel, avant le déclenchement des hostilités, qui réclame la libre circulation dans le golfe d'Akaba. Parmi les signataires, on note les noms de Raymond Aron, Marcel Aymé, Robert Badinter, Robert Bresson, Alain Chalandon, Valéry Giscard d'Estaing, François Mauriac, Juliette Gréco, Pierre Mendès France, François Mitterrand, Yves Montand, Jules Romains, Nathalie Sarraute, Simone Signoret…

Sans doute, lors du débat à l'Assemblée nationale des 15 et 16 juin, on a vu se dégager une majorité favorable à de Gaulle, comprenant gaullistes et communistes, face à la minorité de la gauche non communiste, des centristes et d'un certain nombre d'élus gaullistes, comme Neuwirth, Nessler et Clostermann. Toutefois, massivement, pendant toute l'année 1967, l'opinion, telle qu'elle ressort des sondages, prend parti pour Israël. En juin, 56 % des sondés sont favorables à l'État hébreu, contre 2 % aux États arabes. En septembre, la sympathie pro-israélienne est encore en progrès : 68 % contre 6 %. En décembre de la même année, après la conférence de presse du général de Gaulle, les esprits sont quelque peu troublés, puisque 37 % des sondés refusent de se prononcer sur la position du président ; néanmoins, à cette date, 33 % le désapprouvent, contre 30 % qui le suivent. En 1970, la vente d'avions à la Libye est massivement condamnée. Cependant, les sondages d'opinion successifs révèlent que la sympathie en faveur d'Israël se délite peu à peu, sans pour autant que les pays arabes bénéficient de cette défaveur : en janvier 1969, la sympathie pro-israélienne est tombée à 35 % ; en janvier 1970 (sous la présidence de Georges Pompidou), elle est à 33 % (sympathies pro-arabes à 6 %). Une affirmation de neutralité s'affirme progressivement[3].

Ce changement d'opinion est-il perçu en Israël ? De fait, les Israéliens semblent de plus en plus assimiler l'opinion et la diplomatie françaises. « Dans un premier temps, écrit l'historien israélien Élie Barnavi, l'opinion israélienne a dissocié la politique du Général de la France et du peuple français. Puis, comme le départ du Général ne devait rien changer, on s'est lassé de ces subtilités. Et comme les hommes ont la mémoire courte, on a fini par considérer l'hostilité de la France comme une donnée naturelle, comme je ne sais quelle fatalité programmée depuis toujours dans l'histoire de ce pays. Après tout, en Israël comme ailleurs, on a tendance à ne juger une politique que par ses aspects qui nous touchent le plus directement. C'est donc l'ensemble de la politique étrangère gaullienne qui s'est ainsi trouvée définitivement jugée[4]. »

Ce tournant de juin 1967, dont les conséquences seront immenses, fut aussi marqué par l'évolution rapide de nombreux intellectuels. Ce fut un changement d'optique, un renversement de la raison et du sentiment. Au début, chacun est persuadé qu'Israël est menacé d'extermination. Après le génocide des juifs par Hitler, la destruction de l'État hébreu.

3. *Sondages. Revue française de l'opinion publique*, 1970, n°s 1 et 2.

4. É. Barnavi, « De Gaulle et Israël : la guerre des Six Jours et après », *De Gaulle en son siècle*, 6, *Liberté et Dignité des peuples*, La Documentation française/Plon, 1992, p. 428.

On regarde la carte du Proche et du Moyen-Orient : comment ce petit État, encerclé de toutes parts par ses ennemis pourrait-il leur résister et éviter le pire ? « Par la voix du président Nasser, écrit Raymond Aron dans *Le Figaro* du 29 mai, la menace d'extermination retentit de nouveau. Ce qui est en jeu, ce n'est plus le golfe d'Akaba, c'est l'existence de l'État d'Israël... » Telle est la pensée commune. Des pétitions circulent. L'une d'elles, parue dans la presse le 30 mai, signée par Simone de Beauvoir, Marguerite Duras, Clara Malraux, Pierre Emmanuel, Étiemble, Jean-Paul Sartre, Edgar Morin, Pierre Vidal-Naquet et bien d'autres, lance un appel en faveur de la paix : « Après avoir rappelé leur amitié pour les peuples arabes et leur hostilité à l'"impérialisme américain", ils affirment : 1. Que la sécurité et la souveraineté d'Israël, y compris évidemment la libre navigation dans les eaux internationales, sont une condition nécessaire et le point de départ de la paix. 2. Que cette paix est accessible et doit être assurée et affermie par des négociations directes entre États souverains, dans l'intérêt réciproque des peuples concernés. » Le soir du 1er juin, un certain nombre d'intellectuels juifs, comme le mathématicien Laurent Schwartz et le philosophe Vladimir Jankélévitch, se mêlent à une manifestation de soutien à Israël devant son ambassade : « La France avec vous ! » « Israël vivra ! » Le même jour, dans *Le Nouvel Observateur*, Jean Daniel exprime avec force ce que la majorité des Français ont alors en tête : « Israël est-il menacé de mort ? Oui, indubitablement. Peut-on l'accepter ? Non, à aucun prix. » Le 3 juin, dans *Combat*, Pierre Vidal-Naquet, dont le nom était connu depuis ses combats contre la guerre d'Algérie et contre la torture, résume avec d'autres mots le sentiment général : « Le seul problème immédiat est celui du droit absolu, incontestable, d'Israël à vivre. » Ce sont donc des intellectuels de gauche, dont beaucoup ont milité en faveur de l'indépendance de l'Algérie, qui jugent alors menacée l'existence même d'Israël.

Mais, le 6 juin, les têtes tournent. La victoire fulgurante des avions et la marche rapide des blindés israéliens provoquent la stupeur. Certains s'en veulent d'avoir participé à une sorte d'union sacrée avec les gens d'extrême droite qui soutenaient

Israël par haine des Arabes. C'est ce qu'exprime Vidal-Naquet, dans *Le Monde* du 13 juin : « Il est temps maintenant de réapprendre à raisonner, de rompre brutalement cette union sacrée qui a paru réunir tant d'Européens, juifs ou non, de l'extrême droite à l'extrême gauche, comme en 1914 de Maurras à Léon Jouhaux. » L'émotion passée, l'intellectuel, dans sa volonté de ressaisir la situation, fait sa part au drame des « Arabes de Palestine » : « Ces Arabes de Palestine sont intégrés à un immense mouvement qui caractérise notre époque, celui des "damnés de la terre", mouvement dont Franz Fanon a décrit le signe essentiel : refus exaspéré, sanglant, des valeurs de l'Occident, qui n'ont guère été pour eux que le corollaire de l'humiliation, du mépris, de la domination. Israël est devenu à leurs yeux, bien involontairement, le symbole même de cette humiliation… » C'était désormais à Israël de « faire les concessions majeures ».

Cet article, en liant le conflit du Proche-Orient à l'ensemble des révoltes du tiers-monde, avait le tort de ne pas reconnaître, tout comme les déclarations gaulliennes, la spécificité de l'affrontement israélo-arabe. Sans que son auteur le veuille, il ouvrait la voie à des analyses et à des réactions qui se feront de plus en plus hostiles à Israël, à l'« État sioniste », au fil des années. Mais Vidal-Naquet rendait compte aussi d'une situation tragique, l'affrontement de deux peuples qui proclament leurs droits et ne peuvent trouver de solution à leurs contradictions que par une guerre éternelle. Ce tragique était mis en scène dans un numéro spécial des *Temps modernes*, la revue de Sartre, numéro préparé de longue date, mais publié sans plus attendre au lendemain de la guerre de juin. Un gros numéro qu'intellectuels juifs et intellectuels arabes ont composé, hors de tout dialogue, formant deux blocs qui s'affrontent, deux groupes qui veulent s'ignorer, chacun des deux sûr de sa vérité. Les responsables de la revue, Sartre et Claude Lanzmann, ne prennent pas parti, ils donnent à lire ce qui représente, pour l'heure, un impossible dialogue. Il ne s'agit pas de neutralité :

« La neutralité, en cette affaire, écrit Sartre, ne peut provenir que de l'indifférence. Et je reconnais que c'est une attitude facile, tant qu'on ne quitte pas l'Europe. Mais si, comme j'ai fait, on risque le voyage et qu'on voit, aux alentours de Gaza, la mort lente des réfugiés palestiniens, les enfants blêmes, dénourris, nés de parents dénourris, avec leurs yeux sombres et vieux ; si, de l'autre côté, dans les kibboutzim frontaliers, on voit les hommes aux champs, travaillant sous la menace perpétuelle, et les abris creusés partout entre les maisons, si l'on parle à leurs enfants, bien nourris, mais qui ont, au fond des yeux, je ne sais quelle angoisse, on ne peut plus rester neutre ; c'est qu'on vit passionnément le conflit et qu'on ne peut pas le vivre sans se tourmenter sans cesse, l'examiner sous tous ses aspects et lui chercher une solution tout en sachant fort bien que ces recherches sont vaines et qu'il en sera – pour le meilleur et pour le pire – comme les Israéliens et les Arabes décideront. »

De son côté, *Esprit*, dirigé depuis 1957 par Jean-Marie Domenach, fait connaître ses positions dans son numéro de juillet 1967 : condamnation de la volonté des États arabes de détruire l'État d'Israël, demande aux responsables de l'État israélien « d'envisager enfin les possibilités à long terme d'une insertion de leur pays dans le Moyen-Orient ». Ce dernier souhait, quelque peu sibyllin, signifiait qu'Israël devait cesser d'être « une tête de pont occidentale au milieu des Arabes ». Par la suite, la revue de Domenach donna la parole à des intellectuels juifs, Alex Derczansky, Emmanuel Levinas, Richard Marienstras, Rabi et Pierre Vidal-Naquet, qui composèrent le dossier « Juifs, en France, aujourd'hui », paru en avril 1968. Dans ce débat, les voix ne convergent pas toujours, mais une réalité apparaît, comme le dit Marienstras, un universitaire spécialiste de Shakespeare, c'est que désormais les juifs de France dans leur majorité « se définissent par référence à Israël ». Un phénomène historique nouveau, qui allait nécessairement modifier à long terme la relation en France entre juifs et non-juifs.

Une nouvelle identité juive

Une réalité s'est affirmée au cours des années qui ont suivi la guerre des Six Jours : une visibilité nouvelle de l'entité juive en France. La guerre israélo-arabe en a été le catalyseur sans doute plus que la cause unique. Le premier élément de cette métamorphose, passé presque inaperçu sur le moment, mais qui de fait transformait en profondeur l'existence des juifs de France, précède de cinq années la guerre des Six Jours : c'est le rapatriement des juifs d'Afrique du Nord, parmi lesquels en 1962 environ 100 000 juifs d'Algérie, pris dans la grande migration des pieds-noirs au lendemain des accords d'Évian. Cette arrivée brutale grossissait le flot de l'immigration de nombreux juifs en provenance du Maroc et de Tunisie, expulsés ou invités plus ou moins brutalement à partir, depuis 1956. Dans le drame algérien, les juifs, de nationalité française depuis 1870, avaient pleinement participé aux espoirs des partisans de l'« Algérie française ». Beaucoup avaient donné leur soutien à l'OAS. En 1962, contrairement aux juifs du Maroc, dont un tiers, entre 1948 et 1956, avaient choisi de s'installer en Israël, les juifs d'Algérie, eux, prirent le chemin de la métropole. Habitués à former une communauté face aux musulmans et aux Français non juifs souvent antisémites depuis le décret Crémieux, hostiles à l'État gaulliste qui les avait « abandonnés », et au général de Gaulle en particulier, ils eurent tendance à se fortifier dans l'infortune en resserrant leurs liens communautaires. Création d'associations, fondations d'écoles, ouvertures de nouvelles synagogues, multiplication des boucheries casher à Paris, ces rapatriés s'intégrèrent comme les autres pieds-noirs de façon remarquable, l'expansion économique aidant (les « trente glorieuses »), et, avec les autres juifs issus du Maghreb, devinrent bientôt majoritaires parmi les juifs de France, dont le nombre total atteint environ 535 000 à la fin des années 1970, majoritaires aussi au Consistoire de Paris. Le dynamisme des « séfarades » (le mot tend à désigner désormais tous les juifs « orientaux ») entraîna l'ensemble de la judaïcité française vers une affirmation identitaire que les juifs assimilés, portés à être « plus français que les Français », avaient jusque-là refusée.

La guerre des Six Jours accéléra le processus. « Au moment de cette guerre, écrit Ady Steg, président du CRIF, les Juifs d'Afrique du Nord nous ont désinhibés. Ils nous ont poussés à crier, à pleurer, à chanter, à envahir les rues. Ils n'avaient aucun complexe. Et la France observait avec curiosité le judaïsme extraverti[5]. » Dans les manifestations de rue, au début de la guerre, des jeunes gens n'avaient pas hésité à brandir, pour la première fois en France, le drapeau bleu et blanc d'Israël. Par bonheur, pour eux, ils se sentaient pleinement en symbiose avec l'opinion française, très favorable à Israël, de sorte que la double allégeance, à ce moment-là, ne souffrait d'aucune contradiction.

Il en alla à peu près ainsi jusqu'à l'entrée en guerre des Israéliens au Liban, au début des années 1980. À ce moment-là, la communauté juive – car on parle désormais de « communauté juive », non sans que de nombreux juifs protestent contre une pareille globalisation – s'est profondément divisée. La référence à Israël, sans être abandonnée, laissa place à une identification culturelle et religieuse. L'importance des études juives publiées en France, l'intégration de l'histoire et des langues juives à l'Université, l'essor de l'enseignement scolaire juif, tout ce mouvement identitaire se trouvait en harmonie avec l'air du temps. Après 1968, la France jacobine décline le droit aux « différences » ; les revendications régionales, voire « nationalistes », se répandent, comme la quête des origines, des « racines ». On admet de plus en plus la réalité d'une « France multiculturelle ». En 1989, se tient un rassemblement, spécifiquement religieux et sans précédent, le Yom ha Torah, qui rassemble au Bourget environ 30 000 personnes. Cette montée en puissance de la religion juive n'était pas sans remettre en cause l'un des principes fondamentaux

5. Cité par A. Wieviorka, « Les Juifs en France depuis la guerre des Six Jours », *in* J.-J. Becker et A. Wieviorka (dir.), *Les Juifs de France*, *op. cit.*, p. 377.

de la République : la laïcité. Le grand rabbin Joseph Sitruk appelle les juifs à respecter les commandements de la religion juive : s'abstenir d'aller en classe le jour du shabbat, porter la *kipa*, ne pas aller voter si le jour des élections tombe un jour de fête juive… « Recommunautariser » les juifs de France est une intention partagée par beaucoup. Certes, ces orthodoxes étaient minoritaires, un judaïsme libéral continuait d'exister, et la majorité des juifs en France refusaient de se définir par des liens religieux. Mais la tendance était forte, propre à inquiéter l'esprit républicain soucieux de faire de la religion une affaire privée.

Un fait massif, sans précédent depuis la Révolution et l'émancipation, s'imposait à l'observateur : les juifs en France existaient. Ils existaient en tant que juifs. Le mot lui-même, auquel les pudeurs suspectes du XIXe siècle avaient préféré « israélite », le mot *juif* était réintroduit, avec honneur, dans le langage familier comme dans les études savantes. Les assimilés eux-mêmes, qui ne s'étaient parfois jamais sentis « juifs », prenaient conscience de leur appartenance. L'exemple de Raymond Aron est, entre tous, significatif.

Aron, malgré sa modération légendaire, a été indigné par la conférence de presse donnée par de Gaulle. La petite phrase : « peuple d'élite, sûr de lui-même et dominateur », il concède qu'elle n'était pas le fruit d'un antisémitisme supposé du Général, mais, écrivait-il dans la préface de son ouvrage *De Gaulle, Israël et les Juifs*, publié au début de l'année 1968 : « La conférence de presse *autorisait* solennellement un nouvel antisémitisme. » Il dénonce, plus loin, « l'intention délibérément agressive » de l'orateur, précisant que le général de Gaulle s'est abaissé parce qu'il voulait porter un coup bas : expliquer l'impérialisme israélien par la nature éternelle, l'instinct dominateur du peuple juif. « Aucun homme d'État, note Aron, n'avait encore depuis la guerre parlé des juifs dans ce style. » Et de porter l'accusation : « Le général de Gaulle a, sciemment, volontairement, ouvert une nouvelle période de l'histoire juive et peut-être de l'antisémitisme. Tout redevient possible. Tout recommence. Pas question, certes, de persécution : seulement de “malveillance”. Pas le temps du mépris : le temps du soupçon. »

Évitons les contresens. Raymond Aron se considère lui-même comme un juif assimilé, ce juif déjudaïsé qui a servi de modèle aux *Réflexions sur la question juive* de Sartre. Pourtant, il ne peut pas ne pas ressentir « un sentiment de solidarité et avec les ancêtres et avec les autres communautés juives de la diaspora : les persécutions hitlériennes en ont ainsi décidé ». La menace de destruction pesant sur l'État israélien a réveillé cette conscience juive, et la conférence du général de Gaulle l'a encore ravivée[6]. Citoyen français, qui ne s'était jamais défini en tant que juif, Aron révélait par son émotion d'analyste réputé « froid », l'émergence d'un sentiment d'appartenance, d'un sentiment de « parenté » (pour lui de nature profane) avec Israël. L'assimilation, si elle consistait à l'effacement de l'originalité juive, n'était plus de saison. Le droit à la différence culturelle était reconnu.

L'affirmation identitaire juive et la solidarité des juifs français avec Israël, c'en était assez pour justifier de la part des antisémites la reviviscence de leur judéophobie. L'une de ses méthodes prit benoîtement le nom de « révisionnisme ». La France n'en avait toujours pas fini avec la « question juive ».

---

6. En 2003, Jean Daniel écrit, à propos de De Gaulle : « Ce qui heurte alors de nombreux Juifs qui, comme moi, se sont engagés à ses côtés, c'est l'emploi du terme "peuple" au singulier. Pour des hommes comme Joseph Kessel, Romain Gary, Georges Boris et Léo Hamon, qui l'ont rejoint très tôt après l'Appel du 18 juin, le peuple auquel ils pensent appartenir, c'est le peuple français. Que de Gaulle distingue entre ses compagnons, voilà ce qui les a choqués et ce qui m'a choqué. Je trouvais que de Gaulle n'avait pas le droit, lui qui avait été entouré de Juifs français dans la Résistance, d'enfermer les Juifs français dans une appartenance inconditionnelle à l'État d'Israël », *La Prison juive*, *op. cit.*, p. 83.

15

La bataille de la mémoire

La mémoire de Vichy, longtemps refoulée, devient envahissante au cours des années 1970. Il nous paraît aujourd'hui étrange qu'un colloque d'historiens et de témoins, sur « Le gouvernement de Vichy et la Révolution nationale 1940-1942 », organisé par la Fondation nationale des sciences politiques, à Paris, en mars 1970, n'ait traité ni de la Collaboration ni des lois antisémites. Mais c'était la première fois qu'on traitait, dans un cadre universitaire réputé, l'épineuse question. Timidité et tabou volent bientôt en éclats. Dès l'année suivante, un film, *Le Chagrin et la Pitié*, et deux ans plus tard un ouvrage historique, *La France de Vichy*, donnent le signal : les regards rétrospectifs sur les « années noires » vont se faire de plus en plus aigus.

Le cinéma français commençait à sortir du silence sur la déportation et l'extermination des juifs par les nazis. Alain Resnais et Jean Cayrol avaient réalisé *Nuit et Brouillard* en 1955, film documentaire sur l'univers concentrationnaire commandé par le Comité d'histoire de la Seconde Guerre mondiale. Mais ce film, considéré à juste titre comme un chef-d'œuvre, ne mentionnait le terme « juif » qu'à deux reprises. La spécificité de l'extermination des juifs n'était pas analysée ; on en restait à la déportation « globale ». Qui plus est, la censure avait exigé de couper un plan de trois secondes où l'on discernait le képi d'un gendarme français dans le camp de Pithiviers. En 1966, Claude Berri avait réalisé *Le Vieil homme et l'Enfant*, récit autobiographique d'un enfant juif recueilli et sauvé par un vieil antisémite, ce qui pouvait être considéré de manière ambiguë : après tout, les antisémites français avaient plus d'humanité qu'on ne le croyait ! Le véritable tournant dans la production cinématographique française fut *Le Chagrin et la Pitié* de Marcel Ophuls, sorti sur les écrans en avril 1971. Un film qui donnait à penser aux spectateurs que l'idée reçue selon laquelle les « collabos » n'avaient été qu'une poignée détestable et détestée en France n'était qu'une légende, qu'il y avait bien une responsabilité nationale dans la collaboration avec l'Allemagne nazie.

En 1973, le Seuil publie la traduction de *La France de Vichy* de l'historien américain Robert Paxton, professeur à l'université de Columbia. Son travail, fondé notamment sur les archives allemandes, montre clairement que le double statut des juifs de 1940 et 1941 n'a pas été décrété à la demande de l'Occupant, mais bien sur l'initiative du gouvernement Pétain. De nombreux anciens vichystes survivants attaquent Paxton ; les journaux font écho à la controverse ; la télévision s'en mêle.

Entre-temps, on assistait au début de l'affaire Touvier. L'ancien responsable de la Milice Paul Touvier, condamné à mort par contumace au lendemain de la guerre, échappant à la justice grâce à une chaîne de complicités ecclésiastiques, avait bénéficié de la prescription légale de vingt ans depuis 1967. Demeuré interdit de séjour dans douze départements et de la jouissance de ses biens, il se voit amnistié par Georges Pompidou, président de la République, le 23 novembre 1971. L'événement passe inaperçu jusqu'à ce que Jacques Derogy dénonce dans *L'Express* du 5 juin 1972 le « bourreau de Lyon ». L'affaire Touvier défraye d'autant plus la chronique que l'ancien milicien trouve des défenseurs parmi les anciens résistants, comme Rémy et Gabriel Marcel. Celui-ci, dans une lettre au président de la République, va jusqu'à affirmer : « Je crois même qu'il n'est resté dans la Milice que pour en combattre les excès. » Mais la protestation s'élève dans les rangs des anciens résistants. Le 18 juin 1972, 1 500 personnes se rassemblent à la crypte des déportés, en présence du rabbin Bauër et du RP Riquet. De son côté, Georges Pompidou reçoit de nombreuses lettres de protestation. D'où venait cette clémence à l'égard d'un Français qui avait été responsable de la mort de tant de personnes ? Pompidou dut s'expliquer, lors d'une conférence de presse, le 21 septembre 1972 : « Le moment n'est-il pas venu, dit-il, de jeter le voile, d'oublier ces temps où les Français ne s'aimaient pas, s'entredéchiraient et même s'entretuaient, et je ne dis pas cela, même s'il y a des esprits forts, par calcul politique, je le dis par respect de la France. » En fait d'oubli, le scandale que le président avait provoqué en amnistiant Touvier contribua au besoin de savoir tout ce qui avait été dissimulé au nom de l'unité nationale : la bataille de la mémoire commençait. En 1973, le film de Michel Drach, *Les Violons du bal*, narrait les tribulations d'une famille juive victime de la persécution nazie en France. Cette fois, la participation de la police française aux grandes rafles n'était pas dissimulée. En même temps, la curiosité pour la période de Vichy prit l'allure d'une mode morbide : le « rétro ».

La période de l'Occupation devint une réserve de thèmes et de personnages, que par ailleurs les romans et les mémoires mettaient à la mode [1]. Cette esthétisation n'allait pas sans ambiguïté, comme l'atteste le film emblématique de cette saison rétro, *Lacombe Lucien* de Louis Malle. Ce film racontait l'aventure dramatique d'un jeune garçon qui finit dans les rangs de la Milice. Celui-ci, nous était-il conté, aurait pu tout aussi bien se retrouver parmi les combattants de la Résistance : le hasard avait présidé à sa destinée. L'histoire était plausible, mais suggérait que la Résistance, la Milice, au fond, ce n'était que des choix contingents : héros et bourreaux se retrouvaient sur un même plan, quelles que fussent les intentions du réalisateur.

C'est dans ce contexte trouble, où le marché aux puces et aux insignes nazis le disputait au travail des historiens, que la « question juive » refaisait surface. Une interview fracassante de l'ancien commissaire aux questions juives sous Vichy, Louis Darquier de Pellepoix, réfugié en Espagne, sous le titre « À Auschwitz, on n'a gazé que les poux », et parue dans *L'Express*

1. Voir la bibliographie en fin de volume.

du 4 novembre 1978, achevait pour longtemps le cycle des occultations, volontaires ou non.

Jean-François Revel, directeur de l'hebdomadaire, avait jugé utile de publier un document capital sur « ce qui se passe exactement dans la tête d'un doctrinaire totalitaire [2] ». De fait, l'entretien bien mené par le reporter de *L'Express*, Philippe Ganier-Raymond, qui avait déniché Darquier, révélait l'abîme d'irrationalité et de cynisme des anciens complices français du nazisme. Cependant, cette interview, faisant grand bruit, se retourne contre Revel et son journal, sottement suspectés de complicité avec l'antisémitisme. Le passé du journal, son parti pris en faveur de la cause israélienne, le fait que ses deux propriétaires successifs, Jean-Jacques Servan-Schreiber et James Goldsmith sont juifs, et qu'un intellectuel juif, Raymond Aron, préside le comité éditorial du journal, tous ces éléments n'empêchent pas la campagne contre *L'Express*, y compris un article vengeur de Pierre Viansson-Ponté à la première page du *Monde*, le 7 novembre 1978.

L'épisode de l'interview scandaleuse n'avait pas seulement remis en scène le sinistre commissaire qui avait échappé à la condamnation (il devait mourir en 1981) ; il était accablant pour René Bousquet : « La grande rafle, disait-il, c'est Bousquet qui l'a organisée. De A à Z. Bousquet était le chef de la police. C'est lui qui a tout fait. Maintenant, vous savez comment il a terminé, Bousquet ? Il a écopé de cinq ans d'indignité nationale. Il aurait aidé la Résistance ! Quelle farce ! Et il a terminé directeur de la Banque d'Indochine. Ah ! il s'est bien débrouillé, Bousquet ! Pourtant, c'est lui qui organisait tout. »

L'« affaire Bousquet » commence alors. L'ancien responsable de la police de Vichy n'avait pas été condamné, lors des procès d'épuration, pour sa complicité au génocide, même si le Parquet avait noté que Bousquet avait servi « la politique de persécution raciale à laquelle Vichy est associé » ; le procureur avait montré auparavant que l'accusé était aussi l'auteur

2. J.-F. Revel, *La Connaissance inutile*, Grasset, 1988, p. 61.

d'actions favorables aux juifs (notamment le refus de laisser les Allemands imposer l'étoile jaune aux juifs en zone non occupée). L'arrêt de la Haute Cour du 23 juin 1949 ne contient pas un mot sur les juifs. Bousquet ne fut condamné qu'à cinq ans de dégradation nationale, mais il fut relevé de cette condamnation pour services rendus à la Résistance. Bousquet s'était refait une virginité dans les affaires. L'ancien secrétaire général de la police sous Vichy sera inculpé en mars 1991, pour avoir favorisé la déportation d'enfants juifs et, en juin 1992, de crimes contre l'humanité. Son délégué en zone occupée, Jean Leguay, épargné lui aussi par la justice, en vertu de ses « faits de résistance », moins bien protégé que son « patron » (François Mitterrand recevait Bousquet en famille), est inculpé de crimes contre l'humanité le 12 mars 1979. La loi de 1964 sur l'imprescriptibilité des crimes contre l'humanité était appliquée pour la première fois. Leguay mourra en 1989 avant d'être jugé.

Le scandale provoqué par les déclarations de Louis Darquier de Pellepoix eut aussi pour résultat la diffusion, en février 1979, du feuilleton américain *Holocauste* par Antenne 2. La télévision française, alors télévision d'État, s'était refusée à présenter ce téléfilm, alors que maintes télévisions européennes, y compris l'allemande, en avaient acquis les droits. Sans doute, *Holocauste*, comme tout feuilleton historique de télévision, souffrait-il des défauts du genre : simplifications et approximations abondaient. Du moins, à travers cette histoire d'une famille juive confrontée au nazisme, diffusait-il auprès du public populaire des images qui rompaient largement avec un tabou. *L'Express*, probablement pour damer le pion à ses accusateurs, organisa alors une souscription pour subventionner l'achat des droits, dans la mesure où Antenne 2 avait fait valoir des raisons financières pour justifier son abstention. Subvention symbolique, remboursée aux souscripteurs, mais qui contribua à convaincre Maurice Ulrich, directeur de la deuxième chaîne, d'acheter les droits et de présenter les épisodes successifs d'*Holocauste*, devant un public record.

La question juive, quelques mois plus tard, prend un tour

dramatique, lorsqu'un attentat est perpétré, le 3 octobre 1980, contre la synagogue de la rue Copernic. Les commentaires de la presse, les manifestations qui suivent, tout montre l'élan de sympathie dont bénéficient les juifs en France. « L'attentat, écrit Raymond Aron dans *L'Express* du 11 octobre 1980, frappe de stupeur des millions de Français, une vague d'indignation soulève la nation : trente-cinq ans après Auschwitz, des terroristes avaient voulu tuer des Français, le jour où ils priaient en commun, à la sortie de la synagogue, pour la seule raison que les victimes désignées étaient juives. »

Le réflexe « antifasciste » avait joué à plein chez les intellectuels et les militants de gauche. Car, pour tout le monde, le crime de Copernic était d'origine d'extrême droite. La France républicaine et socialiste se sentait naturellement en pleine sympathie avec les juifs de nouveau visés par l'ignoble antisémitisme. On sut plus tard que l'attentat était d'origine palestinienne, mais, sur le coup, 300 000 personnes défilèrent en criant : « Le fascisme ne passera pas ! »

Cette vague de sympathie philosémite déferlait au moment où, dans la bataille de la mémoire, s'affirmait une nouvelle passion, celle du refus de l'histoire.

Le négationnisme

Un maître de conférences de littérature d'une université lyonnaise, Robert Faurisson, venait de se lancer dans la négation du génocide juif, au nom du droit de tout historien à la « révision ». Se posant en chercheur positiviste, Faurisson, depuis plusieurs années, travaillait à « réviser » l'histoire de la Seconde Guerre mondiale et à détruire la « légende » de la Solution finale. Lecteur de Maurice Bardèche et de Paul Rassinier, qui l'avaient précédé dans la carrière, mais sans succès, Faurisson s'employait à nier auprès de ses étudiants l'existence des chambres à gaz, l'un des principaux instruments de l'extermination. Mis au courant, Pierre Sudreau, député, avait réclamé, le 17 novembre 1978, à l'Assemblée nationale, une enquête sur « les propos scandaleux qui constituent une véritable apologie des crimes de guerre, tels que ceux qui ont été tenus récemment par un professeur d'université ». Nous étions au début de l'interminable « affaire Faurisson ».

Son nom ayant émergé de l'obscurité par le truchement des médias, Faurisson voit son cours suspendu par son université (il sera plus tard affecté au Centre de télé-enseignement), tandis qu'il subit une agression au gaz lacrymogène. Le professeur réplique par une déclaration : « Je reconnais volontiers que les apparences sont contre moi et qu'à nier l'existence réelle des chambres à gaz "hitlériennes" et du "génocide" des juifs, j'ai l'air d'un nazi, ou, à tout le moins, d'un Darquier. En réalité, je pense dénoncer un mensonge dont les principales victimes sont le peuple allemand et le peuple palestinien [3]. »

D'emblée, l'un des buts du professeur Faurisson était clair. En s'attaquant à l'existence des chambres à gaz, en prouvant à force d'arguties qu'elles n'avaient pas existé, ou du moins pas servi à exterminer les juifs, il jugeait qu'il rendait justice au « peuple allemand », mais, du même coup, retirait, selon lui, toute légitimation à l'État d'Israël. *Le Monde*, qui venait de tancer *L'Express* pour avoir publié l'interview de Darquier, s'avisa de donner la parole, lui, à Robert Faurisson, probablement selon le même principe défendu par l'hebdomadaire incriminé qu'il fallait juger et condamner en connaissance de cause. Ainsi, publiait-il, le 29 décembre 1978, un article de Faurisson, qui était la reprise d'un tract distribué antérieurement par l'auteur. *Le Monde* donnait une réplique, sous la signature de deux anciens déportés, Georges Wellers, « Abondance de preuves », et le lendemain Olga Wormser-Migot, « La solution finale ».

L'affaire pouvait être ainsi considérée comme classée, et Faurisson envoyé à la trappe. C'était sans compter sur l'effet publicitaire dont bénéficiaient ainsi les thèses du négation-

---

3. Cité par V. Igounet, *Histoire du négationnisme en France*, Seuil, 2000, p. 234.

niste : « Du jour, écrira Pierre Vidal-Naquet, où Robert Faurisson, universitaire dûment habilité, enseignant dans une grande université, a pu s'exprimer dans *Le Monde*, quitte à s'y voir immédiatement réfuté, la question cessait d'être marginale pour devenir centrale [4]. »

Toute réfutation où son nom est cité amène Faurisson à exiger un droit de réponse en vertu de la loi du 29 juillet 1981. Chaque fois, il peut réitérer ses thèses sur les chambres à gaz et le génocide. On l'attaque dans un journal ou une revue, il exige de bénéficier du droit de réponse, et l'obtient généralement, faute de quoi il porte l'affaire devant le tribunal. Il met au défi ses interlocuteurs d'apporter la moindre preuve de l'existence des chambres à gaz. Les carences de l'historiographie sur le fonctionnement de l'extermination, les à-peu-près des témoins, les contre-vérités avancées par certains (par exemple sur le fait qu'il existait une chambre à gaz dans tel ou tel camp, alors que les camps d'extermination – Auschwitz-Birkenau, Chelmno, Belzec, Sobibor, Treblinka, Majdanek – se différenciaient des camps de concentration), les approximations des chiffres, et, surtout, le soin pris par les nazis de supprimer toute trace de leur entreprise génocidaire, Faurisson fait flèche de tout bois.

Dans un premier temps, les répliques qu'on lui fait sont souvent maladroites. La raison en est que la solution finale décidée par Hitler est une vérité d'évidence qu'on n'a pas tenté d'étayer par des études architecturales, chimistes ou autres. Dans le cas français, les chiffres parlaient d'eux-mêmes : 59 % des déportés « politiques » (résistants, otages, droits communs, etc.) étaient revenus des camps, contre 3 % des déportés « raciaux » (juifs déportés en tant que juifs). Cette comparaison suffisait et suffit à établir la conviction. Quand les négationnistes font valoir que le Zyklon B n'avait pour but que de détruire les poux, agents du typhus, ils n'expliquent pas ce faisant la raison de la discrimination. Affirmer que la volonté hitlérienne d'exterminer les juifs (à

---

4. P. Vidal-Naquet, *Les Assassins de la mémoire*, La Découverte, 1987, p. 13.

partir de 1942) n'était pas établie, c'était à peu près aussi gros que de nier l'existence passée de Napoléon [5].

L'hypercritique avait connu bien des adeptes dans le passé, prompts à démontrer que l'histoire est éternellement falsifiée par des gens qui y ont intérêt. Sous l'apparence d'une démarche logique, les négationnistes révèlent un délire : envers et contre tous, ils détiennent la vérité. C'est un comportement à risque, puisqu'il brave un consensus de spécialistes ; mais c'est aussi une attitude valorisante, puisqu'ils se proclament les seuls à n'être pas dupes. Moins qu'un mécanisme de défense, comme on dit en psychanalyse, ce déni de réalité est une affirmation orgueilleuse de soi : je sais ce que les autres ignorent. La révélation de l'inexistence des chambres à gaz vaut celle de l'existence des *Protocoles des Sages de Sion*. Il existe une histoire vraie, mais occultée, cachée, falsifiée, par ceux qui en profitent : hier, les juifs en général ; aujourd'hui l'État d'Israël. Les preuves apportées par les historiens [6], selon lesquelles les *Protocoles* sont un faux, n'empêcheront jamais les antisémites d'y ajouter foi. Les preuves de la Solution finale n'empêcheront jamais son déni par les négationnistes ou ceux qui veulent bien les croire parce qu'ils y trouvent leur compte.

Le négationnisme, dont la France n'a pas le monopole, a d'abord une tradition d'extrême droite, qui remonte à Maurice Bardèche, beau-frère de Robert Brasillach, et théoricien en France d'un néofascisme après la Seconde Guerre mon-

---

5. Je prends à dessein le cas de Napoléon, car des historiens ont voulu démontrer à son sujet qu'on pouvait en toute rigueur logique nier son existence. Ainsi l'ouvrage de l'historien britannique R. Whately, *Historic doubts relative to Napoleon Buonaparte*, datant de 1819, ou celui de J.-B. Pérès, *Comme quoi Napoléon n'a jamais existé*, paru en France à peu près à la même date. Henri Marrou, qui fut mon professeur d'histoire ancienne à la Sorbonne, polémiquant contre ceux qui contestaient « un peu facilement » l'existence de Jésus, avait entrepris de démontrer que Descartes était lui aussi un mythe créé de toutes pièces par les Jésuites de La Flèche, préoccupés de faire de la réclame pour leur collège. Voir H. Marrou, *De la connaissance historique*, Seuil, 1954.

6. Voir notamment N. Cohn, *Histoire d'un mythe…*, *op. cit.*, et P.-A. Taguieff, *Les Protocoles des Sages de Sion*, *op. cit.*

diale[7]. En 1948, dans son ouvrage *Nuremberg ou la Terre promise*, il entendait démontrer que la Seconde Guerre mondiale avait été gagnée par les juifs, qui en avaient tiré le bénéfice du territoire d'Israël. L'Allemagne nazie était absoute, l'extermination illusoire, et les gaz nocifs n'avaient servi qu'à « la destruction des poux ». Il faut attendre 1952 pour que le livre soit interdit à la vente, et son auteur condamné à un an de prison et 50 000 francs d'amende. Les thèses de Bardèche n'en continueront pas moins d'être propagées dans la revue qu'il lance en décembre 1952, *Défense de l'Occident*.

Inauguré par Bardèche, le négationnisme s'enrichit des œuvres de Paul Rassinier, notamment *Le Mensonge d'Ulysse*, qui avait valu à son auteur l'exclusion du Parti socialiste dont il était membre en avril 1951 [8]. Une première passerelle avait été lancée entre la gauche et l'extrême droite. Rassinier devient l'auteur de référence des négationnistes de tous bords. Lui-même, adhérent de la Fédération anarchiste, n'en est pas moins traduit en allemand sur l'initiative du néo-nazi Karl Heinz Priester. Lâché par *Le Monde libertaire*, Rassinier n'hésite pas à collaborer avec la presse d'extrême droite.

Toute l'extrême droite ne verse pas d'emblée dans le négationnisme. Jusqu'à la guerre des Six Jours, une partie de sa presse, *Rivarol* et surtout *Minute*, plus anti-arabes qu'antisémites, anciens soutiens de l'Algérie française et de l'OAS, considèrent Israël comme un allié objectif : l'expédition de Suez de l'automne 1956 avait démontré que les partisans de l'Algérie française et les juifs avaient un ennemi commun. Au cœur de la Guerre froide, d'autre part, Israël pouvait être considéré comme un rempart contre le communisme. Mais, en quelques années, entre la guerre des Six Jours et la guerre du Kippour (1973), les positions pro-israéliennes d'une certaine extrême droite française sont battues en brèche, en attendant que le Front national, fondé par Jean-Marie Le Pen, intègre

---

7. M. Bardèche, *Qu'est-ce que le fascisme ?*, Les Sept Couleurs, 1961.
8. Sur l'itinéraire de cet ancien résistant qui, avant la guerre, avait appartenu au courant pacifiste de Paul Faure au sein de la SFIO, voir N. Fresco, *Fabrication d'un antisémite*, Seuil, 1999.

largement les thèses négationnistes. Robert Faurisson pourra alors compter sur le soutien des diverses familles d'extrême droite, revenant à leur antisémitisme traditionnel, camouflé en antisionisme.

Dans les années 1970 – c'est une originalité française – les négationnistes reçoivent un soutien inattendu, celui d'une partie de l'ultra gauche. Les communistes, sur la même ligne que l'Union soviétique, considèrent Israël comme un avant-poste de l'impérialisme américain, sans remettre en cause la réalité historique du génocide hitlérien. À leur gauche aussi, l'ennemi principal demeurait le Capital, mais l'agent historique de la révolution mondiale changeait de visage chez les gauchistes. Longtemps, la victime absolue du Capital avait été le prolétaire d'usine, jusqu'au jour où l'on s'avisa que celui-ci roulait en voiture à l'Ouest, tandis qu'à l'Est il était devenu complice du totalitarisme stalinien. L'OS de chez Renault laissa au misérable du tiers-monde la place de la victime élective. Entre tous les exploités et humiliés, l'un d'eux a pris progressivement une place de choix : le Palestinien. Et cela pour deux raisons. La première est que, objectivement, les Palestiniens subissent dans leur chair l'une des plus dures injustices de l'Histoire. La seconde est que ce sont des humiliés armés, des combattants, des révoltés. Ce sont des victimes, mais des victimes révolutionnaires, le résumé de ce que l'ultra gauche peut chérir et exalter. Si l'on ajoute à cela qu'Israël, depuis la guerre des Six Jours, n'a cessé d'être soutenu par les États-Unis, c'est-à-dire par l'« impérialisme », on comprend que l'ultra gauche épouse pleinement la cause palestinienne, jusqu'à, chez certains, la dénégation du droit d'existence de l'État hébreu. L'ultra gauche a eu ainsi tendance à justifier les actes de terrorisme perpétrés par les commandos palestiniens, comme ce fut le cas lors des attentats commis au cours des Jeux olympiques de Munich. Les plus ultras d'entre eux allèrent jusqu'à épouser les thèses de Robert Faurisson : c'est le cas de Pierre Guillaume et de la Vieille Taupe, à la fois mouvement, librairie et, à l'occasion, maison d'édition, d'un groupe « libertaire ».

Dans un article paru dans *Libération*, le 7 mars 1979, Guillaume, à l'occasion d'une critique qu'il faisait du téléfilm *Holocauste*, affirmait : « Il n'est pas établi, sur le plan de l'histoire scientifique, qu'Hitler ait ordonné "l'exécution d'un seul Juif par le seul fait qu'il fût Juif". » Pierre Guillaume avait été d'abord influencé par Amadeo Bordiga. Cet ancien dirigeant du Parti communiste italien avait expliqué dans son *Auschwitz ou le Grand Alibi* comment l'antifascisme « a été le plus récent mensonge idéologique et politique derrière lequel le capitalisme a joué la carte de sa propre conservation de classe pendant la Seconde Guerre mondiale[9] ». À partir de ce schéma idéologique, Guillaume en était arrivé à faire d'Israël le bénéficiaire de cet antifascisme et la tête de pont de l'impérialisme américain au Proche-Orient, et un État devenu impérialiste à son tour. Il publie aux éditions de la Vieille Taupe en avril 1980 l'ouvrage d'un militant tiers-mondiste, Serge Thion, *Vérité historique ou Vérité politique ? Le dossier de l'affaire Faurisson. La question des chambres à gaz*, dénonçant « l'impérialisme sioniste ». De manière plus inattendue le linguiste américain de renommée, Noam Chomsky, ancien militant contre la guerre du Vietnam, signe aux États-Unis une pétition, lancée par le négationniste américain Mark Weber, non pour défendre les thèses de Faurisson, mais sa liberté d'expression.

Faurisson, fort de l'appui de l'extrême droite, pouvait donc se flatter d'une caution de l'ultra gauche : c'est à la Vieille Taupe qu'il publie en décembre 1980 son *Mémoire en défense contre ceux qui m'accusent de falsifier l'histoire*. Son nom est sur toutes les lèvres. À la radio, sur Europe n° 1, il déclare le 17 décembre de la même année : « Les prétendues "chambres à gaz" hitlériennes et le prétendu "génocide" des Juifs forment un seul et même mensonge historique, qui a permis une gigantesque escroquerie politico-financière dont les principaux bénéficiaires sont l'État d'Israël et le sionisme international, et dont les principales victimes sont le peuple allemand

9. A. Bordiga, *Auschwitz ou le Grand Alibi*, supplément au n° 5 du *Mouvement communiste*, octobre 1973. La première édition de ce texte date de 1960, numéro d'avril-juin de *Programme communiste*, n° 11.

– mais non pas ses dirigeants – et le peuple palestinien tout entier[10]. »

Le mouvement négationniste enrichit ses œuvres, publiant revues, brochures et livres. On voit même une thèse négationniste soutenue à l'université de Nantes par Henri Roques – thèse finalement annulée. Roques, né en 1920, ingénieur agronome, ancien secrétaire général des Jeunesses phalangistes de France, était un vieux cheval de retour de l'extrême droite. Ayant appris de Rassinier, dont il était devenu le familier, que le rapport Gerstein était « de tous les témoignages sur les chambres à gaz [...] le plus fou », il s'était attelé bien des années plus tard à une thèse sur les « Confessions » de Kurt Gerstein, qu'il soutient à l'université de Nantes en 1985, en présence de Robert Faurisson, son « conseiller », et de Pierre Guillaume. Cette thèse fera l'objet d'une annulation, mais entre-temps Roques pouvait s'expliquer dans *Rivarol* : « On écrit un peu partout que ma thèse tentait de nier l'existence des chambres à gaz : en fait, elle renforce seulement la position du professeur Faurisson dont la démonstration est à elle seule tout à fait convaincante. »

Parmi les derniers intellectuels à donner leur adhésion, il faut citer Roger Garaudy, dont les *Mythes fondateurs de la politique israélienne*, édités à la Vieille Taupe, en 1995, seront passibles des tribunaux (Garaudy sera condamné en 1998 pour « complicité de contestation de crimes contre l'humanité », « diffamation à caractère racial » et « provocation à la discrimination, à la haine et à la violence raciales »). Garaudy était un ancien membre éminent du Parti communiste converti à l'islam. Champion de la cause palestinienne, ne dédaignant pas collaborer à une revue ouvertement néofasciste comme *Nationalisme et République*, il s'était rallié aux idées de Faurisson. Son livre est alors traduit dans divers pays arabes, où il devient « le grand militant mujahid Roger Garaudy ». Personne ne s'étonna des nouveaux avatars d'un esprit aussi instable. Le scandale vint d'ailleurs, des propos pour le moins imprudents d'un homme considéré jusque-là comme au-dessus de tout soupçon.

---

10. V. Igounet, *Histoire du négationnisme en France*, *op. cit.*, p. 262-263.

L'abbé Pierre est une figure légendaire de l'histoire française contemporaine. Ancien résistant, ancien député, il a connu sa première heure de gloire en 1954 en défendant les sans-logis lors des grands froids hivernaux de cette année-là. Fondateur des Chiffonniers d'Emmaüs, il avait entrepris et réalisé depuis l'une des plus belles œuvres de charité du siècle. Régulièrement, il arrivait en tête des sondages de popularité. Or ce prêtre aimé, ce bienfaiteur, se porte au secours de son ami « de cinquante ans » Roger Garaudy, en des termes propres à ravir les faurissonniens. L'affaire remonte à 1996. Pour défendre son ami Garaudy, l'abbé Pierre dénonçait auprès du journal suisse *Le Matin* le « lobby sioniste international » et déclarait : « Établi aux États-Unis avec des ramifications mondiales, il y a le mouvement sioniste. Il se base sur un verset de la Genèse où il est prétendu qu'Abraham aurait entendu Dieu lui dire : “Je te donne la terre, du fleuve du Nil jusqu'au grand fleuve de l'Euphrate.” Donc, le mouvement sioniste dit : “Israël on s'en fout, les Palestiniens aussi, ce que nous voulons, c'est l'Empire annoncé à Abraham.” Et ce mouvement intrigue mondialement pour cela[11]. »

Après avoir soutenu Garaudy, il avait pourtant publié le 30 avril un communiqué affirmant : « Je condamne avec fermeté tous ceux qui, pour des raisons diverses, veulent, de quelque manière que ce soit, falsifier ou banaliser la Shoah, qui restera à jamais une tache indélébile. » On estimait donc l'affaire classée, et l'on excusait l'abbé Pierre d'avoir trop écouté sa générosité et son amitié pour Garaudy. Ses nouveaux propos démontraient l'ambiguïté de son attitude, et offraient la preuve de la contagion chez des esprits en apparence les moins exposés.

---

11. Rapporté par *Le Monde*, 19 juin 1996, p. 2.

Le Front national, relais politique du négationnisme et de l'antisémitisme

La levée de censure sur le discours antisémite est observable aussi dans la mouvance du Front national. Une des nouveautés de la vie politique française a été la réémergence d'une extrême droite constituée, organisée, forte d'une audience inattendue au début des années 1980. Le Front national de Jean-Marie Le Pen, après avoir longtemps vivoté, obtient un premier succès électoral en 1983, lors des élections municipales à Dreux, en Eure-et-Loir. En juin 1984, la liste de J.-M. Le Pen obtient 10,95 % aux élections européennes, ce qui lui vaut d'obtenir dix élus. Par la suite, le mouvement ne cessera de progresser, ou à tout le moins d'occuper une place appréciable dans la vie politique française.

Le succès du Front national tient à sa cible principale : l'immigration arabo-musulmane (tout comme l'immigration en général explique le renouveau des populismes des autres pays européens), mais aussi à l'habileté d'un chef aux dons d'orateur efficaces. J.-M. Le Pen, ancien député poujadiste, ancien parachutiste de la guerre d'Algérie, a réussi à réaliser ce que nul autre chef d'extrême droite n'avait pu accomplir avant lui : l'union de toutes ses tendances principales, anciens pétainistes, vaincus de l'Algérie française, catholiques intégristes, « païens » de la nouvelle droite, antigaullistes, anticommunistes, xénophobes et racistes. Même la scission en 1998 de Bruno Mégret – l'un de ses adjoints – ne l'empêchera pas de maintenir son audience électorale, voire de la renforcer comme on le vit lors de l'élection présidentielle de 2002. Les campagnes sont devenues autant d'occasions données à Le Pen et à ses fidèles de diffuser leurs thèmes favoris, ceux d'un nationalisme fermé et d'un populisme à la fois protestataire et identitaire.

Visant au premier chef l'immigration maghrébine et les complaisances des gouvernements successifs à l'égard de celle-ci, le mouvement lepéniste aurait pu se passer d'être antisémite. Il n'en est rien, car si ce courant s'est gonflé en raison de l'immigration la plus récente, il s'enracinait aussi dans une tradition ancienne. Depuis l'essor du nationalisme à la fin du XIXe siècle, aucune de ses composantes n'a exclu le discours antisémite. Drumont, Barrès, Maurras, les ligues antidreyfusardes, l'Action française et la Révolution nationale de Pétain, autant de jalons constitutifs d'une doctrine xénophobe appelant les élites et les masses contre le désordre démocratique et le redressement national. Député poujadiste, Le Pen n'avait pas manqué d'évoquer en 1958 les « répulsions patriotiques et *presque physiques* » qu'inspirait Pierre Mendès France. L'entourage du chef partage largement ses convictions.

Un certain catholicisme intransigeant, vaincu par l'instauration et la consolidation d'une République laïque, a continué à cristalliser un mélange d'antijudaïsme séculaire et d'antisémitisme moderne, bien accueilli dans les publications qui appuient le Front national. Romain Marie (de son vrai nom Bernard Antony), chef de file du national-catholicisme, pouvait ainsi flétrir, en février 1979, dans *Présent*, où l'on défend « la haute figure du maréchal Pétain », « la tendance qu'ont les juifs à occuper tous les postes clés des nations occidentales. Comment ne pas observer qu'à notre télévision, par exemple, il y a bien plus de MM. Aron, Ben Syoun, Naoul, El Kabbash [*sic*], Drücker [*sic*], Grumbach, Zitrone, que de MM. Dupont ou Durand [12] ». François Brigneau, ex-membre de la Milice, rédacteur en chef de *Présent*, fustige Robert Badinter comme celui qui, « par héritage » est « pour le nomade contre le sédentaire ». Attaquant de manière régulière Simone Veil, il l'oppose comme « un malfaiteur de l'espèce la plus grave » à la France catholique. Autrement dit, les dirigeants du Front national et les journalistes de la même mouvance, s'ils prenaient de l'importance en raison de l'immigration arabo-musulmane, n'en étaient pas moins des gens formés par le nationalisme antisémite.

Invité à s'expliquer à la télévision, en février 1984, Le Pen, qui connaît la loi et ne s'expose qu'à risque calculé, déclare : « Si l'antisémitisme consiste à persécuter les juifs en raison de

12. Cité par *Le Monde*, 14 février 1984.

leur religion ou de leur race, je ne suis certainement pas antisémite [...]. En revanche, je ne me crois pas pour autant obligé d'aimer la loi Veil, d'admirer la peinture de Chagall ou d'approuver la politique de Mendès France. Voilà quelle est ma position. » Diaboliser des personnalités d'origine juive en se défendant d'être antisémite, c'est la méthode que Le Pen réutilisera au mieux. Plus tard, pour dénoncer ce qu'il appelle la colonisation des médias par les journalistes juifs, il s'en prendra directement à Yvan Levaï, Jean Daniel, Jean-Pierre Elkabbach et Jean-François Kahn (26 octobre 1985). De manière plus nette encore, certains candidats lepénistes aux élections affichent leur antisémitisme et leur racisme. Ainsi Jean-Claude Varanne, pendant la campagne des élections législatives de 1988, affirme tout de go : « Le samedi et le dimanche, entre les juifs et les Arabes qui envahissent les boulevards, on ne peut plus sortir [...] Nous sommes envahis par une faune qui ne représente pas la France profonde [13]. » La même année, en septembre, lors de la fête « Bleu-blanc-rouge » du Front national, Jean-Marie Le Pen dénonce « la mafia cosmopolite », et en arrive, comme instinctivement, au mythe du *complot*, un complot que la loi désormais lui interdit de qualifier de « juif », mais tout le monde comprend l'allusion : « [Le Front national] fait échec au complot cosmopolite qui vise à établir sur le monde entier une espèce d'égalité d'apparence qui serait celle qui courberait sous le joug de Big Brother, du grand frère, les peuples dont on aurait démantelé les solidarités naturelles. » Se défendant, malgré cela, contre l'accusation d'antisémitisme, il déclare : « On pourrait dire que c'est nous qui sommes traités comme étaient traités les juifs en Allemagne, aujourd'hui. Est-ce que la mafia cosmopolite ira jusqu'à nous faire porter l'étoile tricolore ? » Un dossier de *L'Express* du 15 septembre 1989 sur l'antisémitisme relevait la recrudescence des attaques antisémites dans la presse lepéniste : « Signe des temps, son quotidien [le quotidien du catholicisme intégriste d'extrême droite], *Présent*

13. « L'incroyable interview antisémite d'un candidat lepéniste », *Le Monde*, 11 juin 1988.

(distribué en kiosque depuis mai dernier), consacre, depuis plusieurs semaines, la plupart de ses Unes aux juifs… »

Tout naturellement, le Front national, son leader, la presse lepéniste, ne manquent pas d'accueillir les thèses de Robert Faurisson avec sympathie. Notamment un jeune historien, François Duprat, membre du bureau politique du FN de 1972 à 1978 (année de sa mort à la suite d'un attentat jamais élucidé), collaborateur à *Défense de l'Occident*, animateur des *Cahiers européens*, s'était employé à diffuser les thèses négationnistes. Interrogé sur celles-ci lors de l'émission du « Grand Jury RTL-*Le Monde* », le 13 septembre 1987, Le Pen répond : « Je me pose un certain nombre de questions. Je ne dis pas que les chambres n'ont pas existé. Je n'ai pas pu moi-même en voir. Je n'ai pas étudié spécialement la question. Mais je crois que c'est un point de détail de l'histoire de la Deuxième Guerre mondiale. » Refusant d'attribuer toute spécificité au génocide juif, il ajoute : « Il y a eu beaucoup de morts, des centaines de milliers, peut-être des millions de morts juifs et aussi de gens qui n'étaient pas juifs. » Un an plus tard, le 2 septembre 1988, à la fin de l'université d'été du Front national tenue au Cap-d'Agde, Le Pen n'hésite pas à faire un grossier jeu de mots sur le patronyme du ministre de la Fonction publique, Michel Durafour, qu'il appelle « Durafour-crématoire ».

Sinistres calembours, insinuations du chef, attaques plus frontales de la part de certains de ses lieutenants, émotion dans la presse, répliques des associations contre le racisme et l'antisémitisme, tout ce bruit autour de Le Pen et du lepénisme a-t-il eu quelque effet sur l'opinion au sujet des juifs ? L'électorat du Front national ne se détermine pas par antisémitisme : il proteste contre l'immigration, il a peur pour l'avenir identitaire de la France, il dénonce le chômage… En tout cela, les 500 000 juifs de France ne lui paraissent pas représenter un danger évident, à quelques minorités près. Pourtant, on peut se demander si l'antisémitisme n'a pas légèrement progressé en France à la fin des années 1980. On se souvient que son niveau était estimé à 20 % de la population française au milieu des années 1960.

Un sondage, publié dans le dossier de *L'Express* cité plus haut, révèle que 21 % des sondés, à l'assertion : « Les juifs ont trop de pouvoir en France », répondent « tout à fait d'accord » (9 %) ou « plutôt d'accord » (12 %). 52 % répondent qu'ils ne sont pas d'accord, et 27 % se déclarent sans opinion. S'il n'a pas fait progresser vraiment l'antisémitisme en France (qui peut le dire ?), le courant lepéniste a du moins entretenu la suspicion d'une forte minorité de Français à l'endroit des juifs et libéré un discours jusque-là interdit. C'est aussi dans ce climat de haine renouvelé que la France devient le théâtre des attentats antisémites, comme l'attentat de la rue Copernic du 3 octobre 1980[14].

Ripostes

Les attentats antisémites, les menées négationnistes émergeant dans les grands médias ne provoquèrent pas seulement l'émotion, mais des répliques concrètes qui prirent diverses formes. Les manifestations de rue, où juifs et non-juifs défilèrent côte à côte, se répétèrent, depuis l'attentat de Copernic (« Nous sommes tous des juifs français », titre à la une *Libération* du 4 octobre 1980) jusqu'à la profanation de tombes juives dans le cimetière de Carpentras dix ans plus tard. L'origine de ces actes était mal perçue. On s'accordait à les attribuer à des groupuscules néo-nazis, ce qui fut vérifié longtemps après dans le cas de Carpentras, mais non dans celui de Copernic, où les poseurs de plastic se révélèrent, nous l'avons dit, d'origine palestinienne. Les victoires électorales de la gauche en 1981 ne pouvaient qu'entraîner le soutien officiel des autorités de l'État aux manifestations populaires, sur le thème de l'antifascisme.

---

14. Plusieurs attentats antisémites avaient été commis avant « Copernic », notamment dans la nuit du samedi 27 au dimanche 28 septembre 1980, contre la synagogue de la rue Chasseloup-Laubat, à Paris : des coups de feu tirés contre la façade de l'édifice religieux. Cf. *Le Monde*, 30 septembre 1980.

La réplique intellectuelle aux discours négationnistes eut d'abord pour cadre les grandes revues généralistes, *Les Temps modernes* et *Esprit*. La première publia l'article de Nadine Fresco, « Les redresseurs de mort », en juin 1980 ; la seconde, l'article de Pierre Vidal-Naquet, « Un Eichmann de papier », en septembre de la même année. Sur le plan juridique, des associations comme la LICRA, le MRAP, des organisations de déportés et de résistants, attaquèrent Faurisson et autres pour « falsifications de l'histoire ». Faurisson et Le Pen sont condamnés à plusieurs reprises, mais en sachant souvent échapper aux sanctions judiciaires. Le 24 mars 1986, Le Pen est reconnu coupable d'antisémitisme, par un jugement constatant « que l'invitation à exclure ces quatre personnes de France [les quatre journalistes cités plus haut] outre qu'elle relève de l'intention de nuire, constitue une provocation à la discrimination ». En janvier 1988, la cour de Versailles, ayant à juger sur le « point de détail », condamne le chef nationaliste à verser le franc symbolique de dommages-intérêts aux associations qui l'avaient poursuivi. Dans son arrêt, la cour retient contre Le Pen « un consentement à l'horrible ». Souvent, la justice manque de chefs d'accusation, et les accusés ont l'art de l'esquive. Le Parlement s'en mêle : le 13 juillet 1990 est votée la loi Gayssot contre les écrits négationnistes. Les historiens ne sont pas toujours d'accord : n'y a-t-il pas un danger à ce que la justice soit habilitée à dire l'histoire [15] ?

Autrement retentissantes ont été les poursuites intentées contre les criminels de guerre. D'abord contre l'ancien officier SS Klaus Barbie. Celui-ci, réfugié en Bolivie, avait été arrêté pour escroquerie ; la France avait demandé et obtenu son extradition en février 1983. Inculpé pour des crimes contre l'humanité commis à Lyon en 1942 et 1944, il est condamné, à l'issue de son procès, dans la même ville, en juillet 1987, à la réclusion à perpétuité.

---

15. M. Rebérioux, « Le racisme et la loi », *L'Histoire*, n° 214, octobre 1997. P. Vidal-Naquet, « Il n'appartient pas aux tribunaux de définir la vérité historique », *Le Quotidien de Paris*, 9 mai 1990.

Puis, ce sont des Français à leur tour accusés de crimes contre l'humanité : Paul Touvier, René Bousquet, Maurice Papon. Après la grâce présidentielle accordée à Touvier par Georges Pompidou en novembre 1971, des plaintes ont été déposées, à la suite desquelles, et après une longue procédure, Touvier est inculpé en juin 1981. Toujours en fuite, il est arrêté en mai 1989, au prieuré Saint-François à Nice. Le 13 avril 1992, un non-lieu est rendu en sa faveur par la chambre d'accusation de Paris, Premier ministre Pierre Bérégovoy exprime un sentiment répandu : « La France se sent meurtrie. » Le cardinal de Lyon, Albert Decourtray, à l'origine d'une commission d'enquête d'historiens présidée par René Rémond [16], souhaite que Touvier soit jugé. Un pourvoi en cassation obtient gain de cause, en novembre, sur l'affaire de Rillieux-la-Pape, où sept otages juifs avaient été exécutés le 29 juin 1944. Le procès, ouvert devant les assises des Yvelines, à Versailles, le 17 mars 1994, s'achève par une condamnation à la réclusion à perpétuité. C'est le premier Français condamné pour complicité de crimes contre l'humanité. Touvier mourra en prison, le 17 juillet 1996.

Cependant, le procès que tout le monde attendait était celui de René Bousquet, qui, mieux que tout autre, incarnait désormais la trahison de Vichy. L'histoire en fut privée, car Bousquet fut assassiné à son domicile, par un déséquilibré, le 8 juin 1993. Il fallut se contenter du procès Papon, ouvert devant la cour d'assises de la Gironde, à Bordeaux, le 8 octobre 1997. Ancien secrétaire général de la préfecture de la Gironde, Maurice Papon était accusé de crimes contre l'humanité pour avoir apporté un « concours actif » à l'arrestation et à la déportation de plus de 1 500 juifs. Procès largement suivi et commenté par les médias. Des historiens, spécialistes de la Seconde Guerre mondiale, viennent témoigner sur le contexte. Après maintes péripéties, dues à l'état de santé de l'accusé, une première condamnation à vingt ans de réclusion en mars 1998, un pourvoi en cassation, un nouveau procès, Papon est finalement condamné à dix ans de réclu-

16. R. Rémond (dir.), *Paul Touvier et l'Église*, Fayard, 1992.

sion en avril. Ayant fui en Suisse, il en est expulsé le 22 octobre 1999, et incarcéré.

Parallèlement aux ripostes judiciaires et politiques, on assiste à partir des années 1980 à un essor considérable de l'historiographie sur les responsabilités du régime de Vichy : le double statut des juifs de 1940 et 1941, la complicité apportée à la mise en œuvre de la Solution finale. La traduction de *La France de Vichy* avait été un coup d'envoi. Une nouvelle génération d'historiens français se mettent à l'ouvrage : Serge Klarsfeld [17] (avocat de profession), François Bédarida [18], Jean-Pierre Azéma [19], André Kaspi [20], Philippe Burrin [21], Henry Rousso [22], suivis par des cadets de plus en plus nombreux, accablent la mémoire de Vichy, longtemps préservée, sous un feu d'études, de travaux, de thèses, bientôt relayés par les manuels scolaires de l'enseignement secondaire. Ce ne sont pas seulement des historiens professionnels qui entendent réfuter les démonstrations de Faurisson. Un de ses anciens proches, Jean-Claude Pressac, un pharmacien, publie son premier livre sur les chambres à gaz en 1989, aux États-Unis, sous le titre *Auschwitz : Technique and Operations of the Gas Chambers*, à partir des dossiers d'archives d'Auschwitz. F. Bédarida loue le « grand travail » de Pressac, « cette œuvre qui non seulement fait justice des pitoyables dénégations des Faurisson et compagnie, mais assoit de façon argumentée et définitive la réalité et la modalité de l'extermination dans les chambres à gaz [23] ».

---

17. Dont nous avons utilisé plus haut l'ouvrage capital, *Vichy-Auschwitz*, *op. cit.*

18. F. Bédarida publie en 1989 une mise au point sous la forme d'un opuscule édité par les éditions Nathan, destiné aux enseignants des lycées et collèges. Ce texte repris et augmenté reparaît en 1992 sous le titre *Le Génocide et le Nazisme*, dans la collection de poche Presse-Pocket.

19. J.-P. Azéma, *De Munich à la Libération (1938-1944)*, Seuil, 1979.

20. A. Kaspi, *Les Juifs pendant l'Occupation*, *op. cit.*

21. Ph. Burrin, *La France à l'heure allemande (1940-1944)*, Seuil, 1995.

22. Auteur du *Syndrome de Vichy*, H. Rousso a publié, en collaboration avec É. Conan, *Vichy, un passé qui ne passe pas*, Gallimard, 1996.

23. Lettre de F. Bédarida à J.-C. Pressac, citée par V. Igounet, *Histoire du négationnisme en France*, *op. cit.*, p. 448.

Les juristes, de leur côté, tiennent un grand colloque à Dijon en 1994, dont les actes seront publiés sous le titre *Le Droit antisémite de Vichy*, en 1996. L'antisémitisme du régime pétainiste et l'antisémitisme tout court ne sont plus des sujets tabou. Le cinéma donne lui aussi l'occasion aux Français de prendre la mesure de la *Shoah*, comme l'atteste le film de Claude Lanzmann, d'une durée exceptionnelle de neuf heures trente (1985). Les autorités politiques allaient-elles reconnaître à leur tour les responsabilités de l'administration française sous Vichy dans l'arrestation et la déportation des juifs ?

François Mitterrand, président de la République de 1981 à 1995, fait fleurir, depuis 1986, la tombe du maréchal Pétain, à l'île d'Yeu, tous les 11 novembre, honorant par ce geste annuel la mémoire du chef de guerre de 1914-1918, le « vainqueur de Verdun ». En novembre 1992, un groupe d'historiens universitaires connus adressent aux journaux une pétition invitant le président de la République, faits historiques à l'appui, « à ne plus rendre à l'avenir le moindre hommage à Philippe Pétain ». Ils obtiennent gain de cause. En revanche, François Mitterrand refuse de reconnaître les responsabilités de la « République » dans les grandes rafles de 1942, annuellement commémorées. C'était jouer sur les mots, car la République, certes, n'existait plus au moment des grandes rafles, mais nombre de ses cadres et membres de sa police avaient prêté la main à l'occupant nazi. Jacques Chirac, devenu président de la République en 1995, n'hésite pas à reconnaître, lors de la commémoration de la grande rafle du Vel'd'Hiv', le dimanche 16 juillet 1995, les responsabilités de la France. Il déclare notamment : « Quand à nos portes, ici même, certains groupuscules, certaines publications, certains enseignements, certains partis politiques se révèlent porteurs, de manière plus ou moins ouverte, d'une idéologie raciste et antisémite, alors, cet esprit de vigilance qui vous anime, qui nous anime, doit se manifester avec plus de force que jamais. En la matière, rien n'est insignifiant, rien n'est banal, rien n'est dissociable. Les crimes racistes, la défense de thèses révisionnistes, les provocations en tout genre – les petites phrases, les bons mots – puisent aux mêmes sources. »

L'Église de France, à son tour, décide, en 1997, de publier une « déclaration de repentance », par laquelle elle rappelle ses défaillances au cours de l'Occupation : « Devant l'ampleur du drame et le caractère inouï du crime, trop de pasteurs de l'Église ont par leur silence offensé l'Église elle-même et sa mission. Aujourd'hui, nous confessons que ce silence fut une faute [24]. »

Tout se passe comme si les basses œuvres du négationnisme et le renouveau d'un antisémitisme d'extrême droite avaient provoqué un vaste sursaut qui, des chercheurs au chef de l'État, des journalistes aux cinéastes, des professeurs aux évêques, avait fait prendre conscience de l'étendue de la Shoah, des responsabilités du régime de Vichy, et rejetait l'antisémitisme au musée des horreurs. Les centaines de milliers de manifestants qui ont défilé dans les rues de France, après l'attentat de la synagogue Copernic, en 1980 ; après la profanation du cimetière juif de Carpentras, en 1990 ; les brochures dans les écoles ; les réactions du ministre de l'Éducation nationale, Jack Lang, demandant en 1991 qu'on parle de l'antisémitisme dans toutes les classes ; les plaques posées sur les murs des écoles à Paris et en province : dans les années 1990, la République a repris l'offensive. On ne toucherait plus aux juifs de France.

C'était sans compter sur un phénomène nouveau, qui favorisa les négationnistes et les antisémites : l'importation de l'interminable conflit du Proche-Orient en France même.

24. *Le Monde*, 1er octobre 1997.

16

Le grand malaise des années 2000

Au tournant du XXᵉ et du XXIᵉ siècle, s'est ouverte une nouvelle phase d'incandescence dans la « question juive ». Dans son rapport remis le 27 mars 2003 au Premier ministre, la Commission nationale consultative des droits de l'homme constatait que le nombre des « actions antijuives » avait explosé en 2002. Jusqu'en 1999, les menaces racistes/xénophobes visaient en majorité la population immigrée ou issue de l'immigration. Depuis l'année 2000, non seulement les chiffres se gonflent, mais le rapport s'inverse : ce sont désormais les menaces et les violences antijuives qui priment, de loin.

Quelques mois plus tard, le 18 novembre 2003, les journaux français font leur « une » sur les réactions officielles consécutives à l'incendie qui a ravagé une école juive, trois jours plus tôt, à Gagny, dans le département de la Seine-Saint-Denis. « Une poussée d'antisémitisme ? » titre *Le Parisien* qui s'interroge : « La France est-elle vraiment victime d'une montée de l'antisémitisme ? Vit-elle "en direct" les conflits du Proche-Orient ? » *La Croix* : « La violence antisémite alarme la République. » *Le Monde* : « Jacques Chirac mobilise contre l'antisémitisme. » L'éditorial du quotidien s'intitule : « Halte à l'antisémitisme. » On y lit : « Condamnation, vigilance, solidarité : la vigueur de la réaction présidentielle est salutaire. Il n'est pas certain cependant qu'elle suffise à apaiser le malaise des juifs de France. Depuis deux ou trois ans, ceux-ci sont inquiets. Parfois pour eux-mêmes. De manière plus diffuse pour le sort et l'avenir du judaïsme français confronté à la montée d'un antisémitisme d'autant plus pernicieux qu'il est devenu ordinaire. [...] Depuis la fin de la guerre, la mémoire inlassable de la Shoah n'avait guère laissé de place qu'à un antisémitisme latent et honteux. Plusieurs facteurs contribuent aujourd'hui à libérer un antisémitisme beaucoup plus affiché. Il est indéniable que ce changement est concomitant du déclenchement de la seconde Intifada, il y a trois ans [...]. De même, est patente la montée, dans le monde et en France, d'un islamisme de plus en plus virulent qui n'hésite plus à faire des "juifs" la cause de tous les maux de la terre [...]. »

Un nouvel antisémitisme a pris force dans le monde ; la France y est particulièrement exposée, comptant dans sa population à la fois la plus grande proportion d'habitants arabo-musulmans (5 à 6 millions, soit environ 8 à 10 %) et la plus grande proportion d'habitants d'origine juive (600 000, soit 1 %).

L'Intifada importée

Deux ouvrages, parus au début de l'année 2002, avaient alerté l'opinion sur les réalités de la violence antijuive : *La Nouvelle Judéophobie* de Pierre-André Taguieff [1], et *Les Antifeujs* de l'Union des étudiants juifs de France et SOS Racisme [2]. Le choix des titres n'avait rien d'anodin. En préférant le terme « judéophobie » à celui d'« antisémitisme », Taguieff entendait notifier la nouveauté de cette flambée antijuive. Étudiant depuis longtemps l'histoire et l'idéologie des antisémites (on lui doit, entre autres, une édition savante des *Protocoles des Sages de Sion*), il en désignait sans périphrase l'origine, l'islamisme et l'antisionisme radical. Il citait les manuels de classe édités par le ministère de l'Éducation nationale de l'Autorité nationale palestinienne, où on lit : « Le résultat final inévitable sera la victoire des Musulmans sur les Juifs » ou encore :

1. P.-A. Taguieff, *La Nouvelle Judéophobie*, Mille et Une Nuits, 2002.
2. UEJF/SOS Racisme, *Les Antifeujs. Le Livre blanc des violences antisémites en France depuis septembre 2000*, Calmann-Lévy, 2002.

« Cette religion [la nôtre] vaincra toutes les autres religions et sera diffusée selon la volonté d'Allah, par les combattants musulmans du djihad. » Taguieff reprenait là un rapport du CMIP, paru à New York en 1999, *Les Manuels scolaires de l'Autorité palestinienne*, et un dossier paru dans le mensuel français *L'Arche* : « Les enfants palestiniens à l'école de la haine. L'image d'Israël et du Juif dans les manuels scolaires de l'Autorité palestinienne. » De ces textes et de multiples autres en provenance d'Arabie saoudite et d'autres pays musulmans, colportés par les radios et les télévisions des mêmes pays [3], l'auteur tirait la vulgate colportée par les islamistes sous la forme de ce syllogisme infernal : « Les Juifs sont tous des sionistes plus ou moins cachés ; or le sionisme est un colonialisme, un impérialisme et un racisme ; donc les Juifs sont des colonialistes, des impérialistes et des racistes, déclarés ou dissimulés. »

Quant au livre *Les Antifeujs*, les auteurs en empruntaient le titre au verlan, l'argot des banlieues. Mettant ainsi en lumière le fait que les mots et les actes recensés n'émanaient pas de l'extrême droite, mais de jeunes gens appartenant à la minorité de ceux que, dans la même langue, on appelle les « beurs ». Ainsi, le 25 octobre 2000, on pouvait entendre dans une salle de cinéma de Rosny (Seine-Saint-Denis), pendant la projection du film *Double Vie*, et alors qu'un rabbin apparaissait à l'écran : « Mort aux juifs, sales juifs, les juifs à la mer, vous nous dominez là-bas, on va vous dominer ici, on va vous lyncher, on va vous brûler. »

L'ouvrage répertoriait 405 actes à caractère antisémite commis entre le 1er septembre 2000 et le 31 janvier 2002. *Le Journal du dimanche* du 6 janvier 2002 titrait sur toute sa page 6 : « Vague d'antisémitisme en France. Insultes, menaces, attentats redoublent depuis le lancement de la deuxième Intifada. » Jamais, depuis la fin de la Seconde Guerre mondiale, la France n'avait connu de pareils faits. En octobre

3. Un dossier complet sur la question a été publié par la *Revue d'histoire de la Shoah*, janv.-juin 2004 : « Antisémitisme et négationnisme dans le monde arabo-musulman : la dérive ».

2000, une synagogue était détruite par le feu à Trappes [4], deux autres, au cours du même mois, étaient saccagées, à Aubervilliers et dans le 19e arrondissement de Paris. Graffitis, caillassages, agressions physiques, sacs de synagogues, incendies et tentatives d'incendie se succédaient en 2001, l'année s'achevant par l'incendie d'une classe juive à Créteil. Interrogée dans le même journal sur l'identité des auteurs de ces actes criminels, la politologue Nonna Mayer répond : « Selon le ministère de l'Intérieur, il s'agit essentiellement de petits délinquants issus de l'immigration maghrébine, vivant plutôt dans des quartiers de banlieue défavorisés. Ils n'appartiennent à aucun réseau islamiste ni à aucune organisation d'extrême droite. Ces jeunes transposent de manière imaginaire dans les villes de France le conflit qui se déroule au Proche-Orient. » Elle précisait : « L'image d'Israël est aussi celle d'un pays qui abuse de la force. Je crois donc que si le conflit perdure et gagne en violence, nous en subirons inévitablement les retombées. »

Le mois d'avril 2002 connaît un paroxysme. Depuis le début de l'année, la guérilla palestinienne et la répression israélienne ensanglantent le Proche-Orient. Le 29 mars, en représailles à un attentat perpétré dans un hôtel de Netanya causant la mort de 22 personnes et faisant plus d'une soixantaine de blessés, le gouvernement israélien déclare la guerre à l'Autorité palestinienne, ses troupes réoccupent Ramallah en Cisjordanie où se trouve le QG d'Arafat. Le lendemain, le Conseil de sécurité de l'ONU, États-Unis compris, vote la résolution 1402 qui ordonne à Israël de retirer ses soldats du territoire palestinien. Le 31, un attentat-suicide à Haïfa fait 16 morts et une trentaine de blessés. Dans les jours suivants, tandis qu'Arafat est reclus dans Ramallah, l'armée israélienne investit Jénine, Naplouse, encercle Hébron où elle entrera le 29 avril.

Ces événements provoquent en France des attentats antijuifs dès le week-end des 30-31 mars, et notamment des atta-

---

4. L'incendie de la synagogue de Trappes sera reconnu postérieurement, après enquête, comme accidentel.

ques de synagogues à Lyon, Marseille et Strasbourg. Cette flambée de violence décide le quotidien *Libération* à publier, le mardi 2 avril, une enquête sur la « banlieue "antifeuj" ». Des autorités juives redoutent les « prémisses d'une Nuit de cristal ». Pour Patrick Klugman, de l'Union des étudiants juifs de France (UEJF), il ne s'agit pas de petits délinquants égarés ; on est passé « de l'artisanat à l'industrie ». La preuve est faite, à ses yeux, de la « structuration de groupes, d'implantation de réseaux qui manipulent le discours propalestinien ». Tout se passe comme si les attentats du World Trade Center du 11 septembre 2001 avaient dopé la violence antisémite. Nombre d'observateurs avaient noté alors le prestige de Ben Laden dans certaines banlieues et la fierté ressentie par certains après l'« exploit » accompli par des Arabes contre le géant américain.

Deux voitures-béliers enfoncent, dans la nuit du vendredi 29 au samedi 30 mars, les portes d'un lieu de culte juif du quartier « sensible » de la Duchère à Lyon. À Marseille, une synagogue est détruite dans la nuit du dimanche au lundi. Le patron d'une des rares entreprises du quartier de la Duchère donne son explication au *Figaro* : « Les intégristes musulmans se servent des loubards du quartier. Ces derniers ne connaissent rien sur la Palestine et sur les juifs, d'ailleurs très peu nombreux à la Duchère. Leur solidarité avec les Palestiniens n'est que de circonstance. C'est surtout l'occasion de faire encore un mauvais coup » (4 avril). Le samedi qui suit, 6 avril, des manifestations propalestiniennes se déroulent à travers le monde. 20 000 personnes environ défilent à Paris, de la place Denfert-Rochereau à la Bastille ; des milliers de manifestants se comptent à travers la France. Les manifestations sont appelées par une quarantaine d'associations, parmi lesquelles la CIMADE, le MRAP, la Ligue des droits de l'homme, le Parti communiste et les Verts. L'intention des organisateurs n'est nullement antisémite, c'est la politique de Sharon qui est visée. Certains, comme Michel Tubiana, président de la Ligue des droits de l'homme, auraient même voulu une grande manifestation commune contre l'antisémitisme et pour la paix au Proche-Orient. Mais l'accord n'a pu être réalisé. SOS-

Racisme décide alors de faire cavalier seul en manifestant « pour la paix au Proche-Orient et contre toutes les formes de racisme en France ».

Le lendemain, 7 avril, dimanche de Pâques, la France est le théâtre d'une vaste mobilisation organisée par le CRIF contre l'antisémitisme. Plus de 60 000 personnes défilent à Paris contre les actes de violence antijuifs. De nouvelles agressions ont eu lieu pendant le week-end : jets de cocktails Molotov sur une synagogue de Garges-lès-Gonesse, local d'une association sportive juive de Toulouse saccagé, incendie dans la cave d'une école maternelle juive à Marseille. Protestant à la fois contre les violences dont ils sont victimes et pour le soutien à Israël (des drapeaux israéliens flottent au-dessus des manifestants), de nombreux juifs, selon *Le Figaro* du 8 avril, dénoncent la responsabilité des médias, accusés « d'avoir alimenté la haine en diffusant une vision tronquée, sans mémoire, du conflit au Proche-Orient. Ils présentent Arafat comme un héros ». Tous les participants, note le journal, ne partagent pas le même point de vue sur la politique de Sharon, mais tous sont unis l'espace d'un après-midi pour défendre le droit d'Israël à l'existence : « Israël vivra, Israël vaincra. » À Paris, quelques extrémistes du défilé blessent grièvement un commissaire de police à coups de poignard.

Ces deux manifestations successives donnent la mesure de la division des Français sur le Proche-Orient. D'une certaine manière, quelque fondées qu'elles soient, elles alimentent l'image de la transposition du conflit israélo-palestinien en France, un peu à la manière des oppositions nées de la guerre d'Espagne entre 1936 et 1939. La différence, explique Alain-Gérard Slama, dans sa chronique du *Figaro*, est qu'au temps de la guerre civile espagnole, les partisans du Frente popular n'incendiaient pas les églises françaises.

Les radios communautaires font, elles aussi, entendre leur voix. Sur Judaïques FM, le président du Consistoire de Paris reprend les accusations juives contre les médias, toujours enclins à montrer la détresse palestinienne en oubliant le désarroi israélien : « Ces images s'impriment dans l'esprit de certains êtres faiblards, débiles, des voyous de banlieue ou autres [...]. Elles amènent certaines personnes, fragiles peut-être, à commettre des actes d'agression contre les synagogues. » Sur Beur FM, une auditrice s'époumone : « Ce qui se passe, pour moi, c'est un génocide. Israël, c'est des sales juifs pourris... » Et sur Radio Méditerranée, deux représentants tunisiens dénoncent « l'État colonialiste et raciste » d'Israël[5].

Le mercredi 10 avril, un bus scolaire transportant des élèves et des professeurs d'une école juive de Paris est la cible de jets de pierres. Une vitre du car est brisée, une élève est légèrement blessée à la joue. Le directeur de l'école, interrogé, signale que les élèves se sont fait « traiter de sales juifs par des adolescents d'origine maghrébine » au moment de monter dans le bus. Au soir du même jour, un commando de jeunes gens encagoulés et portant des écharpes aux couleurs de la Palestine attaquent les joueurs juifs d'une équipe de football sur un terrain de sport de Bondy (Seine-Saint-Denis). Le jeune gardien de but est passé à tabac. *Le Monde* du 12 avril s'efforce d'expliquer « comment des jeunes de banlieue sont gagnés par la judéophobie ». Quelques-uns sont interrogés. L'un d'eux résume une pensée courante parmi les siens : « On a accusé Ben Laden sans aucune preuve alors qu'aujourd'hui Israël a tort et que personne ne fait rien, et ils continuent à bombarder les Palestiniens. » Solidarité ! Une solidarité qui ne répugne pas aux pires outrances : « Vive la Gestapo ! Vive Auschwitz ! À mort les youpins ! » Le journal interroge Farhad Khosrokhavar, chercheur au Centre d'analyse et d'intervention sociologique (Cadis) et spécialiste de l'Iran : « Il faut rappeler, dit-il, que la proportion des dérapages, des passages à l'acte, compte tenu de l'importance de l'immigration maghrébine, est extrêmement faible. Même si trois cents par an, c'est trois cents de trop. » Cette façon de minimiser ou de relativiser ces actes de haine ne l'empêche pas d'avancer une explication en profondeur : « Pour une bonne partie du monde musulman, la création de l'État d'Israël a été perçue

---

5. J. Barroso et A. Jacob, « Les radios communautaires face au conflit israélo-palestinien », *Le Monde*, 11 avril 2002.

comme un traumatisme profond. Cela fait cinquante ans que ce traumatisme demeure dans l'imaginaire et la mémoire de tous les Arabes et ceux qui se sentent arabes. Là-dessus se greffe la perception d'une supériorité écrasante d'Israël humiliant les Palestiniens. Cette humiliation, ils la transposent sur leur situation. Une grande partie d'entre eux pensent que leurs parents ont été malmenés, mal aimés. Eux-mêmes se sentent victimes d'une France inhospitalière qui leur fait comprendre qu'ils n'ont pas de place dans la République. Ce sentiment de victimisation les pousse à s'identifier aux Palestiniens, et les juifs deviennent une sorte de bouc émissaire d'un malaise qu'ils éprouvent. »

De jeunes musulmans, cependant, dénoncent tout amalgame, et protestent contre les agressions antisémites. Un texte est publié dans *Le Monde*, en ce mois d'avril 2002, par Ali Rahni, de l'association Rencontre et Dialogue à Roubaix, Fouad Imarraïne, imam au centre Tawhid de Saint-Denis, Yamin Makri, de l'Union des jeunes musulmans de Lyon, et Zoubir Daoud, de Nîmes : « S'attaquer à des lieux de culte quels qu'ils soient, d'une manière ou d'une autre, est inacceptable. » Pour eux, les graffitis antisémites et les incendies de synagogues font le jeu des extrémistes dont les musulmans pourront être victimes. Ali Rahni, tout en dénonçant « la politique d'apartheid de Sharon », rappelle que « quand on s'attaque à une synagogue, c'est comme si on s'attaquait à une mosquée ». Du reste, « une mosquée a été taguée avec des croix gammées à Lomme, près de Lille. Un cocktail Molotov a été lancé sur une salle de prière à Escaudain, à côté de Valenciennes. Et personne n'en a parlé[6]... »

Au soir du 21 avril 2002, la stupeur gagne la France. Au premier tour de l'élection présidentielle, marqué par un nombre record d'abstentions, Jean-Marie Le Pen arrive en deuxième position derrière le président sortant Jacques Chirac, en devançant le Premier ministre sortant, le socialiste Lionel Jospin. Toute l'attention est alors tournée vers le second tour

6. Le 5 mars 2004, deux lieux de culte musulmans, une salle de prières et une mosquée, seront à leur tour la proie des flammes à Annecy.

de l'élection qui doit avoir lieu le 5 mai. La presse étrangère dépeint une France gagnée par le fascisme. Le samedi 27 avril, de nombreuses manifestations ont lieu dans toute la France pour s'opposer au chef du Front national. Plus modeste sans doute, une autre manifestation réunit à Paris environ 15 000 personnes le lendemain dimanche à Paris : il s'agit cette fois d'une marche propalestinienne, que les drapeaux palestiniens annoncent de loin. Quelques banderoles associent l'étoile de David et la croix gammée, tandis qu'une centaine ou deux d'agitateurs brandissent les drapeaux du Hezbollah, et scandent « Ben Laden ! Ben Laden ! », « À mort Israël ! », « À mort les juifs ! ». Pourtant, à côté des organisations trotskistes LCR et LO, on rencontre dans le cortège les représentants de l'Union des juifs français pour la paix (UJFP), vite houspillés. Ce n'était plus : « À bas Sharon ! », ou même : « À bas Israël », mais le cri de haine à l'état pur dont les boulevards de Paris n'avaient plus retenti depuis l'occupation nazie : « À bas les juifs ! »

En janvier 2003, deux dirigeants de l'UEJF, Paul Bernard et Patrick Klugman, alertent l'opinion sur la gangrène qui gagne le monde étudiant : « Le conflit du Proche-Orient s'est, en somme, déplacé dans nos universités. Faute de pouvoir vibrer pour une cause qui les touche directement, des étudiants français jouent le rôle des Palestiniens, et aux juifs, malgré eux, revient le rôle des Israéliens : c'est une mauvaise pièce dont le titre pourrait être : "L'Intifada des campus" [7]. »

La guerre d'Irak, lancée en mars 2003 par les Américains, provoque des protestations populaires dans tous les pays d'Europe. Que Jacques Chirac, réélu président de la République le 5 mai 2002, s'y soit opposé à l'ONU, secondé par son ministre des Affaires étrangères, Dominique de Villepin, ne change rien à l'affaire. Conscients des « risques de dérapage provoqués par des éléments extrémistes de toutes tendances », des représentants d'associations musulmanes appellent les musulmans de France « à exprimer leur émotion dans

---

7. P. Bernard et Patrick Klugman, « L'Intifada des campus », *Le Monde*, 22 janvier 2003.

le calme, la dignité et la sérénité au sein de la communauté nationale »[8]. Peine perdue ! Des incidents émaillent la manifestation parisienne de protestation contre la guerre qui a lieu le samedi 22 mars. « Samedi, lit-on dans *Libération* le 25 mars, une partie de la manifestation parisienne a tourné à l'antisémitisme brutal. » Un jeune juif est molesté, des insultes antisémites retentissent, des banderoles proclament : « Sionistes = fascistes », et place de la Nation deux hommes brandissent un immense drapeau américain avec, à la place des étoiles, une croix gammée aux couleurs d'Israël.

La presse française a brisé le silence sur la vague antisémite. Articles et dossiers se succèdent. « Injures, agressions, voies de fait… Les actes antisémites se multiplient au sein même des écoles de la République. Un comportement qui est, essentiellement, imputable à des jeunes d'origine arabo-musulmane. La guerre en Irak n'a fait qu'enflammer les esprits. » Sous ce chapeau, l'hebdomadaire *Marianne* du 21 avril 2003 décrit la « gangrène » qui gagne les écoles publiques des banlieues à forte densité arabo-musulmane. Déjà, en octobre 2002, un dossier de la revue *L'Histoire* consacré à l'antisémitisme faisait découvrir à ses lecteurs les brimades antisémites recensées dans un certain nombre de collèges et lycées, en annonçant le livre-choc *Les Territoires perdus de la République*, bientôt publiés sous la direction d'Emmanuel Brenner[9]. On y apprenait notamment ce que dénonçaient depuis plusieurs mois des enseignants dépassés, savoir que certaines leçons d'histoire – sur les Hébreux, sur les camps d'extermination nazis – étaient contestées ou refusées par des Beurs. Des élèves juifs sont régulièrement pris à partie, insultés, molestés, par des condisciples d'origine maghrébine.

En décembre 2003, une affaire éclate au collège Montaigne, l'un des établissements les plus huppés de Paris. Deux élèves de classe de sixième, musulmans, ont fait de Simon, juif, leur souffre-douleur. Les brutalités dont celui-ci est l'objet l'en-

8. *Le Monde*, 22 mars 2003.

9. E. Brenner (dir.), *Les Territoires perdus de la République*, Mille et Une Nuits, 2002.

traînent à trois reprises aux urgences médicales. Le petit garçon souffre de dépression, ne dort plus, ne mange plus, jusqu'au moment où il finit par se confier à une de ses anciennes institutrices. Le parquet est finalement saisi par le proviseur ; les deux persécuteurs sont expulsés. Mais combien de faits identiques passés sous silence, tant la peur des uns, la prudence excessive des autres, tendent à occulter ces faits.

Timidités et complicités

Aux premiers incendies de synagogues, on aurait pu s'attendre à un sursaut des organisations de gauche sensibles de longue date aux manifestations du racisme et de l'antisémitisme. On se souvient qu'après l'attentat de la rue Copernic en octobre 1980, puis au lendemain de la profanation du cimetière juif de Carpentras en mai 1990, de vastes rassemblements, des défilés, des assemblées de protestation avaient réuni des citoyens de tous bords, indignés par des agressions qui rappelaient le cauchemar des années noires. Le 14 mai 1990, François Mitterrand et Michel Rocard, le président et le Premier ministre, avaient pris la tête d'une manifestation de 200 000 personnes, à l'appel du CRIF. Cette fois, au début de ces années 2000, rien. Des protestations verbales, y compris de la part du gouvernement Jospin, certes, mais les « manifs » sont exclusivement d'origine juive. L'indignation face à l'antisémitisme s'est essoufflée. Comme si l'identité des nouveaux antisémites pouvait, sinon justifier leur haine, à tout le moins leur faire accorder les circonstances atténuantes.

Comment expliquer une telle absence de réaction ? Une première raison doit être cherchée dans ce que j'appellerais le complexe postcolonialiste de certains leaders d'opinion, surtout à gauche. À leurs yeux, la France est toujours coupable d'avoir été une puissance coloniale ; ses anciens colonisés, y compris leurs descendants, qui vivent en France, sont exonérés des devoirs démocratiques et républicains. Tout se passe comme si, victimes d'un système inique d'exploitation, ils portaient la marque indélébile de l'humiliation imposée par l'homme blanc. Celui-ci n'a du coup aucune légitimité à lui imposer ses principes, ses normes, ses convictions. Il serait peu convenable pour l'ancien colonisateur, resté en position dominante, de faire la morale à l'ancien colonisé, resté en position dominée. Tout semble conforter ce raisonnement, et d'abord les pannes de l'intégration « à la française ». Le chômage, il est vrai, affecte sensiblement plus les jeunes gens issus de l'immigration arabo-musulmane que le reste de la population. Des ghettos se sont constitués dans certains quartiers, où certaines classes d'école ne sont plus fréquentées que par des enfants et adolescents d'origine nord-africaine. Cette ségrégation de fait paraît dans le droit-fil de la situation coloniale [10]. L'antisémitisme des humiliés n'est évidemment pas exalté, mais expliqué : c'est un mode d'expression qu'ont adopté les nouveaux damnés de la terre ; il faut moins s'attacher à sa forme – répréhensible – qu'à son sens profond, celui de la révolte anticolonialiste.

Plus répandue est l'intimidation imposée aux antiracistes par la politique d'Ariel Sharon. Ou plus exactement, car Sharon n'est le plus souvent qu'un symbole, par la politique militaire d'Israël. Que les musulmans de France se retournent contre les juifs de France devient pour certains la conséquence compréhensible de la situation au Proche-Orient. La solidarité entre Beurs et Palestiniens est naturelle. Quand on voit à la télévision les images de guerre que Sharon inflige à ses ennemis en Cisjordanie et dans la bande de Gaza ; quand on sait que, en dépit des résolutions de l'ONU, Israël continue non seulement à occuper les territoires conquis en 1967, mais à les coloniser sans relâche [11], on peut comprendre le désir des musulmans d'en découdre avec les juifs, considérés comme solidaires, eux, de la politique du pire menée par Sharon. Ce raisonnement, explicite ou non, pose la validité de l'équation : Sharon = Israéliens = juifs du monde entier.

---

10. Voir notamment E. Brenner, *« France, prends garde de perdre ton âme »*, Mille et Une Nuits, 2004.

11. Ce qui n'est plus tout à fait vrai depuis qu'en février 2004 Sharon lui-même a annoncé le repli des colonies israéliennes de la bande de Gaza.

En quoi les juifs français sont-ils responsables de la politique israélienne ? L'importation de l'Intifada en a ainsi décidé, mais comment des esprits de gauche, si sensibles d'habitude aux marques de racisme, en viennent-ils à accepter – même implicitement – ce déni de justice ? On doit à la vérité de dire qu'Israël ne cesse de pousser à cette confusion, que les juifs de France, pour une grande part, se sentent non seulement solidaires, mais souvent fort peu critiques de la politique d'Israël. Cependant, quand des militants juifs qui manifestent, eux, sur le pavé pour la paix en Israël, contre Sharon, pour la paix en Irak, contre Bush, sont fustigés, voire agressés, par des groupes arabo-musulmans, on saisit à l'œuvre la perversité de l'amalgame raciste : une identité juive suffit à provoquer la haine, quelles que soient les convictions de l'intéressé. Nous avons vu, dans les cortèges d'avril 2002, contre Sharon, et d'avril 2003, contre Bush, des militants juifs repoussés, injuriés, brutalisés, et des croix gammées défigurer les étoiles de David. Le service d'ordre était dépassé. Les manifestants d'extrême gauche, à quelques exceptions près, n'ont réagi que bien mollement.

Quand l'ennemi s'appelle fascisme, quand l'antisémite a pour nom Le Pen, tout est clair. Quand les injures antisémites les plus grossières, les actes antisémites les plus caractérisés, ont pour origine les représentants en France du tiers-monde, l'anti-antisémitisme pâlit, l'antisémite devient respectable. Nous retrouvons ici attitudes et comportements des mouvances antisionistes évoquées dans les chapitres précédents. La solidarité tiers-mondiste contre l'impérialisme s'est fixée sur la guerre permanente du Proche-Orient, devenue le paradigme de l'affrontement entre les forces du Mal capitaliste et la résistance valeureuse des peuples opprimés et exploités. Le néo-antisémite n'use peut-être pas des meilleures armes, du moins est-il au-dessus d'une accusation portée par les complices de l'impérialisme : un esprit révolutionnaire le comprendra. D'où résulte ce grand silence de l'extrême gauche et d'une bonne partie de la gauche sur le nouvel antisémitisme.

Silence ou contre-vérités. Une star du palmarès de la popularité, José Bové, président de la Confédération paysanne, déclare tranquillement, au retour d'un voyage en Palestine en 2002, que les incendies de synagogues en France sont télécommandés par les services secrets israéliens [12]. Une autre vedette médiatique, la candidate trotskiste Arlette Laguiller, professe, elle, péremptoire, lors de sa campagne électorale, sur France-Inter, le 4 avril 2002, que « toute la Cisjordanie est un camp de concentration ».

L'inégalité dans le rapport des forces, les images terribles de la guerre menée par Sharon, la destruction de maisons palestiniennes, révoltent l'esprit de beaucoup. Des intellectuels juifs de gauche, parmi lesquels Pierre Vidal-Naquet, Daniel Bensaïd, Gisèle Halimi, s'indignent contre tout amalgame, à la veille des manifestations contre l'antisémitisme et pour le soutien d'Israël : « Soutenir Israël ? Pas en notre nom ! » : « Alors que le nettoyage militaire bat son plein dans les territoires occupés, ce soutien prend une signification bien particulière. Prétendant parler au nom des Juifs du monde entier, les dirigeants israéliens et les porte-parole communautaires usurpent la mémoire collective du judéocide et commettent un détournement d'héritage. »

Cependant, dans le même numéro du *Monde* du 6 avril 2002, une autre façon de dénoncer les amalgames, une autre façon de refuser d'être « sharonisé », est exprimée par Ilan Greilsammer, professeur israélien, qui s'adresse à ses « amis de gauche » : « À force de condamner sans arrêt Israël, à force de critiquer tout ce que font les Israéliens de droite comme de gauche, religieux comme laïques, à force d'applaudir à tout rompre à toute déclaration d'Arafat, à force de faire semblant de croire dans toutes ses promesses, à force d'accréditer que tout le Bien se trouve dans le camp arabe et tout le Mal dans le camp israélien, les défenseurs de la juste cause palestinienne n'ont pas assez mesuré les conséquences tragiques de leur unilatéralité. » Parmi ces conséquences, Greilsammer évoque les responsabilités des intellectuels français dans l'antisémitisme : « Vous avez entretenu l'amalgame – déjà existant dans

12. *Libération*, 3 avril 2002. Quatre mois plus tard, Bové présentera ses excuses à la « communauté juive » : cf. *L'Express*, 1er mars 2004.

de nombreux esprits – entre “juif” et “israélien”, et vous avez, quoique vous vous en défendiez, donné le feu vert aux attaques antisémites dans la diaspora, en France en particulier. Aujourd'hui, l'écrasante majorité des Israéliens – pas les colons ! pas les fascistes ! pas l'extrême droite ! –, les Israéliens de la rue, mon étudiant de sciences po, mon vendeur de *fallafel*, le directeur de l'école primaire, ont désormais le sentiment qu'ils sont le dos au mur, et que ce n'est pas une lutte de libération nationale pour récupérer les territoires occupés, mais un combat antisémite visant à détruire l'État d'Israël et sa population. »

L'antisémitisme, de proche en proche, s'est trouvé déculpabilisé. On a assisté à « une libération de la parole antisémite [13] », à la levée des censures. Le 1er décembre 2003, un humoriste nommé Dieudonné caricature, dans une émission de télévision (FR3) en direct, un juif à papillotes invitant les jeunes des banlieues à « rejoindre l'axe américano-sioniste », en ponctuant sa déclamation d'un « Israël » martial, bras tendu à l'hitlérienne [14]. « Il y a quelques années, Dieudonné n'aurait pas hésité. L'ennemi des beurs, écrit Claude Askolovitch, aurait été un gros beauf lepéniste. En 2003, les évidences du comique ont changé. Qui est l'ennemi de l'Arabe ? Un juif. » Le cercle ne se limite plus à des « marginaux » ; il s'élargit. Le samedi 31 janvier 2004, c'est en présence de Bernadette Chirac, épouse du président de la République, lors d'un concert donné à Mâcon dans le cadre d'une soirée humanitaire, qu'une trentaine de jeunes Maghrébins insultent la chanteuse Shirel aux cris de « Sale juive, mort aux juifs, on vous tuera ! ».

---

13. N. Mayer et G. Michelat, « Xénophobie, racisme et antiracisme en France : attitudes et perceptions », in *Rapport de la Commission nationale consultative des droits de l'homme*, La Documentation française, 2001.

14. *Le Nouvel Observateur*, 11 décembre 2003.

La France antisémite ?

Les incendies de synagogues, les attentats contre des personnes, les graffitis injurieux, les jets de pierres contre des écoles ou des autobus d'enfants, les cris de haine poussés dans les manifestations, actes et paroles d'un autre temps, ont provoqué l'inquiétude chez les juifs de France, et jusqu'à l'angoisse chez beaucoup. Ariel Sharon, profitant de ce désarroi, les a invités à venir en nombre immigrer en Israël. Certains d'entre eux ont répondu à son invite : 2 400 en 2002, 2 000 en 2003. Rien d'un exode massif, mais le signe du moins d'une anxiété réelle. « Reste qu'aujourd'hui, écrit dans une tribune du *Monde* Éric Marty, professeur de littérature française à l'université Paris-VII, chaque bâtiment juif doit désormais être protégé, que chaque fête juive est l'occasion d'inquiétudes et d'angoisses, que se promener avec une kippa dans Paris ou en banlieue n'est pas prudent, qu'un enfant sortant de l'école peut être battu et insulté parce qu'il est juif, juif tout simplement. »

Peu de jours passent désormais sans que la « question juive » refasse surface, donne lieu aux professions de foi, aux excès de langage et de pensée. L'étranger s'en mêle, surtout la presse américaine et la presse israélienne.

Depuis surtout le refus de Jacques Chirac d'engager son pays dans la guerre préventive d'Irak voulue par George W. Bush, la France est devenue la cible favorite des journaux américains et israéliens. Rappels de l'affaire Dreyfus (en oubliant systématiquement sa conclusion), du régime de Vichy, tout a été bon pour peindre le pays de Zola, de Clemenceau, de Jaurès et de Péguy comme « viscéralement » antisémite. Tout est devenu suspect aux yeux des censeurs qui, dans le cas des États-Unis, oubliaient leurs propres égarements antisémites. En octobre 2003, un quotidien de Jérusalem, *Maariv*, va jusqu'à accuser le président de la République de montrer « le visage de l'antisémitisme français ». Pourquoi ? Parce que J. Chirac s'était opposé à l'inclusion de la condamnation des propos antisémites du Premier ministre de Malaisie,

Mathathir Mohamad, dans le communiqué final du Conseil européen, le 17 octobre. Ignorance inadmissible ou mauvaise foi délibérée ? La France et les autres États membres de l'Union européenne avaient préparé à l'unanimité un texte de condamnation, mais décidé de le publier séparé des conclusions du sommet européen. Cette démarche unanime était ainsi présentée par une dépêche de l'agence Associated Press, le 17 octobre : « Le président français Jacques Chirac a empêché l'Union européenne de conclure son sommet de deux jours vendredi par une déclaration condamnant sévèrement le Premier ministre malaisien. » La désinformation allait bon train. Il revint au maire socialiste de Paris, Bertrand Delanoë, en visite en Israël, de prendre la défense du chef de l'État, au cours d'une rencontre avec le ministre des Affaires étrangères israélien, Sylvain Shalom.

La désinformation concernant la France n'est pas le monopole des médias israéliens et américains. Elle est maniée aussi par des responsables politiques de l'État hébreu. Nathan Chtcharansky, ministre chargé de la diaspora, n'hésite pas à déclarer, le 25 janvier 2004, que les actes antisémites ont doublé en France en 2003. Il sera du reste démenti par son collègue ministre de l'Intérieur, en visite à Paris au début de février 2004, qui applaudit au combat « sans égal en Europe » mené par la France contre l'antisémitisme. Mais Michaël Melchior, vice-ministre des Affaires étrangères en 2002, n'avait pas hésité à qualifier la France de « pire pays pour l'antisémitisme [15] ». Quant à Salaï Meridor, directeur de l'Agence juive, il déclare tout net en janvier 2004 : « De plus en plus de juifs français estiment que leur avenir n'est plus dans leur pays [16]. »

« Une dialectique infernale est en œuvre, écrit Edgar Morin. L'anti-israélisme accroît la solidarité entre juifs de la diaspora et Israël. Israël lui-même veut montrer aux juifs de la diaspora que le vieil antijudaïsme européen est à nouveau virulent, que

15. *Le Figaro*, 27 janvier 2004 : « Jérusalem dénonce de nouveau une montée de l'antisémitisme en France. »

16. *Le Monde*, 27 janvier 2004.

la seule patrie des juifs est Israël, et par là même a besoin d'exacerber la crainte des juifs et leur identification à Israël.

« Ainsi les institutions des juifs de la diaspora entretiennent l'illusion que l'antisémitisme européen est de retour, là où il s'agit de paroles, d'actes ou d'attaques émanant d'une jeunesse d'origine islamique issue de l'immigration [17]. »

L'accusation portée contre Jacques Chirac était d'autant plus mal placée qu'elle visait un homme qui ne manque pas de sensibilité à cette question. Jacques Chirac, contrairement à tant d'autres hommes politiques – y compris François Mitterrand –, avait prononcé le 16 juillet 1995, au dam de l'extrême droite [18], le discours sur les responsabilités de la France dans la déportation des juifs pendant la guerre. Lors de sa campagne électorale, il avait condamné sans ambiguïté les actes antisémites, actes « inacceptables », « intolérables », comme il le clamait à Bordeaux, le 3 avril 1995 : « Je n'accepterai pas non plus que des conflits extérieurs dressent sur notre sol des Français contre des Français. Pas plus que je n'accepterai que des Français puissent se sentir menacés en raison de leur conviction ou de leur religion. » En visite à la Grande Mosquée de Paris, toujours en avril 2002, il avait déclaré devant les représentants des associations musulmanes : « La haine raciale ou religieuse, sous toutes ses formes, doit être poursuivie et réprimée avec une fermeté exemplaire. L'autorité de l'État doit être sans faille. » Rien n'y fait. La suspicion fait loi. La France est déclarée antisémite dans les journaux américains réputés les plus sérieux, sans parler des plus frivoles.

Le dimanche 21 juillet, sur le site de l'ancien Vel'd'Hiv', où la sinistre rafle des 16 et 17 juillet 1942 avait parqué près de 13 000 juifs avant leur déportation vers les camps de la mort, le Premier ministre Jean-Pierre Raffarin faisait, au-delà de l'histoire, allusion à l'actualité pour condamner « ces agres-

17. E. Morin, « Antisémitisme, antijudaïsme, anti-israélisme », *Le Monde*, 19 février 2004.

18. Le chef du Front national, Jean-Marie Le Pen, avait jugé que ce discours disqualifiait Jacques Chirac « pour exercer la plus haute charge de l'État français », *Libération*, 27 juillet 1995.

sions qui insultent notre pays. Nous poursuivrons sans relâche leurs auteurs afin qu'ils soient punis. [...] Agresser la communauté juive, c'est agresser la France, c'est agresser les valeurs de notre République qui ne peuvent laisser aucune place à l'antisémitisme, au racisme, à la xénophobie ».

En janvier 2003, lors du dîner annuel du CRIF, Raffarin répétait la résolution de son gouvernement face à la recrudescence de l'antisémitisme. « Mille deux cents CRS et gendarmes mobiles, disait-il, sont spécialement engagés sur le terrain afin de protéger les zones les plus sensibles. Des instructions ont été données aux procureurs de la République pour qu'ils exercent la plus grande vigilance sur des actes à caractère raciste et antisémite et qu'ils y réagissent avec la plus grande fermeté. » Le Premier ministre fustigeait un appel de certains membres de l'université Paris-VI pour le « non-renouvellement de l'accord de coopération universitaire entre l'Union européenne et Israël[19] ». Il condamnait aussi la diffusion de l'antisémitisme par les élèves de certaines classes de l'enseignement public.

Peu de temps après, le ministre de l'Éducation nationale Luc Ferry reprenait la question dans un entretien avec *Le Monde* : « Je crois qu'il y a aujourd'hui trois formes d'antisémitisme en France. L'antisémitisme traditionnel, hitlérien, qui peut exister dans certains partis d'extrême droite. Il est aujourd'hui résiduel et en régression[20]. Une deuxième sorte est en lien avec le conflit au Moyen-Orient ; c'est l'antisémitisme le plus inquiétant, lié à la présence d'une très forte communauté musulmane en France. Je ne dis évidemment pas que les musulmans sont antisémites ; leur religion, bien comprise, s'oppose, au contraire, à toutes les formes de racisme. Mais force est de constater que cela n'empêche pas les dérives.

---

19. Le 16 décembre 2002, le conseil d'administration de l'université Pierre-et-Marie-Curie avait adopté une motion appelant au non-renouvellement de l'accord d'association Union européenne-Israël. Une polémique s'était ensuivie, de vives protestations s'étaient élevées.

20. La profanation en avril 2004 du cimetière juif d'Herrlisheim, en Alsace, paraît en démontrer la survivance.

C'est pour cette raison qu'un professeur d'histoire-géographie est parfois interrompu quand il donne un cours sur la Shoah. Il y a enfin une tentation antisioniste qui vire parfois à l'antisémitisme, bien qu'elle vienne souvent d'intellectuels de gauche, démocrates, mais en désaccord avec la politique d'Israël. Cet antisionisme d'extrême gauche dérape parfois et déculpabilise des pulsions politiques déplaisantes. Ce fut le cas, je crois, à Paris-VI. Il faut savoir, là aussi, y résister. »

Au Congrès du 44e Congrès de la LICRA, le ministre de l'Intérieur, Nicolas Sarkozy, réaffirme : « Il n'y a aucune agression, insulte, menace, fait antisémite qui ne sera combattu avec la dernière énergie », et illustre ses paroles en donnant des chiffres : 125 agressions antisémites en 2003, soit 36 % de moins qu'en 2002 ; 71 auteurs de violences racistes et antisémites et 66 auteurs de menaces arrêtés.

Pour tardives qu'elles ont été, ces déclarations et ces mesures successives attestent que le sommet de l'État républicain a pris conscience d'une situation intolérable. La Commission Stasi, nommée par le chef de l'État pour étudier la question de la laïcité née des incidents répétés dus au port du voile par de nombreuses élèves musulmanes, n'a pas manqué d'évoquer dans son rapport final « la montée d'un nouvel antisémitisme », rappelant qu'en 2002, « parmi les actes racistes, les violences antisémites sont pour la première fois majoritaires : près de 200 actes et plus de 730 menaces antisémites ont été recensés par le ministère de l'Intérieur ».

On ne pourra plus parler du silence des autorités publiques. À l'heure où j'écris ces lignes, il est encore trop tôt pour connaître le bilan de l'action gouvernementale dans ce domaine : la fermeté politique sera-t-elle conforme à la fermeté du discours [21] ?

Chacun, en France, se plaît à le dire : s'il y a de l'antisémitisme dans le pays, la France n'est pas fondamentalement antisémite. Les hommes politiques l'affirment, les politolo-

21. Hélas au cours du premier semestre 2004, le nombre des agressions antisémites s'est révélé plus élevé (135) que dans toute l'année 2003.

gues, les sondeurs d'opinion le répètent. Nonna Mayer, étudiant les enquêtes d'opinion successives, est formelle : « Les réponses tendent plutôt à montrer que la minorité juive est de mieux en mieux acceptée dans la société française. » Encore en 1966, note-t-elle, la moitié des Français étaient hostiles « à l'idée qu'un président de la République puisse être juif ; aujourd'hui, ils sont moins d'un sur dix ». Elle observe cependant que le stéréotype associant les juifs à l'argent n'était pas mort, non plus que celui leur attribuant « une influence excessive »[22].

Les préjugés antisémites ne concernent pas uniquement la population « arabo-musulmane ». Sans doute, l'expression antijuive est globalement rare, mais quelque chose de nouveau s'est fait jour depuis un certain temps, une nouvelle sorte de tolérance qui affecte notamment les jeunes de 15 à 25 ans, si l'on en croit les sondages. Le refus de l'antisémitisme n'est plus un impératif catégorique comme pour leurs aînés. Une enquête d'opinion menée en mars 2002 par la SOFRES pour le compte de l'Union des étudiants juifs de France auprès des Français de cette tranche d'âge atteste deux faits apparemment contradictoires : la condamnation massive des actes antisémites (pour 87 %, « c'est scandaleux, l'État doit punir très sévèrement les coupables ») et l'acceptation du négationnisme chez ceux qui le professent au nom de la liberté d'opinion (51 % jugent qu'« il n'est pas normal de condamner ces personnes car chacun est libre de penser ce qu'il veut »)[23]. Les progrès de la liberté individuelle et de la tolérance ont joué simultanément en faveur de l'antiracisme et de l'indifférence à certaines formes de racisme ou d'antisémitisme.

Ce sondage laisse découvrir, malgré tout, une réalité plus réconfortante pour ce qui concerne les jeunes d'origine maghrébine. À la question de savoir si dégrader un lieu réservé aux juifs, comme une synagogue par exemple, est « très grave » : 86 % des jeunes d'origine maghrébine répondent oui (contre

22. N. Mayer, « La France n'est pas antisémite », *Le Monde*, 4 avril 2002.
23. *Libération*, 12 mars 2002.

75 % seulement pour l'ensemble des jeunes 15-25 ans) ; et à la question de savoir si traiter quelqu'un, même en plaisantant, de « sale juif », est grave, les réponses respectives sont de 54 et 44 % [24]. Cela tendrait à atténuer sensiblement l'idée si répandue d'un antisémitisme généralisé chez les Français d'origine « arabo-musulmane ». Trop souvent, les médias, la télévision surtout, privilégient les tensions, les agressions, les actes d'hostilité, plutôt que les attitudes de coexistence pacifique. Ce miroir déformant n'invente pas la poussée de l'antisémitisme, mais il n'en donne pas l'exacte mesure.

Vouloir rester équitable n'est pas minimiser le phénomène dont la France, plus que les autres pays d'Europe, est le théâtre depuis le début de la seconde Intifada. Le malaise existe ; le malaise persiste. Nul ne sait si la cohabitation des Français de diverses origines sera possible. Dans l'enquête menée auprès des 15-25 ans, 61 % le croient, mais ce pourcentage d'« intégrationnistes », note Gilles Corman, apparaît en net recul par rapport à mars 2001 (ils étaient alors 72 %). Sur cette question, il est notable qu'une fois encore les jeunes issus de l'immigration sont plus optimistes (70 % pensent que les différents groupes vivront ensemble, contre 60 % pour les Français “de souche”). Ces chiffres sont-ils autant de raisons d'espérer ? Si les actes de haine ne sont le fait que d'une minorité, ils sont trop nombreux pour être considérés comme insignifiants.

Le 16 décembre 2003 s'est tenue à la Mutualité, à Paris, une réunion d'espoir. Il s'agissait de la présentation du plan de paix de Genève que des Israéliens et des Palestiniens de bonne volonté et de belle intelligence ont conçu. À l'entrée de la salle, quelques énergumènes – preuve concrète du désir de guerre permanente – ont poussé le cri de : « Traîtres ! » N'importe ! La salle a vibré, l'espoir a lui « comme un brin de paille ». Il était dit qu'arabes et juifs n'étaient pas destinés à s'entre-tuer jusqu'à la fin des temps ; il était dit que la paix pouvait un jour renaître sur la terre de Palestine… et en France.

---

24. SOFRES, *L'État de l'opinion*, présenté par O. Duhamel et Ph. Méchet, Seuil, 2003, p. 173-191.

En février 2004, pour la première fois, un président de l'État israélien, Moshe Katzav, était reçu officiellement par la France. « Non, la France n'est pas antisémite, déclarait-il. Mais il y a des manifestations d'antisémitisme en France, comme dans d'autres pays européens, et cela nous inquiète d'autant plus que la France est à nos yeux le pays le plus démocratique et le plus attaché aux valeurs universelles [25]. »

De fait, la France a une mission particulière à remplir dans cette lutte contre l'antisémitisme. Elle est la patrie de l'émancipation des juifs et s'enorgueillit d'être la nation des droits de l'homme. Comptant dans sa population le plus fort pourcentage de juifs et de musulmans, elle est aussi le plus menacé des pays d'Europe par les retombées du conflit israélo-palestinien. Son histoire et sa situation géopolitique la situent au cœur d'un conflit qui a pris une dimension planétaire. Mais cette mission même lui interdit de ratifier la politique israélienne les yeux fermés, dans le même temps qu'elle ne peut accepter l'anti-israélisme systématique qui a pris si souvent le visage affreux de l'antisémitisme.

Car si l'on ne peut combattre celui-ci au détriment de la justice, celle qui est due aux deux peuples, israélien et palestinien, chaque citoyen est tenu d'obéir à l'impératif catégorique de l'interdiction du racisme et de l'antisémitisme. La sociologie, l'histoire ou la psychanalyse sont à même d'*expliquer* les comportements racistes et/ou antisémites, mais aucune raison morale, aucune raison politique ne peuvent les *justifier*. Il faut redonner à ce « péché vraiment capital », selon l'expression d'Étiemble, la dimension sacrée du tabou.

25. *Le Nouvel Observateur*, 12-18 février 2004.

Conclusion

Y a-t-il une originalité dans l'histoire relationnelle de la communauté historique française avec sa minorité juive ? La réponse est positive, par bien des aspects. Résumons-nous :

1. Les juifs de France sont devenus des citoyens à part entière en 1791, alors que les juifs des autres pays d'Europe devront attendre, pour la plupart, la seconde moitié du XIXe siècle. Même l'Angleterre libérale fut à la traîne : il fallut attendre l'émancipation des catholiques en 1829 pour que celle des juifs soit proposée au Parlement. Après un vif débat, la Chambre des Communes repoussa le bill d'émancipation en mai 1830 ; lorsqu'elle y acquiesça, à partir de 1833, la résistance de la Chambre haute retarda l'émancipation complète des juifs jusqu'en 1858.

Si la France a eu un rôle pionnier en Europe en faveur de l'émancipation des juifs, c'est d'abord à cause de la force qu'y a pris le mouvement des Lumières au XVIIIe siècle et de la radicalité des changements survenus à partir de 1789. À la société d'ordres et de privilèges, la Révolution française a substitué la société d'égalité civile. L'émancipation des juifs a dû attendre 1791, en raison de l'hostilité d'une partie des Constituants, mais elle découlait de la Déclaration des droits de l'homme et du citoyen : « Les hommes naissent et demeurent libres et égaux en droits... » (Article premier). Événement de taille, événement unique en Europe : « La France, écrivait Samuel Lévy, qui a été la première à éteindre la honte de Jéhouda, est notre Palestine, ses montagnes sont notre Sion, ses fleuves notre Jourdain [...]. La liberté n'a qu'une langue, et tous les hommes savent son alphabet. La nation la plus asservie priera pour celle qui a délié les chaînes des esclaves. La France est le refuge des opprimés [1]. »

Les armées révolutionnaires et napoléoniennes ont amené derrière elles, en Hollande, en Italie, en Suisse, en Allemagne, l'émancipation d'après le modèle français. Celle-ci connut un sort éphémère en raison de la défaite finale de Napoléon, sauf en Hollande. La victoire de la contre-Révolution européenne en 1815 arrêta le mouvement général d'émancipation. Il faudra attendre le deuxième choc libéral de 1848 pour qu'il reparte de l'avant.

Dans cette histoire européenne, la France de la Révolution avait joué un rôle décisif. Le régime bonapartiste avait bien imposé des restrictions (le « décret infâme »), l'émancipation des juifs ne fut pas pour autant remise en question, ni sous la Restauration, ni sous la monarchie de Juillet, qui compléta le dispositif en acceptant de rémunérer les rabbins au même titre que les prêtres et les pasteurs.

L'antériorité française est à replacer dans le contexte général de l'émancipation de l'État et des citoyens au regard du pouvoir tutélaire de l'Église catholique sur la société française. Ce n'est pas le moment de la « déchristianisation » sous la Terreur qui profita aux juifs, puisque ceux-ci furent également victimes des fureurs antireligieuses ; ce sont les principes de liberté religieuse et d'égalité devant la loi, proclamés en 1789, qui leur ont ouvert la voie d'une citoyenneté sans conteste.

S'il est de bon ton, sous la plume de certains, aujourd'hui, d'imputer aux Lumières l'origine de l'antisémitisme moderne, l'histoire montre, au contraire, que cette philosophie des Lumières, dont la Révolution française est pénétrée, a fait des juifs des Français *comme les autres*. Au long du XIXe siècle, leur ascension sociale, l'émergence de leurs élites et la place qu'elles ont prise dans l'État et dans la nation, ont suscité force admiration à l'étranger pour le franco-judaïsme : « Heureux comme Dieu en France. »

1. Cité par S. Doubnov, *Histoire moderne du peuple juif*, *op. cit.*, p. 127.

2. Pays pionnier de l'émancipation, la France n'a pas pour autant échappé à l'antisémitisme – un antisémitisme particulier. Celui-ci a d'abord été une idéologie des vaincus. La vieille société patriarcale et catholique, bouleversée par la Révolution, a accueilli l'antisémitisme comme un système d'explication à ses malheurs. À qui profitait le crime ? À qui était nécessaire la Révolution, et puis la naissance de la société moderne, industrielle, urbaine, sécularisée ? La théorie du complot offrait la réponse : aux juifs émancipés et entrés progressivement dans les diverses strates de la société et de l'État. Grâce à la franc-maçonnerie, leur instrument de conquête, ils ont pu, selon leurs adversaires, abattre définitivement les régimes monarchiques, instaurer la République laïque, entreprendre la « décatholicisation » du pays. L'antisémitisme des journaux catholiques, au premier chef *La Croix* et *Le Pèlerin*, trahissait le dépit d'un catholicisme doublement vaincu, par la Révolution et par l'installation de la « République des républicains ». *La France juive* d'Édouard Drumont exprime à sa manière la nostalgie de l'ancienne France – avec d'autres considérations, il est vrai.

La grande vague d'antisémitisme européen partie de Russie au début des années 1880 correspond aux années où la IIIe République s'installe, décidée à rompre définitivement avec le pouvoir social et politique de l'Église catholique. La liberté de conscience, la loi sur le divorce, la laïcisation de l'École, autant de décisions du régime républicain où ses adversaires ont dénoncé la main des juifs.

Cependant, l'antisémitisme exerce une autre fonction, complémentaire, à partir des années 1890, lorsque se développe en France un mouvement nationaliste qui connaît son acmé avec l'affaire Dreyfus. Ce nationalisme réunit, outre les vaincus des mutations économiques et des révolutions politiques, tous les adversaires de la République parlementaire. Les uns et les autres puisent leur inspiration dans le discours de la décadence qui a commencé à prendre forme après la défaite militaire de la France devant la Prusse en 1871 et l'échec définitif des restaurations monarchiste ou bonapartiste dont l'espoir s'effondra avec le général Boulanger. Ce mouvement nationaliste sans unité se trouva un drapeau commun dans l'antisémitisme. Il permettait d'unir les protestataires contre une République parlementaire accusée de toutes les faiblesses et de toutes les corruptions, « République juive » ou « judéo-maçonnique ».

La définition claire de l'identité nationale passait par la désignation d'une altérité *essentielle* ; l'image du juif fut utilisée comme négatif. C'est en face du juif, accablé de toutes les accusations, censé coloniser la presse, l'Université, la haute fonction publique, voire l'armée, et, bien sûr, les affaires, que le nationaliste français affirmait son identité, par sa culture et son ascendance substantiellement catholiques et par une histoire qui le distinguait radicalement du juif. La fonction identitaire de l'antisémitisme s'exerçait sur tout le continent européen ; il surprenait davantage en France, où l'État-nation était solidement établi. C'est l'affaire Dreyfus qui cristallisa cette affirmation d'identité nationaliste, dans les temps où la France, mutilée de l'Alsace-Lorraine, vivait toujours dans l'obsession de son vainqueur germanique. Les nationalistes entendirent faire la preuve par Dreyfus que les juifs n'étaient pas de vrais Français, mais des espions au service de l'Allemagne, des alliés du Reich, dont les patriotes devaient réduire la malfaisance.

Au croisement des deux flux, contre-révolutionnaire et nationaliste, l'affaire Dreyfus porta ainsi au paroxysme les passions antijuives. Mais, par ses conclusions, la victoire définitive de la justice et la mise au pas des nationalistes et des militaristes, l'affaire Dreyfus eut pour effet de prohiber moralement et politiquement l'antisémitisme. Les républicains de gauche comme de droite, qui avaient pu partager les préjugés courants contre les juifs, considérèrent l'antisémitisme comme interdit. Bien des socialistes, en effet, de Fourier à Jaurès, de Toussenel à Proudhon, avaient pu tenir, peu ou prou, des propos antisémites, selon le mythe du Capitalisme juif (mythe, parce que les juifs, présents dans la banque et les affaires, n'en ont jamais eu le monopole). Cet antisémitisme « économique » ne sera pas complètement éradiqué des organisations de gauche – et notamment du syndicalisme –, du moins sera-t-il marginalisé et considéré par la majorité comme une maladie honteuse. Désormais, la localisation de la haine antijuive se fixe à l'extrême droite de l'éventail politique, particulièrement dans les rangs de l'Action française, où Maurras en fait un des piliers de son « nationalisme intégral ».

Il est surprenant de lire aujourd'hui dans des articles, des livres, des manuels scolaires étrangers, que l'affaire Dreyfus ne fut qu'une explosion d'antisémitisme – les auteurs de ces publications s'attardant ou se limitant à la condamnation du capitaine, au débordement de passion antijuive de la part des antidreyfusards, aux manquements de l'état-major aux principes du droit, tout en omettant d'écrire la fin de l'histoire, la réhabilitation de Dreyfus, sa réintégration et sa promotion dans l'armée ; en oubliant la mobilisation des intellectuels français, d'Émile Zola à Anatole France, d'Émile Duclaux, directeur de l'Institut Pasteur, au jeune Charles Péguy ; en passant sous silence l'action des deux plus grandes figures de la politique française de l'époque, Georges Clemenceau et Jean Jaurès, inlassables militants de la cause dreyfusienne.

Le philosophe Emmanuel Levinas rapporte le propos que suggérait à son grand-père la conclusion de l'Affaire : « Un pays qui se déchire, qui se divise pour sauver l'honneur d'un petit officier juif, c'est un pays où il faut rapidement aller [2]. »

La Grande Guerre, où tant de juifs sont morts « pour la patrie », a paru sceller définitivement le sort des juifs de France à la République française. En Allemagne vaincue, l'antisémitisme se renforça, devenant le thème de ralliement des nationalistes. Le Rhin devait-il être aussi la ligne de démarcation idéologique entre les deux pays ? C'était compter sans les effets de la grande crise des années 1930, qui déstabilisa les institutions françaises dans le temps où le national-socialisme s'imposait en Allemagne. Les antidreyfusards allaient-ils prendre leur revanche, renforcés par les admirateurs de Hitler ? Face à leurs menaces, les Français portèrent au pouvoir, en 1936, le Rassemblement populaire, dont le chef était un socialiste juif,

2. Cité par J. Daniel, *La Prison juive*, Odile Jacob, 2004, p. 68.

Léon Blum. À l'heure où en Allemagne sévissaient les lois de Nuremberg, les Français faisaient pour la première fois d'un juif leur chef de gouvernement.

Pourtant, les hommes des ligues, les fidèles de Maurras, les nationalistes et les fascistes, sans grand poids électoral, tinrent bientôt l'occasion de s'imposer : la défaite française de 1940 et l'armistice amenèrent la création d'un nouveau régime sous surveillance allemande, l'État français, présidé par le maréchal Pétain.

3. La Seconde Guerre mondiale plaça la France dans une situation singulière : en dehors de la Norvège, elle fut le seul pays vaincu auquel Hitler ménagea un semblant de souveraineté. La conjugaison de l'antisémitisme nazi et du vieil antisémitisme « maurrassien » eut des effets terribles. La prétendue « révolution nationale » de Vichy affirma très vite son caractère antidémocratique, xénophobe et antisémite. Précédant la volonté des nazis, le régime de Pétain décréta un Statut des juifs en octobre 1940, renforcé par un second Statut en mars 1941 – décisions juridiques par lesquelles l'émancipation de 1791 était anéantie. Révoqués, interdits, dépossédés, les juifs furent bientôt les victimes de la politique d'extermination de Hitler. Les antisémites proches de Pétain, nourris de Maurras, défendaient, à l'instar de Xavier Vallat, commissaire aux questions juives, le principe d'un « antisémitisme d'État » – la mise en surveillance des juifs, leur dénaturalisation, leur licenciement de la fonction publique, leur exclusion des moyens de communication et autres discriminations –, sans partager la vision raciste des nazis. Du moins en théorie. Car le régime de Vichy fut solidaire dans les faits des exécuteurs de la Solution finale. Longtemps, l'historiographie française a passé sous silence, par ignorance ou par honte, ce que fut le rôle d'un René Bousquet, secrétaire général de la police de Vichy, dans les grandes rafles de l'été 1942. Plus gravement que les délires des Céline, des Brasillach, des Drieu La Rochelle, des Rebatet, qui ont déshonoré la littérature française, c'est l'action bureaucratique et policière de Vichy qui aura déshonoré la France elle-même.

La France officielle d'alors, oubliant les droits de l'homme et les engagements de la Révolution, en était arrivée à se faire la complice de la machine d'extermination hitlérienne. De cette infamie, qui fut longtemps ignorée ou occultée, la France a tiré un complexe de culpabilité, qui s'exaspéra lors du second septennat de François Mitterrand, ancien « vichysto-résistant » (Jean-Pierre Azéma), dont l'amitié durable avec René Bousquet fit scandale. Alors que les nouvelles générations revendiquaient le « devoir de mémoire » et que l'historiographie de Vichy s'enrichissait et se diffusait, le malaise s'installait dans les esprits. La repentance était d'actualité. L'extrême droite, regonflée sous la houlette de Jean-Marie Le Pen, s'enflammait et exhibait dans ses cortèges l'effigie de Pétain. Il appartint à Jacques Chirac de trancher : oui, la France avait des responsabilités dans l'arrestation et la déportation des juifs pendant la guerre. Certes, il s'agissait de la France pétainiste, ce n'était pas toute la France, et une autre France – « libre » – se battait contre elle, mais cette France de Vichy n'était pas tombée du ciel. Fille de la défaite, elle était aussi le produit d'une vieille tradition réactionnaire *sui generis*. De son côté, l'Église de France, dans sa solennelle « Déclaration de repentance » de 1997, confessait que son « silence » au cours des années 1940-1944, fut une « faute ».

4. Après avoir réparé les lacunes d'une mémoire incertaine, on a pu croire à l'apaisement. Non. Le malaise, en partie dissipé par la reconnaissance du passé, reprit sa gravité, au tournant du siècle, quand la France fut touchée de plein fouet par la nouvelle vague de judéophobie – du fait, cette fois, de sa situation d'ancienne puissance coloniale : les nombreux actes antisémites répertoriés provenaient désormais de certains groupes « issus de l'immigration ». L'interminable conflit israélo-palestinien, les échecs successifs des négociations de paix au Proche-Orient, la seconde Intifada, les images de guerre transmises par les télévisions, ont entraîné une tension toujours plus vive entre les minorités juives, en général solidaires d'Israël, et musulmanes, solidaires des Palestiniens. Un double et redoutable « nationalisme diasporique » – arabo-

musulman et juif – monte en puissance. De nombreuses nuances doivent être apportées à ce dualisme : nombre de Français d'origine maghrébine, comme Malek Boutih, ancien président de SOS-Racisme, n'ont cessé de combattre l'antisémitisme des groupes arabo-musulmans ; parallèlement, de nombreux juifs de France se font les critiques, à l'instar de l'historien Pierre Vidal-Naquet, d'un État israélien qui pérennise la colonisation et paraît ne voir sa survie que dans la puissance des armes. Mais, quelles que soient les nuances, la judéophobie pro-palestinienne a créé en France un climat oublié depuis un demi-siècle. Le « Mort aux juifs ! » poussé dans les manifestations, les injures peintes sur les murs, les incendies de synagogues, les agressions physiques : il y avait bien là du jamais vu depuis les années noires ; il y a bien là de quoi refaire naître la peur au sein de la minorité juive.

La lugubre chronique des actes antisémites commis par des « Palestiniens par procuration » (É. Barnavi), la France n'en a certes pas le monopole. Mais la France y est particulièrement exposée, d'abord parce qu'elle compte la population arabo-musulmane et la population juive les plus nombreuses d'Europe.

La culpabilité postvichyste a laissé place à la culpabilité postcoloniale. La minorité musulmane, où se recrutent les insulteurs des juifs, provient principalement des trois anciens départements d'Algérie. À l'humiliation coloniale séculaire dont leurs ascendants furent victimes, s'est ajouté le drame de la guerre d'Algérie. Enfin, une discrimination de fait, concernant l'emploi et l'habitat, a fait de ces minorités des exclus. L'antisémitisme, du coup, a cessé d'être l'étendard des nationalistes français en mal d'identité ; il est devenu l'expression de la révolte des victimes de l'homme blanc. C'est ainsi que des Français, ni juifs ni musulmans, ont pu renoncer à l'impératif catégorique de l'après-Auschwitz (ne jamais laisser un acte antisémite sans réplique), pour prêter l'oreille aux maladresses du révolté, fruit des œuvres perfides du colonialisme français.

C'est ce malaise sans doute qui explique un certain retard dans les réactions de l'État, sous Lionel Jospin et sous Jean-Pierre Raffarin. Réactions qui ont eu lieu, cependant ; affirmations haut et fort que la France n'est pas antisémite ; poursuites et condamnations des coupables… Mais la répression est impuissante à changer les esprits. Là-bas, la guerre continue, la liste des attentats s'allonge, le mur de séparation s'achève. Ce mur continuera-t-il à grandir ici même, en France ?

Le règlement de la question palestinienne fera-t-il taire cet antisémitisme d'importation ? Le conflit du Proche-Orient l'a fait naître ; on peut espérer que, la paix venue, il s'éteindra progressivement. La création d'un État palestinien indépendant, tel qu'il a été prévu par les négociateurs de Camp David en juillet 2000 – avant l'échec ; tel qu'il a été proposé par les « accords de Genève » sur un plan proposé en 2003 par des personnalités palestiniennes et israéliennes, devrait être le signal. Israéliens et Palestiniens trouveront-ils des représentants capables de vaincre les obstacles – et d'abord les extrémistes de part et d'autre ? Cela paraît aujourd'hui douteux. Comme le dit Élie Barnavi, il faut un arbitre, « une intervention internationale massive » – mais, ajoute l'ancien ambassadeur d'Israël à Paris, « tout cela n'est pas pour demain »[3]. En se perpétuant, la situation de guerre au Proche-Orient risque d'entretenir les tensions dans le monde, là surtout où coexistent les deux « communautés » juive et musulmane.

La France, dans cette configuration, n'est qu'un acteur secondaire. La nouvelle judéophobie a une dimension internationale, dont elle n'est qu'une province. Mais il serait trop commode de partir de ce postulat pour ne rien faire. L'attitude des Français face à cette nouvelle « question juive » est devenue un test de cohérence pour notre démocratie.

5. La détérioration des relations franco-israéliennes depuis 1967 n'a cessé de peser sur les relations entre juifs et non-juifs ; la situation internationale depuis l'année 2000 a encore accentué la différence des points de vue entre les uns et les autres.

Un sondage de la SOFRES nous apprend, en mai 2004, que les Français ont une image négative d'Israël (48 % contre

3. É. Barnavi, « Où en est Israël ? », *Le Débat*, janv.-fév. 2004, n° 128.

38 % de réponses favorables) ; du côté israélien, alors que les États-Unis sont plébiscités (91 %), la France, en queue de peloton avec l'Allemagne, n'obtient que 21 % de réponses positives. Un malentendu profond s'est instauré entre les opinions publiques des deux pays. Les Français estiment, à l'instar des autres Européens, que la politique de force d'Ariel Sharon mène au pire ; les images des violences perpétrées par Tsahal et diffusées sur les écrans de télévision révulsent. Certes, le droit à l'existence de l'État hébreu, la protection de ses habitants contre un terrorisme aveugle, qui transforme la vie quotidienne de chacun en enfer, justifie, comme disait Sartre, le droit de se défendre. À condition que, parallèlement, on sente de la part de l'État juif une volonté de paix exprimée en actes. En maintenant leurs colonies sur les territoires occupés et en leur donnant, selon toute apparence, un statut de pérennité, les gouvernements d'Israël semblent dans l'incapacité d'entrer résolument dans un vrai processus de paix.

Les Israéliens, de leur côté, ont le sentiment d'une trahison française. Le refus de Jacques Chirac de suivre les Américains dans la guerre d'Irak en 2003 – et la rancune même des Américains contre la France – a encouragé l'hostilité de l'opinion israélienne. Il s'y ajoute un dépit : celui d'avoir été (en apparence) abandonné par le pays même qui fut le protecteur d'Israël depuis ses origines et qui a choisi (toujours en apparence) l'*autre* camp.

La précarité de la société israélienne, hantée par les menaces du terrorisme, isolée à la face du monde et accrochée au tuteur américain, émeut tout naturellement les juifs français. Dans toute situation dramatique, le manichéisme prévaut. S'il n'y a pas eu de rupture entre les juifs français (ceux qui sont représentés par les organisations officielles) et le reste de la population, il est notable qu'un malentendu existe entre les uns et les autres. Les juifs ont une notion *physique* de leur survie – et, du même coup, de la survie d'Israël, leur ultime garant politique, leur refuge éventuel, là où déjà nombre d'entre eux ont des parents. Les Français non juifs considèrent la question du Proche-Orient de manière plus froide, plus abstraite pourrait-on dire. Les premiers sont portés à soutenir spontanément le gouvernement israélien, les seconds se refusent à donner leur quitus sans examen. Cette différence de situation, de sensibilité et de perception, crée sans doute une distance, voire une incompréhension, entre juifs et non-juifs.

Sur le plan diplomatique, il est nécessaire pour la France et pour la bonne santé des relations entre juifs et non-juifs que la République n'apparaisse plus comme l'ennemie d'Israël. Il est légitime de critiquer la politique de l'État hébreu comme de n'importe quel autre État. Mais il est indispensable de rappeler une fidélité ostensible à ce qui a été la politique française depuis 1948 : l'assurance que l'existence d'Israël et la sécurité de ses habitants n'est passible d'aucune révision ; que les critiques mêmes adressées aux gouvernements de Jérusalem ont pour finalité la paix et la coexistence pacifique entre Israéliens et Palestiniens ; enfin, que l'amalgame est interdit entre Israéliens et juifs de France.

Ce n'est pas la première fois qu'en France une crise antisémite se révèle le symptôme d'une crise démocratique, dont l'élection présidentielle de 2002 a été l'un des révélateurs. Quand la République vacille, les juifs sont les premiers touchés. Aujourd'hui, la crise vient notamment de la difficulté à intégrer une population immigrée ou issue de l'immigration mal scolarisée, marginalisée, trop souvent discriminée – terreau sensible aux propagandes communautaires, antirépublicaines et anti-occidentales. Dans cette crise, outre les initiatives politiques nécessaires et trop longtemps défaillantes, chacun, à sa place, est concerné. Esprit d'ouverture, écoute de l'autre, pédagogie incessante, responsabilité assumée des médias, vigilance face au racisme et à l'antisémitisme, en même temps que fermeté sur les valeurs de la laïcité qui seules permettent le vivre-ensemble, au-delà des différences respectées. Immense défi : le relever est le prix de la pacification française.

Orientation bibliographique

De l'immense littérature concernant l'objet de ce livre, on ne retiendra que les titres qui ont servi le plus directement à ce travail.

Ouvrages généraux sur les juifs de France

ATTIAS, Jean-Pierre, et BENBASSA, Esther, *Les Juifs ont-ils un avenir ?*, Hachette, « Pluriel » , 2002.

BARNAVI, Élie, ROSENZWEIG, Luc, *La France et Israël*, Perrin, 2002.

BECKER, Jean-Jacques, et WIEVIORKA, Annette (dir.), *Les Juifs de France*, Liana Lévy, 1998.

BENBASSA, Esther, *Histoire des Juifs de France*, Seuil, « Points Histoire », 1998 (nouvelle édition revue et mise à jour en 2000).

BIRNBAUM, Pierre, *Destins juifs, de la Révolution française à Carpentras*, Calmann-Lévy, 1995.

–, *Les Fous de la République*, Seuil, « Points Histoire », 1994.

BLUMENKRANZ, Bernhard (dir.), *Histoire des Juifs en France*, Toulouse, Privat, 1972.

BOURDREL, Philippe, *Histoire des Juifs de France*, Albin Michel, 1974, 2 vol.

CABANEL, Patrick, *Juifs et protestants en France, les affinités électives, XVIe-XXIe siècle*, Fayard, 2004.

DARMESTETER, James, *Coup d'œil sur l'histoire du peuple juif*, Librairie nouvelle, 1880.

DOUBNOV, Simon, *Histoire moderne du peuple juif* (préface de Pierre Vidal-Naquet), Cerf, 1994.

GRAETZ, Michael, *Les Juifs en France au XIXe siècle. De la Révolution française à l'Alliance israélite universelle*, Seuil, « L'Univers historique », 1989.

GREEN, Nancy, *Les Travailleurs immigrés juifs à la Belle Époque : le « Pletzl » de Paris*, Fayard, 1985.

Les Juifs, par Paul Claudel, RP Bonsirven, André Spire, R. Montagne, René Schwob, G. Cattaui, L^t^-C^l^ E. Mayer, D. de Rougemont, R. Dupuis, R. Postal, Simon Lando, Jacques Maritain, Plon, 1937.

HALÉVY, Léon, *Résumé de l'histoire des Juifs modernes*, Lecointe, 1828.
LANDAU, Philippe-E., *Les Juifs de France et la Grande Guerre*, CNRS Éditions, 1999.
PHILIPPE, Béatrice, *Être juif dans la société française*, Montalba, 1979.
RABI (pseudonyme de Rabinovitch, Wladimir), *Anatomie du judaïsme français*, Éditions de Minuit, 1962.
SCHNAPPER, Dominique, *Juifs et Israélites*, Gallimard, « Idées », 1980.
WEINBERG, David H., *Les Juifs à Paris de 1933 à 1939*, Calmann-Lévy, 1974.
WORMSER, Georges, *Français israélites, une doctrine, une tradition, une époque*, Éditions de Minuit, 1963.

Personnalités juives

BERGERON, Louis, *Les Rothschild et les Autres*, Perrin, 1991.
GREILSAMMER, Ilan, *Blum*, Flammarion, 1996.
KAPLAN, Jacob, *Justice pour la foi juive*, Cerf, 1995.
KASPI, André, *Jules Isaac ou la Passion de la vérité*, Plon, 2002.
LACOUTURE, Jean, *Léon Blum*, Seuil, 1977.
–, *Mendès France*, Seuil, 1981.
LAURENT, Sébastien, *Daniel Halévy*, Grasset, 2001.
ORIOL, Philippe, *Bernard Lazare*, Stock, 2003.
POSENER, S., *Adolphe Crémieux (1796-1880)*, Félix Alcan, 1932.

L'émancipation

ABBÉ GRÉGOIRE, *Essai sur la régénération physique, morale et politique des Juifs*, Stock, 1988.
DOHM, C.W., *De la réforme politique des Juifs*, 1782.
FEUERWERKER, David, *L'Émancipation des Juifs en France*, Albin Michel, 1976.
GIRARD, Patrick, *La Révolution française et les Juifs*, Robert Laffont, 1989.
HERMON-BELOT, Rita, *L'Abbé Grégoire. La politique et la vérité* (préface de Mona Ozouf), Seuil, « L'Univers historique », 2000.
HERZTBERG, Arthur, *The French Enlightenment and the Jews*, Columbia University Press, 1968.

Antisémitisme, négationnisme

« Antisémitisme et Négationnisme dans le monde arabo-musulman : la dérive », *Revue d'histoire de la Shoah*, Centre de documentation juive contemporaine, n° 180, janv.-juin 2004.
ARENDT, Hannah, *Sur l'antisémitisme*, Calmann-Lévy, 1973.
BIRNBAUM, Pierre, *« La France aux Français ». Histoire des haines nationalistes*, Seuil, 1993.

BLANC DE SAINT-BONNET, A., *Restauration française*, Tournai, Casterman, 1872 (nouvelle édition).
BRENNER, Emmanuel (dir.), *Les Territoires perdus de la République*, Mille et Une Nuits, 2002.
BRICE, Catherine, et MICCOLI, Giovanni (dir.), *Les Racines chrétiennes de l'antisémitisme politique (fin XIXe-XXe siècle)*, École française de Rome, 2003.
CHEVALIER, Yves, *L'Antisémitisme*, Cerf, 1988.
COHN, Norman, *Histoire d'un mythe. La « Conspiration juive » et les Protocoles des Sages de Sion*, Gallimard, 1967.
CRAPEZ, Marc, *L'Antisémitisme de gauche au XIXe siècle*, Berg International Éditeurs, 2002.
DRUMONT, Édouard, *La France juive*, Édition populaire, Victor Palmé, 1890, Marpon et Flammarion, 1886, 2 vol.
FOURIER, Charles, *Le Nouveau Monde industriel et sociétaire*, rééd. Anthropos, 1966.
FRESCO, Nadine, *Fabrication d'un antisémite*, Seuil, 1999.
IGOUNET, Valérie, *Histoire du négationnisme en France*, Seuil, 2000.
JOLY, Laurent, *Darquier de Pellepoix et l'Antisémitisme français*, Berg International Éditeurs, 2002.
MILLMAN, Richard, *La Question juive entre les deux guerres. Ligues de droite et antisémitisme en France*, Armand Colin, 1992.
POLIAKOV, Léon, *Histoire de l'antisémitisme de Voltaire à Wagner*, Calmann-Lévy, 1968.
–, *De l'antisionisme à l'antisémitisme*, Calmann-Lévy, 1969.
PROUDHON, Pierre-Joseph, *Césarisme et Christianisme*, Marpon et Flammarion, 1883.
Proudhon (Carnets de P.-J.), édit. P. Haubtmann, Rivière, 1961.
Rapport de la Commission nationale consultative des droits de l'homme, La Documentation française, 2001.
SCHOR, Ralph, *L'Opinion française et les Étrangers en France 1919-1939*, Publications de la Sorbonne, 1985.
–, *L'Antisémitisme en France pendant les années trente*, Bruxelles, Complexe, 1992.
SOUCHARD, Maryse *et al.*, *Le Pen. Les Mots. Analyse d'un discours d'extrême droite*, Le Monde Éditions, 1997.
SOURY, Jules, *Campagne nationaliste 1894-1901*, Plon-Nourrit, 1902.
TAGUIEFF, Pierre-André, *Les Protocoles des Sages de Sion, un faux et ses usages dans le siècle*, Berg International Éditeurs, 1992, 2 vol.
–, *La Nouvelle Judéophobie*, Mille et Une Nuits, 2002.
TOUSSENEL, Alphonse, *Les Juifs rois de l'époque*, rééd. Marpon et Flammarion, 1886, 2 vol.
VACHER DE LAPOUGE, Georges, *L'Aryen, son rôle social*, A. Fontemoing, 1899.
VIDAL-NAQUET, Pierre, *Les Assassins de la mémoire*, La Découverte, 1987.
UEJF/SOS RACISME, *Les Antifeujs. Le Livre blanc des violences antisémites en France depuis septembre 2000*, Calmann-Lévy, 2002.

WINOCK, Michel, *Nationalisme, Antisémitisme et Fascisme en France*, Seuil, « Points Histoire », 1990 (nouvelle édition 2004).

Les catholiques

AIRIAU, Paul, *L'Antisémitisme catholique aux XIXe et XXe siècles*, Berg International Éditeurs, 2002.
BECKER, Annette (dir.), *Juifs et Chrétiens : entre ignorance, hostilité et rapprochement (1898-1998)*, Édition du Conseil scientifique de l'université Charles-de-Gaulle-Lille-III, 2002.
FÉRENZY, Oscar de, *Les Juifs, et nous chrétiens*, préfacé par le RP Devaux, Flammarion, 1935.
LAUDOUZE, André, *Dominicains français et Action française*, Les Éditions ouvrières, 1989.
LAURENTIN, René, *L'Église et les Juifs à Vatican II*, Casterman, 1967.
LEROY-BEAULIEU, Anatole, *Israël chez les nations*, rééd. Calmann-Lévy, « Diaspora », 1983.
MARITAIN, Jacques, *L'Impossible Antisémitisme*, précédé de *Jacques Maritain et les Juifs*, par P. Vidal-Naquet, Desclée de Brouwer, 2003.
MAYEUR, Françoise, *« L'Aube », étude d'un journal*, Cahiers de la Fondation nationale de sciences politiques, Armand Colin, 1966.
MAYEUR, Jean-Marie, *Un prêtre démocrate, l'abbé Lemire (1853-1928)*, Casterman, 1969.
MONTUCLARD, Maurice, *Conscience religieuse et Démocratie*, Seuil, 1965.
PIERRARD, Pierre, *Les Chrétiens et l'Affaire Dreyfus*, Éditions de l'Atelier, 1998.
–, *Louis Veuillot,* Beauchesne, 1998.
–, *Juifs et Catholiques français, d'Édouard Drumont à Jacob Kaplan 1886-1994*, Cerf, 1997.
–, *Juifs et Catholiques français*, Fayard, 1970.
SAVRET-SAADA, Jeanne (en collaboration avec Josée Contreras), *Le Christianisme et ses juifs (1800-2000)*, Seuil, 2004.
SORLIN, Pierre, *« La Croix » et les Juifs*, Grasset, 1967.
RÉMOND, René, et POULAT, Émile (dir.), *Cent Ans d'histoire de « La Croix » (1883-1983)*, Le Centurion, 1988.
VERDÈS-LEROUX, Jeannine, *Scandale financier et Antisémitisme catholique*, Le Centurion, 1969.
VEUILLOT, Louis, *Œuvres complètes*, P. Lethielleux, 1936.

L'Algérie

ABITBOL, Michel, *Le Passé d'une discorde : Juifs et Arabes depuis le VIIe siècle*, Perrin, 1999.
ANSKY, Michel, *Les Juifs d'Algérie du décret Crémieux à la Libération*, Éditions du CDJC, 1950.

COHEN, Jacques, *Les Israélites de l'Algérie et le Décret Crémieux*, Paris, 1900.
DERMENJIAN, Geneviève, *La Crise anti-juive oranaise (1895-1905)*, L'Harmattan, 1986.
GANIAGE, Jean, *Histoire contemporaine du Maghreb*, Fayard, 1994.
JULIEN, Charles-André, *Histoire de l'Algérie contemporaine*, PUF, 1964.
FOREST, Louis, *La Naturalisation des Juifs algériens et l'Insurrection de 1871*, Société française d'imprimerie et de librairie, 1897.
MARTIN, Claude, *Les Israélites algériens de 1830 à 1902*, Éditions Hérakles, 1936.
MEYNIÉ, G., *L'Algérie juive*, Albert Savine Éditeur, 1887.
STORA, Benjamin, *Histoire de l'Algérie coloniale (1830-1954)*, La Découverte, 1991.
MONTAGNON, Pierre, *Histoire de l'Algérie*, Pygmalion, 1998.

Affaire Dreyfus

BARRÈS, Maurice, *Scènes et Doctrines du nationalisme*, Plon, 1925, 2 vol.
BIRNBAUM, Pierre, *Le Moment antisémite. Un tour de France en 1898*, Fayard, 1998.
BIRNBAUM, Pierre (dir.), *La France de l'affaire Dreyfus*, Gallimard, 1994.
BRUNETIÈRE, Ferdinand, *Après le Procès. Réponse à quelques « intellectuels »*, Perrin, 1898.
CLEMENCEAU, Georges, *Vers la réparation*, Mémoire du Livre, 2003.
DARLU, Alphonse, *M. Brunetière et l'Individualisme*, Armand Colin, 1898.
DROUIN, Michel (dir.), *L'Affaire Dreyfus de A à Z*, Flammarion, 1994.
JOLY, Bertrand, *Dictionnaire biographique et géographique du nationalisme français (1880-1900)*, Honoré Champion, 1998.
MARRUS, Michael R., *Les Juifs de France à l'époque de l'affaire Dreyfus*, Calmann-Lévy, 1972.
QUILLARD, Pierre, *Le Monument Henry*, Stock, 1899.
THOMAS, Marcel, *Esterhazy ou l'Envers de l'affaire Dreyfus*, Vernal/Philippe Lebaud, 1989.

Vichy, l'Occupation, le génocide

AZÉMA, Jean-Pierre, *De Munich à la Libération (1938-1944)*, Seuil, 1979 (nouvelle édition, postface inédite, 2002).
BADINTER, Robert, *Un antisémitisme ordinaire. Vichy et les avocats juifs (1940-1944)*, Fayard, 1997.
BARUCH, Marc-Olivier, *Servir l'État français : la haute fonction publique sous Vichy*, Fayard, 1997.
BÉDARIDA, François, *Le Génocide et le Nazisme*, Presse-Pocket, 1992.

BILLIG, Joseph, *Le Commissariat général aux questions juives (1941-1944)*, Éditions du CDJC, 1955-1957.

BURRIN, Philippe, *Ressentiment et Apocalypse. Essai sur l'antisémitisme nazi*, Seuil, « XXe siècle », 2004.

–, *La France à l'heure allemande (1940-1944)*, Seuil, 1995, et « Points Histoire », 1997.

COHEN, Asher, *Persécutions et Sauvetages. Juifs sous l'Occupation et sous Vichy*, Cerf, 1993.

CONAN, Éric, et ROUSSO, Henry, *Vichy, un passé qui ne passe pas*, Fayard, 1994.

DIOUDONNAT, P.-M., *Je suis partout 1930-1944*, La Table ronde, 1973.

FORO, Philippe, *L'Antigaullisme. Réalités et représentations (1940-1953)*, Honoré Champion, 2003.

La France et la Question juive 1940/1944, Actes du colloque du Centre de documentation juive contemporaine (1979), Éditions Sylvie Messinger, 1981.

FRIEDLÄNDER, Saul, *Quand vient le souvenir…* , Seuil, « Points », 1998.

Le Genre humain, *Le Droit antisémite de Vichy*, n° 30-31, Seuil, 1996.

HILBERG, Raul, *La Destruction des Juifs d'Europe*, Fayard, 1988, rééd. « Folio-Histoire », 1992, 2 vol.

JOLY, Laurent, *Xavier Vallat. Du nationalisme chrétien à l'antisémitisme d'État (1891-1972)*, Grasset, 2001.

KASPI, André, *Les Juifs pendant l'Occupation*, Seuil, 1991 (nouvelle édition revue et mise à jour, « Points Histoire », 1997).

KLARSFELD, Serge, *Vichy-Auschwitz*, t.1, *1942*, et t. 2, *1943-1944*, Fayard, 1983.

LABORIE, Pierre, *Les Français des années troubles*, Desclée de Brouwer/ Seuil-« Points Histoire », 2003.

LAZARE, Lucien, *Le Livre des Justes*, Jean-Claude Lattès, 1993, réédit. Hachette, « Pluriel », 1996.

LAZARE, Laurent (dir.), *Dictionnaire des Justes de France*, Fayard, 2003.

MARRUS, Michael R., et PAXTON, Robert, *Vichy et les Juifs*, Calmann-Lévy, 1981.

Mission d'étude sur la spoliation des Juifs de France de 1940 à 1944, Rapports de la mission Jean Mattéoli, La Documentation française, 2000 (www.ladocfrancaise.gouv.fr).

MOCH, Maurice, et MICHEL, Alain, *L'Étoile et la Francisque. Les institutions juives sous Vichy*, Cerf, 1990.

ORY, Pascal, *Les Collaborateurs (1940-1945)*, Seuil, 1976, et « Points Histoire », 1980.

PESCHANSKI, Denis, *La France des camps : l'internement 1938-1946*, Gallimard, 2002.

POLIAKOV, Léon, *Bréviaire de la haine. Le IIIe Reich et les Juifs* (préface de François Mauriac), Calmann-Lévy, 1951.

Le Procès du maréchal Pétain, compte rendu sténographique, Albin Michel, 1945, 2 vol.
RÉMOND, René (dir.), *Paul Touvier et l'Église*, Fayard, 1992.
La Résistance spirituelle 1941-1944. Les Cahiers clandestins du Témoignage chrétien, textes présentés par François et Renée Bédarida, Albin Michel, 2001.
ROUSSO, Henry, *Le Syndrome de Vichy*, Seuil, 1987.
SINGER, Claude, *Vichy, l'Université et les Juifs*, Les Belles Lettres, 1992.
–, *Le Juif Süss et la Propagande nazie*, Les Belles Lettres, 2003.
WIEVIORKA, Annette, *Déportation et Génocide. Entre la mémoire et l'oubli*, Plon, 1992, rééd. Hachette, « Pluriel », 2003.
WIEVIORKA, Annette *et al.*, *Auschwitz. La Solution finale*, Les Collections de *L'Histoire*, n° 3, octobre 1998.

Écrivains et intellectuels

ARON, Raymond, *Mémoires*, Julliard, 1983.
BARDÈCHE, Maurice, *Qu'est-ce que le fascisme ?*, Les Sept Couleurs, 1961.
BELOT, Robert, *Lucien Rebatet. Un itinéraire fasciste*, Seuil, 1994.
BERNANOS, Georges, *Essais et Écrits de combat*, Gallimard, « La Pléiade », 2 vol., 1971 et 1995.
BLOY, Léon, *Journal*, Mercure de France, 1956-1963.
–, *Le Salut par les Juifs*, Mercure de France, 1969.
CÉLINE, Louis-Ferdinand, *Bagatelles pour un massacre*, Denoël, 1938.
–, *Les Beaux Draps*, Nouvelles Éditions françaises, 1941.
DANIEL, Jean, *La Prison juive*, Odile Jacob, 2003.
DRIEU LA ROCHELLE, Pierre, *Journal 1939-1945*, Gallimard, 1992.
FINKIELKRAUT, Alain, *Au nom de l'Autre. Réflexions sur l'antisémitisme qui vient*, Gallimard, 2003.
–, *Le Juif imaginaire*, Seuil, 1983.
GALSTER, Ingrid, *Le Théâtre de Sartre devant ses premiers critiques*, L'Harmattan, 2001.
–, *Sartre, Vichy et les Intellectuels*, L'Harmattan, 2001.
GALSTER, Ingrid (dir.), *La Naissance du « phénomène Sartre ». Raisons d'un succès (1938-1945)*, Seuil, 2001.
GIRARD, René, *Le Bouc émissaire*, Grasset/Le Livre de Poche, 1982.
HALÉVY, Élie, *Correspondance 1891-1937*, Éditions de Fallois, 1996.
ISAAC, Jules, *Expériences de ma vie. Péguy*, Calmann-Lévy, 1959.
JOUHANDEAU, Marcel, *Le Péril juif*, F. Sorlot, 1939.
JULLIARD, Jacques, et WINOCK, Michel (dir.), *Dictionnaire des intellectuels français*, Seuil, 1996.
KAPLAN, Alice, *Relevé des sources et citations dans « Bagatelles pour un massacre »*, Tusson, Charente, Du Lérot Éditeur, 1987.

LAMBLIN, Bianca, *Mémoires d'une jeune fille dérangée*, Balland, 1993.
LAVAL, Michel, *Brasillach ou la Trahison du clerc*, Hachette, 1992.
MITTERAND, Henri, *Zola*, Fayard, 1999-2002, 3 vol.
MAURRAS, Charles, *Mes idées politiques*, Fayard, 1968.
NGUYEN, Victor, *Aux origines de l'Action française*, Fayard, 1991.
PÉGUY, Charles, *Œuvres en prose complètes*, Gallimard, « La Pléiade », 1987, 3 vol.
POPPER, Karl, *La Société ouverte et ses ennemis*, Seuil, 1979, 2 tomes.
TAGUIEFF, Pierre-André (dir.), *L'Antisémitisme de plume 1940-1944*, Berg International Éditeurs, 1999.
VIDAL-NAQUET, Pierre, *Mémoires*. 1. *La Brisure et l'attente, 1930-1955* ; 2. *Le Trouble et la lumière, 1955-1998*, Seuil/La Découverte, 1995, 2004.
WINOCK, Michel, *« Esprit ». Des intellectuels dans la cité (1930-1950)* (nouvelle édition revue et augmentée), Seuil, « Points Histoire », 1996.
–, *Le Siècle des intellectuels*, Seuil, 1997 (nouvelle édition revue et augmentée, « Points », 1999).
–, *Les Voix de la Liberté. Les écrivains engagés au XIXe siècle*, Seuil, 2001.
ZOLA, Émile, *L'Affaire Dreyfus. La Vérité en marche*, Garnier-Flammarion, 1969.

Revues

Archives israélites de France (1840-1935)
Archives juives (1965-)
Commentaire (1978-)
Le Débat (1980-)
Les Cahiers du judaïsme (1998-)
Esprit (1932-)
L'Histoire et Les Collections de « L'Histoire » (1978-)
Sondages, revue française d'opinion publique (1945-1977)
SOFRES, l'état de l'opinion, revue annuelle présentée par Olivier Duhamel et Philippe Méchet, Seuil.
Les Temps modernes (1945-)
Vingtième Siècle, revue d'histoire (1984-)

Index

Abetz, Otto, 190.
Adam, Mme, 120.
Agathon (pseudo de Tarde et Massis), 168.
Alexandre, général, 170.
Alexandre II, 83.
Alexandre, Michel, 247, 295.
Algazi, Léon, 288.
Alibert, Raphaël, 219, 222, 247.
Allemane, Jean, 116.
Alloury, Louis, 52.
Alquié, Ferdinand, 294, 295.
Andler, Charles, 109.
André, général, 154.
Angeli, préfet de Lyon, 257.
Anspech, Philippe, 35.
Antelme, Robert, 271.
Antony, Bernard (Romain Marie), 342.
Arafat, Yasser, 354, 356, 364.
Aragon, Louis, 199.
Arendt, Hannah, 282.
Aron, Raymond, 265, 293, 317, 319, 324, 325, 330, 332, 342.
Askolovitch, Claude, 365.
Asseldonck, Père Anton Van, 180.
Astruc, Élie-Aristide, 60, 63.
Augeraud, général, 76.
Auguste, Tibère, 89.
Auriol, Vincent, 271.
Aymé, Marcel, 317.
Azéma, Jean-Pierre, 238n, 348, 381.

Badinter, Robert, 223, 224n, 317, 342.
Bagnaud, Marcel, 187.
Bailly, RP, 20, 86, 149.
Bainville, Jacques, 193.
Balzac, Honoré de, 38.
Barbie, Klaus, 328, 346.
Bardèche, Maurice, 332, 335, 336.
Bardoux, Jacques, 203.
Barnavi, Élie, 318, 382, 383n.
Barrès, Maurice, 94, 97, 98, 120, 121, 122n, 144-146, 166, 173-176, 182, 342.
Barth, Théodor, 157.
Barthélemy, Joseph, 223.
Barthou, Louis, 107, 119.
Basch, Victor, 157, 162.
Baudoin, Paul, 219, 220n, 221.
Baudouin, Manuel, procureur général, 154, 156.
Bauër, rabbin, 328.
Bazaine, maréchal, 107.

Beauvoir, Simone de, 296, 303, 319.
Bebel, 201.
Becker, Annette, 172n.
Becker, Jean-Jacques, 162n, 167n, 265n, 323n.
Bédarida, François, 250n, 348.
Bédarida, Henri, 248, 288, 295.
Bédarida, Renée, 250n.
Bédarride, Gustave, 35.
Bedel, Maurice, 195.
Begin, Menahem, 308.
Belot, R. (Hermon-Belot), 14n, 235n, 282n.
Ben Gourion, David, 281, 307.
Ben Laden, 355, 357, 359.
Benbassa, Esther, 11n.
Benda, Julien, 196, 235.
Bensaïd, Daniel, 364.
Bérard, Louis, 203.
Bérégovoy, Pierre, 347.
Berg, Roger, 279.
Bergeron, L., 31n.
Bergson, Henri, 47, 169, 170, 173, 174, 182.
Bernadot, Marie-Vincent, RP, 208, 210.
Bernanos, Georges, 201, 202, 233, 259.
Bernard, Jean-Jacques, 270, 276.
Bernard, Paul, 359.
Bernstein, Henry, 167, 235.
Berr Bing, Isaïe, 14.
Berr, Berr-Isaac, 17, 23, 24.
Berr, Henri, 174.
Berri, Claude, 259, 327.
Berth, Édouard, 167.
Biez, Jacques de, 93.
Billig, Joseph, 226n, 279.
Billot, général, 109, 137.
Biot, Octave, 141.
Birnbaum, Pierre, 27n, 109n, 134n, 137n, 140n, 162n, 173n, 301.
Bizet, Georges, 36.
Blanc de Saint-Bonnet, Antoine, 40, 41n.
Blanchot, Maurice, 197.
Blanqui, 142.
Bloch, Abraham, 173.
Bloch, Lucienne (Mme Vacher), 262.
Bloch, Marc, 266.
Bloud et Gay (éditions), 209.
Bloy, Léon, 212.
Blum, Léon, 162, 177, 182, 185, 191, 193, 194, 196-199, 208, 222, 230, 380.
Blumenkranz, Bernard, 38n.
Boasson, Marc, 171.
Bober, Robert, 284, 285n.
Body, Jacques, 200n.
Boegner, Marc, pasteur, 252, 255, 256, 261.
Boisdeffre, général de, 113, 117.
Boissel, Jean, 185, 189.
Boisselot, RP, 208.
Bonald, Louis de, 40.
Bonaparte, Louis Napoléon, 24, 33.
Bondy, François, 276.
Bonnard, Abel, 221, 233.
Bonnet, Georges, 212.
Bonnières, Robert de, 83.
Bonsirven, RP, 211n.
Bordiga, Amadeo, 338.
Boulanger, général, 34, 93, 94, 98, 378.
Bourget, Paul, 120.

Bousquet, René, 237-239, 241-243, 263, 264, 330, 331, 347.
Boutih, Malek, 382.
Bouvier, Jean, 96n, 97.
Bové, José, 363, 364n.
Brasillach, Robert, 191, 192, 200, 232-235, 335, 380.
Bréal, Michel, 162.
Bréguet, Louise, 36.
Brenner, Emmanuel, 360, 362n.
Bréon, commandant de, 150.
Bresson, Robert, 317.
Bretin, Théo, 199.
Breton, André, 44n.
Briand, Aristide, 174.
Brigneau, François, 342.
Brisac, général, 170.
Brisson, Henri, 107, 115, 117, 118.
Broglie, Albert de, 54.
Broglie, Victor de, 22.
Bronstein, *voir* Trotski.
Brun, Antoinette, 287.
Brunetière, Ferdinand, 114, 120, 137.
Burrin, Philippe, 348.
Bush, George W., 363, 366.

Cabanel, Patrick, 37n.
Cachin, Marcel, 204.
Cros, abbé, 118.
Cahm, Éric, 137, 140n.
Calmann-Lévy (éditions), 37, 231.
Camondo, 32.
Camus, Albert, 285.
Capefigue, M., 44n.
Carcopino, recteur, 247, 249.
Casamayor (Serge Fuster), 279.
Casimir-Perier, Jean, 137.
Cassagnac, Paul de, 143.
Castellan, G., 158.
Castelnau, général de, 175.
Cattaui, Georges, 211.
Cavaignac, Godefroy, 115, 117, 118, 136.
Cavaillès, Jean, 296.
Cayrol, Jean, 327.
Céline, Louis-Ferdinand Destouches, 7, 190, 191, 199, 200, 231, 233, 234, 299, 380.
Cerfberr, Max-Théodore, 34, 37.
Chagall, Marc, 180, 343.
Chaillet, RP, 250, 257, 261.
Chalandon, Alain, 317.
Chanez, Claudine, 293.
Chanoine, général, 118.
Charnacé, Guy de, 83.
Charpentier, Jacques, 223.
Châteaubriant, Alphonse de, 190, 233.
Chautemps, Camille, 203.
Cheikh El-Haddad, 77.
Cherrier, abbé, 14.
Chevalier, Michel, 43.
Chiarini, abbé, 57, 59, 60.
Chirac, Bernadette, 365.
Chirac, Jacques, 349, 351, 358, 359, 366-368, 381, 384.
Chomsky, Noam, 338.
Chonez, C., 303n.
Choukeiri, Ahmed, 309.
Christiani, baron de, 124.
Churchill, Winston, 297.
Claeys, Mme, 274.
Claudel, Paul, 210, 211, 247, 256.
Clemenceau, Georges, 96, 106, 108, 109, 115, 117, 127, 128,

130, 134, 155-157, 168, 182, 259n, 379.
Clermont-Tonnerre, comte Stanislas de, 16-18.
Clostermann, Pierre, 317.
Cochin, Augustin, 54, 176.
Cocteau, Jean, 251.
Cohen, Albert, 226n, 255n, 276.
Cohen, Jacques, 68.
Cohen, Samy, 311.
Cohn, Norman, 178n, 335n.
Combes, Émile, 151, 153.
Comte, Auguste, 147.
Conan, Éric, 348n.
Constant, Benjamin, 37.
Constant, Père, 150.
Coppée, François, 120, 176.
Coriolis, peintre, 40.
Corman, Gilles, 372.
Coston, Henry, 189, 190, 210, 230.
Cousteau, Pierre-Antoine, 282.
Crémieu-Foa, André, 101.
Crémieux, Adolphe, 29, 33, 34, 37, 64, 67, 68, 70-76, 78-81, 92.
Cuignet, capitaine, 117.

Daix, Pierre, 272.
Daladier, Édouard, 200n, 204, 212, 259.
Daniel, Jean, 301n, 319, 325n, 343.
Daniel-Rops, 287.
Dannecker, lieutenant SS, 227, 237-240.
Daoud, Zoubir, 358.
Darlan, François, amiral, 222, 223, 227, 252.
Darlu, Alphonse, 114.
Darquier de Pellepoix, Louis, 189, 190, 214, 227, 238, 239, 264, 282, 329, 330, 333.
Darville, Jacques, 269, 270.
Daudet, Alphonse, 86, 88.
Daudet, Léon, 120, 142, 178, 198.
David, Pierre, 171.
Dayan, Moshe, 308.
Decourtray, Albert, cardinal de Lyon, 347.
Defferre, Gaston, 316.
Delacouture, abbé, 53, 54n.
Delanoë, Bertrand, 367.
Délay, Mgr, évêque de Marseille, 256.
Delpech, François, 38.
Démann, Paul, 288.
Dennery, général, 170.
Denoël (éditeur), 234.
Dentu (éditeur), 53, 60.
Derczansky, Alex, 9, 321.
Derogy, Jacques, 328.
Déroulède, Paul, 93, 117, 122, 123, 125, 138, 140.
Desgranges, chanoine, 206.
Devaux, RP, 210n.
Didon, Père, 150.
Dieudonné, 365.
Dioudonnat, P.-M., 191n.
Dohm, C. W., 13n.
Doise, Jean, 135.
Domenach, Jean-Marie, 321.
Doriot, Jacques, 199, 200, 206, 230.
Doubnov, Simon, 376n.
Drach, Michel, 329.
Drault, Jean, 188-190, 231.
Dreyfus, Alfred (et l'affaire), 35,

80, 83, 98, 100n, 102, 105, 106-119, 122-131, 133-138, 140n, 141, 144-147, 149, 150, 152-158, 161-163, 165, 168, 170, 172, 174, 176, 206n, 251, 366, 377-379.
Dreyfus, Camille, 101.
Dreyfus, Lucie, 152, 162, 163.
Dreyfus, Mathieu, 108.
Dreyfus-Le Foyer, Henri, 294, 295.
Dreyfuss, Edmond, 268, 269.
Drieu La Rochelle, Pierre, 199, 200, 232-234, 298, 380.
Drouin, Michel, 9, 157n.
Drumont, Édouard, 38, 40, 46, 62, 63, 79, 80, 83, 86-90, 92-94, 96, 98-101, 103, 105, 134, 140-143, 149, 165, 167, 188, 189, 201, 202, 204, 210, 231, 233, 259, 288n, 300, 342.
Du Bouzet, 74, 77.
Du Lac, RP, 63, 88.
Dubuc, Édouard, 141, 142.
Duclaux, Émile, 111, 113, 379.
Dühring, Eugen, 83.
Dupont de l'Eure, Jacques Charles, 33.
Duport, député, 18, 21, 22.
Duprat, François, 344.
Dupuy, Charles, 107, 119, 123-125, 148.
Durafour, Michel, 344.
Duras, Marguerite, 319.
Durkheim, Émile, 8, 109, 162, 169, 171, 173, 235.
Durrieu, général, 75.
Eban, Abba, 309, 313.
Eichmann, Adolf, 227, 240, 281, 282.
Eichtal, d', 31, 37.
Einstein, Albert, 181.
Elkabbach, Jean-Pierre, 343.
Ellissen, 31.
Emmanuel, Pierre, 319.
Escarra, Jean, 249.
Eshkol, Levi, 307.
Esterhazy, Marie Charles Ferdinand Walsin, 108, 112, 117, 133, 135, 136.
Étiemble, René, 7, 319, 373.

Fabrègues, Jean de, 197.
Fabre-Luce, Alfred, 200.
Fallières, Armand, 96.
Fanon, Franz, 303, 320.
Faure, Félix, 109, 123, 124, 137.
Faure, Paul, 198, 336n.
Faurisson, Robert, 284, 332-334, 337-339, 344, 346, 348.
Favre, Jules, 70, 72, 73.
Férenzy, Oscar de, 209, 210n.
Fernandez, Ramon, 200, 234.
Ferry, Jules, 88.
Ferry, Luc, 369.
Fessard, RP, 250.
Feuerwerker, D., 27n.
Finaly, 287.
Flammarion (éditeur), 63, 86, 87.
Flandin, 186.
Fleg, Edmond, 164.
Flers, Robert de, 109.
Fleurier, Lucien, 291.
Forest, Louis, 77n.
Foro, Ph., 232n.

Foucault, Michel, 304.
Fould, Achille, 32, 33, 37.
Fould, Adolphe, 33.
Fould, Benedict, 33.
Fould, Berr-Léon, 33.
Fould, Édouard, 33.
Fould, Gustave, 33.
Fould (famille), 31-33, 46.
Fourichon, amiral, 72.
Fourier, Charles, 44, 47, 90, 378.
France, Anatole, 93, 109, 153, 157, 379.
Franck, Adolphe, 35.
Franco, Francisco Bahamonde, 221, 232.
Frenay, Henri, 279.
Fresco, Nadine, 336n, 346.
Freycinet, Charles de, 101.
Fritzsche, général, 278.
Fuster, Serge, *voir* Casamayor.

Galliffet, général, 124.
Gallimard (éditions), 234, 300.
Galster, I., 292-294n, 298n.
Galtier-Boissière, Jean, 261, 262n.
Gambetta, Léon, 72, 73, 75, 76, 101, 232.
Ganier-Raymond, Philippe, 330.
Garaudy, Roger, 339, 340.
Garnier, Théodore, abbé, 100.
Gaulle, Charles de, 232, 249, 257, 260.
Gaxotte, Pierre, 191, 196.
Gayssot, 346.
Gérault-Richard, 127.
Gerbet, Mgr, évêque de Perpignan, 55.
Gerlier, cardinal, 255-257, 260.
Gerstein, Kurt, 339.
Gide, André, 246.
Giono, Jean, 234.
Girard, René, 42.
Giraudoux, Jean, 200.
Giscard d'Estaing, Valéry, 316, 317.
Glais-Bizoin, Alexandre, 72, 73.
Glasberg, abbé, 257, 277n.
Godart, Justin, 203.
Gohier, Urbain, 178, 188, 189.
Goldsmith, James, 330.
Goncourt, Edmond de, 40.
Goncourt, Jules de, 40.
Göring, Hermann, 278.
Gorki, Maxime, 181.
Gourgeot, F., 80.
Gradis, 12.
Graetz, Michael, 44n.
Graves, Philip, 178.
Gréco, Juliette, 317.
Grégoire, Fernand, 80.
Grégoire, Henri-Baptiste, abbé, 11n, 13-20, 26, 27n.
Greilsammer, Ilan, 199n, 364.
Grévy, Jules, 96.
Grumbach, 170, 199, 342.
Guéhenno, Jean, 158n, 297.
Guéranger, dom, 54n.
Guérin, Jules, 100, 102, 112, 125, 126, 141, 165, 189.
Guerrier, Jean, général, 134.
Guesde, Jules, 90, 116.
Gueydon, amiral, 77.
Guibert, Hippolyte, archevêque de Tours, 53.
Guillaume, empereur, 169.
Guillaume, Pierre, 337-339.

Guillemin, Henri, 133.
Guillon, Charles, pasteur, 261.
Guizot, François, 33.
Gyp, 120.

Habert, Marcel, 140, 141n.
Haca, général, 76.
Hagen, Herbert, 237.
Halévy, Daniel, 36, 109, 163.
Halévy, Élie, 35, 36.
Halévy, Geneviève, 36.
Halévy, Léon, 43.
Halévy, Ludovic, 36.
Halfon Lévi, Élie (Halévy), 35.
Halimi, Gisèle, 364.
Halphen, Édouard-Achille, 35.
Hamon, Léo, 249, 325.
Hanotaux, Gabriel, 137.
Harlan, Veit, 252.
Hassanein, Mohammed, 308.
Havet, Louis, 113.
Heine, Heinrich, 26.
Hélie, Jérôme, 134.
Henri IV, 29.
Henriot, Philippe, 232.
Henry, colonel, 106, 110, 117, 118, 123, 134, 136, 137, 148.
Hermon-Belot, Rita, 14n.
Hérold-Paquis, Jean, 232.
Herr, Lucien, 109, 116.
Herriot, Édouard, 194, 203, 256.
Hertz, Henri, 276, 277.
Hertz, Robert, 172.
Herz, Cornélius, 96, 97.
Herzl, Theodor, 155.
Herzog, Wilhelm, 206n.
Herztberg, Arthur, 27n.
Heyman, général, 170.
Hilberg, Raul, 245n.
Hildenfiger, Gaston, 268.
Hitler, Adolf, 185, 188-190, 192, 196-199, 202, 203, 205, 208, 212, 213, 215, 217, 227, 232, 236, 260, 279, 280, 318, 334, 338, 380.
Höss, commandant, 278.
Hollier, Denis, 300n.
Honnorat, André, 203.
Hottinguer, Conrad Jean, 31.
Hours, Joseph, 250.
Hubbard, Gustave-Adolphe, 112.
Hugo, Victor, 37, 84, 88.
Hussein de Jordanie, roi, 308.
Hussein, Saddam, 80.

Igounet, Valérie, 333n, 339n, 348n.
Imarraïne, Fouad, 358.
Indy, Vincent d', 120.
Innocent IV, pape, 58.
Isaac, Jules, 65, 170n, 221, 288, 302.
Istotchi, Győző, 84.

Jacob, André, 286, 357n.
Jakubowska, Wanda, 271, 272.
Jankélévitch, Wladimir, 293, 296, 319.
Jaurès, Jean, 91, 92, 106, 107, 109, 110, 113, 115-117, 124, 127-130, 153, 156, 157, 378, 379.
Jean XXIII, pape, 288.
Jeanneney, Jules, 256.
Joly, Bertrand, 126n, 141n.
Joly, Laurent, 189n, 195n.
Joly, Maurice, 178.

Joseph II, 12.
Jospin, Lionel, 225n, 358, 361, 383.
Jouaust, colonel, 126, 127.
Jouhandeau, Marcel, 196, 200.
Jouhaux, Léon, 320.
Jouin, Mgr, 177, 179.
Jouvenel, Bertrand de, 199, 200.
Julien, Charles-André, 76n.
Juppé, Alain, 225n.

Kahn, Albert, 162, 173.
Kahn, Gustave, 162.
Kahn, Jean-François, 343.
Kahn, Zadoc, 162, 163.
Kann, banquier, 31.
Kaplan, Alice Yaeger, 190, 191n.
Kaplan, Francis, 292n, 298, 302.
Kaplan, Jacob, grand rabbin, 255, 287, 288.
Kaspi, André, 221n, 245n, 265n, 348.
Katzav, Moshe, 373.
Kauffmann, Grégoire, 63n, 88n, 93n.
Kérillis, Henri de, 198, 203.
Kessel, Joseph, 398.
Khosrokhavar, Farhad, 357.
Klarsfeld, Serge, 228n, 236n, 240n, 257n, 262, 263n, 348.
Klugman, Patrick, 355, 359.
Knochen, Helmut, 228, 237.
Kogon, Eugen, 284.
Korb, Samuel, 172.
Krumeich, Gerd, 157n.

La Bédollière, Émile de, 56.
La Far, évêque de Nancy, 23.
La Rocque, François de, 205, 206, 214.
La Sicotière de, 75n.
Labarthe, André, 257.
Labori, 111.
Laborie, Pierre, 246n, 249n, 253n.
Lacordaire, Henri, 54.
Lafargue, Paul, 92, 116.
Laffitte, Jacques (et famille), 31, 33.
Laguerre, Bernard, 218n.
Laguiller, Arlette, 364.
Lamartine, Alphonse de, 37.
Lambelin, Roger, 179.
Lambert, commissaire, 74.
Lamblin, Bianca, 298n.
Lamourette, Adrien, 15.
Landau, Philippe-E., 171n, 172n.
Lando, Simon, 211n.
Lang, Jack, 350.
Langevin, Paul, 181, 206.
Lanzmann, Claude, 349.
Lasserre, Henri, 87.
Lattès, Sammy, 288.
Laudouze, André, 208n.
Laur, Francis, 94.
Laurent, Sébastien, 36n.
Laurentin, René, 288n.
Laval, Pierre, 219, 222, 227, 237, 239-243, 255, 257, 258, 261, 264.
Lazare, Bernard, 107, 108n, 156, 162-164, 170.
Lazare, Lucien, 260n.
Le Bas, Alexandrine, 36.
Le Cour Grandmaison, Jean, 194.
Le Hon, comte Léopold, 71.
Le Pen, Jean-Marie, 283, 284, 336,

341, 342-344, 346, 358, 363, 368n, 381.
Lecache, Bernard, 181, 188, 207.
Lecanuet, Jean, 317.
Lecarme, Jacques, 294n.
Lecot, cardinal, 148.
Leguay, Jean, 238, 263, 264, 331.
Leibowitz, René, 211.
Leiris, Michel, 293.
Lemaître, Jules, 120, 137-140, 142, 166, 176.
Lénine, 177, 179.
Léo, banquier, 31.
Léon XIII, 149.
Lépine, préfet, 125.
Lermite, Pierre, 99.
Leroy-Beaulieu, Anatole, 101, 102, 150.
Lesseps, Ferdinand de, 94, 95.
Levaï, Yvan, 343.
Lévi, Israël, grand rabbin, 203.
Lévi, Sylvain, 164.
Levinas, Emmanuel, 301, 379.
Lévy, Benny, 304.
Lévy, Élie Halfon, 35.
Lévy, Jean-Pierre, 265.
Lévy Liana, 162.
Lévy, Michel, 37.
Lévy, Samuel, 375.
Lévy-Bruhl, Lucien, 169, 171, 235.
Lévy-Crémieu, Marc, 95.
Loubet, Émile, 123, 124, 127, 128, 130.
Louis XVI, 13, 21, 23.
Louis XVIII, 25n, 29.
Louis-Philippe, 29, 33.
Louÿs, Pierre, 120.
Lubac, Henri de, RP, 250.
Lueger, Karl, 84, 158.
Lyautey, maréchal, 206.

Mac-Mahon, maréchal, 75.
Madaule, Jacques, 211, 288.
Magnard, Francis, 86.
Maignon, professeur, 231.
Maistre, Joseph de, 40.
Makri, Yamin, 358.
Malesherbes, 13, 30, 153.
Malet, Albert, 221.
Malle, Louis, 329.
Mallet, Isaac, 31.
Malon, Benoît, 90.
Malraux, André, 199.
Malraux, Clara, 319.
Mandel, Georges, 182, 259.
Mandouze, André, 249.
Marcel, Gabriel, 328.
Marcel, Rémy, 328.
Marchais, intendant de police, 263.
Marchand, commandant, 123.
Marchandeau, Paul, 208, 213, 218.
Marcoussis, Louis Markus, *dit*, 180.
Margueritte, Victor, 180.
Marie, Romain, *voir* Anthony, Bernard.
Marienstras, Richard, 321.
Maritain, Jacques, 210, 211n, 212, 214, 235, 258, 288.
Maritain, Raïssa, 210.
Marpon, éditeur, 63, 86, 87.
Marrou, Henri, 249, 288, 335n.
Marrus, Michael, 162, 163, 220n, 240n.

Martin du Gard, Roger, 247.
Martin, Claude, 75n.
Martin-Chauffier, Louis, 284.
Martine, Paul, 144.
Marty, Éric, 366.
Marx, Karl, 48, 92.
Massis, Henri, *voir* Agathon.
Mattéoli, Jean, 225n.
Mauclair, Camille, 234.
Maulnier, Thierry, 198.
Mauriac, François, 206, 210, 280, 302, 317.
Maurras, Charles, 118, 120, 145-148, 155, 166, 167, 171, 173-176, 192, 193, 198, 202, 206, 208, 210, 215, 219, 229, 230, 235, 282, 300, 320, 342, 379, 380.
Maury, abbé, 18-20.
Mayer, Armand, capitaine, 101, 135.
Mayer, Lt-Cl E., 211n, 385n.
Mayer, Nonna, 354, 365n, 371.
Mayeur, Françoise, 209n.
Mayeur, Jean-Marie, 148n, 149n.
Méchet, Philippe, 372n.
Mégret, Bruno, 341.
Méline, Jules, 109, 112, 113, 136-138.
Mendelssohn, Moses, 12, 14.
Mendès France, Pierre, 265, 283, 317, 342, 343.
Mercier, Ernest, général, 119, 126, 133, 136, 146, 219.
Merklen, Père, 175, 181.
Méry, Gaston, 141, 142, 165.
Meyer, Arthur, 31, 37, 87, 164.
Meyer, Julie, 36.
Meyer, Paul, 111, 156.
Meyerbeer, 35.
Meynié, Georges, 79.
Michelat, Guy, 365n.
Michelet, Edmond, 260.
Michelet, Jules, 42, 43.
Milhaud, Darius, 235.
Millaud, Polydore, 37.
Millerand, Étienne Alexandre, 124.
Millman, Richard, 182n.
Mirabeau, 13, 15, 20.
Mirande, maître, 272.
Mirbeau, Octave, 109.
Mirès, Jules, 37.
Misrahi, Robert, 301n.
Mistral, 120.
Mitterrand, François, 317, 331, 349, 361, 368, 381.
Moch, Jules, 199.
Modigliani, Amedeo, 180.
Mohamad, Mathathir, 367.
Mokrani (Sidi-Mohammed-Ben-Ahmed-el-Mokrani), 75-77, 80.
Mollet, Guy, 316.
Mollet, Joseph, 105.
Mollier, Jean-Yves, 31n, 92n.
Monet, Claude, 109.
Monnet, Georges, 193.
Monniot, Albert, 141.
Monod, Gustave, pasteur, 206, 249.
Montagne, R., 211n.
Montaigne, 13.
Montalembert, 54.
Montand, Yves, 317.
Montandon, George, 227, 230.
Montesquieu, 153.
Montuclard, Maurice, 99n.
Morand, Paul, 234.

Moreau, Lucien, 164.
Morès, marquis de, 93, 101, 135.
Morihien, Paul, 291.
Morin, Edgar, 319, 367, 368n.
Morisi, Anna, 64.
Mornard, Henry, 136.
Mortara, Edgardo, 51-70, 287.
Moulin, Jean, 249.
Mounier, Emmanuel, 207, 211, 212, 251, 276, 277, 302.
Mussolini, Benito, 192.

Napoléon Bonaparte, 24-26, 33, 335, 376.
Napoléon III, 32, 43, 53, 69, 75, 178.
Naquet, Alfred, 34, 85, 94.
Nasser, Gamal Abdel, 267, 300, 308-310, 312, 317, 319.
Nathan, éditions, 348n.
Naudet, abbé, 100.
Nefftzer, Auguste, 37.
Neher, André, 247.
Nessler, Edmond, 317.
Neuwirth, Lucien, 317.
Nicolas II, 178.
Nizan, Paul, 293.
Nobécourt, J., 206n.
Nodot, René, 258.
Nucingen, 38.

Oberg, Karl, 237, 238, 258.
Offenbach, 35, 36.
Ollivier, Émile, 70, 71, 76.
Ophuls, Marcel, 328.
Oppenheim, 31.
Orget, G. d', 83.
Ory, Patrick, 190n.

Painlevé, Paul, 203.
Papon, Maurice, 240, 264, 347.
Paradol, Lucinde, 36.
Parinet, E., 87n.
Paul VI, pape, 288.
Paxton, Robert, 220n, 328.
Péguy, Charles, 128, 129n, 156, 157, 158, 168, 170, 211, 212, 221, 251, 301, 366, 379.
Pelletier, Mgr, chanoine d'Orléans, 54n.
Pellieux, général de, 110, 115.
Pemjean, Lucien, 189.
Pereire, Isaac, 32, 43, 88.
Pereire, Jacob Émile, 32, 43.
Pérès, J.-B., 335.
Perier, Claude, 31.
Perreau, E.-H., 225.
Peschanski, D., 221n.
Pétain, Philippe, maréchal, 155, 217-219, 221, 222, 224, 227, 230, 235, 242, 246, 253, 255, 260, 264, 273, 274, 328, 342, 349, 380, 381.
Petloura, Simon, 181.
Peyrouton, Marcel, 219, 222, 247.
Philippe d'Orléans, duc, 125.
Philippe le Bel, 11.
Pican, Germaine, 274.
Picquart, Georges, 108, 119, 135, 154, 155, 156.
Pie IX, pape, 53, 54, 60-62, 64.
Pie XI, 179, 208.
Pie XII, pape, 215.
Pierrard, Pierre, 7, 55n, 62n, 100n, 149, 150n, 175n, 180n, 210n, 288n.
Pierre, abbé, 340.

Piétri, François, 203.
Piou, Jacques, 165.
Poincaré, Raymond, 119, 124.
Poliakov, Léon, 30n, 46, 236n, 279, 280.
Pollonais, Gaston, 164.
Pompidou, Georges, 316, 318, 328, 329, 347.
Ponty, Janine, 137.
Popper, Karl, 39.
Posener, S., 70n, 75n.
Postal, R., 211n.
Poujade, Pierre, 283, 285.
Poulat, Émile, 175n.
Pressac, Jean-Claude, 348.
Prévost, François, 36.
Prévost-Paradol, Anatole, 36, 56, 57n.
Priester, Karl Heinz, 336.
Proudhon, Pierre-Joseph, 46, 47, 90.
Proust, Marcel, 109, 111, 113, 114, 180.
Prugnon, député, 22.

Quesnay, général, 96.
Quillard, Pierre, 118n.
Quinet, Edgar, 37.

Raba, 12.
Rabaut Saint-Étienne, 15.
Rabi, *voir* Rabinovitch.
Rabin, Yitzhak, 304.
Rabinovitch, Wladimir, *dit* Rabi, 38, 175, 211, 212n, 276, 298, 299, 301, 321.
Rachel, 35.
Radek, 179.
Raffarin, Jean-Pierre, 368, 369, 383.
Rahni, Ali, 358.
Raïs, Emmanuel, 277n.
Rassinier, Paul, 284, 332, 336, 339.
Ratisbonne, Fernand, 164.
Rebatet, Lucien, 191, 192, 233-236, 282, 380.
Rebérioux, M., 346n.
Régis, Max, 143, 166.
Regnard, Albert, 90, 91.
Rehfisch, Hary J., 206n.
Reinach, Jacques, baron de, 95-97.
Reinach, Joseph, 109, 118, 119, 127, 128, 156, 162, 164, 174.
Reinach, Théodore, 163.
Rémond, Mgr, évêque de Nice, 260.
Rémond, René, 175n, 347.
Renard, Jules, 109.
Renou, Louis, 124.
Resnais, Alain, 327.
Reubel (ou Rewbell), 19, 20, 22, 23.
Revel, Jean-François, 330.
Reynaud, Paul, 259.
Richard, cardinal, 148.
Riquet, RP, 271, 328.
Robespierre, 18.
Rocard, Michel, 361.
Roche, Ernest, 143.
Rochefort, Henri, 72, 98, 99, 103, 142, 143, 166.
Rodriguès, Olinde, 43.
Roget, général, 123, 146.
Rohling, August, 84.
Rollin, Louis, 203.
Romains, Jules, 317.

Roosevelt, Franklin Delano, 297.
Roques, Henri, 339.
Rosenberg, Alfred, 300.
Rossum, Willem Van, cardinal, 180.
Röthke, Heinz, 240.
Rothschild, famille, 31, 32, 37, 46, 78, 86, 92, 98.
Rothschild, Alphonse de, 32.
Rothschild, baron de, 78.
Rothschild, Charles, 32.
Rothschild, Edmond de, 203.
Rothschild, Gustave de, 32.
Rothschild, Jacob ou James, 32.
Rothschild, Meyer Amschel, 31.
Rothschild, Nathan, 31.
Rothschild, Salomon, 32.
Rouanet, Gustave, 92.
Roucaute, Roger, 274.
Rougemont, D. de, 211n.
Rouquette, Jean.
Rousset, David, 271, 284.
Rousso, Henry, 348.
Rouvier, Maurice, 95.
Rupert, Louis, 61.

Sachs, Maurice, 196.
Sadoun, Roland, 286.
Saint-Just, 24.
Saint-Martin, I., 65n.
Saint-Simon, 43.
Saint-Vincent, général de, 263, 264.
Saliège, Mgr, archevêque de Toulouse, 255, 260.
Sarraut, Albert, 193, 197.
Sarraute, Nathalie, 317.
Sartre, Jean-Paul, 277, 291-305, 320, 325.
Sauckel, Fritz, 278.
Schacht, 278.
Scheurer-Kestner, Auguste, 108, 111, 130, 137n, 156.
Schnapper, Dominique, 9.
Schneersohn, Isaac, 279.
Schönerer, Georg von, 84.
Schor, Ralph, 186n, 188n, 205n.
Schrameck, Abraham, 182.
Schwartz, Isaïe, grand rabbin, 252.
Schwartz, Laurent, 319.
Schwarzbard, Samuel, 180, 181.
Schwarz-Bart, André, 280, 281.
Schwob, René, 211n.
Sée, Léopold, 35.
Ségur, comtesse de, 64.
Seillière (famille), 31.
Servan-Schreiber, Jean-Claude, 317.
Servan-Schreiber, Jean-Jacques, 330.
Sèze, de, 19.
Sézille, capitaine, 227.
Shalom, Sylvain, 367.
Sharon, Ariel, 355, 356, 358, 359, 362-364, 366, 382, 384.
Shirel, 365.
Signoret, Simone, 317.
Simon, Michel, 259.
Simon, Pierre-Henri, 211.
Singer, Claude, 221n, 247n, 252n, 295n, 296n.
Sitruk, Joseph, grand rabbin, 324.
Slama, Alain-Gérard, 356.
Solages, 113.
Solar, Jules, 37.
Sorel, Georges, 167.

Sorlin, Pierre, 62n, 86n, 150n.
Soury, Jules, 144.
Soutine, Chaïm, 180, 235.
Soutou, Jean-Marie, 257, 261.
Spire, André, 164, 211n.
Staline, 297.
Stasi (commission), 370.
Stavisky, Serge Alexandre, 187.
Steg, Ady, 323.
Stern (famille), 31.
Stöker, Adolf, 83.
Suarez, Georges, 232.
Sudreau, Pierre, 332.
Sue, Eugène, 37.
Suhard, cardinal, 254, 255.
Suleiman, Susan, 301.

Taguieff, Pierre-André, 178n, 180n, 229n, 335n, 352, 353.
Taittinger, 198.
Talleyrand, évêque d'Autun, 19.
Tarde, Alfred de, *voir* Agathon.
Théas, Mgr, archevêque de Montauban, 255, 260.
Thiers, Adolphe, 74, 77, 78.
Thion, Serge, 338.
Thomas, Marcel, 133, 134.
Thorez, Maurice, 186.
Thuret, Isaac, 31.
Tim (caricaturiste), 315.
Tissier, Pierre, 249.
Torrès, Henry, 181, 207.
Toussenel, Alphonse, 44-46, 60, 90.
Touvier, Paul, 328, 329, 347.
Trarieux, Ludovic, 113, 130.
Traverso, Enzo, 300.
Treitschke, Heinrich, 83.
Tridon, Gustave, 90.
Trocmé, André, pasteur, 261.
Trocmé, Daniel, 261.
Trotski, 179.
Tubiana, Michel, 355.
Tulard, André, 238, 239, 263.
Turgot, 153.

U Thant, 308.
Ulrich, Maurice, 331.

Vacher, Mme, *voir* Bloch, Lucienne.
Vacher de Lapouge, 148n.
Vaillant, Édouard, 124.
Vaillant-Couturier, Paul, 204.
Valabrègue, général, 170.
Vallat, Xavier, 194, 195, 203, 214, 222, 227, 229, 230, 380.
Valois, Georges, 167, 181, 182.
Vanikoff, Maurice, 288.
Varanne, Jean-Claude, 343.
Veil, Simone, 342, 343.
Vendryès, Joseph, 247.
Verdès-Leroux, Jeannine.
Vernal, 133n.
Verne, Jules, 120.
Veuillot, Louis, 53n, 54-60, 62-64, 87.
Viansson-Ponté, Pierre, 330.
Viau, Raphaël, 141.
Vidal-Naquet, Pierre, 200n, 212n, 301n, 319-321, 334, 346, 364, 382.
Vigny, Alfred de, 39.
Villepin, Dominique de, 359.
Villet, capitaine, 76.
Viollet, Paul, 113, 149, 156.
Viviani, René, 112.
Voltaire, 30.

Von Papen, 278.

Waldeck-Rousseau, René, 123-125, 127, 128, 130, 138, 148, 151.
Weber, Mark, 338.
Weinberg, D. H., 205n.
Wellers, Georges, 333.
Whately, R., 335n.
Wichené, Simon, 269, 270.
Wieviorka, Annette, 162n, 245n, 265, 268n, 271, 274, 323n.
Wilson, Harold, 310.
Worms (famille), 31, 32.
Wormser, Georges, 182.
Wormser-Migot, Olga, 333.

Yaeger Kaplan, Alice, 190.

Zadkine, 180.
Zalc, Claire, 187.
Zay, Jean, 196.
Zérapha, Georges, 207, 212.
Zola, Émile, 102, 108-113, 115, 116, 129, 152, 153, 155-158.

Table

Avant-propos 7

1. 1791 : l'émancipation 11
2. Le temps de l'intégration 29
3. L'affaire Mortara 51
4. Le décret Crémieux (24 octobre 1870) 67
5. Le moment Drumont 83
6. L'affaire Dreyfus (1894-1906) 105
7. Le triomphe de la République 133
8. La seconde intégration (1906-1930) 161
9. Le ciel obscurci des années trente 185
10. Vichy et l'Occupation 217
11. La part des Justes 245
12. La nouvelle émancipation 267
13. Le cas Jean-Paul Sartre 291
14. Le tournant de la guerre des Six Jours 307
15. La bataille de la mémoire 327
16. Le grand malaise des années 2000 351

Conclusion 375

Orientation bibliographique 387

Index 395

DU MÊME AUTEUR

Histoire politique de la revue « Esprit », 1930-1950
Seuil, « L'Univers historique », 1975
rééd. sous le titre
« Esprit ». Des intellectuels dans la Cité, 1930-1950
Seuil, « Points Histoire », n° 200, 1996

La République se meurt. Chronique 1956-1958
Seuil, 1978 ; Gallimard, « Folio », 1985

« La Gauche depuis 1968 »
in *Jean Touchard*, La Gauche en France depuis 1900
Seuil, « Points Histoire », n° 26, 1977

Mémoires d'un communard. Jean Allemane
présentation, notes et postface
Maspero, 1981

Édouard Drumont et Cie
Antisémitisme et fascisme en France
Seuil, « XXe siècle », 1982

La Fièvre hexagonale
Les grandes crises politiques, 1871-1968
Calmann-Lévy, 1986 ;
Seuil, « Points Histoire », n° 97, 1999

Chronique des années soixante
« Le Monde » et Seuil, « XXe siècle », 1987 ;
« Points Histoire », n° 136, 1990

1789. L'année sans pareille
« Le Monde » et Orban, 1988 ; Hachette, « Pluriel », 1989

Nationalisme, Antisémitisme et Fascisme en France
Seuil, « Points Histoire », n° 131, 1990 et 2004

L'Échec au roi, 1791-1792
Orban, 1991

Le Socialisme en France et en Europe
XIXe-XXe siècle
Seuil, « Points Histoire », n° 162, 1992

Les Frontières vives
Journal de la fin du siècle (1991)
Seuil, 1992

Parlez-moi de la France
Plon, 1995 ; Seuil, « Points », n° 336, 1997

Le Siècle des intellectuels
[prix Médicis essai 1997]
Seuil, 1997 ; « Points », n° 613, 1999

1914-1918
raconté par Michel Winock
Perrin, 1998

La France politique. XIXe-XXe siècle
Seuil, 1999, et « Points Histoire », n° 256, 1999 et 2003

Les Voix de la liberté
Les écrivains engagés au XIXe siècle
prix R. de Jouvenel de l'Académie française
Seuil, 2001 et « Points », n° P1038, 2002

La Belle Époque
La France de 1900 à 1914
Perrin, 2002

Jeanne et les Siens
récit
prix Eugène Colas de l'Académie française
Seuil, 2003 et « Points », n° P1263, 2004

Pierre Mendès-France
Bayard / BnF, 2005

EN COLLABORATION AVEC JEAN-PIERRE AZÉMA

Les Communards
Seuil, 1964 ; éd. revue et complétée, 1971

Naissance et Mort de la IIIe République
Calmann-Lévy, 1970 ; éd. revue et complétée, 1976 ;
rééd. sous le titre
La Troisième République
Hachette, « Pluriel », 1978, 1986

OUVRAGES COLLECTIFS

Pour la Pologne
Seuil, 1982

Pour une histoire politique
(direction : René Rémond)
Seuil, « L'Univers historique », 1988 ;
« Points Histoire », n° 199, 1996

« Jeanne d'Arc »
in Les Lieux de mémoire
(direction : Pierre Nora)
tome VIII, Gallimard, 1992

Histoire de l'extrême droite en France
(direction : Michel Winock)
Seuil, « XXe siècle », 1993 ; « Points Histoire », n° 186, 1994

La France de l'affaire Dreyfus
(direction : Pierre Birnbaum)
Gallimard, 1993

Dictionnaire des intellectuels français
(direction : Jacques Julliard, Michel Winock)
Seuil, 1996 et 2002

Les Cultures politiques
(direction : Serge Berstein)
Seuil, « L'Univers historique », 1999

Sous la direction de Serge Berstein,
Philippe Contamine, Michel Winock
HISTOIRE DE LA FRANCE POLITIQUE
1. Le Moyen Âge
(direction : Philippe Contamine)
Seuil, « L'Univers historique », 2002

2. La Monarchie entre Renaissance et Révolution
(direction : Joël Cornette)
Seuil, « L'Univers historique », 2000

3. L'Invention de la démocratie
(direction : Serge Berstein, Michel Winock)
Seuil, « L'Univers historique », 2003

4. La République recommencée
(direction : Serge Berstein, Michel Winock)
Seuil, « L'Univers historique », 2004

RÉALISATION : PAO ÉDITIONS DU SEUIL
IMPRESSION : NORMANDIE ROTO IMPRESSION S.A.S. À LONRAI
DÉPÔT LÉGAL : OCTOBRE 2005. N° 83787 (05-2494)
IMPRIMÉ EN FRANCE

Collection Points

SÉRIE HISTOIRE

H11. Les Causes de la Première Guerre mondiale
par Jacques Droz
H12. Introduction à l'histoire de notre temps
L'Ancien Régime et la Révolution
par René Rémond
H13. Introduction à l'histoire de notre temps
Le XIXe siècle, *par René Rémond*
H14. Introduction à l'histoire de notre temps
Le XXe siècle, *par René Rémond*
H15. Photographie et Société, *par Gisèle Freund*
H16. La France de Vichy (1940-1944)
par Robert O. Paxton
H17. Société et Civilisation russes au XIXe siècle
par Constantin de Grunwald
H18. La Tragédie de Cronstadt (1921), *par Paul Avrich*
H19. La Révolution industrielle du Moyen Âge
par Jean Gimpel
H20. L'Enfant et la Vie familiale sous l'Ancien Régime
par Philippe Ariès
H21. De la connaissance historique, *par Henri-Irénée Marrou*
H22. André Malraux, une vie dans le siècle
par Jean Lacouture
H23. Le Rapport Khrouchtchev et son histoire
par Branko Lazitch
H24 Le Mouvement paysan chinois (1840-1949)
par Jean Chesneaux
H25. Les Misérables dans l'Occident médiéval
par Jean-Louis Goglin
H26. La Gauche en France depuis 1900
par Jean Touchard
H27. Histoire de l'Italie du Risorgimento à nos jours
par Sergio Romano
H28. Genèse médiévale de la France moderne, XIVe-XVe siècle
par Michel Mollat
H29. Décadence romaine ou Antiquité tardive, IIIe-VIe siècle
par Henri-Irénée Marrou
H30. Carthage ou l'Empire de la mer, *par François Decret*
H31. Essais sur l'histoire de la mort en Occident
du Moyen Âge à nos jours, *par Philippe Ariès*
H32. Le Gaullisme (1940-1969), *par Jean Touchard*

H33. Grenadou, paysan français
par Ephraïm Grenadou et Alain Prévost
H34. Piété baroque et Déchristianisation en Provence au XVIIIe siècle, *par Michel Vovelle*
H35. Histoire générale de l'Empire romain
1. Le Haut-Empire, *par Paul Petit*
H36. Histoire générale de l'Empire romain
2. La crise de l'Empire, *par Paul Petit*
H37. Histoire générale de l'Empire romain
3. Le Bas-Empire, *par Paul Petit*
H38. Pour en finir avec le Moyen Âge
par Régine Pernoud
H39. La Question nazie, *par Pierre Ayçoberry*
H40. Comment on écrit l'histoire, *par Paul Veyne*
H41. Les Sans-culottes, *par Albert Soboul*
H42. Léon Blum, *par Jean Lacouture*
H43. Les Collaborateurs (1940-1945)
par Pascal Ory
H44. Le Fascisme italien (1919-1945)
par Pierre Milza et Serge Berstein
H45. Comprendre la révolution russe
par Martin Malia
H46. Histoire de la pensée européenne
6. L'ère des masses, *par Michaël D. Biddiss*
H47. Naissance de la famille moderne
par Edward Shorter
H48. Le Mythe de la procréation à l'âge baroque
par Pierre Darmon
H49. Histoire de la bourgeoisie en France
1. Des origines aux Temps modernes
par Régine Pernoud
H50. Histoire de la bourgeoisie en France
2. Les Temps modernes, *par Régine Pernoud*
H51. Histoire des passions françaises (1848-1945)
1. Ambition et amour, *par Theodore Zeldin*
H52. Histoire des passions françaises (1848-1945)
2. Orgueil et intelligence, *par Theodore Zeldin* (épuisé)
H53. Histoire des passions françaises (1848-1945)
3. Goût et corruption, *par Theodore Zeldin*
H54 Histoire des passions françaises (1848-1945)
4. Colère et politique, *par Theodore Zeldin*
H55. Histoire des passions françaises (1848-1945)
5. Anxiété et hypocrisie, *par Theodore Zeldin*
H56. Histoire de l'éducation dans l'Antiquité
1. Le monde grec, *par Henri-Irénée Marrou*

H57. Histoire de l'éducation dans l'Antiquité
2. Le monde romain, *par Henri-Irénée Marrou*
H58. La Faillite du Cartel, 1924-1926
(Leçon d'histoire pour une gauche au pouvoir)
par Jean-Noël Jeanneney
H59. Les Porteurs de valises
par Hervé Hamon et Patrick Rotman
H60. Histoire de la guerre d'Algérie, 1954-1962
par Bernard Droz et Évelyne Lever
H61. Les Occidentaux, *par Alfred Grosser*
H62. La Vie au Moyen Âge, *par Robert Delort*
H63. Politique étrangère de la France
(La Décadence, 1932-1939), *par Jean-Baptiste Duroselle*
H64. Histoire de la guerre froide
1. De la révolution d'Octobre à la guerre de Corée, 1917-1950
par André Fontaine
H65. Histoire de la guerre froide
2. De la guerre de Corée à la crise des alliances, 1950-1963
par André Fontaine
H66. Les Incas, *par Alfred Métraux*
H67. Les Écoles historiques, *par Guy Bourdé et Hervé Martin*
H68. Le Nationalisme français, 1871-1914, *par Raoul Girardet*
H69. La Droite révolutionnaire, 1885-1914, *par Zeev Sternhell*
H70. L'Argent caché, *par Jean-Noël Jeanneney*
H71. Histoire économique de la France du XVIIIe siècle à nos jours
1. De l'Ancien Régime à la Première Guerre mondiale
par Jean-Charles Asselain
H72. Histoire économique de la France du XVIIIe siècle à nos jours
2. De 1919 à la fin des années 1970
par Jean-Charles Asselain
H73. La Vie politique sous la IIIe République
par Jean-Marie Mayeur
H74. La Grèce archaïque d'Homère à Eschyle
par Claude Mossé
H75. Histoire de la « détente », 1962-1981
par André Fontaine
H76. Études sur la France de 1939 à nos jours
par la revue « L'Histoire »
H77. L'Afrique au XXe siècle, *par Elikia M'Bokolo*
H78. Les Intellectuels au Moyen Âge, *par Jacques Le Goff*
H79. Fernand Pelloutier, *par Jacques Julliard*
H80. L'Église des premiers temps, *par Jean Daniélou*
H81. L'Église de l'Antiquité tardive, *par Henri-Irénée Marrou*
H82. L'Homme devant la mort
1. Le temps des gisants, *par Philippe Ariès*

H83. L'Homme devant la mort
2. La mort ensauvagée, *par Philippe Ariès*
H84. Le Tribunal de l'impuissance, *par Pierre Darmon*
H85. Histoire générale du XXe siècle
1. Jusqu'en 1949. Déclins européens
par Bernard Droz et Anthony Rowley
H86. Histoire générale du XXe siècle
2. Jusqu'en 1949. La naissance du monde contemporain
par Bernard Droz et Anthony Rowley
H87. La Grèce ancienne, *par la revue « L'Histoire »*
H88. Les Ouvriers dans la société française
par Gérard Noiriel
H89. Les Américains de 1607 à nos jours
1. Naissance et essor des États-Unis, 1607 à 1945
par André Kaspi
H90. Les Américains de 1607 à nos jours
2. Les États-Unis de 1945 à nos jours
par André Kaspi
H91. Le Sexe et l'Occident, *par Jean-Louis Flandrin*
H92. Le Propre et le Sale, *par Georges Vigarello*
H93. La Guerre d'Indochine, 1945-1954
par Jacques Dalloz
H94. L'Édit de Nantes et sa révocation
par Janine Garrisson
H95. Les Chambres à gaz, secret d'État
par Eugen Kogon, Hermann Langbein et Adalbert Rückerl
H96. Histoire générale du XXe siècle
3. Depuis 1950. Expansion et indépendance (1950-1973)
par Bernard Droz et Anthony Rowley
H97. La Fièvre hexagonale, 1871-1968, *par Michel Winock*
H98. La Révolution en questions, *par Jacques Solé*
H99. Les Byzantins, *par Alain Ducellier*
H100. Les Croisades, *par la revue « L'Histoire »*
H101. La Chute de la monarchie (1787-1792)
par Michel Vovelle
H102. La République jacobine (10 août 1792 - 9 Thermidor an II)
par Marc Bouloiseau
H103. La République bourgeoise
(de Thermidor à Brumaire, 1794-1799)
par Denis Woronoff
H104. L'Épisode napoléonien
Aspects intérieurs (1799-1815), *par Louis Bergeron*
H105. La France napoléonienne
Aspects extérieurs (1799-1815)
par Roger Dufraisse et Michel Kerautret

H106. La France des notables (1815-1848)
1. L'évolution générale
par André Jardin et André-Jean Tudesq
H107. La France des notables (1815-1848)
2. La vie de la nation
par André Jardin et André-Jean Tudesq
H108. 1848 ou l'Apprentissage de la République (1848-1852)
par Maurice Agulhon
H109. De la fête impériale au mur des fédérés (1852-1871)
par Alain Plessis
H110. Les Débuts de la Troisième République (1871-1898)
par Jean-Marie Mayeur
H111. La République radicale ? (1898-1914)
par Madeleine Rebérioux
H112. Victoire et Frustrations (1914-1929)
par Jean-Jacques Becker et Serge Berstein
H113. La Crise des années 30 (1929-1938)
par Dominique Borne et Henri Dubief
H114. De Munich à la Libération (1938-1944)
par Jean-Pierre Azéma
H115. La France de la Quatrième République (1944-1958)
1. L'ardeur et la nécessité (1944-1952)
par Jean-Pierre Rioux
H116. La France de la Quatrième République (1944-1958)
2. L'expansion et l'impuissance (1952-1958)
par Jean-Pierre Rioux
H117. La France de l'expansion (1958-1974)
1. La République gaullienne (1958-1969)
par Serge Berstein
H118. La France de l'expansion (1958-1974)
2. L'apogée Pompidou (1969-1974)
par Serge Berstein et Jean-Pierre Rioux
H119. Crises et Alternances (1974-1995)
par Jean-Jacques Becker
avec la collaboration de Pascal Ory
H120. La France du XXe siècle (Documents d'histoire)
présentés par Olivier Wieviorka et Christophe Prochasson
H121. Les Paysans dans la société française
par Annie Moulin
H122. Portrait historique de Christophe Colomb
par Marianne Mahn-Lot
H123. Vie et Mort de l'ordre du Temple, *par Alain Demurger*
H124. La Guerre d'Espagne, *par Guy Hermet*
H125. Histoire de France, *sous la direction de Jean Carpentier et François Lebrun*

H126. Empire colonial et Capitalisme français, *par Jacques Marseille*
H127. Genèse culturelle de l'Europe (v^{e}-VIIIe siècle) *par Michel Banniard*
H128. Les Années trente, *par la revue « L'Histoire »*
H129. Mythes et Mythologies politiques, *par Raoul Girardet*
H130. La France de l'an Mil, *Collectif*
H131. Nationalisme, Antisémitisme et Fascisme en France *par Michel Winock*
H132. De Gaulle 1. Le rebelle (1890-1944) *par Jean Lacouture*
H133. De Gaulle 2. Le politique (1944-1959) *par Jean Lacouture*
H134. De Gaulle 3. Le souverain (1959-1970) *par Jean Lacouture*
H135. Le Syndrome de Vichy, *par Henry Rousso*
H136. Chronique des années soixante, *par Michel Winock*
H137. La Société anglaise, *par François Bédarida*
H138. L'Abîme 1939-1944. La politique étrangère de la France *par Jean-Baptiste Duroselle*
H139. La Culture des apparences, *par Daniel Roche*
H140. Amour et Sexualité en Occident, *par la revue « L'Histoire »*
H141. Le Corps féminin, *par Philippe Perrot*
H142. Les Galériens, *par André Zysberg*
H143. Histoire de l'antisémitisme 1. L'âge de la foi *par Léon Poliakov*
H144. Histoire de l'antisémitisme 2. L'âge de la science *par Léon Poliakov*
H145. L'Épuration française (1944-1949), *par Peter Novick*
H146. L'Amérique latine au XXe siècle (1889-1929) *par Leslie Manigat*
H147. Les Fascismes, *par Pierre Milza*
H148. Histoire sociale de la France au XIXe siècle *par Christophe Charle*
H149. L'Allemagne de Hitler, *par la revue « L'Histoire »*
H150. Les Révolutions d'Amérique latine *par Pierre Vayssière*
H151. Le Capitalisme « sauvage » aux États-Unis (1860-1900) *par Marianne Debouzy*
H152. Concordances des temps, *par Jean-Noël Jeanneney*
H153. Diplomatie et Outil militaire *par Jean Doise et Maurice Vaïsse*
H154. Histoire des démocraties populaires 1. L'ère de Staline, *par François Fejtö*
H155. Histoire des démocraties populaires 2. Après Staline, *par François Fejtö*

H156. La Vie fragile, *par Arlette Farge*
H157. Histoire de l'Europe, *sous la direction de Jean Carpentier et François Lebrun*
H158. L'État SS, *par Eugen Kogon*
H159. L'Aventure de l'Encyclopédie, *par Robert Darnton*
H160. Histoire générale du XXe siècle
4. Crises et mutations de 1973 à nos jours
par Bernard Droz et Anthony Rowley
H161. Le Creuset français, *par Gérard Noiriel*
H162. Le Socialisme en France et en Europe, XIXe-XXe siècle
par Michel Winock
H163. 14-18 : Mourir pour la patrie, *par la revue « L'Histoire »*
H164. La Guerre de Cent Ans vue par ceux qui l'ont vécue
par Michel Mollat du Jourdin
H165. L'École, l'Église et la République, *par Mona Ozouf*
H166. Histoire de la France rurale
1. La formation des campagnes françaises
(des origines à 1340)
sous la direction de Georges Duby et Armand Wallon
H167. Histoire de la France rurale
2. L'âge classique des paysans (de 1340 à 1789)
sous la direction de Georges Duby et Armand Wallon
H168. Histoire de la France rurale
3. Apogée et crise de la civilisation paysanne
(de 1789 à 1914)
sous la direction de Georges Duby et Armand Wallon
H169. Histoire de la France rurale
4. La fin de la France paysanne (depuis 1914)
sous la direction de Georges Duby et Armand Wallon
H170. Initiation à l'Orient ancien, *par la revue « L'Histoire »*
H171. La Vie élégante, *par Anne Martin-Fugier*
H172. L'État en France de 1789 à nos jours
par Pierre Rosanvallon
H173. Requiem pour un empire défunt, *par François Fejtö*
H174. Les animaux ont une histoire, *par Robert Delort*
H175. Histoire des peuples arabes, *par Albert Hourani*
H176. Paris, histoire d'une ville, *par Bernard Marchand*
H177. Le Japon au XXe siècle, *par Jacques Gravereau*
H178. L'Algérie des Français, *par la revue « L'Histoire »*
H179. L'URSS de la Révolution à la mort de Staline, 1917-1953
par Hélène Carrère d'Encausse
H180. Histoire médiévale de la Péninsule ibérique
par Adeline Rucquoi
H181. Les Fous de la République, *par Pierre Birnbaum*
H182. Introduction à la préhistoire, *par Gabriel Camps*

H183. L'Homme médiéval
Collectif sous la direction de Jacques Le Goff
H184. La Spiritualité du Moyen Âge occidental (VIIIe-XIIIe siècle)
par André Vauchez
H185. Moines et Religieux au Moyen Âge
par la revue « L'Histoire »
H186. Histoire de l'extrême droite en France, *Ouvrage collectif*
H187. Le Temps de la guerre froide, *par la revue « L'Histoire »*
H188. La Chine, tome 1 (1949-1971)
par Jean-Luc Domenach et Philippe Richer
H189. La Chine, tome 2 (1971-1994)
par Jean-Luc Domenach et Philippe Richer
H190. Hitler et les Juifs, *par Philippe Burrin*
H192. La Mésopotamie, *par Georges Roux*
H193. Se soigner autrefois, *par François Lebrun*
H194. Familles, *par Jean-Louis Flandrin*
H195. Éducation et Culture dans l'Occident barbare (VIe-VIIIe siècle)
par Pierre Riché
H196. Le Pain et le Cirque, *par Paul Veyne*
H197. La Droite depuis 1789, *par la revue « L'Histoire »*
H198. Histoire des nations et du nationalisme en Europe
par Guy Hermet
H199. Pour une histoire politique, *Collectif*
sous la direction de René Rémond
H200. « Esprit ». Des intellectuels dans la cité (1930-1950)
par Michel Winock
H201. Les Origines franques (Ve-IXe siècle), *par Stéphane Lebecq*
H202. L'Héritage des Charles (de la mort de Charlemagne
aux environs de l'an mil), *par Laurent Theis*
H203. L'Ordre seigneurial (XIe-XIIe siècle)
par Dominique Barthélemy
H204. Temps d'équilibres, Temps de ruptures
par Monique Bourin-Derruau
H205. Temps de crises, Temps d'espoirs, *par Alain Demurger*
H206. La France et l'Occident médiéval
de Charlemagne à Charles VIII
par Robert Delort (à paraître)
H207. Royauté, Renaissance et Réforme (1483-1559)
par Janine Garrisson
H208. Guerre civile et Compromis (1559-1598)
par Janine Garrisson
H209. La Naissance dramatique de l'absolutisme (1598-1661)
par Yves-Marie Bercé
H210. La Puissance et la Guerre (1661-1715), *par François Lebrun*
H211. La Monarchie des Lumières (1715-1786), *par André Zysberg*

H212. La Grèce préclassique, *par Jean-Claude Poursat*
H213. La Grèce au ve siècle, *par Edmond Lévy*
H214. Le IVe Siècle grec, *par Pierre Carlier*
H215. Le Monde hellénistique (323-188), *par Pierre Cabanes*
H216. Les Grecs (188-31), *par Claude Vial*
H218. La République romaine, *par Jean-Michel David*
H219. Le Haut-Empire romain en Occident d'Auguste aux Sévères, *par Patrick Le Roux*
H220. Le Haut-Empire romain. Les provinces de Méditerranée orientale, d'Auguste aux Sévères, *par Maurice Sartre*
H221. L'Empire romain en mutation, des Sévères à Constantin (192-337) *par Jean-Michel Carrié et Aline Rousselle*
H225. Douze Leçons sur l'histoire, *par Antoine Prost*
H226. Comment on écrit l'histoire, *par Paul Veyne*
H227. Les Crises du catholicisme en France, *par René Rémond*
H228. Les Arméniens, *par Yves Ternon*
H229. Histoire des colonisations, *par Marc Ferro*
H230. Les Catholiques français sous l'Occupation *par Jacques Duquesne*
H231. L'Égypte ancienne, *présentation par Pierre Grandet*
H232. Histoire des Juifs de France, *par Esther Benbassa*
H233. Le Goût de l'archive, *par Arlette Farge*
H234. Économie et Société en Grèce ancienne *par Moses I. Finley*
H235. La France de la monarchie absolue 1610-1675 *par la revue « L'Histoire »*
H236. Ravensbrück, *par Germaine Tillion*
H237. La Fin des démocraties populaires, *par François Fejtö et Ewa Kulesza-Mietkowski*
H238. Les Juifs pendant l'Occupation, *par André Kaspi*
H239. La France à l'heure allemande (1940-1944) *par Philippe Burrin*
H240. La Société industrielle en France (1814-1914) *par Jean-Pierre Daviet*
H241. La France industrielle, *par la revue « L'Histoire »*
H242. Éducation, Société et Politiques. Une histoire de l'enseignement en France de 1945 à nos jours *par Antoine Prost*
H243. Art et Société au Moyen Âge, *par Georges Duby*
H244. L'Expédition d'Égypte 1798-1801, *par Henry Laurens*
H245. L'Affaire Dreyfus, *Collectif Histoire*
H246. La Société allemande sous le IIIe Reich *par Pierre Ayçoberry*

H247. La Ville en France au Moyen Âge
par André Chédeville, Jacques Le Goff et Jacques Rossiaud
H248. Histoire de l'industrie en France
du XVIe siècle à nos jours, *par Denis Woronoff*
H249. La Ville des Temps modernes
sous la direction d'Emmanuel Le Roy Ladurie
H250. Contre-Révolution, Révolution et Nation
par Jean-Clément Martin
H251. Israël. De Moïse aux accords d'Oslo
par la revue « L'Histoire »
H252. Une histoire des médias des origines à nos jours
par Jean-Noël Jeanneney
H253. Les Prêtres de l'ancienne Égypte, *par Serge Sauneron*
H254. Histoire de l'Allemagne, des origines à nos jours
par Joseph Rovan
H255. La Ville de l'âge industriel
sous la direction de Maurice Agulhon
H256. La France politique, XIXe-XXe siècle, *par Michel Winock*
H257. La Tragédie soviétique, *par Martin Malia*
H258. Histoire des pratiques de santé
par Georges Vigarello
H259. Les Historiens et le Temps, *par Jean Leduc*
H260. Histoire de la vie privée
1. De l'Empire romain à l'an mil
par Philippe Ariès et Georges Duby
H261. Histoire de la vie privée
2. De l'Europe féodale à la Renaissance
par Philippe Ariès et Georges Duby
H262. Histoire de la vie privée
3. De la Renaissance aux Lumières
par Philippe Ariès et Georges Duby
H263. Histoire de la vie privée
4. De la Révolution à la Grande Guerre
par Philippe Ariès et Georges Duby
H264. Histoire de la vie privée
5. De la Première Guerre mondiale à nos jours
par Philippe Ariès et Georges Duby
H265. Problèmes de la guerre en Grèce ancienne
sous la direction de Jean-Pierre Vernant
H266. Un siècle d'école républicaine
par Jean-Michel Gaillard
H267. L'Homme grec
Collectif sous la direction de Jean-Pierre Vernant
H268. Les Origines culturelles de la Révolution française
par Roger Chartier

H269. Les Palestiniens, *par Xavier Baron*
H270. Histoire du viol, *par Georges Vigarello*
H272. Histoire de la France
L'Espace français, *sous la direction de André Burguière et Jacques Revel*
H273. Histoire de la France
Héritages, *sous la direction de André Burguière et Jacques Revel*
H274. Histoire de la France
Choix culturels et Mémoire, *sous la direction de André Burguière et Jacques Revel*
H275. Histoire de la France
La Longue Durée de l'État, *sous la direction de André Burguière et Jacques Revel*
H276. Histoire de la France
Les Conflits, *sous la direction de André Burguière et Jacques Revel*
H277. Le Roman du quotidien
par Anne-Marie Thiesse
H278. La France du XIXe siècle, *par Francis Démier*
H279. Le Pays cathare, *sous la direction de Jacques Berlioz*
H280. Fascisme, Nazisme, Autoritarisme, *par Philippe Burrin*
H281. La France des années noires, tome 1
sous la direction de Jean-Pierre Azéma et François Bédarida
H282. La France des années noires, tome 2
sous la direction de Jean-Pierre Azéma et François Bédarida
H283. Croyances et Cultures dans la France d'Ancien Régime
par François Lebrun
H284. La République des instituteurs
par Jacques Ozouf et Mona Ozouf
H285. Banque et Affaires dans le monde romain
par Jean Andreau
H286. L'Opinion française sous Vichy, *par Pierre Laborie*
H287. La Vie de saint Augustin, *par Peter Brown*
H288. Le XIXe siècle et l'Histoire, *par François Hartog*
H289. Religion et Société en Europe, *par René Rémond*
H290. Christianisme et Société en France au XIXe siècle
par Gérard Cholvy
H291. Les Intellectuels en Europe au XIXe, *par Christophe Charle*
H292. Naissance et Affirmation d'une culture nationale
par Françoise Mélonio
H293. Histoire de la France religieuse
Collectif sous la direction de Philippe Joutard

H294. La Ville aujourd'hui
sous la direction de Marcel Roncayolo
H295. Les Non-conformistes des années trente
par Jean-Louis Loubet del Bayle
H296. La Création des identités nationales
par Anne-Marie Thiesse
H297. Histoire de la lecture dans le monde occidental
Collectif sous la direction de Guglielmo Cavallo et Roger Chartier
H298. La Société romaine, *Paul Veyne*
H299. Histoire du continent européen
par Jean-Michel Gaillard, Anthony Rowley
H300. Histoire de la Méditerranée
par Jean Carpentier (dir.), François Lebrun
H301. Religion, Modernité et Culture
au Royaume-Uni et en France
par Jean Baubérot, Séverine Mathieu
H302. Europe et Islam, *par Franco Cardini*
H303. Histoire du suffrage universel en France.
Le Vote et la Vertu. 1848-2000, *par Alain Garrigou*
H304. Histoire juive de la révolution à l'État d'Israël
Faits et documents, *par Renée Neher-Bernheim*
H305. L'Homme romain
Collectif sous la direction d'Andrea Giardina
H306. Une histoire du Diable, *par Robert Muchembled*
H307. Histoire des agricultures du monde
par Marcel Mazoyer et Laurence Roudart
H308. Le Nettoyage ethnique.
Documents historiques sur une idéologie serbe
par Mirko D. Grmek, Marc Gjidara et Neven Simac
H309. Guerre sainte, jihad, croisade, *par Jean Flori*
H310. La Renaissance européenne, *par Peter Burke*
H311. L'Homme de la Renaissance
Collectif sous la direction d'Eugenio Garin
H312. Philosophie des sciences historiques,
textes réunis et présentés, *par Marcel Gauchet*
H313. L'Absolutisme en France, *par Fanny Cosandey et Robert Descimon*
H314. Le Monde d'Ulysse, *par Moses I. Finley*
H315. Histoire des juifs sépharades, *par Esther Benbassa et Aron Rodrigue*
H316. La Société et le Sacré dans l'Antiquité tardive
par Peter Brown
H317. Les Cultures politiques en France
sous la direction de Serge Berstein

H318. Géopolitique du XVIe siècle
par Jean-Michel Sallmann

H319. Les Relations internationales
2. De la guerre de Trente Ans ans à la guerre de succession d'Espagne, *par Claire Gantet*

H320. Des traités : de Rastadt à la chute de Napoléon
par Jean-Pierre Bois

H323. De Nuremberg à la fin du XXe siècle
(tome 6, Nouvelle histoire des relations internationales/inédit), *par Frank Attar*

H324. Histoire du visuel au XXe siècle, *par Laurent Gervereau*

H325. La Dérive fasciste. Doriot, Déat, Bergery. 1933-1945
par Philippe Burrin

H326. L'Origine des Aztèques, *par Christian Duverger*

H327. Histoire politique du monde hellénistique
par Edouard Will

H328. Le Saint Empire romain germanique, *par Francis Rapp*

H329. Sparte, histoire politique et sociale
jusqu'à la conquête romaine, *par Edmond Lévy*

H330. La Guerre censurée, *par Frédéric Rousseau*

H331. À la guerre, *par Paul Fussel*

H332. Les Français des années troubles, par Pierre Laborie

H333. Histoire de la papauté, *par Yves-Marie Hilaire*

H334. Pouvoir et Persuasion dans l'Antiquité tardive
par Peter Brown

H336. Penser la Grande Guerre, *par Antoine Prost et Jay Winter*

H337. Paris libre 1871, *par Jacques Rougerie*

H338. Napoléon. De la mythologie à l'histoire
par Nathalie Petiteau

H339. Histoire de l'enfance, tome 1
par Dominique Julia et Egle Becchi

H340. Histoire de l'enfance, tome 2
par Dominique Julia, Egle Becchi

H341. Une histoire de l'édition à l'époque contemporaine
XIXe-XXe siècle, *par Elisabeth Parinet*

H 343. Le Monde des révolutions en Amérique
et en Europe à la fin du XVIIIe siècle (Inédit), *par Jacques Solé*

H345. Histoire culturelle de la France, tome 3,
par Antoine de Baecque et Françoise Mélonio

H346. Histoire culturelle de la France, tome 4,
par Jean-Pierre Rioux et Jean-François Sirinelli

H348. La Résistance française : une histoire périlleuse
par Laurent Douzou

H 347. L'État chez lui, l'Église chez elle
par Jean-Paul Scot

